Stella A. Tack

Warrior & Peace

Göttliches Blut

DRACHENMOND VERLAG

Drachenmond Verlag GmbH
Auf der Weide 6
50354 Hürth
http: www.drachenmond.de
E-Mail: info@drachenmond.de

Lektorat: Viktoria Kravtschenko & Lillith Korn
Korrektorat: Lillith Korn
Satz & Layout: Astrid Behrendt
Umschlagdesign: Stella A.Tack & Leander Fritsche
Bildmaterial Umschlag: Shutterstock & Envato Elements
Illustrationen: Ursula Pirchmoser
Druck: Booksfactory

ISBN 978-3-95991-461-1

Für meine Schwester

Luna,

ohne die es
dieses Buch
gar nicht geben würde.

Kapitel 1
Ich bin der Freak …

»Name?«

»Äh …«

»Name!«, bellte die Furie am Empfangsschalter. Dabei schraubte sich ihre Stimme in eine Tonhöhe, die das Wasserglas am Schreibtisch klirren ließ. Mühselig unterdrückte ich ein Augenrollen. Alles klar, erst mal tief durchatmen.

»Warrior Pandemos! Sie kennen mich seit meiner Geburt, Gladis, Sie wissen ganz genau, wer ich bin!«

Zweifelnd kniff die Furie ihre Schweinsäuglein zusammen und rückte betont langsam ihre spitze Brille zurecht. »So? Ich sehe dich so schlecht, Kind. Komm ein wenig näher!«

Ich beugte mich vor.

»Näher!«

Mein Bauch stieß bereits am speckigen Linoleumtisch an.

»Näher!«

Jetzt lehnte ich mich noch weiter vor.

»Näher!«

Okay, nun konnte ich Gladis' Nasenhaare zählen. »Nahe genug?«

»Was?«

»Nahe genug?«

»Bei den Göttern! Was schreist du denn so?«

»Ich … egal. Soll ich noch näher kommen?«

»Was? Nein! Wozu? Mit dieser Kapuze kann ich dein Gesicht ohnehin nicht sehen. Ist das so eine eigenartige Modeerscheinung bei den Menschen? Zeig ein wenig Anstand und nimm dieses Ding runter!« Gladis blinzelte mich an, als würde sich eine Bombe unter meiner langen Kapuze verstecken.

Grrr. Ich knirschte mit den Zähnen und richtete mich wieder auf. »Die Kapuze bleibt«, teilte ich ihr liebenswürdig mit. »Checken Sie doch noch einmal meine Personaldaten. Warrior Pandemos. Sie kennen mich. Ich bin die Tochter Ihres Chefs.«

»Mhm«, brummte die Furie zweifelnd, tippte jedoch die Daten in ihren Computer ein.

Ich seufzte und schloss kurz die Augen.

Seit ich denken konnte, arbeitete Gladis für meinen Vater in der Vermittlungsstelle der Unterwelt. Dabei schien die Gute keinen einzigen Tag ihren Posten verlassen zu haben. Egal, ob bei Tag oder Nacht. Wie eine faltige, hässliche Spinne hockte sie hinter ihrem Schreibtisch und machte armen Gottkindern wie mir das Leben schwer. Dabei trug sie unablässig diesen grauenhaften rosaroten Pullover mit den Katzenbabyprints. Ihre Nase war spitz zulaufend – ähnlich dem Schnabel eines Vogels – und von dunklen Warzen übersät. Die blassen Lippen presste sie ständig zu einem schmalen Strich zusammen. Die Gute sah einfach immer genervt aus.

Inzwischen hatte sich hinter mir eine lange Warteschlange gebildet. Die Leute traten ungeduldig auf der Stelle. Wie üblich warteten dämonische Geschäftsmänner in dunklen Anzügen auf ihre Erlaubnis, die Unterwelt betreten zu dürfen. Die meisten stammten von einem der Außenposten der Unterwelt oder reisten als Anwälte im Auftrag des Olymps. Die Götter verklagten sich nämlich mit Vorliebe gegenseitig, wegen … nun, wegen so ziemlich allem. Hinter den Anzugtypen wartete ein erschöpft aussehendes Pärchen auf zwei ausgeblichenen Plastikstühlen. Das Licht der Neonlampen über unseren Köpfen blinkte dabei die ganze Zeit, begleitet von einem nervigen elektronischen Summen. Eine blecherne Lautsprecherstimme plärrte indessen über Gladis' Kopf unablässig Anweisungen: »Achtung! Ebene 8, bitte ein Putzteam zu den

Sanitäreinrichtungen 1 bis 7. Zu viele verdammte Seelen sprengen die Rohre. Ich wiederhole, ein Putzteam nach Ebene 8.«

»Miss Pandemos, hören Sie mir zu?« Die ungeduldige Stimme von Gladis riss mich aus der Betrachtung einer potthässlichen Plastikpflanze, die im Wind des eingeschalteten Ventilators flatterte.

»Entschuldigen Sie, was?« Schuldbewusst sah ich die Furie an.

Seufzend rückte diese ihre Brille abermals zurecht. Eine gespaltene Zunge zuckte aus ihrem Mund hervor, während die Lautsprecheranlage wiederholt um Verstärkung auf Ebene 8 bat. »Ich sagte: Name und Adresse der Eltern!«

Ich stöhnte genervt. »Ach, kommen Sie, Gladis. Seit Jahren gehen Sie mir mit diesem Mist auf die Nerven! Sie arbeiten seit – wie lange? – fünfhundert Jahren für meinen Vater? Sie wissen ganz genau, wer meine Eltern sind. Lassen Sie den dummen Bürokram und geben Sie mir einfach den Besucherausweis. Ich bin ziemlich spät dran!«

»Name und Adresse der Eltern!«, knurrte Gladis. Ihre Augen verdunkelten sich und quollen ein Stück aus den eingesunkenen Augenhöhlen hervor. Igitt.

Die umstehenden Menschen traten vorsichtig einen Schritt zurück. Die hässliche Topfpflanze fiel bei dem Anblick prompt um und stellte sich tot. Seufzend griff ich unter die dunkle Kapuze, die mein Gesicht verdeckte, und wischte mir den Schweiß von der Stirn. Regel Nummer eins in der Vorhölle: Mache niemals eine Furie wütend. Leider schien ich ein ausgesprochenes Talent dafür zu haben.

»Achtung! Achtung, Sicherheitsteam auf Ebene 8 erforderlich! Ausgebrochene Seelen bewerfen das Personal mit Fäkalien!«, dröhnte es dumpf aus dem Lautsprecher. Angestrengt unterdrückte ich den Impuls, meinen Kopf gegen etwas Hartes zu schlagen.

»Schön«, stieß ich schicksalsergeben hervor. »Vater: Hades Pluton, Herrscher der Unterwelt. Anschrift: 666 Hellgate am Styx, Abaddon. Mutter: Aphrodite Venus, Göttin der Liebe. Anschrift: 45 Sunshine Street EC1A, London.« Bei der Erwähnung meiner Eltern verzog ich leicht gequält das Gesicht. Es brachte selten etwas Gutes mit sich, die Tochter zweier größenwahnsinniger Götter zu sein.

Gladis tippte geschäftig meine Angaben in ihren uralten Computer, der zum Öffnen einer Datei nervtötende zehn Minuten brauchte. Mit diesem Ding konnte man locker jemanden erschlagen. Ich meine, sofern man es überhaupt schaffte, ihn hochzuhieven. »Sehr schön! Willkommen im Limbus, auch Vorhölle genannt, Miss Pandemos. Was für einen Antrag möchten Sie denn gerne stellen?«

Zornig funkelte ich sie an. Hinter mir hüstelte einer der Anzugtypen. Idiot! »Ich wünsche einen Besucherausweis für den Olymp, zum allmonatlichen Gesundheitscheck«, diktierte ich ihr laut und deutlich. Ein prüfender Blick auf die Wanduhr über Gladis' Schreibtisch ließ mich ungeduldig das Gewicht von einem Bein aufs andere verlagern. Der Minutenzeiger war abgebrochen und der schmalere für die Sekunden lief rückwärts, sodass ich nur vage am Stundenzeiger abschätzen konnte, dass es halb drei am Nachmittag sein musste. Mein Termin war um zwei gewesen. Verdammt! Mutter würde mir den Hals umdrehen. Gladis tippte immer noch geschäftig. »Sie wollen also in den Olymp? Haben Sie die Befugnis dazu, Miss Pandemos?«

»Natürlich habe ich die Befugnis! Sie ist … Ohhh, verdammt!« Erschrocken hielt ich inne. Augenblicklich wurde mir heiß und kalt gleichzeitig. Ich hatte den dummen Zettel zu Hause liegen lassen! Nervös klopfte ich meine Hosentaschen ab. Nichts außer ein paar Centmünzen, einem Kaugummi und … igitt, einem alten Taschentuch. Ich wusste, ich hatte etwas vergessen. Aber wie gesagt, ich war einfach zu spät dran gewesen. Die Furie zog eine Augenbraue in die Höhe. Ihr Tippen auf den Computertasten wurde eine Spur langsamer. Ich knirschte mit den Zähnen.

»Kann ich die Bescheinigung denn sehen?«, fragte Gladis süßlich, was meinen ohnehin schon strapazierten Nerven den Rest gab. Knurrend knallte ich meine schwarz behandschuhte Faust gegen die gläserne Trennscheibe zwischen uns. »Verdammt noch mal, nein! Ich habe den Passierschein vergessen, aber Sie wissen genau, dass ich die Berechtigung für den Olymp habe, Gladis! Geben Sie mir einfach den blöden Wisch!«

Gladis zog ungerührt eine faltige Augenbraue nach oben. Die Haut auf der gesamten linken Gesichtshälfte rutschte dabei nach unten. »Mäßigen Sie Ihren Ton, Miss Pandemos. Ansonsten sehe ich mich gezwungen, den Sicherheitsdienst zu rufen.«

»Sie scherzen wohl?!«, blaffte ich und blickte der alten Furie finster in die Augen. Nun, zumindest sah sie das Aufblitzen meiner dunklen Sonnenbrille. »Geben Sie mir einfach den Ausweis oder ich sage meinem Vater, er soll Sie rauswerfen!« Okay, ich sollte womöglich die Klappe halten, doch mit jeder Sekunde, die ich hier unten mit unnötigem Papierkram verplemperte, kam ich noch später zu meinem Termin im Olymp. Die Götter waren bei so etwas ganz und gar nicht cool. Es würde mir einen Haufen Ärger einbringen. Die Neonleuchten über uns blinkten hektisch, während auf meinem Gesicht kalter Schweiß ausbrach. Ich musste wirklich dringend zu diesem Gesundheitscheck. Die blecherne Ansagestimme verkündete indessen, dass eine Fahndung nach fünf flüchtigen Seelen, Sterbezeit circa 17. bis 18. Jahrhundert, herausgegeben wurde. Hilfreiche Informationen sollten bitte in der Vorhölle abgegeben werden.

Gladis stieß ein ungeduldiges Knurren aus, das ihre hundert Falten bedrohlich zum Zittern brachte. »Sie drohen mir, Miss Pandemos? Schön, ich habe sie gewarnt. Vielleicht flößen Ihnen zwei Tage in Downtown ein paar Anstandsregeln ein.« War sie zuvor noch extrem langsam gewesen, so drückte sie jetzt blitzschnell den roten Knopf neben ihrem Tisch.

»Was? Nein! Was tun Sie da?«, fragte ich, doch es war zu spät. Der Raum bebte. Die Warteschlange kam unruhig in Bewegung, einige Anstehende strauchelten. Das Wasserglas neben Gladis klirrte und ein paar Brocken Putz fielen von der Decke. Schnell hielt ich mich am Tresen fest, als das Ruckeln genauso plötzlich wieder aufhörte. Wie aus dem Nichts knallte eine breite Tür mitten in den Warteraum hinein. Durch die Erschütterung bröckelte weiterer Putz von der Decke und prasselte auf die Köpfe der Umstehenden nieder. Die Warteschlange zog sich noch einen Schritt zurück, als die Tür aufgerissen wurde und zwei bullige Höllenhunde den Raum betraten.

Ich stöhnte. »Nicht die Hunde.« Speichel tropfte den Bestien von den verfilzten Mäulern. Ihre rot glühenden Augen waren starr auf mich gerichtet. Ein fieses Knurren erfüllte das schäbige Büro, als die Hunde ihr räudiges Fell schüttelten und zu wachsen begannen. Binnen Sekunden hörte man das Brechen von Knochen und das Reißen von nassem Fleisch. Klauen formten sich zu Händen. Fell zu Haut und Läufe zu Beinen. Seufzend kratzte ich mich am Kopf und starrte auf die beiden Sicherheitsmänner, Milon und Kroton, die wie zwei Berge ungeschlachter Muskeln vor mir standen und die Zähne fletschten.

»Wow! Hey, Milon! Kroton! Schon lange nicht mehr gesehen, wie gehts euch zweien? Gladis und ich hatten nur eine kleine Meinungsverschiedenheit, es besteht also kein Grund zur Aufregung.« Bedächtig ging ich einen kleinen Schritt rückwärts, die Hände kapitulierend erhoben. Höllenhunde sind … na ja, man konnte sie wohl als Security der Unterwelt bezeichnen. Sie waren stark, schnell, zäh und beinahe unmöglich umzubringen. Allerdings zählten Dinge wie überlegtes Handeln oder regelmäßige Waschtage nicht wirklich zu ihren Stärken. Jeder Befehl wurde befolgt, egal, wie hirnrissig er auch sein mochte. Unschuldig riss ich die Augen auf und entschied spontan, dass Flucht eindeutig besser war als Knast. Scheiß auf den Gesundheitscheck! Ich würde ihn nachholen. Flink drehte ich mich auf den Fersen um und nahm Reißaus. Zumindest versuchte ich es. Ich kam jämmerliche vier Meter weit, bevor Milon mich von hinten packte und zu Boden drückte. Keuchend wich mir die Luft aus der Lunge.

»O Mann, wozu war das denn nötig?«, grunzte ich und riss erschrocken die Augen auf, als sich Kroton ebenfalls auf mich fallen ließ. »Pfff!« Wie bei einem Luftballon schoss die restliche Luft aus mir hinaus.

»Bringt sie nach Downtown! Ich werde ihrem Vater von den fehlenden Manieren seiner Tochter berichten«, krächzte Gladis zufrieden, während mir die beiden Höllenhunde die Hände auf den Rücken drehten.

»Ach, kommt schon. Das muss wirklich nicht sein. Ich komme noch zu spät.«

Meine Rippen schmerzten von dem Zusammenprall und meine Lunge … War dieses merkwürdige Pfeifen normal? Hm. Ungerührt von meinem Gezappel stießen die Typen mich durch die offen stehende Tür. Das Letzte, was ich sah, war, wie die Warteschlange zufrieden weiterrückte, bevor die Tür ratternd vor meiner Nase zuschlug.

»Nicht schon wieder!« Kläglich ließ ich den Kopf hängen. Das war ein wirklich beschissener Tag und dabei war es gerade erst Nachmittag. Im Selbstmitleid schwimmend, sah ich auf. Ich war im Inneren eines Aufzugs. Davon gab es einige in Abaddon. Anders war es ziemlich mühselig, von einer Ebene in die nächste zu gelangen. Man konnte sich hier unten locker für ein paar Jahrzehnte verirren. Es war wie ein Labyrinth aus bunten Kuchenschichten, die in einer wirren Konstellation zusammengeschustert worden waren. Jede Ebene sah ein wenig anders aus. Manche waren ganz normale Orte. Kleinstädte mit lauschigem Ortskern, wo man Kaffee trinken und Eis essen konnte. Andere waren bizarre und albtraumhafte Welten aus Rauch und Feuer, in denen man jenen Wesen begegnete, die normalerweise nur mit Maulkorb herumlaufen sollten. Auf Ebene 99 gab es zum Beispiel einen Kobold namens Frank, der für die Buchhaltung zuständig war. Klasse Typ. Er hatte immer Lollis mit Kirschgeschmack in seiner untersten Schreibtischschublade. Wenn man sich allerdings auf Ebene 61 verirrte, wurde man von einem Seeungeheuer gefressen. Um so etwas zu vermeiden, waren die Aufzüge ein wahrer Segen. Leider fuhr der hier nur zu einer Station: Downtown.

Pling. Die Aufzugtüren schwangen auf. Ich blickte in einen feuchten steinernen und sehr, sehr dunklen Tunnel. Schon wieder. Meine Schultern sackten herab. Ich war so was von am Arsch. Das grelle Licht des Fahrstuhls durchdrang nur wenige Meter die Dunkelheit. Ich sah einen blauhäutigen Pixie über den Boden huschen. Geblendet durch die plötzliche Helligkeit blieb das Wesen wie gebannt stehen und zischte mit seinen kleinen, messerscharfen Zähnen in meine Richtung. Die gelben Augen verzogen sich zu bösartigen Schlitzen, bevor es krallenschabend wieder in der Dunkelheit verschwand. Oje, das würde meinem Vater gar nicht gefallen. Die Biester waren schlimmer als jede Rattenplage und sie konnten mit ihren Zähnen selbst Aufzugskabel durchbeißen, sodass es ihretwegen immer wieder zu schrecklichen Abstürzen kam. Man brauchte Tonnen an Schädlingsbekämpfungsgift, um die Pixies in Schach zu halten. Dort, wo man einen sah, waren meistens tausende andere in den hohlen Wänden oder dahinter versteckt. Misstrauisch musterte ich den Boden, suchte nach weiteren mordlüsternen Nagetieren, aber der Gang war leer. Ich trat aus dem Fahrstuhl. Die Türen knallten hinter mir zu und nahmen damit auch noch den letzten Rest Helligkeit mit sich. Es rappelte. Der Boden bebte leicht, ließ mich wanken, bevor der Aufzug genauso schnell wieder verschwand, wie er gekommen war. Ich blinzelte angestrengt und begann mir vorsichtig einen Weg nach vorne zu bahnen. Ich war so oft in Downtown unterwegs, dass die Höllenhunde meines Vaters mich nicht einmal mehr schützend begleiten mussten. Ich wusste, wohin mein

Weg mich führte. Vor mir lag ein langer, kalter Schacht, von dessen Decke es immer wieder ekelhaft tropfte. Von überall und gleichzeitig nirgendwo hallten gequälte Schreie durch das Mauerwerk. Der Boden war nass und bei jedem Schritt schmatzte es leise. Das Scharren der kleinen Pixie-Krallen war unüberhörbar. Meine Nackenhaare stellten sich auf. Wenn man vor Dunkelheit, Schimmel, Platzmangel, Pixies oder dem Verlust von WLAN Angst hatte, starb man hier unten tausend Tode. Was natürlich auch der Sinn der Sache war. Mit Hölle und so. Wenn man jedoch so oft wie ich hier unten war, wusste man, dass es nur zehn Meter weiter einen Lichtschalter gab. Auch das ständige Tropfen und gequälte Geschrei, das in der Dunkelheit nachhallte, war wirklich nichts, vor dem man sich fürchten musste. Theoretisch. Hier unten lagen zwar Folterkammern, diese wurden jedoch nur noch selten benutzt. Dafür befanden sich hier aber auch die Sanitäranlagen der Angestellten. Das benötigte Wasser für die Toiletten wurde aus dem Styx, dem See der verdammten Seelen, abgepumpt, sodass man mitsamt Klowasser und Inhalt auch gleichzeitig Dutzende verstorbene Seelen hinunterspülte. Das Stöhnen und Schreien war lediglich ein schwacher Protest vor dem Angepinkelt-und-runtergespült-Werden. Okay, es scharrte wieder. Etwas zwickte mich fest ins Bein. Ich sprang einen gefühlten Meter nach oben und kreischte erschrocken. Ein Pixie lachte gackernd. Fluchend rieb ich mir das Bein und warf dem Vieh einen bitterbösen Blick zu, was dieses nur irre Kichern ließ. Bei den Göttern! Diese Dinger waren so was von durchgeknallt! Na toll.

Jetzt hatte ich doch Schiss. Ich brauchte Licht, sonst würde ich hier unten noch als Pixie-Dessert enden.

Schimpfend humpelte ich an den Wänden entlang, wo ich tatsächlich die kalte Klinke fand. Eine Tür. Ich richtete mich auf und tastete mich weiter, fuhr in etwas Glitschiges – Ahhh! O Gott! Hoffentlich kein Trollrotz! – und fand schließlich den Lichtschalter. Mit dem Ellbogen drückte ich drauf. Es klickte leise und … nichts. Stirnrunzelnd versuchte ich es erneut. Wieder nichts. Ein Wasserrinnsal tropfte mir über den Nacken. Ich konnte die Seelen über mir stöhnen hören, gefolgt von einem lauten Spülgeräusch.

»Was zum …?« Murrend drückte ich den Schalter ein drittes Mal. Doch es blieb ebenso stockdunkel wie zuvor. Fluchend lehnte ich mich gegen die Tür. Nicht schon wieder! Die Stromversorgung in der Hölle war einfach grauenhaft. Meist wurden die Leitungen von flüchtenden Pixies angeknabbert. Jetzt musste ich meinen Weg zu den Folterkammern im Dunkeln zurücklegen. Ganz toll. Wunderbar! Genervt stützte ich mich an der Wand ab und überlegte. Die Spülung hatte mich daran erinnert, dass ich eigentlich schon seit dem Mittagessen aufs Klo musste. In meinem Stress, den Termin im Olymp nicht zu verpassen, hatte ich es einfach ignoriert. Jetzt aber musste ich wirklich, wirklich dringend. Zu meinem Glück befand sich hinter dieser Tür eine der Toiletten. Zumindest, wenn sie in den letzten Tagen nicht zu einem Abstellraum oder etwas Ähnlichem umfunktioniert worden war. Hier unten wusste man nie. Vielleicht funktionierte zumindest das Licht im Inneren des Raumes. Die Sanitäranlagen wurden seit Neuestem auch mit dem Notstromgenerator versorgt, da einfach zu viele Angestellte im Dunkeln falsch gezielt hatten. Die Putzfrauen hatten sich geweigert, die ständige Schweinerei aufzuwischen. Es gab erste Streiks, bis sich am Ende sogar die *Verdi* – verdammte Dienstleistungsgewerkschaft – eingeschaltet und Hades die Verantwortliche entweder beschwichtigt oder an den Daumen aufgehängt hatte. Meine Chancen standen also nicht schlecht. Einen Versuch war es zumindest wert. Blinzelnd tastete ich wieder nach der Klinke, fand sie und drückte. Die Tür schwang problemlos auf. Ich streckte den Kopf hinein und musste augenblicklich würgen. Ein strenger Geruch nach künstlicher Zitrone, Urin und schwarzer Magie schlug mir entgegen. Ich rümpfte die Nase und hatte überhaupt keine Lust mehr, in diese Stinkhöhle hineinzugehen, aber meine Blase hatte inzwischen so sehr ihre liebe Not, dass ich todesmutig in die Toilette hineinpolterte. Sofort scharrten kleine Pixie-Krallen am Holz und haarsträubendes Lachen erklang. Schnaubend trat ich dagegen. Die Pixies quietschten erschrocken und rannten davon. Sehr schön. Jetzt musste ich nur noch den Lichtschalter finden. Die Beine zusammenkneifend, fuhr ich mit den Händen über die gesprungenen Fliesen hinweg und drückte den Schalter. Schummrig grünes Notlicht leuchtete auf. Ich blinzelte und fluchte. »Scheiße, was soll denn das sein?« Hier drinnen sah es aus, als hätte sich ein Troll die Seele aus dem Leib gewürgt und sich anschließend noch ein paarmal kräftig darin gewälzt. Unter meinen Schuhen klebte es schmatzend, als ich mich vorsichtig der Kloschüssel näherte. Das Ding sah aus, als hätte eine gigantische Schnecke ihr Geschäft darauf verrichtet. In der Schüssel blubberte es. Quiekend sprang ich zurück und wäre beinahe auf der Sauerei am Boden ausgerutscht. Vor lauter Ekel schüttelte es mich. Nie im Leben würde ich hier pinkeln können. In der Schüssel brodelte es erneut. Es klang beinahe wie ein Hilfeschrei. Misstrauisch linste ich noch einmal hinein und sah unter all dem Schleim etwas zappeln. Eine Seele! O mein Gott, die arme.

»Hey? Alles gut da drin?«, fragte ich zaghaft. Die Seele begann panisch zu flimmern. »Klar, blöde Frage. Soll ich dich da rausholen?« Die Seele zappelte heftiger. Der grüne Schleim schlug Blasen. Ein unglaublich schrecklicher Geruch stieg dabei nach oben. Es ätzte mir praktisch die Nasenhaare weg. Ich unterdrückte ein Würgen und suchte hektisch nach der Klobürste. Nie im Leben würde ich da mit der Hand reingreifen. Ich fand das Ding unter einer so dicken Schleimschicht, dass ich tatsächlich dankbar für meine Handschuhe war, die ich ständig anhatte. Mit spitzen Fingern hob ich den Stiel, versuchte, den Modder abzuwedeln, und gab es sofort wieder auf. Das Zeug klebte wie Kleister. Die Seele zappelte inzwischen so heftig, dass es in der Schüssel wie in einem versifften Whirlpool brodelte.

»Okay. Okay. Halt mal still, ich hole dich raus!«, wies ich sie an und stocherte im Matsch herum. Sofort schossen zwei leuchtend blaue Tentakel hervor und krallten sich verzweifelt in die Bürste. Ich zog und war erstaunt, wie schwer die Seele war. Seelen, die schon lange verstorben waren, verloren mit der Zeit ihre Form. Am Anfang ähnelten sie zwar noch ihrem körperlichem Ich, doch nach ein paar Jahrzehnten glichen sie eher leuchtenden Kugeln mit kleinen Tentakelchen. Diese hier war eine ebensolche, mit glitschigen Ärmchen. Eine von der schweren Sorte noch dazu. »Hoppla.« Beinahe rutschte mir der Stiel aus der Hand. Schnell nahm ich auch die zweite Hand zu Hilfe und zog weiter. Die Seele zappelte, zog sich hoch und schoss so blitzartig aus der Schüssel hervor, dass ich erschrocken nach hinten stolperte. Die Bürste flog in hohem Bogen durch den Raum, während die Seele wie ein großer und wabbeliger Tintenfisch auf mir landete. »Ahhh!«, jaulte ich erschrocken auf, als mich ein heftiger Stromschlag traf. Die Seele war warm, beinahe heiß, und ihr Körper war so durchscheinend wie der einer Qualle. In ihrem Inneren zuckten bunte Lichter wie Blitze umher. So eine hatte ich tatsächlich noch nie gesehen. Sie war viel zu groß und dann auch noch so frech, mich nach dieser Rettungsaktion anzuzischen. Das Ding verpasste mir prompt einen weiteren schmerzhaften Stromschlag.

»Na warte, du kleines Biest!« Fluchend stürzte ich mich auf sie, doch sie schoss wie ein Flummi in die Luft und noch während ich sie zu packen versuchte, versetzte sie mir einen weiteren kräftigen Stromstoß, der mich gegen das schleimige Waschbecken stieß. Es krachte, Splitter flogen in alle Richtungen und ich starrte verdutzt auf ein faustgroßes Loch mitten in der Tür. Ein paar Pressholzspäne fielen zu Boden. »Scheiße!« Ich riss die Tür auf und sah, wie die Seele praktisch Fahnenflucht beging. Das schwache grüne Notlicht war hell genug, dass ich gerade noch erkennen konnte, wie sie sich in einen Abwasserrost quetschte und mit einem nassen Ploppen im Kanal verschwand. Ich hechtete hinterher, spähte durch das rostige Gitter, von dem ein paar grüne Schleimspuren hinabtropften. Wasser floss als dunkler Strom entlang. Der leicht säuerliche Geruch des Styx schlug mir entgegen. Dutzende Seelen paddelten darin herum. Manche von ihnen waren schon so weit fermentiert, dass sie nur noch als lose Schliere zu erkennen waren. Andere hingegen waren noch recht kompakt, sodass sich Gesichter und Ansätze von Gliedmaßen abzeichneten. Die von eben war jedoch nicht darunter. Sie war weg und ließ mich ziemlich schleimig zurück. Wahnsinn.

Eine Weile guckte ich noch verdattert den Gully hinab, hörte das Gluckern des Styx unter mir und das Stöhnen der Vorbeitreibenden. Was war das denn gewesen? Die feuchte Kälte des Flurs kroch mir langsam in die durchlässigen Schuhe. Fröstelnd wischte ich mir die Hände an der Wand ab, versuchte, nicht weiter darüber nachzudenken, wie dringend ich inzwischen aufs Klo musste, und wich ein paar tollkühnen Pixies aus, die mir kreischend das Hosenbein hochkrabbeln wollten. Ich trat ihnen auf die kleinen Füßchen, bis sie jaulend das Weite suchten. Langsam ging ich weiter durch den schnurgeraden Tunnel. Als Kind hatte ich hier mit Kreide viereckige Flächen auf den Boden gemalt und darauf Himmel und Hölle gespielt. Inzwischen waren die Farbspuren von den vielen Füßen und der Nässe kaum mehr zu sehen. Außerdem verloren Hüpfspiele ein wenig von ihrem

Reiz, sobald man einen Sport-BH tragen musste. Lustlos schlenderte ich durch den Tunnel, duckte mich unter ein paar zischenden Rohren hindurch und hörte mein Ziel, noch bevor es überhaupt in Sicht kam.

Das Knallen einer Peitsche mischte sich mit dem Geschrei eines Mannes, der eindeutig keinen Spaß zu haben schien. Der Geruch von feuchtem Schimmel löste sich abwechselnd mit dem von verbranntem Fleisch ab, als ich mich Schritt für Schritt weiter durch den engen Flur tastete. Bis sich die Dunkelheit langsam lichtete und den Anblick auf ein Paar wuchtige eiserne Flügeltüren preisgab. Beide standen sperrangelweit offen. Über ihnen war ein blinkendes rotes Neonschild mit den Worten *Herzlich willkommen in der Verdammnis!* angebracht. Höllenfeuer zuckte aus den Türen hervor und beleuchtete eine bereits wartende Schlange von Menschen, Olympiern und Abaddoner, die in etwa genauso begeistert aussahen, hier unten zu sein, wie ich mich fühlte. Ein jeder kam aus einer anderen Richtung. Verschiedene Tunnel, die sich wie Flussarme zu einem einzigen großen Flusslauf vor den Höllentoren zusammenschlossen. Manche Menschen waren alleine. Die Augen vor Angst weit aufgerissen, die Gesichter bleich. Andere wurden in ganzen Gruppen von schattenhaften Höllenhunden an Ketten nach vorne geschleift. Mit jedem Schritt wurde das Gewinsel der Gefolterten lauter. Der Geruch nach Urin, Angstschweiß, Blut und Eiter mischte sich mit dem vom paradiesischen Kokostraum. An den Türen hingen überall diese künstlich riechenden Tannenbäumchen, die den Gestank der Kerker ein wenig verbessern sollten. Eigentlich hatte die Gewerkschaft Lufterfrischer gefordert. Meinem Vater war der Kragen dann allerdings geplatzt, weshalb er die Gewerkschaftsführer für ein paar Tage an den Daumen hat aufhängen lassen. Also gab es jetzt Dufttannenbäumchen. Auch nett, wie ich fand. Unauffällig mischte ich mich in die Schlange der unglücklich Verdammten und schielte auf die Armbanduhr des Mannes vor mir. Eine blutbespritzte Rolex. Sehr teuer. Aber verdammt! Wenn die Uhr hier unten richtig ging, war es bereits halb vier. Damit hatte ich meinen Termin im Olymp mehr als verpasst. Niedergeschlagen folgte ich der Menge durch die dunklen Türen, wobei sich der Rolex-Armband-Typ vor mir prompt in die Hose pinkelte, als ein kahlköpfiger Troll ihm ein glühendes Eisen gegen den Handrücken presste. Sein heiserer Schrei schraubte sich in gellende Tonlagen. Ach ja, die Anfänger. Man erkannte immer, wenn jemand zum ersten Mal hier unten war.

»Nicht aufgeben. Es wird besser«, versicherte ich dem Typen, der ohne viel Federlesen die Augen in den Höhlen verdrehte und in Ohnmacht fiel. Oha. Eine Dramaqueen also auch noch. Knurrend stieß der Troll den ohnmächtigen Mann in den Raum hinter sich, wo er ein paar der umstehenden Menschen umkegelte.

»Hey, Teddy! Na, alles klar?«, grüßte ich den zwei Meter großen Troll, dessen Haut grünlich schimmerte. Seine Pranken mit den gelben Nägeln packten das Brenneisen fester, als er zustimmend grunzte. Zu mehr Konversation war der Arme nicht fähig. Sein Wortschatz reichte von grunz bis grunz-grunz. Alles andere überstieg seinen Horizont. Für einen kurzen Plausch reichte es aber allemal.

»Ich habe gehört, du wurdest zum zweiten Folterknecht befördert. Gratuliere!«, plauderte ich munter weiter und schob den Ärmel meiner schwarzen Jacke ein Stückchen nach oben, sodass ein schmaler Spalt Haut zwischen dem Ärmelstoff und den Handschuhen sichtbar wurde. Dort prangte eine tätowierte Nummer, meine lautete: 30013 A/H. Jedes Gottkind bekam nach der Geburt ein solches Zeichen auf den Arm tätowiert. Im Klartext: Ich war Gottkind Nummer 30013 auf dieser Welt. A stand dabei für meine Mutter, Aphrodite. H für Hades, meinen Vater.

Zustimmend nickend winkte er mich weiter. Vorsichtig stieg ich über die auf dem Boden sitzenden und teilweise vor Angst wimmernden Gefangenen hinweg, die sich wie ein Haufen blökender Schafe in der Empfangshalle zusammendrängten. Diese bestand im Grunde nur aus einer schmucklosen Steinhöhle, die sich kuppelartig nach oben hin schloss. Den Boden bedeckten brüchige weiße Fliesen, die von Erbrochenem und Ruß schimmerten. Ein paar grünlich blinkende LED-Lichter spendeten ein Mindestmaß an Helligkeit. Hier und da sah ich sogar noch ein paar altmodische Fackeln, die den Geruch nach verbranntem Teer verbreiteten. Ich rümpfte die Nase. Eigenartig. Normalerweise waren die Folterkammern mit besserem Licht ausgestattet. Ein paar Nachzügler wurden am Eingang noch gebrandmarkt, bevor sich die schweren Türen knarrend schlossen. Eine angespannte Stille breitete sich im Raum aus. Selbst die toughesten Menschen sahen inzwischen so aus, als würden sie vor Angst einen Herzinfarkt bekommen. Seufzend lehnte ich mich in den Schatten einer Steinmauer, direkt neben einer weiteren, gut getarnten Tür, hinter der sich Putzkübel und Wischmopps stapelten. Man sollte es an einem Ort wie diesem nicht vermuten, aber die Hygienevorschriften des Olymps und Abaddons waren sehr streng. Das Hygieneamt bescherte meinem Vater regelmäßig graue Haare. Insbesondere, wenn Strafzahlungen anstanden. Meistens wegen der Pixies. Ich wischte mir noch ein wenig Schleim von den Handschuhen, holte den Minzkaugummi aus meiner Hosentasche und wartete auf den Beginn der Show, die hier unten zweimal am Tag für die Neuankömmlinge stattfand. Tatsächlich dauerte es nicht lange, bis die LED-Lichter ruckartig erloschen und uns in pechschwarzer Dunkelheit zurückließen. Wie gewohnt folgte ein warmer Windzug, der den Gestank nach Tod und Verwesung mit sich brachte. Die Gefangenen begannen zu wimmern. Ängstlich lauschten die Menschen in die Schwärze, als das Scharren von großen Füßen durch den Saal hallte.

»Ahh!« Unruhig wichen die Verdammten zurück, rissen dabei ein paar andere Unglückliche zu Boden. Ein tiefes Grollen durchdrang den Raum, bevor eine körperlose Stimme die panischen Schreie der Gefangenen durchschnitt: »Willkommen Seelen, in der ewigen Verdammnis! Kein Weg führt aus diesen Gemäuern heraus. Nehmet Abschied von jeder Hoffnung, denn ich werde euer Kerkermeister sein.«

Das Grollen erfüllte die Dunkelheit und ließ die steinigen Wände erzittern. Nett. Grinsend ließ ich eine Kaugummiblase zerplatzen und schielte zu den verborgenen Lautsprechern hoch.

»Ihr werdet eure Taten bereuen. Wir werden eure Seelen läutern. Macht euch bereit, die Strafe zu empfangen. Also … stellt euch in einer Reihe auf und drängelt nicht! Ich kann Unordnung nicht leiden!«, bellte die Stimme. Ein warmes Licht durchzuckte die stählerne Dunkelheit, als der Körper eines gigantischen Minotaurus sich in unser Blickfeld schob. Das Untier hatte den Körper und die Beine eines muskulösen Mannes mit sandbrauner Haut. Seine Füße endeten in gespaltenen Hufen, die bei jedem Schritt Funken sprühten. Sein Kopf war der eines Stieres, mit dunklen Hörnern, die sich bis zur steinernen Decke streckten. Ein faustgroßer Nasenring steckte in seinen Nüstern, die er in ebenjenem Augenblick Furcht einflößend blähte. Hinter ihm lösten sich Teddy und drei weitere Trolle aus der Dunkelheit und begannen damit, die Menschen wie aufgescheuchte Hühner zusammenzupferchen. Mit altmodischen Speeren trieben die Trolle die Gefangenen an dem Minotaurus Namens Sokrates vorbei, der soeben das Mikrofon für den Verstärker von seinem Maul wegschob und ein iPad herausholte. Grimmig begann er eine Liste sämtlicher neu registrierter Insassen aufzurufen und las ihre Vergehen vor. Dabei kniff er die Augen zu schmalen Schlitzen zusammen. Der gewöhnliche Laie machte sich bei diesem Ausdruck normalerweise vor Angst in die Hose. Ich hingegen wusste, dass er nur seine Brille vergessen hatte. Schon wieder. Nach einem kritischen Blick in das Gesicht des jeweiligen Gefangenen verwies Sokrates diesen, je nach Schwere des Vergehens, in eine bestimmte Abteilung der Folterkammer. Da sich dieses Prozedere oft endlos in die Länge ziehen konnte, insbesondere dann, wenn dieser Hornochse seine Brille vergessen hatte, wartete ich geduldig, bis die Gefangenen Rotz und Wasser heulend in die dunklen Kammern verschleppt wurden. Dass die Mehrheit nur Sozialdienst aufgebrummt bekommen hatte, würde ihnen noch früh genug klar werden. Mein Vater vertrat die Ansicht, dass Sozialarbeit der Hölle weitaus mehr zugutekam, überdies Personalkosten einsparte und schlechte Charaktereigenschaften viel schneller auf den rechten Weg rückte, als jedem Einzelnen die Haut von den Knochen zu ziehen – und wenn man mich fragte: Die Klos der Hölle zu putzen, das war eindeutig schlimmer als jede Folter. Schon mal den Haufen eines Minotaurus gesehen?

Ploppend zerplatze eine nach Minze schmeckende Kaugummiblase vor meinem Mund. Nach etwa einer halben Stunde stand ich endlich selbst vor dem Minotaurus. Grinsend blickte ich zu ihm auf. »Was sollte das denn werden? Stellt euch in einer Reihe auf? Nicht drängeln, ich kann Unordnung nicht leiden? Sehr Furcht einflößend. Bewerfen wir die Verdammten demnächst auch mit flauschigen Kaninchen?«, zog ich den Kerkermeister auf. Schnaufend ließ er das iPad sinken und starrte mit belustigt funkelnden Augen zu mir hinab.

»Beim Abaddon, Warrior! Dieses ganze Gejammer geht mir schrecklich auf die Nerven. Sie sind immerhin nicht ohne Grund hier unten. Und dieser verdammte Technik-Schnickschnack macht mich am Ende noch wahnsinnig. Warum will dieses Ding ständig Updates von mir?«

Er hob das iPad wieder an und tippte fluchend mit seinen dicken Fingern auf dem Bildschirm herum. »Ich sag es dir, Mädchen, die Zeiten waren eindeutig einfacher, als wir noch nicht alles digital für die Buchhaltung absichern mussten. Und wenn mir Hades noch ein Video von Hundebabys schickt, die kopfüber in den Fressnapf fallen, kündige ich!«

»Mein Daddy schickt Hundevideos?«, kicherte ich, während der Minotaurus das iPad anstarrte, als würde er es am liebsten fressen.

»Andauernd!«, blaffte er. »Und was soll dieses LOL bedeuten? Leiche ohne Leber? Ich verstehe einfach nicht mehr, was er von mir will. Hm, sei es drum. Was hast du eigentlich hier unten zu suchen?« Tadelnd zog der Minotaurus eine gigantische Augenbraue nach oben und schaltete die Lichter an den Wänden an.

Geblendet blinzelte ich. Meine Sonnenbrille war ein wenig verrutscht und ließ die Welt in viel zu grellen Farben leuchten.

»Spinnst du? Schau mich nicht an!«, fuhr ich Sokrates erschrocken an und zog die Kapuze tiefer, bevor das Licht mein Gesicht treffen konnte. Schnell rückte ich die Brille zurecht.

»'tschuldigung, Prinzessin! Trotzdem, warum bist du hier unten? Solltest du denn nicht im Olymp sein?«, brummte er und verschränkte mit strenger Miene die Arme vor der haarigen Brust.

»Tja, was das angeht …« Leicht verlegen schob ich meine behandschuhten Hände in die Hosentaschen und zog die Schultern nach oben. »Ich habe wohl eventuell die Furie beleidigt … und den Passierschein vergessen. Du weißt schon, das Übliche eben.« Die Nasenflügel des Minotaurus blähten sich erneut, doch bevor auch er mit einer Strafpredigt beginnen konnte, wechselte ich schnell das Thema. »Ist ja auch egal. Einmal von meiner sozialen Unfähigkeit abgesehen, warum läuft hier unten alles mit Notstrom? Draußen funktioniert das Licht auch nicht. Haben wir schon wieder einen Pixie-Schaden? Da laufen eine Menge herum und eine der Toiletten sieht aus, als hätte eine gigantische Nacktschnecke darin Party gefeiert. Außerdem ist da jetzt ein großes Loch in der Tür.«

Der Minotaurus brummte, verwirrt von dem schnellen Themenwechsel. »Da ist ein Loch in der Tür?«

»Ein ziemlich großes«, stimmte ich zu.

»Und wie kommt es dahin?«

»Eine Seele ist Amok gelaufen.«

»Aha … soll ich das verstehen?«

»Musst du nicht. Aber wenn du eine gigantische, schlecht gelaunte Seele siehst, hol sie nicht mit einer Klobürste raus.«

»Alles klar.«

Zusammen schlenderten wir den Gang rechts an der Empfangshalle entlang. Das schwache Licht der Neonlampen biss sich störrisch Zentimeter für Zentimeter durch die niederdrückende Dunkelheit und erhellte dabei ein paar vorbeihuschende Pixies. Aii, das würde meinem Vater gar nicht gefallen. Der letzte Kleintierschaden hatte ihn Millionen gekostet. »Also, warum ist es hier so dunkel?«, bohrte ich weiter nach.

Sokrates grunzte. Er konnte ganze Unterhaltungen nur mit Grunzen führen, wobei man zwischen seinem Ich-bin-genervt-Grunzen, seinem Ich-bin-hungrig-Grunzen und seinem Ich-mag-dich-Grunzen unterscheiden musste. Gerade war es allerdings eher ein Ich-fühle-mich-unwohl-Grunzen. »Es wurde befohlen! Dein Dad … ähm … ich meine natürlich den Boss, der hat gestern sämtliche Elektrik in der Unterwelt kappen lassen! Wir sind wieder, wie vor einhundert Jahren schon, auf Fackeln und ein wenig Notstrom angewiesen. Ich habe völlig vergessen, wie sehr diese Pechfackeln stinken.«

»Warum hat Hades das befohlen?«, fragte ich verwundert. Die Hölle tat sich ein wenig schwer damit, den Errungenschaften des 21. Jahrhunderts hinterherzukommen. Dennoch, die essenziellen Vorteile elektrischen Stroms hatten selbst meinen störrischen viertausend Jahre alten Vater überzeugen können.

»Es gab da 'n paar unschöne Dinge. Weiß nicht viel darüber, aber es hat den Boss mächtig wütend gemacht. Da bekomm selbst ich Angst.« Sein Blick verdüsterte sich, während er den Kopf schüttelte, als wollte er so ein paar unangenehme Erinnerungen loswerden. »Ich bin übrigens am Überlegen, mir eine neue Willkommensrede einfallen zu lassen. Ich sage seit beschissenen dreihundert Jahren dasselbe! Langsam kann ich es selbst nicht mehr hören.«

»Es ist ein wenig abgedroschen«, stimmte ich zu und rieb mir den Kopf. Seit dieses Seelending mir einen elektrischen Stoß versetzt hatte, brummte mein Schädel.

Der Bulle grinste genüsslich und kratzte seine haarige Brust. »Dachte ich mir doch! Wenn du ein paar Vorschläge hast, höre ich sie mir gerne an. Aber ich werde keine Worte wie *cool* oder *chillig* benutzen! Nur damit das schon mal geklärt ist«, brummte Sokrates, was mich leise kichern ließ.

»Ich überlege mir etwas. Besonders die Stelle mit *Nehmet Abschied* war ein wenig … staubig. Nicht wirklich beeindruckend. Du solltest öfter improvisieren. Alle paar Jahrzehnte einen neuen Spruch, das würde ordentlich Schwung in die Bude bringen!«

Sokrates errötete, was man bei seinem fellbedeckten Gesicht nur am Halsansatz erkennen konnte. »Ach, hör doch auf. Warum hast du schon wieder deinen Ausweis vergessen? Ich dachte, du hättest deiner Mutter versprochen, für ein paar Wochen keinen Ärger zu machen. Außerdem ist dein Gesundheitscheck fällig.«

»Meinst du, das weiß ich nicht?«, fragte ich finster und stieß eine im Mauerwerk verborgene Tür auf. Wir befanden uns in dem kleinsten der sechs Kellergewölbe, innerhalb von Ebene 243 der Hölle. Der Raum, den wir daraufhin betraten, war schmal und hatte früher als Folterkammer gedient. Rostige Handschellen baumelten noch von der Decke. Alte, abgenutzte Tische, auf denen dunkle Flecken zu sehen waren, beherrschten die karge Kammer, wobei in der rechten Ecke eine eiserne Jungfrau Staub ansetzte.

»Ich will wirklich keinen Stress mit meiner Mutter, aber es scheint sich nicht vermeiden zu lassen. Sag mal, ist hier auch kein Strom?« Entmutigt ging ich zur hinteren Wand der Folterkammer, wo eine mit Laken abgedeckte rote Ledercouch stand. Über der eisernen Jungfrau hing ein schwarzer Plasmafernseher mitsamt Lautsprecherboxen, die den gesamten Raum zum Beben bringen konnten. Als Abstelltisch diente eine der alten Folterbänke. Der Raum wurde schon seit Jahrhunderten nicht mehr in seiner ursprünglichen Form genutzt und da er – den Göttern sei Dank! – schalldicht war, mussten wir uns auch nicht das Geschrei der im Nebenraum tatsächlich Gefolterten anhören. Ich hatte den Großteil meiner Kindheit zusammen mit Sokrates, als meinen Babysitter, und meinen Brüdern in diesem Raum verbracht. Am Anfang hatten hier noch Bauklötze, Spielautos und kopflose Barbies herumgelegen. Später wurde das alles durch Elektronikzeug, Plakate von One

Direction und Playboy-Bunnies abgelöst – wobei Letzteres von meinem Bruder Madox magisch an die Wand getackert worden war, sodass Miss Mai 2006 immer noch dort hing. Als wir älter wurden, sollte Sokrates uns viel mehr Respekt vor den Göttern lehren, aber da der Minotaurus keinen Nerv und keine Lust dazu hatte – und weil auch ich wirklich Besseres zu tun hatte –, guckten wir meist Filme oder mampften Pizza, bis mich Vater wieder aus dem Kerker entließ. Eine Zeit lang hatte ich versucht, wütend auf ihn und meine Mutter zu sein, wann immer sie mich wieder in die Folterkammern abgeschoben hatten. Bis ich letztlich begriff, dass es sinnlos war, sauer zu sein. Es ging ihnen schlicht und einfach am göttlichen Arsch vorbei. Man konnte von einem Gott, der beinahe viertausend Jahre alt war, kein normales, menschliches Verhalten mehr erwarten. Macht und Alter ließen sie kauzig werden.

»Wie geht es deiner Mutter?«, fragte Sokrates wie aufs Stichwort. Ich brummte nichtssagend. Er zog eine buschige Augenbraue hoch. »So schlecht?«

»Schlimmer.«

»Irre ich mich oder kommt ihr immer schlechter miteinander aus?«

Ich zuckte verhalten mit den Schultern. »Was soll ich sagen. Ich bin nun einmal die große Enttäuschung in ihrem perfekten Leben. Die Tochter, die nicht das Erbe ihrer Mutter mit dem sexy Hüftschwung, den perfekten Lidstrichen und der gnadenlosen Männerjagd geerbt hat. Wenn sie nicht aufpasst, wächst ihr von dem ganzen Naserümpfen noch ein Rüssel.«

Der Bulle guckte mitfühlend.

Ich schluckte trocken und grinste schal.

»Ich bin sicher, Aphrodite liebt dich, Warrior. Sie kann gar nicht anders. Immerhin ist sie die Liebe persönlich.«

Ich lachte ungläubig. Von der Härte in meiner Stimme wurde mir ein wenig schlecht. »Meine Mutter liebt mich nicht. Ich bin der Freak, bei dem sich die Kräfte der Liebe mit den wahnsinnig tollen Todeskräften von Hades verbunden haben, sodass jeder, der mein Gesicht anglotzt, wahnsinnig wird. Das ist ja so viel besser. Aber nein, warte! Es wird sogar schlimmer: Letztens wurde ich in der U-Bahn fast vergewaltigt, weil ein paar Typen fanden, dass ich so wundervoll nach Rosen riechen würde.« Ich rümpfte die Nase und war dankbar, dass die

Sonnenbrille die aufsteigenden Tränen verdeckte. Ich blinzelte hektisch und versuchte, möglichst nicht zu schniefen. So sehr ich mich auch bemühte, das Thema mit meiner Mutter hinter mir zu lassen, tat es dann doch immer weh, erkennen zu müssen, wie sehr sie mich ablehnte. Es schmerzte, dass sie mich lieber nach Abaddon zu meinen Brüdern steckte, als mich, genau wie meine Schwestern, mit in den Olymp zu nehmen. Sie schämte sich für mich. Schämte sich für mein Gesicht, das ich verstecken musste, während ihr die olympischen Ärzte ein ums andere Mal erklärten, dass sich mein Medusa-Syndrom verschlimmert hatte. Der Ekel in ihrem Gesicht war jedes Mal wie ein Schlag in den Magen. Meine Schwestern Diamond, Ruby und Opal entsprachen da schon eher ihren Erwartungen.

»Möchtest du eine Cola?« Sokrates' Stimme durchdrang meine Gedanken.

Lächelnd nahm ich eine staubige Flasche aus seinen wuchtigen Pranken. »Danke, Sok! Alsooo … können wir heute überhaupt fernsehen? Ich meine, wenn der Strom gekappt ist und so?«

Der Büffel schnaubte und ließ sich seufzend neben mich auf das Sofa fallen. Er war so schwer, dass es mich dabei fast von der Couch katapultierte. »Nein. Aber die Xbox ist glücklicherweise mit dem Notstromgenerator verbunden. Es dürfte kein Problem sein, sie anzuschalten, sofern du mich nicht beim Boss verpfeifst.«

»Meine Lippen sind versiegelt!«, schwor ich feierlich und zog meine behandschuhten Finger über die Lippen, als würde ich einen Reißverschluss zuziehen. Der Minotaurus grunzte und öffnete sich seinerseits eine Coca-Cola.

»Hier!« Achtlos warf er mir einen der Controller zu, den ich ungeschickt auffing. Ich war nicht unbedingt ein Naturtalent, was die Auge-Hand-Beinkoordination betraf. Ich war zwar nicht direkt tollpatschig, aber bei Gott, beim Sport versagte ich kläglich. Jedes Mal! Meine Ausdauer war miserabel, was ich wohl meinem Dasein als Stubenhocker zu verdanken hatte. Einzig bei Strategiespielen blamierte ich mich nicht vollkommen. Ich mochte Kriegsspiele. Das rationale, kalte Denken dahinter. Die Fallen und Taktiken des Gegners, die man vorausahnen musste. Die Fülle an Möglichkeiten, die es einem eröffnete, sein Gegenüber restlos zu vernichten. Es war wohl eine der wenigen dunklen Adern, die ich von meinem Vater geerbt hatte. Zumindest neben diesem Jeder-der-mich-ansieht-wird-verrückt-Gen.

»Was sollen wir heute spielen?«, fragte Sokrates und sah die Spielesammlung durch, die wir in den letzten Jahren mühselig in den Kerker geschmuggelt hatten.

»Mhm, Assassin's Creed?«, schlug ich vor, was dem Minotaurus das zufriedene Grunzen entlockte. Lächelnd lehnte ich mich zurück und schüttelte meine Cola. Ruckartig blähte sich das Plastik in meiner Hand auf und wurde steinhart, bevor ich die Verschlusskappe langsam aufdrehte. Ein leises Zischen ertönte, während die Kohlensäure entwich. Sokrates verzog angeekelt das Gesicht, als ich noch mal zudrehte und schüttelte. »Wie kann man Cola ohne Kohlensäure trinken?«, fragte er mich schnaubend.

Schulterzuckend nahm ich einen tiefen Schluck und seufzte. »Ich mag Kohlensäure einfach nicht. Das verfälscht den Geschmack!«

»Du kleine Missgeburt!«, brummte der Stier liebevoll.

Ich grinste. Meine Geschwister nannten mich ähnlich, nur war es bei ihnen nicht annähernd so nett gemeint. »Du musst mir jetzt noch einmal erzählen, warum Hades den Strom in der gesamten Hölle kappen ließ!«, nahm ich das Thema von vorhin wieder auf, als das Spiel startete und ich flink den aktuellen Spielerstatus eingab. Die Figur: Ein in Weiß gekleideter Mann mit Kapuze und schweren Waffengurten um Schulter und Hüfte erschien auf dem Bildschirm. Seine Aufmachung erinnerte mich ein wenig an meine eigene. Seit ich in die Pubertät gekommen war, trug ich ausschließlich ausgeleierte Kapuzenpullis, schwarze Jeans und lederne Handschuhe, die mir bis zu den Ellbogen reichten. Alles Kleidungsstücke, die den Körper verhüllten und unförmig erscheinen ließen. Zudem verdeckte eine Sonnenbrille meine Augen. Die Füße steckten in wadenhohen Stiefeln. In meinen besten Tagen ähnelte ich doch sehr einer Möchtegern-Ninja-Spielfigur aus Dungeons and Dragons. Als Tochter der Aphrodite war ich damit natürlich eine absolute Peinlichkeit auf zwei Beinen. Leider war das notwendig. Niemand durfte meinen Körper genauer sehen. Nicht das kleinste Fleckchen Haut. Selbst meinen Geruch musste ich seit diesem Fiasko in der U-Bahn mit stinkenden Parfüms überdecken. Sokrates schnaubte unruhig und ließ seinerseits die Spielfigur über den Monitor rennen. »Das ist nicht für deine Ohren bestimmt, Warrior. Außerdem weiß ich es nicht genau. Jedenfalls scheint die Kacke mächtig am Dampfen zu sein. Ich kann die Götter spüren, wann immer sie in der Nähe sind. Und ich habe den Boss noch nie so wütend erlebt. Gestern war es am schlimmsten. Angeblich sind ein paar Gefangene ausgebrochen. Der Boss ist ausgerastet und hat den Strom abgedreht.« Verwirrt runzelte ich die Stirn. Dass Gefangene aus der Hölle verschwanden, war nichts Neues. Die Unterwelt war oftmals ein einziges blutiges Chaos, voller übernatürlicher Wesen, die weitaus Besseres zu tun hatten, als sich andauernd Anti-Aggressions-Vorträge anhören zu müssen. Oder Toiletten im Dienste des Allgemeinwohls zu schrubben. Mein Vater nahm es gelassen hin, da am Ende doch alle wieder in Abaddon landeten. Und dann durften sie die Toiletten der Trolle putzen.

»Wurden die Gefangenen gefunden?«

Sokrates schüttelte den Kopf und erstach ein paar Soldaten mit einer schnellen Drehung seines Daumens. »Stirrrbbbb! Was? Äh … nein, hat man nicht. Offiziell sind wir in Alarmbereitschaft. Auch die Ausgänge wurden dichtgemacht.«

»Was?« Erschrocken sah ich auf und bekam nur am Rande mit, dass meine Spielfigur von einem Haufen Soldaten abgeschlachtet wurde. »Wie komme ich dann wieder hier raus?« Ich hatte wirklich keine Lust, länger als unbedingt nötig in der Hölle festzusitzen. Einmal davon abgesehen, dass Aphrodite mir gehörig den Marsch blasen würde, wenn sie erfuhr, dass ich schon wieder den Arzttermin verpasst hatte.

»Tja … Pech, Kleines. Kein Ausgang, bis der Boss sein Okay gibt! Außerdem solltest du auch im Olymp sein und nicht hier.«

»Das ist nicht meine Schuld! Gladis hat mich auf dem Kieker. Offensichtlich wusste das Biest, dass ich hier unten festsitze, wenn sie mich einbuchten lässt!«

Der Stier lachte polternd und schlug mir auf den Rücken. Keuchend wich die Luft aus der Lunge.

»Spinnst du?«, japste ich. »Willst du mir den Rücken brechen?«

Der Minotaurus lachte wieder und tätschelte meinen Kopf. »Verzeih, Warrior, manchmal vergesse ich, wie mickrig du bist. Die Töchter der Aphrodite konnten noch nie viel aushalten. Ihr seid viel zu zerbrechlich.«

»Na, herzlichen Dank auch!«, murmelte ich. Leider hatte er damit nicht ganz unrecht. Meine Geschwister kreischten schon bei einem kleinen Schnitt im Finger oder bei Spinnen … oder muskelbepackten Männern. Eigentlich in allen Situationen, in denen man kreischen konnte. Interessanterweise war Aphrodite das genaue Gegenteil ihrer Töchter. Wenn man sie sah, nun, sie war unleugbar eine Göttin, die mehr Leute in den Tod gerissen hatte als die meisten anderen Götter zusammen. Ihre Liebe war gefährlich. Sie hatte viele Facetten, aber nur wenige davon waren wirklich romantisch.

Kapitel 2
Ein Pieps und ich schlitz dir die Kehle auf

»So, es ist spät! Ich habe noch zu arbeiten!«, murrte Sokrates nach einigen Stunden, in denen wir verbissen Soldaten abgeschlachtet und Hurenhäuser geplündert hatten. Meine Augen brannten bereits und meine Daumen hatten vor etwa einer halben Stunde den Geist aufgegeben.

Zustimmend nickte ich und schaltete die Xbox aus. »Warum genau arbeitest du noch mal als Kerkermeister?«, fragte ich Sokrates missbilligend, der sich polternd erhob und ein brüllendes Gähnen ausstieß. Himmel! Ich konnte verstehen, warum die meisten Schiss vor ihm hatten. Diese Hauer konnten mir den Hals so was von mühelos durchbeißen. Grunzend kratzte er sich den haarigen Nacken und blickte auf mich herab. »Tja, lieber Menschen foltern als Steuerberater werden wie mein Vater«, gab er trocken zurück. »Komm jetzt! Wenn du schon nicht zurück nach London kannst, solltest du die Nacht zumindest hier unten verbringen. Suchen wir dir ein Taxi und verfrachten dich zu deinem Daddy. Ist ansonsten ein weiter Fußmarsch.«

Ich nickte, warf einen letzten Blick in das *geheime Spielzimmer* und spürte ein plötzliches Stechen von Wehmut in meiner Brust. So schrecklich die Unterwelt auch war, wie ungern ich auch hier war, so verbanden mich doch einige schöne Erinnerungen mit diesem Ort. Ein kleines Versteck in all dem Chaos, das mein Leben war. Aus irgendeinem Grund hatte ich das Gefühl, diesen Raum für lange Zeit nicht mehr zu sehen.

»Warrior, alles in Ordnung?« Die Stimme von Sokrates ließ mich aufsehen. Sein vertrautes haariges Gesicht weckte in mir den Impuls, die Arme auszubreiten und ihn fest an mich zu ziehen.

»Ich habe dich lieb, Sok«, murmelte ich. Sein Geruch nach Ruß, Schweiß und Blut kitzelte in meiner Nase.

Der Riese grunzte erstaunt. Seine ungeschlachten Gesichtszüge nahmen einen liebevollen Ausdruck an, als er mich ruppig an seine breite Brust drückte und über meine Kapuze strich. »Ich dich auch, meine kleine Missgeburt, aber jetzt hör auf mit dem Quatsch.«

Nickend drückte ich ihn ein letztes Mal an mich und ließ ihn ein wenig beschämt los. Himmel! Es war uns beiden peinlich! Sokrates' Hals war ein wenig gerötet. Er wirkte unglaublich verlegen.

»Na dann, auf Los gehts los!«, schniefte ich ein letztes Mal und stieß die Tür mit einem dumpfen Knall auf. In stiller Eintracht gingen Sokrates und ich nebeneinander über den gefliesten Boden. Alles wirkte still und friedlich. Nur gelegentlich war das Stöhnen der Sträflinge zu hören, die versuchten, den Schimmel aus den Ecken zu kratzen. Irgendwo über uns rauschte eine Toilettenspülung, dicht gefolgt von dem Stöhnen gequälter Seelen, die die Abflussrohre hinabgespült wurden. Nach einer Weile bogen wir scharf nach links ab und standen unvermittelt vor einer Reihe metallischer Aufzüge. Die Rufknöpfe leuchteten giftgrün im schwachen Licht der LED-Lampen. Mit einem dicken, haarigen Finger drückte Sokrates einen von ihnen. Ein wenig befangen starrten wir auf das blinkende Licht, während sich der rechte Aufzug laut ächzend in Bewegung setzte. Als die stählerne Tür endlich aufschwang, lächelte ich Sokrates ein letztes Mal zu, obwohl er es wegen der Kapuze nicht sehen konnte, und tätschelte seinen gigantischen Bizeps. »Danke, Sok. Bis zum nächsten Mal!«

»Machs gut, Kleine«, knurrte er leise. Knarrend schlossen sich die Türen und ich starrte auf eine Reihe von etwa einhundert Knöpfen neben mir. Mit diesem Lift waren die Ebenen 1 bis 33 sowie 140 bis 266 zu erreichen. Augenblicklich befand ich mich im sogenannten

Keller. Oder auch Downtown genannt. Ebene 266. Um eines der Taxis zu erreichen, musste ich nach Uptown, also zumindest auf Ebene 145 hinauf. Seufzend drückte ich den entsprechenden Knopf und lauschte der grässlichen Fahrstuhlmusik, die in Dauerschleife *Highway to Hell* abspulte. Aber es tat sich nichts. Stirnrunzelnd drückte ich erneut.

Dann ein drittes Mal.

Ich wartete.

Und wartete.

Highway to Hell dudelte noch immer schrill in meinen Ohren.

Genervt starrte ich den Knopf an und drückte ein viertes Mal drauf.

Immer noch nichts.

Verdammt!

So fest ich konnte, hämmerte ich jetzt dagegen, bis er plötzlich feuerrot aufleuchtete.

»Was?«, rief ich. Verwundert beäugte ich das störrische Ding, als plötzlich eine Luke an der Decke des Lifts aufgerissen wurde. Mein Blick schoss nach oben. Der Kopf einer alten Frau mit ellenlangen Nasenhaaren und blutunterlaufenen Augen starrte auf mich herab. Finster verzog die Alte ihre blassen Lippen, bis ich messerscharfe Zähne sehen konnte. Ihre Haut war grau, das Haar schlohweiß. Vor Schreck verschluckte ich mich an meiner eigenen Spucke.

»Egal, wie oft du drückst, du kommst nicht nach oben«, krächzte der Kopf missgelaunt und spuckte dabei in alle Richtungen. Verblüfft klappte mir der Mund auf.

»Was? Warum?«, fragte ich hustend. Gott! Ich hatte zwar gewusst, dass die Lifte mit Hexenkraft angetrieben wurden, jedoch nicht, dass diese wirklich darauf saßen! Mir war auch nicht bewusst, wie grauenhaft sie stanken.

Die Hexe schnaubte wütend und verdrehte ihre kalkweißen Augen. »Hast du die Meldung nicht gekriegt, Mädchen? Die Ebenen 145-266 wurden gesperrt.«

Verzweifelt kniff ich mir in die Nasenwurzel und atmete tief durch. Wie viel konnte denn noch schiefgehen? »Das heißt, ich muss drei Ebenen zu Fuß laufen?« Meine Stimme klang völlig fertig.

Die Hexe kicherte und zuckte mit ihren knochigen Schultern. Es sah beinahe komisch aus, wie sie ihren schrumpeligen Kopf durch das Loch streckte. »Anweisung vom Boss. Also … willst du nun hoch oder nicht?«

»Von mir aus!«, fauchte ich, was die Alte zufrieden nicken ließ. Krachend fiel der Aufzugdeckel wieder zu. Dabei geriet *Highway to Hell* leicht ins Stottern, bevor das Gefährt sich ruckartig in Bewegung setzte. Der Gedanke, dass ich in Kürze drei Ebenen allein zu Fuß gehen musste, ließ mich unbehaglich auf und ab hopsen. Ebene 144 war mehr als nur gefährlich! Es waren zwar Ebenen, die zum Teil als zivilisiert galten, 144 war jedoch ein Ort, an dem man am besten nie, nie, nie ohne Bodyguards oder Pfefferspray hinging. Oder ohne eine vollgeladene Kalaschnikow! Theoretisch war mir der Zutritt zu diesen Ebenen sogar verboten. Unruhig knabberte ich an der Unterlippe und überlegte mir, einfach umzudrehen und bei Sokrates zu übernachten. Leider hatte ich keine Ahnung, wo sich der Minotaurus zurzeit aufhielt. Die Kerker waren riesig, die Folterkammern erstreckten sich kilometerweit über Downtown. Sie kamen einem Irrgarten gleich. Bevor ich ihn fand, hätte ich mich bestimmt für einige Tage verlaufen. Nein! Außerdem war ich nicht feige. Ich würde einfach möglichst unauffällig die Ebenen durchqueren und hoffentlich auf Ebene 145 ein Taxi erwischen. Dort war die Gegend nicht mehr ganz so übel.

Die Fahrt dauerte geschlagene zehn Minuten. Stetig düste ich aufwärts und passierte die verschiedensten Gegenden. Manchmal drangen laute Schreie oder irres Gelächter durch die Aufzugtüren. Ein andermal erschütterte eine kleine Explosion den Raum, sodass ich mich schnell an der glatten Wand festhalten musste, um nicht hinzufallen. Ich starrte auf den dreckigen Boden und bemerkte dabei, dass ich in Trollrotz getreten war. Toll! Das grüne Zeug klebte mir wie Kaugummi an der Sohle und war ätzend. »Igitt!« Schnell begann ich, den Gummi an der nackten Wand abzukratzen. Der Schleim zog lange Fäden am Metall entlang und fraß kleine Schmauchspuren hinein.

»Hör sofort auf damit oder ich schmeiße dich raus!«, krächzte plötzlich die Stimme der Hexe aus dem Lautsprecher.

Erschrocken setzte ich den Fuß ab und starrte schuldbewusst nach oben. »Äh, Verzeihung. Wird nicht wieder vorkommen!«

»Das will ich auch hoffen. Immerhin muss ich diese Sauerei dann putzen.«

O Gott, wie peinlich! Verlegen stand ich im Aufzug und versuchte, die Tatsache zu ignorieren, dass mir der Rotz ein kleines Loch in die Schuhsohlen brannte. Bei Stock 120 hielt der Aufzug plötzlich ruckelnd an. Vor Schreck biss ich mir dabei in die bereits leicht lädierte Unterlippe und schmeckte warmes Blut auf der Zunge. Schnell leckte ich es ab und runzelte die Stirn. Sollte Blut so süßlich schmecken? Eigenartig. Hm … vielleicht lag es an der Cola von vorhin? Bevor ich mich weiter über mich selbst wundern konnte, öffneten sich die Türen. Ein eisiger Luftzug zerzauste meine Haarspitzen, die unter der Kapuze hervorlugten. Drei Personen betraten den engen Raum. Innerlich erstarrte ich und beäugte die Höllenbewohner misstrauisch. Als Erstes betrat ein großer blasser Mann, um dessen schlanke Gestalt ein dunkler Ledermantel wallte, den Aufzug. Mit nahezu animalischer Eleganz stellte er sich neben mich und grinste mit einer Reihe scharfer Zähne auf mich herab. Sein weißes Hemd mit entzückenden Rüschen, die aus den Ärmeln ragten, und Blutflecken am Kragen raschelte leise, bevor eine Frau mit feuerrotem Haar und ähnlichem Outfit den Aufzug betrat. Ihre Lippen waren blass, die Mundwinkel rot verschmiert. Als sie mich bemerkte, leuchteten ihre ebenso roten Augen hungrig auf. Ein gewinnendes Lächeln trat auf ihre Lippen. Den Göttern sei Dank, sie hielt trotzdem Abstand. Der letzte Kerl des Trios war ein junger Mann von vielleicht zwanzig Jahren. Er konnte nur wenig älter sein als ich, obwohl die erschöpften Falten um seinen Mund ihn ausgelaugt und verhärmt wirken ließen. Sein Gesicht war von einer ungesunden grauen Farbe, während seine blonden Haare blutverklebt und dreckstarrend zu Berge standen. Sein Blick war demütig gesenkt. Um den Hals trug er ein mit Nieten besetztes Hundehalsband. Mein Blick huschte zurück zu dem männlichen Abaddoner, der mit langen schlanken Fingern die Nummer 144 drückte. Sie würden also die letzten Minuten mit mir nach oben fahren. Nervös blieb ich in meiner Ecke stehen und vergrub die Hände in den Hosentaschen. Die beiden anderen musterten mich. Die Frau flüsterte dem Mann etwas zu und begann haltlos zu kichern, während ihr Begleiter mich mit rot leuchtenden Augen beäugte. Es war nicht schwer zu erraten, dass die beiden Vampire waren. Ihrem Auftreten zufolge jedoch keine sonderlich alten. Ein wenig genervt verdrehte ich die Augen. Die jungen waren immer die schlimmsten. Es gab verschiedene Clane, die ihre finsteren Spielchen in einigen der unteren Etagen trieben. Diese Wesen hatten einen ausgesprochen lästigen Größenwahn. Hielten sich für stärker, schneller, schlauer und unwiderstehlicher, als sie es in Wirklichkeit waren. Dabei gaben sie sich so unmögliche Namen wie *Vladimir*, obwohl sie in Wirklichkeit Franz-Dieter hießen. Sie waren Jagdtiere und hungrig. Immer. Die meisten starben bereits in den ersten Wochen ihrer Existenz. Sie hatten die unglückliche Tendenz, sich gegenseitig auszusaugen, wenn der Hunger zu groß wurde. Der junge Mann an ihrer Seite musste hingegen ein Domestik sein. Ein Schoßhund. Man traf nur selten einen Vampir ohne einen oder gleich mehrere Domestiken an. Meistens waren es Menschen mit besonderen Blutgruppen oder außergewöhnlich gutem Aussehen. Dieser hier schien wohl eher zu der gut schmeckenden Sorte zu gehören. Zumindest sah er bereits ziemlich leer gesaugt aus. Beinahe tat er mir leid. Aber auch nur beinahe. Man wusste nie. Die meisten Menschen waren verrückt genug, sich freiwillig als Snack anzubieten. Der Twilight-Hype in der Menschenwelt hatte den Vampiren einen unerwartet hohen Blutvorrat und ein noch größeres Ego verschafft.

Nervös schielte ich zu ihnen und bemerkte, dass die beiden mich immer noch anstarrten. Zum Glück konnten sie mein Gesicht durch den Schatten der Kapuze nicht sehen! In Gedanken zählte ich die Sekunden, bis wir endlich die 144. Ebene erreichten. Die Luft war zum Schneiden dick und roch leicht nach salzigem Blut. Unruhig trat ich von einem Bein auf das andere und merkte, wie mein Puls stetig in die Höhe schoss. Die Vampire grinsten wölfisch. Der männliche beugte sich verschwörerisch zu mir vor. Sein Atem roch unangenehm vergoren.

»Was hat ein solch süßes Mädchen bei Sperrstunde in den unteren Ebenen zu suchen?« Seine Stimme war weich und samtig. Er klang verführerisch ... lockend. Sofort fühlte ich den Drang, meinen Kopf in den Nacken zu legen und ihm meine Halsschlagader anzubieten. Gewaltsam unterdrückte ich den Impuls und zuckte stattdessen betont gleichgültig mit den Schultern. Ich war nicht unbedingt scharf auf eine Unterhaltung mit den beiden und mein Blut wollte ich ebenfalls behalten.

»Woher wisst Ihr, dass ich ein Mädchen bin?«, fragte ich daher nur flapsig und ließ seine Frage unbeantwortet. Unter meinen unförmigen Klamotten konnte ich genauso gut als schlaksiger Junge durchgehen.

Wobei es tatsächlich immer schwieriger wurde, meine Kurven ausreichend zu verdecken.

Der Vampir lachte rau. Genießerisch sog er die stickige Luft in seine Lunge. »Ich kann es förmlich schmecken. Die Luft ist erfüllt von dem Duft frischer Rosen und süßen Honigs. So etwas habe ich noch nie zuvor gerochen. Du bist ein Dessert auf zwei Beinen.«

Verdammt! Knirschend biss ich die Zähne zusammen. In Zukunft würde ich mehr Parfüm benutzen müssen. Der chemische Geruch überdeckte meistens sehr effektiv den meines eigenen Körpers. Heute offensichtlich nicht.

»Wie heißt du, Mädchen?«, gurrte jetzt auch die Vampirin. Als ob ich ihr antworten würde! Inzwischen rückten die beiden mir gefährlich nahe auf die Pelle. Ihr Domestik starrte dabei nur ins Leere. Der Arme sah aus, als würde er jeden Augenblick umkippen. Dem Himmel sei Dank blieb mir eine Antwort erspart, denn der Aufzug kam laut knarrend zum Stehen. Die Türen öffneten sich. Erleichtert atmete ich auf und nahm die Beine in die Hand. So schnell ich konnte, drückte ich mich zwischen den Blutsaugern hindurch ins Freie und hastete die Straße entlang. Schlitterte um eine Ecke und brachte so viel Abstand zwischen uns, wie ich nur konnte. Diese Blutsaugeridioten waren verdammt gute Fährtenleser. Ich konnte also nur hoffen, dass die beiden satt genug waren, um kein größeres Interesse an mir zu haben. Inzwischen konnte ich ebenfalls den süßen Duft nach Rosen an mir vernehmen. Ich schnupperte weiter und … verdammt! Er ging wirklich von mir aus. Leider würde ich damit noch weitaus schlimmere Kreaturen als nur ein paar partywütige Vampire anlocken. Augenblick! Wo war ich eigentlich? Schnaufend blieb ich stehen und sah mich ein wenig genauer um. Es war das erste Mal, dass ich Ebene 144 betrat, ich hatte also nur eine vage Vermutung, wohin ich gehen musste. Soweit ich es beurteilen konnte, war ich in eines der eher unbelebteren Wohnviertel geschlittert. Die Häuser waren gedrungen. Glichen eher hölzernen Hütten als tatsächlich bewohnbaren Behausungen. Die Fenster waren mit Brettern und schwarzen Mülltüten vernagelt. Giftgrünes Graffiti verschmierte die Wände. Oder war das Schimmel? Angeekelt wich ich von einer brüchigen Mauer neben mir zurück. Der Schimmel hatte sich tatsächlich bewegt! Der nasse Lehm unter meinen Füßen, der entsetzlich nach Kloake und Erbrochenem stank, schmatzte gehaltvoll. Ein Rinnsal aus abgestandenem Wasser plätscherte an mir vorbei und verschwand in einem verrosteten Gully, um den sich ein paar Ratten in Katzengröße herumdrückten. Ihre gelben Augen sahen neugierig in meine Richtung. Die nackten Mutantenschwänze zuckten dabei. Nur schwaches Licht drang durch die dunklen Gassen. Die Luft war dick und ölig, die Fäulnis darin so säuerlich, dass ich mich sofort nach einer potenziellen Leiche am Boden umsah. Eines war klar: Ich musste so schnell wie möglich die nächste Ebene erreichen. Noch war zum Glück alles still. Beinahe zu leise, um meine angespannten Nerven wirklich zu beruhigen. Ich musste mich definitiv beeilen und aufhören, wie ein leckerer, nach Rosen duftender Braten in der Gasse herumzustehen. Gequält verzog ich das Gesicht und sah mich noch ein letztes Mal in der Passage um. Tatsächlich war das mit dem Geruch ein größeres Problem. Er war zu anziehend, zu außergewöhnlich und weckte Aufmerksamkeit, wo ich lieber unsichtbar blieb. Wie hier unten. Mein Blick blieb auf dem stinkenden Schlamm am Boden hängen. Ein Gedanke schoss mir durch den Kopf, leider drehte sich mir dabei gleichzeitig auch der Magen um.

»O beim Zeus! Bitte, lass es schnell gehen«, flüsterte ich gepresst und hob mühsam eine Handvoll schmierigen Drecks vom Boden auf. Uahhh! Der Geruch war noch viel schlimmer, wenn man ihn direkt vor der Nase hatte. Würgend schmierte ich mir das Zeug ins Gesicht und betete darum, nicht auf der Stelle tot umzufallen. Um Fassung bemüht atmete ich durch den Mund und wischte mir ein paar krabbelnde Asseln aus dem Gesicht, die mir in die Wangen zwickten. »Bäh!«, entfuhr es mir. Ruckartig zog sich mein Magen zusammen. Schnell nahm ich eine weitere Handvoll Schlamm und schmierte mir die Pampe auch auf den Pullover, bevor ich es mir anders überlegen konnte. Nur nicht hinsehen! Alles, nur nicht hinsehen! Oh, jetzt hatte ich doch hingesehen und das war definitiv kein Schokoladen-Parfait! Fluchend wischte ich mir ein letztes Mal die Hände ab, wirklich dankbar dafür, dass ich Handschuhe trug, und unterdrückte meinen Brechreiz. So! Wie kam ich jetzt am schnellsten aus dieser Ebene heraus? Da keine Aufzüge nach oben fuhren und kein einziges Taxi in Sichtweite war, musste ich wohl oder übel die altmodischen Treppen nehmen, die, ebenso wie die

Aufzüge, die Ebenen miteinander verbanden und kreuz und quer durch ganz Downtown verliefen. Ich musste nur die richtige Treppe finden.

Mit einem letzten Blick über die Schulter setzte ich mich schließlich in Bewegung und senkte den Kopf. Meine Schritte hallten von den verlassenen Baracken wider, während mein Schatten lautlos über den schlammigen Boden zuckte. Niemand lief mir über den Weg, trotzdem hatte ich das Gefühl, von Dutzenden Augenpaaren beobachtet zu werden. Nervös zog ich mich tiefer in den Schatten zurück und beschleunigte meine Schritte, bis ich um eine Kurve bog und vor einer grün gestrichenen Straßenlaterne stand. Helles Licht zog sich über ein holpriges Kopfsteinpflaster. Von Weitem glaubte ich, Stimmen zu hören. Misstrauisch setzte ich meinen Weg fort und fand mich in einer langen Gasse wieder, deren hässliche Häuserzeilen sich dicht an dicht drängten. Abaddoner füllten allmählich die Straßen. Zuerst nur spärlich. Gekrümmte Gestalten, die wie ich mit eingezogenen Köpfen über die Pflastersteine huschten. Im Schatten eines Hausvorsprungs sahen mir die katzenhaften Augen eines Nachtmahrs entgegen. Misstrauisch beäugten wir uns. In seinen Augen glomm ein hungriges Leuchten auf. Sofort beschleunigte ich meine Schritte und kreuzte mit verschiedensten Wesen und Menschen den Weg. Inzwischen waren auch die Fenster der Häuser in schmutziges Licht getaucht. Der Gestank wich dem Geruch nach Bier, Essen und Sünde … sofern Sünde einen Geruch hatte. Ich sah Gargoyles, die wie graue Tauben auf den Dächern saßen. Vampire drückten sich in den schummrigen Kneipen herum und besahen sich die menschlichen Blutspender, deren Hälse übersät mit roten Bissspuren waren. Schwarze Männer, deren Silhouetten nur aus den Augenwinkeln zu erkennen waren, drängten sich um klapprige Holzstände herum. Diese verkauften, angefangen bei abgeschlagenen Händen eines Mörders bis hin zu den Tränen einer bengalischen Jungfrau, so ziemlich alles. Wenn man illegale Dinge bekommen wollte, dann auf jeden Fall hier unten. Ich sah ein paar Furien mit spitzen Nasen und vogelartigen Augen sowie eine Hydra, die lauthals um ein dreiköpfiges Huhn mit einem Bergtroll stritt. Hier und da erkannte ich auch Mutanten, deren weiße, fleischige Körper erschreckende Ähnlichkeit mit Maden hatten. Obwohl sie mit ihren drei Beinen grotesk schnell über den Pflasterstein humpeln konnten, fehlte manchen von ihnen das Gesicht. Oder sie hatten Arme an Stellen, wo es unter natürlichen Umständen keine geben sollte. Der Abschaum der Unterwelt schien sich hier unten zu versammeln, zu feilschen und zu betrinken.

Schaudernd zog ich mir meine Kapuze tiefer ins Gesicht und hielt mich eng an die Hauswände gedrückt. Möglichst unauffällig glitt ich durch die Straßen, die Augen auf jedes Wesen geheftet, dass mir zu nahe kam. Zum Glück schien mir niemand genauere Beachtung zu schenken. Die enorme Anspannung in meinen Schultern nahm langsam ab, als ich an einer heruntergekommenen Kneipe vorbeihuschte, die einen singenden Schrumpfkopf an der Eingangstür hängen hatte.

»Hey, Kleiner, wohin soll es denn gehen?«, krähte er mir ins Gesicht. Sein mickriger Kopf war an den schwarzen Haaren an einem morschen Balken festgebunden, seine Augen wie klebrige Rosinen in den knittrig-grauen Augenhöhlen eingesunken. Das Grinsen war ein wenig irre. Zögerlich blieb ich stehen. Um ehrlich zu sein, ich hatte keine Ahnung, wo ich mich befand oder wo die nächste Treppe zu den oberen Ebenen zu finden war.

»Wie heißt diese Straße?«, fragte ich daher und leckte mir nervös über die Lippen.

»Du bist in Straße 1.303, Kleiner. Hast dich verlaufen, was?« Sein verrücktes Gackern ließ einige passierende Abaddoner neugierig aufsehen.

»Pst! Nicht so laut! Ich will nur nach oben«, zischte ich nervös und sah mich um.

Dieser Warlock mit den grünen Haaren sah mich viel zu interessiert an. »Nur nach oben? Tja, das wird wohl nichts werden, Kleiner. Der Boss hat die Schotten dicht gemacht. Kein Lift, keine Treppen, keine Autos.«

Genervt presste ich die Lippen zusammen. »Ganz sicher? Überall? Ein paar Taxis müssen doch fahren!«

»Bist du taub? Kein Lift, keine Treppen, keine Autos. Wir sind hier schließlich nicht im schicken Uptown. Die Höllenhunde sind los.«

»Aber ich muss unbedingt nach oben!« Panik stieg in mir auf, während der Kopf mich krächzend auslachte. Dabei versprühte er in alle Richtungen Spucketröpfchen.

»Wenn es wirklich so wichtig ist, kannst du ja nach oben telefonieren. Vielleicht holt dich jemand ab.«

»Hier gibt es ein Telefon?«

»Gleich hinter mir, Knirps.«

Misstrauisch musterte ich das Schild der Kneipe.

Zum blutigen Helsing entzifferte ich. Eine Vampirbar. »Fuck!« Stöhnend kniff ich mir in den Nasenrücken und atmete durch. »Gibt es in der Nähe noch eine andere Bar mit Telefonanschluss?«

»Nicht, dass ich es wüsste, aber du kannst es ja mal bei den Werwölfen versuchen.«

»Bei den Göttern, bloß das nicht!«, stieß ich entsetzt hervor.

Der Schrumpfkopf gackerte. Die Nähte an seinen Lippen platzen dabei auf. »Jaaa. Der Geruch ist nicht jedermanns Sache, was? Also dann, immer hereinspaziert in die gute Stube und pass auf deinen Hals auf! An dir ist nicht gerade viel dran.« Jaulend drehte sich der Schrumpfkopf um sich selbst.

Die Tür sprang knarrend auf und wehte einen Schwall Bier und salzigen Blutgeruch nach draußen. Zögerlich zwang ich meine Füße nach vorne. Sobald ich die Schwelle überschritten hatte, wollte ich schon wieder umkehren. Leider knallte im gleichen Augenblick die Tür hinter mir zu und schloss mich in einen verrauchten Raum voller Vampire und deren Domestiken ein. Zum Glück war es so laut und voll, dass niemand mein Eintreten wirklich zu bemerken schien. Rote Lampen warfen ein gruseliges Licht auf die Tische, um die sich Dutzende von Vampiren drängelten.

Es war das erste Mal, dass ich so eine Bar betrat, von meinen Brüdern hatte ich jedoch mehr als genug Geschichten gehört, um mir vor Panik ins Höschen zu pinkeln. Und wie ich jetzt sah, waren die Geschichten auch nicht übertrieben gewesen. Gleich am ersten Tisch, direkt vor mir, spielten sechs Vampire Poker, wobei die Karten mit rotem Blut vollgeschmiert waren. Als Wetteinsatz dienten abgeschnittene Finger, deren Großteil sich vor einem Typen mit blutunterlaufenen Augen und vergoldeten Reißzähnen stapelte. Der Gute schien in seinem Beruf einen ausgezeichneten Zahnersatz zu bekommen. Kreaturen seiner Art litten häufig unter schlechter Zahnhygiene und solch goldene Reißzahnimplantate, wie der Typ sie hatte, waren unfassbar teuer.

So unauffällig wie möglich drückte ich mich an ihnen vorbei und suchte eine Telefonzelle. Tatsächlich entdecke ich auch eine. Leider am anderen Ende. Ganz toll. Zwischen mir und einem Anruf nach oben lagen also nur gut hundert beschwipste Blutsauger. Einer von ihnen schien bereits einen über den Durst getrunken zu haben, denn er stürzte direkt vor mir von seinem Stuhl und erbrach lautstark eine karmesinrote Lache auf meine Schuhe. »Bäh.« Hektisch den Fuß schüttelnd, wich ich zurück und rempelte eine Kellnerin an, die mir einen giftigen Blick zuwarf.

»Sorry!« Stammelnd rettete ich mich an den Tresen und machte einen weiten Bogen um die Betrunkenen. Dabei stieß ich jedoch versehentlich gegen einen Tisch, auf dem sich zwei halb nackte Menschenfrauen rekelten. Ihre Körper waren beinahe kunstvoll zerbissen und zwei Vampirfrauen beugten sich über ihre Bäuche und schlürften Blut aus den Bauchnabeln. Die Umstehenden grölten, als die Vampirinnen sich genüsslich das Blut von den Lippen leckten und danach in eine Zitrone bissen. O Gott! Dieses Bild würde mir für sehr lange Zeit nicht mehr aus dem Kopf gehen. Bevor ich selbst noch als diese Zitrone herhalten musste, legte ich an Tempo zu und verließ den überfüllten Raum auf der Suche nach einem anderen Telefon. Ein muffiger Gang mit einer Unisex-Toilette erwartete mich. Irgendwo dort drin konnte ich jemanden kotzen hören. Neben der Toilette war ein altes schwarzes Münztelefon angebracht. Die Teile gab es wirklich noch? Stirnrunzelnd kramte ich die Centmünzen aus meiner Hosentasche und warf sie ein. Dabei wählte ich Hades' Handynummer – 666, hahaha – und hielt vor Anspannung die Luft an. Es knackte. Ein Tuten war zu hören. Danach noch eines. Und noch eines. Ein erneutes Knacken erklang, bis die volltönende Stimme des Totengottes aus dem Hörer schallte. »Das ist der Anschluss von Hades-Pluton-Adamastos-Ameilichos-Iphthimos-Pelorios-Krateros-Stygeros-Apotropos-Aidelos-Melas-Kyanochaites-Hennichos-Phonios. Totengott und Herrscher der Unterwelt. Herrscher der unterirdischen Gefilde und Reichtümer.« Im Hintergrund hörte ich meine eigene Stimme hervorschallen. »Dad! Du musst nicht all deine Namen sagen. Hades reicht.«

»Aber so heiße ich!«

»Hades reicht!«

»Was macht ihr da?« Die Stimme meines Bruders Madox mischte sich ein.

»Deine Schwester behauptet, ich soll in dieses Handy sprechen, um den Leuten mitzuteilen, dass ich keine Audienz gewähren kann!«

»Aha? Im Klartext?«

»Er versucht, eine Ansage auf den AB zu machen!«

»Krass! Und warum hält er dann das Telefon verkehrt?«

»Willst du mich beleidigen, Sohn? Ich bin ein allmächtiger Gott! Schrecken der Unterwelt, ich halte dieses Ding nicht … oh …«

Ein Knacken war zu hören, gefolgt von Madox' unterdrücktem Kichern.

»Daddy, das Band läuft noch. Sprich endlich was drauf.«

»Na schön!« Dem folgte ein gequältes Seufzen. »Das ist der Anschluss von Hades, nur Hades. Leider bin ich im Augenblick damit beschäftigt, verlorene Seelen zu quälen. Hinterlassen Sie mir also keine Nachricht, ich bin ein beschäftigter Gott und habe nicht die Zeit, mit jedem zu reden.«

»Daddy!«

»Was denn? Stimmt doch! Ich …«

Ein Piepen war zu hören. Das Band lief. Frustriert legte ich auf und wählte erneut.

»Das ist der Anschluss von Hades-Pluto …«

Krachend drückte ich das Telefon auf die Gabel und schloss die Augen. Verdammt, verflucht. Hades ging nicht ans Handy und rief prinzipiell nicht zurück. Höchstwahrscheinlich, weil er nicht wusste, wie das ging. Was sollte ich jetzt machen? Ein wenig hilflos sah ich mich in der Vampirbar um. Vielleicht konnte mir jemand helfen oder … Mein Blick blieb an ein Paar rot glühenden Augen hängen, die mich hungrig und leicht betrunken anstarrten. Vor Schreck rutschte mir das Herz in die Hose.

Es war der Vampir aus dem Fahrstuhl. »Scheiße!«, alarmiert starrte ich ihn an. Er lehnte am Tresen. Sein Blick war verschwommen und glasig, sein Mund rot verschmiert. Innerlich hoffte ich, dass er zu bluttrunken war, um noch wirklich Interesse an mir zu zeigen, doch leider schien mir das Universum ein weiteres Mal auf den Kopf zu kacken.

»Na, so was! Wen haben wir denn da? Wenn das nicht Schicksal ist. Die Blume von vorhin!« Sein hungriges Schnurren stellte mir sämtliche Nackenhaare auf. Unauffällig schielte ich in Richtung Tür und setzte mich im Krebsgang in Bewegung. Der Typ schnurrte wieder genüsslich. Geschmeidig stieß er sich vom Tresen ab.

»Du bist der Möchtegern-Dracula aus dem Fahrstuhl«, erwiderte ich trocken. Ich wollte tough und abgebrüht klingen. Auf keinen Fall wie Beute, der man hinterherjagen wollte. Leider zitterte meine Stimme dabei vor Nervosität. Der Vampir grinste und entblößte eine Reihe langer weißer Zähne. Er schien definitiv keine Reißzahnprothesen zu brauchen.

»Weil wir ja alte Bekannte sind, Schätzchen, gebe ich dir einen Vorsprung von … sagen wir mal … fünf Sekunden, bevor du meine Zähne in deinem duftenden kleinen Hals wiederfindest.« Seine Augen leuchteten auf.

Ich war nicht so dumm, dieses Angebot abzuschlagen. Die Gier stand ihm deutlich ins Gesicht geschrieben. Der Blutrausch hatte den Wahnsinn in seinen Augen längst freigesetzt. Mit pochendem Herzen und schwitzenden Händen spannte ich die Beine an und rannte los. Dabei stieß ich Vampire und Menschen von mir, die erschrocken aufschrien. In meiner Hektik rammte ich mit der Schulter die Theke, während ich über einen Bewusstlosen am Boden sprang. Dabei rutschte ich beinahe in der erbrochenen Blutlache aus. Schlitternd stieß ich die Tür auf und schnappte nach Luft. Frische Luft! Der Vampir hinter mir lachte und begann zu zählen: »Eins, zwei …« Bei drei war ich bereits um die nächste Ecke gebogen. Ob ich schneller laufen konnte als er, würde sich noch zeigen. Ich bezweifelte es. Meine Kondition war wirklich miserabel. Angespannt rannte ich und schubste achtlos Leute zur Seite. Beschimpfungen flogen mir an den Kopf, als ich in eine dunkle Gasse einbog. Dabei erspähte ich eine große Mülltonne. Meine Rettung! Obwohl ich dank des Straßenschlamms sowieso schon wie eine Müllhalde stank, würde die Tonne vielleicht gänzlich meinen Geruch kaschieren. Zumindest genug, dass er mich nicht finden konnte. Außerdem ging mir langsam die Puste aus. Ich hatte bereits Seitenstechen bekommen und schnaufte wie ein Rhinozeros.

Wagemutig bog ich ab, knallte den speckigen Mülltonnendeckel nach oben und kroch hinein. Der allumfassende Geruch ließ mich würgen. Knietief versank ich in dem Zeug, das ich gar nicht näher identifizieren wollte. Es war ekelhaft, jedoch meine einzige Chance, nicht als Sushi zu enden. Davonlaufen konnte ich jedenfalls nicht. Bei den Göttern, was war das nur für ein Tag? Ich spitzte die Ohren. Dennoch hörte ich die schnellen Schritte des Vampirs. Sie kamen näher. Direkt vor meinem Versteck verklangen sie plötzlich. Geräuschvoll konnte ich ihn durch seine Nase einatmen hören. Angestrengt hielt ich die Luft an. Seine Füße scharrten unentschlossen. Mein Herz flatterte. Kalter Schweiß brach mir am Rücken aus. Der Vampir schnüffelte und stieß ein lautes Würgen aus.

»Verdammt«, hörte ich ihn murmeln, bevor sich seine Schritte wieder entfernten, schneller wurden und schließlich gänzlich verschwanden. Dunkle Flecken tanzten vor meinen Augen, als ich zischend die angehaltene Luft ausstieß. Eine Weile blieb ich noch im Müll sitzen und lauschte, ob der Blutsauger zurückkam. Als alles still blieb, kroch ich mühsam aus der Tonne und starrte auf die Straße vor mir. Sie war leer. Alles weiterhin still, von dem Flügelflattern der Gargoyles über mir einmal abgesehen. Neben mir stapelten sich ein paar muffige Kartons, in denen das Quieken von mutierten Ratten zu hören war. Aber kein Vampir. Erleichtert sog ich die frische Luft in meine Lunge und pflückte mir … na ja, etwas aus den Haaren. Himmel! Nur eine Stunde auf dieser Ebene und ich hätte beinahe meinen Kopf verloren und war mit Scheiße und der kleinen Schwester von Scheiße beschmiert. Ich würde nie, nie, nie wieder in die Hölle zurückgehen! Oder mich mit Gladis anlegen. Meine Ohren zuckten, als ich plötzlich Schritte hinter mir hörte. Weiche, ja, geschmeidige Schritte, die sich schnell näherten. Ohne zu überlegen, sprang ich auf und rannte wieder los. Stolperte nach vorne. Orientierungslos bog ich ab und kollidierte mit einer granitharten Wand. »Uff!« Meine Nase knackste, als ich ruckartig am Boden aufschlug. Erstaunlicherweise fiel die Wand mit mir um. Ich kreischte auf und fuchtelte mit den Armen. Meine Hand klatschte dabei auf nackte Haut.

»Aua! Verdammt noch mal. Was soll das?«, blaffte mich eine Stimme an. Ahh! Panik! Monster, Vergewaltiger! Ich wollte nicht als Sushi enden.

Kein Vampir würde an meiner Vene nuckeln. Wild entschlossen beugte ich meine Knie und rammte ihm die Füße in den Bauch.

»Heilige Scheiße!« Der Körper über mir krümmte sich und ich schaffte es tatsächlich, ihn so abzuschütteln. Blitzschnell sprang ich auf und wollte davonrennen. Leider packte mich eine Hand am rechten Bein und brachte mich erneut zum Stolpern. Hart landete ich wieder auf dem Boden und spürte, wie meine Zähne aufeinanderschlugen. Blut füllte meinen Mund. Meine Sonnenbrille zersplitterte.

»Lass mich los!« Panisch schüttelte ich mein Bein. Doch der Angreifer zog mich ungerührt zu sich heran. Zwei Arme packten meine eigenen und fixierten diese hinter mir. Danach platzierte er auch noch ein Knie auf meinem Rücken. Ächzend spuckte ich Blut auf den Boden und hustete.

»Teufel! Was bist du denn für ein Typ?«, brüllte jemand, was jetzt, wo ich keine Chance mehr hatte, noch davonzulaufen, ein wenig komisch klang. Der Vampir von vorhin war es jedenfalls nicht. Stockend hielt ich inne und versuchte, meinen Angreifer aus dem Augenwinkel zu sehen.

»Na also, geht doch!«, schnaufte die Stimme. Sie klang voll und weich, nicht alt, aber auch nicht jung. Sein Knie hielt mich weiterhin brutal am Boden. Ein leiser Schmerzensschrei entfuhr mir. Der Griff lockerte sich. »Sag mal, bist du ein Mädchen?«

»Lass mich los!«, spie ich aus.

Der Mann fluchte laut. »Ein Mädchen! Das hat mir gerade noch gefehlt.« Es klang wie das Knurren eines Raubtiers. Tief und gefährlich, ein Tonfall, bei dem sich mir alle Nackenhaare aufstellten. Der Mann löste abrupt seinen Griff um meine Handgelenke, packte stattdessen meine Hüfte und stellte mich mit erstaunlicher Kraft auf die Füße. Ein wenig desorientiert von so viel Herumgewirbel stolperte ich nach vorne und wurde ziemlich grob an seine breite Brust gerissen. Aha, die Wand von vorhin.

»Schön! Dann müssen wir uns eben beide verstecken. Du machst keinen Mucks, hast du verstanden, Mädchen? Ein Pieps und ich schlitz dir die Kehle auf.« Entsetzt klappte mir der Kiefer runter. Mein Blick wanderte von besagter Wandbrust aus nach oben. Bevor ich jedoch die Chance bekam, etwas Dummes zu tun, nämlich seine Warnung auf die Probe zu stellen und mein Knie genüsslich in seine Weichteile zu stoßen, hob er auch schon eine Hand und drückte mir diese gegen den Mund. Lautlos verschwanden wir in der Gasse, aus der ich ursprünglich gekommen war. Viel zu grob presste er uns gegen eine kalte Wand. Mein Hirn schien von all dem Adrenalin einen Kurzschluss zu haben. Was war denn das jetzt? Gleich zwei Angreifer in nicht mal zwanzig Minuten? Die Hölle war wirklich durchgeknallt.

Ein kleines Wimmern entfuhr meinen Lippen, das sofort von seiner großen Hand verschluckt wurde. Mein Körper kribbelte, als hätte er überempfindliche Nerven entwickelt, die jede Bewegung des fremden Mannes registrierten. Sein breiter Brustkorb hob sich genauso schnell wie meiner. Seine Hände waren lang und schmal. Sie sahen verstörend jung aus, obwohl sich Dutzende von feinen Narben über die helle Haut spannten. Ein herber Geruch nach Ozon und Kupfer stieg mir in die Nase. Der Fremde musste irgendwo bluten. Vielleicht war es aber auch mein eigenes Blut, weil ich mir bei dem Sturz die Wange aufgebissen hatte. Minuten vergingen, in denen wir einfach nur bekloppt aneinandergepresst an der Wand standen und warteten. Worauf? Ich hatte verflucht noch mal keine Ahnung! Mein Körper sträubte sich mit jedem Atemzug gegen die erzwungene Umarmung. Ich wurde so gut wie nie berührt! Niemand bei klarem Verstand berührte mich freiwillig. Und als Geisel gehalten zu werden, das war nun wirklich nicht gerade der Knüller. Warum musste ich auf dieser Ebene auch ausgerechnet den zwei beklopptesten Typen ganz Abaddons über den Weg laufen? Warum?

Als würde der Fremde meinen inneren Zwist mitbekommen, blickte er auf mich herab. Beinahe glaubte ich, ihn mitleidig lächeln zu sehen.

»Tut mir leid, Mädchen«, flüsterte er mir ins Ohr. Meine Kapuze verdeckte zum Glück immer noch mein Gesicht, also konnte er mich nicht erkennen. Dennoch spürte ich seinen forschenden Blick auf mir ruhen. Ängstlich schielte ich in seine Richtung und stockte. Bei genauerem Betrachten war der Mann wunderschön. Ein anderes Wort fiel mir dazu nicht ein. Seine Gestalt war, wie bereits vermutet, groß und schlank. Die Haut glich blassem Alabaster, allein unterbrochen von einer feinen Narbe, die sich quer über seine rechte Augenbraue zog. Die Wangenknochen hoben sich messerscharf hervor. Wie in Stein gemeißelt. Die Augen groß und dermaßen hellgrau, dass sie wie silberne Spiegel wirkten. Perfektioniert wurde das Ganze von einer geraden und eleganten Nase. Die vollen Lippen, öffneten sich unter jedem angestrengten Atemzug. Sein Haar war halblang und fiel ihm in sanften Locken über den Nacken und in die Stirn. Das einzig Seltsame daran war die Farbe. Sie glänzten blau! In der Dunkelheit wäre es mir beinahe nicht aufgefallen, doch die weichen Locken schimmerten ohne jeden Zweifel in einem dunklen Mitternachtsblau. So etwas hatte ich noch nie gesehen. Die Mundwinkel des Fremden zuckten amüsiert, als könnte er meinen Blick auf seinem Gesicht spüren. Doch sein Ausdruck blieb so kühl wie die Schneide eines Messers. Seine Augen strahlten Eiseskälte aus und beinahe glaubte ich, so etwas wie kleine elektrische Blitze durch seine Haare hindurchhuschen zu sehen.

»Wenn die Wachen an uns vorbei sind, werde ich dich gehen lassen. Du wirst laufen und dich kein einziges Mal nach mir umdrehen«, befahl er mir leise. Die Arroganz in seiner Stimme ging mir sofort auf die Nerven. Seine Hände krampften sich noch eine Spur fester um meinen Mund. Wenn er weiter so zudrückte, würde mir langsam die Luft ausgehen. »Wenn du ein schlaues Mädchen bist, wirst du niemandem von unserer Begegnung erzählen. Verstanden?« Er schüttelte mich wie ein unartiges Hündchen. Im Augenblick hatte ich nicht übel Lust, ihm auf die Schuhe zu pinkeln. Natürlich nur im übertragenen Sinne. Trotzdem nickte ich, bevor lautes Hundegebell und das Brüllen von Männerstimmen die Dunkelheit unseres Verstecks durchbrachen. Der junge Mann presste mich an sich.

»Showtime«, flüsterte er mir leise ins Ohr, als auch schon die bulligen Körper der Höllenhunde an uns vorbeihetzten. Geifer und scharfe Zähne glänzten im Licht der Straßenlaternen. Ihre großen Leiber verschmolzen beinahe nahtlos mit der schmutzigen Straße. Ich starrte die Hunde an, die knurrend stehen blieben und lauschten. Ihre großen Ohren zuckten nervös, während die Flanken schweißnass vor Anstrengung bebten.

»Ich rieche ihn! Er ist weitergelaufen«, knurrte schließlich einer. Ich kannte ihn. Sein Name war Bloodclaw. Er war der Sicherheitsmann meines Vaters. Die Hunde grollten unentschlossen. »Ich sagte, hier entlang!«, befahl Bloodclaw und schnappte nach den Hinterläufen eines anderen Hundes. Dieser zog augenblicklich den Schwanz zwischen die Beine und senkte den bulligen Kopf. »Der Gefangene darf uns nicht entwischen, er ist seit zwei Tagen auf freiem Fuß!«, bellte Bloodclaw und rannte staubaufwirbelnd weiter. Die Meute der Bluthunde schoss hinter ihm her, während ihr lautes Gebell gewaltsam die Nacht zerschnitt. Mein Herz hämmerte schmerzhaft gegen den Brustkorb. Der Geschmack nach Blut wurde intensiver, während ich meinem Geiselnehmer einen schnellen Blick zuwarf. Es bestand kein Zweifel. Die Hunde suchten nach ihm! War er etwa der Grund dafür, dass die

Stromversorgung und sämtliche Ausgänge in der Unterwelt gekappt worden waren? Wütend biss ich die Zähne zusammen. Wenn ja, war ich nur wegen diesem Arschloch hier unten und hatte mich in einer dreckigen Mülltonne vor einem durchgeknallten Vampir verstecken müssen. Und wegen ihm musste ich mich nun auch noch vor den Hunden meines eigenen Vaters verstecken.

Mein zuvor erloschener Kampfgeist kehrte mit aller Macht zurück. Er wollte mir die Kehle durchschneiden? Dann musste er vorher meinen Arschtritt überleben. So schnell ich konnte, holte ich aus und stieß meinen Ellbogen in seinen Magen. Der Fremde schien von dem plötzlichen Angriff dermaßen überrumpelt, dass er mich keuchend losließ.

»Was?«, verblüfft griff er erneut nach mir, doch ich riss mich von ihm los und trat ihm, so fest ich konnte, gegen das Schienbein. Was ihn, zu meinem maßlosen Ärger, nicht einmal fluchen ließ. Er starrte mich nur ziemlich, ziemlich wütend an. Seine lächerlich perfekten Nasenflügel blähten sich und er warf mir einen solch kalten Blick zu, dass ich eine Gänsehaut bekam. Giftig funkelte ich zurück.

»Das ist alles deine Schuld!«, fuhr ich ihn an und schlug zu. Leider fing der Junge mühelos meine Finger auf und drückte mich erneut mit brutaler Gewalt gegen die Wand. Es rumste heftig. Sterne kreisten um meinen Kopf, während Steinbröckchen auf uns rieselten.

»Was immer du gerade vorhast, tu es nicht!« Seine Augen waren kalt und hart und dabei so wunderschön, dass sich mein Magen zusammenzog. Das fahle Licht beleuchtete die Kanten seines Kiefers und schnitt seine engelsgleichen Züge hart entzwei.

»Verdammter Bastard, lass mich los! Du bist derjenige, den sie suchen! Wegen dir musste ich zu Fuß gehen. Ich werde allen sagen, wo du bist.«

»Das wirst du nicht!«, fauchte er. Seine Stimme klang wie das warnende Grollen eines Raubtiers und diesmal sah ich eindeutig Blitze durch seine Haare zucken. Was war das? Sein Griff wurde von Sekunde zu Sekunde schmerzhafter. »Wie willst du es verhindern? Indem du mich tötest?«, höhnte ich mit mehr Mut als Verstand. Innerlich verdrehte ich über meine eigene Dummheit die Augen.

Toll, Warrior! Genau so was sagt man zu durchgeknallten Typen, die gerade aus dem Gefängnis ausgebrochen sind.

»Ganz genau!«, spie mir der Mann eiskalt ins Gesicht.

Innerlich begann ich zu wimmern. Nach außen hin funkelte ich ihn weiterhin nur wütend an. Wow, meine eigene Blödheit überraschte mich manchmal selbst. »Ich werde dich töten und ich werde es grausam machen, wenn du nicht sofort still bist.«

»Zur Hölle mit dir«, zischte ich und spuckte ihm direkt ins Gesicht. Was machte ich denn da für einen Blödsinn? Mir mein eigenes Grab schaufeln? So hirnverbrannt war ich doch sonst nicht!

Der Fremde hob ungerührt die Augenbraue. Allein sein Unterkiefer spannte sich bedrohlich an. Seine Finger zuckten, als müsste er sich davon abhalten, mir sofort den Kopf abzureißen.

»Du hast keine Ahnung, wer ich bin«, sagte er schließlich. Seine Worte waren eiskalt und emotionslos. Der kaltblütige Ausdruck in seinen Augen ließ mir das Blut in den Adern gefrieren. Es war, als würde sich hinter seinen Pupillen eiskalte Leere befinden. Dunkel und absolut leblos.

»Du bist ein Frauen-als-Geisel-nehmender-Bastard-ohne-Eier«, erwiderte ich bissig.

Ein amüsiertes Lächeln huschte über sein Gesicht. »Man hat mir schon schlimmere Namen gegeben. Warum riechst du eigentlich nach Rosen, die in eine Jauchegrube gefallen sind?«

Wütend öffnete ich meinen Mund, wurde jedoch von einem tiefen, lang gezogenen Knurren unterbrochen. Der Fremde erstarrte, bevor sein Kopf alarmiert zur Seite schnellte. In der Gasse, direkt hinter uns, lauerte ein riesiger Höllenhund. Seine roten Augen leuchteten triumphierend. Geifer tropfte von seinen Lefzen, als er pirschenden Schrittes auf uns zuschlich. Seine Krallen schabten lange Rillen in den Boden.

»Hab ich dich doch gerochen, Missgeburt. Der Herr wird mich für diesen Fund fürstlich belohnen. Da kannst du dich noch so lange hinter deinem Frauchen verstecken.«

Der Fremde fluchte aufgebracht. »Das wollte ich nicht, Mädchen«, raunte er mir beinahe entschuldigend ins Ohr, während er sich langsam hinter mich schob.

»Trotzdem, lieber du als ich.«

»Was?« Verwundert öffnete ich den Mund. Im gleichen Augenblick sprang der Höllenhund unter ohrenbetäubendem Gebell nach vorne.

Sein schwerer Körper schnellte vorwärts, seine Krallen waren in voller Länge ausgefahren. Vollkommen überrumpelt spürte ich einen heftigen Schubs im Rücken und stolperte nach vorne. Der Höllenhund landete auf mir und verbiss sich in meine Kehle. Ich sah Sternchen. Scheiße, tat das weh! Mein gesamter Körper fiel in Schockstarre, als die scharfen Zähne mein Fleisch zerrissen und der Fremde auf den Fersen umdrehte und davonrannte.

Kapitel 3
Ich bin nicht im Himmel? Ich will mein Geld zurück!

»Warrior, wach auf!«

»Mhhpffff!«

»Warrior!«

»Mhpff … lass mich, ich bin tot.«

Ein Seufzen. »Nein, bist du nicht! Du liegst auf der Couch.«

»Ich … was?« Verblüfft blinzelte ich. Das Licht, das ich fälschlicherweise für das am Ende eines langen Tunnels mit den glücklichen Familienmitgliedern auf der anderen Seite gehalten hatte, entpuppte sich als ein … staubiger Kronleuchter? Mein Blick war noch ein wenig verschwommen, also blinzelte ich ein paarmal und ja … da! Kronleuchter, Spinnen, Staub in meiner Nase, also doch nicht der Himmel. Schleppend hob ich eine Hand und wischte mir über die salzig verklebte Wange. Ich musste geweint haben, denn meine Augen waren rot verquollen, genauso wie meine Nase, aus der supersexy der Rotz floss. Aber warum tat mein Hals so weh, da war … »Huuu… Huuuu… Huuuund!« Erschrocken setzte ich mich auf und griff mir reflexartig an die Kehle. O Gott! Der verdammte Höllenhund! Er hatte mir seine Zähne in die Kehle geschlagen. Ich hatte das Brechen meines Genicks gehört, als die Zähne meine Luftröhre zerfetzt und die Knochen zertrümmert hatten. Ich schmeckte immer noch mein eigenes Blut auf den Lippen, das mir schwallartig aus dem Mund geschossen war. Ich hatte bereits von meinem enttäuschend unerfüllten Leben Abschied genommen. Hatte meinen Vater und meine Mutter für die misslungene Erziehung verflucht, aber wo zum Teufel war ich denn jetzt?

»Ich bin nicht im Himmel? Ich will mein Geld zurück!«, blubberte es aus mir heraus. Mein Hirn fühlte sich wie Matsch an. Ein kleiner Teil von mir hatte sich an die Vorstellung von Wölkchen und Engelchen nach dem Tod geklammert.

Ein weiteres Seufzen drang an mein Ohr. »Tochter, du gehst mir auf die Nerven!«

»Was …?« So sprach nur einer mit mir.

»Daddy? Bist du auch im Himmel?« Der Gott der Unterwelt warf mir einen entnervten Blick zu. Er hatte es sich in einem großen Ohrensessel neben mir bequem gemacht. Die Beine hatte er übereinandergeschlagen, während er ein iPad auf dem rechten Knie abstützte. Sein dunkles Haar war halblang geschnitten und perfekt nach hinten frisiert und die violetten Augen sahen mich missbilligend über den Rand des Tablets hinweg an. Sein Körper steckte in einem dunklen Anzug mit passender roter Krawatte. Die Haut war ungewöhnlich blass. Der Tod war eine eindrucksvolle Erscheinung. Bei jeder Bewegung seines Körpers tropfte schwarzer Rauch zu Boden, der sich wie eine unheilvolle Gewitterwolke zu seinen Füßen sammelte. Dabei schmiegten sich lange samtschwarze Flügel an seinen Rücken. Der Totengott beziehungsweise seine Söhne waren die Einzigen in der Unterwelt, die solche Flügel besaßen. Jeder, der sie sah, wusste, dass man einem Mitglied des Hauses Hades gegenüberstand. Na ja, von mir einmal abgesehen.

»Warrior. Wenn du deine unpassenden Scherze beendet hast, würde ich gerne mit dir reden.«

Mühsam setzte ich mich auf und dehnte vorsichtig den Hals. Er schien noch heil zu sein. Wirklich eigenartig. Ich meine … Gott sei Dank! Aber ich verstand da grundsätzlich etwas nicht. Ich hatte meine Kehle eindeutig in den Fängen des Hundes hängen sehen. Von dem Gedanken wurde mir augenblicklich schlecht.

»Wie … wie … bin ich hier hochgekommen, Daddy? Eben war ich noch auf Ebene 144!« Ich sagte absichtlich Daddy zu ihm, weil ich wusste, dass es ihn maßlos ärgerte. Gleichzeitig gefiel es ihm aber auch. Nur würde er das niemals zugeben.

Der Herr der Unterwelt verzog missbilligend die Mundwinkel und legte das Tablet vorsichtig zur Seite.

»Was … ist das etwa eine Brille?«, fragte ich und war ein wenig perplex von dem unscheinbaren silbernen Gestell auf seiner Nase.

Hades erstarrte kurz. Seine Nasenflügel bebten, bevor er die Brille blitzschnell zusammenklappte und in seine Jackentasche steckte. »Nein, ist es nicht, Tochter. Wir müssen reden. Ich bin äußerst verärgert über dich.«

»Oh!«, sagte ich schwach und wollte die Kapuze tiefer ins Gesicht ziehen. Doch … da war keine Kapuze. Panisch tastete ich weiter nach hinten und förderte ein paar vollkommen zerfetzte Stoffreste zutage. »O Scheiße!«

»Keine Sorge. Niemand hat dich gesehen. Abgesehen von dem Höllenhund. Er war es auch, der dich zu mir gebracht hat.«

»Hades, bitte, du …«

»Unterschätze mich nicht, Warrior! Ich bin ein Gott und dein Vater!«, unterbrach er mich scharf. Ruckartig stand er auf, sodass der Nebel zu seinen Füßen aufgewirbelt wurde. Seine Flügel zitterten. Eine lange Feder segelte zu Boden. »Sei nicht so arrogant, dich für mächtiger als die Götter selbst zu halten. Dein Aussehen hat keinerlei Einfluss auf mich, was ich jedoch nicht vom Rest meiner Leute behaupten kann. Also, was in aller Götter Namen hast du hier unten zu suchen?«, brüllte er mir immer lauter werdend ins Gesicht. Seine lilafarbenen Augen, die er an mich weitervererbt hatte, glühten vor Zorn. Ängstlich presste ich die Lippen aufeinander und senkte den Kopf, sodass ein Vorhang goldfarbenen Haares meine aufsteigenden Tränen verdeckte. Ich wurde nicht oft von Hades angeschrien. Vater hin oder her. In solchen Momenten hatte ich eine Heidenangst vor ihm. »Daddy, ich …«

»Du hast es deiner Mutter und mir versprochen!«, blaffte er weiter, ohne auf meinen zaghaften Einwurf einzugehen. »Was glaubst du, wer wir sind, Warrior? Wir sind Götter! Das solltest du für keinen Augenblick vergessen. Du hast uns versprochen, kein Aufsehen zu erregen. Du bist gefährlich und schädigst unseren Ruf im Olymp. Wir können dir nicht vorwerfen, mit welchem Makel du geboren wurdest, aber du kannst zumindest den Anstand zeigen, uns keine Schande zu machen!« Sein Brüllen erschütterte den Raum und brachte den Lüster an der Decke zum Klirren. Der Rauch zu seinen Füßen erfüllte inzwischen den gesamten Raum und dimmte das Licht, sodass es plötzlich unangenehm dunkel wurde. Dennoch war der Gott problemlos zu sehen. Als würde seine Haut von innen heraus leuchten.

»Du hattest für heute Nachmittag nur eine Aufgabe, Warrior! Du solltest zu deiner monatlichen Überprüfung in den Olymp gehen. Aber was muss ich erfahren? Ich bekomme einen Anruf, dass meine Tochter meine Angestellten beleidigt und in den Kerker geworfen wurde. Das ist kein Verhalten, das ich bei meinen Kindern billige.«

Ich könnte jetzt einwerfen, dass meine Brüder weit mehr Mist bauten als ich. Sich nur nicht so oft erwischen ließen. In weiser Voraussicht hielt ich aber den Mund und verkniff mir angestrengt die Tränen.

»Du magst vielleicht meine Tochter sein«, knurrte Hades. »Glaube jedoch nicht, ich würde dich weiterhin mit Samthandschuhen anfassen. Du bist die Tochter zweier Götter. Ich erwarte mehr von dir als das!« Abfällig zeigte er auf meine zusammengekauerte Gestalt. »Bei einer weiteren Verfehlung werde ich dich auspeitschen lassen! Glaubst du etwa, ich weiß nichts von deinem kleinen Versteck bei Sokrates? Dass du deine Zeit mit Fernsehen und dummen Videospielen verplemperst? Ich habe es dir durchgehen lassen, doch damit ist ab sofort Schluss. Du hast offensichtlich vergessen, was wir sind! Wegen deiner Dummheit musste heute einer meiner besten Hunde sterben.«

»Vater, ich … er ist tot?«, fragte ich erschrocken. O nein, nicht schon wieder.

»Ich musste ihn töten, sonst hätte er jeden in deiner Nähe in Stücke gerissen. Ein Blick in dein Gesicht und er war nicht mehr zu gebrauchen. Ich musste dich persönlich aus seinen Klauen reißen!«

Ich fuhr zusammen und spürte nun doch, wie die Tränen hochkamen. »Das … das wollte ich nicht«, flüsterte ich mit rauer Stimme und schluckte angestrengt den Kloß im Hals hinunter.

»Bitte! Ich wollte mit einem der Taxis fahren. Aber die Ebenen waren gesperrt, sodass ich zu Fuß weitermusste. Da war …« Die Erinnerung an schneeblasse Haut und leuchtend blaues Haar schob sich in mein

Blickfeld. Mit einem Mal stellten sich mir sämtliche Nackenhaare auf. Mein Kopf tat weh. »Da war dieser Junge … er … er hat mich den Hunden zum Fraß vorgeworfen. Ich konnte nichts tun!«

Hades' Augen verengten sich zu kleinen Schlitzen, während seine Flügel unruhig zuckten. »Mir sind die Details dieses Unfalls bekannt. Du kannst dem Schicksal danken, dass deine Kapuze heruntergerutscht war, ansonsten hätte der Hund dich zerfetzt.« Seine Stimme wurde ein wenig milder. Der Rauch zog sich langsam an seine Füße zurück und ließ sanftes Licht in den Raum strahlen. »Dieser *Junge*, dieser Abschaum, an den du unglücklicherweise geraten bist, ist aus dem Tartaros geflüchtet. In den letzten Stunden seiner Flucht hat er drei Abaddoner getötet und dabei beinahe auch dich!«

Mit großen Augen sah ich zu meinem Vater auf. Der Junge war also aus dem Tartaros geflüchtet? Ich hatte nicht einmal gewusst, dass das überhaupt möglich war. Schaudernd griff ich mir an die Kehle. Viel zu deutlich spürte ich noch die Zähne des Hundes, wie sie mir die Haut zerrissen. Meine Kapuze war heruntergerutscht? Daran konnte ich mich beim besten Willen nicht erinnern. Dennoch saß ich hier. Unverletzt. Meine Stimme brach. »Es tut mir leid, Vater«, presste ich mühsam hervor. Was hätte ich auch anderes sagen sollen? Der Schaden war angerichtet. Hades starrte mich weiterhin wütend an, doch die Schatten zogen sich endgültig zurück. Erleichtert atmete ich auf, während er mit raschelnden Flügeln zur Tür ans andere Ende des Wohnzimmers ging.

»Also gut, Warrior. Vielleicht freut es dich, jetzt zu hören, dass wir den Abschaum einfangen konnten. Er sitzt im Tartaros und dort wird er auch bleiben.«

»Was? Wie?« Erstaunt sprang ich auf die Füße und wäre beinahe wieder nach hinten umgekippt. Aua! Mein ganzer Körper fühlte sich zerschlagen an. Mit schmerzverzerrtem Gesicht rieb ich mir den Nacken. »Wie konntet ihr ihn fangen?«

Hades schnaubte. »Sei nicht naiv, Warrior, niemand entkommt seinem Schicksal. Schon gar nicht Monster wie er. Geh jetzt in dein Zimmer. Ich bringe dich morgen nach London zurück und vergiss nicht, etwas anzu…«

Die Tür schloss sich bereits hinter dem Gott, bevor er den Satz zu Ende gesprochen hatte. Mit wackeligen Knien setzte ich mich wieder hin und massierte mir meinen steifen Nacken. Die Kopfschmerzen hatten sich inzwischen in glühende Eisennägel verwandelt, die mir unaufhörlich in die Schädeldecke bohrten. Der Fremde war also festgenommen worden? Wie hatte er sich überhaupt ganze zwei Tage vor den Hunden und meinem Vater verstecken können? Beinahe bewunderte ich diese Gerissenheit und Kühnheit, die solch einer Tat vorausgegangen sein mussten. Dieser Junge … dieser Mann saß offensichtlich nicht ohne Grund im sichersten Gefängnis der unsterblichen Welt. Wer wusste schon, welchem irren Monster ich gerade noch entkommen war. Sofort kroch mir wieder die Gänsehaut über den Rücken. Seine eisgrauen Augen, waren so leer gewesen, als hätte jede Spur von Lebendigkeit in ihnen gefehlt. Ich war froh, dass die Hunde es geschafft hatten, ihn einzufangen. Er hatte mir einen Heidenschreck eingejagt. Das Bild seiner funkensprühenden Haare würde ich nie mehr aus dem Kopf bekommen. Jetzt konnte er zumindest niemanden mehr verletzten. Es war gut, dass er im Tartaros festsaß. Auch wenn ich fürchterliche Dinge über diesen Ort gehört hatte. Nicht viel. Mehr Gerüchte als Fakten. Aber das hatte gereicht, um mir ein Leben lang Albträume zu bescheren. Nur die gefährlichsten Monster, Riesen, Walküren und Götter, wie die ehemaligen Titanen, wurden in den Tartaros gesperrt. Es galt als das Hochsicherheitsgefängnis der übernatürlichen Welt. Niemand entkam von dort. Theoretisch. Offensichtlich gab es dann doch blauhaarige Ausnahmen.

Mit einem mulmigen Gefühl im Magen stand ich auf und verließ das Wohnzimmer. Im Aufstehen schnappte ich mir noch ein Kissen von dem alten und vor allem klapprigen Sofa, auf dem ich gelegen hatte, und hielt es mir schützend vor das Gesicht. Von meiner Kapuze war schließlich nicht mehr als ein kläglicher Haufen zerfetzten Stoffs übrig geblieben. Zu wenig, um mein Gesicht anständig zu bedecken. Und das Risiko, heute noch jemanden in den Wahnsinn zu treiben, war damit definitiv zu groß.

Wenn mir jemand über den Weg lief, konnte ich ihn somit schnell genug vorwarnen, rechtzeitig wegzusehen. Oder es als Waffe benutzen. Je nachdem, wem ich über den Weg lief. Knarrend schwang die schwere Tür des Wohnzimmers auf und ich begann meinen Weg durch Hades' monströses Anwesen, das das Zentrum von Ebene 146 bildete. Der Bau war beinahe vollkommen aus dunklem Stein und Marmor errichtet, wobei das Gebäude in all den vergangenen Jahrhunderten ein verwirrender Mix aus mittelalterlichen Gemäuern, barocken Dächern, Designermöbeln aus den Zwanziger- bis Vierzigerjahren und modernen Fensterfronten geworden war. Altgriechische Säulen stemmten sich meterweit in die Höhe und trugen eine kuppelartige Decke, die mit kunstvollen Malereien aus der Renaissance bedeckt war. Die Farbe war bereits verblichen und bröckelte stellenweise ab, sodass nur noch vereinzelte Fetzen von kämpfenden Männern, die sich gegenseitig zu Boden rangen, übrig blieben. Die einzige Figur, die noch annähernd gut zu erkennen war, stand ein wenig abseits des Kampfgeschehens und blickte mit blutigen Tränen auf das Schlachtfeld herab. Seine dunklen Haare sahen bläulich aus. Ich blieb stehen, legte den Kopf in den Nacken und starrte amüsiert nach oben. Einer meiner Brüder musste vor Kurzem seine kreative Ader gefunden haben. Zumindest hatte die Zeichnung das letzte Mal, als ich hier gewesen war, noch keine Harry Potter-Narbe und kein Hitler-Bärtchen unter der Nase gehabt.

Augenrollend ging ich weiter, wobei meine Schritte laut von den nackten Wänden hallten. Hier und dort kreuzte eine Fackel moderne Lampen oder eine rostige Ritterrüstung lehnte an einem verstaubten Picasso. Vor den Fenstern wogten ein paar rote Lavalampen. Der Boden wechselte von Beton zu marmoriert oder schwarz-weiß gefliest, bis ich die große Halle erreichte, deren Wände von großen, nach oben hin spitz zulaufenden Fenstern gesäumt waren, die einen herrlichen Blick auf die nächtliche Skyline von Uptown preisgaben. Da wir uns unter der Erde befanden, schien zwar kein Mond, doch der Strom war wohl in den letzten Stunden wieder eingeschaltet worden, sodass die Stadt in einem hellen Lichtermeer erstrahlte. Anders als auf Ebene 144, die hauptsächlich aus alten und stinkenden Baracken bestand, war Ebene 146 eine hochkultivierte Stadt. Abaddon war nicht nur als Hölle im klassischen Sinne anzusehen, in der die bösen Buben bestraft wurden, sondern es war eine vollkommen eigenständige Metropole. Eine dunkle Welt, die sich über viertausend Jahre lang entwickelt hatte. Zugegeben, die ethischen Ansichten waren hier unten ein wenig … gewöhnungsbedürftig und in manchen Ebenen schien die Zeit im Mittelalter festgefroren zu sein, dennoch war Abaddon eine blühende, sich stetig weiterentwickelnde Zivilisation. Ich war gerne ein Teil davon. Zumindest manchmal.

»Hey, Prinzessin, hab gehört, du hast unseren alten Herren ganz schön auf die Palme gebracht.«

Erschrocken zuckte ich zusammen und fuhr, das Kissen schützend vors Gesicht gepresst, um die eigene Achse.

»Madox! Nicht hinsehen!«, fauchte ich, doch der idiotische Junge lachte nur verschmitzt und kam mit geschlossenen Augen auf mich zugewankt.

»Kein Grund zur Panik, Warrior, Schatz. Man kann dich zehn Kilometer gegen den Wind riechen. Gibt es einen besonderen Grund, warum du nach Fäkalien und Müll stinkst? Habe ich den internationalen Stinktiertag verpasst? Wenn ja, rolle ich mich schnell im Biomüll.«

Mein Gesicht lief puterrot an, als ich an mir herabsah. Oh, verdammt! Ich hatte immer noch den Schlamm von Ebene 144 auf mir kleben. »Bei den Göttern, ist das peinlich«, winselte ich, was Madox nur noch lauter lachen ließ. Finster starrte ich ihn an, freute mich jedoch gleichzeitig, ihn zu sehen. Mein Halbbruder war ein groß gewachsener junger Mann. Anders als meine anderen Brüder bestand dieser aber nicht nur aus Muskeln und sadistischen Gesichtszügen. Zwar hatte auch er beides geerbt – und das manchmal nicht zu knapp –, sein Gesamtbild und seine Persönlichkeit waren im Allgemeinen allerdings etwas geschmeidiger. Ähnlich einer verspielten Raubkatze. Dichtes dunkles Haar stand in alle Richtungen ab und seine Haut leuchtete in einem warmen Hellbraun, während seine Flügel die Farbe von Schokolade hatten. Wie immer schien er sein Hemd verlegt zu haben und stakste mit nicht mehr als einer zerfetzten Jeans durch die Gegend. Daher war auch die um seinen Bauchnabel tätowierte Sonne zu sehen. Wenn man ihn nach der Bedeutung der Tätowierung frage, tischte er einem – meistens den Frauen – eine rührselige Geschichte über die Reinheit der Seele und Ehrerbietung der Götter auf. In Wirklichkeit war er einfach stockbesoffen gewesen und hatte Glück gehabt, nicht auf das Bild eines Schmetterlings, gleich neben der Sonne, gezeigt zu haben. Ich war auch die Einzige, die wusste, dass er während der gesamten zwei Stunden wie ein kleines Mädchen geflennt und sich dabei auch noch versehentlich selbst angekotzt hatte. Man konnte wohl behaupten, dass Madox und ich seit jeher beste Freunde waren. Mit nur knapp zwei Jahren Altersunterschied waren wir die Jüngsten im Hause

Hades. Etwa ein bis dreißig Jahre trennten uns von den restlichen fünf Söhnen des Hades, die – insbesondere früher – allesamt stärker waren und einen Hang zu wahnhaftem Narzissmus besaßen. Infolgedessen hatte uns das Leben zusammengeschweißt.

»Kannst du bitte aufhören zu schnüffeln! Ich hatte keine andere Wahl!«, motzte ich Madox an und versuchte, ihm gegen das Schienbein zu treten. Trotz geschlossener Augen wich er meinem Pseudo-Ninja-Angriff geschickt aus.

»Welche Wahl? Zwischen Hund oder Müllkippe?«, wieherte er und wischte sich die Lachtränen über seinen eigenen Witz aus dem Gesicht. Hahaha. Dieser Witzbold.

»Halt einfach die Klappe! Ich muss mich umziehen, bevor mich noch jemand sieht«, fuhr ich ihn mürrisch an, musste mir das Lachen aber ebenfalls verkneifen.

»Du bist aber nicht nackt, oder?«, fragte Madox interessiert.

Prompt knallte ich ihm das Kissen gegen den Kopf. »Nein! Spinnst du? Nur mein Gesicht ist frei«, erwiderte ich und hechtete zur großen Treppe, die nach oben in den zweiten Stock führte.

Madox folgte mir gut gelaunt. Die Augen hielt er dabei immer noch artig geschlossen. »Nur dein Gesicht? Was soll dann der Aufstand? Vater erzählte etwas über deine Klamotten, die vollkommen zerfetzt worden wären.« Seine sorglosen Worte ließen mich abrupt stehen bleiben. Madox rannte ungebremst in mich hinein. »Uff, was zum … Warrior?«

»Er … ein … ein Höllenhund musste heute wegen meinem Gesicht sterben.« Ich klang verdächtig tonlos.

Madox versteifte sich. Tastend hob er eine Hand und strich mir unendlich liebevoll über die Wange. »Das tut mir leid, Warrior. Vater hatte gerade erst zu erzählen angefangen. Ich bin gleich losgerannt, um dich zu suchen, und habe die Geschichte nicht zu Ende angehört. Wenn du willst, hau mir eine rein! Komm schon. Ich bin ein Arschloch. Ich hab es nicht anders verdient.« Ohne es zu wollen, musste ich kichern, als mir Madox mit verzerrter Märtyrer-Miene sein Gesicht entgegenstreckte und nach meinen Händen angelte. »Komm! Heb deine kleinen Fäustchen und schlag zu.«

»Blödmann!« Lachend wuschelte ich ihm durch das ohnehin schon zerzauste Haar und drückte ihm einen kleinen Kuss auf die Nasenspitze.

Madox schenkte mir ein spitzbübisches Grinsen, bei dem es verräterisch silbern aufblitzte.

»Was? Mad… hast du dir die Zunge piercen lassen? Reichen die Ohren und Augenbrauen nicht? Willst du aussehen wie ein Nadelkissen?«, fragte ich irritiert, während wir ein weiteres Stockwerk nach oben wankten. Es war ein Wunder, dass er dabei nicht auf die Schnauze fiel. Vorsichtshalber pikte ich ihm mit dem Zeigefinger in den Rücken und lotste ihn über alle Hindernisse hinweg. Der marmorne Boden war hier oben gemütlich beheizt und alte weinrote Liegesofas aus altrömischer Zeit drängten sich in staubigen Nischen. Uralte Büsten und Gemälde von Göttern und anderen Sagengestalten hingen an den Wänden, zusammen mit kunstvollen Blumenarrangements, die in all dem alten Müll ein wenig deplatziert und zu frisch wirkten.

»Freesien?«, fragte ich Madox ein wenig gequält, als wir an einem Blumenstrauß vorbeigingen, der im Helm einer Ritterrüstung steckte.

Madox verzog mitleidig das Gesicht. »Mutter ist hier, tut mir leid, Prinzessin!«

Ich stöhnte. Heute war wirklich nicht mein Tag. »Also? Was ist das jetzt mit dem Metall in deiner Zunge?« Mit zusammengekniffenen Augen versuchte ich, einen weiteren Blick auf das Ding in seinem Mund zu erhaschen. Aha! Da! Eindeutig. Madox' breites Grinsen zeigte einen gebogenen Ring mit roten Glitzersteinchen.

»Ach, dieser Stecker? War eine Wette mit Bright. Du musst nichts sagen, ich weiß, wie bescheuert das ist, glaub mir, ich wurde bereits ordentlich dafür verprügelt.«

In schmerzlicher Erinnerung rieb er sich das störrische Kinn, dabei linste er zu mir hinüber. Seine grünen Augen wurden eine Spur dunkler. Als ich ihm einen warnenden Klaps gab, seufzte er genervt, schloss jedoch wieder artig die Augen. Ein kurzer Blick würde ihn nicht umbringen. Vermutlich. Aber sicher war sicher.

»Ich dachte, Vater reißt mir das Ding mitsamt Zunge heraus.« Mitleidig verzog ich das Gesicht und nahm seine Hand in meine. Unsere Finger verflochten sich langsam ineinander, wie sie es seit Kindertagen taten.

»Was sagt Persephone dazu?«

»Soll das ein Witz sein? Mum war diejenige, die mich dafür verprügelt hat!«

»Autsch!« So ganz konnte ich mir bei dem Gedanken das Lächeln nicht verkneifen. Dennoch litt ich mit ihm. Persephone war Madox' und Brights Mutter und Hades' Frau seit … na ja, seit Urzeiten eben. Meine restlichen Brüder hatten jeweils andere Mütter – allesamt unbekannter Identität. Götter hatten es nicht unbedingt so mit dem Konzept der Treue. Zumindest, wenn man den Fluten an Frauen nachging, die hier regelmäßig aus dem Schlafzimmer meines Vaters wankten. Oder den Männern und Frauen aus Persephones. Als geborene Olympierin war es ihr allerdings auch nur wenige Monate im Jahr erlaubt, in der Hölle bei ihren Söhnen zu leben. Als Tochter der Demeter war Persephone, wie ihre Mutter zuvor, die Göttin der Fruchtbarkeit und des Frühlings. Der Grund, warum sie ausgerechnet Hades, den so ziemlich unblumigsten Typen, den ich kannte, hatte heiraten müssen, war mir bis heute unverständlich. Die beiden schienen sich nicht einmal wirklich zu mögen. Trotzdem behauptete Hades steif und fest, dass er Persephone ab dem ersten Augenblick ihrer Erschaffung hatte besitzen müssen. Als er jedoch bei meinem Onkel Zeus um Erlaubnis der Heirat bat, hatte dieser weder die Eier, dem zuzustimmen, noch hatte er den Mut, diese Bitte abzulehnen. Hades fasste das natürlich prompt als Zustimmung auf und nahm sie mit in die Unterwelt. Ihre Mutter Demeter war daraufhin so wütend, dass sie sämtliche Pflanzen eingehen ließ, sodass die Menschen elendig verhungerten. Schließlich musste Hades Persephone wieder aus der Unterwelt entlassen. Doch da diese bereits mit Hades verheiratet war – und hochschwanger noch dazu –, stimmte Demeter zu, Persephone vier Monate im Jahr in die Unterwelt zu lassen. Allerdings verweigerte die Göttin es bis heute, in dieser Zeit etwas wachsen zu lassen, sodass die Menschen wegen der verklemmten alten Schachtel den Winter ertragen mussten.

Diese Geschichten und weitere hatte ich mir als Kind zusammen mit Madox zuhauf anhören müssen. Ob diese nun wirklich stimmten oder mein Vater Persephone einfach nur in einer Bar abgeschleppt hatte, würde wohl ewig ein Geheimnis bleiben. Die Götter liebten es, sich mit ihren alten Geschichten und Heldentaten zu rühmen. Da war Persephone keine Ausnahme, die in etwa den charmanten Charakter eines Drachens geerbt hatte, was man insbesondere an ihrem fiesen rechten Haken zu spüren bekam. Ihre Ohrfeigen waren auch nicht von schlechten Eltern. Ich zumindest versuchte, in den vier Monaten ihres Besuches so wenig Zeit wie möglich in der Unterwelt zu verbringen.

»Ich freu mich schon darauf, sie wiederzusehen«, brummte ich leise und stand endlich vor der Tür meines Zimmers. Da ich nur sehr unregelmäßig Zeit in der Unterwelt verbrachte, war es wesentlich kleiner als die Gemächer meiner Brüder. Dennoch konnte ich getrost auf eine eigene Waffenkammer und einen Sportraum verzichten. Dafür hatte Hades das Bedürfnis, mich mit Unmengen an Kleidern überhäufen zu müssen, die ich niemals würde anziehen können. Die große rosarot gestrichene Tür, auf die Madox und ich kitschige Regenbogen-Einhörner gemalt hatten, erkannte mich sofort und schwang mit einem einladenden Quietschen auf.

»Setz dich!«, wies ich Madox an und zog ihn in Richtung Bett. »Ich zieh mir nur schnell was anderes an.«

Sofort ließ sich Madox auf das blaue Himmelbett plumpsen, dabei flatterten ein paar seiner Federn in alle Richtungen.

»Alles klar! Sag mal, möchtest du über heute reden?«, fragte er mich und wühlte sich wie ein großer Hundewelpe durch meine Kissen. Na toll! Morgen würde ich mit Sicherheit ein paar Dutzend ausgefallene Federn aus meinen Haaren fischen dürfen.

»Sicher«, antwortete ich seufzend und begann damit, ihm die schreckliche Auseinandersetzung mit Gladis von heute Nachmittag zu erzählen. Währenddessen angelte ich mir eine schwarze Jeans und einen passenden roten Kapuzenpulli aus dem Kleiderschrank. Meine verdreckten Stiefel kickte ich achtlos von den Füßen und warf die durchweichten Socken in den Müll. Sie stanken entsetzlich nach Jauche.

»Und dann kam dieser Vampir«, erzählte ich auf dem Weg ins Badezimmer. »Der Idiot hat meine Fährte aufgenommen, sodass ich mich im Müll verstecken musste!« Schnell zog ich mich aus und stellte mich unter die Dusche. Beiläufig schamponierte ich mir die Haare und schrubbte über meine blasse Haut, auf der überall blaue Flecken und Schürfwunden zu sehen waren.

»Und dann?« Madox' Stimme drang durch den Dampf des Badezimmers hindurch.

»Was? Hau ab, du perverser Spanner! Ich erzähl gleich weiter«, schimpfte ich und spuckte ein wenig Wasser aus.

Madox hatte sich inzwischen eine meiner Schlafmasken über die Augen gezogen. »Pff, krieg dich wieder ein. Ich schau schon nicht hin. Es ist gerade spannend, also erzähl weiter.« Kurz zögerte ich, vergewisserte mich, dass Madox, der sich gerade auf den zugeklappten Toilettensitz fallen ließ, wirklich nichts sehen konnte und begann die Geschichte weiterzuerzählen, während ich mich beeilte, die Dusche zu beenden.

In ein flauschiges Handtuch gewickelt, tapste ich zu dem marmornen Waschbecken und kramte einen Föhn hervor. Langsam wischte ich über den beschlagenen Spiegel und musterte mein Gesicht, ohne in der Geschichte innezuhalten.

»Und dann war da dieser Junge. Er … er war eigenartig, ich …« Murmelnd blickte ich in den Spiegel und spürte, wie sich meine Gesichtszüge verhärteten. Jedes Mal, wenn ich in den Spiegel blickte, hatte ich das Gefühl, eine Fremde anzustarren. Vielleicht lag es auch an meinen angespannten Nerven oder dem fürchterlichen Tag, der hinter mir lag, allerdings war ich mir nie so extrem erschienen. Ohne Klamotten, die mich versteckten, war ich ein vollkommen anderes Wesen. Mein Körper war zierlich, mit einer schmalen Taille, die in eine geschwungene Hüfte mündete. Goldenes Haar lockte sich in Wellen über meinen Körper, wo es beinahe meine Kniekehlen kitzelte. Ich hatte es bereits mehrere Male abzuschneiden versucht, leider wuchsen sie genauso schnell wieder nach, wie ich sie kürzte. Das Einzige, was ein wenig aus dem Rahmen der perfekten goldenen Jungfrau fiel, waren meine katzenhaften violetten Augen, die denen meines Vaters ähnelten. Groß blickten sie unter einem Vorhang aus pechschwarzen Wimpern hervor. Mein Gesicht war ausnahmslos perfekt. Kein Pickel, kein Muttermal, keine Falte. Alles an mir war schön. Dabei wirkte ich auch noch zerbrechlich … wie Glas. Mein Spiegelbild zeigte mir einen verfluchten goldhaarigen Engel! Die schönste Tochter der Aphrodite seit Jahrtausenden, wie meine Mutter gerne verächtlich hervorspie. Mit dem einen Makel, dass meine Schönheit so ziemlich jeden zerstörte, der einen Blick darauf riskierte.

Mein Anblick rief Obsession hervor.

Ein Fleck freier Haut genügte. Ein unbedachter Augenblick, und ich ließ jeden wahnsinnig vor Verlangen werden.

Hingabe wurde zu zerstörerischem Kontrollzwang.

Beschützerinstinkt zur rasenden Eifersucht.

Selbst mein Geruch machte süchtig wie eine süße Droge.

Die Götter nennen es das Medusa-Syndrom. Umgangssprachlich war es allerdings eher als der Medusa-Effekt bekannt.

Es handelte sich um einen Gendefekt. Eine Überzüchtung von zu viel magischem Blut in meinem Körper, der dafür zu schwach war.

Die traurige Wahrheit: Ich bin ein Monster mit dem Gesicht eines Engels. Angeekelt wandte ich mich von mir selbst ab und unterdrückte den aufsteigenden Selbsthass.

»Lass es, Warrior. Du kannst nicht ändern, was du bist oder wie du aussiehst«, unterbrach Madox mein Trübsalblasen. Erstaunt blickte ich zu meinem Bruder, der immer noch mit der lächerlichen Nachtmaske über den Augen auf der Kloschüssel saß. Mit einem wehmütigen Lächeln sah er in meine Richtung. Nicht zum ersten Mal kam es mir so vor, als könnte er meine Gedanken lesen. »Du kannst nichts dagegen tun, Warrior, und selbst wenn, ich würde nichts an dir ändern wollen«, flüsterte er.

Traurig lächelte ich ihm zu. Madox' Vertrauen in mich war unerschütterlich. Schon seit Jahren, besser gesagt, mit dem Einsetzen der Pubertät hatte er mein Gesicht nicht mehr gesehen oder sonst ein Fleckchen freier Haut. Auch wenn er steif und fest behauptete, die Kontrolle behalten zu können. Trotz dieser Aussage würde es für immer Theorie bleiben. Ich könnte es nicht ertragen, sein Leben wegen eines einzigen unbedachten Augenblicks zu zerstören.

»Danke«, seufzte ich leise und begann meine Haare zu föhnen, die sich augenblicklich in perfekte Locken auf meinen Rücken schmiegten. Danach schlüpfte ich in meine neuen Sachen. »Jedenfalls …«, nahm ich den Faden meiner Erzählung wieder auf und flocht mir mit schnellen Bewegungen einen straffen Zopf. » … schmiss mich dieser Idiot vor die Hunde!« Achtlos stopfte ich ihn in den Pulli und zog die Kapuze über den Kopf.

»Was? Einfach so?«, fragte Madox stirnrunzelnd.

»Hä? Ähm. Nein! Ich denke, sie sollten so lange damit beschäftigt sein, mich zu fressen, damit er in Ruhe die Kurve kratzen konnte.«

Mads Stirnrunzeln wich einem wütenden Zähnefletschen. »Dieser dreckige kleine Mistkerl. Schlau, schmutzig und gewissenlos, der

Typ kommt definitiv aus einem der finstersten Löcher der Hölle. Aber wie konntest du das überleben?« Madox' Flügel zitterten vor unterdrückter Wut.

Hilflos zuckte ich mit den Schultern. »Das ist ja das Seltsame. Ich weiß es nicht genau. Ich dachte, ich sei bereits tot … aber nein, mir ist nichts passiert. Meine Kapuze ist nur heruntergerutscht, bevor es wirklich hässlich werden konnte. Der Hund hat mein Gesicht gesehen und den Rest kannst du dir denken!« Nervös knabberte ich an meiner Unterlippe und nahm mir eine der Sonnenbrillen aus dem Kästchen unter der Spüle. Es handelte sich um ein modisches Designerstück, das mit seinen dunklen Gläsern mehr als die Hälfte meines Gesichtes bedeckte. Die Brille hüllte meine Welt in permanente Dunkelheit. Ich hasste sie. Trotzdem setzte ich sie auf und schlüpfte schlussendlich in neue Handschuhe und Schuhe. »Tja, das war's. Scheißtag! Du kannst diese rosa Tussimaske jetzt runternehmen, Mad, ich bin fertig.«

Sofort riss sich Madox das Stück von seinem Gesicht und stürmte quer durch das Bad auf mich zu. Überrascht quiekte ich auf, als er mich stürmisch an sich drückte. Dabei raschelten seine dunklen Flügel leise, als er diese wie einen schützenden Kokon um uns beide legte. Kurz wehrte ich mich gegen diesen heftigen Gefühlsausbruch, doch als ich Madox' Schultern beben spürte, legte ich meinen Kopf an seine Brust und tätschelte beruhigend seinen angespannten Bizeps.

»Keine Sorge. Mir gehts gut, Mad. Es ist nichts Schlimmes passiert.«

»Ich werde diesen Mistkerl umbringen«, knurrte er in den Stoff meiner Kapuze und atmete scharf aus. »Ich werde diesen mit Syphilis überwucherten Arsch finden, seinen schleimigen Kopf abschneiden und ihn dann an die Hunde verfüttern.«

Ich lachte leise und streichelte weiter beruhigend seinen Arm, dessen Muskeln sich fester anspannten.

»Alles klar, großer Krieger. Erstens war sein Kopf nicht schleimig und zweitens sitzt der Mistkerl wieder im Tartaros fest, also kannst du aufhören, blutige Rache zu schwören, ja?«

Abrupt senkte Madox seine Flügel. Finster starrte er auf mich herab und kniff die Lippen zusammen. »Was soll das heißen, er ist nicht schleimig? Natürlich ist er das! Er hat dich angefasst und dir Angst eingejagt und dich beinahe an die Hunde verfüttert. Für mich macht ihn das zu einer schleimigen, dreckigen Ratte mit Pestbeulen an den Eiern.«

Genervt verdrehte ich die Augen und ging ins Schlafzimmer. »Lass es, Mad! Ich will über den Typen nicht mehr reden.«

»Hast du ihn etwa genauer gesehen?«, fragte mich mein Bruder misstrauisch. Seine Augen leuchteten raubtierhaft im Dämmerlicht der Deckenlampe.

»Herrgott noch mal! Natürlich habe ich ihn gesehen! Er hat mich wie einen Teddybären an sich gedrückt.«

Madox' Nasenflügel bebten. »Du hast ihm erlaubt, dich zu berühren?«

»Was …?« Fassungslos darüber, in welche Richtung sich dieses absolut lächerliche Gespräch entwickelte, blieb ich stehen und stemmte die Hände in die Hüfte. »Nein, du Holzkopf! Ich habe ihm natürlich nicht erlaubt, mich anzufassen. Stell dir vor, dass es nicht ganz so freiwillig gewesen ist, sich von einem bekloppten, muskulösen Typen in den Schlamm drücken zu lassen, während er mir droht, die Kehle aufzuschlitzen!«

Madox starrte mich an.

Lange.

»Er war muskulös?«

»Ahh!« Lachend warf ich Madox ein Kissen von meinem Bett gegen den Kopf.

Armselig sanft klatschte es gegen sein Gesicht und landete wie ein flacher Pfannkuchen am Boden. Madox hob eine Augenbraue. »Das ist häusliche Gewalt, Frau! Aber lenk nicht ab. War er muskulöser als ich?«

»Halt einfach die Klappe, Mad! Ich wollte nicht gekidnappt werden, ich wollte nicht angefasst werden, nur leider konnte ich nichts dagegen tun und jetzt Schluss damit. Wir sehen ihn nie wieder!« Wütend stapfte ich an Madox vorbei zur Tür.

»Warrior«, hielt er mich mit weicher Stimme auf.

»Was?« Genervt drehte ich mich um. Ein Polsterkissen knallte mir hart ins Gesicht.

»Du musst nicht immer das letzte Wort haben«, schniefte er und stakste mit hocherhobener Nase an mir vorbei und in den Flur hinaus.

Kapitel 4
Nur Warrior hat die Eier, den alten Herren Daddy zu nennen

»Was soll das werden, wenn es fertig ist?«

»Was?«, fragten Madox und ich gleichzeitig.

Die hellbraune Schönheit mit den dichten langen Haaren zog missbilligend eine Augenbraue nach oben und schnalzte mit der Zunge. »Das!«, fauchte sie und zeigte abfällig auf uns beide.

Nachdem Madox, so schnell er konnte, aus meinem Zimmer abgehauen war, hatte ich ihn nach einer schweißtreibenden Verfolgungsjagd endlich im Salon abgefangen, wo ich erfolglos probiert hatte, ihn mit einem Kissen zu ersticken. Leider war der Sohn des Hades um einiges stärker und kampferprobter im Umgang mit Kissen als ich, sodass wir uns letztendlich in einem Knäuel aus Armen und Beinen am Boden gewälzt hatten. Madox hatte sich nach einigen wilden Zwickattacken meinerseits dazu entschlossen, seine Überlegenheit zu demonstrieren und sich einfach auf meinen Bauch gesetzt, wo er nun meine Hände im Zaum hielt, während ich verzweifelt versuchte, ihm Fußtritte zu verpassen. Das Lachen war mir allerdings abrupt im Hals stecken geblieben, als Persephone in den Salon gerauscht kam. Ein wenig verlegen hörte ich auf, Madox zu treten. Hastig versuchte ich, ihn von mir herunterzuschütteln. Er blieb jedoch dümmlich grinsend auf mir sitzen. Seine Haare standen wild in alle Richtungen ab, während er in unserer Aufregung Dutzende Federn aus seinen Flügeln im Salon verteilt hatte.

Die Göttin starrte uns angewidert an. »Sohn, könntest du die Missgeburt bitte loslassen! Ich sehe es nicht gerne, wenn du ihr zu nahe kommst.«

Madox' Grinsen verfinsterte sich. Unauffällig stupste ich ihn an. Er zog trotzig eine Augenbraue nach oben und blieb unter dem giftgrünen Blick seiner Mutter auf mir sitzen. Wie schön, dass ihm dieser nichts anzuhaben schien, aber mir zog er beinahe die Haut von den Knochen. Leicht panisch stupste ich ihn wieder an, bis er sich schließlich langsam aufrichtete. Schnaufend rappelte ich mich auf und wollte mich unauffällig aus dem Staub machen. Mein herzallerliebster, idiotischer Bruder packte mich aber an den Schultern und drückte mich beherzt an seine Brust. Na toll! Jetzt stand ich zwischen ihnen! Wütend funkelte ich Madox an, doch der hielt seinen Blick störrisch auf seine Mutter fixiert. Persephone kniff indessen ihre vollen Lippen zusammen, der Ausdruck ihrer lindgrünen Augen wurden immer giftiger. Ihr Körper steckte in einem grünen Kleid, das ihren Oberkörper wie eine zweite Haut umschmeichelte und elegant zu Boden fiel. Ein breiter Schlitz offenbarte ihre langen goldbraunen Beine, auf denen sich Efeu und Blumenranken wie lebendige Schlangen nach oben wanden. Ihr Haar, in dem Rosen und Veilchen aufblühten und ihre Köpfe Persephones Stimme entgegenstreckten, fiel wie glänzende Seide über ihren Rücken. Bei jedem ihrer eleganten Schritte strich eine Sommerbrise durch den Raum. Als Tochter der Demeter war sie zwar nur eine niederrangige Göttin, dennoch reichte ein durchdringender Blick von ihr aus, um mich wissen zu lassen, dass ich nicht mehr als ein armseliger kleiner Mensch im Dreck zu ihren Füßen war. Ihre Präsenz erleuchtete den Raum und füllte jedes noch so dunkle Eck im Salon. Bei dem Anblick ihres geliebten Sohnes, der den Bastard ihres Mannes umklammerte, wurde es abrupt um einige Grade kälter im Raum. Unauffällig hauchte ich aus und sah meinen eigenen Atem zu Wölkchen kondensieren. Himmel, war Persephone eine Frostbeule!

»Ähm … ich glaube, du solltest mich loslassen, sonst enden wir noch als Eis am Stiel«, flüsterte ich Madox zögerlich zu.

»Sie kann mich mal! Du bist meine Schwester«, brummte er zurück. Dennoch wollte ich es mir nicht bereits am ersten Tag mit Persephone verscherzen, also wand ich mich resolut aus Madox' klammerndem Würgegriff und richtete meine Kapuze gerade. Schatten umhüllten mein Gesicht, als ich mich knapp vor der Frau meines Vaters verbeugte. »Willkommen, Persephone, es ist schön, dich wieder in der Unterwelt zu sehen! Wie war der Sommer?«

Ihr Blick stieß wie ein Schwert durch meine Gedärme und drehte genüsslich die Klinge einmal um. »Warrior! Ich habe gehört, du wurdest heute beinahe getötet.« Um ihre Lippen zuckte ein erfreutes Lächeln. Wow. Wie nett es war, sie mal lachen zu sehen, oder?

»Ähm … ja. So ist es. Ich hatte einen unglücklichen Zusammenstoß auf Ebene 144.«

»Ja, wie unglücklich!«, stieß Persephone hervor, bevor sie sich mit deutlich sanfterem Gesichtsausdruck zu Madox umdrehte. »Mein Sohn, ich soll dich zum Essen holen. Ich bestehe an meinem ersten Tag in diesem Höllenloch auf ein Essen mit der Familie.«

Madox nickte und lächelte leicht verlegen, seine Schultern entspannten sich. »Natürlich. Ich freue mich, Mutter. Warrior und ich folgen dir.«

Persephone zog eine Augenbraue nach oben. »Ich sagte Familie, Madox«, rügte sie ihn milde.

»Ganz genau«, erwiderte dieser trocken. »Warrior ist ebenfalls Familie! Also, sollen wir los? Ansonsten wird der alte Herr noch ungemütlich.«

Ungehalten schnalzte Persephone mit der Zunge und sah aus, als würde sie ihrem Sohn jeden Moment verbieten, mich mitzunehmen, ähnlich einem Kleinkind, dem man untersagte, eine hässliche Kröte mit an den Esstisch zu nehmen. Die herausfordernd funkelnden Augen ihres Sohnes schienen sie jedoch davon abzuhalten. Trotzdem warf sie mir einen Blick zu, der einer Giftnatter nicht unähnlich war, während die Raumtemperatur erneut um einige Grade sank. »Du solltest Hades nicht als alt bezeichnen, Madox. Nenne ihn Vater, wie jeder gute Sohn es tun sollte«, warf sie tadelnd ein, drehte sich geschmeidig auf ihren nackten Füßen um und glitt leichtfüßig wie eine Katze durch die Tür. Mad grinste indessen nur verschmitzt und zog mich hinter sich und seiner Mutter aus dem Raum. Kurz spielte ich mit dem Gedanken, mich an dem Türrahmen festzukrallen. Ein Familienessen mit dem Rest meiner Brüder und Persephone war in etwa so angenehm, wie sich angespitzte Bambusspäne unter die Nägel zu treiben. Leider schien Madox meine Gedanken zu erraten, denn er schob mich nur noch schneller durch den nächsten Raum.

»Niemand nennt Hades Vater, Mutter«, erklärte er dabei Persephone, die langsam eine Augenbraue hochzog.

»Ach ja? Soweit ich weiß, nennt die kleine Missgeburt ihn Vater.«

»Ich habe auch einen Namen«, warf ich grummelnd ein.

Beide ignorierten mich. Madox nickte mit ergriffener Miene.

»So ist es! Nur Warrior hat die Eier, den alten Herren Daddy zu nennen. Uns anderen würde er bei dem Versuch die Federn einzeln ausreißen. Von meinem einzigen und letzten Versuch habe ich immer noch eine kahle Stelle am rechten Flügel.«

Persephone schnaubte ungehalten. Ihre Schritte hallten laut von den Wänden wider. Unauffällig ging ich aus der Schusslinie. Warum sagte Mad so etwas? Wollte er mich mit Efeuranken stranguliert am Boden wiederfinden? Ängstlich äugelte ich nach einer der Rosen in Persephones Haar. Kam es nur mir so vor oder sahen die Blumen mich komisch an?

»Hades ist viel zu weich, was dieses Mädchen betrifft. Ich sehe nicht ein, dass er sie euch ständig vorzieht. Aber von Aphrodites Brut war im Grunde nichts anderes zu erwarten. Ihre Bälger waren von Beginn an nervtötend, doch die hier ist zu allem Überfluss auch noch eine tickende Zeitbombe!«

»Ähm … ihr wisst schon, dass ich jedes Wort hören kann, oder?«, fragte ich, wurde jedoch erneut ignoriert. Allein die Rose starrte weiterhin so komisch auf mich runter. Finster starrte ich zurück.

Madox schnaubte aufgebracht und fuhr sich durch die Haare. »Lass es einfach, Mutter! Sind Bright und Hunter schon hier?«

»Natürlich sind sie das. Lax und Rade ebenfalls. Spade sollte bald nachkommen.« Schwungvoll warf sie ihre dunkle Haarmähne zurück und stieß die Türen zum Speisesaal auf. Der Raum erinnerte mich immer an eine wirre Mischung aus Mittelalter und einer gedeckten Tafel auf einer Teeparty bei Alice im Wunderland. Ein langer hölzerner Tisch stand in der Mitte eines riesigen, ansonsten leeren Saals, dessen Wände aus grob behauenen Steinen gefertigt waren. Von der kargen Decke hing ein gigantischer Kronleuchter. Der schwarz-weiß geflieste Fußboden erinnerte an ein Schachbrett und in der Mauer prangte eine Feuerstelle, in der man ganze Ochsen hätte braten können.

Unauffällig durchquerte ich den Speisesaal und setzte mich so weit wie möglich von Persephone weg. Madox pflanzte sich wie immer direkt neben mich, verschränkte die Arme am Hinterkopf und kippelte mit seinem Stuhl hin und her. Hades saß schon auf seinem üblichen Platz am Ende der Tafel. Die Göttin ließ sich elegant an seiner Rechten nieder und strich ihm zur Begrüßung sanft über die angespannten Schultern. Sein Gesicht blieb dabei ausdruckslos. Die lilafarbenen Augen waren auf seinen ältesten Sohn Hunter gerichtet, der ihm soeben über die letzte Hetzjagd verlorener Seelen irgendwo in Downtown berichtete. Bright, mein zweitältester Bruder, hatte es sich neben Hunter gemütlich gemacht, die Beine gelangweilt gegen den Tisch gestützt, und spielte mit einem langen Dolch, dessen geschärfte Schneide silbern aufblitzte, wenn er ihn in die Luft warf. Lax und Rade, die Zwillinge, saßen am anderen Ende und starrten missmutig auf ihre leeren Teller.

»Warum hat Rade pinke Haare?«, fragte ich Madox verwundert.

Er zeigte kichernd auf Lax, dessen strubbelige Haare in einem fiesen Giftgrün leuchteten. »Sie haben eine Wette verloren!«, sagte er viel zu laut.

Ihre Köpfe ruckten herum.

»Weil du geschummelt hast«, schnarrte Lax. Unter seinem rechten Auge prangte ein bereits verheilendes Veilchen im passenden Grünblau.

»Verräter!«, zischte Rade, dessen Nase so aussah, als hätte man sie gegen eine Wand gerammt. Dabei spießte er seine Gabel so fest in den Esstisch, dass sie zitternd stecken blieb.

»Ach ja?«, fragte Madox herausfordernd und zog eine Augenbraue nach oben. »Was kann ich dafür, wenn ihr illegale Basiliskenkämpfe mit einem Hexenmeister organisiert?«

»Basiliskenkämpfe?«, fragte ich interessiert.

»Ein Basilisk, der sich bei der Hälfte des Kampfes in ein Hühnchen zurückverwandelt hat!«, spuckte Lax wütend aus.

Unschuldig riss Madox die Augen auf. »Auf den Schwarzmarkt ist heutzutage auch kein Verlass mehr. Da denkt man, man kauft einen blutrünstigen Basilisken für seine geliebten Brüder und bekommt stattdessen ein zerrupftes Hühnchen serviert. Aber keine Sorge, das wird einen saftigen Beschwerdebrief geben.«

Ich prustete los.

»Die Scheiße kannst du sonst wem erzählen, Madox, du hast uns verarscht! Wir wollen unser Geld zurück!« Rade sah aus, als würde er seinem kleinen Bruder jeden Augenblick die Nase einschlagen, als die Türen sich öffneten und der letzte meiner Brüder, Spade, den Raum mit dreckverschmierter Kleidung betrat. Eine lange Narbe zog sich quer über seine rechte Wange. Seine Gesichtszüge waren hart und kantig, das blonde Haar ein wenig zu lang, sodass es ihm in ungebändigten Wellen über die Schultern fiel. Als er eintrat, richteten sich alle Blicke auf den jungen Abaddoner, der sich grinsend die schmutzigen Stiefel am teuren Perserteppich vor der Tür abwischte. Hades warf ihm einen finsteren Blick zu, blieb jedoch stumm, als sich Spade lachend neben mich fallen ließ. »Na, sieh mal einer an. Die Missgeburt ist wieder da. Hab gehört, du steckst bis zum Hals in der Scheiße!«

Gelangweilt stützte ich das Kinn in meiner Hand ab und warf ihm einen schalen Blick zu. »Hey, Spade, siehst schmutzig aus. Hast dich wieder in den Syphilis-Hurenhäusern auf Ebene 60 rumgetrieben?«, fragte ich zuckersüß.

Er lächelte wölfisch. »Nein, stell dir vor! Diesmal wollte ich die Huren auf Ebene 144 ausprobieren. Vampire können da ein paar abgefahrene Dinge. Du scheinst dich ja ebenfalls auf Ebene 144 amüsiert zu haben. Ich hatte vorhin ein recht interessantes Gespräch mit einem ortsansässigen Vampir. Sein Name ist Roven. Angeblich sollst du mit ihm eine Zeit lang Fangen gespielt haben, bevor die Höllenhunde dich erwischt haben. Die gesamte Unterwelt redet davon.« Sein raues Lachen erfüllte den Raum und ließ Hades ruckartig aufsehen. Dunkler Nebel tropfte zu Boden, was Persephone angewidert die Nase rümpfen ließ.

»Warrior, was redet er da? Welcher Vampir?«, donnerte der Totengott augenblicklich los, was mich erschrocken zusammenzucken ließ.

»Arschloch!«, zischte ich Spade wütend zu. Er kicherte nur leise. Zähneknirschend sah ich Hades an und antwortete ihm kleinlaut: »Es war nichts, Daddy. Ein Vampir hat für kurze Zeit meine Fährte aufgenommen. Ich hatte aber kein Problem, ihn abzuschütteln.«

»Mit einem wagemutigen Kopfsprung in den Müll«, ergänzte Spade amüsiert, was meine restlichen Brüder polternd auflachen ließ. Wütend trat ich ihm gegen das Schienbein, was er mit einem noch festeren Tritt kommentierte. Woher wusste Spade davon? Lautlos fluchend zuckte ich zusammen. Im gleichen Augenblick landete Madox' Faust auf Spades Wange. Dessen blonder Kopf schleuderte zurück. »Lass sie in Ruhe!«

Spade wischte sich zähnefletschend das Blut von der Unterlippe. »Bist du lebensmüde, Madox?«, grollte er. Seine Augen leuchteten glutrot. Das vampirische Erbe seiner Mutter schien heute stärker aus ihm hervorzubrechen als üblicherweise. Zudem glaubte ich, den schwachen Duft von Blut in seinem Atem wahrnehmen zu können.

»Schluss mit dem Gezanke, meine Süßen«, unterbrach Persephone Spade und Madox, bevor die beiden sich prügelnd über den Esstisch wälzen konnten. »Ihr könnt euch später noch prügeln, jetzt wird gegessen. Und Warrior, ich habe mit deinem Vater gesprochen. Wir sind uns einig, dass du für dein schlechtes Benehmen keinen Nachtisch verdient hast«, säuselte die Göttin.

Spade prustete. Ich schürzte die Lippen. Schon wieder keinen Nachtisch? Persephone schien neben gelegentlicher Folter auch den Entzug von Süßigkeiten als einheitliche Erziehungsmethode zu sehen. Leider schaffte sie es damit tatsächlich, mir jedes Mal eins auszuwischen. Ich liebte Süßes und das wusste die Göttin ganz genau.

Lächelnd klatschte sie in ihre Hände und ließ damit die Bediensteten ein. Der Butler, in diesem Fall ein Geist aus dem 18. Jahrhundert, der meinem Vater schon als Mensch gedient hatte und nach seinem Tod einfach nicht entlassen worden war, servierte das Essen auf großen silbernen Tabletts. Die Teller von Hades und Persephone blieben leer. Stattdessen servierte er ihnen langstielige Gläser mit einer rot schimmernden Flüssigkeit. Ein ungeübter Blick könnte den Inhalt mit Rotwein verwechseln, tatsächlich jedoch befand sich in den Gläsern reine Ambrosia. Das einzig Stoffliche, das Götter zu sich nehmen konnten. Zumindest, soweit ich wusste. Keiner von ihnen aß oder trank regulär. Ich war mir nicht einmal sicher, ob sie in der Nacht schliefen. Oder aufs Klo mussten. Madox und ich hatten diesbezüglich noch eine Wette offen.

»Bitte, fangt an«, lud Persephone lächelnd ein, was sich meine Brüder nicht zweimal sagen ließen. Wie Wölfe fielen sie über das Essen her. Kopfschüttelnd nahm ich mir ein paar Bratkartoffeln und etwas von dem spärlich zubereiteten Gemüse. Als Vegetarier war man in dieser Familie ziemlich aufgeschmissen. Die Jungs verdrückten ganze Spanferkel mit Stumpf und Stiel, ohne mit der Wimper zu zucken. Ein Stückchen Brokkoli hingegen jagte ihnen mehr Angst ein als eine Armee von Ghulen. Lustlos stocherte ich in meinem Essen und schielte zu Madox hinüber, der sein Steak hinunterschlang. Es war *very rare*, sodass bei jedem Biss ein wenig Blut aus seinem rechten Mundwinkel tropfte. Der Geruch nach Verfall und totem Fleisch stieg mir in die Nase. Augenblicklich wurde mir schlecht und ich schob mir eine Kartoffel in den Mund, um nicht lauthals würgen zu müssen. Hektisch begann ich zu kauen, hörte Sekunden später damit auf und verzog das Gesicht. Das Gemüse schmeckte wie Asche. Stirnrunzelnd starrte ich auf meinen Teller und schnupperte. Es roch vollkommen normal.

»Ist alles in Ordnung, meine Liebe?«, fragte Persephone leise. Lächelnd sah ich auf. »Äh … ja, danke! Alles in Ordnung. Es schmeckt ausgezeichnet!« Jetzt stopfte ich mir eine gebratene Karotte in den Mund, die mir beinahe wieder hochkam. Der Geschmack war einfach widerlich. Krampfhaft versuchte ich, den Bissen zu schlucken. Ich blinzelte ein paar angestrengte Tränen weg und grinste mit dicken Hamsterbacken, was mir ein angewidertes Kopfschütteln von Persephone einbrachte. Aber immerhin hörte sie auf, mich anzustarren. Schaudernd würgte ich das Zeug herunter und musterte misstrauisch den Teller. Was war nur los? Angeekelt stocherte ich in dem ungenießbaren Essen und beobachtete Hades, der genüsslich von seiner Ambrosia trank. Die Konsistenz war dickflüssig, der Geruch äußerst kräftig. Um ehrlich zu sein, stank es immer ein wenig vergoren. Doch nun fand ich den Geruch angenehm süßlich. Ein wenig wie Honig. Fasziniert sah ich den beiden Göttern beim Trinken zu, während Hades versonnen seine Frau anlächelte und tief einatmete. »Übrigens, meine Liebe, du duftest heute wundervoll nach Rosen, das gesamte Haus riecht danach. Es ist einfach berauschend.«

Die Göttin lächelte, verzog jedoch ein wenig verwirrt das Gesicht. Dads Glas erstarrte auf dem Weg zu ihrem Mund. »Wie bitte?«

»Dein Geruch!«, erklärte ihr Hades geduldig. »Berauschend. So intensiv wie seit Jahrhunderten nicht mehr.«

Persephone lächelte sichtlich irritiert. »Ich danke dir für das Kompliment, mein Lieber, aber ich trage heute gar keinen Rosenduft.«

Hades runzelte verwirrt die Stirn. »Aber was …?«

Spade neben mir grunzte entnervt und wischte sich die fettigen Finger an der Hose ab. »Es ist die kleine Missgeburt neben mir. Sie stinkt schon die ganze Zeit wie ein Blumengarten. Man riecht es in der gesamten Unterwelt. Es wurde bereits ein Preisgeld auf den Inhaber des Dufts ausgesetzt. Die Vampire spielen verrückt.«

Erschrocken verschluckte ich mich am Brokkoli und hustete.

Die Gesichtszüge der Götter entgleisten. Meine Brüder hörten auf zu essen und starrten mich an.

Scheiße.

Kapitel 5
Sie waren mächtig, unsterblich, gelangweilt und hatten eindeutig zu viel freie Zeit

»Du wirst zurück in die Menschenwelt gehen! Deine Mutter wurde bereits benachrichtigt. Sie wird wissen, was zu tun ist. Hier unten kannst du zumindest nicht bleiben!« Aufgebracht lief Hades im Salon auf und ab. Sein Gesicht war eine kalte Maske des Grauens. Bei jedem wütenden Schritt waberten dunkle Wolken um seine Füße. Persephone hatte sich derweil auf einem rotgoldenen Diwan niedergelassen und trank genüsslich Ambrosia. Es war bereits ihr fünftes Glas.

»Nun übertreib aber nicht, mein Lieber! So berauschend ist dieser Geruch nicht. Er stinkt beinahe …«

»Mach dich nicht lächerlich, Persephone! So etwas habe ich seit Jahrtausenden nicht mehr gerochen und wenn die Vampire Interesse an ihr bekommen, ist es nicht mehr sicher genug für sie hier unten!« Hades schüttelte heftig den Kopf. »Nein! Aphrodite weiß, was zu tun ist. Bis dahin wirst du die Unterwelt nicht mehr betreten, hast du mich verstanden, Warrior?«

»Ja, Daddy«, murmelte ich kleinlaut. Ich durfte die Unterwelt zu meiner eigenen Sicherheit nicht mehr betreten? Kein Problem! Leider würde mich das von Madox trennen.

Er hatte sich nach Spades Enthüllung – *Die Vampire der Unterwelt sind hinter Warriors blumig duftendem Hintern her!* – und Hades' zwangsläufig folgendem Ausraster hinter mir aufgebaut und funkelte jeden finster an, der mir zu nahe kam.

»Na und?«, schnaubte er soeben und verschränkte die Arme vor der Brust. Seine Flügel raschelten aufgeregt. »Was hat es schon zu bedeuten, dass sie nach Blumen riecht? Es schadet doch niemandem. Mutter hat auch einen lebenden Blumengarten auf ihrem Kopf.«

Hades warf seinem Sohn einen vernichtenden Blick zu.

»Stell dich nicht dümmer, als du bist, Sohn. Wenn selbst ihr Geruch anziehend wirkt, müssen wir sie von der Umwelt isolieren. Sie könnte alles ins Chaos stürzen. In ihr schlummert viel mehr Zerstörungskraft, als diese Idioten vom Olymp anerkennen wollen. Aphrodite sollte es ebenfalls besser wissen. Sie konnte es noch nie leiden, von einem ihrer Kinder in den Schatten gestellt zu werden.«

Schnaubend riss Persephone die grünen Augen auf. »Nun übertreib nicht schon wieder so maßlos, Hades. Die Kleine ist doch nur ein Mensch!« Sie sah unendlich genervt aus und schien es nicht lassen zu können, ständig die Nase zu rümpfen, als würde etwas schlecht riechen.

Hades starrte mich aus intensiv lila leuchtenden Augen an. Unruhig rutschte ich auf meinem Hintern herum. »Vielleicht ist sie ein Mensch …«, sagte er gefährlich leise. »Vielleicht aber auch … nein! Ich werde im Olymp einen neuen Arzttermin beantragen.«

»Glaubst du … bin ich krank?«, fragte ich besorgt, während Hades sich schwerfällig in seinen Ohrensessel fallen ließ. Seine Flügel hingen kraftlos herab.

»Ich weiß es nicht, Kind. Wir werden sehen. Bis dahin halte dich zurück. Ein weiteres Missgeschick werde ich dir nicht durchgehen lassen. Jetzt geh! Ich will dich nicht mehr sehen!«

Mir schnürte sich die Kehle zu. »In Ordnung. Auf Wiedersehen, Daddy. Gute Nacht, Persephone.« Schnell verließ ich den Raum und strebte zum Ausgang. Eine warme Hand hielt mich kurz vor den großen Flügeltüren auf.

»Hey, Prinzessin, warte! Ist alles in Ordnung?«

Seufzend sah ich zu Madox auf, der mich besorgt musterte.

»Sicher, Mad. Ist nicht so schlimm, aus diesem Höllenloch geschmissen zu werden. Aber ich … ich werde dich vermissen. Dort oben ist es schrecklich langweilig und im Vergleich zu menschlichen Schulen sind Sokrates' Daumenschrauben ein feuchter Pups«, witzelte ich schwach. Da mich weder die Schule im Olymp noch in Abaddon hatte aufnehmen wollen, war ich wahrscheinlich das einzige Kind von Göttern, das in eine normale Menschenschule gegangen war. Ich hatte im letzten Sommer meinen Abschluss gemacht, mehr schlecht als recht, und schwitzte gerade über den Aufnahmeprüfungen für die Uni, in die ich eigentlich gar nicht gehen wollte. Aber irgendetwas musste ich schließlich tun. Oder?

Zustimmend riss Madox die Augen auf und stieß einen anerkennenden Pfiff aus. »Wow, Mädchen. Du bist wirklich die Einzige, die es schafft, sogar aus der Hölle geworfen zu werden.«

Ich boxte ihm gegen den Oberarm. Fest.

Er lachte. Tat so, als würde es ihm auch wehtun, bevor er mich wieder liebevoll anlächelte. »Jetzt ernsthaft. Ist es dort oben wirklich so langweilig? Ich dachte immer, in den menschlichen Schulen gibt es heiße Cheerleader mit kurzen Röckchen und wilden Partys.«

Ich rümpfte die Nase. »Die sind die Schlimmsten!«

Er grinste frech. »Mach dir nichts draus, Prinzessin. Ich überlege mir etwas, um dich aufzumuntern. Aber jetzt geh! Der alte Herr sieht aus, als würde er gleich an einem Herzinfarkt sterben.« Lächelnd drückte er mich an seine warme Brust und küsste mich auf den Kopf, bevor ich aus der Haustür trat und die kühle Nachtluft von Abaddon einatmete. Breite Stufen führten von dem Anwesen aus nach unten. Eine Limousine wartete in der Auffahrt auf mich. Charon, Fährmann der Unterwelt, hatte jahrhundertelang Seelen über den Styx in die Außenwelt begleitet. Zumindest so lange, bis Hades im Sinne des neuen Zeitalters den Seelenfluss umleiten ließ und stattdessen eine vierspurige Autobahn hatte bauen lassen. Charon, erstaunlich pragmatisch für einen Gott, hatte sich jobtechnisch angepasst und fuhr seitdem eine schnittige Limousine anstatt seiner löchrigen Galeere. Ich mochte ihn. Er war zwar ein wenig wortkarg, aber immer freundlich.

Charon lächelte, als er mich auf sich zukommen sah, und verbeugte sich höflich. Der göttliche Fährmann war extrem hochgewachsen und hager. Die gräuliche Haut, die niemals Sonne sah, spannte sich über seinen Schädel. Die Augen lagen tief in den Höhlen. Er blinzelte nicht. Niemals. Auf seinem kahlen Schädel saß eine altmodische Chauffeursmütze. Ein dunkles Jackett mit passender Krawatte baumelte um seinen dürren Hals.

»Guten Abend, Charon«, begrüßte ich ihn abwesend und ließ mich seufzend in die weichen Lederkissen der Limousine sinken. Das Innere roch nach Leder, Zigaretten und süßer Ambrosia, welche mein Vater in einem kleinen Kühlschrank unter der Trennwand der Limousine aufbewahrte. Charon schloss die Tür hinter mir, stieg auf der Fahrerseite vor der heruntergelassenen Trennwand ein und ließ den Wagen anspringen. Langsam setzten wir uns in Bewegung und ließen das prunkvolle Anwesen meines Vaters hinter uns. Alte rostige Straßenlaternen beleuchteten eine lange, mit Schotter ausgelegte Einfahrt, während kränklich schwarze Bäume mit schneeweißen Blättern das Anwesen vom Rest der Unterwelt abschotteten. Zwischen den Stämmen waren schwach die rot schimmernden Augen von Höllenhunden auszumachen, die ihre Runden um das Haus zogen. Was sich neben den Höllenhunden noch für grauenhafte Wesen in den Wäldchen herumtrieben, wusste nur Hades allein. Hin und wieder konnte man aber Schreie hören, die meistens in einem nassen Gurgeln endeten. Gefolgt von lustvollem Schmatzen.

Vollkommen lautlos durchfuhr die schwarze Limousine ein breites schmiedeeisernes Tor, das den Wagen ungehindert passieren ließ. Schnittig rollte er auf die Straße und wurde stetig schneller, sodass unsere Umgebung zu formlosen Klecksen verschwamm. Hier und da konnte ich ein paar Wolkenkratzer erkennen, in denen sich die wirtschaftlichen Unternehmen der Unterwelt befanden. Hades verdiente viel Geld mit dem Vertrieb von Rohgütern wie Edelgasen sowie immer rarer werdenden fossilen Brennstoffen. Neben der Belieferung von Waffen an Nord- und Südamerika, Deutschland und Russland, dem Aktienhandel und illegalen Briefkastenunternehmen in Thailand verdiente er sein Geld zusätzlich mit dem Vertrieb von Fast-Food-Ketten in der Menschenwelt. Insbesondere die Vereinigten Staaten und die Vereinigten Arabischen Emirate waren in den letzten einhundert Jahren von Abaddon und dessen Rohstoffen abhängig geworden.

Müde lehnte ich meinen Kopf an die kalte Fensterscheibe und beobachtete, wie sich Charon gekonnt einen Weg durch den Höllenverkehr bahnte. Helle Lichter von Werbetafeln, die für Shampoo und McDonald's – ebenfalls ein Unternehmen meines Vaters – warben, flackerten an mir vorbei. Wolkenkratzer aus Eisen, Stahl und Glas drängten sich dicht an dicht. Abaddoner verstopften die Straßen, sodass Ampeln den überquellenden Verkehr regeln mussten. Langsam näherten wir uns einem breiten Tunnel am anderen Ende der Stadt, über dessen grauen Steinwände ein grünes Zeichen mit dem Wort EXIT angebracht war. Die dumpfe Tunnelbeleuchtung durchdrang das Innere der Limousine, als Charon das Fahrtempo drosselte und vor einem der Zollhäuschen stehen blieb. Rot leuchtende Schranken verhinderten jedes Weiterkommen, sodass sich bereits eine Schlange von wartenden Autos und Taxis gebildet hatte. Entnervt trommelte Charon mit den knochigen Fingern auf das lederne Lenkrad, während wir nur langsam nach vorne krochen. Die Scheibe auf der Fahrerseite fuhr schnurrend herunter, als wir neben dem Zollhäuschen stehen blieben und sich eine kaugummikauende Furie aus dem kleinen Fenster zu uns beugte. »Das macht 8,50«, nuschelte sie und ließ eine rosarote Kaugummiblase platzen. Charon zog genervt einen Ausweis aus seiner Brusttasche und hielt ihn ihr unter die Nase. Gelangweilt musterte sie das Stückchen Papier. Eine schmale Augenbraue schoss in die Höhe.

»Aha, vom Boss persönlich. Wo solls denn hingehen? Und können Sie dem Boss mal verklickern, dass wir hier unten gerne eine Gehaltserhöhung hätten? Die Gewerkschaft droht schon mit Streik.«

Charon knirschte als Antwort nur mit den Zähnen. Wie gesagt, er war eher ein schweigsamer Typ.

»Ich sags ja nur!«, erwiderte die Furie augenrollend und blies noch eine Kaugummiblase auf.

»Einfach nach London, bitte!«, fuhr ich sie an.

»Kein Stress, Mädel.« Die Zollschranken öffneten sich. Charon stieg sofort aufs Gas und ich wurde ruckartig in den Sitz gedrückt. Der Tunnel vergrößerte sich zu einer vierspurigen Autobahn, sodass wir zusammen mit Hunderten weiterer Fahrzeuge die Hölle in Richtung Großbritannien verließen. Immer wieder glaubte ich, Charons dunklen Murmelblick auf mich gerichtet zu fühlen. Aber jedes Mal, wenn ich aufsah, starrte er konzentriert auf die Straße. Er war noch schweigsamer als sonst, also wandte ich meinen Blick stattdessen nach draußen. Straßenschilder zeigten in die verschiedensten Abzweigungen des breiten Tunnels und deuteten die unterschiedlichen Kontinente und deren Städte an. Die Fahrt nach London dauerte zum Glück nicht lange. Nach nur wenigen Kilometern setzte Charon den Blinker und lenkte die Limousine durch die Verzweigungen des Tunnels. Ein Schauer jagte mir über den Rücken, als wir eine unsichtbare Barriere durchfuhren, die Abaddon von der Menschenwelt trennte. Der Tunnel wurde enger, die Lichter wurden gedimmt, bis wir die Hölle vollends hinter uns ließen und vor einer roten Ampel auf den verregneten Straßen Londons stehen blieben. Regentropfen klatschten gegen die Fensterscheibe. Draußen war es bereits stockdunkel. Ein Blick auf die Uhr zeigte mir, dass es beinahe Mitternacht war. Wir kamen zügig voran und bogen schon nach wenigen Minuten in die Einfahrt eines großen Hauses am Rande des Hyde Parks ein. Kalter Wind schlug mir entgegen, als ich seufzend die Autotür öffnete. Ungehindert prasselte mir der Regen ins Gesicht, bevor Charon lautlos neben mir auftauchte und einen Regenschirm über uns aufspannte.

Zaghaft starrte ich auf das große Stadthaus, dessen Fenster trotz später Stunde noch hell erleuchtet waren. Mit einem flauen Gefühl im Magen schlug ich die Autotür zu und wurde von Charon bis zur Tür begleitet. Breite weiße Marmortreppen führten nach oben. Die Eingangstür war aus massiven Glas und antikem Holz. Ich scherzte gerne, dass der Eingang zum Tartaros nicht unfreundlicher aussehen konnte. Das ganze Haus verströmte kalte Abneigung. Vielleicht ein Grund, warum sich nie Menschen hierher verirrten. Obwohl es mitten in London stand.

Besagte Grusel-Tür schwang auf, noch bevor ich überhaupt die Gelegenheit bekam, auf die Klingel zu drücken. Oder die Kurve zu kratzen. Ich hatte mich noch nicht ganz entschieden. Offensichtlich wurde mir die Entscheidung abgenommen. Ein Schwall warmer Luft wehte nach draußen. Sofia, das olympische Hausmädchen meiner Mutter, stand im Türrahmen und bedachte mich mit einem herablassenden Blick. Für Charon hatte sie nur ein angewidertes Naserümpfen übrig. Ziemlich frech, wenn man bedachte, dass sie nur eine Muse und Charon ein Gott war. Diesen schien das nur wenig zu jucken. Er machte nicht viel Aufheben um seine Person, was ihn in meinen Augen nur noch sympathischer machte.

»Miss Pandemos, ihre Gottmutter erwartet sie bereits im Salon«, näselte Sofia und starrte angewidert auf die deutlich hervortretenden Knochen des Gottes. Dieser verzog die brüchigen Lippen zu einem schmalen Strich zusammen. In seinen dunklen Augenhöhlen glomm es gefährlich auf. Die Abneigung, die sich Olympier und Abaddoner entgegenbrachten, war in diesem Augenblick kaum zu übersehen.

»Danke, Charon, wir sehen uns nächste Woche«, fuhr ich schnell dazwischen und lächelte den Gott dankbar an. Ich neigte respektvoll den Kopf und folgte dem Dienstmädchen ins warme Innere. Charon blieb stumm vor der Tür stehen. Der Regen trommelte leise auf den Stoff seines Schirms.

»Richten Sie bitte meinem Vater aus, dass ich gut nach Hause gekommen bin und … und dass es mir leidtut«, bat ich ihn. Er nickte stumm. Ich war gerade dabei, die Tür zu schließen, als Charons dürre Finger meine berührten, mich zurückhielten. Verblüfft hielt ich inne. Blickte auf die tiefen Furchen, die sich in das Gesicht des Gottes eingegraben hatten. Beinahe sahen sie wie Falten aus.

»Bitte, schämen Sie sich nicht für das, was Sie sind«, raunte der Gott mir durch den Türspalt zu. Seine Stimme klang dunkel und rau, als hätte man seine Stimmbänder mit einem Reibeisen bearbeitet.

»Wie bitte?« Ich riss die Augen auf.

»Schämen Sie sich nicht. Mit Ihnen ist nichts falsch. Sie sind ein gutes Mädchen. Es war mir immer eine Freude, Sie begleiten zu dürfen.«

»Ich … d-danke, Charon. Ich fahre auch immer gerne mit Ihnen mit«, stotterte ich. Der Fährmann hatte gerade mehr mit mir gesprochen als … na ja, jemals. Er starrte mich an. Beinahe traurig. Irgendwie hatte ich das Gefühl, die tiefere Bedeutung seiner Worte nicht verstanden zu haben.

Charon öffnete den Mund, doch Sofias näselnde Stimme unterbrach ihn. »Bitte, schließen Sie die Türen, Miss Pandemos. Es zieht.«

Ich drehte den Kopf. Das Mädchen stand mit vor der Brust verschränkten Armen in der Eingangshalle und lauschte schamlos.

»Ja, gleich«, erwiderte ich genervt, verdrehte die Augen und wandte mich wieder Charon zu, doch das Auto verschwand gerade brummend um die nächste Ecke. Ich starrte den roten Rücklichtern hinterher, bis mir selbst zu kalt wurde und ich schaudernd die Tür schloss.

»Sie müssen nicht immer so unfreundlich zu ihm sein, Sofia. Er ist ein Gott, kein Ungeziefer«, sagte ich zähneklappernd zu dem Hausmädchen.

»Er ist ein Abaddoner«, erwiderte Sofia schlicht.

»Ihr habt doch alle einen Vogel«, knurrte ich leise und stapfte an ihr vorbei. Die einvernehmliche Abneigung der Olympier gegen die Abaddoner war mir immer wieder ein Rätsel. Der Kalte Krieg zwischen den beiden Völkern existierte, seit Hades von seinem Bruder Zeus aus dem Olymp geworfen wurde und die Unterwelt übernommen hatte. Das böse Blut der beiden Brüder zog sich wie eine hässliche Wunde durch die letzten viertausend Jahre. Wenn man mich fragte, hatten die Götter mehr als nur einen Sprung in der Schüssel. Sie waren mächtig, unsterblich, gelangweilt und hatten eindeutig zu viel freie Zeit. Leider saß genau solch eine Göttin, mit elegant übereinandergeschlagenen Beinen und finsterem Gesichtsausdruck, im hell erleuchteten Wohnzimmer und wartete auf mich. Zaghaft blieb ich in der offenen Wohnzimmertür stehen. Suchte nach einer Fluchtmöglichkeit.

»Mutter! Warrior ist hier!«, petzte meine Schwester Opal sofort.

Abrupt fuhr Aphrodites Kopf in meine Richtung. Leuchtend blaue Augen taxierten mich. Der kaum verhohlene Ekel, der ihr dabei über die perfekten Gesichtszüge huschte, verriet, wie wenig sie ihre Emotionen derzeit im Griff hatte. Meine Nackenhaare stellten sich auf und ich musste das ängstliche Wimmern angestrengt herunterschlucken.

»Willst du nicht hereinkommen, Kind?«, fragte mich die Göttin mit tödlich ruhiger Stimme. Ihre großen katzenhaften Augen folgten jeder meiner Bewegungen.

»Ja! Komm doch rein, Warrior, wir warten auf dich«, flötete Diamond freundlich und klopfte einladend auf den freien Platz des weißen Sofas neben sich. Wie immer sah sie einfach umwerfend aus. Diamond besaß strahlend hellblondes Haar, das ihr in silbrigen Kaskaden über den Rücken floss. Große eisblaue Augen musterten meine verhüllte Gestalt. Wie alle meine Schwestern, so war auch sie gertenschlank und geschmeidig. Das Gesicht ein Inbegriff von strahlender Schönheit, das jeden Mann schwach werden ließ. Der einzige Makel an ihr waren die etwas zu schmalen Lippen, die sie geschickt mit Make-up voller schminkte. Tatsächlich besaß jedes Kind der Aphrodite einen kleinen Makel, der ihrer übernatürlichen Schönheit ein wenig Menschlichkeit verlieh. Während Diamonds Lippen schmal und blass waren, hatte Ruby Probleme mit einer etwas zu langen Nase.

Opal, deren porzellangleiche Schönheit von ebenholzfarbenen Haaren umrandet wurde, war mit ihren vierundzwanzig Jahren immer noch flach wie ein Brett und hatte niemals die ein Meter fünfzig überschritten.

»Hallo, Mutter, alles in Ordnung?«, fragte ich die Göttin zaghaft und wurde mir dabei überdeutlich bewusst, wie jämmerlich unzulänglich ich neben meiner Familie aussah. Aphrodite schnalzte scharf mit der Zunge und deutete auf den Platz neben Diamond. Zögerlich setzte ich mich auf das weiche Polster, das sich beklemmend kalt anfühlte. Die Spannung im Raum war zum Schneiden dick. Elegant lehnte Aphrodite sich nach vorne und musterte mich mit kaltem, abweisendem Blick. Unruhig zog ich meine Kapuze tiefer in die Stirn. In Mutters Gesicht zu sehen war meistens ziemlich verwirrend. Alle paar Augenblicke veränderten sich ihre Züge. Saß soeben noch eine zierliche Asiatin mit schwarzen Haaren und exotisch dunklen Augen vor mir, so änderte sich im nächsten Augenblick ihre Erscheinung zu einer großen Schönheit mit hellen Haaren und stahlgrauen Augen. Ein Gesicht war schöner als das andere. Dutzende Frauengesichter mit grünen, blauen, grauen und braunen Augen starrten auf mich herab. Ihr Kinn wurde spitz, herzförmig, einmal schmal oder keck mit Grübchen in der Mitte. Ihre Wangenknochen formten sich von scharf hervorgehoben zu weichen Konturen, unterstrichen von Dutzend verschiedenen Hautfarben.

»Könntest du dich bitte für ein Gesicht entscheiden, Mutter? Ich bekomme von diesem Hin und Her Kopfschmerzen!«, unterbrach ich die angespannte Stille im Raum. Meine Schwestern schnaubten belustigt, während die Göttin herausfordernd eine Augenbraue nach oben zog. Niemand hatte das wahre Gesicht der Liebe jemals gesehen. Niemand wusste, wie sie unter all der schillernden Perfektion und geballten Magie wirklich aussah.

»Was soll ich nur mit dir machen, Warrior?«, fragte die Göttin schließlich, wobei die Kälte in ihrer Stimme einer Messerschneide gleich durch die stickige Luft schnitt. Ich wappnete mich gegen ihren Zorn, der wie eine Gewitterwolke über meinem Kopf hing.

»Kannst du dir vorstellen …«, fuhr die Göttin fort und grub ihre rot lackierten Fingernägel in das Leder ihres Sessels. »… wie demütigend es für mich gewesen ist, von Zeus persönlich aus dem Olymp geholt zu werden, weil meine eigene Tochter – meine Tochter! – erneut Missfallen erregt hat?«

»Ich … ich … es tut mir wirklich leid, das war nicht meine Absicht«, stotterte ich zaghaft und wünschte mich plötzlich zurück in die Hölle. Was hatte Hades ihr erzählt, dass sie so wütend auf mich war? Und wieso wusste Zeus davon?

Aphrodite zitterte. »O nein, Warrior, diesmal kommst du mir nicht so leicht davon. In den letzten Jahren hatte ich gehofft, dass du lernen würdest, Respekt vor den Göttern zu zeigen. Zweitausend Jahre zuvor hätte ich dich für solch eine Blamage von den Zentauren zerfetzen lassen. Du bist viel zu sehr ein Abaddoner, um noch als Olympierin durchgehen zu können. Dein Blut ist schmutzig! Ich hätte es wissen müssen. In dem Augenblick, als du zur Welt gekommen bist und diesen Gestank von Andersartigkeit verbreitet hast. Ich hätte dich aussetzten und von den Menschen großziehen lassen sollen, wie Zeus es mir geraten hatte. Aber nein! Ich behielt dich. Schenkte dir das Leben eines Gottkindes und wie dankst du es mir? Ich bin mittlerweile das Gespött des gesamten Olymps.« Das Gesicht der Liebe verzog sich zu einer wütenden Fratze. Dabei sah sie immer noch atemberaubend schön aus. Ein wütender, naseschnaubender Engel. »Willst du mir freiwillig erzählen, was du heute angestellt hast? Oder muss ich dich dazu zwingen?«

Zitternd öffnete ich meinen Mund. Ihre Worte schmerzten wie eine Ohrfeige. Ich schluckte schwer. Aus dem Augenwinkel sah ich, wie meine Schwestern mit neugierigen Augen auf meinen Zusammenbruch warteten. Alleine Diamond formte mit besorgtem Gesichtsausdruck die Worte: *Erzähle es ihr.*

Erneut sah ich zu Aphrodite auf. »Ich habe nichts falsch gemacht«, hörte ich mich schließlich sagen. Ich klang bockig. Mein Mund sprach einfach ohne meine Zustimmung.

Heißer Trotz stieg in mir auf. Schön! Meine Mutter schämte sich für mich? Hielt mich für eine Missgeburt, wie es all die anderen auch taten? Dann würde ich ihr auch nicht den Gefallen tun und winselnd um Vergebung bitten. Ich hatte nichts Falsches gemacht … theoretisch.

Störrisch presste ich die Lippen zusammen.

»Ach, ist das so?«, fragte die Göttin trügerisch ruhig. Ein seltsames Leuchten huschte über ihre Augen. »Ich wurde also von Zeus aus dem Olymp geworfen, um nach meiner ungehorsamen Tochter zu sehen wegen rein gar nichts?«

Ängstlich kniff ich die Augen zusammen und duckte mich instinktiv, als die geballte Macht der Göttin mich fixierte und wie ein Faustschlag in den Magen traf. Keuchend krümmte ich mich zusammen und spürte, wie mir die Tränen in die Augen schossen.

»Das ist deine letzte Chance, mir freiwillig zu erzählen, was heute passiert ist, Warrior!«, warnte mich Aphrodite. Die Macht in ihrer Stimme riss mir die Worte praktisch aus dem Mund. Ich sollte es ihr erzählen! Sollte ihr beichten, dass ich meinen Ausweis vergessen, den Arzttermin verpasst und aus Versehen für den Tod von einem der Höllenhunde verantwortlich war. Außerdem roch ich so penetrant nach Blumen, dass die halbe vampirische Unterwelt hinter mir her war und ich nicht mehr nach Abaddon durfte. Ich sollte es ihr einfach beichten, meine Strafe kassieren und in mein Zimmer verschwinden. Ich sollte … Ach, ich sollte viel und würde es dennoch nicht tun.

»Wie du willst!«, fauchte Aphrodite. Magie erfüllte den Raum und durchschnitt meine sorgfältig errichtete Selbstbeherrschung so mühelos wie ein heißes Messer, das durch Butter schnitt. Unbarmherzig trat die Göttin der Liebe auf mich zu, packte mein Kinn und drang mit roher Gewalt in meinen Verstand ein. Wie ein heißer Schürhaken schlug ihre Macht durch meinen Schädel und begann sich durch meine Gehirnwindungen zu bohren. Schmerzerfüllt schrie ich auf und schmeckte süßes Blut auf der Zunge, während Aphrodite meinen Kopf durchwühlte. Hilflos wand ich mich unter dem festen Griff ihrer Finger, als sie mit erschreckend chirurgischer Genauigkeit meine Erinnerungen der letzten Stunde freilegte.

»Zeig mir, was du schon wieder angestellt hast, Warrior. Zeig mir, wieso dein Vater glaubt, ich sollte dich am besten heute noch wegsperren! Was verbirgst du vor mir?«

»Mutter, bitte nicht!« In den kalten hellblauen Augen der Göttin konnte ich mein eigenes verhülltes Spiegelbild sehen. Die bleiche Haut unter den scharfen, rot lackierten Fingernägeln. Ich sah mich selbst. Klein, schwach und minderwertig. Wenn die Göttin Informationen wollte, konnte niemand sie davon abhalten.

Niemand konnte die Liebe belügen.

Gewaltsam holte sie meine Gefühle hervor. Diese ungefilterte Flut ließ mich zitternd nach Luft schnappen. Die Kapuze rutschte mir vom Kopf. Eine Kaskade aus goldenen Locken floss über meinen Rücken. Sterne tanzten vor meinen Augen, während sich der Geruch nach Rosen mit dem süßen Geschmack von Blut in meinem Mund vermischte.

»Bitte, Mutter! Aufhören!«, stieß ich keuchend hervor.

Leider hatte die Göttin erst mit ihrer Bestrafung begonnen. Eine Erinnerung nach der anderen kam an die Oberfläche. Sie entriss mir jeden gehässigen Gedanken gegen meine Brüder, jedes Lachen mit Sokrates, jedes Gefühl der Zuneigung für Madox. Angst und Abneigung gegen die Hölle kamen hervor. Das Gefühl der Einsamkeit.

Klackernd fiel meine Sonnenbrille zu Boden, sodass ich ungeschützt in das blendend helle Gesicht der Liebesgöttin blicken musste. Tränen quollen mir aus den Augenwinkeln. Der Schmerz in meinem zerwühlten Kopf wurde beinahe unerträglich. Er pulsierte, fühlte sich dick und geschwollen an, während meine Nase zu bluten begann. Warme Nässe füllte meinen Mund. Es kam mir vor, als würde die Liebesgöttin mein hässlichstes Innerstes nach außen kehren, bis nur noch eine leere Hülle zurückblieb.

Langsam wurde mir schwarz vor Augen. Meine Atmung stockte und mein Herz pochte vor Anstrengung. Ohne Mitgefühl sah die Göttin auf mich herab. Keinerlei Menschlichkeit war in ihren Augen zu erkennen. Sie würde mich umbringen! Panik überfiel mich, als mich die Erkenntnis wie eine Ohrfeige traf. Meine Mutter würde mich in diesem Zustand sofort und ohne mit der Wimper zu zucken töten. In Augenblicken wie diesen war sie nicht meine Mutter, sondern die Göttin. Wenn sie wollte, würde sie mir auch noch den letzten Rest meiner Gedanken entreißen, bis mein Herz vor Anstrengung versagte. Panisch versuchte ich, meine Hand zu heben. Versuchte, ihren Griff um mein Kinn zu lockern, und schaffte es nicht einmal mehr, richtig zu atmen. Immer schneller spürte ich meine Erinnerungen und Gefühle hervorquellen. Spürte, wie sich mein Hirn in konfuse Leere auflöste, bis sich ein Bild, viel schärfer und klarer als all die anderen, vor meine Augen schob. Aphrodite sah es ebenfalls. Ihre Nägel rissen vor Schreck die Haut an meiner Wange auf. Das Bild eines wunderschönen jungen Mannes mit dunklen blauen Haaren tauchte vor uns auf. Beinahe glaubte ich, den Geruch nach Ozon einzuatmen, während kleine Blitze durch seine Haare zuckten. Seine Präsenz war, obwohl sie nur eine Erinnerung war, genauso überwältigend wie wenige Stunden zuvor. Eine atemberaubende Aura von Macht umgab ihn. Die Erinnerung des Jungen runzelte seine Stirn. Das Grau seiner Augen war kälter als Eis, während er uns ebenfalls zu beobachten schien.

»Bei allen Göttern! Er …«, hörte ich Aphrodite wie aus weiter Ferne flüstern. Die Worte drangen tief in meinen Verstand ein. Die Erinnerung begann sich zu regen. Sein Gesicht verzog sich zu einer wütenden Grimasse. Grelle Blitze zuckten über seine Alabasterhaut.

»Lass sie los!«, bellte der Junge. Seine Stimme dröhnte mit der Macht eines Gewitters durch meinen Kopf. Mein Verstand wackelte, als hätte ein Blitz ihn durchschlagen. Aphrodite und ich schrien gleichzeitig auf. Die Finger der Liebesgöttin lösten sich von meiner Haut. Wie zäher Schleim floss ihre Präsenz aus meinem Kopf heraus. Keuchend schnappte ich nach Luft. Schwarze Punkte tanzten vor meinen Augen. Langsam ebbten die Schmerzen zu einem heftigen Pochen ab. Meine Erinnerungen wirbelten aufgeschreckt durcheinander. Mir wurde schlecht, als mich Aphrodite hart von sich stieß. Ihre Augen waren weit aufgerissen. Die Lippen geöffnet, während sie heftig ein- und ausatmete.

Magie peitschte unvermindert in wütenden Böen um ihren perfekten Körper, der unaufhörlich sein Aussehen veränderte. Neben ihr standen meine Schwestern und starrten uns entsetzt an. Diamond war furchtbar blass um die Nase. Opal sah aus, als würde sie jeden Augenblick mit einem affektierten Schrei in Ohnmacht fallen. Eine drückende Stille legte sich über das Wohnzimmer.

»M-Mutter?«, fragte ich und schluckte den bittersüßen Geschmack nach Blut hinunter. In den Augen der Göttin stand nackte Mordlust. Ihr Körper zitterte immer noch. Zappte von einem Aussehen zum nächsten.

»Was hast du getan? Du miese kleine …«, setzte sie an, als sich plötzlich eine zarte Hand auf ihre Schulter legte. »Mutter. Ich denke, Warrior hat ihre Lektion gelernt. Sie wird auf ihr Zimmer gehen und es in den nächsten Tagen nicht mehr verlassen. Das verspreche ich!« Diamond lächelte tapfer. Die Augen der Göttin verengten sich zu Schlitzen. Trotzdem schienen Diamonds sachliche Worte und ihre ruhige Stimme sie auf den Boden der Tatsachen zurückzubringen. Das hektische Wechseln ihrer Erscheinung ließ nach. In meinen Ohren knackte es, als würde ein großer Druck aus ihnen weichen. Die Luft schien endlich wieder ungehindert durch meine Lunge zu strömen.

»Mutter, ist alles in Ordnung mit dir?«, fragte Ruby schockiert. Den warnenden Blick, den Diamond ihr dabei zuwarf, schien sie gar nicht zu bemerken.

Ruckartig fuhr der Kopf der Göttin zu ihr herum. Ihre Haare wurden tiefschwarz, genau wie ihre Augen. »Mach dich nicht lächerlich, ich bin eine Göttin!«, zischte sie, während Ruby nach hinten stolperte und beschwichtigend die Hände hob.

»Ich … Mutter, selbstverständlich!«, stammelte Ruby, doch die Göttin drehte sich, ohne weiter auf sie zu achten, zu mir. Der Blick, den sie mir dabei zuwarf, zog mir die Eingeweide zusammen.

»Du wirst dieses Haus nicht mehr verlassen, Warrior! Du wirst in dein Zimmer gehen und dort ab sofort bleiben. Du hältst dich von sämtlichen Ausgängen und Fenstern in diesem Haus fern. Du redest mit niemandem. Habe ich mich klar ausgedrückt?«

Zitternd nickte ich. »Ich werde mein Zimmer nicht verlassen«, flüsterte ich mit heiserer Stimme.

»Und?«, fragte die Göttin in trügerisch sanftem Ton.

»Ich werde mit niemandem über heute reden.«

»Ganz genau. Dein Vater war so freundlich, ein paar Höllenhunde vorbeizuschicken, damit das auch so bleibt.«

Ihr Lächeln hätte jeden Höllenhund in die Flucht geschlagen. Gänsehaut breitete sich auf meinem Rücken aus.

»Diamond, du passt auf sie auf!«, wies Aphrodite meine Schwester an. Diese nickte stumm und schlug die Augen nieder.

»Sehr schön, dann werde ich jetzt in den Olymp zurückkehren.« Mit gerümpfter Nase klopfte sie sich imaginären Staub von den Kleidern.

Ein Geruch nach geschmolzenem Zucker verbreitete sich im Raum, als die Göttin in einem grellen Lichtblitz verschwand.

Wie betäubt saß ich auf dem Sofa und spürte, wie mir heiße Tränen über die Wange liefen. Warmes Blut verklebte mir Nase und ein paar Haarsträhnen, die mir aus der verrutschen Kapuze hervorgequollen waren.

»Nun komm schon, Warrior! Hör auf zu weinen, wisch dir den ekelhaften Rotz aus dem Gesicht und verhülle dich. Du siehst grauenhaft aus.« Die spitze Bemerkung von Diamond durchbrach meine Schockstarre. Als ich zu ihr hochblickte, hielt sie mir ein Taschentuch entgegen.

»Danke«, hauchte ich, zog die Kapuze tiefer ins Gesicht und drückte mir das Schnoddertuch aufs Gesicht.

»Sie wurde regelrecht zerstückelt«, kicherte Opal leise und warf mir einen mitleidigen Blick zu. »Sie ist einfach nur peinlich.«

»Halt deinen Mund«, fuhr Diamond unsere Schwester an und bedachte mich mit einem strengen Blick. »Steh auf, leg dich ins Bett, Warrior, und wisch dir endlich das Blut ab.«

»Ist das überhaupt Blut?«, fragte Ruby naserümpfend, als ich mich mit steifen Gliedern aufstellte.

»Natürlich ist es das«, murmelte ich schwach und zuckte bei dem rauen Klang meiner eigenen Stimme zusammen.

»Und seit wann ist es silber?«, fragte Ruby patzig, was mich verwirrt auf das Taschentuch in meiner Hand hinabblicken ließ.

»Das …« Mir blieben die Worte im Hals stecken.

»Das sieht aus wie Quecksilber«, staunte Diamond und beugte sich näher zu mir herab. »Lass mal sehen!«

»Was? Nein!« Erschrocken zuckte ich vor ihren neugierigen Fingern zurück und zerknüllte die Rotzfahne.

»Warrior!«, warnte mich Diamond und sah mich streng mit ihren kristallblauen Augen an. »Wenn etwas mit dir nicht stimmt, müssen wir das sofort dem Olymp melden.«

»Hast du sie noch alle? Mutter wird mich umbringen! Mit mir ist alles in Ordnung.«

»Aber wenn …«

»Nichts, *wenn!*« Giftig starrten wir uns an. »Es ist nichts! Und wenn ihr nur ein wenig Mitleid mit mir habt, lasst ihr mich jetzt bitte ins Bett gehen? Es war nicht gerade ein angenehmer Tag.«

Unentschlossen kniff Diamond ihre Lippen zusammen und erdolchte mich mit einem eisigen Blick. Es kostete mich viel Kraft, überhaupt noch auf den Beinen zu stehen. Kraft, die rapide zu schwinden begann. Der Tag fühlte sich bereits unendlich lang an.

Schließlich nickte die blonde Schönheit, während ein Ausdruck von unerwarteter Sanftheit über ihre Züge huschte. »Na schön, Warrior. Geh nach oben. Aber hör auf Aphrodite. Verlasse nicht das Zimmer, ich werde dich ansonsten nicht beschützen können.«

»Werde ich nicht«, murmelte ich, ließ die drei im Wohnzimmer zurück und ging durch den mit Marmor ausgelegten Eingangsbereich. Eine geschwungene Treppe führte nach oben in den Schlafzimmerbereich. Wie auch bei Hades war das Stadthaus meiner Mutter ein Zeugnis längst vergangener Jahrhunderte. Es war um die Jahrhundertwende erbaut worden und seitdem nur spärlich mit den neuesten technischen Errungenschaften ausgestattet worden. Die Wände waren stilistisch hoch gebaut und mit cremefarbenen Stuckverzierungen versehen. Überall hingen Bildnisse der Liebesgöttin an den Wänden. Kunstgegenstände aus längst vergangener Zeit stellten meine Mutter in den verschiedensten Gestalten und mit den unterschiedlichsten Gesichtern dar. Stets ein verführerisches Lächeln auf den vollen Lippen. Wie gefährlich die Liebe in Wirklichkeit war, zeigte kein einziges davon. Die wenigen Minuten, die ich brauchte, um von dem Salon in mein Zimmer zu gelangen, glichen dem Besuch in einem Museum. Jede Stufe, die ich mich hochquälte, zog sich schmerzhaft in die Länge, wobei ich mich fest ans Ebenholzgeländer klammerte. Der unerwartet heftige Zorn meiner Mutter würde noch die nächsten Tage seine Auswirkungen zeigen, mein Zusammenstoß mit dem Höllenhund heute Nachmittag nicht zu vergessen.

Das Leben eines Gottkindes war grundsätzlich nicht einfach. Aber das Kind der Liebe und des Todes zu sein, das war besonders scheiße. Selbst ohne mein Handicap. Die schönsten und mächtigsten Kinder konnten zumindest hoffen, in den Olymp aufgenommen zu werden und als Zofe oder Günstling der Götter zu dienen. Die weniger glücklichen von uns mussten sich mit einem Leben im ewigen Schatten einer glanzvollen Welt zufriedengeben und ihr Glück in der Welt der Sterblichen oder in der Unterwelt finden. Die Kriminalitätsrate unter den Gottkindern war enorm hoch. Viele waren Mitglieder der Mafia oder arbeiteten für die menschliche Regierung in politischen Belangen.

Für mich blieben all diese Wege versperrt. Der Olymp wollte mich nicht und für die Welt der Sterblichen war ich eine zu große Gefahr. Im Grunde blieb mir nur Abaddon, und wie dort meine Zukunft aussehen sollte, wollte ich mir gar nicht erst ausmalen. Meine Augen brannten und ich blieb kurz stehen. Vielleicht sollte ich mir Madox schnappen und für ein paar Jahre untertauchen. Als Kind hatte ich immer Prinzessin werden wollen. Madox übrigens auch. Leider sah ich unsere Chancen in dieser Hinsicht als schwindend gering an. Wir könnten nach Bali fliegen und das Tauchen lernen oder so etwas. Aber nein! Ich konnte ja keinen Badeanzug anziehen. Verdammt. Ich biss mir auf die Unterlippe und setzte meinen Weg nach oben fort. Vielleicht war es gar keine so schlechte Idee, die nächste Zeit in meinem Zimmer zu verbringen. Ich war eine absolute Katastrophe! Vollkommen erschöpft wankte ich endlich in mein persönliches Reich. Ich machte mir nicht einmal die Mühe, das Licht einzuschalten. Mit brennenden Augen streifte ich mir die Schuhe von den Füßen und fiel mit dem Gesicht voran ins Bett. Jetzt konnte ich nur noch für einen schnellen und hoffentlich albtraumlosen Schlaf beten.

Kapitel 6
Ich wollte viel lieber von Lollipops und regenbogenpupsenden Einhörnern träumen!

»Du hast es verkackt!«

»Ich weiß …«

»Ich bin mir nicht sicher, ob du die Tragweite verstehst, Junge. Du hast versagt! Du hast deinen Arsch in verdammte Schwierigkeiten gebracht und uns damit beinahe alle verraten.«

»Noch mal: Ich weiß es, verfluchte Scheiße!« Die Stimme klang dumpf und gepresst. Schmerzerfüllt und doch samtweich – Ein Klang, bei dem sich auf meinem Körper Gänsehaut ausbreitete.

Verwirrt blinzelte ich. Wo zum Teufel war ich? Gerade hatte ich noch gemütlich in meinem Bett gelegen und jetzt …

Kritisch musterte ich meine Umgebung. Ein Zimmer mit niedriger Decke, das streng nach Desinfektionsmittel und künstlicher Zitrone roch. Operationstische, die normalerweise in Krankenhäusern standen, stapelten sich mitsamt schimmerndem Operationsbesteck in jeder freien Ecke. Am Boden lag ein fürchterliches Chaos aus wild verstreuten Zetteln und halb leeren Reagenzgläsern mit undefinierbarem Inhalt. Scherben knirschten unter meinen Füßen, als ich leicht angeekelt einen klebrigen Zettel von meinem rechten Schuh pflückte.

»Weißt du überhaupt, was für ein unverschämtes Glück du hattest? Die Zähne der Höllenhunde hätten bei deiner Dummheit noch viel tiefer in deinem Hintern stecken sollen!«

»Aua! Sie stecken … aua, in meinem Rück… auuaa! Pass doch auf! Sie stecken in meinem Rücken … nicht in meinem Arsch! Und stundenlange Folter nenne ich nicht unbedingt Glück.«

»Du bist am Leben, also hattest du Glück!«

Ein ungutes Gefühl überkam mich. Verunsichert musterte ich meine Umgebung erneut. Wo war ich? Mein Umfeld ähnelte einem von einem Tornado zerstörten Krankenhaus oder durchgeknallten Experimentierlabor für Menschenversuche. Angefangen bei den grün blinkenden LED-Lichtern bis zu den schmutzigen zersprungenen Fliesen an den Wänden. Langsam wurde mir bewusst, dass ich träumen musste. Misstrauisch musterte ich ein großes Glas, in dem etwas, das verdächtig nach Hirn aussah, herumschwamm. Steif stand ich im Raum und versuchte, so leise wie möglich zu sein. Die Stimmen jagten mir eine Heidenangst ein. Trotzdem konnte ich nicht ewig wie ein Trottel herumstehen und darauf warten, dass man mich entdeckte. Ich sollte zumindest den Ursprung der Stimmen herausfinden. Danach konnte ich mich immer noch verstecken oder panisch schreiend davonlaufen. Glasscherben knirschten unter meinen Füßen, als ich an der Wand entlangschlich. Ein großes rostiges Regal versperrte mir den Weg. Vorsichtig lugte ich um die Ecke, dabei fiel eine lange Locke aus meiner Kapuze und kitzelte meine Wange. Hinter dem Regal erspähte ich einen Operationstisch, auf dem ein großer und vor allem muskulöser Körper lag, der seinerseits von einem schmaleren Mann abgeschirmt wurde. Beide wurden von einer grellen Operationslampe beschienen. Sie beleuchtete das blaue Haar des Mannes, der sich unter offensichtlichen Schmerzen auf dem blanken Stahltisch krümmte. Erschrocken hielt ich die Luft an und starrte auf die unverkennbare Haarfarbe meines Beinahe-Mörders. Das war dieser Hornochse, der mich in Abaddon den Hunden zum Fraß vorgeworfen hatte! Scheiße! Was machte der denn in meinem Traum? Besser gesagt, was hatte ich hier zu suchen? Ich wollte viel lieber von Lollipops und regenbogenpupsenden Einhörnern träumen!

Ich zog mich weiter hinter das Regal und lauschte ihrer Unterhaltung.

»Hast du sie wenigstens gefunden?«, fragte der hagere Mann – offenbar ein Arzt – meinen just zum Erzfeind erklärten Blauhaarigen. Dieser stieß einen saftigen Fluch aus, als der Arzt etwas mit einem Schmatzen aus seiner rechten Schulter zog.

»Nein, habe ich nicht! Ich war nahe dran, aber dann kam dieses Mädchen und …«

»Was? Du hast wegen eines Mädchens die gesamte Mission in den Sand gesetzt? Bist du noch ganz bei Trost?«, brummte der Mediziner und bohrte mit einer langen Zange in dem Fleisch des anderen herum.

Seine schlanken Finger verkrallten sich in die Kanten des Tisches. Knisternde Blitze zuckten über seinen vor Schmerz angespannten Körper. Unbeeindruckt schnalzte der Arzt mit der Zunge und bohrte kraftvoll tiefer. Fasziniert musterte ich das Gesicht meines Beinahe-Mörders. Seine makellose Schönheit war durchbrochen von Blutergüssen und Quetschungen, die sich quer über seinen Körper zogen. Seine Nase saß seltsam schief im blassen Gesicht, während sein Brustkorb aussah, als hätte ein Rudel räudiger Katzen ihn als Kratzbaum missbraucht. Jeder seiner Fingernägel war entweder ausgerissen oder zersplittert. Er sah aus, als wäre er gefoltert worden.

»Himmel! Es war nicht nur das Mädchen, ich habe Hades unterschätzt«, unterbrach der Blauhaarige mein fasziniertes Starren. »Die Höllenhunde saßen mir bereits im Nacken. Ich hätte es mit großer Wahrscheinlichkeit sowieso nicht mehr weiter geschafft. Aber die Kleine rannte wie ein Rammbock in mich hinein.«

»Hast du ihr wenigstens den Garaus gemacht? Sie könnte dich erkannt haben.« Mein Erzfeind schnaubte abfällig, was mich wütend mit den Zähnen knirschen ließ. Mistkerl. Seine Arroganz ging mir jetzt schon auf die Nerven.

»Natürlich. Ich bin doch kein Vollidiot!« Mhm, über das mit dem Idioten ließ sich meiner Meinung nach noch streiten. »Sie tat mir fast leid. Die Kleine hatte unübersehbar Todesangst vor mir. Es hat mich tatsächlich Überwindung gekostet, sie aus dem Weg zu räumen. Sie hatte verflucht noch mal die schönste Stimme, die ich jemals gehört habe!«

»Hört, hört! Der große Peace Tantalos zeigt tatsächlich Interesse an einem Mädchen!«, höhnte der Arzt. Geschickt fuhr er mit den Fingern in eine der klaffenden Wunden an seinem Rücken.

Mein Erzfeind, der offensichtlich Peace hieß – was für ein beschissener Name war das denn?! – stieß dabei ein bellendes Knurren aus. Seine Kieferknochen spannten sich an, während ihm eine schweißnasse Locke ins Gesicht fiel.

»Einem toten Mädchen! Der Höllenhund hat sie zerfetzt, aber wenigstens hatte ich dadurch genug Zeit, um … sag mal! Riechst du das auch?«

»Riechen? Was denn?«

»Es riecht nach Rosen.«

Peace' Nasenflügel bebten. Die einzige Vorwarnung, die ich bekam, bevor er kraftvoll und geschmeidig wie eine Raubkatze vom Tisch aufsprang. Blut spritze in alle Richtungen. Einige Tropfen blieben eine Handbreit von meinem Versteck am Boden kleben. Mein Atem stockte, als ich nach unten starrte. Das Blut war nicht rot, sondern … silbern.

»Peace, was machst du?«

Die Frage des Arztes riss mich aus meiner Erstarrung. Schnell sah ich auf und blickte in zwei leuchtend silbergraue Augen. Mit blutverschmiertem Oberkörper und zornig verzogenem Gesicht ragte Peace wie ein geballter Berg aus Muskeln und Macht vor mir auf. Ein Knurren, das die Wände wackeln ließ, gellte durch den Raum. Einige bereits zerbrochene Fliesen fielen zu Boden.

»Ich kann dich riechen. Ich kann dich fühlen! Zeig dich!«, brüllte er mir direkt ins Gesicht. Schreiend stolperte ich zurück. Mein Herz pochte erschrocken, als ich den Halt verlor und ins Straucheln geriet. Ich stürzte. Doch anstatt hart auf dem Boden aufzuschlagen, durchbrach ich ihn und die Oberfläche zerbarst wie Glas. Splitter und Fragmente flogen mir um die Ohren. Die Zeit schien sich zu verlangsamen. Wie durch zähen Honig sah ich mich selbst fallen. Peace stand über mir und für einen kurzen Augenblick trafen sich unsere Blicke. Seine Augen weiteten sich. Erkennen durchzuckte die silbrig glänzenden Spiegel. Brüllend schnellte er nach vorne und streckte die Arme nach mir aus, als wollte er mich auffangen. Die Zeit beschleunigte sich wieder. Wurde rasend schnell, als seine Finger wie Rauch durch meinen Körper fuhren. Ich fiel. Fiel in bodenlose Schwärze – mit dem Geruch nach Ozon und Eis in der Nase.

Kapitel 7
Steuerberater von Amboss erschlagen! Götter weisen Schadenersatzklage zurück!

»Bei den Göttern!« Schweißgebadet öffnete ich die Augen und fiel prompt aus dem Bett. Ich schlug auf dem kalten Boden auf und stieß ein gequältes Stöhnen aus. Mit klopfendem Herzen und schweißnassen Haaren schleuderte ich die schweren Decken von mir und sah mich gehetzt im dunklen Zimmer um. Jeden Augenblick, so glaubte ich, würde ich eine Hand an meinem Kragen spüren, die mich packte und zurück in dieses irre Laboratorium zerrte. Immer noch brannte mir der durchdringende Geruch nach Desinfektionsmittel und Ozon in der Nase. Neben mir stand das breite Doppelbett mit der Hello-Kitty-Bettwäsche – ein Geschenk von Madox zum achtzehnten Geburtstag. Rechts davon die Nachttischkommode mit meinem Hello-Kitty-Wecker – ein Geschenk von Madox zu Weihnachten. Mein Schrank war als großer dunkler Schemen an der gegenüberliegenden Wand zu erkennen. Meine Bücher, mein Schreibtisch, mein Fernseher. Alles war an seinem Platz. Kein zerstörtes Laboratorium – mit verrückten Ärzten und genauso verrückten blauhaarigen Meuchelmördern namens Peace.

Keuchend presste ich meine Stirn gegen den kühlen Fußboden. Mein Gesicht brannte, als hätte ich Fieber. Sirrendes Adrenalin rauschte durch meinen Körper. Erneut schob sich Peace' Gesicht in meine Gedanken. Die Erinnerung an seinen Körper, der aussah, als hätte man ihn aus Marmor geschlagen, raubte mir den Atem. Abgesehen von der Tatsache, dass ich mir vor Angst beinahe in die Hosen gepinkelt hatte, als er so plötzlich vor mir gestanden hatte, war er ein absolut arrogantes Arschloch. Um das zu wissen, musste ich ihn nicht einmal genauer kennenlernen. Warum machte mich dann schon alleine die Erinnerung an seinen verdammt noch mal perfekten Körper und die Farbe dieser kalten Augen so – so flatterig? Mein Magen zog sich zusammen. Stöhnend knallte ich den Kopf ein paarmal gegen den Boden. Aua. Das tat weh. Aber half eindeutig nicht. Frustriert hörte ich auf, eine Delle in den Boden schlagen zu wollen, und schnaubte laut. Es war mir bereits in der Hölle aufgefallen, als dieser Mistkerl mich an sich gepresst hatte. Ich fand diesen blauhaarigen Idioten eindeutig heiß. Himmel! Bekam ich eine Psychose?! Ich war definitiv krank im Hirn. Er hatte versucht, mich umzubringen! Sogar in meinem Traum, trotzdem fand ich ihn anziehend.

»Scheiße!« Stöhnend kämpfte ich mich zurück ins Bett und starrte mit verquollenen Augen auf den Hello-Kitty-Wecker. Halb acht, also noch zwei Stunden, bevor ich normalerweise aufstand, in die Bibliothek fuhr und für die Uni lernte. Leider hatte ich Hausarrest und somit viel zu viel Zeit, um über perfekte männliche Muskeln, blaue Haare und silberne Augen nachzudenken. Trocken schluckte ich einen dicken Kloß im Hals hinunter und stand auf. Meine nackten Zehen klebten am Boden, als ich die Vorhänge meines Fensters zurückschob. Graue schwere Wolken ballten sich am Himmel zusammen. Wassertropfen klatschten gegen die Scheiben, während ein kräftiger Wind an den Fensterläden rüttelte. Der kleine Park rund um unser Anwesen schien grau in grau zu sein. Ein greller Blitz durchzuckte die Wolkendecke. Dicht gefolgt von einem wütenden Donnergrollen, das das Glas klirren lies. Ein Schauder rieselte mir über den Rücken, während ich wie gebannt in den Himmel hinaufstarrte. Meine Zehen krallten sich ängstlich in den Boden. Die Luft schmeckte beinahe bitter von all dem aufgestauten Ozon. Zeus schien heute sehr schlechter Laune zu sein.

Prüfend warf ich einen Blick nach unten und erkannte den massigen Leib eines Höllenhundes, der beinahe nahtlos mit den Schatten des anbrechenden Morgens verschmolz. Allein die roten Augen sahen gestochen scharf zu meinem Fenster hoch. Ich wurde also wirklich beschattet. Seufzend ließ ich den Vorhang zurückfallen und tapste ins Bett zurück. Die Decke war verschwitzt, genau wie der Rest meiner Sachen. Ich war in voller Montur eingeschlafen. Im Bett wälzte ich mich ein paarmal herum, knautschte das Kopfkissen zusammen und versuchte, mich wieder zu entspannen. Aber es gelang nicht. Mein Kopf war übervoll von den letzten Tagen. Ich fühlte mich unwohl in der eigenen Haut, die kribbelte und juckte, als würde etwas herausplatzen wollen. Wahrscheinlich der Frust. Ich pustete mir eine Haarsträhne aus dem Gesicht und knabberte an meinem Daumennagel herum. Ich überlegte und entschied schließlich, dass meine Sachen zu ekelig waren, um sie noch länger anzubehalten. Also strampelte ich die Decke wieder von mir runter, setzte mich auf und zog den Pullover über den Kopf. Schnell zog ich auch den Rest aus und warf die Sachen in den Wäschekorb neben meinem Bett. Müde fuhr ich mir über das verquollene Gesicht und gähnte ausgiebig. Die Brille hatte über Nacht einen Abdruck auf meinem Nasenrücken hinterlassen, den ich behutsam wegmassierte. Manchmal fühlte es sich an, als würden mir all die Schichten unförmiger Klamotten die Luft abschnüren. So nackt, nur in BH und Höschen, konnte ich eigentlich nur mit mir selbst sein. Jeden anderen würde ich dabei in den Wahnsinn treiben. Sprichwörtlich.

Deprimiert schnappte ich mir die Fernbedienung aus dem Nachttisch und schaltete den Fernseher ein. Wenn ich schon sonst nichts zu tun hatte, konnte ich wenigstens die verpassten Ninja-Warrior-Sendungen nachholen. Mit einem beruhigenden Summen sprang der Fernseher an. Sein Brabbeln erfüllte meine Ohren. Meine angespannten Muskeln lockerten sich wieder. Drei Sendungen lang sah ich Athleten dabei zu, wie sie rannten, sprangen, sich die Köpfe einschlugen und ins Wasser fielen. Danach zog ich mir eine Wiederholung von *Shopping Queen* rein – Madox' Lieblingssendung –, bevor ich zu *Buffy – die Vampirjägerin* wechselte. Ich liebte diese Sendung. Vielleicht, weil Buffy mich ein wenig an mich selbst erinnerte. Mitsamt düsterem Schicksal, dem sie nicht entkommen konnte. Außerdem war ich ein absoluter Spike-Fan.

Ich hatte seine blonden Haare und den bissigen Charakter schon immer attraktiv gefunden. Obwohl dunkle Haare auch nicht schlecht waren … oder blaue. Wenn ich so darüber nachdachte, hatte Peace genau die gleiche sexy Narbe an der Augenbraue wie Spike. Entsetzt würgte ich den Gedanken ab. Woran zum Teufel dachte ich denn da? Mit hochrotem Kopf sprang ich aus dem Bett. Es regnete immer noch Bindfäden. Trotzdem hatte ich definitiv lange genug im Bett herumgelegen. Nach dem gierigen Knurren meines Magens zu urteilen, war die Mittagszeit schon längst überschritten. Schnell zog ich mir eine Hose, Socken und einen Kapuzenpulli an. Die Handschuhe folgten ebenfalls. Auch wenn nur meine Schwestern und Sofia zu Hause waren, wollte ich kein unbedachtes Risiko eingehen und zu viel Haut zeigen. Schnell stopfte ich die Haare nach hinten, zog die Kapuze hoch und stürmte aus dem Zimmer. Den Fernseher ließ ich laufen. Buffy küsste gerade Angel, ohne zu wissen, dass sie ihm damit die Seele rauben würde. Ihr ging es wie mir. Keine Ahnung, was dem Typen passieren würde, der das zweifelhafte Glück hatte, mein erster Freund zu werden. Aber es konnte definitiv nichts Gutes sein. Wahrscheinlich würde der arme Kerl sofort wahnsinnig werden und sich die Augen aus dem Schädel kratzen … oder ihm fiel der Penis ab.

»Woran denkst du?«

Erschrocken machte ich einen Satz nach vorne und wäre beinahe die letzten Stufen zur Eingangshalle hinuntergekullert. »Himmel, Diamond, hast du mich erschreckt.«

»Oh, entschuldige, du hast so in deine Gedanken versunken gewirkt.«

»Die perfekte Gelegenheit also, um mich von der Treppe zu schubsen.«

Diamond schnaubte. »Mach dich nicht lächerlich, Warrior. Dabei könnte ich mir einen Fingernagel abbrechen. Das ist die Mühe nicht wert.«

»Wie beruhigend.«

»Also?«

»Also, was?«

»An was hast du gedacht?«, fragte meine Schwester neugierig. Unaufgefordert folgte sie mir in die Küche. Ein Monstrum aus hellem Stahl, Chrom und Hightech. Ich bezweifelte, dass meine Schwestern kochen konnten. Sofia bereitete meistens all unsere Mahlzeiten zu. Vor

Hunger krampfte sich mein Magen zusammen. Schmerzlich verzog ich das Gesicht und öffnete den Kühlschrank. Kühle Luft wehte mir entgegen, als ich den Kopf in das zwei Meter hohe Ungetüm steckte und nach was Essbarem Ausschau hielt.

»Ach, nichts Wichtiges, nur über Penisse«, teilte ich Diamond abwesend mit. Mhm, war das ein Sandwich?

»Über was?« Das Entsetzen in Diamonds Stimme war unüberhörbar. Elegant ließ sie sich auf einen der Barhocker vor der Kücheninsel nieder. Eine ihrer perfekten blonden Augenbrauen schoss nach oben.

»Ich habe nur darüber nachgedacht, was passieren würde, wenn ich einen Jungen küsse.«

Ja! Es war tatsächlich ein Sandwich mit …

Vorsichtig holte ich den Teller hervor, pulte die Frischhaltefolie ab und schnupperte. Mhm, roch nach Tunfisch mit Mayonnaise. Auch gut. Zufrieden schnappte ich mir eine Cola aus dem Getränkefach. Ganz und gar nicht elegant ließ ich mich neben Diamond plumpsen, hakte einen Fuß hinter den anderen und begann die Kohlensäure aus meiner Cola zu schütteln.

»Ich verstehe. Und was hat Küssen mit Penissen zu tun?«

Behutsam öffnete ich meine Cola. Die Kohlensäure entwich mit einem zufriedenstellenden Zischen. »Warum das plötzliche Interesse an meinen verqueren Gedanken?«

Beiläufig zuckte sie mit den Schultern. »Du bist meine Schwester. Warum sollte es mich nicht interessieren?«

»Hm, vielleicht deshalb nicht, weil es dich die letzten achtzehn Jahre auch nicht interessiert hat?«

Sie sah mich komisch an. Ein trauriger Ausdruck huschte über ihr Gesicht.

»Das stimmt nicht«, flüsterte sie. »Ich habe mich immer für dich interessiert. Aber es ist besser für dich, unsichtbar zu bleiben als andersherum.«

Ich blinzelte verwirrt. Hä? »Falls es dich freut. Du warst immer meine Lieblingsschwester. Die anderen sind zum In-die Tonne-Werfen.«

Diamond lachte. Ein wunderschöner Klang, der es vermochte, Vögel aus den Bäumen zu locken. Schwungvoll warf sie sich das Haar über die Schulter. »Schon mal daran gedacht, netter zu den Menschen zu sein, damit sie dich mögen?«

Ich rümpfte die Nase. »Hast du schon mal versucht, nett zu einem Troll zu sein? Du bist eindeutig zu oft im Olymp unterwegs.«

Schon wieder dieser traurige Blick. »Und du eindeutig zu häufig in Abaddon. Ich habe Mutter schon viele Male gebeten, dich öfter in den Olymp mitzunehmen. Aber sie weigert sich. Es tut mir leid.« Sie runzelte ihre perfekte Stirn.

Grinsend stupste ich sie mit der Schulter an. »Hey, mach dir keinen Kopf. Ich jammere einfach zu viel. Im Grunde bin ich ganz gern unten. Ich liebe Madox und Hades und hätte es eindeutig schlechter treffen können. Und für gute Manieren ist es längst zu spät.«

Diamond lächelte verunsichert zurück und streichelte zaghaft meine behandschuhten Hände.

»Ach, Warrior, du bist so schnell groß geworden. Wann ist das passiert? Gestern habe ich dir noch Gutenachtgeschichten vorgelesen und heute denkst du über Penisse nach.«

Ich streckte ihr die Zunge raus. »Ich dachte nur darüber nach, was mit einem Jungen passieren würde, der mich küsst. Und kam zu dem Schluss, dass ihm der Penis abfällt.«

Diamonds kristallblaue Augen blitzten amüsiert. »Stell dir einmal dieses Gesicht vor. Er küsst dich und sein Penis fällt ab!« Ihr glockenhelles Lachen wurde laut.

Meine Mundwinkel zuckten.

»Die gesamte Männerwelt würde dich fürchten!«

»Ach, halt die Klappe!« Schmunzelnd nahm ich das Sandwich und inspizierte das leicht gräulich aussehende Innenleben. »Außerdem könnte er auch einfach wahnsinnig werden … wer weiß. Es ist idiotisch, darüber nachzudenken. Ich werde sowieso als ungeküsste Jungfrau sterben.«

Abrupt hörte Diamond auf zu giggeln und sah mich seltsam betroffen an. »Sag das nicht, Warrior, es gibt bestimmt einen Weg.«

»Nein. Für mich nicht.« Zaghaft hob ich das Brot und biss hinein. Ein Fehler. Schon der erste Bissen schmeckte so vergoren, dass mir die Galle hochkam.

Würgend beugte ich mich über den Teller und spuckte den Bissen wieder aus. Tränen brannten mir in den Augen, als ich den Geschmack hektisch mit einem Schluck Cola runterzuspülen versuchte.

»Was ist los?«

»Bäh. Ich glaube, der Fisch ist schlecht geworden!« Ich nahm noch einen großen Schluck. Der Geschmack hielt sich hartnäckig. Wie Asche klebte er auf meiner Zunge.

»Du bist ein wenig grün um die Nase. Geht es dir gut?«

Vor Ekel schüttelte es mich. Dennoch nickte ich, nahm den Teller mit dem Brot und warf es in den Mülleimer unter der Spüle. »Ja, aber jetzt ist mir definitiv der Appetit vergangen. Bei meinem Glück handle ich mir noch eine Fischvergiftung ein.«

»Ist nicht deine glänzendste Woche, was?«

»Nicht unbedingt«, schnaubte ich und ließ mich wieder auf den Sessel fallen.

»Warum denkst du plötzlich übers Küssen nach? Versteh mich nicht falsch, ich weiß, dass du neunzehn bist, aber du hast dich nie mit jemandem außer Madox getroffen oder anderweitiges Interesse an Jungs gezeigt.«

Erstaunt sah ich auf. Diamond hatte die Beine übereinandergeschlagen und sah mich neugierig an. Ihre neuerliche Plauderlaune fand ich ein wenig gruselig. So viel gesprochen hatten wir schon seit Ewigkeiten nicht mehr. Diamond war Heras Zofe im Olymp und dementsprechend viel unterwegs. Da sie auch beinahe zehn Jahre älter war als ich, hatten wir nie viel miteinander zu tun gehabt.

»Ich bin vielleicht ein bisschen gestört, aber doch nicht tot, Diamond! Natürlich interessiere ich mich fürs Küssen. Du etwa nicht?«

»Doch, schon.« Diamond zögerte und leckte sich sichtlich verlegen über die schmalen Lippen. »Ich hatte meinen ersten Freund schon mit vierzehn. Aber du hast nie wirklich durchblicken lassen, dass Jungs dich reizen.«

»Was?«, ungläubig sah ich sie an. »Na ja, zum Ersten, es hat euch nie gejuckt, mit wem ich mich treffe. Zweitens ist es vollkommen egal, ob ich es will oder nicht. Es wird nie passieren. Einmal davon abgesehen, dass ich meine Zeit hauptsächlich in Abaddon verbringe und die einzigen Männer, mit denen ich dort Kontakt habe, meine Brüder sind. Und die sind eindeutig eher ein Grund dazu, lesbisch zu werden.«

»Na, ich weiß nicht. Sie sehen doch allesamt gut aus, oder nicht?«

»Sie sind zum Kotzen!«

»Wirklich? Aber du hängst doch so gerne mit dem Jüngsten herum? Oder?«

»Madox? Der ist ... anders. Aber auch niemand, den ich daten würde. Ich meine – er hat als Kind Popel auf mich geschmissen!«

Angeekelt verzog Diamond das Gesicht. »Bäh ... in Ordnung. Gibt es sonst niemanden, der dich interessieren würde?«

»N-Nein, ich ...«

Das Bild von blauen Haaren und kalten silbernen Augen kam mir in den Sinn. Schnell schüttelte ich den Kopf, vertrieb die Erinnerung aus meinen Gedanken und ballte die Hände zu Fäusten. Langsam diagnostizierte ich bei mir einen ernsthaften Fall von Stockholm-Syndrom.

»Nein«, schloss ich schlicht. »Da ist niemand und das wird auch so bleiben.«

Peinliche Stille setzte ein. Keine von uns schien so recht zu wissen, was sie noch sagen sollte.

Diamond starrte mich immer noch so gruselig an. »Ich habe von deinem Zusammenstoß gehört. Von dem Jungen, der aus dem Tartaros geflohen ist!«

Aha, daher wehte also der Wind.

»Und?«

»Du musst Angst gehabt haben.«

Zögerlich zuckte ich mit den Schultern. »Ein wenig. Er war eindeutig verrückt. Es ist gut, dass er wieder im Tartaros sitzt.«

»Mhm.« Der Blick aus Diamonds Augen war undeutbar.

Nervös rutschte ich auf meinem Hintern herum. Dieses Gespräch wurde immer eigenartiger.

»Du musst dir keine Sorgen machen. Der Tartaros ist das sicherste Gefängnis der Götterwelt.«

»Ich weiß.«

»Wirklich? Wenn du willst ... ich habe eine interessante Lektüre zu diesem Thema. Im Speziellen handelt diese von dem Tartaros und dessen Insassen. Wenn du möchtest, leihe ich sie dir.«

»Ähm ... gerne. Danke!«

Lächelnd stand Diamond auf. »Schön. Ich lege sie dir vor die Tür. Jetzt muss ich zurück in den Olymp. Solltest du etwas dringend benötigen, ruf mich an und vergiss deinen Hausarrest nicht. Bleib im Haus.

Ansonsten reißt dir Mutter noch endgültig den Kopf ab. Ich werde Sofia Bescheid geben, dass sie dir was Anständiges kochen soll.«

»D-Danke«, stottere ich erneut. Verdutzt starrte ich Diamond hinterher, die wie eine Göttin aus der Küche schwebte.

Was war das denn gewesen? Verwirrt kratzte ich mir den Kopf. Die Uhr über der Kücheninsel tickte leise. Im Haus herrschte absolute Stille. Wie sonst meistens auch. Das Anwesen war für vier Menschen einfach zu groß. Man konnte Tage hier drinnen herumlaufen, ohne jemandem zu begegnen. Ruby gehörte ein äußerst erfolgreich laufender Nachtclub in Londons Innenstadt und Opal war ein international erfolgreiches Model. Beide schliefen tagsüber und waren nachts unterwegs. Meistens hatte ich damit auch kein Problem. Ich war es gewohnt, alleine zu sein. Heute jedoch störte es mich. Ich fühlte mich einsam, ein wenig verloren. Außerdem spukte mir der gestrige Tag ein ums andere Mal durch den Kopf. Seufzend stand ich auf und stellte meinen Teller in die Spüle. Der Geruch des angetrockneten Essens von dem anderen Geschirr stieg mir dabei in die Nase. Prompt wurde mir wieder schlecht und ich beeilte mich, aus der Küche herauszukommen. Von draußen konnte ich den Wind an der Tür rütteln hören. Ein Donnern zerschlug die Stille. Ein seltsam intensiver Geruch nach Ozon vermischte sich mit meinem eigenen Duft nach Rosen und schien mich auf Schritt und Tritt zu verfolgen. Ich konnte dieses komische Gefühl einfach nicht abschütteln. Gestern nach dem Angriff hatte es begonnen und seitdem fühlte ich mich, als würde pures Adrenalin durch meine Adern jagen. Als ich ein seltsames Geräusch hörte, blieb ich stehen. Mitten in der dunklen Eingangshalle, durch die das Licht der niedergehenden Blitze harte Schatten über den Boden schlug. Gänsehaut breitete sich auf meinen Unterarmen aus. Himmel, war das unheimlich. Durch meinen Kopf jagten sofort ein paar Szenen aus Horrorfilmen, die ähnlich gewesen waren. Ich lauschte angestrengt dem Heulen des Windes. Ein weiterer Blitz ging hinab, beleuchtete eine nackte Aphroditestatue, die durch die dunklen Schatten eine hässliche Fratze bekam. Mein Herz pochte. Ich schluckte. Meine Zunge klebte trocken am Gaumen und …

Ding Dong.

»Ahhh!« Ich sprang einen gefühlten Meter in die Höhe. Fuchtelte wild mit den Armen und Beinen.

Ding Dong.
Ding Dong.
Ding Dong.

»Herrgott noch mal. Macht mal jemand die Tür auf? Sophia? Wo bist du?«, krächzte es verschlafen durch den Raum, während eine hagere und zombieähnliche Gestalt in den Flur gewankt kam. Ich schrie erneut auf. Die Person neben mir schrie ebenfalls schrill auf. Gerade wollte ich zum Verteidigungsschlag ansetzen, als dem vermeintlichen Monster die Gurkenscheiben vom grünen Gesicht fielen. Meine Schwester Ruby starrte mich finster und ziemlich verschlafen an. Ihr Haar war vom Schlaf wie ein Vogelnest geformt. Sie steckte in einem zu langen Bademantel, mit dessen Ärmeln sie kreischend in meine Richtung wedelte. »Was soll der Mist, Warrior?«, keifte sie. »Mach die Tür auf. So kann ich doch nicht raus. Ich sehe aus wie …«

»Das Monster aus dem Sumpf? Shrek?«, half ich ihr keuchend auf die Sprünge. Mit ihren rötlichen Haaren und der grünen Gesichtsmaske sah sie Fiona von Shrek wirklich nicht unähnlich. Ich grinste, aber mein Herz pochte immer noch wie wild. Ruby presste giftig ihre Lippen zusammen.

Ding Dong. Erneut dröhnte die Klingel durch das Haus, verzerrt durch die Geräusche des Unwetters.

»Mach einfach auf«, zischte Ruby und verschwand wieder nach oben in Richtung ihres Zimmers.

»Das war megagruselig!«, schrie ich ihr hinterher und bekam als Antwort einen ausgestreckten Mittelfinger gezeigt. Ich schnitt ihrem Rücken eine Grimasse und öffnete die Tür. Beinahe hätte ich ein weiteres Mal aufgeschrien. Vor mir krümmte sich ein schattenhafter Riese.

»Scheiße!«

»Auch hallo, Warrior!«, grummelte besagter Riese und trat ins Innere. Ich wich zurück, kniff die Augen zusammen, als das Monstrum von einem Mann ganz im Hundestil seine klatschnassen Haare ausschüttelte.

»Pah! Brave, mach das bitte woanders«, bat ich, die Arme schützend vor das Gesicht gehoben.

»Sorry. Ist Diamond da?«, fragte Brave, Sohn des Zeus und Freund meiner Schwester.

»Ist vielleicht noch oben … aber eigentlich wollte sie weg. Weiß nicht genau«, gab ich zurück, öffnete die Augen einen Spaltbreit und beobachtete den ungeschlachten Gottjungen. Brave war eine fleischgewordene Ken-Puppe. Samt stahlhartem Sixpack. Strahlendem Zahnpasta-Werbung-Lächeln und blonden Surfer-Boy-Haaren. Wäre er nicht schon seit Jahren mit meiner Schwester zusammen, hätte ich darauf gewettet, dass er stockschwul war. Brave grunzte verwirrt und wollte nach oben stürmen, als ich etwas aus seiner Nase rinnen sah.

»Warte! Ich glaube, du hast Nasenbluten.«

Überrascht blieb der Gottjunge stehen und wischte sich mit dem Handrücken darüber. Beinahe glaubte ich, etwas Silbernes aufblitzen sehen, doch das Rinnsal war zu schnell in seiner Handfläche verschwunden.

»Alles okay?«, fragte ich besorgt.

»Ist nichts!« Brave warf mir einen seiner strahlenden und leicht dümmlichen Grinser zu. »Das schlechte Wetter schlägt mir auf den Kopf. Kommt vor. Bin wetterfühlig. Danke fürs Aufmachen!«

Schon war er die Treppe hochgestürmt und ließ mich verwirrt und leicht nassgespritzt zurück. Ich runzelte die Stirn und schloss die Tür. Hinter mir tobte der Sturm. Ein paar Zweige peitschten gegen das Glas.

Seltsam. Ich folgte Brave nach oben und mit einem Schlag war es wieder bedrückend still. Die dicken Wände verschluckten beinahe jedes Geräusch. Sofort fühlte ich mich einsam und ein wenig paranoid. Die Augen der Gemälde schienen mich zu verfolgen. Leichte Kopfschmerzen setzten ein.

Vor meiner Zimmertür blieb ich stehen und sah nach unten. Wie versprochen lag dort ein Buch. Ein Post-it klebte darauf.

Stell nichts an!

Schnaubend zerknüllte ich das Papier, hob das Buch auf und beäugte es prüfend. Es war ein staubiger fetter Wälzer mit grauem, rissigen Einband. Der Titel zur Unleserlichkeit verwittert. Na, das sah ja eindeutig nach viel Spaß aus. Mit hochgezogenen Augenbrauen ging ich in mein Zimmer. Der Fernseher lief immer noch. Buffy schickte Angel diesmal gerade mit einem gezielten Roundhouse-Kick in die Hölle. Mein Interesse war jedoch mehr auf das Buch in meinen Händen gerichtet. Es verströmte den Geruch nach altem Pergament und Tinte und … Mhm, wenn Geheimnisse riechen könnten, würden sie wohl genau diesen Geruch haben. Seufzend setzte ich mich im Schneidersitz aufs Bett, streifte die Handschuhe ab und schlug wahllos eine Seite inmitten des Buches auf. Ein Lesezeichen rutschte heraus. Als hätte Diamond die Stelle für mich gekennzeichnet.

Tartaros (griechisch Τάρταρος, lateinisch Tartarus) ist in der griechischen Mythologie ein personifizierter Teil der Unterwelt, der noch unter dem Hades (oder auch Abaddon genannt) liegt. Er ist angeblich so tief, dass ein Amboss, der von der Erde zum Tartaros hinabfiel, neun Tage brauchte, um ihn zu erreichen; genauso lange, wie der Amboss benötigte, um vom Himmel bis zur Erde zu gelangen.

Irritiert hielt ich inne. Interessant. Nur welcher Blödmann kam auf die Idee, einen Amboss vom Himmel zu werfen? Und was, wenn der Amboss jemandem auf den Kopf fiel? Ich sah die Schlagzeilen förmlich vor mir: »Steuerberater von Amboss erschlagen! Götter weisen Schadenersatzklage zurück!« Kichernd blätterte ich um und las weiter.

Tartaros ist der Strafort der Unterwelt. Zu ewigen Qualen im Tartaros verurteilt waren: Tityos, Ixion, Oknos, die Danaiden, Sisyphos und Tantalos, der Sohn des Zeus. In Platons Phaidon wirft »ihr gebührendes Geschick« diejenigen in den Tartaros, die »häufigen und bedeutenden Raub an den Heiligtümern begangen oder viele ungerechte und gesetzwidrige Mordtaten vollbracht haben oder anderes, was dem verwandt ist«. Sie werden daraus nie wieder heraufsteigen.

Wooow. Moment! Wie vom Donner gerührt starrte ich auf die Zeilen unter mir. War das … konnte es? Nein! Entsetzt las ich die entsprechende Zeile erneut.

Zu ewigen Qualen im Tartaros verurteilt waren: Tityos, Ixion, Oknos, die Danaiden, Sisyphos und Tantalos, der Sohn des Zeus.
Tantalos, der Sohn des Zeus!

Tantalos, der Sohn d…!
Tantalos!
Peace Tantalos!

Bei den Göttern. Mein Mund klappte auf. Mein Kidnapper, mein Kidnapper mit dem bekloppten Namen Peace hatte ebenfalls Tantalos geheißen. Aber …

Nein! Unmöglich, es war ein Traum gewesen. Zweifellos ein äußerst intensiver, realistisch wirkender Traum. Dennoch musste es sich dabei um einen Zufall handeln. Es war ausgeschlossen, dass Zeus einen Sohn im Tartaros schmoren ließ. Außerdem kannte ich Zeus' Kinder. Zwillinge, um genau zu sein. Das Mädchen hieß Violence und war – ganz nach ihrem Namen – ein verdammtes Miststück. Ihr Bruder, Brave, war seit Jahren mit meiner Schwester Diamond zusammen. Die beiden waren mit ihren blonden Haaren, blauen Augen, übersinnlicher Schönheit und Stärke die Stars der Götterwelt. Und Aphrodite selbst suhlte sich förmlich in der Anerkennung, die sie dank der Beziehung ihrer Tochter mit Brave von den anderen Göttern erhielt. Meine Existenz wurde dagegen lieber verschwiegen. Wann immer ich einen Raum betrat, setzte peinliches Schweigen ein. Deprimierend. Egal. Erneut starrte ich auf den Namen unter meinen Fingern. Tantalos.

Konnte mein Traum nicht einfach Zufall gewesen sein? Die Reaktion meines Gehirns auf eine traumatisierende Begegnung, die es zu verarbeiten versuchte? Höchstwahrscheinlich war Tantalos ein früherer Sohn von Zeus gewesen. So alt, wie das Buch aussah, musste der Junge vor Jahrtausenden gelebt haben. Der Schinken war einfach nicht up to date. Es gab also überhaupt keinen Grund, in Panik zu geraten. Besänftigt blätterte ich weiter. Ob ich noch mehr über diesen Tantalos fand? Tatsächlich stieß ich bereits auf der nächsten Seite wieder auf seinen Namen.

Die Götter verstießen Tantalos in den Tartaros *und peinigten ihn dort mit ewigen Qualen, den sprichwörtlich gewordenen »Tantalosqualen«.*

Gänsehaut breitete sich auf meinen Unteramen aus. Das klang ja fürchterlich. Meine Finger zitterten sogar, als ich nach einer Erklärung suchte, warum Tantalos verflucht worden war. Ich fand jedoch nichts. Enttäuscht ließ ich mich zurücksinken. Ohne wirkliches Interesse hob ich den Blick zum Fernseher und sah Buffy mit ihren Freunden Dämonen über den Bildschirm jagen. Gerade in dem Moment, als die Vampirjägerin dem Bösewicht einen Boxhieb verpassen wollte, kam die Werbung. Dieser extrem nervige Spot für Momondo begann zu laufen.

»Uns ist egal, was Sie in Ihrem Urlaub machen. Wir finden nur den besten Flug für Sie!« Das hektische Zucken im Fernseher kam mir vor, als wären die Farben viel zu grell. In meinen Ohren summte es, als könnte ich den Strom durch die Flüssigkristalle rinnen hören. Mein Blick verschwamm. Irritiert rieb ich mir den Kopf. Die Schmerzen wurden schlimmer. Wahrscheinlich hatte ich sie schon länger, nur war das Pochen in den Schläfen inzwischen so stark, dass ich es nicht mehr ignorieren konnte. Das schlechte Wetter setzte mir eindeutig zu. Ich habe schon immer empfindlich auf Wetterumschwünge reagiert, und das Unwetter ließ meinen Schädel wie einen Ballon anschwellen. Gerade, als ich den Fernseher leiser drehen wollte, schlug draußen ein Blitz ein, der die Umgebung taghell werden ließ. Das Bild des Fernsehers verpixelte sich. Ein scharfer Schmerz durchzog meinen Kopf.

»Aua!« Fluchend verzog ich das Gesicht und fühlte etwas in meiner Nase platzen. Draußen krachte Donner. Das Grollen stellte mir sämtliche Nackenhaare auf, als ich spürte, wie mir warmes Blut aus der Nase rann.

»Shit!«, hektisch warf ich mich zur Seite und durchwühlte meinen Nachttisch nach einem Taschentuch. Das Blut floss in einem Schwall heraus und kleckerte den Boden voll.

Was sollte das? Das Blut war nicht rot, sondern absolut silbern. Wie reines Quecksilber glitzerte es im zuckenden Licht des Fernsehers. Ich drückte mir das Taschentuch gegen die Nase. Was war nur los mit mir? Gestern waren es nur wenige silberne Schliere gewesen! Heute war es vollkommen verfärbt. War das normal? Hilflos sah ich auf, dabei fiel mein Blick auf das Fenster, wo sich das schlechte Wetter inzwischen zu einem richtiggehenden Sturm entwickelt hatte. Wütend riss der Wind an den Bäumen, die sich ächzend unter der starken Naturgewalt bogen. Das Heulen erinnerte mich an den Ruf der Höllenhunde, wenn sie auf Jagd waren. Besorgt presste ich das Taschentuch fester gegen die Nase und versuchte so, zu ignorieren, dass das Blut süßlich, fast wie geschmolzener Zucker schmeckte. Das war auch nicht normal, oder?

»Überall auf der Welt werden extreme Wetterphänomene gesichtet«

Mein Kopf schoss in Richtung des Fernsehers, wo die Sechzehn-Uhr-Nachrichten liefen. War es wirklich schon so spät? Wo war die Zeit geblieben? Die Nachrichtensprecherin mit den roten Lippen, die sie wie einen wasserstoffblonden Clown aussehen ließen, starrte auf die eingeblendeten Bilder neben sich, wo ein tropfnasser Korrespondent lautstark in sein Mikro brüllte. Hinter ihm sah man einen leuchtenden Blitz nach dem anderen niedergehen. Schnell schnappte ich mir die Fernbedienung und drehte lauter.

»In Marokko, Berlin, Paris, New York und London wurde dieses extreme Naturschauspiel gesichtet. Es wurden Windstärken in der Skala sieben bis neun verzeichnet. Besonders auffällig ist die Farbe der Blitze.« Eine Kameraaufnahme zeigte leuchtend blaue bis rote, die mit brutaler Gewalt in Bäume und Hausantennen einschlugen. Der Boden grollte von dem darauffolgenden Donner.

»Man ist sich nicht sicher, wie lange dieses Spektakel andauern wird, dennoch raten wir Ihnen, in den Häusern zu bleiben, bis die enormen Windstärken nachgelassen haben.« Puppenhaft lächelnd, so drehte sich die Blondie-Nachrichtensprecherin um. »Danke, Steven. Wie es aussieht, sind die Wettergötter heute nicht bester Laune!« Ihr künstliches Lachen schallte durch das Zimmer.

»Zeus muss so richtig angepisst sein«, murmelte ich beunruhigt. Draußen grollte es wie zur Bestätigung meiner Worte. Ein lang gezogener, gequälter Ton, stellte mir ruckartig die Nackenhaare auf.

»Die Höllenhunde!« Die Hunde von Hades spielten immer noch Babysitter für mich. Besorgt sprang ich aus dem Bett und rannte zum Fenster. Der Boden fühlte sich kalt an. Das Summen in meinem Kopf wurde lauter. Ich stolperte über meine eigenen Füße und stützte mich am Bett ab. Der Raum schien zu schwanken, als hätte er Wellengang. Meine Knie waren weich wie Wackelpudding. Krachend schlug draußen erneut ein Blitz ein, nur dass dieser … komisch aussah. Mühevoll vertrieb ich den Schwindel und stellte mich ans Fenster. Meine Augen weiteten sich. Ich legte den Kopf in den Nacken und starrte nach oben. Die sonst grauen Wolken Londons waren rabenschwarz, der Regen, der vom Himmel fiel, sah aus, als würden sich Pech und Schwefel auf die Straßen ergießen. Gleißend blaue Blitze schossen aus der dunklen Wolkenfront, die aussah wie der Schlund von Abaddon selbst. Hin und wieder zuckten weiße Blitze aus den Wolken und schlugen in die blauen ein, als wollten sie diese am Herabkommen hindern. Einer nach dem anderen schlug über London zusammen. Das helle Licht schmerzte beinahe in der Netzhaut. Die Gänsehaut auf meinen Armen wurde stärker. Es war mir, als könnte ich die Anspannung in der Luft förmlich schmecken. Das alles war eine Demonstration von wilder, ungezähmter Stärke. Fasziniert starrte ich die Naturgewalt draußen an und es kam mir vor, als würde etwas zurückstarren. Ich hielt mich selbst für verrückt, aber ich konnte es mir nicht anders erklären. Ich hatte plötzlich das Gefühl, der Sturm würde mich direkt anvisieren. In meinen Ohren klingelte es. Es krachte. Laut. Die Scheibe vibrierte. Erschrocken kniff ich die Augen zusammen, als sich ein gigantischer blauer Blitz durch meine Netzhaut fraß. Ich hörte es knistern. Danach kam der Aufschlag. Ohrenbetäubend schlug er in eine Eiche direkt vor meinem Fenster ein. Die Zeit schien sich zu verlangsamen, als die Äste des riesigen Baumes gewaltsam abgerissen und in alle Richtungen geschleudert wurden. Sprünge zogen sich durch das Glas. Wie ein dämliches Huhn, dem man den Kopf abgehackt hatte, stand ich da und glotzte. Ein Baum neigte sich bedrohlich in meine Richtung und ein brechendes Geräusch war zu hören.

»Fuck!« Fluchend wirbelte ich herum und wollte flüchten, doch da krachte er bereits durch das Fenster. Glassplitter flogen in alle Richtungen. Panisch rannte ich los – bis mich etwas hart am Kopf traf. Ich ging zu Boden. Der Schmerz war überwältigend. Stöhnend drehte ich mich auf den Rücken und riss die Augen auf. Ein abgebrochener Ast, so dick wie ich selbst, stach durch das bereits demolierte Gemäuer. Wind und Regen peitschten ins Zimmer. Wie eine angespitzte Schwertschneide fuhr der vertikal gespaltene Stamm auf mich nieder. Mir blieb nicht einmal mehr die Zeit, hysterisch zu schreien. Das angespitzte Ende traf meinen Bauch. Gezielt durchschlug es meine Gedärme und nagelte mich am Boden fest. Jetzt schrie ich doch – und fiel in Ohnmacht.

Kapitel 8
Ein Baum steckt in meinem Bauch fest!

So oft, wie ich momentan in Ohnmacht fiel, sollte es mich nicht wundern, wenn ich irgendwann einen Dachschaden bekam. Bei meinen Genen war es ohnehin nur eine Frage der Zeit, bis ich gaga wurde. Trotzdem sollte eine Ohnmacht grundsätzlich still, dunkel und friedlich sein. Oder?

Na ja, zumindest war es dunkel.

Aber da waren Stimmen!

Sogar verdammt viele – und sie waren laut!

»Eine Neue kommt!«

»Kannst du diese Kraft zuordnen?«

»Was ist das?«

»Das Schicksal ist schwarz ummantelt!«

»Kannst du uns hören?«

»Hat jemand Hunger?«

»Was riecht hier so ekel… oh, wer hat das gemacht?«

»Sie ist zu hell!«

»Noch zu schwach. Muss schlafen.«

»Ich hätte gerne Pommes rot-weiß!«

»Die Alten werden sie finden.«

»Riecht das für dich auch komisch?«

»Nicht mehr lange und wir werden uns erheben.«

»Bald …«

»Die Liebe trägt das Gesicht der Zerstörung.«

»Wer hat schon wieder das Klopapier aufgebraucht?«

»Ernsthaft! Was ist das für ein Gestank?«

»Rosen!«

»Ich fühle dich!« Die männliche Stimme dröhnte durch meinen Kopf und übertönte all die anderen. Ich kannte sie. Sie gehörte Peace. Kalte silberne Augen zerrissen die Schwärze, in der ich vor mich hin dümpelte. Na toll, jetzt war meine Ohnmacht nicht einmal mehr dunkel!

»Ich fühle dich! Du rufst mich. Wieder und wieder. Mal laut, mal leise. Du rufst mich und es fühlt sich an, als würde Ungeziefer unter meine Haut kriechen. Dieses Gefühl zerreißt mir die Eingeweide. Ich muss dich finden. Wo bist du? Wo bist du? Wo bist du? Wo bist du?«

Keuchend schlug ich die Augen auf. In meinem Schädel schallte es, als hätte mir jemand ins Ohr geschrien. Desorientiert blinzelte ich und begann die Schatten aus meinem Blickfeld zu vertreiben. Warum lag ich auf dem Rücken? Und warum tat mein Bauch weh? Warum … Oh, der dicke Ast, der in mir steckte, der könnte das vielleicht erklären.

»Was zum …?« Entgeistert starrte ich auf das Ding in mir. Ein paar Zweige kitzelten mich an der Nase. Panisch schlug ich sie weg und sah dabei die Verwüstung in meinem Zimmer. Der Baum war mit seiner gesamten Leibesfülle durch das Fenster und die Wand gekracht. Die knorrigen Äste waren einmal quer durch das Zimmer gefegt und hatten den Raum dabei in seine Einzelteile zerlegt. Der Boden war demoliert. Mein Fernseher nur noch ein jämmerlicher Schrotthaufen, aus dem ein paar Kabel ragten. *Rest in Peace.*

Lampen, Tische und Schrank waren ebenfalls zerquetscht oder in ihre Bestandteile zerschlagen worden. Über mir baumelte eine rosarote Hello-Kitty-Unterhose – ein Geschenk von Madox zum Valentinstag. Wo war die denn hergekommen? Ich japste, schnappte nach Luft und fühlte, wie mich das kalte Grauen packte. Meine Muskeln zitterten und vielleicht … nein, definitiv bekam ich gerade eine Panikattacke! Mein Zimmer, mein Leben, alles lag in Trümmern. Aphrodite würde mir für diesen Saustall eigenhändig den Hals umdrehen. Blieb nur die grundsätzliche Frage, warum ich überhaupt noch am Leben war!

Erneut starrte ich an mir runter. Mein Hirn war vollkommen überfordert mit dem Anblick, der sich mir bot. Der Ast hatte mich in der Bauchnabelgegend aufgespießt. Er ging direkt durch mich hindurch. Wie es aussah, lag ich in meiner eigenen Blutlache. War da ein Stückchen Darm zu sehen? Ich war zwar kein Experte in Biologie, aber das sah mir verdächtig nach einem wichtigen Teil meines Verdauungssystems aus, welches neben dem Holz hervorquoll! O Gott, o Gott, o Gott. Wie nannte man dieses Teil noch mal? Zwölffingerdarm? Na toll, jetzt wurde mir auch noch schlecht. Vielleicht benötigte man den ja überhaupt nicht? Vielleicht war er so ein verkümmertes Steinzeitmensch-Überbleibsel wie der Blinddarm. Ha! Genau. Und bestimmt steckte der Ast gar nicht so tief in mir drin, wie ich zuerst angenommen hatte. Wahrscheinlich war es nur ein oberflächlicher Kratzer und ich musste lediglich ein wenig an der Rinde pulen. Zögerlich packte ich das Holz in meinem Bauch und zog. Mit ihm kam ein ganzes Stück meines Inneren heraus. Entsetzt ließ ich los und unterdrückte ein hysterisches Kreischen. Ich hyperventilierte! Scheiße, ich hyperventilierte jetzt ganz ernsthaft. Das war mein Ende. Ich war am Arsch. Kratzte die Kurve, würde die Radieschen von unten sehen, über den Jordan gehen, den Löffel abgeben. »O Gott! O Gott!« Erneut stupste ich das spitze Ende des Astes an, das mich genau am Bauchnabel wie Schaschlik aufgespießt hatte. Mein Magen ballte sich bei dem Anblick zusammen. Es schmatzte feucht und ziemlich fleischig. O nein, jetzt musste ich kotzen. Tränen traten mir in die Augen, als ich angestrengt die Galle nach unten schluckte. Die Wunde klaffte auf und ich konnte meinen Dünndarm erkennen, zumindest glaubte ich, dass es sich darum handelte. Ein Anblick, der mich noch Jahre später verfolgen würde. Er erinnerte mich ein wenig an Wiener Würstchen. Ich würgte haltlos. Was sollte ich denn jetzt manchen? Hilflos blickte ich mich um. Der Regen klatschte immer noch durch das zerbrochene Fenster. Es war eiskalt im Raum. Sollte ich versuchen, den Ast weiter herauszuziehen? Aber noch viel wichtiger … wie sollte ich dieses Chaos meiner Mutter erklären? Ich war wie befohlen in meinem Zimmer geblieben und hatte genau das getan, was ich tun sollte! Also konnte sie mir nicht böse sein, oder? Oder? *Oder?*

Vielleicht sollte ich das Holz einfach drin lassen. Vielleicht verhinderte genau dieses, dass ich verblutete. Wer wusste das schon? Bei den Göttern, ich war kein Arzt!

»Ähm … Hilfe?« Um Hilfe rufen war doch ein guter Plan. Andere waren hoffentlich schlauer in medizinischen Baumaufspieß-Fragen als ich. Leider kam niemand.

»Hiiiilfe!« Ich begann mit den Beinen zu strampeln, hörte jedoch schnell wieder damit auf. Verdammt, tat das weh.

»Hallo? Ist da jemand? Diamond? Opal? Ruby? Höllenhunde?« Immer noch niemand. Frustriert pustete ich mir eine Haarsträhne aus dem Gesicht.

»Hallo?« Tränen traten mir in die Augen. Ich war kurz davor, meine Nerven zu verlieren. Gedanklich sah ich mich bereits ein Leben lang mit einem gigantischen Ast im Bauch herumlaufen. Gab es Behindertenparkplätze für solche Fälle? Und Toiletten? Gerade überlegte ich, ob man Pizza essen konnte, wenn einem die Hälfte des Darms fehlte, als mein Arsch zu vibrieren begann. Erschrocken verschluckte ich mich an meinem eigenen Schluchzen und hustete blutige Klumpen aus. Mit steifen Fingern griff ich in die Gesäßtasche und holte mein Handy heraus, das wie durch ein Wunder noch lebte.

Pling! Eine SMS blinkte auf.

Hey, Prinzessin? Alles okay? Hast du heute Shopping Queen gesehen? Ich sage nur: OMG!

Es war Madox! Meine Rettung! Den Göttern sei gedankt – und ja, ich hatte die Sendung gesehen, dieses Outfit war wirklich potthässlich gewesen!

Mit zitternden Fingern tippte ich: *SOS, brauche Hilfe!*

Prompt schrieb Mad zurück. ***What's up?***

Ein Baum steckt in meinem Bauch fest!

Was?

Ein Baum steckt in meinem Bauch!

Waaaaaaas?

Entnervt schnalzte ich mit der Zunge und machte ein Foto.

Da! Bauch! Baum! Aua! Hilfe!

gdzuwgdbsadvvfzdbuzevdvg!!!!!!!

Hä?

Sorry. Heilige Scheiße, hab das Handy fallen lassen. Fünf Minuten! Halte durch!

Beeil dich, bevor ich hier noch Wurzeln schlage!

Ha! Das nannte ich mal eine positive Einstellung. Kaum zehn Minuten aufgespießt und das eigene Höschen inklusive Gedärme um die Ohren drapiert, schon konnte ich Witze darüber reißen. Was allerdings auch am Blutverlust liegen konnte. Tatsächlich wurde mir gerade ein wenig schwarz vor Augen. Erschöpft legte ich den Kopf auf den Boden und konzentrierte mich darauf, ruhig zu bleiben. Wie viel Pech konnte ein einzelner Mensch eigentlich haben? Plötzlich überkam mich der schreckliche Gedanke, dass ich jetzt noch sterben könnte. Quasi ein wenig verspätet. In dem Schock, von einem Baum aufgespießt worden zu sein, hatte mein Körper einfach nicht gerafft, dass er eigentlich hätte sterben müssen. Jetzt, wo ich mich langsam von dem Schrecken erholt hatte, würde er es vielleicht doch noch tun! Entsetzt riss ich die Augen auf und begann, mich gegen den Stamm in meinem Bauch zu wehren. Schreiend bäumte ich mich auf. Blut spritzte aus der Wunde und quoll zwischen meinen Finger hervor, die den Ast zitternd gepackt hielten.

»Warrior? Warrior?« Madox' Stimme drang nur dumpf an meine Ohren.

»Mad! Ich bin hier!« Hustend würgte ich ein wenig Blut nach oben.

»Halte durch! Warrior, wo …?«

Die Tür flog auf. Das Rascheln von Flügeln war zu hören. »Heilige Scheiße, Warrior!«

»Ich bin hier unten!« Zähnefletschend riss ich kräftiger an dem Ast.

»Bei Hades' Klöten, Mädchen! Was machst du denn da?« Warme Hände hielten mich davon ab, mir selbst noch mehr Gedärme aus dem Bauch zu pulen.

»Mad?« Mit tränennassen Augen sah ich zu meinem Bruder auf. Sein vertrautes Gesicht schwebte über mir. Seine grünen Augen sahen schockgeweitet auf mich hinab. Irgendwo im hinteren, rationalen Teil meines Kopfes dachte ich daran, meine Kapuze tiefer über das Gesicht zu ziehen und meine nackten Hände zu verstecken. Es musste nicht sein, dass Madox wegen eines flüchtigen Blicks in mein Gesicht wahnsinnig wurde. Zum Glück schien er von meinem Anblick viel zu geschockt zu sein, um wirklich hinzusehen.

»Himmel, Prinzessin! Was ist denn hier passiert? Und wa… ist das dein Dickdarm?« Blanke Panik zeichnete sich auf seinem Gesicht ab.

»Der Baum!«, keuchte ich. »Ein Blitz ist eingeschlagen. Der Baum ist durch das Fenster gekracht.«

»Und dann bleibst du einfach stehen und lässt dich aufspießen? Schon mal was von *weglaufen* gehört?«

»Oh, fick dich, Madox! Glaubst du, das habe ich nicht versucht? Jetzt zieh das Ding aus mir heraus, es tut verdammt weh.«

»Aber …« Die Bestürzung in Madox' Gesicht wurde immer größer. Mit zitternden Fingern streichelte er mir über den Kopf. Seine Finger zitterten.

»Warrior, wie kannst du überhaupt mit mir sprechen? Dieses Ding hat dich quasi auseinandergerissen. Hier liegen mindestens vier Liter Blut. Ich meine … ist das überhaupt Blut?«

»Es ist Blut!«, blaffte ich. »Jetzt hilf mir!«

Der Arme sah genauso traumatisiert aus, wie ich mich fühlte. Schließlich ging ein Ruck durch seinen Körper. Der leicht belämmerte Ausdruck in seinen Augen wich ruhiger Konzentration, als er auf mich herabsah und nickte. »Ist der Ast ganz durch?«

»Ich glaube schon.«

»Gut, ich …« Schnell zog er sich das T-Shirt aus. Seine Flügel raschelten dabei und legten sich wie ein schützender brauner Mantel um uns beide. »Ich werde den Ast weiter oben abbrechen müssen und dann herausziehen. Wenn er draußen ist, presst du dir das T-Shirt, so fest du kannst, gegen die Wunde. Verstanden?«

Zitternd leckte ich mir über die seltsam süßlich schmeckenden Lippen und nickte.

Grimmig richtete sich Madox auf und packte den Ast einen guten halben Meter über mir. Mit übermenschlicher Kraft brach er das Holz auseinander. Holzsplitter rieselten auf mich herab. Dabei drehte sich der Stamm ein Stück in der Wunde um. Schreiend bäumte ich mich auf. Kurz wurde mir wieder schwarz vor Augen. Leider gönnte mir Mad keine Pause. Ruckartig riss er den Rest aus meinen Bauch.

»Bei den Göttern!« Gurgelnd erbrach ich süßliches Blut auf den Boden, während Mad angewidert das Holz von sich warf. Das angespitzte Ende schimmerte silbern.

»Auf die Wunde pressen, War!«, schimpfte er, nahm meine Hand, die sich vor Schmerz zusammengekrampft hatte, und presste das Shirt auf die klaffende Wunde. Vor Qual hatte ich das Gefühl, zu schielen. Besonders als Madox begann, mir den restlichen Darm ins Loch zurückzustopfen. Schwarze Flecken breiteten sich vor meinen Augen aus. Die Ohnmacht kitzelte abermals am Rand meines Bewusstseins. Erneut glaubte ich, Stimmen in meinem Kopf zu hören, die sagten:

»Süße Unsterblichkeit!«

»Die Letzte erwacht!«

»Ich habe Sushi bestellt.«

»Wo bist du?«

»Wo bist du?«

Wurde ich wahnsinnig? Es musste so sein. Ich wurde genauso krank wie all die anderen Gottkinder vor mir.

»Warrior! Hey! Hör auf zu sterben!« Madox. Das war Madox. Eine reale Stimme, eine reale Person. Ihn bildete ich mir nicht ein. Keuchend blinzelte ich die schwarzen Punkte in meinem Gesichtsfeld weg. Die Stimmen in meinen Kopf wurden leiser.

»Hör auf, mit deinen Fingern vor meiner Nase zu schnipsen!«

»Das tue ich erst, wenn du die Augen wieder aufmachst!«

»Schon gut, ich bin wach.« Angestrengt hustete ich ein wenig Blut aus. Inzwischen schmeckte es nach purem Karamell.

»Den Göttern sei Dank! Jag mir nie wieder so einen Schrecken ein!« Madox' Stimme klang ungewöhnlich hoch. Der Gute sah aus, als hätte er vor Panik die Hälfte seiner Federn verloren.

»Keine Angst! Mir gehts gut.«

»Ach, wirklich? Und warum sieht es hier dann aus wie nach einem Zombie-Massaker? Du bleibst liegen und versuchst, möglichst nicht zu sterben. Ich werde den Olymp verständigen, damit die Ärzte dich wieder zusammenflicken.«

»Was? Nein!« Blitzschnell zuckte meine Hand nach oben und packte Madox' Handgelenk. Das silberne Blut verkrustete bereits unter meinen Fingernägeln, die sich verzweifelt in Madox' Haut gruben.

»Lass die Scheiße, Warrior. Ich werde jetzt Hilfe holen!«

»Nein! Nicht der Olymp. Aphrodite wird mich umbringen!«

Mad sah mich an, als hätte ich jetzt komplett den Verstand verloren. »Prinzessin! Ich wate hier knietief durch deine Innereien. Es ist ein Wunder, dass du überhaupt noch am Leben bist. Aphrodite ist im Augenblick dein kleinstes Problem. Du. Brauchst. Hilfe!« Die letzten drei Worte betonte er so übertrieben, als hätte ich einen Sprung in der Schüssel.

»Nein!«

»Doch!«

»Nein!«

»Doooooch!«

»Neeeeeeinn!«

»Warrior!«

»Madox!«

»Arrg … ich werde jetzt …«

»Nein, wirst du nicht! Mir geht es gut.« Ich stutzte. Mir ging es wirklich gut!

»Ich … fühle mich wirklich gut!« Blinzelnd schaute ich auf mich herab. Die Wunde hatte, keine Ahnung wann, zu schmerzen aufgehört. Der Blutfluss war gestoppt. Versuchsweise setzte ich mich auf.

»Was machst du denn da?«, kreischte Madox.

Ich ignorierte ihn und sah weiter auf mich herab. Okay. Organe blieben noch drinnen. »Was zum …?« Verwirrt hob ich das T-Shirt an und beäugte die Verletzung, nur dass da keine mehr war. Mein Mund klappte auf.

»Warrior? Beim Zeus! Hast du einen Schlaganfall? Du sollst liegen bleiben.«

Ich ignorierte ihn abermals und betastete stattdessen meinen Bauch. Wo war das Loch hin? Panisch suchte ich meinen Körper danach ab. Der Hoodie war am Bauch vollkommen zerfetzt, die Haut darunter mit silbernem Blut besudelt. Aber es war Haut! Straffe, glatte und perfekte Haut, die sich über gesunde, starke Muskeln wölbte. Okay, stark war vielleicht ein wenig hoch gegriffen, aber immerhin waren sie existent! Ich konnte ganze zwei Liegestütze machen. Okay, eher einen … vielleicht auch noch einen halben … Mhm, vielleicht. Wie auch immer, jedenfalls war da kein Loch mehr! Keine Narbe, nicht einmal Schorf. Da war nichts!

»Warrior, was ist los? Du machst mir Angst! Es kann nicht gesund sein, so weit den Mund aufzureißen. Atmest du noch? Du … hey, atmen!«

»Madox, sieh dir das an!«

»Himmel!« Erschrocken zuckte Mad zusammen, als ich seine Hand packte und auf meine Haut drückte.

»Bin ich wahnsinnig? Sag mir, dass ich nicht wahnsinnig bin! Bei den Göttern, was ist das?«

»Ähm … ein Bauch, würde ich sagen.« Seine warmen Finger zitterten auf meiner Haut. Das dunkle Haar fiel ihm wirr in die Stirn. Seine grünen Augen leuchteten unheimlich im Licht der noch immer niedergehenden Blitze.

»Danke! Darauf bin ich auch schon gekommen, aber da war vorher kein Bauch mehr, oder? Oder?!«

»Ich … was zum Teufel?« Kreidebleich starrte Madox auf mich herab. Sein Zeigefinger stach mir in den Bauchnabel. »Ich … was? Ich verstehe das nicht!«

»Ich auch nicht!« Ratlos glotzten wir beide meinen Bauch an. Madox konnte gar nicht mehr damit aufhören, mich zu berühren. Sanft fuhren seine Fingerspitzen über meine nackte Haut. Ich bekam eine Gänsehaut. Mein Atem stockte. Ich sah auf und bemerkte den leicht glasigen Blick im Gesicht meines Bruders. Seine Bewegungen wurden immer fahriger. Ich kannte diese Anzeichen und sie bedeuteten nichts Gutes.

»Wunderschön! Warrior, du hast einen wunderschönen Bauch, weißt du das eigentlich?«

»Ooookay, mein Großer, ich glaube, das reicht jetzt!«, fuhr ich auf, schlug seine Hand zur Seite und stand mit wackligen Beinen auf.

»Warrior? Was machst du da?«

»Mir etwas anziehen, bei dem ich nicht die Wahl zur Miss Blutig-Bauchfrei gewinnen würde.«

»Nein! Ich will weiter deinen Bauch ansehen! Er ist ein Wunder!«

»Willst du nicht! Glaub mir!« So schnell wie möglich kraxelte ich um die den Baumstamm herum, der mein gesamtes Zimmer zerstört hatte. Die kläglichen Reste meines Kleiderschranks knirschten unter meinen Füßen. Ein Ast, in der Größe von Madox, hatte ihn platt gehauen. Teile meiner Klamotten hatte es genauso zerfetzt wie den Schrank selbst. Unterhosen und BHs waren wild in der Gegend verstreut. Mit zusammengekniffenen Augen bückte ich mich und zog ächzend einen Kapuzenpulli unter dem Chaos hervor.

»Warrior?« Madox klang, als hätte man ihm eine auf den Kopf geknallt.

»Mach die Augen zu und nicht hinsehen!« Schnell zog ich das vollkommen zerfetzte Oberteil über den Kopf. Blutverkrustetes Haar fiel mir in wilden Locken über das Gesicht. Ungeduldig strich ich sie zur Seite, verfing mich in ein paar verfilzten Strähnen und stieß einen saftigen Fluch aus. Mir war klar, dass man nicht so viel fluchen sollte, aber diese Woche hatte es nicht anders verdient.

Der neue Hoodie roch ein wenig nach Mottenkugeln, als hätte ich ihn längere Zeit nicht mehr getragen. Trotzdem zog ich ihn über den Kopf und bedeckte mein Gesicht mit der langen Kapuze. Die Haare stopfte ich nach hinten. Erneut bückte ich mich und suchte nach Handschuhen. Tatsächlich fand ich auch ein Paar. Leider nur kurze schwarze aus Leder. Immer noch besser als nichts.

»Du kannst die Augen wieder aufmachen!«, teilte ich Madox mit. Unsicher bahnte ich mir einen Weg zu ihm zurück. Holz und Glas barsten dabei knirschend unter meinen Füßen.

Leichenblass fuhr sich Madox durch das Haar. Zum Glück wich der milchige Schleier langsam aus seinen Augen. Ähnlich wackelig wie ich stand er auf und packte mich an den Schultern.

»Warrior! Was ist los mit dir? Bist du ein Mutant? Sei ehrlich zu mir: Bist du in radioaktiven Müll gefallen? Oder hast du schon wieder von Spades Schnaps getrunken? Wie oft habe ich dir schon gesagt, dass du die Hände von dem Selbstgebrannten lassen sollst? Mir ist von dem Zeug ein Rattenschwanz gewachsen!«

Nervös leckte ich mir über die Lippen. Sie schmeckten nach Angst, Schmerz und Karamell. »Beruhig dich, Mad. Ich habe nichts von Spades Schnaps getrunken. Das letzte Mal ist Monate her und mir wird heute noch schlecht, wenn ich daran denke. Ich habe keine Ahnung, was mit mir los ist! Aber wir müssen dieses Chaos beseitigen, bevor …«

»Bei den Göttern, was ist denn hier los?« Unisono schreckten Madox und ich zusammen. In der demolierten Tür zu meinem Zimmer standen Diamond und Ruby.

»… bevor deine Schwestern auftauchen?«, beendete Madox meinen Satz.

»Jap!«

»Offensichtlich zu spät.«

»Offensichtlich!«

Hinter den beiden tauchte zu allem Überfluss noch eine große, muskulöse Gestalt mit leuchtend blonden Haaren auf. Brave. Zeus' Sohn. Was machte der denn noch hier? Diamonds Gesichtszüge entgleisten, je länger sie im Türrahmen stand. Madox stieß mir nervös den Ellbogen in die Nieren.

»Sag was«, zischte er.

»Oh … ähm, hey! Diamond, Ruby, alles klar? Ähm … und Brave! Sieh einer an. Nette Muskeln!« Wow. Und der erste Preis fürs bekloppte Herumstammeln ging an mich selbst. Gratulation!

»Ich habe auch nette Muskeln«, schniefte Madox.

»Halt die Klappe, Madox!«

»Stimmt doch! Schau mal, ich …«

»Was ist das, Warrior?«, unterbrach Diamond Madox kreischend. Ihre Augen sahen aus, als würden sie ihr jeden Augenblick aus dem Kopf kullern.

»Bei den Göttern! Mutter wird dich so was von töten«, lachte Ruby.

»Was? Was ist los?« Brave war nicht immer der hellste Stern am Horizont.

»Ich kann das erklären!« Hektisch fuchtelte ich mit den Händen herum.

»Das kann sie wirklich!«, half mir Madox großspurig nickend. Prompt richteten sich Diamonds kalte Augen auf den Abaddoner.

»Mann, dieser Blick ist ja wie eine Kastration«, flüsterte Madox gepresst.

»Du!«, zischte Diamond. Ihre Nasenflügel blähten sich. Wenn sie ein Drache gewesen wäre, hätte sie mit Sicherheit Feuer gespuckt. »Du bist doch einer von Hades' Söhnen, oder? Was hast du hier oben zu suchen?« Die Gute sah aus, als würde sie Madox jeden Augenblick mit ihren High Heels erstechen. Madox zog die Augenbrauen hoch und sah mich fragend an. Sollte er ihr die Wahrheit sagen? Schnell schüttelte ich den Kopf.

Diamond knirschte mit den Zähnen. »Sprich!«

»Cheerleader?«, sagte der Junge räuspernd und kratzte sich nervös am Hinterkopf.

»Was?«

»Cheerleader!«

»Was?«

Madox grinste verlegen. »Warrior hat mir erzählt, dass es an ihrer alten Schule Cheerleader in kurzen Röcken gibt. Das wollte ich mir auf keinen Fall entgehen lassen.«

Stöhnend knallte ich mir die Hand gegen die Stirn. Himmel, der Junge konnte wirklich nicht improvisieren.

»Kann ich verstehen!«, warf Brave überraschend ein.

»Kannst du? Bitte, klär mich auf«, forderte Diamond mit Grabesstimme.

Brave zuckte mit den breiten Schultern.

»In Abaddon gibt es keine Cheerleader. So etwas sollte man sich nicht entgehen lassen.«

»Hat er sie noch alle?«, fragte Ruby schnaubend. Diamond schien etwas Ähnliches zu denken. Brave starrte mit der Faszination eines Unfallzeugen in mein Zimmer, letztendlich schien er das Dilemma nun doch begriffen zu haben. Er stieß ein bewunderndes Pfeifen aus.

»Wahnsinniges Loch da in deiner Wand, Warrior. Ein neuer Einrichtungsstil?«

»Haha. Sehr witzig, Brave.«

»Mutter wird dich so was von töten!«

»Du wiederholst dich, Ruby!«, fauchte ich.

Diamond rang die zierlichen Hände. »Was ist hier passiert? Ich war nicht länger als vier Stunden fort und du demolierst das halbe Haus!«

Tief holte ich Luft. »Also, das war so …«

»Was hast du überhaupt an?«, unterbrach mich Ruby schrill.

»Ich … was?« Irritiert starrte ich erst sie, dann mein Outfit an.

»Ist das Hello Kitty?«, fragte Brave interessiert.

»Ich … ähm … ja!« Offensichtlich hatte ich aus den Überresten meines Kleiderschranks ausgerechnet das einzige quietschrosafarbene Teil erwischt.

»Hey! Das habe ich dir geschenkt!«, warf Madox grinsend ein.

»Bist du eigentlich jedes Mal betrunken, wenn du mir ein Geschenk machst?« Himmel, war das peinlich!

Madox' schelmisches Grinsen wurde breiter. »Freu dich schon auf nächstes Weihnachten. Ich habe da ein Teil erstanden, das sich Hello-Kitty-Nackenmassagegerät nennt, aber … na ja, ich glaube, man kann damit auch ein paar andere Dinge massieren.«

»Warrior!«, Diamonds bellender Befehlston ließ uns beide in Habachtstellung gehen. Meine Schwester konnte wirklich brüllen wie ein Kommandant. »Raus aus dem Zimmer! In den Salon! Sofort.«

»Wow. Okay, na, dann viel Glück, Prinzessin. Ich werde mal die Cheerleader suchen und …«

»Du auch, Abaddoner!«, fauchte Diamond, packte Madox mit beachtlicher Gewalteinwirkung am Kragen und schleifte ihn aus dem Zimmer.

»Hiiilfe!« Madox' Kreischen verhallte im Flur.

Verdattert stand ich in meinem demolierten Zimmer und hatte das Gefühl, im falschen Film zu sein.

»Mutter wird dich so was von töten!«, lachte Ruby. Ihr Sprachspektrum schien heute nicht mehr hergeben zu wollen.

»Ich weiß!«

»Und ich weiß gar nicht, warum sie sich überhaupt noch die Mühe mit dir macht. Du bist einfach … nicht normal, Warrior.«

Kopfschüttelnd wandte sich meine Schwester ab und verschwand hinter Diamond und Madox nach unten. Schließlich stand nur noch Brave im Türrahmen und sah sich mit leuchtenden grauen Augen um. Eine unangenehme Stille breitete sich im Zimmer aus.

»Ähm … hey«, sagte ich schließlich.

»Hey!«, erwiderte Brave genauso dümmlich. Wir beide hatten noch nie wirklich gewusst, was wir mit dem anderen reden sollten. Er war immerhin Brave. Sohn des Zeus. Groß, stark, beliebt bei Mensch und Gott. Und ich? Ich war Warrior. Die missratene Tochter der Aphrodite. Klein, unscheinbar und ein Freak, für den sich die ganze Familie schämte.

»Tja, ich sollte dann mal …« Vorsichtig drückte ich mich an Zeus' Sohn vorbei. Wahnsinn. Der Junge bestand wirklich hauptsächlich aus göttlichen Muskeln, einem markanten Kinn und Grübchen.

»Lässt du das Bäumchen da einfach so liegen?«

Ich schielte auf das Ungetüm von einem Baum, das mein Zimmer in Schutt und Asche gelegt hatte.

»Ich denke schon.«

»Aha.«

»Ja.« Stumm gingen wir nebeneinander die Treppen hinunter. Bei den Göttern, konnte es noch unangenehmer werden?

»Übrigens, du riechst fantastisch, Warrior! Was ist das für ein Parfüm?«

Offensichtlich konnte es das.

Kapitel 9
Mit ein paar Tieropfern und dem richtigen Know-how ist so einiges möglich

Es wurde sogar noch schlimmer.

»Na, sieh mal einer an, die Missgeburt.«

»Was macht das Miststück denn hier?« Augenblicklich schlecht gelaunt, knallte ich die Tür zum Wohnzimmer hinter mir zu. Brave streckte gerade rechtzeitig die Arme aus, bevor sie ihm gegen die Nase flog. Ups. »Entschuldige, Brave!«

»Nichts passiert, Süße.«

»Er nennt dich Süße? Darf ich das auch?« Madox sah aus, als hätte man ihn in einen Käfig voller hungriger Löwen gesperrt. Seine Flügel raschelten nervös. Neben ihm saß, wie eine Katze, die gerade den Kanarienvogel gefressen hatte, Violence. Braves Zwillingsschwester. Zumindest behaupteten sie, Zwillinge zu sein. Die beiden hätten nicht unterschiedlicher aussehen können. So hell Braves Haare waren, so dunkel leuchteten die von Violence in einem tiefen Schwarz. Ihre Augen, unter elegant geschwungenen Augenbrauen, waren von einem faszinierenden Gold. Ihr Teint olivfarben. Die Lippen sahen denen von Angelina Jolie nicht unähnlich. Unglaublich sinnlich und sexy, zumindest dann, wenn man der Männerwelt Glauben schenken wollte. Ich selbst fand, dass es aussah, als wäre sie in einen Korb voller Botoxspritzen gefallen.

»Nein, darfst du nicht!«, murrte ich in Richtung Madox.

»Mich darfst du nennen, wie du willst«, säuselte Violence dem Abaddoner zu. Sie verschlang den armen Madox förmlich mit ihren Blicken.

Er grinste frech. »Lieber nicht. Du siehst aus, als könntest du einen Mann alleine mit deinen Blicken kastrieren.«

»Kann ich auch.«

»Glaube ich dir sofort!«

»Was macht sie hier?«, fragte ich Diamond erneut.

»Sie ist mit mir vom Olymp heruntergekommen, um zu helfen. Setz dich!«, befahl meine Schwester schroff und deutete auf das Sofa. Ruby, die sich bereits in einen der anderen Sessel geknautscht hatte, lackierte sich gelangweilt die Nägel.

»Viel Glück«, raunte mir Brave zu und setzte sich neben Diamond. Einen Arm legte er besitzergreifend über ihre Schulter.

»Ich habe nichts damit zu tun!« Müde ließ ich mich aufs Sofa vor Diamond fallen. Die Schonbezüge knirschten leise unter mir. »Ein Blitz ist in den Baum eingeschlagen und der ist schließlich durchs Fenster gekracht. Das ist alles. Ehrlich!«

»Ha! Der Baum hat bei deinem Anblick Selbstmord begangen!«

»Halt die Klappe, Violence!«

»Das ist nicht hilfreich«, tadelte auch Diamond das Miststück, das lediglich seine goldenen Augen verdrehte. Madox starrte fasziniert in Violence' Ausschnitt.

»Warrior!« Diamonds harscher Ton ließ mich aufsehen. Ihre Haltung hatte sich verändert. Sie sah müde aus. Zumindest war ihr Make-up nicht so perfekt wie üblich und Brave schien als Stütze herhalten zu müssen. Nicht zum ersten Mal fragte ich mich, wie wohl ein Tag im Olymp unter der Fuchtel von Hera aussehen mochte. Ein einfacher Job konnte es jedenfalls nicht sein.

»Ich sage die Wahrheit, Diamond!«, beteuerte ich und versuchte, so ehrlich wie möglich zu klingen. Einmal mehr wünschte ich mir, den Menschen in die Augen blicken zu können. Niemand konnte jemals in mein Gesicht sehen, niemand konnte die Ehrlichkeit in meiner Mimik erkennen. Alles, was die Leute vor sich sahen, war eine sprechende Jacke, die nach Rosen stank.

Diamond schien zu überlegen. Eine schimmernde Haarsträhne fiel ihr dabei in die Stirn. Liebevoll strich Brave sie zur Seite. Die beiden sahen aus, als hätte man sie füreinander geschaffen. Prinz und Prinzessin. Ken und Barbie.

»Ich glaube dir«, sagte sie schließlich.

»Du glaubst ihr?«, echoten Ruby und Violence ungläubig.

»Aber?«, übertönte ich die beiden genervt.

Diamonds Lippen zuckten. »Ich glaube dir. Trotzdem lief ich zwei Höllenhunden über den Weg, die behaupteten, du würdest mit Blitzen das Haus zerlegen.«

»Was?« Verwirrt setzte ich mich gerader hin. Auch Madox hörte damit auf, Violence' Möpse anzustarren, und blickte mit hochgezogenen Augenbrauen zu mir.

Diamond nickte ernst. Eine steile Falte erschien zwischen ihren Augenbrauen. »Ich habe die Hunde abgefangen, bevor sie die Götter benachrichtigen konnten. Sie behaupteten, London würde von Blitz und Donner auseinandergerissen werden und das Epizentrum käme von diesem Haus. Und da du und Ruby die Einzigen hier wart …«

»Moment! Du glaubst, ich wäre für dieses Unwetter verantwortlich? Das ist lächerlich. Zeus macht doch …«

»Vater hat damit gar nichts zu tun«, warf Brave ein. Seine Augen verdunkelten sich.

»Aber …« Verwundert starrte auch Madox in die Runde. »Ich dachte, nur Zeus ist in der Lage, dieses Blitzdings abzuziehen?«

Diamonds Blick streifte ihn nur flüchtig, bevor sie erneut mich fixierte. Ein seltsamer Ausdruck huschte über ihr Gesicht. Ihren Augen schien keine einzige Reaktion von mir zu entgehen.

»Diamond, du kannst doch nicht glauben …«

»Tue ich auch nicht. Trotzdem hat mich diese Nachricht beunruhigt. Ich habe keine Ahnung, was du alles anstellst, Warrior. Du bist einfach unberechenbar. Woher soll ich wissen, ob du nicht auf die hirnrissige Idee gekommen bist, mit dem Wetter zu experimentieren? Mit ein paar Tieropfern und dem richtigen Know–how ist so einiges möglich.«

»Aber, ich bin doch kein Gott!«

»Ja! Nein! Vielleicht.«

»Hä?«

»Nicht so wichtig!« Sie winkte so schnell ab, dass es den Ausdruck von nackter Angst in ihren Augen beinahe kaschiert hätte. Beinahe. »Trotzdem wollte ich verhindern, dass die Höllenhunde Aphrodite benachrichtigen. Also habe ich meine Schicht früher beendet – und was finde ich hier vor? Ein halb zerlegtes Haus und einen Abaddoner, der berühmt für seine Zerstörungswut ist!«

»Echt? Ich bin berühmt?«

»Ich glaube nicht, dass das ein Kompliment war«, warf ich ein.

»Wie mans nimmt, Prinzessin.« Madox grinste und raschelte mit den Flügeln. Einer davon streifte Violence zufällig an den langen und vor allem nackten Beinen.

»Ich habe jedenfalls schon von dir gehört«, schnurrte sie und klimperte mit ihren langen Wimpern. »Bist du der mit dem Vampir-Gen?«

»Nein, das ist mein Bruder Spade.«

»Oh. Kann ich den auch mal kennenlernen?«

»Wenn er dich dann aussaugt, gern!«, giftete ich in ihre Richtung. Ich konnte es einfach nicht leiden, wie sie Madox ansah. Das Grinsen, das Violence mir daraufhin schenkte, war so schmutzig, dass Madox prompt seine Hose zurechtrücken musste.

»Gegen ein bisschen Saugen habe ich nichts einzuwenden, wenn du verstehst, was ich meine«, raunte sie Madox zu.

»Bah!«

»Ich auch nicht«, gab Madox süffisant zurück.

Ich schlug ihm in den Magen.

»Zurück zum Thema!«, fuhr Diamond uns an.

»Was meint sie mit saugen?«

»Nichts, Brave!«

»Ist er so bescheuert oder tut er nur so?«, fragte Madox fasziniert.

»Du meinst, noch bescheuerter als du?«, fragte ich zuckersüß.

»Wow, heftig, Warrior! Das hat wirklich meine Gefühle verletzt.«

»Was machen wir jetzt?«, fragte ich Diamond und ignorierte Madox. Die Tochter der Aphrodite seufzte und lehnte sich zurück. Brave strich ihr beruhigend über den Rücken. Bei dem Anblick zog sich etwas in meinem Magen zusammen. War das … Eifersucht?

»Ich weiß es nicht, Warrior. Um ehrlich zu sein, ich habe keine Ahnung, was ich davon halten soll. Soll ich allen Ernstes glauben, dass du dieses Unwetter verursacht hast? Nicht wirklich. Wie auch? Ist es Zufall, dass der Baum ausgerechnet durch dein Zimmer kracht? Eher nicht. Jedenfalls sollten wir Mutter erst mal nichts davon erzählen und schleunigst die Hausfront reparieren lassen.«

»Wir sollen Mutter nichts sagen?« Zum ersten Mal sah Ruby von ihren Nägeln auf. Sie leuchteten wie rote Klauen.

»Nein, wir sagen ihr nichts!«, befahl Diamond streng.

»Aber …«

»Kein *Aber!* Opal muss auch nichts davon erfahren. Warrior hat es nicht verdient, dass man sie für jedes Missgeschick bestraft.«

»Und wie erklärst du dann, dass das Epizentrum des Sturms eindeutig von hier kam?«, fragte Ruby aggressiv.

Diamond schürzte die Lippen. »Ich weiß es nicht.«

»Sie hat eindeutig etwas damit zu tun!«

»Ach, und wie?«, fragte ich giftig.

»Was weiß ich? Du bist ein Freak. Halb Abaddoner. Die können doch ziemlich krankes Zeug.«

»Ha! Warrior kann höchstens heiße Luft zum Stinken bringen.«

»Danke, Madox. Sehr hilfreich.«

»Stimmt doch!«, antwortete er und stand auf. Seine braune Haut leuchtete im Schein der Wohnzimmerlampen. Das dunkle Haar fiel ihm dabei in die Stirn. »Warrior ist meine kleine Schwester, genau wie deine. Also hör auf, solch ein Miststück zu sein. Ansonsten werde ich in der nächsten Werwolfbar in Abaddon ein Foto von dir mit deiner Nummer darunter aufhängen.«

Ruby zog ein angeekeltes Gesicht.

»Oh! Werwölfe machen wirklich krasses Zeug«, sinnierte Violence.

Entsetzt starrten wir sie an.

»Du hältst den Geruch aus?«, fragte Ruby in einer Mischung aus Anbiederung und Bewunderung.

Ein Schulterzucken war die Antwort. »Wer kann, der kann.«

»Schlampe!«, hüstelte ich in meine Faust.

»Missgeburt!«, kam die prompte Retourkutsche.

Diamond stöhnte auf. »Wir sollten was essen. Ich habe Sofia gebeten, uns etwas zu kochen.«

»Großartig! Ich habe einen Bärenhunger«, brummte Brave.

»Ich auch!«, stimmt Madox zu.

»Was? Nein, du gehst nach Abaddon zurück!« Meine Schwester guckte streng.

»Ach, wirklich? Warum sollte ich?« Ein herausforderndes Leuchten trat in Madox' Augen.

Finster presste Diamond ihre Lippen zusammen. »Du hast hier nichts zu suchen. Geh zu Hades, wo du hingehörst.«

»Tja, leider lasse ich mir von einer Tochter der Aphrodite nichts befehlen. Die Einzige, bei der ich zu Kreuze kriechen muss, ist meine Mutter und die ist noch gruseliger als deine.«

»Du gehst!«

»Ich bleibe!«

»Lass ihn, Diamond«, warf Brave ein. »Ich mag ihn und er wird auf Warrior aufpassen.«

»Aber …«

»Lass es.« Beruhigend strich er ihr über den Rücken.

Missbilligend verzog sie das Gesicht. »Schön! Aber wenn er mir auf das Parkett pinkelt, drücke ich ihn mit der Nase voran hinein.«

»Keine Sorge, ich bin stubenrein.«

»Das will ich doch sehr bezweifeln.«

»Ist die immer so frostig?«, fragte Madox mich, als wir alle zusammen das Wohnzimmer verließen und auf das Speisezimmer zuhielten.

Ich riss die Augen auf. »Sie ist sogar noch freundlich zu dir!«

»Hat sie das ernst gemeint? Mit dem Parkett?«

»Definitiv«, spielerisch kniff ich ihm in die Seite und fügte ein wenig leiser hinzu: »Danke, dass du mich jetzt nicht alleine lässt!«

»Soll das ein Witz sein? Du lässt dich aufspießen, ohne einen Kratzer abzubekommen, und glaubst, ich lasse dich ohne fachmännische Hilfe von Dr. Madox herumrennen? Keine Chance! Immerhin müssen wir noch herausfinden, was mit dir los ist.«

»Pst! Nicht so laut!« Nervös sah ich mich um. Diamond, Brave, Violence und Ruby setzten sich an den Tisch, auf dem das angerichtete Essen dampfte. Wie es aussah, hatte Sofia eine Auswahl an Fisch, Fleisch und Gemüse gekocht. Schnell setzte ich mich auf meinen Sessel. Erst jetzt bemerkte ich, wie laut mein Magen knurrte. Ich konnte mich gar nicht erinnern, wann ich das letzte Mal etwas gegessen hatte. Madox ließ sich links neben mich fallen. Diamond saß rechts von mir.

»Fisch oder Steak, Warrior?«, fragte Brave mich schmatzend. Ein halbes Steak steckte ihm bereits zwischen den Zähnen.

»Nur das Gemüse, danke!«, sagte ich und zog mir die Gemüseplatte vor den Teller. Aubergine und Kartoffeln, wie es aussah.

»Hasenfutter!« Violence rümpfte die Nase und biss knirschend in einen Knochen.

Angeekelt verzog ich das Gesicht. »Zumindest kein verwesendes Fleisch.«

Kauend zog sie eine Augenbraue nach oben. »Einen guten Rat fürs Leben, Missgeburt«, nuschelte sie um den Bissen herum. »In der Welt der Götter heißt es: fressen oder gefressen werden. Mit deinen paar Salatblättern wirst du nicht lange überleben.«

»Das sage ich ihr auch immer!«, stimmte Madox ihr munter zu und schaufelte sich einen Fleischberg auf den Teller.

Ich selbst beließ es bei dem Gemüse, spießte ein Stück Aubergine mit der Gabel auf und schnupperte daran. Der ekelhafte und nach Verfall miefende Geruch stieg mir sofort in die Nase.

»Alles in Ordnung? Du bist so grün im Gesicht«, fragte Diamond besorgt. Sie selbst hatte ebenfalls nur Gemüse auf dem Teller.

»Riecht das für dich auch komisch?«

»Hm. Nein, nicht wirklich.« Vorsichtig nahm sie einen Bissen und kaute darauf herum. »Es schmeckt auch vollkommen normal.«

»Dann liegt es wohl an mir.« Achselzuckend steckte ich mir den Bissen in den Mund. Schlechte Idee. Mein Magen drehte sich um. Mir schossen die Tränen in die Augen, als ein heftiger Würgreiz mich packte. Ächzend spuckte ich das Stück auf meinen Teller.

»Bei den Göttern, Warrior, was soll das denn?«

Alle Anwesenden sahen mich angeekelt an, während ich weiterhin hilflos Auberginenbröckchen nach oben würgte.

»Entschuldigt!«, stöhnte ich. »Es ist … ich glaube, ich bin krank. Ich kann einfach nichts essen.«

»Das ist ja ekelhaft!«, murrte Ruby und schob den Teller von sich.

»Du hast deinen Gesundheitscheck verpasst, oder?«, fragte Diamond besorgt.

Ich nickte. Madox drückte besorgt meine Hand. Ich drückte zurück.

Diamond nickte ernst und schob sich einen Bissen in den Mund. »Ich habe mir etwas überlegt. Du wirst mich die nächsten Wochen in den Olymp begleiten. Das G11-Treffen beginnt bald und es steht mehr Arbeit an als sonst. Du wirst mir helfen und dich dort im Anschluss untersuchen lassen.«

»Aber ich habe doch Hausarrest! Und was ist mit meinen Kursen?«, fragte ich wenig begeistert.

Diamond winkte ab. »Ich werde mit Aphrodite darüber reden. Allein wirst du sowieso nur Blödsinn anstellen. Dort oben habe ich dich zumindest im Blick. Und die Uni … ich kenne deine Noten. Sie sind exzellent. Ein paar Tage nicht zu lernen, wird dir nicht schaden.«

»Aber, ich …«

»Kein *Aber!*«, fuhr sie mich streng an. »Jemand muss den Schaden in deinem Zimmer bezahlen, oder nicht? Sieh es als Abarbeiten deiner Schulden an.«

Geräuschvoll klappte ich den Mund zu und schluckte den bitteren Geschmack runter. Es war nicht so, als würde ich gerne sinnlos für die Uni lernen, hier herumlungern und hin und wieder die Hölle besuchen. Der Unterricht war langweilig und eintönig. Trotzdem war es zumindest eine kurze Zeit des Tages, in der ich nicht den missbilligenden Blicken meiner Familie und denen der Götter ausgesetzt war. Jetzt in den Olymp zu gehen, genau zur Zeit des G11-Treffens …

So viele Götter auf einmal, die alle ihre Kinder wie exotische Zootiere zur Schau stellten, war, wie in ein aufgeregtes Wespennest zu stechen. »Ich habe gar nicht gewusst, dass das G11-Treffen wieder stattfindet«, murmelte ich unglücklich.

Diamond nickte abermals und Brave sowie Violence begannen zu strahlen. Selbst Madox sah aufgeregt aus.

»Ich habe es auch erst heute von Hades gehört. In diesem Jahr werden wir endlich die Olympier fertigmachen!« Madox grinste und sah Brave herausfordernd an.

Dieser spannte seinen Bizeps an und lachte polternd. »Du kannst es ja versuchen, Abaddoner. Trotzdem sind immer noch wir die Champions.«

»Ja, weil ihr mogelt!«

»Tun wir nicht!«

»Tut ihr doch!«

»Ach ja? Woher willst du das wissen?«

»Weil wir mogeln und trotzdem nicht gewinnen.«

»Muss ich wirklich mit?«, fragte ich Diamond und blendete Madox und Brave aus, die sich in eine heftige Diskussion stürzten.

Diamond zog eine Augenbraue nach oben. »Ja.«

»Aber ich fühle mich dort nicht wohl. Alle werden mich anstarren!«

Das G11-Treffen fand alle fünf Jahre zu Ehren der Götter statt. Die stärksten, mächtigsten von ihnen fanden dort – auch griechischer Pantheon genannt – zusammen. Sie diskutierten über aktuelle Probleme, gaben Rat oder griffen in Situation ein, die der menschlichen Welt Schaden zufügen konnten. Sie richteten über Gottkinder, die sich strafbar gemacht hatten, und erneuerten ihre Gesetze. Daneben wurden zur Belustigung auch Wettkämpfe veranstaltet. Gottkinder traten im Namen ihrer Eltern gegeneinander an. Der daraus hervorgehende Gewinner erlangte dabei Wohlwollen, wurde in den Olymp aufgenommen und spielte seinem Gott gute Publicity ein. Ich konnte diesen Veranstaltungen nie wirklich viel abgewinnen. Die Götter führten ihre Kinder in dieser Zeit wie gut trainierte Hunde vor. Aphrodite ließ mich meistens zu Hause. Sie schämte sich für mich. Und wenn sie mich doch mitnahm, stand ich ganz hinten und versuchte, die angewiderten Blicke der Götter und deren Kinder zu ignorieren.

»Ich nehme dich mit! Sei um acht fertig.« Das war alles, was Diamond darauf erwiderte. Stumm starrte ich auf meinen Teller mit dem erbrochenen Gemüse und fühlte, wie sich mein Magen wieder zusammenzog. Ich hatte ein ganz schlechtes Gefühl bei dieser Sache.

Kapitel 10
Das Schicksal ist eine Schlampe

»Du musst dir keine Sorgen machen, Warrior. Ich werde bei dir bleiben und dich auch in den Olymp begleiten!«

»Ach? Und wie willst du das machen?« Grunzend hievte ich einen Ast zur Seite. Mein Bett kam zum Vorschein. Zumindest die Überreste davon. Nach dem Essen hatte Madox angeboten, mir mit der Verwüstung in meinem Zimmer zu helfen. Zumindest in dem Umfang, dass die Handwerker die nächsten Tage mit ihrer Arbeit beginnen konnten.

»Ich habe Hades' Clubausweis mitgehen lassen! Ich habe jetzt eine Premiummitgliedschaft im olympischen Golfclub!« Sein Grinsen war so breit wie der Schwung, mit dem er den Stamm durch das Loch in der Wand warf. Der Putz bröckelte, als der Baum im Flug das Gemäuer noch weiter aufriss und mit einem dumpfen Aufschlag die Begonien im Garten zerquetschte. Das Unwetter hatte mittlerweile aufgehört. Trotzdem war mein Zimmer klitschnass. Der Boden musste auf alle Fälle ausgetauscht werden. Er war zum Teil zerkratzt und stellenweise aufgerissen. Die Feuchtigkeit war in das teure Parkett eingezogen und hatte es ruiniert. Eigentlich musste alles erneuert werden. Traurig hob ich den zertrümmerten Hello-Kitty-Wecker hoch.

»Ich schenke dir einen neuen«, tröstete Madox mich, der meinen Blick richtig gedeutet hatte.

»Kannst du überhaupt golfen?«, fragte ich deprimiert und warf den Wecker auf einen Haufen von Schrott.

»Bitte, Warrior! Ich kann wohl einen Schläger halten und auf 'nen Ball dreschen!«, entrüstete sich Madox und warf die Überreste meines Fernsehers dazu.

»Und Daddy wird nicht auffallen, dass du seinen Ausweis geklaut hast?« Stirnrunzelnd untersuchte ich meine Nachttischlampe.

»Der alte Herr hat gerade die Scheiße am Dampfen. Keiner wird mich dort unten vermissen. Außerdem war ein Ausgang mal wieder dringend nötig.«

»Was ist denn los?« Fragend sah ich auf und warf die Lampe weg.

»Ich weiß es nicht genau.« Madox hörte auf, Äste aus dem Loch zu werfen, dann richtete er sich auf. »Irgendwas mit dem Tartaros. Ein paar Gefangene haben schon wieder versucht, da auszubrechen!«

Mein Herzschlag setzte aus. Abrupt breitete sich eine Gänsehaut auf meinem Rücken aus. »Was?«

Er zuckte mit den Schultern, während er kleine Zweige zerbrach. »Keine Sorge, Prinzessin! Ich glaube, sie haben es nicht geschafft. Diesmal nicht. Der alte Herr ist aber fuchsteufelswild und verdreifacht momentan die Wachen. Die Hölle ist wieder von oben bis unten verriegelt. Aua, verdammt!« Fluchend schüttelte Madox seine Hand aus.

»O Gott! Was ist los?« Blitzschnell war ich bei ihm und packte sie. Ein etwa zehn Zentimeter langer Schnitt zog sich über seinen Handrücken. Er blutete zwar nicht stark, es sah aber trotzdem schmerzhaft aus. »Himmel, Madox, alles in Ordnung?«

Theatralisch verdrehte er die Augen und röchelte: »Licht! Ich sehe ein Licht! Oma? Bist du das?«

»Oh, du Blödmann!« Genervt ließ ich ihn los. Madox lachte und wischte sich das Blut an der Hose ab.

»Keine Panik, Prinzessin, ist nur ein kleiner Schnitt.«

»Blödmann!«

»Du wiederholst dich.«

»Egal. Sag mal, was ich mich schon die ganze Zeit gefragt habe … wie hast du es heute so schnell zu mir geschafft?« Müde ließ ich mich auf die Matratze fallen. Ein Ast hatte sie in der Mitte aufgespießt, sodass Federn in alle Richtungen stoben.

Schwer ließ sich Madox neben mich fallen und zog mich an sich. »Tja, ich glaube, Gladis hat eine Schwäche für mich. Sie hat mich aus der Hölle gelassen. Auch ohne Passierschein.«

»Was? Die alte Furie?«

»Genau die.« Sein Lachen kitzelte mein Ohr.

»Die Welt ist grausam und gemein!«

»Das ist sie.«

»Und das Schicksal ist eine Schlampe.«

»Eine ganz dreckige, noch dazu mit Geschlechtskrankheiten«, stimmte mir mein Bruder zu. Beruhigend wiegte er uns auf und ab.

Ein Gähnen entschlüpfte mir. »Was hat das alles zu bedeuten? Mit mir?«, fragte ich leise. Wir hatten das Thema mit dem Bauch-Aufspießen bis jetzt vermieden. Beide wussten wir nicht wirklich, was wir davon halten sollten.

»Ich weiß nicht …«, flüsterte Madox zurück. Ich konnte seinen Herzschlag unter meinen Fingerspitzen pulsieren spüren. »Das ist nicht normal.«

»Nein, ist es nicht.«

»Und dein Blut ist silbern!«

»Ja, das ist es.«

»Warum?«

»Keine Ahnung.«

»Hm. Tut mir leid, Prinzessin, aber … die einzige Erklärung, die mir einfällt, ist, dass du eine Art Unsterblichkeit entwickelt hast.«

Mir stockte der Atem. »Aber das ist doch unmöglich! Nur die Götter sind unsterblich.«

»Tja, vielleicht bist du einfach wirklich eine Missgeburt.«

»Hey!« Wütend schlug ich ihm gegen den Oberschenkel.

Madox lachte. Mir tat die Hand weh.

»Sorry, Warrior. Aber die ganze Sache ist wirklich abgedreht. Man findet seine Schwester nicht alle Tage fluchend wie ein Kesselflicker vor, noch dazu von einem Baum aufgespießt. Ich meine … ein Baum! Wer wird denn von einem Baum aufgespießt?«

»Na, offensichtlich ich. Also, was machen wir jetzt?«

»Für heute? Schlafen. Du siehst hundemüde aus. Ich bleibe bei dir und morgen Nachmittag, nach deinem Sklavendienst im Olymp, schauen wir weiter. Solltest du unsterblich sein, werden wir das doch recht schnell herausfinden, nicht wahr?«

»Du willst mich aber jetzt nicht vor ein Auto stoßen oder so?« Misstrauisch schielte ich zu ihm hoch.

In seinen grünen Augen tanzte der Schalk. »Nein! Natürlich nicht. Ich hatte da mehr an eine Motorsäge gedacht.«

»Mad!«

»Was denn? Man sollte immer einen Plan B in petto haben.« Lachend wuschelte er mir über den Kopf und beinahe konnte ich mir vorstellen, wie es sich anfühlen musste, wenn er mir ohne Kapuze durchs Haar strich.

Ein Rupfen war zu hören, als Mad den Ast aus der Matratze zog. Ein paar Federn tanzten um uns, als er sich zurücksinken ließ, die Schuhe von den Füßen kickte und mich eng an seine Brust zog. Obwohl diese Nähe viel zu gefährlich war, konnte ich mich nicht dazu durchringen, ihn wegzudrücken. Meine Seele und mein Körper fühlten sich müde und geschunden an. Meine Augenlider brannten. Wie auf Kommando konnte ich Madox tief einatmen hören. Sein Brummen kitzelte meine Fingerspitzen.

»Du riechst einfach fantastisch, Warrior! Wie ein verbotener Nachtisch.« Seine Stimme klang tief und ein wenig belegt.

Sofort spannte sich mein Nacken an. Ich rückte ein Stück von ihm ab. »Nicht zu viel riechen!«, wies ich ihn streng an und schwang meine Beine über die Matratze.

Abrupt setzte Madox sich auf. »Was machst du?«

»Ich suche Parfüm!«

»Nein! Bleib! Du riechst gut!«

»Das ist ja das Problem!«, fuhr ich ihn an. Wohl ein wenig zu heftig, denn ein gekränkter Ausdruck huschte über Madox' Gesicht. Meine Brust krampfte sich zusammen. Ich schluckte. »Tut mir leid. Aber so ist es am besten für uns alle.«

Bevor er noch etwas sagen konnte, ging ich aus dem Zimmer. Diamond hatte einige Parfüms, die ich ausleihen konnte. Meine eigenen lagen als zerschlagene Splitter unter den zerborstenen Überresten des

Nachtkästchens. Diamonds Zimmer befand sich ein Stockwerk über meinem. Geräuschlos sanken meine Füße in den roten Teppich ein, der die gesamten Flure auskleidete. Mannshohe gotische Spitzfenster zeichneten Muster auf die Wände. Es regnete fast nicht mehr, tröpfelte eigentlich nur noch. Trotzdem gingen die Blitze stetig nieder. Der folgende Donner ließ die Fenster vibrieren. Die schweren burgunderroten Samtvorhänge raschelten leise, als ich endlich vor Diamonds Zimmertür stehen blieb und zögerlich klopfte. Niemand antwortete mir. Unsicher trat ich einen Schritt zurück. Unter dem Türschlitz konnte ich Licht sehen. Sie musste also noch wach sein. Ich klopfte erneut. Als wieder niemand antwortete, drückte ich die Türklinke nach unten und spähte hinein.

»Hallooooo?« Das Zimmer ähnelte stark meinem eigenen. Ein großes Himmelbett. Ein Schreibtisch mit Computer und sonstigem Krimskrams. Ein Fernseher, gemütliche Lesesessel und ein gigantischer Kleiderschrank. Und Spiegel! Überall waren welche zu sehen. Selbst über dem Bett!

»Hallo, Diamond?« Knarrend stieß ich die Tür weiter auf und betrat das Zimmer. Mein eigenes Spiegelbild sah mir dutzende Male entgegen. Eine dünne und kleine Gestalt mit unförmigen Hosen, dunklen Converse und einem übergroßen rosaroten Hello-Kitty-Pullover mit Schleife auf der Kapuze, die das gesamte Gesicht verbarg. Tja, Welt, das war ich! Scham kroch wie bittere Galle in mir hoch. Ich wusste, dass man sich eigentlich ansehen und seine Einzigartigkeit lieben sollte … bla, bla, bla. Leider schaffte ich das nicht. Der Blick in den Spiegel war einer Ohrfeige nicht unähnlich. Alles, was ich fühlte, waren Scham und ein unbändiger Hass, der sich gegen mich selbst richtete. Schnell senkte ich die Augen, um diesen fürchterlichen Anblick nicht länger ertragen zu müssen, und rannte stattdessen ins angrenzende Badezimmer. Diamond bewahrte ihre Parfüms dort auf. Perfekt geordnet standen sie auf dem marmornen Tischchen. Angefangen von Dior bis Chanel, es war alles an Gerüchen und Farben vertreten. Nur billig war keines gewesen. Bewusst nahm ich mir einen rosaroten Flakon, von dem ich wusste, dass er besonders intensiv nach Vanille roch, und wollte gerade den Rückweg antreten, als ich Stimmen hörte. Jemand betrat das Zimmer und die Tür wurde hart zugeschlagen.

»Ich denke nicht, dass Zeus das Treffen für solch eine Lappalie absagen wird!« Braves tiefes Brummen war unverkennbar.

»Bist du sicher?«, Diamond klang besorgt.

Zögerlich blieb ich stehen und sah durch den offenen Türspalt, wie sich die beiden in zwei weiße Ohrensessel gegenüber des Bades fallen ließen.

»Zwei Ausbrüche innerhalb von wenigen Tagen ist meiner Meinung nach keine Lappalie mehr, Brave. Sie sind gefährlich! Und einer von ihnen hätte beinahe Warrior getötet. Das Treffen unter solchen Bedingungen stattfinden zu lassen, wäre doch fahrlässig.«

»Hast du mit Hera oder deiner Mutter darüber geredet?« Brave nahm Diamonds Füße und knetete sie sanft durch. Seufzend schloss meine Schwester die Augen und stieß ein angestrengtes Seufzen aus. »Ja, habe ich! Hera wollte mir nicht einmal zuhören und Mutter fragte mich nur, ob ich noch alle Tassen im Schrank hätte.«

Brave nickte mitfühlend. »Du musst es auch aus ihrer Sicht sehen, Süße. Würden die Götter das Treffen absagen, würden sie den Gefangenen mehr Macht zusprechen, als ihnen lieb ist. Sie würden sich eingestehen, dass dieser Dreck aus dem Tartaros Einfluss auf sie hätte. Kein Gott würde das jemals freiwillig tun.«

Aufgebracht warf Diamond die Arme in die Luft. »Mag sein! Und trotzdem kann so viel falscher Stolz ihnen eines Tages das Genick brechen.«

Brave stieß ein bellendes Lachen aus. »Und wie? Sie sind Götter, Diamond. Unsterblich. Nichts und niemand kann ihnen das Genick brechen.«

»Mhm …«

»Was, Süße?«

»Nichts!«

»Ich kenn doch dieses Gesicht! Sag es mir. Was bedrückt dich noch?«

»Es ist nur …« Sie zögerte. Ein seltsamer Glanz huschte über ihre Augen. Ihre langen schlanken Finger nestelten nervös an der Naht des Sessels herum. »In letzter Zeit habe ich einige seltsame Unterhaltungen zwischen den Göttern mitbekommen.«

»Du solltest sie nicht belauschen!«

»Ich weiß ... aber ist dir nicht auch aufgefallen, dass dein Vater humpelt? Mutter bestellte letztens eine Antifalten-Creme. Apollo sieht aus, als würde er ein Toupet tragen und Demeter ...«

»Was ist mit ihr?« Sanft nahm Brave Diamonds Hand in die seine und hauchte einen Kuss auf ihre Fingerknöchel. Bei dem Anblick zog sich meine Brust zusammen. Diamonds Mundwinkel kräuselten sich, ihr Blick blieb jedoch genauso besorgt wie zuvor.

»Man sagt, die Göttin der Fruchtbarkeit sei unfruchtbar.«

»Was?« Ungläubig sah Brave auf. »Wer behauptet solch einen Schwachsinn?«

Meine Schwester knabberte an ihrer Unterlippe. »Es sind nur Gerüchte. Die meisten stammen hauptsächlich aus Abaddon.«

Brave schnaubte abfällig, seine merklich angespannten Schultern sanken zurück. »Warum hörst du auf diesen Abschaum, Diamond? Du hast eindeutig Besseres zu tun, als dich mit Gerüchten aus diesem Abfalleimer zu beschäftigen.«

»Schon, aber ...«

»Außerdem, Vater soll humpeln?«, unterbrach Brave sie. »Unmöglich! Noch gestern spielten wir eine Runde Golf und da war sein Schwung wie immer göttlich.« Er giggelte über seinen eigenen Witz.

»Vielleicht. Wahrscheinlich bin ich einfach überarbeitet. Egal. Jedenfalls wirkt Hera um einiges nervöser als sonst. Sie ist launisch. Sie sprach davon, die Gesundheitskontrollen öfter stattfinden zu lassen und über einen Impfstoff, der von nun an eingesetzt werden soll. Offensichtlich sind bei einigen Gottkindern ...«

»Ja?«

»Ich weiß nicht, sie haben es nicht spezifiziert. Ich glaube, es handelt sich um eine Art Virus. Einige Kinder wurden davon befallen. Erst letzten Monat sah ich eine Tochter der Artemis im Leichentuch den Olymp verlassen. Ich mache mir Sorgen.«

»Um dich selbst? Musst du nicht! Ich werde dich beschützen.«

Diamond prustete amüsiert. Schockschwerenot, sie prustete wirklich! Mit einem heftigen Grunzen. »Ich weiß. Aber nein. Eigentlich mache ich mir mehr Sorgen um Warrior. Sie versucht, es zu überspielen, aber ich habe auch an ihr einige Symptome entdeckt, die zu dem Virus passen könnten.«

»Sollen wir es den Göttern melden?«

Sie wollten was? Vor Schreck ließ ich den Flakon fallen. Splitternd zerbrach er in Dutzende kleine Scherben. Rosafarbene Flüssigkeit schwappte mir über die Schuhe und verteilte sich im gesamten Badezimmer.

»Scheiße!« Erschrocken sah ich auf.

Diamonds und Braves Köpfe schossen in meine Richtung.

»Was zum ...?«

»Da ist jemand!«

Schneller, als ich reagieren konnte, war Brave aufgesprungen und trat in bester MacGyver-Manier die Badezimmertür ein.

Ich kreischte und duckte mich unter einem Fausthieb hinweg.

»Brave! Lass es! Ich bin es!« Der zweite Faustschlag traf meine Nase. Schmerz schoss durch meinen Kopf. Es krachte ekelerregend, als der Knorpel unter dem wuchtigen Schlag zertrümmerte. Blut füllte meinen Mund.

»Brave! Hör auf. Das ist Warrior!«

»Was? Wo?« Schnaufend hielt der Sohn des Zeus in seiner Rambo-Aktion inne. Sein halb irrer Blick klärte sich ein wenig. Erschrocken hob er die Hände. Eine goldene Haarsträhne fiel ihm dabei in die Stirn. »Bei den Göttern, Warrior! Was machst du denn hier?«

»Was ich hier tue? Ich wohne hier und du Arsch hast mir gerade die Nase gebrochen!«, schrie ich ihn an und schluckte süßes Blut hinunter. Schnell schlug ich mir die Hand vor die Nase. Versuchte so, den Blutfluss zu stoppen. Silberne Flüssigkeit rann mir bereits den Handschuh herunter. Konfus blickte Brave mich an.

»Wenn ich sie dir gebrochen hätte, könntest du mich jetzt nicht so anschreien.«

»Ich werde gleich noch viel mehr tun!«, fauchte ich und drückte fester zu. Diamond durfte das silberne Blut auf keinen Fall sehen.

»Warrior«, sagte diese. Ihre Augen waren weit aufgerissen. »Was machst du hier?«

»Ich habe nur nach einem Parfüm gesucht. Meine sind kaputt.«

»Warum hast du denn nicht geklopft?«

»Habe ich doch. Es war keiner da.«

»Und da nimmst du dir einfach meine Sachen, ohne mich zu fragen?«

»Offensichtlich! Jetzt entschuldigt mich, ich muss einen plastischen Chirurgen finden, der aus dem Matsch hier wieder eine Nase macht«, näselte ich.

»Was? Nein! Lass uns das ansehen. Ich habe schon viele Nasen eingerenkt«, bot Brave brüderlich an.

»Spinnst du?« Grob schob ich mich an den beiden vorbei und schüttelte wild den Kopf. In meiner Nase knackte es erneut. Schmerzerfüllt zuckte ich zusammen. Tränen stiegen auf. Angestrengt schluckte ich sie nach unten und bemühte mich, so normal wie möglich zu klingen. »Ihr dürft mich nicht ansehen, schon vergessen? Ich mache das lieber selbst!«

»Wenn sie wirklich gebrochen ist, müssen wir eventuell in den Olymp und …«

»Nicht nötig«, wiegelte ich schnell ab. War das Panik in meiner Stimme? Ich klang definitiv ein wenig schrill. »Wahrscheinlich ist sie nicht gebrochen. Es tut auch schon gar nicht mehr weh. Entschuldige wegen des Parfüms, ich kaufe dir ein neues, ja?«

Ohne eine Antwort abzuwarten, stürmte ich aus dem Zimmer und hinterließ dabei einen silbernen Handabdruck auf der Türklinke. Ich konnte nur hoffen, dass Diamond nicht erkannte, dass es sich dabei um mein Blut handelte. Fluchend trampelte ich die Treppe runter und blieb schnaufend vor meiner Tür stehen. Meine Nase pochte, als hätte man sie erneut gebrochen. Zitternd kniff ich die Augen zusammen, schlug die Hand vor die Nase und … spürte es. Ich konnte wirklich spüren, wie sich mein Knorpel zurück in seine ursprüngliche Position zwängte. Unter der Haut rumorte es, als die Knochensplitter sich quälend langsam zurückschoben. Es knackte erneut. Ein kleiner Schrei entfuhr mir, als der Schmerz auch schon überraschend aufhörte. Ganz plötzlich. Meine Nase war … sie war wieder heil. Ungläubig schnappte ich nach Luft und tastete sie ab. Okay. Aua, empfindlich war sie immer noch. Zumindest hatte das Bluten aufgehört und der knorpelige Knochen war so gut wie neu. Was war hier los? Ein wenig dümmlich stand ich im Flur und betatschte mein Gesicht. Vor Panik begann mein Herz zu rasen. Schweiß brach mir am gesamten Körper aus.

Okay, Warrior. Tief ein- und ausatmen. Ein und aus. Ein und aus. Ein und aus. Nicht hyperventilieren.

Meine Hände zitterten. Ich konnte einfach nicht damit aufhören, in meinem Gesicht herumzutasten. Was war nur los mit mir? Was? Diamonds Worte kamen mir wieder in den Sinn, besser gesagt, es war fast so, als hätte jemand ein Grammofon mit ihrer Stimme aufgestellt.

»Ich glaube, es handelt sich um eine Art Virus. Einige Kinder wurden davon befallen. Erst letzten Monat sah ich eine Tochter der Artemis im Leichentuch den Olymp verlassen. Ich mache mir Sorgen.«

War es das? War ich am Ende nicht unsterblich, sondern krank?

Kapitel 11
Ich wurde zu einem Glühwürmchen!

Ich träumte. Zumindest war ich mir ziemlich sicher, dass ich träumte. Andernfalls ließ sich das Bild vor mir nicht erklären. Ein Mädchen, oder eher eine Frau Anfang zwanzig, stand vor mir. Sie hatte eine Glatze und zwei riesige, vollkommen weiße Augen. Wie Seen aus Milch. Da war nichts. Rein gar nichts. Keine Pupillen, keine Regenbogenhaut. Nur reines weißes Nichts, das mich anstarrte. Sie hatte auch keine Augenbrauen oder Wimpern oder irgendetwas, das ihrem Gesicht einen Charakterzug verleihen könnte. Die Frau trug ein schwarzes, mit klingelnden Münzen besticktes Seidenhemd in Kombination mit einer rosaroten Federboa, die sich wie eine Schlange um ihren dünnen Hals wand. Ein bunter Gipsyrock und Cowboystiefel aus Schlangenleder komplettierten das schräge Outfit. Mit übereinandergeschlagenen Beinen saß sie in einem abgewetzten Ledersessel und starrte in einen alten Schwarz-Weiß-Fernseher. Das Gerät war noch aus Holz und hatte diese riesigen Knöpfe, die man drücken musste, um die Lautstärke oder den Sender zu wechseln. In den schlanken Händen hielt sie einen Kaffeebecher, aus dem es grünlich dampfte. Neugierig guckte ich hinein. Okay, also entweder trank sie Matcha oder Froschsuppe mit Blubberblasen. Fasziniert starrte ich die Frau an. Der Fernseher rauschte und blinkte. Wurde schwarz, schaltete sich wieder ein, als würde er verzweifelt nach einem funktionstüchtigen Sender suchen. Mein Vater hatte auch so einen fetten, ständig rauschenden Kasten im Wohnzimmer stehen. Ich war überzeugt davon, dass er nicht einmal mitbekommen hatte, dass diese Dinger inzwischen als antik galten. Jedenfalls musste man bei seinem Gerät immer die metallenen Antennen ein wenig verstellen und einmal kräftig mit der Faust gegen das Gehäuse schlagen, bevor man ein halbwegs annehmbares Bild bekam. Bei diesem Ding sah das Problem ähnlich aus. Mit einem prüfenden Blick überzeugte ich mich, dass die Frau immer noch die flackernde Mattscheibe fixierte, und fummelte an den Antennen herum. Den rechten Draht ein wenig nach oben, den linken ein wenig nach rechts und dann müsste eigentlich … Nein, nichts. Schulterzuckend verpasste ich dem alten Kasten einen Tritt.

»Ich hab sie!«

Erschrocken zuckte ich zusammen und blickte hinter mich. Die Frau hatte sich kerzengerade aufgerichtet. Den Blick triumphierend auf den Bildschirm gerichtet. Neugierig blickte ich ebenfalls darauf und sah … ein Bild von mir selbst? Scharf sog ich die Luft ein. Ein Ruck ging durch meinen Körper und es war mir, als würde ich in den Fernseher förmlich hineingesogen werden. Wie ein Schatten glitt ich in die alte Kiste. Verschmolz mit dem verhüllten Bild von mir und starrte – diesmal frontal – in die unheimlich weißen Augen der Frau. Ein Lächeln zuckte um ihre vollen Lippen. Sie waren lila geschminkt.

»Und? Siehst du was?« Eine weitere Stimme erklang. Ungeduldig, harsch und kalt wie Eis. Peace. Na toll! Mein Blick zuckte zu ihm. Wie ein gefallener Engel lehnte er an einer hohen Marmorsäule, die mitten im Nichts zu stehen schien. Seine blauen Locken leuchteten von den hindurchzuckenden Blitzen.

»Ich kann sie riechen! Sie ist hier, oder?«

Erschrocken wich ich zurück. Die beiden Gestalten verblassten ein wenig. Vor meinen Augen begann es schwarz-weiß zu flimmern.

»Ja, sie ist da! Jetzt halt den Mund, du machst ihr Angst. Komm zurück, Kleine. Dir passiert nichts. Tantalos wird den Mund halten, ich verspreche es.«

»Ich werde nicht …«

»Er wird den Mund halten!« Ihr bellender Befehl und Peace' genervte Miene ließen mich ungewollt auflachen. Das Bild der beiden schärfte sich. Die Frau grinste und entblößte dabei eine Reihe schrecklich gelber, schiefer Zähne. Uhh. Sie sollte eindeutig aufhören, dieses grüne Zeug zu schlürfen.

»Hallo, Liebes. Du hast aber ein schönes Lachen. Wie ein Glockenspiel.«

»Ähm, danke!«, erwiderte ich. Ein wenig unsicher, ob sie mich überhaupt hören konnte. »Ich mag deine Federboa«, versuchte ich, das Kompliment zurückzugeben. Traum hin oder her. Freundlichkeit musste sein.

»Was sagt sie? Kannst du sie sehen?«, unterbrach Peace uns. Unisono warfen wir ihm einen genervten Blick zu.

»Ich kann sie sehen. Aber nur schemenhaft. Die Verbindung ist grauenhaft.«

»Und?«

»Sie mag meine Federboa.«

»Was? Willst du mich verarschen?« Seine grauen Augen leuchteten wie Eiskristalle. Verunsichert zog ich mich ein Stück zurück. Das Bild wurde unscharf. Der Blick der Frau zuckte wieder zu mir zurück. Ein versöhnlicher Ausdruck huschte durch ihre weißen Milchaugen.

»Keine Angst, Kleine! Er wird nichts mehr sagen. Er wird dir nichts tun. Wir haben nur ein paar Fragen an dich.«

Das Bild blieb weiterhin unscharf.

»Ach, wirklich? Dieses Arschloch hat mich den Höllenhunden zum Fraß vorgeworfen!«, petzte ich und warf Peace einen finsteren Blick zu.

Seufzend kniff sich die Frau in die Nasenwurzel. »Ich muss mich für Peace entschuldigen. Er ist ein Höhlenmensch mit mehr Testosteron als Verstand.«

Peace grollte. Ein scharfer Blick der Frau ließ ihn jedoch augenblicklich den Mund halten. Spontan beschloss ich, sie zu mögen, und das Bild wurde wieder ein wenig schärfer.

»Wer bist du? Und wo genau bin ich?«, fragte ich sie daher neugierig.

Sie nahm die Hand von der Nase und zwinkerte mir amüsiert zu. »Ich bin O. Freut mich, dich kennenzulernen! Und wo du bist, da habe ich absolut keine Ahnung. In deinem Zimmer vermute ich mal?«

Ihr Name war O? Ach du meine Güte! Klang, als wären ihre Eltern bei der Namensgebung ein wenig uninspiriert gewesen. Wie hieß dann ihre Schwester? U?!

»Äh, aha, und was mache ich in einem alten Fernseher?«

O grinste schief. »Ich habe nach dir gesucht. Du warst schwer zu finden.«

»Ihr sucht mich? Warum?«

Erst nickte O, dann nahm sie einen großen Schluck aus ihrer Tasse, die einen grünen Bart auf ihre Oberlippe zeichnete. »Wir suchen dich, weil wir wissen wollen, wer du bist.«

»Warum wollt ihr das wissen?« Jetzt war ich misstrauisch und zugleich verwirrt. Und irgendwie fühlte ich mich auch geschmeichelt. Aber nur ein bisschen. »Die Leute interessieren sich eher weniger für mich.«

O zog ruckartig eine nicht existente Augenbraue nach oben. »Ist das so? Meinst du damit die Götter?«

Zögerlich nickte ich. »Mein Fanclub ist eher bescheiden.«

Interessiert beugte O sich weiter vor. Das Leder des Sessels quietschte. Aufgeregt wippte sie mit den Absätzen ihrer Schlangenschuhe. »Die Götter sind Narren, Mädchen. Sie werden alt, vergiss sie. Ich möchte dich sehr gerne kennenlernen. Würdest du mir also deinen Namen verraten?«

Ich zögerte. Mein Blick schoss zwischen ihr und Peace hin und her. Aber eigentlich … was konnte es schon schaden? »Ich bin Warrior. Warrior Pandemos!«

»Warrior! Was für ein bezaubernder und leicht eigenartiger Name.«

»Ich weiß. Mein Daddy hat ihn ausgesucht.« Verlegen kratzte ich mich am Kopf. Aphrodite hatte bei meiner Geburt nicht mal den Namen aussuchen wollen.

O kicherte und zwinkerte amüsiert. »Eindeutig eine besondere Namenswahl und, wenn ich fragen darf, dein Daddy ist …?«

»Mein Vater ist Hades.« Hätte ich ihr das lieber verschweigen sollen? Ich sah eigentlich keinen Grund dazu. Nun schossen beide nicht existierenden Augenbrauen nach oben.

»Hades hat eine Tochter?«

Peace neben uns fluchte laut.

»Ähm … ja? Mein Vater ist Hades, meine Mutter Aphrodite.«

»Deine Mutter ist Aphrodite?« Ihre Stimme klang so ungläubig, dass ich mich prompt unwohl fühlte.

Vielleicht sollte ich ab jetzt doch besser den Mund halten. Auch wenn O mir im Grunde sympathisch war, traute ich ihr trotzdem nicht ganz über den Weg. Immerhin war Peace bei ihr.

»Bei den Göttern. Ich wusste es! Sie setzen sie gegen uns ein!«, bellte eben dieser. Wirklich. Dieser Typ ging mir so was von gegen die Eierstöcke. Ruckartig stieß er sich von der Säule ab. Seine Muskeln spannten sich bedrohlich an. An seinen durchtrainierten Unterarmen traten dunkle Venen hervor.

»Wer ist sie wirklich? Sie hat es bestimmt gesehen! Sie weiß, wo es ist!« Blitze fuhren vor kaum unterdrückter – ja, was war das? Wut, Erregung, Wahnsinn? Ich konnte es nicht sagen. Jedenfalls fuhren sie bei jedem Wort in die Erde unter ihm ein. Der Boden bebte. Risse zogen sich durch den Bildschirm. Schnell wich ich zurück. Das Bild der beiden flackerte, als Peace sich vor O schob und beide Hände gegen das Glas drückte. Er starrte mich an. Erneut hatte ich das Gefühl, in einen seelenlosen Abgrund zu blicken. Diese Augen waren unendlich kalt und hart. Blitze zuckten von seinen schlanken Fingern, während er tatsächlich wie ein Hund die Zähne bleckte. »Wer bist du? Egal, was mein Vater plant oder die Götter dir aufgetragen haben, es wird sinnlos sein, sobald ich dich in die Finger bekommen habe. Sag Hades, er soll sich in nächster Zeit ein wenig zurücknehmen. Sonst sorge ich dafür, dass du diesmal wirklich ohne Kopf herumläufst.« Seine Lippen öffneten sich von den heftigen Atemzügen. Das Bild wurde unscharf.

»Was machst du denn da? Du Idiot, sie verschwindet!«, konnte ich O schreien hören.

»Bleib hier!«

Peace' gebellter Befehl ließ mich wütend werden. Zornig starrte ich in sein stetig schwindendes Gesicht. »Was bist du denn für ein verrücktes Arschloch? Erst wirfst du mich den Hunden zum Fraß vor und jetzt drohst du mir schon wieder? Leg dich ja nicht mit mir an. Ich bin die Tochter der Aphrodite. Ich kann dein bestes Stück schneller abfallen lassen, als du Abaddon sagen kannst!«, spie ich ihm mit so viel Verachtung, wie ich aufbringen konnte, entgegen.

»Bei deinem Anblick ganz bestimmt!«, konterte Peace.
Oha. Mein Mund klappte auf. Verdammt, war diese Retourkutsche schnell gewesen. Er war gut. Viel zu gut.
»Selber!«, stieß ich lahm hervor. Na, toll! Wie alt war ich denn? Vier? Peace' Arm schnellte nach vorne. Ein weiterer Stromschlag schoss durch meinen Körper und katapultierte mich direkt zurück in die Realität.
Keuchend öffnete ich die Augen und saß kerzengerade im Bett.
»Was ist? Warrior? Alles in Ordnung?« Mit rot verquollenen Augen und wuscheligen Haaren tauchte Madox' Kopf neben meinem auf. Wenn er müde war, lallte er immer ein wenig.
»Ich … ja, nichts passiert. Nur komisch geträumt.« In meinen Fingerspitzen kribbelte es, als würde Strom hindurchfließen.
»Hmpff. Leg dich lieber wieder hin. Es ist früh.« Stöhnend fiel Madox mit dem Gesicht voran ins Kopfkissen zurück.
»Ich … boah … ich habe in letzter Zeit diese eigenartigen Träume, die … Mad?«
Er stieß ein lautes Schnarchen aus. Ich starrte auf seinen Wuschelkopf hinab. Obwohl der Traum mir immer noch die Gänsehaut über den Rücken jagte, musste ich ein wenig kichern. Liebevoll streichelte ich über seine wirren Haare.
»Mhm!« Glücklich schmatzend rollte sich Madox meiner Berührung entgegen. Wie spät war es eigentlich? Ich blickte aus dem Loch in der Wand und stellte fest, dass der Regen zwar aufgehört hatte, die Wolken aber immer noch tief hingen. Der Morgen war angebrochen. Ich konnte die Vögel zwitschern hören. Meine Hände fühlten sich schwitzig unter den Lederhandschuhen an, als ich mein Handy aus der Hosentasche fischte und die Uhrzeit checkte. Halb acht. Im Grunde konnte Diamond jeden Augenblick vor meiner Zimmertür auftauchen, um in den Olymp aufzubrechen. Vielleicht konnte ich bis dahin versuchen, etwas zu frühstücken, bevor ich in den Country Club des Grauens musste. An Schlaf war jetzt sowieso nicht mehr zu denken. So leise wie möglich warf ich die Decke von mir und schwang die Beine über die Matratze. Grunzend drehte sich Madox um und wickelte einen braunen Flügel um seinen nackten Oberkörper. Mit knirschendem Glas unter den Schuhsohlen schlich ich mich ins Badezimmer und drehte kaltes Wasser auf. Müde schlug ich die Kapuze zurück und klatschte mir das Wasser

ins Gesicht. Oahh, blöde Idee! Viel zu kalt! Bah. Zähneklappernd hob ich den Kopf und erstarrte. Blinzelnd starrte ich auf mein Spiegelbild. Was. War. Das? Ich kniff die Augen zusammen. Hielt die Luft an und pikste mir prüfend in die Wange. Alles fühlte sich normal an, aber … leuchtete meine Haut? War das normal? Nein, nicht ganz, sie schien zu fluoreszieren. Die Haut war von einem feinen goldenen Schimmer umgeben. Meine Augen waren noch größer als sonst. Die lila Farbe darin blickte mir erschrocken entgegen. Obwohl ich seit zwei Tagen meine Zähne nicht geputzt hatte, fühlte mein Mund sich frisch an. Mein Atem roch sogar angenehm süßlich, als hätte ich ein Karamellbonbon gefuttert. Meine Haare, die eigentlich eine Katastrophe aus Knoten und eingetrocknetem Blut hätten sein sollen, fielen in dicken goldenen Locken aus dem nachlässigen Zopf. Die Wangen waren von einem zarten Rosé. Meine Lippen blutrot. Ich sah aus wie nach einer stundenlangen Beauty-Behandlung. Verunsichert betastete ich mein Gesicht. Suchte nach einem Makel, der mich menschlich machte. Nach einer Falte, einem Muttermal, einem Pickel! Egal was. Hauptsache ich sah nicht so aus. Hatte ich jetzt etwa auch Superkräfte entwickelt? Blinzelnd lehnte ich mich weiter nach vorne. Meine Haut fluoreszierte wirklich. Schockschwerenot.

Die Erkenntnis traf mich hart.

Ich wurde zu einem Glühwürmchen!

»Warrior, bist du wach?«

Ein Klopfen ließ mich schnell wieder die Kapuze über den Kopf ziehen.

»Warrior?« Diamond betrat das Zimmer.

Mein Magen zog sich zusammen. »Ich komme!« Schnell schnappte ich mir eine dunkle Sonnenbrille und setzte sie auf. Diamond wartete in meinem zerstörten Zimmer und starrte leicht entgeistert auf den sabbernden Madox hinab, der gerade eine seiner Flügelspitzen im Mund hatte. Wie süß! Das hatte er schon als Kind getan.

»Ich bin fertig«, teilte ich ihr betont fröhlich mit. »Wir können gehen.«

Eine eisblonde Augenbraue schoss nach oben. »Wirklich? Du willst in den Olymp mit diesem pinken Hello-Kitty-Schrott?« Ihr Blick blieb auf meinem Pulli hängen.

»Ich mag ihn.« Schulterzuckend bugsierte ich sie zur Tür hinaus und schlug diese hinter mir zu. Madox' Schnarchen verwandelte sich in ein protestierendes Grunzen.

Diamond starrte weiterhin meinen Pullover an. Die Missbilligung stand ihr deutlich ins Gesicht geschrieben. »Willst du wirklich nichts anderes anziehen? Ich könnte dir etwas von mir leihen.«

Ein ironisches Schnauben entfuhr mir. »Was denn? Etwa einen deiner Miniröcke? Gute Idee. Wird sicher lustig, wenn sich der halbe Olymp beim Anblick meiner Knie in sabbernde Idioten verwandelt.«

»Warrior …!«

»Lass es einfach, Diamond, oder schämst du dich für mich?«

Diamond rümpfte die zierliche Nase. Sie musste gar nichts sagen. Natürlich schämte sie sich.

»Gehen wir, bevor wir noch zu spät sind«, wiegelte meine Schwester ab. Den Stich in meinem Herzen ignorierend, folgte ich ihr die Treppen in die Eingangshalle hinab. Unsere Schritte hallten dabei laut vom Marmorboden wider. Diamonds blaue High Heels klickten, meine ausgetretenen Sneakers quietschten.

Am Eingang wartete Sofia in ihrer tadellos gebügelten Uniform, die immer so aussah, als würde sie jeden Augenblick die Webcam einschalten und auf unartige-Hausfrauen.com ihr Taschengeld aufbessern. Mit einem eleganten Knicks überreichte sie Diamond eine modisch lederne Aktentasche sowie die Autoschlüssel für ihren Audi R8. »Ich wünsche Ihnen noch einen angenehmen Tag, Miss«, flötete sie und faltete die Hände vor der weißen Minischürze. O ja, fehlte nur noch der Staubwedel und ein russischer Akzent, mit dem sie: *Du bist so ein dreckiger Junge, zieh die Hosen aus, ich muss dich dringend putzen!,* brüllte.

Ohne genauer hinzusehen, nahm Diamond Sofia die Tasche aus der Hand und öffnete die schweren Türen. »Danke, Sofia. Wir sind in ein paar Tagen zurück.«

Sofia knickste. »Sehr wohl, Miss.«

»Tschühüüss, Sofichen«, flötete ich ebenfalls, erntete jedoch nur ein angewidertes Naserümpfen. Auch gut.

Ein eisiger Wind wehte Diamond und mir entgegen, als wir die geschotterte Auffahrt zu Diamonds silbernem Audi hinaufgingen. Opals roter Ferrari und Rubys pinkes Cabrio standen daneben. Auf letzterem Auto waren noch schwach die Worte *Göttliche Bitch on Board* zu lesen. Mein Geburtstagsgeschenk an sie. Leider hatte sie es nicht zu schätzen gewusst.

Der Wind riss an meiner Kapuze und trieb mir einen Schauer über den Rücken. Dicke schwarzgraue Wolken brauten sich am Himmel zusammen. Aus dem Augenwinkel konnte ich die massigen Leiber der Höllenhunde erkennen. Ihre roten Augen leuchteten uns durch das Gebüsch, nahe der Auffahrt, entgegen.

»Kann ich fahren?«, fragte ich und betrachtete den silbernen Flitzer. Seine schlanken Linien und die tiefe Lage waren einfach perfekt für Geschwindigkeit und enge Kurven.

Misstrauisch blickte Diamond mich an. »Ist dein eigener Wagen nicht in der Werkstatt, weil du ihn gegen einen Baum gefahren hast?«

»Ach das!« Ich winkte ab. »Ich habe nur eine Kurve falsch genommen.« Ja, mein armes Auto. Hades hatte mir letztes Jahr einen Bugatti Veyron geschenkt. Schnell wie ein Puma und genauso schwarz. Eins meiner wenigen Laster. Ich war ein absoluter Geschwindigkeitsjunkie. Leider pflügte ich dabei auch in regelmäßigen Abständen Dinge um, die im Weg standen. Erst letzte Woche hatte ich mir, vollgepumpt mit Red Bull und zwei Schachteln Schokoladenmuffins, eingebildet, die nächste Ampel noch bei Grün erwischen zu können, ohne dabei aufzuhören, Muffin Nummer acht in mich hineinzustopfen. Na ja, hatte nicht geklappt. Und mit der Katze, die mir ohne Vorwarnung vors Auto gerannt war, hatte ich auch nicht gerechnet. Jetzt klebten Schnurrhaare auf meiner Windschutzscheibe und mein Wagen hatte mit der Schnauze voran eine Leitplanke geküsst – keine Sorge, das Mistvieh hatte überlebt. Deshalb hatte ich auch die letzten Tage die U-Bahn nehmen müssen und daraufhin den Gesundheitscheck im Olymp verpasst.

»Sorry, Warrior, nur ein Verrückter lässt dich ans Steuer. Ich kann immer noch nicht glauben, dass Hades dir solch ein Ungetüm geschenkt hat.«

»Das Ungetüm hat einen Namen: Es heißt Baghira!«

»Dein Auto hat einen Namen?«

»Es ist ein ›Er‹, Diamond! Er.«

»Und du fragst dich, warum dich die Leute für bekloppt halten?«

»Haha. Sehr witzig. Darf ich jetzt fahren? Ich bin auch vorsichtig.«

»Nein! Und jetzt steig ein.«

Ein wenig beleidigt riss ich die Wagentür auf und schmiss mich auf den mit weißem Leder bezogenen Beifahrersitz. Elegant wie eine Schneekönigin glitt Diamond hinters Steuer, schlug die Tür zu und startete den schnurrenden Motor. Gesittet legte sie den Gang ein und fuhr im Schneckentempo die Ausfahrt hinab. Das automatische Tor ging auf und schloss sich beinahe augenblicklich wieder hinter uns.

»Fahren Brave und Violence nicht mit uns?«, wollte ich wissen, während ich mich anschnallte.

»Nein, die beiden sind noch gestern in den Olymp zurückgekehrt. Ich soll dir übrigens von Brave eine Entschuldigung zukommen lassen. Geht es deiner Nase besser?«

»Alles gut«, erwiderte ich knapp, konnte es mir trotzdem nicht verkneifen, sie kurz anzufassen. Alles tipptopp. Einmal davon abgesehen, dass es eben nicht normal war, dass sie tipptopp war. *Ich* war nicht normal. Und das jagte mir eine Heidenangst ein. Insbesondere, wenn ich neben Diamond saß. Es kam mir vor, als könnte sie meine Andersartigkeit riechen. Wenn sie wüsste, was für seltsame Dinge mit mir passierten. Sie würde sofort zu den Göttern rennen. Und das wollte ich unter allen Umständen verhindern. Zumindest so lange, wie ich nur eine Gefahr für mich selbst und nicht für andere war.

Kurz war es still im Auto, während sich Diamond in den Verkehr einfädelte.

»Wie kann man mit einem so schnellen Auto nur so langsam fahren?«, fragte ich ungläubig. Gerade tuckerte sie einem Fiat 500 hinterher.

»Ich fahre die erlaubte Höchstgeschwindigkeit, Warrior! Wir sind nicht alle so suizidgefährdet wie du. Noch drei Strafzettel und du bist deinen Führerschein los.«

»Du schleichst mit gerade mal 30 km/h! Der Opa auf seinem Motorroller hat uns gerade überholt!« Leicht entgeistert starrte ich auf den Verkehr, der uns hupend überholte. Londons Verkehr war im Normalfall immer ein wenig gemütlicher, sodass man sich schon sehr stark anstrengen musste, um überholt zu werden. Und das von allen!

»Ich fahre genau richtig!«, giftete Diamond zurück.

»Gerade hat uns eine Pferdekutsche überholt«, stellte ich fest.

Diamonds Handknöchel traten weiß hervor. »Ich rase nur nicht gerne.«

»Warum hast du dann ein solches Auto?«

Diamond kniff die Lippen zusammen und sah angestrengt auf die Straße. Bei jeder Ampel schien ihr der Schweiß auszubrechen. Ganz zu schweigen von einem Kreisverkehr. »Brave hat mir das Ding aufgeschwatzt. Ich selbst hatte keine Ahnung, also habe ich es einfach genommen.«

Mir entfuhr ein kleines Giggeln. »Himmel, Diamond, noch langsamer und wir werden von dem Igel da drüben überholt.«

»Wir sind ja gleich da!«, fuhr sie mich an und schaltete demonstrativ das Radio an. Natürlich die Nachrichten! Musik würde auch eindeutig zu viel Spaß machen. Mit halbem Ohr hörte ich dem Geplapper des Nachrichtensprechers zu. Er faselte irgendetwas über Verschiebung der Kontinentalplatten, Erdbeben und extreme Wetterumschwünge, während ich versuchte, Diamond das Lenkrad nicht aus der Hand zu reißen und die letzten Meter selbst zu fahren. Nach einer gefühlten Ewigkeit bogen wir nach links ab und das grell leuchtende M des McDonald's-Schilds war zu sehen.

»Wir sind da«, stellte Diamond überflüssigerweise fest. Sie klang so erleichtert, wie ich mich fühlte. Auf den Parkplätzen schnallte ich mich ab, stellte jedoch verwundert fest, dass Diamond weiter zum Drive-through fuhr.

»Warum steigen wir nicht aus? Wir müssen doch noch einen Antrag in der Vorhölle stellen?«

Amüsiert sah Diamond zu mir hinüber. »Du vielleicht. Ich bin Olympierin, ich muss mich mit solchen Lappalien nicht herumschlagen.«

»Wow, toll. Also bin ich die Einzige, die jedes Mal diesen Kram ausfüllen muss?«

Diamond lachte. Sie lachte mich tatsächlich aus und fuhr zum Ansageschalter. Das Gesicht eines riesigen Clowns aus Plastik starrte uns entgegen. Sein Mund war weit aufgerissen. Das Ding sah aus, als wäre er einem Horrorfilm entsprungen. MC'D – der Schlachterclown oder so. Surrend ging das Fernster nach unten. »Willkommen bei McDonald's, Ihre Bestellung, bitte?«, krächzte es aus dem Lautsprecher im Mund des Clowns hervor.

»Hier sind Diamond und Warrior Pandemos. Wir bitten um eine Passage zum Olymp«, trällerte Diamond freundlich.

Im Lautsprecher knackte es.

»Oh, warte!«, Schnell schnallte ich mich ab und lehnte mich zu Diamond nach vorne, die mich irritiert anstarrte.

»Einen Gemüse-Wrap und eine Cola dazu, bitte!«, brüllte ich.

»Warrior!«

»Was denn? Ich habe Hunger«, verteidigte ich mich. Genervt stieß Diamond mich in den Sitz zurück.

»Wenn du früher aufgestanden wärst, hättest du auch frühstücken können.«

»Tja, wir können nun mal nicht alle so perfekt sein wie du.«

»Da hast du allerdings recht.«

»Bitte vor zum Schalter fahren«, unterbrach uns die krächzende Stimme aus dem Clownsmund. Diamond warf mir einen letzten vernichtenden Blick zu, bevor sie nach vorne fuhr, wo eine Frau hinter dem offenen Ausgabeschalter zum Vorschein kam. Es war … Gladis?

»Soso, Miss Pandemos. Diesmal in Begleitung ihrer Schwester?«, krächzte die Furie. Ihre schwarzen Äuglein blinzelten feindselig zu mir hinüber. Wie immer trug sie den Pulli mit Spitze und Katzenprint. Ihre faltige Haut wabbelte bei jeder ruckartigen Kopfbewegung.

»Haben Sie heute Ihren Ausweis dabei?« Meine Gesichtszüge entgleisten. Verflucht, ich hatte den Ausweis schon wi-

»Hier ist er!« Freundlich lächelnd reichte Diamond meinen Ausweis durch. Dem Himmel sei Dank für neurotische, penibel genaue Schwestern!

»Mhm … sehr schön!« Die Furie, dieses Miststück, sah nicht einmal wirklich drauf. Sie legte ihn einfach weg!

»Ich werde ihn während Ihrer Anwesenheit im Olymp bei mir behalten. Bei Verlass erhalten Sie ihn selbstverständlich wieder zurück. Hier haben Sie Ihren Besucherausweis und einen vegetarischen Wrap mit Cola. Einen schönen Tag noch!« Mit erstaunlicher Wucht warf die Furie mir eine warme Tüte auf den Schoß. Die Cola kam in einem Haltepappkarton hinterher, wobei das Getränk gefährlich überschwappte.

»Hey!«, bevor ich mich richtig beschweren konnte, zahlte Diamond mein Essen und trat aufs Gas. Ach, plötzlich konnte sie schnell fahren!

Ein wenig schief parkte sie am Hinterausgang des Fastfood-Ladens, wo Dunstabzüge heiße, nach Fett duftende Luft hervorstießen.

»Und wohin jeft?«, fragte ich mit vollem Mund. Ich hatte solchen Heißhunger, dass ich beinahe das Papier des Wraps mitgegessen hätte. Mein Magen zog sich gierig zusammen. Bei den Göttern! Wann hatte ich eigentlich das letzte Mal etwas gegessen?

»Wir gehen in den Olymp!«, sagte meine Schwester mit einem Gesichtsausdruck, der mich für vollkommen bekloppt abstempelte. »Komm. Wir sind spät dran.«

»Aber nur, weil du wie eine Oma färft!«, schmatzte ich und saugte an meiner Cola. Die Süße verklebte mir den gesamten Mund. Mit einem einzigen Happs stopfte ich mir den Rest der Tortilla in den Mund. Hoppla, das war zu viel gewesen. Ich tat mich schwer damit, den Mund zu schließen. Angestrengt kämpfte ich mit dem Klumpen in meinem Mund, während Diamond das Auto absperrte und eine exklusive silberne Karte aus ihrer Aktenasche hervorholte. Hektisch kauend folgte ich ihr und sah, wie sie die Karte gegen die schmierige Klinke der Hinterhoftür drückte. Es piepste. Ein blaues Leuchten war zu sehen und Diamond drückte die Tür auf.

»Schluck runter und komm endlich!«, befahl sie mir. Wie eine Maske schien sich ihr Gesicht zu verändern. Sobald wir den Olymp betraten, strahlte sie pure Kompetenz, Hilfsbereitschaft und Demut aus. Ihre Schultern waren zwar gestrafft, der Kopf jedoch ein wenig gesenkt. Ihr Haar in dem strengen Knoten schimmerte. Eilig schluckte ich den Rest hinunter und folgte Diamond. Der Anblick war ernüchternd. Ein enger kahler Gang zog sich schnurgerade nach vorne. Silberne Rohre krochen über die Decke. Dampf schoss aus manchen undichten Fugen und irgendwo konnte ich eine Klospülung rauschen hören – hier eindeutig ohne das Stöhnen von verstorbenen Seelen aus dem Styx. Lichter waren an den Wänden angebracht und tauchten den Gang in ein unangenehm grelles Weiß.

Mit einem großen Schluck Cola würgte ich den letzten Bissen des Essens hinunter und beeilte mich, meine Schwester einzuholen. Wahnsinn, wie schnell sie mit diesen hohen Hacken laufen konnte.

»Wir sind hier in den Personalgängen des Holy Spa Hotels«, teilte Diamond mir freundlicherweise mit. Der Gang machte eine harte

Abzweigung nach links. Noch mehr Rohre. Das Licht wurde immer stechender. »Die Götter ziehen es vor, dem Personal so wenig wie möglich zu begegnen. Wenn du dennoch oben bist, sei still, bewege dich so elegant wie möglich und halte den Blick gesenkt! Sprich die Götter niemals an, außer du wirst selbst angesprochen. Das gilt im Übrigen auch, wenn du Mutter begegnest.«

»Wir sollen Mutter nicht ansprechen?« Zugegeben, ich war nicht oft im Olymp. Ich kannte mich hier oben praktisch überhaupt nicht aus. Das Einzige, was ich regelmäßig zu Gesicht bekam, war das Ärztezimmer, in dem sie mich mit Nadeln pikten und stundenlang meine Herztöne abhörten. Dennoch kamen mir all diese Regeln ein wenig überzogen vor. Diamond sah mich an. In ihren Augen schimmerte ein sorgenvoller Ausdruck. Sorge um mich? Oder Sorge, dass ich sie blamieren könnte?

»Wir sind hier nicht in Abaddon, Warrior. Dort unten ist es um einiges mehr casual als hier oben. Die Olympier verlangen noch den alten Standard. Mutter ist dabei keine Ausnahme. Ich werde dich Sugar fürs Büro zur Verfügung stellen. Eine einfache Aufgabe. Zettel schichten, Kaffee holen, das solltest du hinbekommen, oder?«

»Willst du mich verarschen?«

»Nein, nur kein Risiko eingehen.«

»Wie beruhigend.«

»Denk dran, still sein, elegant, demütig.«

»Ich bin ein Roboter.«

»Dein Humor ist hier oben vollkommen deplatziert!«

»Dann hätte ich heute wohl lieber auch Deodorant benutzen sollen, oder?«

Der Blick, den Diamond mir zuwarf, hätte mich eigentlich vaporisieren müssen. Die Gänge zogen sich noch eine Weile dahin, bis ich jegliche Orientierung verloren hatte. Schließlich stießen wir auf eine schlichte Tür, auf deren rotem Neonschild *Exit* stand. Tief atmete Diamond ein, warf mir einen letzten mahnenden Blick zu und drückte die Klinke herunter.

Ich weiß nicht, was ich erwartet hatte. Wolken mit liedersingenden Engelchen? Beinahe hätte ich meine Cola fallen lassen. Alles hier war aus reinem Gold, Silber und weißem Marmor. Exotische

Pflanzen und Bäume, bewachsen mit dicken reifen Früchten, standen in der Halle.

Diwane aus Samt und Seide waren dekorativ im Raum verteilt. Die Decke war eine Kuppel aus reinem Glas, durch die helles Sonnenlicht schien. Die Wände bestanden ebenfalls aus Glas. Die Fensterfassungen aus Gold. Exotische Vögel in Blau-, Gelb- und Grüntönen schossen an uns vorbei und erfüllten die gigantische Halle mit fröhlichem Gesang.

»Ist das ein Phönix?«, fragte ich Diamond ungläubig. »Ich dachte, die sind ausgestorben.«

»Ist es. Er gehört Artemis«, bestätigte Diamond, ohne einen weiteren Blick auf den riesigen Vogel zu werfen, der auf einer goldenen Sitzstange am Eingang des Hotels saß und uns neugierig musterte. Überall standen griechische Götterstatuen herum. Gekrönt von einem Springbrunnen in der Mitte, auf dem Zeus mit nackter Brust, wallender Haarmähne und erhobenem Blitz zu sehen war. Aus seinem geöffneten Mund sprudelte rote Flüssigkeit hervor. Der süßliche Geruch vermischte sich mit dem der Pflanzen.

»Ist das Ambrosia?« Mein Mund klappte auf. Wieder zu. Meine Augen fühlten sich an, als würden sie jeden Augenblick aus den Höhlen ploppen. »Sind das Löwen?«

»Ja, sind es! Jetzt komm. Wir sind spät dran!« Grob zerrte Diamond mich weg von den Vögeln, Löwen und dem – war das etwa ein Hippogreif?

Draußen konnte ich Olympier zwischen federspreizenden Pfauen Golf spielen sehen. Ein schlecht gezielter Ball prallte gegen die gläserne Wand und ließ den Phönix genervt aufkrächzen.

»Apollo ist ein grauenhafter Golfspieler«, stellte ich völlig überfordert von dieser Flut an Farben, exotischen Gerüchen und Geräuschen fest. Bildete ich es mir nur ein oder konnte ich einen Elefanten tröten hören?

»Starr die Götter nicht an. Schon vergessen? Blick senken und unsichtbar sein«, zischte Diamond. Sie sah furchtbar nervös aus, als sie mich einmal quer durch die Halle schleifte und vor etwas, das wie eine Rezeption aussah, stehen blieb. Eine Frau mit karamellfarbenem Haar und braunen Schokoladenaugen strahlte uns entgegen. Alles an ihr war so süß und niedlich, dass ich alleine vom Hinsehen Zahnschmerzen bekam. Ihr Gesicht war perfekt geschminkt, die Zähne gerade, die Nase eindeutig korrigiert. Ein Hauch von süßen Törtchen ging von ihr aus. Das Wort *Muse* war ihr praktisch auf die Stirn tätowiert.

»Hallihallo, Diamond, wen hast du denn da heute mitgebracht?«, flötete sie. Der Tresen, auf dem sie sich abstütze, war aus massivem Marmor. Göttliche Abbildungen waren darin eingemeißelt. Hinter ihr war, wie es aussah, eine Karte des Olymps angebracht. Das Hotel schien sich der Karte nach im Zentrum des Olymps zu befinden. Rundherum standen Gebäude. Wie die medizinische und architektonische Fakultät. Ein Geburtenhaus. Ein Gerichtsgebäude. Eine traditionelle Arena und Orangerie. Ein Golfplatz, Tennisplatz, Reitställe. Alles, was man als reicher Gott mit zu viel Zeit und zu viel Geld brauchen konnte. Mein Blick wanderte weiter und … aha, rechts von hier war ein Gebiet voll Weizen sowie andere reichhaltige Felder. Das Herrschaftsgebiet von Demeter, Dionysos und Hebe. Dahinter waren die Wälder der Artemis, die sich der Gebirgskette von Herakles und Athene anschlossen. Hermes, Apollo und Aphrodite waren allesamt ortsungebundene Götter, schienen sich also ihren Platz nach Lust und Laune wählen zu können. War irgendwie auch logisch. Aphrodite als die Liebe, Hermes als Gott der Reisen und Apollo als Gott des Lichts ließen sich schwer auf nur einen Platz festsetzen. Weiter hinten schien es ein Gebiet aus heißen Quellen und vulkanischem Gestein zu geben. Der Bereich von Hephaistos und Hestia. Dahinter wurde es düster und grau, mit Gesteinsbrocken, die wie eine Burg aussahen.

»Ares«, entzifferte ich daneben. Es gehörte also dem Kriegsgott. Ich hatte ihn noch nie getroffen. Ares ließ sich selten im Olymp oder Abaddon blicken. Die meiste Zeit verbrachte er in der Menschenwelt. Ich kannte allerdings ein paar seiner Kinder. Lax, Rade und Hunter waren mit ihnen befreundet. Offensichtlich fühlten sich die Kriegskinder der Hölle näher als dem Olymp. Dahinter war die Karte abschüssig. Das Herrschaftsgebiet meines Vaters begann beziehungsweise endete dort. Der Olymp schien sprichwörtlich eine Scheibe zu sein, von der man am Ende in den Abaddon hinabfiel. Interessant. Wirklich interessant.

»Hallo, Sugar!«, grüßte Diamond genauso süßlich zurück und schnappte mit hartem Griff meinen Oberarm. Keine Sekunde zu spät.

Ich war gerade dabei, abzuhauen und mir die Hippocampi anzusehen, die ich draußen herumfliegen sah. Fliegende Pferde! War das irre.

»Das ist meine Schwester Warrior. Ich kann sie nicht zu Hause unbeaufsichtigt lassen, darum hatte ich gehofft, du könntest sie ein wenig im Büro arbeiten lassen.«

Sugars Lächeln wurde noch breiter. Ihr Blick heftete sich widerwillig auf mich. »Ah, du bist also Warrior, Liebes? Ich habe schon von dir gehört! Ich bin Sugar. Die Managerin des Holy Spa Hotels, Tochter der Circe, Muse der Götter.«

»Okay!« Lauthals schlürfte ich die Reste meiner Cola aus dem Becher und stierte zu den drei Löwen hinüber, die es sich gähnend vor den vergoldeten Aufzugtüren bequem gemacht hatten. Inzwischen glich ihr Lächeln einem Zähnefletschen. »Ich habe immer Arbeit für dich, Liebes. Aber wir haben hier oben eine strenge Uniformvorschrift. Diesen … Pulli und die Handschuhe wirst du also ablegen müssen.«

»Aha … nein. Ich glaube eher nicht!« Unbeeindruckt schlürfte ich in dem eigentlich schon leeren Becher herum. Himmel! Ich wusste, dass das unfreundlich war. Sollten sie mich ruhig verurteilen, es amüsierte mich einfach unglaublich, wie sehr ich Sugar damit auf die Palme brachte. Außerdem war es um einiges spaßiger, dem Sonnengott dabei zusehen, wie er einen grün schimmernden Pfau abschoss, als Sugar in den Arsch zu kriechen. Diese lachte, als hätte ich einen Witz gerissen. Ich wusste nicht, warum, aber ich konnte sie jetzt schon nicht leiden.

»Ich befürchte, das steht nicht zur Diskussion, Liebes. Und wenn ich dir die Klamotten höchstpersönlich vom Leib reißen muss.«

»Aha. Du willst also geisteskrank werden?«

»Warrior!«

»Was denn? Wenn sie so etwas Dummes sagt!«

Stöhnend kniff Diamond sich in den Nasenrücken. »Entschuldige bitte meine Schwester, Sugar. Sie meint es nicht so. Sie ist die meiste Zeit in Abaddon. Ihre Manieren sind die eines Trolls.«

»Hey!«

Natürlich wurde ich ignoriert. Wie zwei mit Zuckerguss überpuderte Engel strahlten die beiden sich an.

»Ich verstehe, Süße, aber du kennst die Vorschriften.«

»Ich weiß. In diesem Fall werde ich eine Sondergenehmigung beantragen. Es ist besser, wenn Warrior verhüllt bleibt. Das ist sicherer für uns alle. Außer wir wollen, dass ein paar liebeshungrige Satyrn das Hotel in die Luft sprengen.«

Das hatte sie ja nett zusammengefasst! Sugar musterte mich erneut. Diesmal lag dieser angewiderte Ausdruck darin, den ich bereits von den Olympiern gewohnt war. Meine Mutter sah mich ebenfalls so an.

»Soso. Stimmt! Ich habe davon gehört. Lass das nur meine Sorge sein, Diamond. Warrior und ich werden unser Bestes geben. Nicht wahr, Liebes?« Ihr Blick versprach eindeutig Krieg. Das konnte lustig werden. »Wie auch immer. Hier ist deine Liste für heute.« Mit perfekt manikürten Fingern schob sie Diamond eine Mappe mit sicher zwei Dutzend Punkten entgegen. Ich linste darauf und erkannte als Punkt drei eindeutig *Brazilian Waxing für Hera.*

»Hera wartet bereits auf dich in der Orangerie. Alle sind ganz aus dem Häuschen wegen dem G11-Treffen. Die Besprechung diesbezüglich ist um vier!«

Mit gerunzelter Stirn nahm Diamond den Plan entgegen und überflog ihn. »Danke, Sugar, bis später. Und du! Mach keinen Unsinn!« Das Letzte war definitiv an mich gerichtet. Mit einem scharfen Blick drehte sie sich um und stöckelte davon. Zielstrebig stieg sie über die Löwen hinweg, stieß die gläsernen Türen des Hotels auf und wich geschickt einem Querschläger von Apollo aus.

Langsam drehte ich mich zu Sugar um, die mich mit einem Haifischlächeln bedachte.

»Damit wir eines gleich klarstellen, Süße. Auch nur ein schiefes Niesen von dir und ich lasse dich den ganzen Tag die Ställe der Greife schrubben. Mit einer Zahnbürste. Bei einem Greifen von im Schnitt fünf Metern Durchmesser kannst du dir also auch die Größe der Haufen errechnen. Haben wir uns verstanden?«

Ich schluckte und stellte artig den Colabecher auf dem Tresen ab. »Verstanden!«

»Sehr schön, und nun zu der Uniform. Ordnung muss sein. Egal, mit welcher Behinderung. Welche Größe hast du?«

Kapitel 12
Sie ist töricht. Oberflächlich. Bist du es ebenfalls?

»Als was?«

»Als Caddie.« Amüsiert zog die Muse eine Augenbraue nach oben und wies mich an, ihr zu folgen.

»Heute ist ein schöner Tag. Die Götter vergnügen sich gerne bei Golf und Polo. Du wirst Dionysos' Caddie vertreten. Der Ärmste hat die Drachenpocken. Um vier ist die Besprechung der Götter mit dem Personal über das G11-Treffen. Dort kannst du Erfrischungen servieren.«

»Aber ich habe doch keine Ahnung von Golf! Man sollte mir so ein Steckendingens auf keinen Fall in die Hand drücken, ich bin eine Gefahr für die Allgemeinheit. Ich sollte lieber Akten im Büro schichten oder so was!«

Sugar lächelte mich süßlich an. Prompt bekam ich Zahnschmerzen.

»Man nennt es Schläger und du wirst auch nicht damit spielen müssen, sondern sie den Göttern nur ehrerbietig reichen. Und jetzt schnell. Die Abschlagzeit ist um neun.«

Vollkommen machtlos ließ ich mich aus der Umkleide der Angestellten durch die endlos weißen Labyrinthflure zerren. Einfach jeder, an dem wir vorbeigingen, starrte uns an. Eine Woge aus Kichern und

Flüstern folgte uns, während ich so rot wie ein Hummer anlief. Giftig starrte ich Sugar an und versuchte alleine mithilfe meiner Gedanken, ihren Kopf zum Explodieren zu bringen. Leider war auf meine telekinetischen Kräfte in letzter Zeit wenig Verlass. Also stöckelte das von mir neu ernannte Böse in Person gut gelaunt mit einem Klemmbrett unter dem Arm neben mir entlang. Wir traten durch zwei Schwingtüren zurück in die große Halle. Die Göttinnen Hebe und Athene hatten sich nahe der Löwen auf einem Divan niedergelassen und tranken Ambrosia. Hebe mit ihren langen roten Haaren und nussbraunen Augen. Athene mit den stolzen Zügen und dem dunklen Haar, das selbst wie ein kleines Kunstwerk aussah. Ich konnte nur beten, dass die beiden mich nicht erkannten. Der leicht amüsierte, halb angewiderte Ausdruck in ihren Gesichtern machte deutlich, dass sie ganz genau wussten, wer ich war. Himmel, war das peinlich. Finster starrte ich Sugars Hinterkopf an. Ich musste ihn einfach zum Explodieren bringen. Nichts passierte. Nicht einmal ein Pickel wuchs auf ihrer Stirn. Mist. Wir passierten die beiden Göttinnen. Einer der gigantischen Löwen hatte es sich vor Athenes Füßen bequem gemacht und schnurrte wie ein Traktor, während sie ihn lasziv hinter den Ohren kraulte. Hebe starrte mir direkt ins Gesicht. Schüchtern erwiderte ich ihren Blick und spürte, wie mir die Luft aus der Lunge wich. Ihre Macht war wie ein Rausch, der einem die Sinne vernebelte. Hebe war bekannt dafür, mit nicht mehr als einem Augenaufschlag Rauschzustände auszulösen. Meine Beine wurden weich. Zum Glück zerrte Sugar mich sofort weiter, hielt den Blick dabei jedoch liebenswürdig gesenkt. Ganz so, wie es sich gehörte. Da schoss mir zum ersten Mal die Frage in den Kopf, ob all diese Regeln – Kopf gesenkt, unauffällig bleiben – nicht deshalb existierten, um die Angestellten vor den Göttern zu schützen. Gänsehaut überzog meinen Rücken. Ich schnappte nach Luft, riss meinen Blick von Hebe los und fühlte, wie das watteartige Gefühl – Gott sei Dank! – verschwand.

»Niemals die Götter ansehen!«

Ich sah auf. Sugar hatte keine Miene verzogen. Ihr Gesicht zierte weiterhin ein fröhliches Lächeln, ihr Auftreten war ungebrochen kompetent, während sie mich aus der Halle schleifte. Allein der harte Griff ihrer Hand verriet ihre Anspannung.

»Was …?«

»Sieh die Götter niemals an, Liebes. Ich weiß, deine Mutter ist eine Göttin, doch hier im Olymp ist sie nicht deine Mutter. Hier oben ist sie niemand, den du kennst. Gib auf dich acht. Ich glaube nicht, dass dir bewusst ist, wie gefährlich sie sind.«

»Ich … ähm … okay!«

»Gut!« Ihr stahlharter Griff lockerte sich ein wenig, während sie mich zur Tür hinausschob. Dabei passierten wir den Phönix, der aus direkter Nähe noch viel größer wirkte. Er besaß die Größe eines Schäferhundes. Die Federn waren von einem tiefen Dunkelrot, die Augen von einem durchdringenden Schwarz. Der Schnabel war so scharf und groß, dass er mir damit problemlos die Kehle durchreißen konnte. Fasziniert starrte ich ihn an. Der Vogel bewegte sich nervös. Ein Rascheln war zu hören. Mein Blick zuckte zu seinen Füßen. Er war mit einer schweren Goldkette an der Wand befestigt.

»Warum ist der Vogel angekettet?«, fragte ich Sugar, die sich verwundert umdrehte.

»Wer? Ach, du meinst Asch? Keine Sorge, der tut nichts.« In diesem Augenblick starrte mir der Vogel direkt in die Augen. Ich konnte mein eigenes Spiegelbild in ihnen reflektiert sehen. Meine verhüllte Gestalt stach deutlich hervor und meine mattschwarze Reflexion schien zu leuchten. Nicht schwach wie ein Glühwürmchen, sondern blendend grell wie eine Sonne. Abrupt spreizte der Phönix seine Flügel. Asche und glühende Funken flogen durch die Luft, während er seinen Schnabel öffnete und einen durchdringen Schrei losließ. Erschrocken schlug ich mir die Hände gegen die Ohren und duckte mich, als der Vogel heftig mit den Flügeln schlug. Heiße Luft wehte mir entgegen. Hustend stolperte ich zurück und hörte Sugar erschrocken aufschreien: »Was soll denn das? Asch, hör auf!«

Der Vogel schien jedoch kein Interesse daran zu haben, mit seinem ohrenbetäubenden Gekreische aufzuhören. Hektisch schlug er weiter mit den Flügeln, wehte Asche und glühende Flämmchen in alle Richtungen, während sein Blick mich unentwegt fixiert hielt. Sein Schnabel war weit aufgerissen. Ich konnte das schwarze Innere seines Rachens sehen. Flammen sprudelten daraus hervor. Wie ein Drache spie er nun Feuer und zielte dabei leider genau auf mich. Hitze schlug mir entgegen, mein Blick füllte sich mit brennendem Rot. Ich sah mich schon selbst als blonder Rostbraten durch die Gegend laufen, als eine zierliche Hand nach vorne schoss und ihm den Schnabel zusammendrückte. Er gab ein ersticktes Gurgeln von sich. Seine Krallen gruben sich in die Stange, doch die Hand drückte noch fester zu und presste den Vogel nach unten.

»Hör auf, Asch. Dein Gequake geht uns allen fürchterlich auf die Nerven. Ich bekomme noch eine Migräne.« Der Vogel fiepte. Sein Blick huschte panisch hin und her. Athene schnalzte abfällig mit der Zunge. Der Vogel erlahmte schließlich in ihrem Griff. Heftig atmend, trat ich einen schnellen Schritt zurück und wäre beinahe über Sugar gestolpert, die panisch ihren Terminplaner umklammert hielt.

Eine ihrer perfekten Haarspitzen kokelte. Ihr süßer Mund klappte auf. »G-Göttin Athene!«, stieß sie, sichtlich aus der Bahn geworfen, hervor und sank in einen übertrieben tiefen Knicks. Es sah beinahe so aus, als wollte sie ihr die Füße lecken. Ich selbst senkte den Kopf. Trotzdem sah ich noch das Gesicht der Göttin, die mich neugierig musterte. Ihre Augen waren genauso schwarz wie die des Vogels.

»Geht es dir gut, Tochter der Aphrodite?«, fragte sie schließlich.

Verblüfft linste ich hoch. »J-Ja, Göttin. Ich habe mich nur erschreckt.«

Sie musterte mich. Man konnte es förmlich in ihrem Hirn rattern hören. Ihr Blick war so tiefgründig, als würde sie jedes Geheimnis auf dieser Welt in sich bergen. Sie war schlau. Erschreckend schlau. Deshalb dauerte es auch nicht lange, bis ein schales Lächeln über ihre blassen Lippen zuckte.

»Sieht wohl eher so aus, als hättest du Asch erschreckt. Wie eigenartig. Normalerweise ist er sehr zahm.« Versonnen strich sie ihm mit der freien Hand über die glühenden Flügelspitzen. Die Hitze schien sie nicht zu stören. Der Phönix stellte gurrend sein Gefieder auf. Lächelnd ließ sie seinen Schnabel los. Asch schüttelte sich, krächzte und richtete seinen Blick erneut auf mich.

»Mhm, wie eigenartig!«, sinnierte die Göttin erneut. »Er schlägt eigentlich nur bei Gefahr aus. Aber du bist doch keine Gefahr … oder, Tochter der Aphrodite?«

Ich zögerte und spürte, wie mir der Schweiß am Rücken ausbrach. Der Vogel hatte mir nicht annähernd so viel Angst eingejagt, wie die Göttin es in diesem Moment tat. Ihr Blick war bohrend. Ich schluckte.

»Ich denke nicht, Göttin«, brachte ich schließlich hervor.

»Du denkst?«

»Man kann nicht alles wissen, oder?«

Ihr Lachen schallte durch die Halle. Alle Anwesenden starrten zu uns hinüber. »Natürlich kann man alles wissen. Die gesamte Welt ist nicht mehr als eine Gleichung, die es zu errechnen gilt.«

»Für eine Göttin wie Euch mit Sicherheit. Ich selbst bin, fürchte ich, nicht schlau genug. Mathematik war noch nie meine Stärke.«

Die Göttin schmunzelte und sah mich ein wenig abschätzig an.

»Nein, das bist du wahrlich nicht. Trotzdem. Stille Wasser sind tief, findest du nicht? Ein Fakt, den man niemals unterschätzen sollte. Deine Mutter hingegen unterschätzt sehr vieles. Ein Zug, den ich nicht honoriere. Sie ist töricht. Oberflächlich. Bist du es ebenfalls?«

Ich zögerte und sah zu Sugar hinüber. Diese sah jedoch nicht so aus, als würde sie mir helfen wollen. Sie wirkte eher, als würde sie jeden Augenblick fluchtartig davonstöckeln.

»Ich bin nichts Besonderes«, antwortete ich schließlich.

Die Göttin zog die Augenbrauen in die Höhe. »Nein. Das bist du nicht. Aber das war auch nicht meine Frage, Tochter der Aphrodite. Ich denke, dass wir alle recht gut damit beraten sind, dich im Auge zu behalten. Auch wenn deine Mutter noch so verkrampft versucht, dich unter Schichten von Unscheinbarkeit zu verstecken.« Ihr Lächeln war einfach grauenhaft. Gott sei Dank schien sie endlich ihr Interesse an mir zu verlieren. Ihr bohrender Blick ließ von mir ab, sodass ich endlich wieder frei atmen konnte. »Ihr könnt nun gehen!«, sagte sie milde. »Der arme Asch sieht immer noch fürchterlich aufgewühlt aus und ich habe Migräne. Lass mir eine Tablette hochbringen, Sugar!«

»Na-Natürlich, Göttin! Sofort.«

Himmel! Konnte man sich noch öfter verbeugen? Erneut packte mich Sugars Hand und zog mich so schnell aus dem Hotel, dass mir schwindelig wurde. Die gläsernen Türen schlugen hinter uns zu und sperrten damit auch die erdrückende Präsenz der Götter aus.

»Was war denn das?«, fragte ich ein wenig mitgenommen.

»Ich … Ich weiß es nicht!«, stieß Sugar hervor. Ruckartig ließ sie meine Hand los und sah mich mit einem äußerst komischen Gesichtsausdruck an. Ein leicht angewiderter Zug erschien um ihre Mundwinkel. »Du solltest ab jetzt so wenig Aufmerksamkeit wie nur möglich auf dich ziehen. Zu unser aller Wohl. Zum Golfplatz geht es links entlang!« Ihre manikürten, schlanken Finger deuteten auf den weißen Schotterweg. Direkt vor uns. »Du wirst es schon finden. Die Götter werden dir ihr Golfbag geben. Ich hole dich nach der Runde wieder ab.«

»Warte mal … Sugar!« Ein Aufblitzen in ihrer Mimik ließ mich innehalten. Doch die Muse drehte sich so schnell um, dass es praktisch an Wegrennen grenzte. Die Erkenntnis traf mich ziemlich hart. Sie hatte Angst vor mir. Warum? Verstört sah ich ihrem straffen Popo hinterher, bevor ich den Blick wieder schweifen ließ.

Vor dem Hotel war eine Parkanlage mit blühenden Rosen angebracht. Weißer Schotter knirschte unter meinen Füßen und dicke Kastanienbäume warfen einen kühlen Schatten über zierliche Parkbänke, die unter ihren Ästen standen. Drei Wege zweigten von hier aus ab. Sugar hatte gesagt, ich sollte mich links halten, also tat ich das auch und bestaunte einmal mehr die farbenfrohe Schönheit des Olymps. Die Welt hier oben schien ein schillerndes Paradies zu sein. Der Himmel war strahlend blau. Es war angenehm warm, ohne dabei zu heiß zu sein. Vereinzelte Schafwölkchen zogen vorbei. Vögel sangen. Hin und wieder glaubte ich, das Tröten eines Elefanten zu hören. Der süße Duft der Rosen umnebelte meine Nase. Genießerisch sog ich die Luft ein, schloss die Augen und genoss die Wärme der Sonne auf meinem Gesicht. Trotzdem konnte ich das beklemmende Gefühl nicht abschütteln, das mir seit dem Vorfall mit dem Phönix unangenehm im Nacken saß. Warum hatte dieses Vieh so geschrien? Hatte es Angst gehabt? Warum sollte es? Ich hatte meine eigene Spiegelung in seinen Augen gesehen und das war … beängstigend gewesen. Wenn ich aber jetzt meine Hände betrachtete …

Prüfend zog ich einen der Handschuhe nach oben und besah mein freiliegendes Handgelenk. Nein. Alles normal. Obwohl. Stirnrunzelnd hielt ich die Hand höher. Vielleicht leuchtete diese tatsächlich ein wenig. Zwar nicht so stark wie in der Spiegelung der Phönixaugen, aber dennoch sichtbar. Ich schluckte hart und spürte einen Kloß im Hals. Schnell rückte ich den Handschuh zurecht. Was war nur los mit mir? Vielleicht sollte ich wirklich die Götter um Hilfe bitten. Das war nicht mehr normal. Ich war nicht mehr normal. Und wenn es etwas Ernsthaftes war, sollte ich mit meiner Mutter reden. Zu meiner eigenen und der Sicherheit aller anderen. Ich fasste einen Entschluss. Sobald ich Aphrodite das nächste Mal sah, würde ich sie um Hilfe bitten. Immerhin war sie meine Mama. Sie zeigte es zwar nicht, trotzdem war ich davon überzeugt, dass sie mich liebte. Tief in ihrem Inneren. Ganz, ganz, ganz tief – megatief.

Seufzend schob ich den Gedanken an meine Mutter beiseite und konzentrierte mich darauf, diesen verfluchten Golfplatz zu finden.

Auf einer Wiese rechts von mir stand ein weißer Pavillon, in dem ein paar Götter Yogaübungen vollführten. Ein Gott mit leuchtend blonden Haaren, der sehr verdächtig nach Hermes aussah, ging gerade fluchend in die Hundestellung. Selbst aus dieser Entfernung konnte ich seine Knochen knacken hören. Trotzdem ließ er dabei den Hintern der Muse vor ihm keine Sekunde lang aus dem Blick. Amüsiert ging ich weiter. Neben dem Yoga wurde offensichtlich auch Tai-Chi und Fitness angeboten. Ein paar Götter hampelten mit verbissenen Mienen auf der Wiese herum und leisteten den Anweisungen einer Muse Folge. Alle schienen sich erstaunlich fit halten zu wollen, wobei ich glaubte, das ein oder andere göttliche Fettpölsterchen hüpfen zu sehen. Der Weg beschrieb einen Bogen und ich sah neben Sport treibenden Göttern überall blaugrüne Pfaue herumstolzieren. Gab es die etwa im Angebot? Das Gras war ab hier perfekt gestutzt. Weit und breit kein Unkraut, nur ausgewählte Pflanzen, die aus den unterschiedlichsten Ecken der Welt stammten. Der Weg und die Bäume hatten sich zu einer Allee gebildet. Die Blätter über mir raschelten im sanften Wind, bis ich um eine Ecke bog und eindeutig etwas erblickte, das der Golfplatz sein musste. Die Ebene war frei von Bäumen. Der Boden mit schon beinahe kitschig hellgrünem Gras bedeckt. Sandlöcher und sanfte Hügel waren hier und dort verteilt.

Olympier fuhren gut gelaunt mit Golfcarts durch die Gegend. »Achtung, voooor!«, riefen sie sich schallend zu, kurz bevor die Bälle kreuz und quer durch die Gegend flogen. Keiner von ihnen schien wirklich geradeaus schlagen zu können. Je näher ich kam, desto mehr Götter machte ich aus.

Ein angenehmes Lüftchen wehte erneut den Duft nach Blumen und frischem Gras herbei und kitzelte eine Haarsträhne, die frech aus meiner Kapuze hervorlugte. Schnell stopfte ich sie zurück an ihren Platz und hielt Ausschau nach Dionysos oder sonst einem Gott, der mir ein Golfbag in die Hand drücken konnte. Jeder hier schien genau zu wissen, was er zu tun hatte. Vögelchen zwitscherten fröhlich, als ich auf eine Anlage zusteuerte, auf der *Driving Range* stand. Was auch immer das sein sollte. Vor dieser standen vier weitere Personen und schienen zu warten. Zwei Jungen und zwei Mädchen, die mich ungeniert anstarrten. Ich glotzte zurück und überlegte fieberhaft, was ich jetzt tun sollte. Die Finger spreizen und quer über den Golfplatz *Nanu, nanu!* schreien? Was machte man so im Olymp? In der Hölle bestand eine Begrüßung aus charmanten Morddrohungen und mindestens einem gestellten Bein oder einer saftigen Kopfnuss. Hier oben hatte ich keine Ahnung! Alle sahen so manierlich aus. Mit einem betont fröhlichen Lächeln flanierten sie über die Wege und redeten über … Aktien? Zeus' Katze? Den Vorteil von Hyaluronsäure gegenüber herkömmlichem Botox? Bei den Göttern! Ich wusste es nicht. Nervös knabberte ich an meiner Unterlippe und setzte mich schließlich in Bewegung. Die Jungs sahen mich skeptisch an, während die Mädchen sofort kichernd die Köpfe zusammensteckten.

»Ähm … hey. Ich bin Warrior!«, stellte ich mich vor.

Das schwarzhaarige Mädchen, auf dessen Namensschild *Mein Name ist Destiny. Wie kann ich ihnen dienen?* stand, starrte mich unverhohlen und feindselig an. »Ja, das haben wir uns schon gedacht. Es kursieren Gerüchte, dass die Abaddon-Tochter von Aphrodite im Olymp sein soll. Sag mal, stimmt es, dass Hades' Söhne hässlich wie Trolle sind und die Frauen wie Werwölfe stinken?« Die Brünette neben ihr kicherte dümmlich. Die Worte *verblödete Muse* standen ihr praktisch auf der Stirn geschrieben. In Fettbuchstaben! Auf ihrem Namensschild stand *Farfalla*. Alles klar. Hier oben wurde also auch mit harten Bandagen gekämpft. Wie sie wollten. Die Modepüppchen hatten sich augenscheinlich noch nie mit jemandem aus Abaddon angelegt. Daher stieß ich nur ein verächtliches Schnauben aus und erlaubte mir nicht den kurzen Wunsch, sie hätten mich einfach nett willkommen geheißen.

»Wahnsinnig interessant, was ihr alle über Abaddoner wisst. Kann ich dich was fragen? Nur grundsätzlich. Hat mich schon immer interessiert, ob dieses Gerücht über den Olymp und Inzest wahr ist. Dideldei und Dideldum sehen nämlich schwer danach aus.«

Es dauerte ein paar Augenblicke, bis die Jungs es begriffen. Beleidigt starrten sie mich an. Ich musterte die beiden und stieß ein unterdrücktes Lachen aus. Das hellbraune Haar, die dunklen Augen und die vom Surfen gebräunte Haut. Groß, schlank, mit Muschelketten um den Hals und bunten Freundschaftsbändchen um die Handgelenke. Perfekte Beach Boys. Sie sahen ihrem Vater zum Verwechseln ähnlich. Wahrscheinlich waren sie Produkte einer Wassernymphe, die bei drei nicht schnell genug auf dem Baum gewesen war.

»Noch mehr?«, fragte ich daher spöttisch. »Wie viele von euch gibt es denn? Ich kenne mindestens zehn Kinder des Poseidon!« Die Blicke der beiden wurden finsterer. »Und du … du bist die Tochter der Demeter«, sagte ich zu Destiny, die mich aus schmalen grünen Augen anstarrte. Ihr dickes schwarzes Haar spielte im Wind.

»Ach ja? Woher willst du das wissen?«, fragte sie bissig.

Desinteressiert zuckte ich mit den Schultern und versuchte, zu ignorieren, wie angeekelt die vier mich anstarrten. Mein Outfit machte es nicht gerade besser. »Ich habe von dir gehört. Ein schreckliches Drama um dich und deine Familie. Die Göttin der Fruchtbarkeit, die seit zwanzig Jahren nur ein einziges Kind zur Welt gebracht hat. Unten sagt man sich, dass deine Mama unfruchtbar ist. Stimmt das?«

»Das nimmst du sofort zurück, du dreckige Missgeburt!«, fauchte Destiny und stürzte nach vorne. Uii. Das musste ein neuer Rekord sein. Zwei Minuten und schon die nächste Erzfeindin. Farfalla konnte Destiny gerade noch davon abhalten, mir das Gesicht zu zerkratzen.

»Nicht, Des! Du ruinierst dir sonst noch die Nägel«, ermahnte Farfalla sie streng. Destiny schnaubte und erdolchte mich mit ihren Blicken.

»Halt lieber die Klappe Abaddon-Abschaum. Du hast hier oben gar nichts zu melden.«

»Dem kann ich nur zustimmen! Was macht die Missgeburt denn hier?«

Ich versteifte mich. Neeeein! Erschrocken drehte ich mich um und blickte in Violence' Gesicht. Verfluchtes Aas! Die hatte mir gerade noch gefehlt. »Dachte mir schon, dass es hier nach Miststück riecht!«, giftete ich zurück, verschluckte mich jedoch prompt, als ich sah, wer hinter dem Miststück auftauchte. Zeus persönlich. Ihr Daddy. Mit meiner Mutter und Dionysos im Schlepptau. In meinem Magen rumorte es augenblicklich. Ich schluckte schwer. Warum hatte ich nur diesen Wrap gegessen? Alle drei saßen in einem schmucken vergoldeten Golfcart. Zeus natürlich am Steuer, meine Mutter – ein Bild der absoluten Golfschönheit – daneben. Dionysos, der Gott des Weines und Ekstase, hinter den beiden. Sein dickliches Gesicht war rot, der Blick aus den schwammig blauen Augen glasig. Das viele Weintrinken sah man ihm definitiv an … obwohl, war das überhaupt eine Weinflasche, die er da umklammerte? Es sah eher nach … war das etwa eine Jack-Daniel's-Flasche? Tatsächlich! Ungläubig sah ich dabei zu, wie der Gott einen tiefen Schluck daraus nahm, den Kopf nach hinten lehnte und die letzten Zentiliter wie Wasser hinunterkippte. Die leere Flasche schmiss er danach achtlos hinter sich ins Gras. Schon im nächsten Augenblick hielt er eine neue in der Hand. Diesmal Captain. Na toll! Ausgerechnet ihm sollte ich als Caddie helfen? Ich bezweifelte stark, dass er überhaupt noch geradeaus laufen konnte. Geschweige denn, dass er einen Ball mit einem dünnen Stöckchen schlagen konnte! Überhaupt war Dionysos der erste Gott, den ich je etwas anderes als Ambrosia hatte trinken sehen. Ich hatte nicht einmal gewusst, dass Götter anfällig für Alkohol waren.

»Voll wie eine Haubitze«, hörte ich Violence murmeln. Als ich sie jedoch ansah, hatte sie bereits ehrerbietig den Kopf gesenkt, ebenso die vier anderen Gottkinder. O Himmel! Ich hatte es schon wieder verpennt! Schnell senkte auch ich den Kopf, sah aber aus dem Augenwinkel, wie mich Aphrodite mit einer Mischung aus Entsetzen und Genervtheit anstarrte. Diamond hatte ihr doch hoffentlich gesagt, dass ich heute im Olymp sein würde, oder? Oder? Ihrem Blick nach zu urteilen, hatte sie das wohl nicht. Trotzdem musste man ihr zugutehalten, dass sie sich sehr schnell wieder im Griff hatte. Ihr Haar leuchtete in einem flammenden Rot, die Augen waren von einem warmen Bernsteinton. Ihr Gesicht strahlte sanft, wirkte wie von zarten Sommersprossen geküsst.

»Na, sieh mal einer an, Effi, ist das nicht deine Kleine da?«

Ich musste mir schwer das Kichern verkneifen. Effi? Dionysos lallte, als stünde er kurz vor dem Kollaps.

»Eine deiner bezaubernden Töchter kommt zu Besuch, Aphrodite? Du hast gar nichts erwähnt. Wo ist sie?«, fragte Zeus verwirrt.

Aphrodite lächelte gekünstelt. »Das ist auch für mich eine Überraschung. Ich wusste nichts davon!«

Gemeinsam stiegen sie aus dem Golfcart. Obwohl man bei Dionysos wohl eher von Stolpern als von Gehen reden konnte. Die vier Gottkinder sahen verächtlich zu mir hinüber, während Zeus immer noch verwirrt in unsere Runde blickte. Sein Blick blieb prompt auf Destiny hängen, deren dunkles Haar im Sonnenlicht glänzte.

»Oh, was für eine Freude, was für eine Freude.« Strahlend trat der Vater aller Götter auf Destiny zu, packte ihre zierliche Hand in seine gigantischen Pranken und schüttelte sie heftig. Destinys Gesichtszüge entgleisten.

»Es freut mich sehr, mein Mädchen. Wie schön, dass du uns und deine Mutter Göttin heute bei einer Partie Golf begleitest. Man sieht eindeutig, von wem du deine Schönheit geerbt hast. Fabelhaft. Einfach zauberhaft. Aber verzeih. Ich bin bei Zeiten ein wenig vergesslich … dein Name ist?«

»De-Destiny, Sir! Aber ich bin ni…«, quiekte das Mädchen und sah sich panisch um.

»Destiny! Was für ein wundervoller Name. Wundervoll, zauberhaft. Gratuliere zu dieser Tochter, Aphrodite, meine Liebe.« Wir alle starrten den Vater aller Götter an. Keiner von uns wusste, wie er ihm jetzt verklickern sollte, dass er gerade die Falsche mit Komplimenten überschüttete. Violence kicherte nur.

»Und ich dachte immer, dass ihr alle nach Edelsteinen benannt seid, wie es deine Mutter normalerweise zu tun pflegt!«

Oje. Aphrodites Gesichtszüge hatten sich inzwischen zu einer starren Maske verzerrt. Ihr vorher noch fröhlich rotes Haar war plötzlich tintenschwarz. Ihre Augen von einem finsteren Grau. »Ich befürchte, es handelt sich hier um ein Missverständnis, liebster Zeus!«, unterbrach sie ihn schließlich.

Erstaunt sah der Gottvater auf. Er hielt immer noch Destinys Hand zerquetscht. »Was? Inwiefern?« Sein Stirnrunzeln zeichnete tiefe Furchen auf seine breite Stirn.

Wenn ich ihn genauer betrachtete, wirkte Zeus um einiges älter als die übrigen Götter. Die meisten sahen aus, als wären sie in ihren jungen Dreißigern. Manche auch Mitte zwanzig. Zeus hingegen war ein äußerst attraktiver Mittfünfziger. Sein blondes Haar und der Bart waren von grauen Strähnen durchzogen. Um seine grauen Augen sammelten sich Lachfältchen. Im Gegensatz zu Hades umgab ihn kein dunkler Rauch, sondern weißer Nebel, der ihn auf Schritt und Tritt begleitete. Es sah beinahe so aus, als würde er auf Wolken schweben. Neben den Händen, die so groß wie Teller waren, war er gebaut wie ein Bär. Alles an ihm zeugte von Stärke und Macht. Ich konnte die schiere Masse an Muskeln erkennen, die sich unter seinem Golfshirt abzeichnete. Der hatte bestimmt keine Probleme, ein Gurkenglas zu öffnen.

»Das ist nicht meine Tochter«, belehrte Aphrodite Zeus zähneknirschend. Im Schatten meiner Kapuze verzog ich das Gesicht. Es hatte ja nur so kommen müssen. Demütigung, ahoi!

»Wie bitte?« Verwirrt starrte Zeus auf Destinys Hand hinab. Diesmal konnte ich Blitze durch seine Haare huschen sehen. Hm, das kam mir irgendwie bekannt vor.

»Wer bist du dann, Mädchen?«, fragte Zeus mit plötzlich gar nicht mehr so väterlicher Stimme. Die hellen Wolken zu seinen Füßen verfärbten sich gräulich. Trotz strahlend hellen Himmels begann es zu donnern. Ich konnte die Vibrationen in den Füßen spüren.

Destiny sah aus, als würde sie gleich in Ohnmacht fallen. Zumindest wurde ihr Gesicht leichenblass. »Ich bin Destiny, Sir!«, hauchte sie schwach.

»Das hatten wir schon!«

»Ich bin die Tochter der Demeter.«

»Von Demi? Ach, wie schön!« Sofort hörte das Donnern auf. Zeus' Gesicht hellte sich auf. »Ich habe deine Mutter schon eine gefühlte Ewigkeit nicht mehr gesehen. Bitte richte ihr meine lieben Grüße aus. Sie schuldet mir noch ein kleines Vermögen von unserer letzten Pokerrunde. Bitte, verzeih die Verwechslung. Also musst du Aphrodites Tochter sein!« Strahlend sah Zeus zu Farfalla hinüber, deren Mund dümmlich aufklappte. Mich selbst hatte er noch keines einzigen Blickes gewürdigt. Aphrodite stieß ein Geräusch, das verdächtig nach einem Würgen klang, aus und umfasste Zeus' Schulter.

»Das ist sie auch nicht!«

»Was? Aber wer …«

»Warrior, stell dich dem Gottvater vor!«, befahl mir Aphrodite schicksalsergeben. Ein wenig unbeholfen stolperte ich nach vorne und verbeugte mich vor Zeus.

»Es ist mir eine Ehre, Euch kennenzulernen, Sir!«

»Das ist deine Tochter?« Zeus klang ungläubig.

Violence verstecke ihr Lachen inzwischen gar nicht mehr, sondern prustete lauthals und wenig damenhaft los. Skeptisch zog Zeus beide Augenbrauen nach oben.

»Hast du das gewusst, Tochter?«, wandte er sich an Violence.

»Natürlich habe ich das gewusst, Vater. Es ist die Missge…« Mit einem schnellen Blick zu Aphrodite korrigierte sie sich räuspernd. »Ich meine, das ist Diamonds Schwester. Wir haben dir von ihr erzählt.«

»Mhm!« Ich spürte, wie Zeus sich näher zu mir hinunterbeugte. Ängstlich starrte ich meine Füße in den abgewetzten Schuhen an. Seine waren glänzend schwarz, aus feinstem italienischen Leder. Ich hatte Zeus zwar schon gesehen, allerdings nur flüchtig. Und niemals hatte ich mit ihm gesprochen. Dafür hatte Aphrodite immer peinlich genau gesorgt.

»Du bist also …?«

»Warrior, Sir«, quetschte ich hervor und hob den Kopf. Meine Mutter hatte die Lippen so fest zusammengepresst, dass sie blutleer waren. Inzwischen änderte sich nicht nur ihre Haarfarbe, sondern auch die Form ihrer Ohren hektisch. Dionysos rülpste.

»Das nenn ich mal peinlich!«

»Das ist ebenfalls kein Edelstein-Name!«, stellte Zeus konsterniert fest. Die Wölkchen zu seinen Füßen waren in Bewegungen gekommen. Sie nahmen tatsächlich die Form von Wölfen an. Die weißen Körper streckten sich, reckten den Kopf und schnupperten an meinen Schuhen. Prompt stießen sie ein Knurren aus, das wie Donnergrollen klang. Ängstlich zwang ich mich dazu, stehen zu bleiben und nicht zurückzuweichen.

»Nein, Sir. Mein Vater hat mich so genannt.«

»Dein Vater? Also Hades, mein Bruder?«

»Ja, Sir.«

»Mhm …«

Kurz trat ein betretenes Schweigen ein, in dem niemand so recht zu wissen schien, wo er hinsehen oder was er sagen sollte. Ich selbst stand einem Schweißausbruch nahe. Das Atmen fiel mir schwer, während die weißen Wölfe mich misstrauisch umkreisten. Ihre Leiber wurden immer grauer. Blitze zuckten durch sie hindurch. Wie bei dem Phönix zuvor schon, so hatte ich auch jetzt das Gefühl, als würden sie die Veränderung in mir sofort erkennen. Plötzlich lachte Zeus. Alle Versammelten zuckten zusammen.

»Doch, doch … ich erinnere mich. Erst die letzten Tage bekam ich eine Nachricht meines Bruders über dich. Du hast dort unten für einigen Unfug gesorgt. Ich musste deine Mutter auf die Erde schicken«, polterte Zeus. Um seine grauen Augen legten sich Lachfältchen.

»Dieser Zwischenfall tut mir auch wirklich sehr, sehr, sehr, sehr, sehr leid … wirklich sehr! Das wird nie wieder vorkommen!« Das war wohl ein *sehr* zu viel gewesen. Schnell schielte ich zu meiner Mutter, die ihre Hände vor die Augen geschlagen hatte. Sie atmete ziemlich heftig.

Die Wölfe hingegen stellten ihre Ohren auf und sahen mich fragend an. Zeus ebenfalls. Um seine Mundwinkel zuckte ein verschmitztes Lächeln. »Sehr löblich. Kleine Missgeschicke geschehen uns allen einmal! Du warst hoffentlich nicht zu streng zu ihr, oder, Aphrodite?«

Meine Mutter blinzelte. Ihr Haar wurde strohblond, ihre Augen kornblumenblau. »Aber gewiss nicht«, lächelte sie. »Ich habe sie nur ein wenig getadelt.«

Zeus nickte und kraulte sich den Bart. »So ist es recht. Strenge muss sein. Aber immer noch elterliche Strenge, mit viel Liebe dazwischen, nicht wahr, mein Honigbrötchen?« Das Letzte war an seine eigene Tochter gerichtet. Sein Lachen polterte über den Golfplatz. Violence lief puterrot an, während ich breit grinste. Honigbrötchen?

»Vater, bitte! Du sollst mich doch nicht so nennen!«, zischte Violence.

Zeus gluckste und schlug ihr so hart gegen den Rücken, dass sie nach vorne stolperte. »Natürlich. Entschuldige, meine Süße. Aber Warrior, eine Frage sei mir noch erlaubt. Dieses seltsame Outfit von dir erklärt sich durch was genau?«

Ich sah an mir hinab. Der pinke Hello-Kitty-Pulli quoll wie eine Presswurst unter dem viel zu engen Cocktailkleid hervor.

»Ähm … mein Schrank ist letzte Nacht zertrümmert worden und das war mein letztes noch intaktes Oberteil?« Das klang jetzt mehr wie eine Frage als eine Erklärung, dennoch war es eindeutig das Beste, was ich im Augenblick hervorbrachte.

»Verstehe«, sagte Zeus. Er verstand es eindeutig nicht. »Und warum ist dein Schrank kaputt?«

»Ein Baum ist draufgefallen.«

»Ein Baum ist was?« Aphrodite hörte auf, sich die Hand vor die Stirn zu schlagen, und starrte mich nun entgeistert an.

Hilflos zuckte ich mit den Schultern. »Hast du Diamonds E-Mail nicht bekommen? Gestern Nacht hat ein Baum den Westflügel zertrümmert.«

Aphrodite begann so hektisch die Nasen zu wechseln, dass sie regelrecht verschwammen. Ihr linkes Auge zuckte und wechselte die Farbe von Braun über Grün zu Rot. »Nein, das habe ich nicht!«

»Oh …« Verlegen kratzte ich mich. »Dann solltest du lieber mit Diamond darüber reden.«

Die Göttin der Liebe öffnete den Mund, zweifellos, um mir ein für alle Mal den Kopf abzureißen, als Zeus vollkommen deplatziert zu glucksen begann. Verdattert starrten wir ihn an. Oha, der Gute hatte eindeutig ein Rad ab.

»Ja, die holde Jugend. Immer Flausen im Kopf. Immer geschieht etwas Unerwartetes. Wir waren auch mal so, oder, Aphrodite? Weißt du noch, wie herrlich diese Zeiten waren? Nun, ich denke, in unserem Alter berät es sich, kürzerzutreten und die Bäume in die Schränke der jüngeren Generation fallen zu lassen. Es gab da einst einen Vorfall … ich erinnere mich noch genau! Als ich eine meiner Töchter in einen Baum verwandeln musste. Welch tragische Geschichte. Sie …« Munter plaudernd ging Zeus an uns vorbei zur Markierung des ersten Abschlags. Die Wölfe verwandelten sich in wogenden Nebel zurück, der seine blank polierten Golfschuhe umspielte.

»Tja, dann sollten wir mal, was?«, rülpste Dionysos gut gelaunt und warf die nächste leere Flasche hinter sich. »Wer is' mein Caddie?«

Zögerlich hob ich die Hand.

Der Gott zog einen missmutigen Flunsch. »Du? Ich hätte aber lieber die Hübsche dort drüben!« Mit einem Daumen deutete er auf Destiny, die vor Schreck die Augen aufriss.

»Ich bitte vielmals um Verzeihung. Ich diene heute Zeus!«, säuselte sie hastig und legte eine dicke Portion Ehrerbietung in die Stimme.

»Ach so?« Er rülpste abermals. Eine Schwade Alkoholgeruch wehte mir entgegen. Ich geriet ein wenig ins Wanken. Dionysos hingegen drehte sich mit roten Wangen dem Gottvater zu.

»Zeusi, mein Guter. Haste ein Problem damit, Caddies zu wechseln?«

Ein wenig ungeduldig winkte dieser ab. »Kein Problem. Ich genieße immer gerne die Gegenwart der Liebeskinder.«

Mein Magen krampfte sich zusammen, als ich einen schnellen Blick auf meine Mutter warf, die ihre inzwischen hellbraune Haarmähne nach hinten warf. Der Blick aus ihren hellblauen Augen war eine einzige Warnung. Mit einem eleganten langen Finger winkte sie ihren eigenen Caddie näher. Einer der Söhne des Poseidon – ich hatte seinen Namen schon wieder vergessen – fiel beinahe über seine Füße, um ihr zu folgen. Wenn er einen Hundeschwanz gehabt hätte, hätte er jetzt damit gewedelt. In seinen Augen lag dieser manisch verzückte Ausdruck, den jeder Mann in ihrer unmittelbaren Nähe bekam. Dionysos winkte Destiny fröhlich zu. Diese verzog das Gesicht, beeilte sich aber, eine glückliche Miene aufzusetzen.

»Das wirst du mir büßen!«, zischte sie mir im Vorbeigehen mit einem falschen Grinsen zu und ließ es sich nicht nehmen, mir noch den Ellenbogen in die Seite zu rammen.

»Sollten wir nicht auf Brave warten, Vater?«, fragte Violence, die sich Surferboy Nummer zwei geschnappt hatte. Farfalla blieb allein zurück.

»Der ist leider verhindert«, brummte Zeus. »Du kannst gehen, Mädchen«, wandte er sich an die Muse, die mit hochrotem Kopf nickte, bevor sie in Richtung des göttlichen Golfclub-Cafés verschwand. Ich hätte so unglaublich gern mit ihr getauscht.

Zögerlich stellte ich mich neben Zeus und versuchte, nicht mit diesem gruseligen Nebel zu seinen Füßen in Berührung zu kommen. Ich hätte schwören können, ihn in diesem Moment knurren zu hören.

»Hast du schon einmal Golf gespielt, Mädchen?«, fragte mich der Gott.

Bedauernd schüttelte ich den Kopf. »Nein, Sir. Nie. Ich bin mir nicht mal sicher, mit welchem Ende man draufhaut.«

»Macht nichts! Du wirst es schon noch lernen.« Sein gutmütiges Lachen polterte erneut über den Platz, bevor er nachlässig mit der Hand winkte und vier Golfbags aus dem nichts in die Hände der Caddies fielen. Das Gewicht riss mich prompt zu Boden. Quiekend versuchte ich, dieses riesige Ungetüm wieder von mir runterzuwuchten.

»Du solltest deine Tochter dringend mal in den Kraftraum schicken!«, rief Zeus in Richtung Aphrodite, deren Golfschläger knallrosa war. Ihre Augenbrauen zuckten nach oben.

»Ich sehe keinen Zweck darin, Warrior neben ihrem Händchen für Missgeschicke auch noch zu mehr Muskelkraft zu verhelfen.«

Zweifelnd sahen beide, wie ich versuchte, nicht mitsamt des Bags umzukippen. Himmel, war das Ding schwer. Weshalb brauchte man auch so viele Schläger? Au! Amüsiert sahen die Götter dabei zu, wie ich mir einen Schläger nach dem anderen gegen den Kopf donnerte.

»Ein wenig mehr Koordination würde ihr eher helfen, die nächsten Jahre zu überleben«, stellte Zeus trocken fest.

Dionysos stieß auf. »Spielen wa jetzt oder was?«

Zeus nickte.

»Ich fang an. Gib mir ma das 9er-Eisen, Süße!«, winkte der Gott des Weines Destiny zu, die mit geübten Griff einen langen Schläger mit Knubbel am Ende herausholte und ihm reichte. Inzwischen hielt er eine Flasche Baileys umklammert, die er offensichtlich nicht für so etwas Banales wie einen Golfschläger loslassen wollte. Grunzend klemmte er sich die Öffnung in den Mund, hielt sie mit den Zähnen fest, steckte wankend einen weißen Tee ins Gras, legte den Ball darauf und brüllte: »Vooooor!« Er schlug zu und verschütte dabei ein wenig Likör. Fasziniert starrten wir alle auf den Schläger, der anstatt des Balles über das Grün geschleudert wurde. Obwohl der Gott granatendicht war, schien er noch ordentlich Kraft zu besitzen, denn der Schläger segelte gute fünfzig Meter durch die Luft und holte einen Vogel vom Himmel, der fiepend seine Federn verlor, bevor das Eisen mit ungeahnter Kraft gegen einen Baum krachte. Ein lautes Knacken war zu hören, als der Stamm sich gefährlich zur Seite neigte. Die Spieler vor uns schrien auf und brachten sich gerade noch rechtzeitig in Sicherheit, bevor der er auf das Grün krachte. Ein Schwarm Vögel flatterte erschrocken in Richtung Himmel. Mein Mund klappte auf. Auch die anderen Gottkinder sahen ein wenig entsetzt aus.

»Na also! Das nenn ich mal 'nen Schlag!«, lobte der Gott sich selbst und nahm einen tiefen Schluck aus der Flasche.

Aphrodite und Zeus applaudierten anerkennend. War das ihr ernst? Spielte man so Golf?

»Sehr schön, mein Lieber«, bekräftigte Aphrodite.

»Einer deiner besten!«, stimmte Zeus begeistert mit ein.

»Obwohl. Vielleicht triffst du das nächste Mal den Ball?«

»Könnte ich schon. Aber wo würde dann der Spaß bleiben?« Baileys rann ihm aus dem Mundwinkel.

»Jetzt bin ich dran!«, verkündete Violence gut gelaunt. »Zehner!«, befahl sie dem Jungen neben sich knapp, ließ sich den Schläger geben und drosch mit solcher Gewalt auf den Ball ein, dass Erde und Gras in alle Richtungen spritzten. Der Ball flog und flog, machte einen kunstvollen Bogen, begann zu fallen und landete schließlich irgendwo im Gebüsch. Anerkennender Applaus brandete auf. Ich stimmte einfach mal mit ein. Was wusste ich schon? Vielleicht sollte das so sein? Meine Mutter schlug als Nächstes. Lieblich lächelnd stellte sie sich vor den Ball, während das Sonnenlicht ihr Haar und das Gesicht umschmeichelte. Wie auf Kommando ließen sich ein paar Schmetterlinge auf dem Ball nieder. Ungläubig sah ich dabei zu, wie meine Mutter ausholte und dem Ball einen klitzekleinen Schubs gab. Prompt schnappten sich die Schmetterlinge den Ball, flogen mit ihm über den Platz und ließen ihn knapp vor dem Loch fallen.

»Oh, beinahe! Nicht schlecht, meine Liebe!«, grölte Zeus.

Zufrieden schwang meine Mutter den Schläger über ihre Schuler und zwinkerte dem Gott keck zu. »Mach es besser, mein Lieber. Das war ein Könnerschlag.«

»Wie du willst.« Der Nebel zu seinen Füßen stob auf, als er eine seiner Pranken ausstreckte. Erschrocken lugte ich darauf. »Gib mir auch einen Neuner, Warrior!«

Shit! Ich hatte keine Ahnung. »Ähm … ja, natürlich. Sofort!« Stammelnd kramte ich in der Tasche herum. Wie hatte das Neuner noch mal ausgesehen? Lang und knubbelig? Aber die waren alle lang und knubbelig! Ein wenig verzweifelt zog ich schließlich einen Schläger heraus und reichte ihn Zeus. Dieser guckte interessiert darauf. »Das ist zwar ein Putter, aber auch gut. Ein Versuch ist es wert.«

Gespannt wartete ich darauf, was Zeus als Nächstes tat. Er kramte einen goldenen Ball aus seiner Tasche, holte aus und warf ihn gerade nach oben. Verblüfft starrte ich dem Ball hinterher, während Aphrodite und Dionysos einen Schritt zurückgingen. Warum …? Ich konnte mich gerade noch rechtzeitig ducken, bevor Zeus mir den Schädel eingeschlagen hätte. Wie einen Tennisschläger schwang der Gott den Putter, traf den Ball noch in der Luft und schlug ihn quer über das Feld. Ein Krachen war zu hören. Der Ball segelte über Dionysos' gefällten Baum hinweg, landete hüpfend auf dem Grün und rollte knapp neben den Ball meiner Mutter.

»Oh, so knapp. Wie schade!«, lallte Dionysos.

»Ahh! Lass ihn erst zu Ende rollen!«, mahnte Zeus, der einen Fuß hob und heftig auf die Erde trat. Der Boden machte einen Ruck und bäumte sich auf. Erschrocken verloren wir Gottkinder den Halt und landeten auf dem samtigen Grün. Golfschläger kullerten wild durch die Gegend, während Zeus' Ball von der Erschütterung gemütlich in die entsprechende Richtung rollte und mit einem *Krrlll* im Loch verschwand.

»Hole-in-one!«, brüllte der Gott und hob in Siegerpose beide Arme in die Luft. Aphrodite, Dionysos und Violence klatschten begeistert Beifall. Wir anderen taten es ihnen nach und bemühten uns, wieder auf die Füße zu kommen. Ich selbst rieb mir das angeschlagene Steißbein. Zwei Dinge waren mir jetzt klar. Erstens: Die Götter waren vollkommen bekloppt. Zweitens: Ich war mir nicht sicher, ob ich diese Golfrunde unbeschadet überstehen würde.

Kapitel 13
Nichts, was ein Eisbeutel und ein Aspirin nicht auskurieren könnten.

Es wurde schlimmer. Noch viel schlimmer. Mit wachsendem Entsetzen sah ich den Göttern dabei zu, wie sie Golf spielten. Wobei man wirklich nicht mehr von *Golf* sprechen konnte. Ihr Ziel war es zwar, den Ball im Loch zu versenken. Wie sie das anstellten, wurde jedoch mit jedem Versuch kreativer. Dabei zerstörten sie – besonders Dionysos – den halben Platz. Inzwischen hatte er mehr als drei Vögel, zwei Hippocampi, einen recht wütend dreinblickenden Hermes und einmal auch – aus Versehen – sich selbst abgeschossen. Vergnügt flitzten die Götter mit ihrem Golfcart über den Rasen und von einem Loch zum nächsten. Es wollte einfach nicht aufhören! Mittlerweile war der Gott des Weines in ein Alkoholkoma gefallen. Friedlich schnarchend lag er auf dem Rücksitz, während sich Zeus im Fahren herauslehnte, ausholte und den Ball schlug.

»Du kannst jetzt damit aufhören, so blöd zu glotzen, Warrior. So spielen die Götter nun mal Golf!«

Ich sah auf. Violence stand neben mir und stützte sich gelangweilt auf den Golfschläger. Langsam pustete sie eine rosa Kaugummiblase auf und ließ diese platzen. Der Geruch nach Melone schlug mir entgegen.

»Ich … also … ist das normal?«, brachte ich schließlich schlapp heraus.

Die Tochter des Zeus kicherte. »Sie sind Götter, Missgeburt. Die sind nicht normal. Ich glaube nicht, dass sie die Regeln überhaupt kennen. Sie langweilen sich schnell. Jede Woche ist es ein neuer Sport zum Zeitvertreib. Letzte Woche war es Polo. Die Woche zuvor Football und die davor Sumoringen. Sie geben die Trends an, wir anderen halten die Klappe und machen mit. Versuch gar nicht erst, einen Sinn dahinter zu sehen. Jetzt komm. Sonst holen wir die drei nie wieder ein.«

Perplex stolperte ich Violence hinterher, bis wir vor dem Cart ankamen, in dem Zeus und meine Mutter gerade versuchten, den schnarchenden Gott zum Aufwachen zu motivieren.

»Du bist dran, mein Lieber!«, flötete Aphrodite und stieß Dionysos den Schläger gegen die Wange. Dieser sabberte. Ich blinzelte und besah mir den Gott ein wenig genauer. Und dann tat er es. Der Gott furzte! So heftig, dass es mich wunderte, dass es ihn nicht vom Wagen schmiss. Mein Mund klappte auf und ich wusste nicht, ob ich würgen oder in haltloses Lachen ausbrechen sollte. Mein Blick huschte zu meiner Mutter, die nach außen hin weiterhin so tat, als wäre alles in bester Ordnung. Als wäre es vollkommen normal, dass Dionysos sich die Leber aus dem Leib soff und seine Pupse rochen, als hätte er ein Texmex leer gefressen. Der schnelle Wechsel ihrer Ohren verriet sie jedoch. Sie war nervös. Ich musterte sie genauer. Das zarte Gesicht einer indischen Schönheit mit schwarzen Haaren und dunklen Augen strahlte uns entgegen. Weiche, glatte, ja perfekte Haut. Kam es nur mir so vor oder zupfte sie ziemlich häufig und nervös ihre kurzen Golfhandschuhe hoch? Ich sah ein wenig genauer hin und erkannte … braune Flecken? Meine Augen verengten sich. Konnte das sein? Waren das tatsächlich Altersflecken auf Aphrodites Haut?

»Das bringt nichts! Wir sollten einfach weiterspielen.« Violence' verärgerte Stimme holte mich aus meinen Beobachtungen. Blinzelnd schaute ich auf und sah die Augen von Zeus auf mir ruhen. Schnell senkte ich wieder den Blick.

»Du hast recht. Wir sollten ihm ein kleines Päuschen gönnen. Dann fehlt uns allerdings ein Spieler. Also, Freiwillige vor! Wer hat Lust? Warrior, du vielleicht?«

Entsetzt schüttelte ich den Kopf. Die anderen Gottkinder sahen mich giftig an. »Nein danke. Ich glaube nicht, dass das eine gute Idee ist.«

Zeus runzelte die Stirn und reichte mir seinen Schläger. »Natürlich ist das eine gute Idee. Ich bin ein Gott. Wir haben grundsätzlich gute Ideen.«

Ich schüttelte erneut den Kopf. »Nein danke«, wiederholte ich. »Wirklich nicht. Ich …«

»Warrior, du wirst doch nicht Zeus' zuvorkommendes Angebot auszuschlagen, oder?«, zischte meine Mutter.

Mein Kopfschütteln erstarrte. Unruhig zuckte mein Blick zu den Göttern, bis ich Violence' warnenden Blick wahrnahm. Okay. Augen zu und durch. Schluckend richtete ich mich auf und nahm den Schläger entgegen. »Natürlich nicht. Es ist mir eine Ehre, Zeus.«

Sein Stirnrunzeln wich einem wohlwollenden Nicken, während ich einen der goldenen Bälle in die Hand nahm und auf ein ebenso goldenes Tee stellte. Also gut. Ich hatte das Ganze doch schon mal im Fernsehen gesehen. Ich musste einfach einen Entenarsch machen und auf dieses Ding hauen. Konzentriert schob ich die Zunge zwischen die Lippen, holte aus und krachte den Schläger genau auf Destinys Nase. Diese stöhnte und schlug sich heulend die Hände gegen das Gesicht.

»O mein Gott! Ist alles okay mit dir?« Mit großen Augen starrte ich sie an.

»Nichts ist okay! Du hast mir die Nase gebrochen, du dusselige Kuh!«, kreischte das Mädchen. »Kannst du nicht besser aufpassen, du stinkende …«

»Pardon?« Aphrodites kalte Frage ließ Destiny prompt innehalten.

Ich sah rotes Blut unter ihren Finger hervorquellen.

»Ich meine … verzeiht, Göttin. Ich wollte Eure Tochter sicherlich nicht beleidigen. Es ist nur …«

»Wie schön. Versuch es noch mal, Warrior!«, zischte Aphrodite und sah mich warnend an. Ich schluckte, zielte erneut und schlug zu. Tatsächlich traf ich den Ball. Mit offenem Mund sah ich zu, wie er quer über das Feld flog und hopsend nahe am Grün liegen blieb.

»Du hast es geschafft!«, lobte Zeus erfreut und hielt mir die Hand für ein High Five hin.

»Ich habe es geschafft!«, stimmte ich verblüfft zu und schlug ein. Es fühlte sich an, als würde man eine offene Stromleitung anfassen. Sofort standen mir sämtliche Haare zu Berge. Violence prustete los.

»Sehr schön! Dann können wir ja weiter!«, schlug Aphrodite vor und warf ihr Haar zurück, das sich langsam braun färbte. Sie stakste ihrem Ball hinterher, der es irgendwie geschafft hatte, von einem Alligator gefressen zu werden.

Wie sie den wohl weiterhin spielen wollte? Das würde interessant werden.

»Du auch, Warrior!«, wies mich Zeus an. Nickend schloss ich mich ihm an, sah aber noch, wie sich Destiny mit einem seltsamen Funkeln in den Augen umdrehte und davonstiefelte. Mein Magen zog sich zusammen. Ich hatte plötzlich ein ungutes Gefühl bei der Sache und wollte nur noch, dass dieses verdammte Spiel aufhörte. Wer gewann eigentlich? Zeus und seine Tochter spielten mit spritzenden Dreck- und Grasbrocken den Ball weiter, während Aphrodite ihren eigenen von dem Alligator gemütlich bis zum Loch tragen ließ. Mein Ball lag kurz vor dem Grün, also noch im hohen Gras. Konzentriert zielte ich darauf und schätze die Entfernung zum Loch ab. Nicht zu fest, aber auch nicht zu sanft, das war die Devise. Ich holte aus und hörte hinter mir ein seltsames Lallen.

»Jetzt bin ich dran!« Etwas knallte und zischte. Ich konnte ein hämisches Lachen hören. Verwundert drehte ich mich um und spürte, wie mich etwas hart am Kopf traf. Der Golfball schlug mir ein Loch in den Schädel. Die Stärke des Gottes, der erstaunt rülpste und erneut ohnmächtig ins Gras sank, war eindeutig zu unkoordiniert und zu stark für einen armen sterblichen Kopf wie meinen. Ich konnte das Brechen der Schädeldecke hören. Spürte, wie mich der Stoß zu Boden schickte. Vor meinen Augen flackerte es. Schmerz explodierte in heißen Wellen hinter meinen Augen. Ich konnte erschrockene Rufe hören. Fühlte, wie mich kräftige Hände hochhoben. Jemand fluchte.

»Sie auch!« Die Worte rauschten unverständlich in meinen Ohren. »Das Blut …« Ein scharfes Einatmen.

»Ich wusste es.«

»Wir müssen sie …«

Die Stimmen brachen ab. Meine Lider flatterten.

Ich musste ohnmächtig gewesen sein, denn als ich wieder aufwachte, befand ich mich in einem sterilen weißen Raum. Von dem Golfplatz, Zeus oder meiner Mutter war keine Spur. Was zum …? In meinem Kopf waren Stimmen zu hören. Leider so leise, dass ich sie nicht verstehen konnte. Verwirrt blinzelte ich in Richtung Decke und versuchte, den Blick scharf zu stellten. Etwas pikte mich in den Arm.

»Aua!« Erschrocken wollte ich ihn zurückziehen, doch ein ungeduldiges Zungenschnalzen hielt mich zurück.

»Nur noch kurz, Mädchen. Wir haben es gleich geschafft.«

Erst jetzt bemerkte ich, dass unmittelbar neben mir ein Arzt stand. Ich kannte ihn. Er war groß und breitschultrig. Die blonden Haare waren kurz geschnitten und auf seiner Nase saß ein silbernes Brillengestell. Weiße Zähne blitzen auf, als er mich mit einem zuvorkommenden Lächeln bedachte. »Wie fühlst du dich, Warrior?« Das Namensschild an seinem weißen Kittel wies ihn als Dr. Silent aus. Er machte immer meine Gesundheitschecks – seit ich ein kleines Kind war.

»Gut, wenn Sie endlich die Nadel da aus meinem Arm ziehen würden.«

»Bin schon dabei«, bestätigte der Arzt und tat wie geheißen. Fachmännisch presste er ein Pflaster auf die Einstichstelle. Danach hob er prüfend die durchsichtige Spritzenhülle, deren Inhalt er sich stirnrunzelnd besah. Mein Herz machte einen nervösen Hüpfer. Selbst für einen Trottel war zu erkennen, dass das Blut darin nicht rot, sondern silbern war. Eindeutig nichts, was man auf einen erhöhten Hormon- oder Serotoninspiegel schieben konnte. Das war nicht normal. Nicht menschlich – und nach der verkniffenen Miene des guten Herrn Doktors zu urteilen, war es etwas, das mir noch einen Mordsärger einhandeln würde. Bei den Göttern! Ich wollte mir gar nicht erst die Reaktion meiner Mutter vorstellen. Sie hielt mich ohnehin schon für eine Missgeburt. Jetzt würde sie auch noch die Bestätigung dafür haben.

»Interessant«, murmelte Dr. Silent. »Dich hat die Grippe also auch erwischt.«

»Grippe?«, fragte ich fiepend. »Nicht so dramatisch. Viele Gottkinder hatten es die letzten Tage, aber nicht bei allen brechen die entsprechenden Symptome aus. Nun sag mir, wie geht es deinem Kopf? Schmerzen? Schwindel?«

Langsam richtete ich mich auf. Sah mich um und rieb mir die getroffene Stelle. Nichts. Nicht mal eine Beule. »Nein. Eigentlich nicht. Ich fühle mich gut.«

Die Augenbrauen des Arztes schossen nach oben. »Das überrascht mich, der Schlag war hart. Wir dachten schon, du hättest einen Schädelbasisbruch. Tatsächlich haben wir aber nur eine kleine Beule gefunden. Nichts, was ein Eisbeutel und ein Aspirin nicht auskurieren könnten.«

»Schön. Kann ich dann gehen?« Unruhig rutschte ich auf der ungemütlichen Untersuchungsliege herum. Das Papier darunter raschelte.

Dr. Silent schürzte die Lippen. »Nicht so schnell. Für heute Nacht wirst du zur Beobachtung hierbleiben müssen.«

»Was?«

»Hierbleiben. Zur Beobachtung«, stellte er abermals knapp fest.

»Aber meinem Kopf geht es gut!«, protestierte ich und sah mich in dem weißen Zimmer um. Ich hasste die Untersuchungen. Ich fühlte mich dann immer krank, obwohl ich es gar nicht war.

»Es geht auch eher um dieses Virus als um deinen Kopf«, erklärte er mir geduldig. Seine dunkelbraunen Augen sahen mich forschend an. »Hattest du in letzter Zeit seltsame Symptome? Kopfschmerzen? Hörst du Stimmen? Ist dir schwindelig oder leidest du unter Appetitlosigkeit?«

Ich schluckte. In meinem Kopf ratterte es fieberhaft. Was sollte ich jetzt sagen? Ja, ja – und noch mal ja? Ich hatte so ein Gefühl, als könnte Dr. Silent die Bestätigung ohnehin bereits von meinem Gesicht ablesen. Ein wirklich seltsamer Ausdruck zeichnete sich in seinen Zügen ab.

»Nein!« Oh, wo kam denn diese Lüge so schnell her?

»Bist du sicher? Nichts davon?«, forschte der Arzt ungläubig weiter.

»Ganz sicher!«, bestätigte ich. »Erst heute habe ich mir einen Wrap gegönnt. Sie können Diamond fragen, die kann das bestätigen. Um ehrlich zu sein, habe ich auch jetzt wieder einen Riesenhunger. Gibt es hier oben einen Snackautomaten?« Der Arzt lächelte, steckte die Spritze in seine Kitteltasche und nickte. »Selbstverständlich. Ich werde eine Schwester nach etwas für dich schicken.«

»Also kann ich nicht gehen?«

»Nein«, hielt Dr. Silent stur dagegen. »Zeus und deine Mutter lassen dir beste Wünsche ausrichten. Deine Schwester und ein abaddoner Gentleman …« Beim letzten Wort würgte er ein wenig. »… der angeblich dein Bruder sein soll, möchten dich sehen. Ich werde sie hereinschicken.«

»Madox ist hier?«, fragte ich erfreut.

Der Arzt nickte und machte … um ehrlich zu sein, hatte ich keine Ahnung, was er da machte. Einen unsichtbaren Knopf drücken? Jedenfalls sprangen die Türen augenblicklich auf und meine Schwester kam mit Madox hereingestürmt. Okay, Madox stürmte. Diamond glitt eher hochherrschaftlich in den Raum.

»Warrior!«, kam es sofort vorwurfsvoll aus ihrem Mund.

»Diamond!«, gab ich mit den Augen rollend zurück. Sie stieß ihr typisches Was-hast-du-jetzt-schon-wieder-angestellt- Seufzen aus, setzte sich neben mich, nahm meine Hand in ihre und drückte sie leicht. Madox zeigte noch weniger Hemmungen und warf sich in bester Sauhaufen-Manier einfach auf mich drauf. Quiekend wurde ich unter einem Berg aus Federn und Muskeln begraben.

»Oh, Prinzessin! Weißt du, wo ich dich überall gesucht habe? Dieser verschissene Olymp ist riesig. Ich war … also ich habe keine Ahnung, wo ich da gewesen bin. Aber es war fürchterlich!«

»Er war im Beautysalon«, kommentierte Diamond trocken. »In der Waxing-Abteilung.«

»Einfach grauenhaft«, hauchte Madox. Ihn schüttelte es. »Wirklich! Ich wollte niemals Heras behaarte Beine sehen. Und das gilt nicht nur für ihre Beine, die Gute muss einen Bären in der Verwandtschaft haben!«

Ich konnte das Kichern nicht ganz unterdrücken. Madox stimmte mit ein und drückte mich erleichtert an sich.

Diamond presste die Lippen zusammen. Sie sah blass um die Nase aus. »Er ist wie ein herrenloses Hündchen herumgeschlichen und hat nach dir gesucht!«, seufzte sie und erdolchte den Abaddoner mit verächtlichen Blicken.

Er schickte ihr ein Küsschen hinüber.

»Ich habe keine Ahnung, warum dieser Spaßvogel hier oben ist. Oder wie er es überhaupt hierhergeschafft hat, aber ich wollte ihn gerade hinauswerfen lassen, als wir von deinem Unfall hörten.«

Madox' Flügel raschelten, während er sich ein wenig aufsetzte und mich prüfend musterte. »Ja«, sagte er gedehnt. »Als ich aufwachte, warst du schon weg und als ich es endlich geschafft hatte, Gladis zu überreden, mich hier hoch zu lassen, musste ich erst Heras Bärenbusch sehen, um dann zu erfahren, dass du von einem Golfball erschlagen wurdest! Man kann dich wirklich nicht allein lassen, oder?«

Verlegen kratzte ich mich am Hinterkopf. »Äh … ja, sieht wohl so aus. Dionysos ist ein fürchterlicher Golfspieler. Und war auch noch stockbesoffen.«

»Besoffen?« Madox sah mich ratlos an. »Hä?«, kam seine weniger intelligente Frage.

»Das heißt: Wie bitte?«, rügte ihn meine Schwester sofort.

Gespielt entsetzt knallte sich Madox die Hand gegen die Stirn. »Ich Dusselchen. Natürlich, entschuldige. Ich meine natürlich: Geht mir am Arsch vorbei«, schoss er fröhlich hinterher.

Diamond verdrehte die Augen. Ich musste erneut kichern. Zum ersten Mal, seit ich heute das Haus verlassen hatte, entspannte ich mich ein wenig. Ich hätte mir eindeutig früher einen Ball auf den Kopf knallen lassen sollen. Trotzdem zuckte ich hilflos mit den Schultern und sah Diamond an. Diese saß inzwischen auf dem klapprigen Stuhl neben dem Bett und sah aus, als hätte sie einen Besen verschluckt.

»Ich habe keine Ahnung, was hier los ist«, gestand ich. »Nicht, dass ich ein Experte darin wäre, aber Dionysos hat gesoffen wie ein Loch. Ich dachte, Götter trinken neben Luft, Liebe und Geld nur Ambrosia.«

»Tun sie auch nur«, erwiderte meine Schwester spröde. »Diese Sache geht euch beim besten Willen nichts an. Und wenn ihr einen Rat wollt: Haltet den Mund.«

Madox grinste spöttisch und strich sich durch die halblangen Haare. Irritiert blinzelte ich ihn an. Wo hatte er schon wieder sein Hemd verloren?

»Den Mund halten ist nichts, was sie uns kleinen Abaddonerlingen beibringen, Süße. Ich befürchte, du musst uns schon erklären, warum die Götter sich plötzlich betrinken, Hera sich waxen lässt und Hades eine Lesebrille braucht.«

»Die ist mir auch schon aufgefallen«, sagte ich stirnrunzelnd. »Als ich ihn fragte, meinte er, es sei nichts.«

Madox schnaubte. »Der alte Herr ist blind wie ein Maulwurf und stolpert ständig über seine eigenen Füße. Etwas ist hier mächtig faul, wenn du mich fragst.«

Fragend sahen wir Diamond an, doch diese starrte nur eisig zurück. »Das ist kein Scherz. Haltet die Klappe! Das ist nur zu eurem Besten. Ich … ich habe auch eigentlich gar keine Zeit für so etwas. Ich wollte nur nach dir sehen, Warrior, und mich erkundigen, wie es Brave geht. Ich suche ihn schon eine ganze Weile.«

Ratlos legte ich den Kopf zur Seite. »Keine Ahnung, wo Brave ist.«

»Aber …« Diamond stockte. Ich sah ganz klar Panik durch ihre kristallklaren Augen huschen. »Er war doch bei der Golfpartie dabei oder etwa nicht?«

Ich schüttelte den Kopf. »Nein. Violence war dabei. Sie fragte Zeus, ob wir auf ihn warten sollten, aber der meinte, wir sollten einfach ohne ihn anfangen.«

Jetzt sah Diamond richtig besorgt aus. Nervös nestelte sie an ihren Haaren herum, bevor sie ruckartig aufstand. Der Stuhl quietschte über den Boden. »Natürlich. Also, ich muss dann weiterarbeiten. Bleib über Nacht hier, Warrior, und mach keinen Ärger. Morgen bringe ich dich zurück nach England. Es war eine dumme Idee, dich in den Olymp mitzunehmen. Opal wird zu Hause auf dich aufpassen.« Murmelnd tätschelte sie mir ein letztes Mal die Hand, bevor sie mit klickenden Absätzen und einem sich bereits auflösenden Haarknoten verschwand. Die Tür schwang hinter ihr zu.

Ich sah zu Madox auf. »Hat sie jetzt vergessen, dich noch rauszuschmeißen?«

Er grinste breit und zwinkerte mir zu. »Sieht wohl so aus. Außerdem ist sie sehr geschickt unseren Fragen ausgewichen.«

»Sie ist nicht ausgewichen. Sie hat einfach gar nichts gesagt«, gab ich trocken zurück.

Madox schmunzelte. Seine grünen Augen leuchteten liebevoll auf. »Komm einmal her du.« Sanft zog er mich in seine Arme. Lächelnd lehnte ich mich gegen seine Brust. Prompt drückte er mir einen Kuss auf den Kopf. Kurz genossen wir die vertraute Gesellschaft des anderen, bevor ein leises Klopfen an der Tür die kurze Seifenblase der Ruhe auch schon zum Platzen brachte. Eine Krankenschwester kam hinein. Sie trug ein Tablett mit Getränken darauf. Zwei spitze Ohren lugten unter ihren Haaren hervor. Eine Fee also. Interessant, dass diese Rasse hier oben arbeitete. Elfen gab es auch in Abaddon. Die Rassen waren ein wenig gemischt, was ihre Zugehörigkeit anging. Feenwesen waren schon ein seltsames Volk. Ließen sich nur schwer in die Karten schauen und blieben eher im Hintergrund. Das Lächeln der Fee wirkte ein wenig angespannt.

»Hier ist eine kleine Stärkung von Dr. Silent. Schön alles austrinken.«

»Sicher. Danke.« Zögerlich lächelnd befreite ich mich aus Madox' Umarmung und nahm den Becher entgegen. Ein süßlicher Geruch stieg mir in die Nase. Prompt begann mein Magen zu knurren. »Mhm. Riecht gut.«

»Echt?«, fragte mich Madox naserümpfend. »Das Zeug riecht, als hätte es die letzten Jahre im Kühlschrank gegammelt.«

Misstrauisch ließ ich den roten Inhalt kreisen. Die Krankenschwester musterte mich.

»Es ist alles in Ordnung damit. Schließlich ist es Medizin, trink, Mädchen.«

Erneut linste ich in den Becher und mein Hunger wurde schlagartig größer. Schulterzuckend setzte ich ihn an und nahm einen kräftigen Schluck. Eine wahre Geschmacksexplosion löste sich in meinem Mund. Meine Augen wurden größer, während ich genüsslich schluckte.

»Wow. Hammer«, stieß ich begeistert hervor.

»Wirklich?« Madox sah aus, als würde er gleich kotzen.

»Das schmeckt toll!«, bestätigte ich begeistert und strahlte die Fee an, die schmal zurücklächelte.

»Schön. Dann lasse ich später noch etwas bringen.« Die Fee drehte sich um und ging zur Tür, während ich glücklich an dem roten Gebräu nuckelte. Es war ein wenig dickflüssig, schmeckte aber wie … wie eine Mischung aus Honig, Zimt, Zucker, Orange, Zitrone und … ach, einfach himmlisch.

»Richte ihm aus, dass die Feen sich wie besprochen zurückhalten werden.«

»Wie bitte?« Verwirrt blickte ich auf.

Die Fee stand in der Tür. Ihr dunkler Blick war ausdruckslos. »Es wird keinen Widerstand geben«, sagte sie nur, bevor sie aus der Tür verschwand. Okay, das war jetzt seltsam.

Ich sah zu Madox, der mir ohne Vorwarnung den Becher aus der Hand nahm und daran schnupperte.

»Süße, ich will dich ja nicht beunruhigen, aber ich glaube, du solltest das nicht mehr trinken!«

»Was? Nein! Gib her. Endlich habe ich keinen Hunger mehr. Weißt du, wie lange ich schon nichts essen kann?« Trotzig nahm ich ihm das Gefäß wieder ab und trank gierig den letzten Schluck.

»Warrior. Ich glaube, dass das Ambrosia ist!«

Ich prustete. »Quatsch. Ambrosia stinkt doch ekelhaft.«

»Es stinkt genauso«, murrte Madox besorgt.

»Nein, tut es nicht. Es riecht toll«, hielt ich dagegen.

»Bist du belämmert oder was?«

»Nein! Aber du!«, schoss ich zurück.

»Ich … grrr.«

Wütend starrten wir uns an, bis plötzlich ein versöhnlicher Ausdruck über sein Gesicht huschte. »Du hast recht. Wahrscheinlich ist es nichts.«

»Danke.« Zufrieden kuschelte ich mich wieder an seine Brust.

»Ich habe mir Sorgen um dich gemacht«, murmelte er mir ins Ohr.

»Musst du nicht«, flüsterte ich zurück. »Ist nichts Schlimmes passiert.«

»Bist du sicher?«

»Nur eine Beule.«

Kritisch musterte er meinen Kopf. »Ich weiß nicht. Ich habe ein kurzes Gespräch zwischen dem Arzt und Zeus belauscht. Er sprach eindeutig von einem Schädelbasisbruch.«

»Aber es ist nur eine Beule!«

»Warrior!«, wies er mich streng zurecht. »Sei nicht so naiv. Du weißt genau, worauf ich hinauswill.«

»Dass ich einen Schädelbasisbruch hatte und nur schnell geheilt bin?«

»Ja, aber es ist dieses Mal noch viel schlimmer. Ich glaube, die Götter haben das ebenfalls bemerkt.«

Bei Madox' Worten zog sich mein Magen zusammen.

»Und wenn? Ich habe doch nichts Verbotenes getan.«

»Das nicht, aber … Prinzessin. Weißt du, auf welcher Station du liegst?«

»Unfall?«

»Du liegst in der abgeschotteten Abteilung für Geisteskrankheiten.«

»Was?«
»Du bist in der Psychiatrie!«
»Hä? Was redest du für einen Mist?«
»Hier sind überall Gitter!«
»Wo?«
Madox pustete sich frustriert eine Haarsträhne aus den Augen. »Schau raus und überzeuge dich selbst. Irgendetwas stimmt hier nicht. Deine Mutter und Zeus waren hier. Sie haben mit Hades telefoniert.«
»Und?«
»Keine Ahnung, konnte nicht lauschen«, räumte er ein. »Aber ich habe ein ganz mieses Gefühl.«
Beunruhigt strampelte ich die Decke fort, ging auf die weiße Tür zu und stellte mich auf die Zehenspitzen, um aus dem kleinen Glasfenster lugen zu können. Da ich ein wenig zu klein war, sah ich nicht viel. Weißer Flur. Weiße Türen und … Gitter. Eindeutig, die Abteilung war abgeriegelt! Ich griff nach unten und wollte den Kopf in den Flur stecken, nur dass da gar keine Türklinke war. Wir waren eingesperrt.
»Das macht keinen Sinn. Wir sind eingesperrt, Mad!« Ich starrte zu meinem Bruder hinüber, der mit zerzausten Haaren im Bett saß.
Ratlos zuckte er die Schultern.
»Hast du mit jemandem über die letzten Tage gesprochen?«
»Nein. Habe ich nicht. Aber …« Nervös leckte ich mir über die Lippen. »Was auch immer mit mir los ist, ich glaube, es wird schlimmer. Ich höre diese Stimmen. Ich glaube …«
»Sie hören Stimmen?«
Vor Schreck kreischte ich auf und sprang einen gefühlten Meter in die Luft. Madox zuckte ebenfalls zusammen, wollte aufspringen, verhedderte sich aber mit den Flügeln in der Decke und fiel von der Bettkante.
»Himmel!« Keuchend hielt ich mir das hämmernde Herz und starrte zu der Frau hinüber, die soeben wie aus dem Nichts im Zimmer aufgetaucht war. Die Tür hatte sie eindeutig nicht benutzt, denn ich stand ja immer noch davor und guckte wie ein belämmertes Schaf.
Eine zierliche Frau stand im Raum. Wie Dr. Silent trug auch sie einen weißen Arztkittel sowie ein silbernes Stethoskop um den dünnen Hals. Ihr Gesicht war unscheinbar. Ein wenig mondgesichtig, die Augen

klein und braun, die Lippen schmal, die Nase spitz. Außergewöhnlich waren jedoch die Haare, die sie straff nach hinten gebunden hatte.

»Wahnsinn! Eine waschechte Medusa! Von euch gibt es nicht mehr viele, oder?«, stieß Madox plump hervor. Die Haare der Frau waren dunkelgrüne Schlangen, die sich in einem straffen Knoten um ihren Kopf wanden. Hin und wieder konnte ich einen schmalen Schlangenkopf erkennen, der sich zu befreien versuchte.

Die Medusa lächelte knapp. »Ich bin Dr. Meda und für deine weitere Untersuchung zuständig, Warrior. Bitte, setz dich. Und dich werde ich bitten müssen, jetzt hinauszugehen.«

Das Letzte war in strengem Ton an Madox gerichtet, der sich mühsam aufrappelte und die Medusa argwöhnisch musterte. »Warum behandelt ausgerechnet eine Medusa meine Schwester?«, verlangte er zu wissen.

Dr. Meda musterte ihn, als wöge sie ab, ob er überhaupt einer Erklärung wert war. Madox spannte warnend den Bizeps an. Die Medusa zog belustigt eine schuppige Augenbraue nach oben, antwortete jedoch: »Deine Schwester wurde mit einem Gendefekt, den man auch Medusa-Syndrom nennt, geboren. Ich habe einen ähnlichen Defekt und kann daher deine Schwester ansehen und behandeln, ohne sofort verrückt zu werden.« Sie lächelte spitz. »Warrior ist bei mir in guten Händen. Geh nun bitte hinaus. Hol dir einen Kaffee!«

»Ich bleibe lieber hier«, meinte Madox entschieden. Seine grünen Augen hatte er zu schmalem Schlitzen verengt.

»Ich befürchte, das wird nicht möglich sein, Junge. Entweder du gehst oder du fliegst hier raus.«

Wölfisch begann der Junge zu grinsen. »Ich bleibe bei meiner Schwester. Sie haben ja gar keine …« Gelangweilt wedelte die Medusa mit ihren kleinen Händen und Madox verschwand augenblicklich mit einem leisen Ploppen. Eine einzelne Feder segelte zu Boden. Verwundert starrte ich auf die Stelle, an der mein Bruder gerade noch gestanden hatte.

»Was haben Sie mit ihm gemacht?«, fragte ich entsetzt, während die Ärztin mein hektisches Händegefuchtel einfach ignorierte und weiße Latexhandschuhe aus ihrem Kittel zog.

»Keine Sorge, Warrior. Ihm fehlt nichts. Er ist in der Cafeteria, wo er sich hoffentlich einen Kaffee holt. So, jetzt bitte einmal ausziehen.«

»Aber ich … Nein, lieber nicht!« Erschrocken schüttelte ich den Kopf. »Das ist keine gute Idee.«

Genervt sah die Ärztin zu mir auf. »Ich versichere dir, du musst dir keine Sorgen machen. Ich bin immun.«

»Das sagen Sie so einfach. Ich werde lieber …«

»Ausziehen!«, bellte die Ärztin.

»Na schön. Wie Sie wollen.« Zögerlich begann ich damit, meine Handschuhe auszuziehen, angelte nach dem Reißverschluss an meinem Rücken und pellte mich aus diesem lächerlichen Cocktailkleid heraus. Als Nächstes folgte die Kapuze. Zögerlich sah ich zu Dr. Meda, die ziemlich herrisch nickte.

»Weiter!«, befahl sie streng.

Himmel, die war wie eine Domina! Ich warf ihr einen schiefen Blick zu, aber … na schön. Wie sie wollte. War immerhin ihr gesunder Menschenverstand. Ich schlüpfte aus dem Hoodie und spürte prompt die kalte Luft auf meiner Haut. Meine Haare fielen aus dem Zopf und kringelten sich in einem glänzenden Wasserfall auf meinem Schoß.

»Die Sonnenbrille bitte auch!«, wies die Ärztin mich an. Sie schnappte sich mit dem rechten Fuß einen Hocker und rollte auf mich zu, bis wir uns auf Augenhöhe befanden. Zögerlich legte ich die Brille ab und blinzelte. Die Welt war so viel heller ohne dieses Ding. Verunsichert sah ich Dr. Meda an. Diese sog scharf die Luft ein. Auch sie blinzelte.

»Interessant«, sagte sie jedoch lediglich.

»Warum verwandle ich mich nicht in Stein?«, fragte ich neugierig und reagierte artig, als sie mir befahl, den Mund aufzumachen.

»Ich trage Kontaktlinsen. Somit bin ich keine Gefahr«, erklärte sie mir sachlich und leuchtete mit einer kleinen Lampe in meinen Rachen.

»Ich wünschte, mein Problem wäre auch mit einem Paar Kontaktlinsen gelöst!«, seufzte ich.

Die Ärztin ergriff stirnrunzelnd meine Hände und tastete nach dem Puls. Ihr Blick blieb auf den Zahlen an meinem Handgelenk hängen. »Du hast einen wirklich schweren Fall des Syndroms«, stimmte sie mir zu. »Wird es schlimmer? Du sagtest etwas von Stimmen?«

Was sollte ich jetzt sagen? Am besten die Wahrheit. Oder? »Alles okay mit mir«, log ich. Warum log ich? Ich hatte das Gefühl, als würde jemand anderes mir die Worte in den Mund legen. Wie von weit nahm ich Peace' dunkle Stimme wahr. Als würde er in meinem Kopf sitzen und mir Lügen einflüstern, die ich sofort nachplapperte. Geräuschvoll klappte ich den Mund zu und sah Dr. Meda an.

»Wirklich?«, fragte diese ungläubig. »Dein Puls ist bei 160.«

»Ist das schlimm?«

»Das ist kurz vor einem Herzinfarkt.«

»Oh!« Meine Stimme klang krächzend.

»Was ist das für ein Virus, von dem Dr. Silent gesprochen hat?«, wechselte ich schnell das Thema.

Die Medusa seufzte und begann damit, meinen Herzschlag abzuhören. »Es muss nichts bedeuten. Viele Gottkinder haben es. Es ist nur gefährlich, wenn es ausbricht.«

»Und? Ist es das?«

»Sag du es mir!«, verlangte die Medusa zu wissen und sah mich mit kalten Augen an. Die Stimme in meinem Kopf wurde ein wenig lauter. Vermischte sich mit den anderen. Hektisch blinzelte ich und versuchte so, sie alle zu ignorieren.

»Ist in letzter Zeit etwas Eigenartiges passiert?«

»Inwiefern?«

»Nun ja, eventuell Wunden, die schneller heilen als für gewöhnlich?«

»Nein.«

Das war nicht ich. Mir wurden die Antworten eindeutig in den Mund gelegt. Ich fühlte es. Fühlte ihn! Dieser verfluchte Bastard war in meinem Kopf.

»Hörst du Stimmen?«

»Ähm … nein.«

Die Stimmen in meinem Kopf lachten.

»Träumst du seltsam?«

»Nein.«

»Leidest du unter Appetitlosigkeit?«

»Nein!«

»Hast du ein Leuchten oder andere Zeichen an deinem Köper entdeckt?«

»Nö.«

»Haben sich magische Wesen eigenartig in deiner Gegenwart verhalten? Wurden zutraulich oder aggressiv?«

»Neeeiiiin?« Langsam brach mir der Schweiß aus.

»Hat sich dein Körpergeruch verändert?«

»N-Nein … na ja, vielleicht ein wenig? Aber nicht viel!«

Die Medusa nickte, nahm meine Hand und hielt sie hoch.

»Weißt du, Kind. Man kann eine Medusa nicht belügen. Mit jeder Lüge setzt dein Körper Endorphine und Adrenalin frei, was wir riechen können.«

In meinem Kopf fluchte Peace. Laut und deutlich dröhnte seine Stimme in meinem Verstand. Knirschend biss ich die Zähne zusammen. Mit wachsenden Kopfschmerzen blickte ich auf meine Hand. Sie leuchtete. Verfluchter Mist. Erschrocken entzog ich sie Dr. Meda.

»Es ist nichts!«, beteuerte ich. »Bitte, sagen Sie meiner Mutter nichts.«

Zu meiner Verblüffung nickte die Ärztin. »Natürlich. Mach dir keine Sorgen. Wir bekommen das schon hin.«

»Wirklich?«

»Natürlich. Du kannst dich wieder anziehen.«

Misstrauisch griff ich nach meinen Handschuhen und streifte Hoodie und Brille wieder über, als in meinem Kopf laut und deutlich Peace »Hinter dir!« bellte. Ich spürte ein Brennen am Arm.

»Aua!« Erschrocken wirbelte ich herum, schlug gegen den Schmerz und traf Dr. Medas Hand, die mir gerade eine Spritze in den Oberarm jagte. Es gab ein lautes Knacken. Dr. Meda schrie auf. Die Spritze flog ihr aus der Hand und ihr Handgelenk stand plötzlich in einem schrägen Winkel ab.

»Was? Warum haben Sie mir eine Spritze gegeben?«, fragte ich ungläubig.

Die Ärztin war hingegen aufgesprungen und hielt die offensichtlich gebrochene Hand gegen die Brust gepresst. »Nicht bewegen!«, fuhr sie mich an, während sie hektisch auf die Tür zurannte und mit der heilen Hand auf einen Rufknopf knallte. Ein schriller Alarm ging los. Überall blinkte es mit einem Mal rötlich. Mit der Schulter drückte sie die Tür auf und brüllte nach Hilfe.

»Was machen Sie da?«, fragte ich. Nein, ich lallte es eher. Angestrengt versuchte ich, meinen Blick wieder zu fokussieren, sah jedoch nur, wie die Medusa wieder im Nichts verschwand und mich alleine zurückließ.

»Warten Sie! Was haben Sie mit mir gemacht?«, lallte ich abermals und stellte mich wackelig auf die Beine. Die Stimmen in meinem Kopf wurden konfus. Was ich jedoch deutlich heraushörte, war: »Die Götter haben die Letzten gefunden.«

»Warrior!«

»Mad? Mad, bist du das? Bist du vom Kaffeetrinken zurück? Die haben mir was Komisches gegeben!«

Mein Blick war inzwischen so verschwommen, dass ich meinen Bruder nur noch anhand der Federn und an seiner Stimme erkannte. Der Rest war ein großer brauner Klecks. Der Abaddoner fluchte.

»Wir müssen hier weg, Prinzessin. Ich weiß nun, was los ist.«

»Wirklich? Dann bist du weiter als ich … ups.« Ich strauchelte, stolperte über meine eigenen Füße und schlug mit dem Gesicht voraus am Boden auf. Es tat nicht einmal weh. Ein schrilles Kichern stieg in mir auf und brach wie irre aus mir heraus, während der Sabber aus meinem Mund lief.

»Bei den Göttern! Ich wusste, dass an dieser Medusa was faul ist. Verdammt, verdammt. Schnell, Süße. Die Sache ist ernst. Die wollen dir an den Kragen«, flüsterte Madox mit gepresster Stimme und hob mich schwungvoll auf seine Arme. Mein Kopf rollte herum und ich sah nur noch das makellose Weiß der Decke und den grellen Schein von Lampen. Immer noch ging dieser nervtötende Alarm, der nun jedoch seltsam verzerrt klang. Madox stürmte aus dem Zimmer – die Tür musste er irgendwie am Zuschlagen gehindert haben – und trug mich durch den Flur.

»Sie kommen!«, fluchte der Abaddoner. »Halte dich fest, das könnte jetzt etwas ruppig werden.«

»Kann mich nicht festhalten!«, gurgelte ich. Meine Lider wurden immer schwerer. So verdammt schwer. Madox knurrte. »Warum haben die mich betäubt?«, nuschelte ich angestrengt.

Madox' Hand zitterte. »Das war nicht zum Betäuben. Das war ein Mittel zum Einschläfern.«

»Was? Wie bei einem Hund?«

»Eher die Dosis für einen ausgewachsenen Elefanten. Diese Mistkerle versuchen, dich zu töten.«

Inzwischen war ich viel zu benebelt, um dieser neuen Information mehr als ein Grunzen entgegenzubringen. Madox' Flügel raschelten, als wir an eine Tür kamen, die verschlossen war. Neben uns befand sich ein weiteres Krankenzimmer. Ich warf einen Blick durch das Glasfenster, das in der Tür eingelassen war und sah … Brave? Sein blondes Haar leuchtete dumpf im gedimmten Licht des Zimmers. In einem weißen Krankenhaushemd lag er auf dem Bett und sah so blass wie ein Toter aus. Verblüfft riss ich die Augen auf und brachte abermals nur ein Grunzen hervor, bevor Madox – ich hatte keine Ahnung, wie! – die Sicherung der Tür geknackt hatte und hinausstürmte. Das stetige Schrillen des Alarms folgte uns, vermischt mit dem Geschrei der Ärzte, die meine Fahnenflucht offensichtlich bemerkt hatten.

»Schnell, schnell, schnell!«, trieb Madox sich selbst an, schlitterte um eine Ecke und rannte beinahe eine kreischende Krankenschwester um. Hart rollte mein Kopf von einer Seite auf die andere, während Madox ohne viel Federlesen auf ein Fenster zusteuerte.

»Augen zu!«, befahl er mir. Entsetzt riss ich die Augen auf. Er wollte doch nicht wirklich … er wollte doch! Splitter flogen uns um die Ohren. Leute schrien, während mein Bruder die Flügel ausbreitete und unseren Sturz ruckartig abfederte. Kräftig schlug er mit den Flügeln, ich konnte die pumpenden Muskeln in seinem Brustkorb fühlen. Spürte, wie der Wind an uns riss, während er uns höher trug und einen weiten Bogen um das Krankenhaus zog. Unfähig, mehr zu tun, als auf die Erde zu sabbern, sah ich, wie Ärzte in ihren hellen Kitteln aus dem Ausgang strömten und nach oben zeigten. Das Signal dröhnte inzwischen durch den gesamten Olymp. Es war dabei so durchdringend, dass meine Ohren vibrierten.

»Gut festhalten. Wir bekommen Gesellschaft!«, warnte Madox mich und zog einen Kreis, sodass ich aus dem Augenwinkel einen feuerroten Ferrari sehen konnte, der durch den Himmel schoss. Seine Reifen warfen Flammen, die einen hellen Kondensstreifen hinter sich herzogen. Das Fenster war nach unten gekurbelt. Ich erkannte das helle Haar von Apollo, dem Sonnengott. Er hatte eine schneidige Sonnenbrille auf der Nase und eine noch schneidigere Schusswaffe in der Hand, mit der er tatsächlich auf uns schoss. Gekonnt wich Madox dem Gott aus. Dieser war jedoch ziemlich schnell mit seinem teuren

Schlitten. Sehr schnell. Schon nach kurzer Zeit konnte ich Madox aufschreien hören. Ein paar Federn segelten durch die Luft. Die nackte Angst schaffte es nun doch durch den Drogennebel. Mein Herz begann zu rasen, die Müdigkeit wich Sterbensängsten, als Madox im Sturzflug nach unten raste und dabei versuchte, den umstehenden Bäumen auszuweichen. Knapp gefolgt von Apollo, der seine Waffe erneut lud und schoss. Die Kugel zog nur knapp an mir vorbei. Es knallte erneut. Der nächste Schuss streifte mein Bein. Ein brennender Schmerz ließ meine Haut pochen und ich musste mir fest auf die Zunge beißen, um nicht loszuschreien.

»Geht es dir gut?«, brüllte Madox mir zu. Ängstlich sah ich in sein Gesicht. Schmerz und Anstrengung waren ihm ebenfalls ins Gesicht geschrieben. Jeder Flügelschlag musste wie die Hölle brennen.

»Was machen wir jetzt?«, brüllte ich zurück.

»Wir verstecken uns so gut wie möglich in Abaddon. Vater wird uns helfen.«

Abaddon! Das war eine geniale Idee. Die Götter würden uns dorthin wahrscheinlich nicht folgen. Und wenn doch, dann hatten wir dort zumindest den Heimvorteil. Anders als hier. Ich kapierte nicht ganz, was zwischen Golfspielen mit Zeus und dem Versuch, mich mit einer Elefantendosis Betäubungsmittel aus dem Weg zu räumen, passiert war. Ich meine, die Spritze hätte ich ja noch als ein dummes Versehen interpretieren können, aber Apollos Absichten waren ziemlich eindeutig. Zumindest versuchte er, uns – erschreckend treffsicher – vom Himmel zu schießen.

»Da ist noch einer!«, hörte ich Madox fluchen und tatsächlich erschien nur knapp neben uns Hermes. Die weißen Flügel des dunkelhaarigen Gottes waren um einiges größer als die mausbraunen von Madox.

»Landet!«, befahl er uns kalt über den Flugwind hinweg und hob warnend einen goldenen Bogen. »Oder wir müssen euch töten.«

»Versucht es doch, Opa«, schnaubte Madox, spannte die Muskeln an und schoss durch ein dichtes Blätterdach. Zweige peitschten mir ins Gesicht. Am Ende hatte ich sogar einige Blätter im Mund kleben. Röhrend musste der Wagen von Apollo anhalten. Hermes hingegen flog ein gutes Stück über uns. Seine Flügel waren viel zu groß, um zwischen den Bäumen navigieren zu können. Wir hörten ein Zischen, bevor ein Pfeil den Baum vor uns aufspießte, ihn gewaltsam spaltete und noch weitere drei durchschlug, bevor er im dichten Grün verschwand. Das Brummen von Apollos Auto war nun ebenfalls wieder knapp neben uns zu hören.

»Das schaffen wir nicht!«, stieß ich hervor.

Madox schnaufte. »Natürlich schaffen wir das. Wir sind Kinder des Hades, schon vergessen? Wir kämpfen dreckig.«

Im Zickzack flogen wir durch die Bäume, wichen Pfeilen und gelegentlichen Kugeln aus, sodass wir auf unserer rasanten Flucht einen vollkommen zerstörten Wald hinter uns ließen. Raschelnd brachen wir aus dem Geäst hervor. Vor uns lag eine karge dunkle Ebene. Hades' Gebiet umschloss den Olymp komplett, sodass wir eigentlich nur schneller sein mussten als die Götter, um im angrenzenden Abgrund zu verschwinden. Madox, der inzwischen deutlich lahmte, drehte sich um und sah den Göttern grimmig entgegen. Unter uns hörte ich das Heulen von Wölfen.

»Da unten ist Artemis!«, warnte ich Madox, der einen schnellen Blick riskierte. Tatsächlich war die silberhaarige Göttin unter uns. Ihr Blick war der eines hungrigen Raubtiers. Neben ihr sammelten sich blutrünstige Tiere. Ich sah Bären, Wölfe, die Löwen aus dem Hotel. Gehetzt blickten wir uns um. Hermes zu unserer Rechten. Apollo versperrte uns links den Weg. Und Artemis am Boden. Egal wohin wir flogen, oder wo wir landeten, wir waren umzingelt. Zitternd schloss ich die Augen. Das wars! Wir waren erledigt. Wir würden sterben, wir würden …

»Zeus will euch sehen!«, befahl Hermes und spannte den Bogen. »Jetzt!«

»Mach, was er sagt, Mad. Wir haben keine Chance. Abaddons Grenze ist noch zu weit weg.«

Madox schnaubte, ich sah Blut sein Bizeps hinuntertropfen. »Ich bin ein Sohn des Hades!«, sagte er nur stur. Durch seine Augen ging ein beunruhigend dunkles Funkeln. Kreischend sog es mir die Luft aus der Lunge. Mein Magen machte Purzelbäume, als Madox die Flügel anlegte und nach unten schoss. Dem harten Boden entgegen.

»Was machst du?«, schrie ich, während der Boden zu beben begann.

»Ein Sohn des Hades findet immer einen Weg in den Abaddon zurück!«, zischte mein Bruder. Der Boden bebte heftiger. Die Tiere von Artemis nahmen hastig Reißaus, auch die Göttin sprang verwirrt zurück. Hinter uns jaulte Apollos Wagen in dem Versuch, uns noch einzuholen. Madox' Arme spannten sich wie Drahtseile um mich. Ich spürte etwas brechen, ob von mir oder ihm, konnte ich nicht sagen. Der Boden bebte weiter. Risse zogen sich durch den lehmigen Grund. Kurz bevor wir aufprallten, brach dieser wie ein hungriger Schlund auf. Dunkelheit zog sich über uns zusammen.

»Halte sie auf!«

Ich sah nach oben. Sah, wie Apollo die Waffe hob und auf uns zielte. Direkt auf mich. Der Knall hallte laut in der Dunkelheit wider. Den Schmerz bekam ich kaum mit, bevor sich der olympische Boden wieder über unseren Köpfen schloss. Schützend presste mich Madox an sich, rollte uns zu einer Kugel zusammen. Dann schlugen wir auf.

Kapitel 14
Was meinst du mit Göttin?

Ich wurde nicht einmal ohnmächtig. Ich wünschte es mir jedoch, als wir auf Abaddons Hauptstadt zuflogen. Der Fallwind trieb mir die Tränen in die Augen, während die hellen Fenster und das Blinken der Stadt wie Sternschnuppen an uns vorbeischossen. In meinen Ohren klingelte es von meinem eigenen schrillen Schrei, während die Straße immer näher kam. Madox war vor Anstrengung ohnmächtig geworden. Ich fühlte seine Arme von mir abrutschen und meinen Körper aus seiner Umarmung gleiten. Ich fiel alleine. Der Wind peitschte mir ins Gesicht, riss mir den Schrei von den Lippen und trug ihn durch halb Abaddon. Verzweifelt mit den Armen rudernd, versuchte ich, meinen Fall zu bremsen, doch die Schwerkraft zog mich unerbittlich nach unten. Der Boden war so nahe. So …

Vor Angst blieb mir der Schrei im Hals stecken, als Madox vor mir am Boden aufschlug. Staub und Zement spritzten in die Luft. Ich sah seine Flügel brechen, hörte ein leises Stöhnen, kurz bevor ich ebenfalls aufknallte. Ein entsetzliches Knirschen und nasses Schmatzen war zu hören. Silbernes Blut spritzte wie Regen in alle Richtungen. Eine dichte Staub- und Zementschicht stieß in den Himmel. Ich fühlte meinen Kopf hart aufprallen. Spürte, wie der Schädelknochen unter der Wucht des Aufschlags brach. Schon wieder. Mein Kiefer, das Jochbein, die Schultern, Oberarme, selbst die Wirbelsäule und die Hüfte wurden in kleine Einzelteile zerrissen. Wie eine zerbrochene Puppe lag ich in den Trümmern der Straße, hörte ein seltsames Rauschen in den Ohren, starrte blicklos in das endlose Nichts von Abaddon. Ich wartete darauf, jetzt zu sterben. Meinen letzten Atemzug zu geben und die Augen zu schließen. Mein Kopf rollte in einem seltsamen Winkel zur Seite. Ich konnte die Wirbel knirschen hören. Sie waren eindeutig zertrümmert. Mein Genick war gebrochen und trotzdem lebte ich. Verflucht! Hustend spuckte ich silbernes Blut aus. Würgte. Warum war ich noch am Leben? Wo waren die Schmerzen? Ich hatte keine! Ich sah auf meine Hand und schrie auf. Ober- sowie Unterarm waren ebenfalls mehrfach gebrochen. Ich sah Knochen durch den zerrissenen Pullover stoßen. Alles an mir musste aussehen, als hätte ich mit einem Zug, der gerade 300 km/h fuhr, gekuschelt. Und Madox erst!

»Maaad?« Schluchzend versuchte ich, den Kopf zu drehen, doch die zertrümmerten Wirbel versagten mir den Dienst. Heiße Tränen liefen mir über die Wangen. Nackte Angst packte mich und ließ nicht mehr los. Ich begann zu hyperventilieren. Die Luft wurde knapp. Meine Sicht verschwamm, während das Rauschen in meinen Ohren zu einem Dröhnen wurde.

»Könnt ihr das fühlen?«

»Es schreit …«

»Wo ist mein verdammtes Handy geblieben?«

»Eins, zwei, eins, zwei, eins, zwei, vier?«

»Ene, mene, muh und wo bist du?«

»Sie wird stärker! Eindeutig!«

»Na, Halleluja.«

»Blut, so viel Blut. Es duftet so gut, so süß.«

»Wie armselig.«

»Sie weint.«

»Sie ist schwach. Sie sollte lieber gleich sterben. Sie würde hier keine Minute überstehen.«

»Wo bist du, Mädchen?«

Mein Herz pochte. Ich konnte den viel zu schnellen Rhythmus des Blutes in meinem Arm pulsieren fühlen. Die Stimmen. Sie waren so laut und viel näher als jemals zuvor.

»Lasst mich alleine!«, schluchzte ich auf. »Bitte«, fügte ich flüsternd hinzu. Ich wollte all das nicht. Das war zu viel. Ich spürte den Wahnsinn in mir. Die Überforderung der letzten Tage und Stunden. Das war zu viel. Einfach zu viel. Ein irres Lachen gurgelte in mir hoch, brach schallend heraus. So laut, dass man es sicherlich über die gesamte Straße hören konnte. Weiterhin sprudelten mir dabei die Tränen über die Wange.

»Bei den Göttern. Krieg dich wieder ein, Mädchen!«, herrschte mich jene kalte Stimme an. Peace. Das Lachen blieb mir im Hals stecken. Stattdessen begann ich keuchend damit, Blut zu spucken.

»Lass mich in Ruhe!«, fauchte ich.

»Du bist kindisch.«

»Fick dich!«

Ich konnte förmlich sehen, wie er mich genervt anfunkelte. Es war, als könnte ich seinen Atem an meinem Gesicht fühlen.

»Tränen und Beleidigungen werden dir jetzt auch nicht helfen«, sagte er schließlich.

»Was willst du von mir? Wer bist du? Warum lässt du mich nicht einfach in Ruhe sterben?«

Peace schwieg. Dennoch konnte ich ihn in meinem Kopf fühlen. Als würde er etwas suchen. Er fixierte mich wieder.

»Du weißt es wirklich nicht, oder?«, fragte er ungläubig.

»Was weiß ich nicht?« Ich spie ein wenig Blut hervor. Es wurde schon weniger und … bewegte sich mein Bein? Ja, es zuckte.

»Du weißt nicht, was du bist.« Peace klang plötzlich gar nicht mehr so genervt. Eher mitleidig, aber immer noch kalt.

»Ich weiß sehr wohl, was ich bin. Ich bin angepisst von dir!«, erwiderte ich bissig. Jetzt hatte auch mein zweites Bein zu zucken begonnen.

»Das beruht auf Gegenseitigkeit, glaub mir«, gab Peace genauso bissig zurück. »Aber davon einmal abgesehen, musst du jetzt stark sein. Die Götter haben dich gefunden. Hättest du mir gesagt, wo du bist, hätte ich Schlimmeres verhindern können. Jetzt musst du selbst da durch. Solltest du die nächsten Stunden überleben, wirst du zu mir kommen.«

»Warum sollte ich?«

»Weil nur ich dir zeigen kann, wie du als Göttin überleben kannst.«

»Ich … was?«

»Frag deinen Vater.«

»Was?«

Stille.

»Peace? Peace, komm zurück! Was meinst du mit Göttin?«

Stille. Er war weg. Genau wie die anderen Stimmen.

»Komm sofort zurück!« Panisch wackelte ich mit den gebrochenen Armen und Beinen hin und her. Mein Blick zuckte zu Madox, der sich nicht bewegte. Atmete er überhaupt noch? *Krach.* Ich fühlte meinen Oberschenkelknochen wie bei einem Gummiband in seine ursprüngliche Form zurückschnalzen. Und Scheiße, tat das weh. Mein Schrei gellte über die Straße. Trotzdem hörte ich ein Bellen. Das Bellen von Höllenhunden, um genau zu sein.

»Denn Göttern sei Dank! Hilfe! Hiiilfe! Wir sind hier!« Schreiend versuchte ich, mit den Armen zu winken. Währenddessen sprang mein rechter Unterarmknochen in seine Fuge zurück. Mein Schrei ließ eine Autoalarmanlage aufheulen. Das Gebell wurde lauter. Ein erleichtertes Schluchzen verstopfte mir den Hals, während meine Augen immer wieder hektisch Madox streiften, um ein Lebenszeichen von ihm zu erhaschen. Egal welches! Die Geräusche der Hunde steuerten direkt auf uns zu. Wie lange lagen wir eigentlich schon auf der Straße? Es kam mir wie eine Ewigkeit vor.

»Hilfe!«, brüllte ich lauter. *Krach.* Meine Hüfte renkte sich ein. Vor Schmerz biss ich mir auf die Zunge. Schmeckte süßes Blut. Obwohl man das eigentlich nicht mehr Blut nennen konnte. Ich sollte langsam wirklich aufhören, mich selbst zu belügen. Ich war eindeutig kein Mensch mehr. Ich war …

»Sie sind hier!« Das grobe Knurren ließ mich direkt in das haarige Gesicht eines Höllenhundes blicken.

»Bloodclaw«, brachte ich erleichtert heraus. Die Ohren des Wachmanns zuckten. Er musterte mich. Seine wilden Augen wurden dabei glasig, während ihm ein kleines Winseln entwich. Komisch. Warum … Mein Gesicht! Es war frei. Entsetzt zuckte ich zusammen. *Knack.* Meine Wirbelsäule schnellte zurück. Ich spürte die Knochensplitter durch die Haut zurück in den Muskel springen. Keuchend bog ich die heilende Wirbelsäule nach hinten, spürte, wie mir dabei goldenes Haar über die Schultern fiel und roch den eigenen intensiven Duft nach Rosen. Als der Schmerz endlich nachließ, sah ich zitternd zu Bloodclaw hoch. Tastete mit meinen gebrochenen Fingern nach meiner Kapuze, doch es war schon zu spät. Die Augen des Hundes waren vollkommen leer. Aus zwei Löchern starrte er mit manisch wachsender Verehrung auf mich herab, während er meinen Geruch tief einsog. Ein Zittern ging durch seine ungeschlachten Muskelmassen.

»Herrin!«, knurrte er und fiel auf seine Vorderläufe.

»Nein. Das ist gar nicht gut. Schau weg, Bloodclaw!«

Ein weiteres Winseln ließ mich aufblicken. Das Blut gefror mir in den Adern. Über ein Dutzend Höllenhunde standen in einem Halbkreis hinter Bloodclaw und starrten mich, genau wie ihr Hauptmann, aus leeren, milchigen Augen an. Bei den Göttern, nein! Ich konnte förmlich sehen, wie ein einziger Blick in mein Gesicht ausreichte, um ihre Persönlichkeit auszulöschen. Ich kannte das. Diese Augen verfolgten mich in meinen Albträumen. Jener Blick, der letztendlich von glühender Ehrerbietung abgelöst wurde. Manche unterwarfen sich vollkommen. Vergaßen das Essen, Trinken, Schlafen, selbst das Atmen, solange sie nur in meiner Nähe sein konnten. Andere – stärkere! – Geister wurden manisch. Wurden verrückt, sobald ich auch nur jemand anderen ansah oder angesehen wurde. Der Wahnsinn fraß sich in nur wenigen Stunden durch ihren Verstand und hinterließ nichts weiter als selbstzerstörerische Obsession. Mein Herz stolperte, als ich versuchte, auf die Füße zu kommen, doch meine Schienbeine waren immer noch gebrochen.

»Geht … geht weg!«, wies ich die Hunde an, die in gruseliger Synchronizität auf den Rücken fielen und mir ihre Bäuche und Hälse darboten.

»Wir sind Euer, Herrin!«, grollte Bloodclaw und erhob sich wieder auf die Beine. »Wir haben Euren Ruf gehört und sind sofort zu Euch geeilt.«

»Meinen Ruf?«

Der Hund nickte und senkte den Kopf. »Wir haben Euren Schrei gehört. Euer Schmerz ist auch unser Schmerz. Wir werden die Verantwortlichen dafür in Stücke reißen.« Die anderen Hunde grollten zustimmend und erhoben sich ebenfalls. Ihre Muskeln zuckten. Meine

Augen huschten über die Masse an schwarzen Leibern. Ich fühlte mich vollkommen überfordert.

»Wo ist mein Vater?«, fragte ich schließlich.

Bloodclaw fletschte so ruckartig die Zähne, dass ich erschrocken zurückzuckte. Sofort hörte er auf und winselte entschuldigend. »Bitte verzeiht, Herrin. Ich wollte Euch keine Angst einjagen. Hades wollte uns davon abhalten, zu Euch zu gelangen. Wir haben ihn in eine Besenkammer gesperrt.«

»Ihr habt was?«

Der Hund zuckte unruhig mit den Ohren. Die anderen sahen ihn mit glühend roten Augen an.

»Du hast die Herrin verärgert!«, bellte ein Hund mit eckigem Kopf. Silberne Speichelfäden flossen zu Boden, als er nach dem Bein von Bloodclaw schnappte. Die beiden knurrten sich wütend an. Wenn ich jetzt nicht eingriff, würde Blut fließen.

»Bringt mich zu meinem Vater!«, befahl ich daher und unterbrach die beiden Höllenhunde bei ihrem Alphamännchen-Getue. Beide hoben ihre massigen Köpfe und sogen tief die Luft ein.

»Wir können Euch dienen, Herrin?«, fragte Bloodclaw.

Ich schluckte trocken, schloss die Augen und nickte. Resolut schob ich mir, um noch Schlimmeres zu verhindern, die Kapuze übers Gesicht, stopfte die Haare in den Nacken und deutete Bloodclaw an, näher zu mir kommen. Der Schaden war ohnehin schon angerichtet, aber vielleicht konnte ich die unweigerlichen Folgen ein wenig eindämmen. »Bringt mich und Madox zu Hades. Er wird uns helfen, da bin ich mir sicher. Bis auf Weiteres werdet ihr niemanden angreifen, weder einen Abaddoner noch euch gegenseitig. Ihr werdet mich nur dann direkt ansehen, wenn es unbedingt nötig ist. Und nennt mich um Himmels willen Warrior! Nicht Herrin. Bitte.«

»Sehr wohl, Herrin.«

»Warrior!«

»Herrin Warrior.«

»Besser geht es nicht?«

»Nein, Herrin Warrior.«

»Na schön. Also los.«

Bloodclaw nickte und deutete mit einer Kopfbewegung auf zwei Hunde, die knurrend ihre Köpfe senkten. Ein Reißen und Brechen von Knochen war zu hören. Ihre Felle und Muskeln zuckten, zogen sich zusammen, bis zwei stramme Wachmänner vor uns standen, die Madox behutsam an Schultern und Beinen hochhoben. Ein entsetzlich nasses, schmatzendes Geräusch war zu hören, als sie seinen gebrochenen Körper quasi von der Straße pulten. Entgeistert schlug ich mir die Hände vor den Mund und unterdrückte ein Schluchzen.

»Leb-Lebt er noch?«, fragte ich zittrig.

»Ja, Herrin Warrior«, antwortete die rechte Wache mit dumpfer Stimme. »Aber nicht mehr lange. Wenn ihr Bruder überleben soll, benötigt er Hilfe. Jetzt.«

»Dann schnell.« Hektisch versuchte ich, auf die Beine zu kommen, mein linkes Schienbein krachte dabei laut und sprang zurück. Schreiend fiel ich auf den Boden und blinzelte die Tränen fort.

Die Hunde bellten besorgt. Bloodclaw war sofort an meiner Seite. »Eure Beine sind noch gebrochen!«, stellte er nüchtern fest.

»Sieht so aus«, stimmte ich zu und sah deprimiert auf meinen Knöchel hinab, der in einem seltsamen Winkel abstand.

»Dann steigt auf, Herrin Warrior«, bot Bloodclaw ohne Zögern an. Er ließ sich am Boden nieder. Staub wirbelte auf.

»Ich soll auf dir reiten?«

»Wenn ich Euch damit dienen kann.«

Ich sah den Hund an. Dann Madox. Auch wenn ich seinen Brustkorb sich noch heben und senken sah, wirkte er bereits wie tot. Blass und zerbrochen wie eine Puppe. Aber … ich wollte den Höllenhund nicht ausnutzen. Ich hatte noch nie von einem Höllenhund gehört, der es zuließ, dass man auf ihm ritt. Es war widernatürlich. Höllenhunde waren wild, ungezähmt. Keine Pferde. Trotzdem konnte ich mir in Sachen Ethik auch später noch Gedanken machen. Madox' Zeit lief ab. Schnaufend krallte ich meine Finger in Bloodclaws Nackenfell und hievte meinen Oberköper auf seinen breiten Rücken. Einer der Hunde kam mir sofort zu Hilfe und schubste mich mit der Nase weiter nach oben. Dabei schnüffelte er ein wenig zu lange an meinem Hintern. Finster sah ich ihn an, doch er strahlte vor Glück.

»Danke«, sagte ich trotz des Popo-Schnüffelns, und wurde mit einem glücklichen Fiepen belohnt.

»Bereit?«, fragte Bloodclaw.

»Bereit!« Ich presste meine Schenkel an seine Flanken. Staunend sah ich durch die buschigen Ohren hindurch, als er sich langsam erhob. Im gleichen Augenblick blieb mir die Luft weg, weil der Höllenhund in Richtung der anderen Hunde losrannte. Beinahe wäre ich von seinem Rücken gepurzelt. Wind peitschte mir ins Gesicht, als wir in einer unglaublichen Geschwindigkeit durch die Straßen rannten. Ich presste mich an den Nacken, schlang die Arme um den kräftigen Hals und fühlte die enorme Stärke, die in jeder Bewegung des Höllenhundes steckte. Jaulend rannte das Rudel quer durch Ebene 148. Sprang über Müllcontainer und abgrenzende Stacheldrahtzäune hinweg. Die Lichter der Stadt sausten verschwommen an uns vorbei. Rot, gelb, blau, grau. Bloodclaw rannte, ohne dabei langsamer zu werden. Ich konnte das Quietschen von ruckartig stehen bleibenden Autos hören, fühlte, wie mir die Kapuze vom Kopf geweht wurde, als wir mit einem gigantischen Satz über ein Taxi sprangen. Das Herz wummerte mir in der Brust. Meine immer noch heilenden Knochen waren bei jeder Erschütterung ein wenig empfindlich. Knirschend biss ich die Zähne zusammen und fühlte, wie das Adrenalin meinen Magen flattern ließ. Die Welt zog so schnell an uns vorbei, dass ich beinahe wieder von Bloodclaws Rücken gefallen wäre, als dieser abrupt zum Stehen kam.

»Wir sind am Anwesen, Herrin Warrior!«

»Was?« Atemlos angelte ich nach der Kapuze.

»Wir sind da.«

»Okay, toll. Wie geht es Madox?« Hektisch sah ich zu den Männern, die hinter uns standen.

»Er atmet noch.«

»Dann schnell. Hades wird uns helfen. Er muss einfach.« Bloodclaw setzte sich wie befohlen in Bewegung. Die kreisrunde Auffahrt mit dem Springbrunnen in der Mitte lag wie ausgestorben da. Als wir an den großen und schweren Flügeltüren zum Anwesen ankamen, hatte ich einen dicken Knoten im Magen. Die Türen standen sperrangelweit offen.

»Habt ihr die offen gelassen?«, fragte ich Bloodclaw flüsternd.

»Nein, Herrin Warrior.«

»In welche Besenkammer habt ihr meinen Vater gesperrt?«

»Wir haben ihn und die Göttin Persephone in der Kammer des Erdgeschosses festgesetzt. Fünf meiner Männer sind zur Bewachung hiergeblieben.« Mit dem Kopf stieß Bloodclaw die Türen ganz auf und betrat die große schwarz-weiß geflieste Halle. Es war stockdunkel. Keine der Fackeln oder Lampen brannte. Gänsehaut breitete sich auf meinem Rücken aus. Die Krallen der Hunde klickten laut auf dem Boden, als auch sie zögerlich eintraten.

»Kannst du etwas sehen?«, flüsterte ich dem Hund ins Ohr. Es zuckte. Zögerlich blieb er stehen. Ich konnte das unwohle Hecheln der anderen im Nacken fühlen. »Nein. Aber ich kann etwas riechen.«

»Was?«

»Blut.«

»Scheiße!« Was anderes fiel mir gerade nicht ein.

»Nicht Scheiße. Blut.«

»Hab ich schon verstanden.«

»Gut. Was sollen wir tun, Herrin Warrior?«

»Wir holen meinen Vater.«

»Sehr wohl, Herrin Warrior.«

»Und Bloodclaw?«

»Ja?«

»Bleibst du bei mir?«

»Immer, Herrin Warrior.«

»Dann los.«

Der Höllenhund setzte sich langsam in Bewegung. Schritt für Schritt durchquerten wir die Halle. Ich sah nicht einmal die Hand vor Augen. Tatsächlich kam es mir ein wenig zu dunkel vor. Weniger wie natürliche Schwärze, eher wie dunkler Rauch, der sich wie eine Decke um uns legte. Ein ungutes Gefühl überkam mich. Vielleicht war es doch keine gute Idee gewesen, meinen Vater aufzusuchen.

»Bloodclaw? Bist du sicher, dass mein Vater …« Ich hatte noch nicht zu Ende gesprochen, als einer der Hunde hinter uns erschrocken bellte. Ein ohrenbetäubender Knall war zu hören, danach ein Spritzen und der Aufprall eines schweren Körpers.

»Wir werden angegriffen!«, bellte Bloodclaw. »Beschützt die Göttin!« Sofort rannten alle Hunde zu uns, kreisten uns schützend ein, doch da war das Jaulen von zwei weiteren Hunden bereits zu hören. Diesmal folgte dem Knall ein Sirren, wie von einem Schwert. Entsetzen packte mich, als ich das frische Blut roch und das Winseln der sterbenden Tiere hörte. Irgendwo, nur knapp neben mir, krachte ein warmer Körper zu Boden. Knurrend sprangen die verbliebenen Hunde nach vorne und schnappten nach der Dunkelheit. Doch diese verschluckte sie und spuckte einen nach dem anderen tot wieder aus. Salziger Blutgeruch füllte den Saal und die Schreie der sterbenden Hunde hallte in meinen Ohren wider. Es war, als könnte ich den Tod eines jeden Einzelnen fühlen. Ein Schrei blieb in meiner Kehle stecken, als der Schemen eines abgetrennten Kopfes nur knapp an meinem Haupt vorbeiflog.

»Rückzug!«, bellte Bloodclaw über das Heulen der kämpfenden und sterbenden Hunde hinweg. »Wir ziehen uns zurück!« Im gleichen Augenblick war ein Schuss zu hören. Etwas traf ihn an der Schulter, Blut spritzte mir ins Gesicht. Bloodclaw bäumte sich auf. Ich wurde von seinem Rücken geschleudert und stürzte zu Boden. In meinen Ohren rauschte es. Mein Blick war verschwommen. Trotzdem hörte ich das Lachen. Ein bittersüßer Ton, der mir einen Schauder nach dem anderen über den Rücken jagte. Ich blickte auf. Meine Pupillen verengten sich, als die Schatten sich lichteten und sich eine Gestalt aus dem dunklen Schlachtfeld löste. Geifernd stellte sich Bloodclaw vor mich. Er war schwer getroffen und humpelte schnaufend. Heißes Blut sprudelte ungehindert zu Boden. Mit kreidebleichem Gesicht blickte ich in das Gesicht meines Bruders.

»Rade! Was … was tust du da?«, stieß ich hervor.

Bloodclaw knurrte und schnappte nach meinem Bruder. Dieser lachte nur, hob einen Fuß und trat ihn gegen den Kopf des Tieres. Es krachte und ein paar Zähne flogen ihm aus dem Maul. Ich schrie gell auf. Tapfer hielt sich der Hund weiterhin auf den Beinen, schützte mich vor Rade, der mich wie ein Irrer angrinste.

»Warrior! Warum sollte ich es nicht tun?«, gab er gut gelaunt zurück. In beiden Händen hielt er jeweils eine Pistole. Die eine schwarz, die andere weiß. Ich zitterte. Mein Blick zuckte unfokussiert zwischen Rade und den Pistolenmündungen hin und her.

»Aber … wo ist Vater?«

»Warrior, Warrior!«, überging Rade meine Frage einfach. »Weißt du eigentlich, welch enorm hohe Summe auf deinen kleinen, nutzlosen Kopf ausgesetzt ist?« Grinsend hob er die Pistolen höher. Der Hund grollte. »Ich habe keine Ahnung, was du angestellt hast, Süße«, redete er ungerührt weiter. »Aber die Götter haben soeben sogar die Summe der Vampire überboten.« Ekstatisch sog er die blutgeschwängerte Luft ein. »Diese Stärke. Einfach unglaublich. Diese Kraft, die mir Zeus versprochen hat, nur im Austausch gegen dich.« Seine spitzen Eckzähne blitzten auf.

»Bitte, Rade«, stieß ich fassungslos hervor und hob flehend die Hände. »Ich weiß, wir mögen uns nicht. Aber wir sind doch Geschwister. Bitte … bitte, hol Vater. Madox ist verletzt. Er ist wahrscheinlich schon tot.« Das letzte Wort entwich mir als Schluchzen.

Rade lachte. Sein vampirisches Erbe trat dabei immer deutlicher hervor. »Dumme und kleine Warrior. Mach dir keine Sorgen, um unser idiotisch verknalltes Brüderchen kümmere ich mich später!« Seine Finger drückten den Abzug. Im gleichen Augenblick sprang der Höllenhund vor. Es knallte. Ein-, zwei-, dreimal. Die Lautstärke zerfetzte mir beinahe das Trommelfell. Rade schoss Bloodclaw mitten in die Brust. Dieser hatte das Maul weit aufgerissen und die Krallen ausgefahren, die noch im Fall Rades halben Arm zerfetzten. Sein Körper bebte. Ein wilder Ausdruck lag in den Hundeaugen.

»Töte mich, Feigling. Aber ich werde meine Göttin über das Ende hinweg beschützen.«

»Verdammter Köter!« Rade hob blitzschnell den unverletzten Arm und schoss dem Höllenhund genau zwischen die Augen. Der Einschlag zerfetzte dessen Schädel. Flüssigkeiten, die ich gar nicht genauer benennen wollte, spritzten in alle Richtungen, gefolgt von dem dumpfen Aufprall seines Körpers.

»Verrücktes Vieh!«, fluchte Rade. Hilflos blinzelte ich, als dieser ausholte und mir einen harten Tritt in den Bauch versetzte. Gurgelnd krümmte ich mich zusammen.

»Rade, bitte …«

»Halt einfach deinen Mund!«, fuhr mich mein Bruder an. Ein Klicken war zu hören. Als Nächstes sah ich in den Lauf der weißen Pistole.

»Wieso nennt dieser Affe dich Göttin, hä?«

»Ich weiß es nicht!« Das Reden fiel mir schwer. Rade musste mir ein paar Rippen wieder gebrochen haben. Sein Grinsen verzog sich zu einer Grimasse.

»Was wollen die Götter von dir? Ich verstehe es nicht. Du bist eine Missgeburt. Niemand will dich. Selbst Vater schämt sich für dich. Ich sollte dich einfach erschießen und der Welt damit einen Gefallen tun.«

Meine Lippen zitterten. Wie ein Reh im Scheinwerferlicht blickte ich auf, sah, wie mein Bruder den Finger krümmte und abdrückte. Die Waffe entlud sich. Ich roch das Pulver. Sah die Kugel und die blasse Hand, die hervorschoss und Rade den Kolben nach rechts verzog. Es donnerte. In meinen Ohren pfiff es. Die Kugel schlug knapp neben meinem Bein ein.

»Genug!« Staub und Fliesensplitter stachen mir in den Augen, als sich eine große Gestalt mit mächtig ausgebreiteten Schwingen hinter Rade aus der Dunkelheit schälte. Das blasse Gesicht, die tiefe Stimme, die mir so vertraut wie meine eigene war.

»Vater!«, schluchzend wischte ich mir Staub und Tränen von der Wange.

»Daddy, hilf mir. Madox, er stirbt!« Ich klang so jämmerlich, dass Rade verächtlich das Gesicht verzog.

Zu meiner unglaublichen Erleichterung nickte Hades jedoch, sah Rade an und gab ihm eine schallende Ohrfeige, die seinen Kopf zur Seite schleuderte. »Du hast dich mir widersetzt, Junge. Das wird Konsequenzen nach sich ziehen. Du solltest sie in Empfang nehmen, nicht abschlachten.«

Rade grinste und fuhr seine langen Fangzähne aus. »Diesem betrügerischen Pack wird niemand nachweinen.«

»Geh!«, wies Hades ihn wütend an. »Kümmere dich um deinen Bruder. Sein Herzschlag ist kaum noch zu hören.«

Hektisch atmend sah ich zwischen den beiden hin und her. Rade nickte, warf mir noch einen letzten blutdürstigen Blick zu, bevor er die Pistolen in seinen Gürtel steckte und mit wehendem Mantel in der Dunkelheit verschwand. Ich war alleine mit Hades. Die Welt schrumpfte zusammen. Wurde so klein wie dieser schützende Kokon aus Dunkelheit, der uns beide umschlungen hielt. Ein Zittern erfasste meine erschöpften Muskeln.

»Weine nicht, Mädchen!«, wies der Gott mich sanft an und ließ sich vor mir auf den Boden fallen. »Alles wird gut.« Seine großen schwarzen Flügel hüllten uns ein, streiften sanft meine Wange und wischten die Tränen fort. Ich zitterte, fühlte, wie etwas in mir brach. Schluchzend stürzte ich mich in Hades' Arme, vergrub mein Gesicht an seinem Hals. Sein vertrauter Geruch nach Magie, Minze und Rauch stieg mir dabei in die Nase.

»Es tut mir so leid, Tochter«, flüsterte mir der Gott ins Ohr. Seine starken Arme schlangen sich ebenfalls um mich. Wiegten mich tröstend. Ich konnte mich nicht erinnern, wann er so etwas das letzte Mal getan hatte. Inzwischen waren in mir sämtliche Dämme gebrochen. Ich heulte Rotz und Wasser.

»Es ist grauenhaft, Daddy. Irgendwas passiert mit mir und ich verstehe es nicht.«

Er drückte mich fest an sich. Wiegte mich wie ein kleines Kind. »Erzähl es mir«, bat er.

»Es ist ... es ... ich höre Stimmen!«, sprudelte es aus mir heraus. »Daddy, ich glaube, der Höllenhund vor wenigen Tagen hat mich getötet. Ich weiß, du sagst, ich hätte mir das nur eingebildet. Aber Daddy, ich kann nicht sterben. Ich kann wirklich nicht sterben. Ein Baum hat mich aufgespießt und es tat nicht mal wirklich weh. Mein Blut ist silbern und ich leuchte. Ich ... ich ... warum?«

»Warrior.« Sanft befreite sich der Gott aus meinem Klammergriff und hob mein Gesicht an. Mein Atem stockte. Noch nie hatte ich so viel Liebe im kantigen Gesicht meines Vaters gesehen. Mit den Daumen strich er mir die Tränen von der Wange.

»Warrior, mein starkes Mädchen. Es tut mir so leid. Es tut mir leid, dass ausgerechnet du diese Bürde tragen musst. Aber ich würde lügen, würde ich behaupten, ich hätte es nicht geahnt.«

»Was geahnt, Daddy? Warum ... warum wollen die Götter mich töten?«

»Weil sie Angst vor dir haben«, antwortete er flüsternd.

Gänsehaut überzog meine Arme. »Aber warum? Hast du ...« Ich stockte. Schluchzte auf. »Hast du auch Angst vor mir?«

Sein liebevoller Blick wurde traurig. »Ja, das habe ich«, gestand er leise.

Zitternd krallte ich meine Finger in seinen Anzug. »Aber warum denn? Was habe ich getan?«

»Es geht nicht darum, was du getan hast, sondern, was du eventuell noch tun wirst. Die Götter werden alt, Warrior. Wir versuchen, es zu ignorieren, es zu überspielen, es hinauszuzögern, mit sämtlichen uns zur Verfügung stehenden Mitteln. Aber der Tod lässt sich nicht aufhalten. Niemand weiß das besser als ich.«

»Aber wie kann das sein?«, fragte ich ihn. Was er sagte, war nicht wirklich neu, oder? Ich hatte es schließlich selbst gesehen. Seine Lesebrille, Aphrodites Altersflecken, Zeus' leichtes Humpeln. Selbst Diamond war es aufgefallen und sie war bestimmt nicht die Einzige.

»Wir leben seit viertausend Jahren, Warrior«, raunte Hades. »Wir sind unsterblich, aber selbst uns holt die Zeit ein. Wir sind nun mal alt, überholt. Genauso, wie es unsere Eltern damals waren.«

»Die Titanen.«

Mein Vater nickte. Seine Hände streichelten beruhigend mein Haar. »Es ist ganz natürlich. Trotzdem …«, unterbrach er sich. Ein kaltes Lächeln huschte über seine Lippen. »… wir sind Götter. Keine Menschen. Und falls wir es einmal waren, liegt es zu weit und zu lange zurück, als dass wir uns noch daran erinnern könnten. Es macht einen beinahe verrückt, die eigene Macht schwinden und im Gegenzug die eigenen Kinder mit so viel roher, wilder, ungebändigter Unsterblichkeit erblühen zu sehen.«

Ich schluckte schwer. »Also … also stimmt es? Ich bin eine Göttin?«, fragte ich ungläubig.

Hades' Griff verstärkte sich um mein Kinn. Eindringlich sah er mich an. »Wer hat dir das erzählt?«

»Ich … die Stimmen in meinem Kopf. Sein Name ist Peace.«

Scharf sog Hades die Luft ein, nickte jedoch, als würde sich für ihn etwas bestätigen. »Zeus' Sohn. Er war der Erste. Mit ihm begann alles. Wir wussten es in dem Augenblick, als er zur Welt kam. Und ich wusste es bei dir. Hör zu, Mädchen. Ich habe um diese Zeit gebeten. Ich kann es leider nicht aufhalten.« Sein Lächeln war traurig, aber unerbittlich. »Ich könnte es auch nicht. Ich mag zwar den Tod kennen wie meine Westentasche, trotzdem fürchte ich ihn genauso wie die anderen. Ich kann dich nicht mehr beschützen.«

»Daddy, was …«
»Du musst Zeus' Sohn finden.«
»Was?«
»Du bist das, was er sucht.«
»Wie …«
»Es tut mir so leid, Tochter. Deine Kräfte sind gerade erst am Erwachen. Die nächste Zeit wird nicht leicht. Aber ich werde dir Schutz zur Seite stellen. Ich weiß, dass du stark genug sein wirst, dein Schicksal zu überleben.«
»Daddy, bitte! Ich …«
Er hörte mir gar nicht zu. Seine zuvor noch liebevollen Gesten wurden hart, zackig, schnell. Als würde ihm die Zeit davonlaufen. Ich war mir auch gar nicht sicher, was ich eigentlich fragen wollte. Die Worte drehten sich in meinem Kopf. Der Blick des Gottes blieb auf Bloodclaw hängen. Sein Kinn spannte sich. »Er ist für dich gestorben?«
Ich nickte.
Hades' Blick wurde kohlrabenschwarz. »Rade ist ungewöhnlich grausam. Im Gegensatz zu ihm wirst du eine gute Göttin werden.« Er hob eine blasse Hand. Rauch tanzte um seine Fingerspitzen. Er umwaberte um die leblose Hülle des Höllenhundes. Schien ihn beinahe aufzufressen, bis dieser in eine Wolke aus tausend kleinen Staubpartikel zerfiel. Sie erhob sich, als würden Fäden daran ziehen, und mischte sich mit dem dunklen Rauch von Hades, der sich in wellenartigen Bewegungen auf mich zubewegte.
»Was … Was machst du, Vater?«, fragte ich nervös.
Hades zwinkerte! Er zwinkerte mir tatsächlich zu. »Ich zeige dir deine Möglichkeiten. Rufe ihn, wenn du Hilfe benötigst. Und wenn es zum Äußersten kommt. Spring! Nicht stehen bleiben, hast du mich verstanden?«
»Ich glaube schon.« Ich hatte keine Ahnung. Mein Hirn war blank. Sah man mir das an? Mit Sicherheit! Ich guckte wie ein Backfisch. Hades nickte trotzdem, schnippte und die dunkle Wolke schoss blitzschnell auf mich zu. Erschrocken riss ich die Augen auf, zuckte vor meinem Vater zurück, doch dieser hielt mich unerbittlich fest, als die Wolke mich in die Brust traf. Es brannte, als würden mich Dutzende von glühenden Kohlestückchen treffen.

»Keine Sorge, es hört gleich auf. Der Anfang ist immer am schlimmsten. Wenn du es selbst machst, wird es leichter.« Zischend sog ich die Luft durch die Zähne, wand mich in Hades' Griff. Er packte mich nur noch fester, ein Rasseln war zu hören. Blind vor Schmerz blickte ich auf zwei Handschellen hinab, die meine Hände fixierten.

»Sei stark«, flüsterte Hades mir noch einmal zu, bevor er eine Hand hob. Blitzartig wurde es hell. Ich fühlte, wie sich meine Pupillen zusammenzogen, und blinzelte. Die Dunkelheit wurde zu schwarzem Rauch, der sich um Hades' Füße sammelte. Ich starrte in den plötzlich hellen Saal. Dieser war ein einziges Schlachtfeld. Überall lagen die zerfetzten und zerstückelten Körper der Höllenhunde. Der geflieste Boden war glitschig von all dem Blut.

Inmitten alldem standen meine Mutter und Zeus.

»Was hat denn da so lange gedauert?«, zischte Aphrodite und warf ihr leuchtend braunes Haare über die Schulter. »Anders als du besitze ich noch Klasse. Ich mache nichts stümperhaft«, erwiderte Hades aalglatt und erhob sich geschmeidig. Seine Flügel raschelten. Wütend blies Aphrodite ihre Wangen auf, setzte zu einem Gegenschlag an, als Zeus sie unterbrach. »Genug, meine Liebe. Warrior ist unter Verschluss und sediert?« Hades nickte und warf mir einen langen, eindringlichen Blick zu.

»Ja. Sie ist unter Betäubungsmittel.«

Mein Kopf fühlte sich an wie Brei, dennoch verstand ich, was Hades von mir wollte. Ich sollte also den betäubten Backfisch spielen? Was auch immer die Götter jetzt mit mir vorhatten, mein Vater sorgte gerade dafür, dass ich dem Kommenden zumindest mit klarem Verstand gegenübertreten konnte. Betont dämlich öffnete ich daher den Mund und bemühte mich darum, so auszusehen, als wäre ich stoned. Um ehrlich zu sein, fiel mir das im Augenblick auch gar nicht so schwer. Der Schock saß mir tief in den Knochen. Trotzdem schossen mir ein ums andere Mal Hades' Worte durch den Kopf. Ich war eine Göttin, zumindest eine gerade erwachende. Und ich musste springen! Nicht stehen bleiben. Springen! Nicht stehen bleiben. Wie ein Mantra wiederholte ich diese Worte. Sie waren wichtig. Ich wusste zwar nicht, was sie bedeuteten, aber sie waren wichtig. Zeus, Aphrodite und Hades redeten indessen miteinander. Mein Blick kreuzte den meiner Mutter.

Ich suchte nach Trauer darin. Alles, was ich jedoch entdeckte, war Gleichgültigkeit. Die Liebe kümmerte sich einen Scheißdreck um mich.

»Die anderen sind auch bereit?«, fragte Zeus soeben.

Hades nickte. »Sie ist die Letzte.«

Zeus legte kameradschaftlich eine Hand um die Schulter seines Bruders. Der eine hell, der andere dunkel. Wie Rades Pistolen. »Ich weiß, das ist nicht einfach für dich, Bruder. Es ist für uns alle schwer. Aber wir tun das Richtige.«

Hades deutete ein Lächeln an, während Aphrodite nur abfällig schnaubte. »Ich weiß, Bruder. Danke. Nehmt sie mit.« Der letzte Part war an zwei Trolle gerichtet, die gerade durch die immer noch offen stehenden Flügeltüren stapften. Die grünen Giganten packten mich an den Ellbogen. Meine Beine baumelten über dem Boden, als sie mich hochhoben. Gemütlich war das nicht. Beschweren würde ich mich aber auch nicht. An Flucht war bei diesen zwei Bodyguards auch nicht mehr zu denken.

Springen! Nicht stehen bleiben. Springen! Nicht stehen bleiben. Die Worte wurden zu einem Singsang in meinem Kopf, während die Trolle und die Götter durch das leere Anwesen marschierten und vor einer Tür stehen blieben, die ich immer für eine Abstellkammer gehalten hatte. Tatsächlich entpuppte sie sich als ein Durchgang zu einem verborgenen Lift. Die Götter fuhren zuerst. Erneut dachte ich über Flucht nach und schielte zu den Trollen hoch. Diese erwiderten meinen Blick und schnaubten warnend. Schnell guckte ich weg. Okay, eher nicht.

Springen! Nicht stehen bleiben. Springen! Nicht stehen bleiben.

Der Aufzug kam erneut. Wir stiegen ein. *Highway to Hell* dudelte wie üblich. Es gab allerdings nur einen Knopf, auf dem die Zahl *500* stand. Einer der Trolle drückte ihn. Der Button leuchtete tiefrot auf und wir schossen ruckartig nach unten. Mein Magen schlug einen Purzelbaum.

Springen! Nicht stehen bleiben. Springen! Nicht stehen bleiben.

Bling. Der Fahrstuhl kam zum Stehen und wir betraten eine steinerne Höhle. Mir klappte der Mund auf. Wenn die verschiedenen Ebenen großen Höhlen glichen, war das hier der ultimative Keller, der sich unter ihnen durchzog. Fackeln beleuchteten den grauen Stein spärlich. Es gab lediglich einen schmalen steinernen Steg inmitten dieses gähnenden Nichts. An seinem Ende warteten bereits die Götter, zusammen mit fünf anderen Personen in grünen Arztkitteln, als stünden sie auf dem Schafott.

»Stell sie einfach zu den anderen«, befahl Zeus und deutete mit dem Kopf nach rechts. Mein Puls schnellte in die Höhe. Meine Füße strauchelten über sandigen Stein. Mein Atem ging viel zu schnell. Warum hatte ich das Bild einer Jungfrauenopferung auf der Spitze eines Vulkans im Kopf? Hektisch zuckte mein Blick über den Steg.

Darüber hinaus war nur gähnende Leere zu erkennen. Daneben standen mir unbekannte Menschen herum. Oder waren es Gottkinder wie ich? Es mussten wohl welche sein. Alle waren in meinem Alter. Vielleicht ein wenig älter. Zwei Mädchen, drei Jungen. Wobei der Junge, der neben mir stand, leuchtend goldenes Haar hatte und dumpfe graue Augen. Ich stutzte. Mein Kopf schoss zur Seite.

»Brave!«, entfuhr es mir zischend.

Der Junge reagierte nicht. Wie in Trance starrte er auf den Boden. Ein wenig Sabber rann ihm dabei aus seinem Mundwinkel.

»Brave, ich bin es, Warrior«, flüsterte ich, stockte jedoch, als ich aus dem Augenwinkel sah, wie Aphrodite in meine Richtung blickte.

Ihre Augen verengten sich zu schmalen Schlitzen und ihr Haar wurde stahlgrau. »Hades? Bist du dir sicher, dass du Warrior stark genug sediert hast? Sie sieht mir ein wenig zu munter aus.«

Wütend schnaubte Hades und warf mir ebenfalls einen Blick zu. Seine fliederfarbenen Augen waren eine einzige Warnung. »Natürlich habe ich das!«

Schnell öffnete ich die Lippen. Ein wenig Sabber rann mir über die Mundwinkel.

»Sie bekommt nichts mit. Sie wird keine Schmerzen haben«, beruhigte auch Zeus meine Mutter, die misstrauisch brummte.

»Gut. Ich ertrage es nicht, sie unnötig leiden zu sehen.«

Pff. Als ob.

»Aber ich traue Hades bei ihr nicht. Er war schon immer zu weich«, konnte sich Aphrodite dann doch nicht verkneifen, noch hinterherzuschieben.

»Und du bist zu hart, um dich Göttin der Liebe nennen zu dürfen«, rügte Hades meine Mutter.

Zur Antwort fletschte sie die Zähne. »Was verstehst du schon von der Vielschichtigkeit der Liebe?«

»Ruhig Blut, meine Lieben«, unterbrach Zeus sie sanft. »Dieser Augenblick ist für uns alle nicht einfach. Lasst uns beginnen, wir wollen die Kinder nicht quälen.«

Mir brach prompt der Schweiß aus. Warum klang das nach einem Vieh, das zur Schlachtbank geführt werden sollte?

Zeus räusperte sich. Sein Blick und der meines Vaters waren konzentriert, während es in der Luft zu vibrieren begann. Es sah aus wie das Flimmern an einem sehr heißen Sommertag. In meinen Ohren klingelte es, bevor ein tiefes Grollen einsetzte. Erst so leise, dass ich es nur erahnte. Doch schon wenige Sekunden später bebte der Boden so heftig, dass Steine auf uns herabfielen. Die Gottkinder strauchelten und fielen zu Boden. Ich tat es ihnen gleich und packte dabei Braves Hand. Er sah langsam auf und blinzelte benommen, als würde er aus einem tiefen Schlaf erwachen. Es dröhnte erneut. Die Höhle wackelte. Ich umklammerte seine Hand fester und auch er packte meine, als würde er Halt suchen.

»Was … was geht hier ab?«, fragte er lallend. Ich konnte ihm nicht antworten. Zu sehr war ich damit beschäftigt, in blanker Panik auf den Steg zu starren. Etwas erhob sich aus dem Schwarz. Erst nur schemenhaft. Ein reflektierender Glanz wie von Schuppen, ein Zischen wie von einer Schlange und das Aufblitzen von hungrigen Augen. Schließlich konnte ich auch den Ursprung des Bebens identifizieren. Es war ein Knurren. Meine Knöchel traten weiß hervor, so fest umklammerte ich Braves Finger. Er blickte nun ebenfalls auf und stieß prompt einen heiseren Schrei aus. Vor uns erschien der Kopf eines der größten Wesen, das ich jemals gesehen hatte. Seine Schnauze war lang und abgerundet und dabei mit glänzenden schwarzen Schuppen überzogen. Zwei milchig weiße Augen, so groß wie zwei Häuser, starrten uns hungrig an. Das Vieh war so gigantisch, dass ich sein Ausmaß gar nicht komplett erkennen konnte. Alles, was ich sah, war dieses gewaltige Maul, das sich langsam öffnete. Steine prasselten zu Boden. Einer traf mich hart am Kopf. Schwindel erfasste mich und

Blut tropfte mir in die Augen. Trotzdem hielt ich sie offen und sah, wie sich Zahnreihe um Zahnreihe öffnete. Diese Beißer waren größer als … als … ich hatte keine Ahnung, was sonst so groß hätte sein können. Dunkle Speichelfäden zogen sich von einer Reihe zur anderen. Der fleischige, nach Aas stinkende Rachen blickte uns entgegen. Eine scharfe Zunge mit grünen Stacheln am Ende schnalzte hervor. Sabber flog in ellenlangen Fäden heraus. Brave schrie. Ich stimmte mit ein. Die anderen Gottkinder schienen hingegen gerade erst aufzuwachen. Verständnislos blinzelten sie in das Maul des Ungeheuers. Doch seine Zunge schnalzte bereits nach vorn und traf einen der Jungen mitten in die Brust. Blut spritzte. Sein Schrei gellte durch die Höhle, während sich die Zunge mitsamt Jungen ruckartig zurückzog und den schreienden Leckerbissen in den Rachen beförderte. Die Mädchen begannen zu weinen. Brave machte sich in die Hose. Ich konnte es riechen. Am liebsten hätte ich es ihm nachgemacht. Dieses Monster würde uns fressen! Panisch sah ich zu meinem Vater. Unsere Blicke trafen sich. Er nickte entschlossen. *Springen! Nicht stehen bleiben.*

»Sie ist ja doch nicht sediert!«, konnte ich Aphrodite wütend kreischen hören, aber die war mir im Augenblick pupsegal. Ich musste meinen Arsch retten, den sie gerade einem Monster zum Fraß vorwerfen wollte, nur weil sie Altersflecken bekam.

»Wir werden sterben! Wir werden sterben!«, murmelte Brave vor sich hin. Das Monster brüllte so laut, dass mir kurz schwarz vor Augen wurde. Etwas platzte. Ich fühlte es warm aus meinen Ohren und meiner Nase rinnen.

»Nein! Werden wir nicht. Springen! Nicht stehen bleiben!«, schrie ich Brave an und zerrte ihn Richtung Monster. Panisch versuchte er, meinen Griff abzuschütteln. Ich wollte es ja selbst nicht! Trotzdem würde ich auf meinen Vater hören. Er wollte mich retten. Ich wusste es.

»Spring oder stirb!«, schrie ich, zog kräftiger an seiner Hand und rannte los. Die Zahnreihen des Monsters kamen immer näher. Alles in mir schrie, ich solle stehen bleiben oder, noch besser, das Weite suchen. Mein Fluchtinstinkt vor diesen Zähnen war so groß, dass meine Muskeln brannten. Trotzdem rannte ich weiter. Der Geruch nach Verfall, Erde und alter Magie schlug mir entgegen. Ließ mich kurz würgen. Als die Zunge erneut hervorschnalzte, duckte ich mich und spürte den

Luftzug, als sie nur knapp über meinen Kopf hinwegschoss und eines der weinenden Mädchen in seinen Schlund riss.

»Schneller!«, brüllte ich. Er gehorchte mir einfach. Hitze schlug uns entgegen. Ich spannte die Beine an. Dann hielt ich die Luft an und stieß mich, so fest ich konnte, ab – direkt in den Schlund dieses Monstrums. Brave folgte mir schreiend. Haarscharf schabten unsere Füßen an den messerscharfen Beißern vorbei. Speichelfäden durchnässten uns und meine Augen brannten. Ich spürte, wie das Monster sich streckte, die Zunge erfasste uns und zog uns ruckartig tiefer in sein Maul.

Kapitel 15
Ein Wienerschnitzel in einem Hello-Kitty-Hoodie!

Auf meiner Liste der verstörendsten Dinge, die mir jemals passiert sind, standen ab heute:

1. Von einem Baum aufgespießt werden,
2. mit einer Stimme in meinem Kopf streiten,
3. Madox nackt mit einer dreibusigen Nymphe namens Virginia in meinem Bett erwischen,
4. von einem gigantischen Monster gefressen werden.

Obwohl, wenn ich mir es recht überlegte, stand das mit Madox doch auf Nummer eins, auch wenn man das mit dem Von-einem-gigantischen-Monster-gefressen-Werden eindeutig nicht unterschätzen sollte. Es war sehr anstrengend, sich in bester Indiana-Jones-Manier an einem Gaumenzäpfchen festzukrallen, das sich vor Würgereflex verkrampfte und heftig wackelte. Mit dem Gesicht voran klatschte ich dabei immer wieder in das nasse, schleimige und ziemlich fleischige Ding. Selbst wenn es total eklig war, klammerte ich mich noch fester daran. Der arme Brave hatte eindeutig weniger Glück. Im freien Fall trudelnd, hatte er nichts, woran er sich hätte festhalten können, und patschte ein paarmal an der Halsinnenwand auf, bevor er schreiend und kopfüber in den dunklen Schlund hinabstürzte.

»Braaave!« Entsetzt starrte ich dem Gottessohn hinterher, sah jedoch nur noch das Flattern seines offenen Krankenhaushemds, unter dem er eindeutig keine Unterhose trug. Der Gott war binnen eines Wimpernschlags verschluckt. Unter mir grollte es. Ich stellte mir vor, wie der Ärmste von Magensäure zerfressen wurde, und hielt mich mit aller Macht weiter am Zäpfchen fest. Das Ding war von langen, pulsierend blauen Adern durchzogen, durchsichtiger Schleim triefte mir über Arme, Bauch und mittlerweile auch das Gesicht. Ich spürte, wie meine Arme weiter abrutschten. Meine Beine baumelten bereits über dem gluckernden Abgrund.

O Gott! Die Verdauung hatte bereits eingesetzt. Panisch versuchte ich, nach oben zu klettern, presste mein Gesicht gegen das fleischige Ding und spuckte Monstersabber aus. Das Vieh grollte und die Vibration schüttelte mich durch. Beinahe rutschte ich ab. Kreischend krallte ich meine Nägel tief ins Fleisch, was dem Monster gar nicht zu gefallen schien. Vor mir wurde es wieder hell, als das Vieh das Maul aufriss. Hätte ich nicht bereits einen Hörsturz erlitten, würde es mir spätestens jetzt das Trommelfell zerfetzen. Meine Zähne klapperten wild aufeinander. Das Monster riss das Maul weiter auf, sodass ich nach draußen sehen konnte und die schockierten Gesichter dreier Götter erblickte. Zeus' Mund stand offen. Aphrodite schien Hades anzuschreien, der sichtlich bemüht war, sich ein Lachen zu verkneifen. Hades hatte schon immer einen äußerst deplatzierten Galgenhumor besessen. Wütend gestikulierte Aphrodite in meine Richtung. Wie bei einer Achterbahn wurde ich abwechselnd in alle Richtungen gedrückt, während das Monster – in dem Versuch, mich loszuwerden, seinen Kopf wild hin und her schüttelte. Ich hielt die Luft an und konzentrierte mich auf das letzte Fünkchen Kraft, das ich aufbringen konnte. Das Vieh brüllte mit mir im Chor, als ich eine wutschnaubende Aphrodite genau vor dem Maul stehen sah.

»Du kleines Biest!«, schrie sie mir entgegen und hob eine kleine Fernbedienung. Während ich mich fragte, ob sie mir die jetzt gegen den Kopf knallen wollte, drückte sie einen Knopf. Von den Handschellen ausgehend, die meine Hände immer noch einschränkten, zischte ein mächtiger Stromschlag durch meinen Körper. Meine Muskeln zuckten unkontrolliert. Meine Augenlider flatterten und mit dem nächsten Ruck des Monsters verlor ich den Halt. Ich stürzte. Sah das triumphierende Lächeln von Aphrodite und ihre winkende Hand, während ich verschluckt wurde. Wie Brave zuvor, so knallte auch ich ein paarmal mit Kopf und Schultern gegen die Rachenwände. Ich kullerte praktisch seinen Hals hinab, bis mein Fall von einer Membran gestoppt wurde, die den Hals verschloss.

»Was?« Gehetzt sah ich mich um. Mein Blick blieb fasziniert auf dem Fleisch vor mir hängen, das von dicken und schwarzblau pulsierenden Venen durchzogen war. Wow. So sah also ein Monsterhals von innen aus. Das war auf eine ziemlich abgefuckte Fluch-der-Karibik-Jack-Sparrow-Art sogar faszinierend. Aber hauptsächlich extrem gruselig. Und ekelig. Als ich einige Sekunden lang ziemlich dämlich herumgestanden hatte und mich nicht entscheiden konnte, was ich als Nächstes tun sollte, drückte ich schließlich zögernd mit den Händen gegen den Rachen. Dumme Idee. Richtig dämliche Idee! Ich kreischte, als sich die Membran, auf der ich stand, öffnete und ich in den Magen des Untiers purzelte. Na toll! So würde es also mit mir enden. Als kleiner Nachmittagssnack von der eigenen Mutter an ein Monster verfüttert. Das Leben konnte wirklich beschissen sein. Ich schluckte Schleim, hustete und fluchte gleichzeitig, während ich mir inbrünstig wünschte, diesem Vieh zumindest heftige Bauchschmerzen zu bescheren. Genau. Einen heftigen, fiesen Brechdurchfall, von dem er noch einige Tage etwas hatte. Ja, ich wusste es, das war ein ziemlich idiotischer letzter Wunsch, aber so hatte mein Ableben zumindest etwas Nachhaltiges. Oder so in der Art. Ich überschlug mich, tauchte jedoch nicht in ätzende Magensäure ein wie gedacht, sondern in helles Licht. In meinem Kopf drehte sich alles. Irritiert blinzelte ich. Da war ein Himmel. Rot und klar – ohne auch nur eine Wolke. Und obwohl ich keine Sonne sehen konnte, war es heiß. Ich überschlug mich erneut und sah noch im Fall sandige Dünen, die viel zu nahe wa…

Dumpf knallte ich auf.

»Aua!« Mir wurde schummrig, Staub wirbelte auf und ich kullerte einen Sandhügel hinab. Ohne meinen Sturz mildern zu können, rollte ich seitwärts und schluckte mindestens eine Tonne davon, bis ich endlich langsamer wurde. Mit dem Gesicht voran blieb ich im Sand liegen. Stöhnend strampelte ich mit den Beinen und drehte mich sandspuckend auf den Rücken.

»Bei den Göttern!«, stieß ich hervor und lachte. Es platzte einfach so aus mir heraus. Ich war am Leben! Ich war verdammt noch mal am Leben und schien mir – außer ein paar blauer Flecken – nichts Drastisches getan zu haben. Auch die Verletzungen, die ich mir zuvor zugezogen hatte, waren fast vollständig verheilt. Mein Leben war in einer solch kurzen Zeit so unglaublich bizarr geworden. Ich hatte das Gefühl, als würde ich einen Dauerlauf absolvieren und verzweifelt nach Luft schnappen. Das alles war so surreal. So … keine Ahnung! Ich war eine Göttin! Oder besaß zumindest das Potenzial dazu, eine zu werden. Wirklich göttlich fühlte ich mich allerdings nicht, eher ausgelutscht, voller Monstersabber und in einer Sandpanade gewälzt. Ich sah bestimmt aus wie ein Wienerschnitzel, nicht wie eine Gottheit! Ein Wienerschnitzel in einem Hello-Kitty-Hoodie. Ich lachte wieder, rieb mir etwas Sand aus den Augen und starrte in den seltsamen roten Himmel. Ein nicht enden wollender Baldachin zog über mich hinweg, während die unglaubliche Hitze mir den Schweiß auf die Stirn trieb. Na ja, zumindest roch auch der nach Rosen. Trotzdem sollte ich lieber damit aufhören, mich wie ein Grillhähnchen rösten zu lassen, und mich neu orientieren. Immerhin war ich in dem Magen eines Monsters gelandet. Nicht auf Tahiti. Ächzend setzte ich mich auf und schüttelte den Kopf. Wie durch ein Wunder war meine Kapuze oben geblieben, dafür rieselte mir jetzt Sand über Nacken, Rücken und in die Unterhose hinein. Außerdem schnitten diese verdammten Handschellen in meine Gelenke. Genervt riss ich daran, sah jedoch sofort, dass sie aus Titan geschmiedet waren. Das Metall schimmerte in einem leichten Perlmutt. Die würde ich so schnell nicht aufbekommen. Hustend klopfte ich mir den Sand vom Hoodie und wollte gerade den verrutschten Saum zurechtrücken, als ich etwas Schwarzes auf meiner Haut aufblitzen sah. Verdutzt hielt ich inne und zog den Stoff ein Stück weiter nach oben. Sichtbar wurden schmale schwarze Linien, die sich quer über meinen Bauch und, ich linste in meinen Ausschnitt, yep, eindeutig auch über den Brustbereich zogen. Stirnrunzelnd rubbelte ich darüber. Was war das? Es sah aus wie tätowiert und im Gesamtbild erinnerten die Linien an einen Wolf? Aber, wann … oh!

Ich verschaffe dir einen Heimvorteil. Rufe ihn, wenn es zum Äußersten kommt.

Hades' Stimme hallte in meinen Ohren. Meine Augen wurden groß, als ich sein Geschenk endlich in ganzem Maße verstand. Vorhin war ich viel zu aufgelöst gewesen, um zu registrieren, dass Hades mir Bloodclaw wortwörtlich als Leibgarde mitgegeben hatte. Aber als Tattoo? Ich blinzelte und sah den Kopf des Höllenhundes direkt auf meiner Schulter ruhen. Die Augen waren geschlossen, als würde er schlafen. Die Zeichnung des Tieres war unbestreitbar schön, nur war ich mir nicht sicher, ob ich mein Leben lang mit einem zottigen Hundevieh am Hintern herumlaufen wollte. Allerdings hatte ich gerade größere Probleme als Zwangstätowierungen und Körperschmuck im Allgemeinen, oder? Und sollte ich nicht Bloodclaw rufen, falls ich ihn bräuchte? Mit einem Finger kitzelte ich den Hund an der Schnauze.

»Bloodclaw«, flüsterte ich zaghaft. »Wach auf … ich brauche dich.«

Ein Ohr der Tätowierung zuckte. Ich fühlte es als leichtes Kitzeln auf der Haut. »Bloodclaw!«, sagte ich ein wenig eindringlicher und tippte in seine Wange. »Aufwachen.«

Einer seiner Hinterläufe zuckte. Ich dachte jetzt lieber nicht darüber nach, wo mich das kitzelte.

»Bloodclaw!« Die Tätowierung begann zu schnüffeln. »Bloodclaw. Jetzt!«, bellte ich streng.

Die Augen des Hundes sprangen auf. Sie waren von dem gleichen Lila wie die meinen. Sekundenlang starrten wir uns gebannt an. Der Hund fletschte die Zähne, streckte sich und sprang förmlich von meiner Haut. Der Stoß schleuderte mich in den Sand zurück.

»Herrin Warrior? Ist alles in Ordnung mit Euch?« Eine riesige, schlabbernde Schnauze tauchte besorgt über mir auf.

»Alles okay, aber du stehst auf meinem Bauch!«, röchelte ich.

»Oh. Verzeiht, Herrin Warrior.«

Erleichtert schnappte ich nach Luft und setzte mich wieder auf.

Groß wie ein halbes Pferd ragte der Höllenhund vor mir auf und sah sich neugierig um. Seine Ohren zuckten nervös.

»Wie geht es dir?«, fragte ich ihn und hob zögerlich eine Hand. Sofort senkte der Hund seinen Kopf und ließ sich genüsslich hinter den Ohren kraulen.

»Ich möchte mich bedanken … für … für deine Hilfe. Auch wenn du im Grunde gar keine andere Wahl hattest. Es tut mir so leid.« Ich lächelte bedrückt und kraulte ihn nun unter dem Kinn.

Er schnaubte genüsslich, öffnete jedoch die leuchtend lila Augen. »Ich hatte immer eine Wahl, Herrin Warrior. Es war mir eine Ehre, mein Leben für Euch zu geben. Und ich wurde mit einem neuen Leben reich belohnt.«

Ich schluckte und blinzelte in den roten Himmel. Die Hitze wurde mit jeder Minute unangenehmer. »Ja, was das angeht … sind wir jetzt miteinander … keine Ahnung … verbunden?«

Der Hund nickte. »Euer Vater hat mich Euch zur Seite gestellt. So lange ihr meine Dienste benötigt, werde ich da sein.«

»Möchtest du das auch?«

Ich hätte schwören können, dass der Höllenhund eine Augenbraue nach oben zog. »Ich versichre Euch, sollte ich jemals das Bedürfnis verspüren, in den Ruhestand zu gehen, seid Ihr die Erste, die davon erfährt. Aber davor werde ich Euer Leben beschützen. Ich denke, Ihr könnt ein wenig Hilfe hier unten gut gebrauchen.«

»Oha. Ich wusste nicht, dass Höllenhunde so sarkastisch sein können.«

Er grinste. Seine Zunge flutschte ihm dabei aus dem Maul. »Dann habt Ihr offensichtlich noch nicht viel Zeit mit Höllenhunden verbracht, Herrin Warrior.«

»Scheint so. Höllenhunde sind also sarkastische Komiker. Sonst noch etwas, das ich wissen sollte?«

»Wir spielen fantastisch Poker.«

»Klar. Sicher. Stöckchen holen ist auch definitiv out.«

»So weit würde ich nun auch wieder nicht gehen.« Bloodclaw linste unter halb geschlossen Augen zu mir hinüber. »Gegen ein gutes Stöckchen ist bei Weitem nichts einzuwenden.«

Ich konnte wirklich nicht sagen, ob er mich veräppelte. »Okayyy …« Bevor ich hier jetzt noch Hundegefühle verletzte, ließ ich das Thema lieber fallen. »Na dann.« Ich blies mir eine Haarsträhne aus dem Gesicht. Hilfreich stellte sich Bloodclaw neben mich, sodass ich mich in seinem Nacken festkrallen und mich auf die wackligen Füße ziehen konnte. »Du hast nicht zufällig eine Ahnung, wo wir hier sind?«

»Mhm … ja. Ich denke, ich weiß, wo wir sind.«

»Ach ja?« Verwundert sah ich den Höllenhund an, der plötzlich mit ernster Miene die staubige Umgebung musterte. Seine Nase zuckte. »Ich befürchte, wir befinden uns im Tartaros, Herrin Warrior.«

Sämtliche Farbe wich mir aus dem Gesicht. »Wir sind im Tartaros?«

»Ja, Herrin Warrior.«

»In dem Gefängnis?«

»Ja, Herrin Warrior.«

»Aber … wir wurden doch gefressen! Da war dieses Monster, ich hing an seinem Zäpfchen, verdammt noch mal!

Mitfühlend legte er eine Tatze auf meine Hand. Eigentlich zerquetschte er sie eher. Diese Pfote war monströs. Aber ich wusste die Geste durchaus zu schätzen. »Wenn es Euch tröstet, Ihr habt äußerst heldenhaft an diesem Zäpfchen gehangen. Ich erinnere mich an niemanden, der es Euch das gleichgetan hätte. Ihr seid eine wahre Kriegerin.«

Ich schnaubte. »Danke. Ich wurde trotzdem gefressen.«

Bloodclaw zuckte mit seinen breiten Schultern. »Es wäre auch ein Wunder gewesen, wenn nicht. Der Tartaros ist nun einmal kein Ort, sondern ein Tier. Ein mächtiges noch dazu. Das letzte Chaos-Wesen.«

»Chaos-Wesen? Ich habe noch nie von ihnen gehört. Und ich meine … hier haben die Götter die Titanen eingesperrt? Sie haben sie einfach verfüttert?«

Der Höllenhund nickte zaghaft. »Die Chaos-Wesen wurden angeblich von dem ersten Gott – Chaos – erschaffen. Vor dem Universum selbst. Hier unten werden die Titanen, Walküren, Riesen und seit Neuestem auch Götter wie ihr unter Verschluss gehalten. Ich bin über die Jahre bei einigen Inhaftierungen dabei gewesen. Sie alle wurden dem Tartaros geopfert. Es ist das einzige Wesen, das noch mächtig genug ist, um Kreaturen wie euch in Schach zu halten.«

Bloodclaw verstummte.

Beide blickten wir auf die triste Einöde. Hügel um Hügel entdeckte ich nichts als rotgoldenen Sand.

»Sieht es hier überall so aus?«

»Ich habe keine Ahnung, Herrin Warrior. Es ist mein erster Besuch hier unten.«

»Besuch? Glaubst du, wir kommen hier wieder raus?«

»Ohne jeden Zweifel. Niemand kann sein Schicksal aufhalten. Auch die Götter nicht.«

»Na, wenn du das sagst, kann ich meine Panikattacke ja auch noch auf später verschieben«, witzelte ich schwach. »Also, was jetzt? Wir können nicht ewig hier herumstehen und uns rösten lassen, oder?«

»Hm …« Bloodclaw brummte und kratzte sich mit dem linken Hinterlauf hinter dem Ohr. »Ich würde vorschlagen, wir suchen die anderen Götter. Sie werden wissen, was zu tun ist. Eventuell werdet Ihr unter ihnen auch ein paar Verbündete finden.« Mein Magen zog sich zusammen. Ich wusste sofort, wohin ich musste. Oder, besser gesagt, zum wem ich musste. Er hatte gewusst, dass ich hier unten landen würde.

»Die Götter haben dich gefunden. Hättest du mir gesagt, wo du bist, hätte ich das Schlimmste verhindern können. Jetzt musst du da selbst durch. Solltest du die nächsten Stunden überleben, wirst du zu mir kommen.«

»Warum sollte ich das tun?«

»Weil nur ich dir zeigen kann, wie du als Göttin überlebst.«

»Peace. Ich muss Peace finden.«

»Der Sohn des Zeus? War nicht er es, der Euch an einen meiner Männer verfüttert hat?«

Ich biss die Zähne zusammen. »Ja.«

»Ist es dann klug, ausgerechnet ihn aufzusuchen?«

»Nein. Aber ich muss. Hades hat mich ebenfalls zu ihm geschickt. Ich vertraue meinem Vater. Außerdem ist Peace mein einziger Anhaltspunkt.«

»Wenn das Euer Wunsch ist, werde ich Euch zu ihm bringen.«

Ich schluckte, ignorierte die Angst, die erneut in mir hochstieg, und schwang mich auf Bloodclaws Rücken. Er half mit der Schnauze nach, da ich, immer noch gefesselt, mich ziemlich ungeschickt anstellte. Ich blickte nach links und rechts. Sanddünen erstreckten sich, soweit das Auge reichte. Wo zum Teufel war nur Brave? Der müsste doch auch hier runtergefallen sein! Oder nicht? Sorge zerknautschte mir den Magen. Ein sanfter Windzug wehte vereinzelte Wirbel auf.

»Hast du eine Ahnung, wohin wir müssen?«, fragte ich meinen Begleiter ratlos.

»Ich hatte gehofft, Ihr wüsstet es.«

»Ähm … geradeaus?«

»Geradeaus klingt gut.«

Gemächlich trottete der Höllenhund los. Seine Pfoten versanken dabei tief im Sand und wirbelten mit jedem Schritt kleine Sandfontänen auf, die mir in den Augen brannten. Schützend kniff ich die Lider zusammen und krallte die Hände tief in Bloodclaws Nackenfell. Wir waren höchstens zehn Schritte gegangen, als der Höllenhund stehen blieb und unruhig schnüffelte.

»Was … Was ist los?« Augenblicklich hielt ich die Luft an und sah mich um. Ich erkannte lediglich unsere eigenen Fußspuren, die schon bald von frischem Sand bedeckt sein würden. Das Fell zwischen meinen Fingern sträubte sich.

»Ich rieche Götterblut«, teilte mir mein Begleiter mit.

»Was? Wo?«

»Direkt vor uns. Sollen wir nachsehen?«

Nervös leckte ich mir über die Lippen. »Ich weiß nicht …«

Der Hund zuckte mit den Schultern. »Wir können auch einen anderen Weg einschlagen, wenn Ihr das wünscht. Allerdings rieche ich viel Blut, was auch immer vor uns liegt, ist, denke ich, nicht länger in der Lage, uns gefährlich zu werden.«

»Hm … sehen wir mal nach. Wenn es gefährlich wird, halten wir unsere Höschen fest und laufen weg.«

Bloodclaw schielte belustigt zu mir hoch, nickte und trottete nach vorn, seine Nase hielt er dabei knapp über dem Boden. Sein Schwanz peitschte dabei nervös im Sand herum. Um nicht nur blöd auf dem Hund zu sitzen und ihm die ganze Arbeit zu überlassen, hielt ich ebenfalls Ausschau und … tatsächlich! Da war silbernes Blut. Sehr viel sogar. In einer Kriechspur zog es sich quer über den Sand, als hätte sich jemand mit Armen und Beinen davongeschleppt. Nach kurzer Zeit entdeckte ich eine Kuhle aufgewühlten Sandes, in dem der Körper kurzzeitig zusammengebrochen sein musste. Ein Verdacht beschlich mich.

»Schneller!«, trieb ich Bloodclaw an, der meinen Befehl sofort befolgte und der Spur die letzten Meter hinterherwetzte. Noch bevor die Gestalt gänzlich in Sicht kam, wusste ich, wer da mit dem Kopf nach unten auf einer Sanddüne lag.

»Brave!« Ich schwang mich von Bloodclaw und wäre vor Überschwang beinahe selbst kopfüber in den Sand gefallen. »O Brave!« Erleichtert ließ mich neben den Freund meiner Schwester plumpsen. Brave seinerseits stöhnte nur. Mit dem Gesicht voran lag er im Sand. Sein grüner Arztkittel stand sperrangelweit offen und präsentierte Braves nackten Hintern der sengenden Hitze. Beide Backen waren krebsrot.

»Das wird einen schmerzhaften Sonnenbrand geben«, kommentierte Bloodclaw trocken.

»Ich will nicht in seiner Haut stecken!«, stimmte ich zu und zupfte schnell den Kittel über dem göttlichen Hintern zurecht.

Bloodclaw indessen schnüffelte. »Das ganze Blut ist eindeutig von ihm. Er wurde an der Schulter verwundet.«

»Hilf mir dabei, ihn umzudrehen!« Mit den eingeschränkten Händen packte ich Braves Arme. Er brüllte auf. Ein nasses Schmatzen war zu hören. Erschrocken hielt ich inne, aber Bloodclaw schubste ihn mit dem Kopf an, sodass er auf den Rücken rollte. Zusammen sahen wir in das sandige Gesicht des … Gottes. Ich tat mich immer noch ein wenig schwer, dieses Wort mit mir und Brave in Verbindung zu bringen. Im Augenblick sah er jedenfalls eher wie ein paniertes Schnitzel aus. Also ähnlich wie ich. Nur dass ihm beinahe der gesamte Arm fehlte. Schockiert starrte ich auf den fehlenden Körperteil, das an der Achsel abgerissen worden war. Mir wurde übel. Das war eindeutig kein schöner Anblick. Ich konnte Knorpel und Knochen durch das offene Fleisch hindurchschimmern sehen. Inzwischen war die Wunde auch voller Sand, was zwar einerseits die Blutung stoppte, mir jedoch ganz und gar nicht gefiel. So in Sachen Blutvergiftung. Obwohl, konnten Götter überhaupt noch eine Blutvergiftung bekommen?

»Hey, Schönling! Aufwachen«, raunte ich Brave zu und tätschelte seine sonnenstichigen Wangen. Er rührte sich nicht. Hilflos sah ich mich um, überlegte, was ich ihm als Muntermacher übers Gesicht schütten konnte. Doch … na ja, wir waren in einer Wüste, da gab es eben nur Sand. Seufzend schloss ich die Augen und schüttelte den Kopf. Manchmal war mir meine eigene Blödheit zu viel. Zu meiner Verteidigung musste ich anführen, dass der Tag lang gewesen war, und einige meiner Gehirnwindungen waren bei all dem Adrenalin durchgeschmort.

»Was macht ihr da, Herrin Warrior?« Der Hund klang so ratlos, wie ich mich fühlte, als ich versuchte, Braves Arme und Beine in die richtige Position zu schieben.

»Erste Hilfe leisten! Sieht man das nicht?«

Bloodclaw nickte anerkennend. »Sehr schlau. Ich habe gehört, dass man sich in einer Ohnmacht an seiner eigenen Zunge verschlucken kann.«

»Wirklich? Scheiße! Wie war das noch mal? Wohin mit den Armen und Beinen? Warum hat er so viele davon?« Umständlich hob ich Braves Kopf und versuchte, seinen Kiefer aufzustemmen, um seine Zunge am Zurückrutschen zu hindern. Bloodclaw sabberte ihm unterdessen auf die Schulter.

»Nicht, Blood! Das entzündet sich sonst noch!«, schimpfte ich, doch er sah nur spöttisch zu mir auf.

»Er ist ein Gott.«

»Ja, aber ein ohnmächtiger, halb toter Gott, der jetzt auch noch Hundesabber in seiner ohnehin schon zerfetzten Schulter hat.«

»Soll das eine Beleidigung sein?«

»Mhpfff …«, stöhnte Brave.

»Hast du dir vorher die Zähne geputzt?«

»Was ist das für eine Frage?«

»Mhpfff …«

»Eine ironische.«

»Mhpfff …«

»Wenn Ihr mich als Nächstes fragt, ob ich ein Flohhalsband trage, kündige ich, Herrin Warrior.«

»Tust du es denn?«

»Darauf werde ich nicht antworten.«

»Mhpfff …«

»Also nicht.«

»Herrin Warrior.«

»Dafür muss man sich nicht schämen. Jeder hat mal Flöhe.«

»Herrin Warrior.«

»Es zu verschweigen, macht es nur schlimmer.«

»Herrin Warrior!«

»Was?«

»Sie ersticken ihn.«

»Hä?«

»Zeus' Sohn.«

Erschrocken sah ich nach unten. Braves graublaue Augen guckten panisch in meine.

»Oh, Brave. Du bist wach!« Schnell nahm ich meine Finger aus Braves Mund, mit denen ich die ganze Zeit versucht hatte, seine Zunge zu erwischen. Brave schnappte laut nach Luft, drehte sich von mir weg und hustete kräftig. Sand und Blut spritzten auf den Boden. Er würgte. Hilflos klopfte ich ihm auf den Rücken, traf jedoch aus Versehen seine verletzte Schulter. Brave schrie auf und fuhr hoch.

»Was? Warrior, bist du das? Lass das!«

»Ich will dir doch nur helfen! Erstickst du noch?«

»Ein wenig.«

Ich stützte ihn, bevor er wieder umfallen konnte. Diesmal achtete ich darauf, nicht die verletzte Schulter zu berühren, die …

»Aua, Warrior. Was soll das?«

»Deine Schulter!

»Tut verdammt weh.«

»Ja, aber sie ist wieder heil.«

»Wenn du so darin bohrst, fühlt sich das aber nicht danach an.«

»Wie kann das sein? So schnell? Nicht mal ich heile so schnell!«

Mein Blick fiel auf den hechelnden Höllenhund. Er grinste vergnügt und ließ einen demonstrativen Sabberfaden zu Boden fallen.

»Du hast Heilsabber?«, fragte ich ihn ungläubig.

»Offensichtlich, Herrin Warrior.«

»Schon immer?«

»Erst seit Neuestem. Teil eines unsterblichen Wesens zu sein, bringt Vorteile mit sich.«

»Wahnsinn, in Sekunden.« Die Wunde hatte sich beinahe vollkommen geschlossen. Dicker Schorf hatte sich auf dem zerrissenen Schnitt gebildet.

»Warrior. Wer … *Was* ist das?«

»Was?«

Brave drückte sich zitternd an mich und musterte Bloodclaw mit einem leicht panischen Ausdruck.

»Ach der? Das ist Bloodclaw. Ein Höllenhu… mein Begleiter. Er wird dir nichts tun«, erklärte ich freundlich. Es tat gut, jemand Vertrautes in der Nähe zu haben und nicht allein zu sein. Selbst wenn es sich nur um Brave handelte, der mich niemals wirklich registriert hatte. Aber wer hatte das schon, bevor ich zur Göttin mutiert war?

»Bist du sicher?«, fragte der junge Gott besorgt. »Das Vieh sieht aus, als könnte es eine Kuh verspeisen.«

»Bloodclaw. Beruhig ihn bitte. Wirst du Brave etwas tun?«

»Nicht, wenn er brav Stöckchen wirft. Und ich kann an guten Tagen sogar zwei Kühe verspeisen.«

»Hahaha. Achte nicht auf ihn. Er ist ein Witzbold.«

Brave guckte verwirrt. Ich seufzte. Es war viel zu heiß hier unten, der arme Kerl hatte bestimmt einen Sonnenstich und ich bald ebenfalls.

»Warum sind wir hier, Warrior?«, fragte Brave schließlich. Er sah vollkommen verstört aus. Hilflos umklammerte er seine zuvor verletzte Schulter. Seine zuvor strahlend hellen Haare waren matt, hingen schlaff herab. In seinen Augen lag ein gebrochener Ausdruck.

»Was war das für ein Vieh?«, fragte er mich mit rauer Stimme.

»Was ist das Letzte, an das du dich erinnerst?«, stellte ich eine Gegenfrage und nahm tröstend seine zitternden Finger in meine. Die Ketten unserer Handschellen rasselten. Er starrte darauf, als sähe er sie zum ersten Mal.

»I-Ich bin mir nicht sicher. Ich war mit Vater zum Golf verabredet. Ich hatte mich gerade zurechtgemacht, als diese Kopfschmerzen einsetzten. Ich habe seit Wochen welche und danach bekam ich Nasenbluten. Aber das Blut … es war …« Er stockte.

»Silbern?«

Brave nickte. Seine Finger zitterten heftiger. Er schluckte, raschelte mit den Ketten und sah unsicher aus, ob er weiterreden sollte. Aufmunternd drückte ich seine Hand.

»Weiter«, bat ich leise.

Brave sah mich gequält an. »Ich hörte auf einmal Stimmen. Anfangs nur nachts. Ich ließ mir Schlafmittel verschreiben. Aber es wurde schlimmer. Jeden Tag. Sie waren so laut, dass ich … ich …« Er schluckte. »Ich glaubte, wahnsinnig zu werden. Und so zu tun, als wäre nichts, setzte mir noch mehr zu. Keine Ahnung, warum ich meinen Zustand so lange verschwiegen habe. Aber ich hatte das Gefühl, damit nicht zu meinem Vater oder einem der anderen Götter gehen zu können. Es wurde immer schlimmer. Eine männliche Stimme hörte ich jedoch immer am deutlichsten. Sie war absolut emotionslos. Eiskalt. Er sagte, sein Name sei Peace und er sei ebenfalls ein Sohn des Zeus.«

»Ich … ja, ich kenne Peace.«

»Jedenfalls stellte er sich mir als mein Halbbruder vor. Ich glaubte ihm anfangs nicht, aber mit der Zeit begann ich ihm doch zuzuhören und er erzählte mir Dinge. Unglaubliche Dinge. Er sagte, ich sei ein Gott. Oder zumindest hätte ich das Potenzial dazu, einer zu werden. Dass die Götter alt wurden und ich schon bald ihren Platz einnehmen könnte. Dass er mir helfen würde, wenn …«

»Wenn was?« Mitfühlend strich ich ihm mit dem Daumen über den Handrücken.

Brave schluckte und sah mich an, als würde er mich zum ersten Mal wirklich wahrnehmen. »Er verlangte nach dir. Ich sollte dich entweder zu ihm bringen oder dich töten, bevor die Götter es tun konnten.«

Meine Bewegung erstarrte. Langsam lehnte ich mich zurück. Brachte Abstand zwischen uns. Bloodclaw knurrte augenblicklich und fletschte seine langen – und vor allem scharfen – Zähne. Brave wurde, wenn das überhaupt möglich war, noch blasser.

»Er hat *was* von dir verlangt?«, fragte ich ungläubig. In meinen Ohren klingelte es. Ach, da war die Panik ja wieder. Ich hatte sie beinahe vergessen.

Brave presste seine Kiefer zusammen und schüttelte den Kopf. »Ich habe mich geweigert. Ich bin doch kein Mörder, Warrior! Natürlich habe ich ihm gesagt, dass er das vergessen könne. Wenn Vater ihn in den Tartaros geworfen hatte, musste er einen triftigen Grund dafür gehabt haben. Egal, ob Peace nun mein Halbruder ist oder nicht. Aber Peace wurde wütend. So wütend, dass ich mitten im Zimmer zusammenbrach. Das Nächste, an das ich mich erinnere, ist, wie ich in dieser grässlichen Höhle mit diesem Monstrum vor der Nase aufgewacht bin.«

Ich schwieg und starrte Brave an. Sagte er die Wahrheit? Die Erleichterung, ihn an meiner Seite zu wissen, löste sich in Wohlgefallen auf.

»Soll ich ihn fressen?«, bot Bloodclaw sofort an.

»Mhm …« Ich überlegte.

»Was? Warrior, du hast gesagt, er tut mir nichts«, quietschte Brave. Seine Finger krallten sich so sehr in meine, dass die Knochen knirschten. »Ich schwöre dir! Ich sage die Wahrheit. Ich habe keine Ahnung, was hier vor sich geht. Ich bin doch nur … ich weiß nicht mal, wo wir sind.«

»Wir sind im Tartaros«, erklärte ich und beobachtete dabei seine Reaktion. Sein Unterkiefer klappte nach unten. Ha, genau wie bei mir!

»Aber … aber wir wurden doch gefressen.«

»Offensichtlich ist der Tartaros kein *Wo*, sondern ein *Was*.«

»Was … wirklich?«

»Ziemlich sicher.«

Seine Reaktion war echt. Keine Ahnung, warum ich das wusste, aber mein Bauchgefühl sagte mir, dass Brave nichts im Schilde führte. Außerdem war er mir immer äußerst friedliebend und harmoniebedürftig vorgekommen. Ein etwas dümmlicher Teddybär im Adonis-Aufzug. Ich entspannte mich etwas und klopfte ihm auf die Schulter. Diesmal absichtlich auf die verletzte. Er zuckte zusammen. »Ich glaube dir.«

»Wirklich?«

»Ja. Aber denk dran: Solltest du mich doch an Peace verhökern, lasse ich Bloodclaw deinen krebsroten Hintern fressen.«

Mein Gegenüber schluckte. »Klingt fair.«

»Gut. Also, was machen wir jetzt?«

Brave kratze sich am Kopf. »Ich habe zwar keine Ahnung, aber Peace meinte, wenn ich dich zu ihm bringen wolle, dann müsse ich in Richtung Markt gehen.«

»Hier unten gibt es einen Markt?«

»Wenn man einer Stimme im Kopf, die vorgibt, dein verbannter Halbbruder zu sein, glauben will, dann ja.«

»Wo liegt dieser Markt?«

»Ich habe keine Ahnung.«

»Wahnsinn. Auch okay, dann reiten wir einfach weiter geradeaus. Blood, kannst du uns beide tragen?«, wandte ich mich an meinen haarigen Begleiter, der nur keck eine Augenbraue hochzog.

»Wir sollen auf diesem Ding reiten?«

»Genau das sollen wir, Olympier-Schönling. Also, rauf mit dir!«

Brave sah aus, als würde er gleich die Fersen in den Sand graben.

»Stell dich nicht so an!«

»Aber das ist ein Höllenwesen!«

»Genau wie ich. Los jetzt.« Zur Bekräftigung schubste ich ihn auf Bloodclaw zu, der ihm unschuldig hechelnd den Schwanz ins Gesicht schlug, und zwang ihn zum Aufstieg. Ich unterdrückte ein Grinsen und schwang mich selbst, inzwischen schon etwas geschickter, hinter Brave, der ächzend Hundehaare ausspuckte. Wir setzten uns in Bewegung. Die sandige Ebene breitete sich vor uns aus und wenn die ganze Situation nicht so extrem bizarr gewesen wäre, hätte ich wahrscheinlich so getan, als befänden wir uns auf einer Safari. Nur, dass wir auf einem Höllenhund anstatt auf einem Kamel ritten und wir zwei amtierenden Götter langsam zu Dörrpflaumen unter der knallenden Hitze mutierten.

»Sieht aus wie in Dune«, sagte Brave, der sich die heilende Schulter hielt und sichtlich darum kämpfte, nicht herunterzufallen.

»Ich habe mir den Tartaros auch anders vorgestellt«, stimmte ich zu und legte den Kopf in den Nacken.

Wir schwiegen. Wussten wohl beide nicht, was wir einander zu sagen hatten. Er war der Olympier-Schönling. Star der Gottkinder und Sohn vom großen Boss. Ich die kleine Missgeburt von Hades, die eine absolute Niete darin war, die Klappe zu halten oder sich aus Schwierigkeiten herauszuhalten.

Ich schwitzte wie ein Schwein. Keine Sonne weit und breit. Trotzdem war es heiß – und hell. Der Himmel war in ein Rot getaucht, das beinahe zu pulsieren schien. Bloodclaw lief und lief. Mit der Zeit schmerzten mein Rücken und Nacken. Sand türmte sich über Sand und ich begann Hügel zu zählen. Bei Nummer eintausendundfünf gab ich auf.

»Wie hast du dir den Tartaros vorgestellt?«, fragte Brave mich plötzlich.

»Keine Ahnung. Ich hatte irgendwie mehr so an einen mittelalterlichen Kerker gedacht. Ähnlich wie in Abaddon.«

»Ich war noch nie in Abaddon. Spielen die Götter dort unten auch Golf?«

Ich lächelte. »Nein, tun sie nicht.«

»Wirklich?« Brave klang so ungläubig, dass ich kichern musste.

»Nein, Brave. In Abaddon machen wir auch kein Yoga oder Friedensmeditation und um zwölf gibt es keine Green Smoothies.«

»Sondern?«

»Na ja …« Ich zögerte und überlegte kurz. »Es gibt Alligatorenhahnenkämpfe, die ganz lustig sind.«

»Alligatorenhahn?«

»Ja, du weißt schon, diese Wesen, die halb Hahn, halb Alligator sind. Die Viecher stinken teuflisch nach Verwesung und können Säure verspritzen.«

»Und die lasst ihr gegeneinander kämpfen?«

»Unter anderem, ja. Jeder meiner Brüder hatte einen. Ist aber gar nicht so leicht, an die Eier heranzukommen und die auch noch auszubrüten. Madox saß auf einem, eine ganze Woche lang, bis er schließlich herausgefunden hat, dass die Hähne nur bei einer Temperatur von zweihundert Grad schlüpfen.« Ich lachte bei der Erinnerung und spürte sofort einen Stich der Angst in meiner Brust. Madox. Wenn er tot war, wäre das ganz allein meine Schuld. Ich hätte mich nicht so an ihn klammern sollen. Er holte mich viel zu oft aus eigenproduziertem Schlamassel heraus. Nein, er war nicht tot. Das würde ich fühlen … oder?

»Was habt ihr dann getan?«, fragte Brave. So gut es ging, hatte er mir das Gesicht zugewandt und sah mich mit großen Augen an. Ich lächelte. Eine unerwartete Woge der Zuneigung für den Sohn des Zeus überkam mich. Langsam verstand ich, warum sich Diamond ausgerechnet ihn als Partner ausgesucht hatte. Brave war auf unkomplizierte und äußerst unverfälschte Weise ein Mensch, den man gerne um sich hatte. Den man gerne beschützte. Und das würde ich. Für sie. Selbst wenn wir niemals hier herauskommen sollten.

»Na ja, wir haben das Ei in die Mikrowelle geschoben.«

»Ernsthaft?«

»Das war nur logisch. Die ging bis über zweihundert Grad. Es schien uns sicherer, als einen Drachen zu suchen, um das Ei auszubrüten.«

»Es gibt Drachen in Abaddon?«

»Ja, nein. Zumindest keine echten mehr. Nur Nachfahren.«

»Wow. Ich hatte keine Ahnung.«

»Ja, so ging es mir auch letztens im Olymp. Eure fliegenden Pferde haben mich echt beeindruckt.«

Er schnaubte. »Zeus hält sie nur, weil sie hübsch aussehen. In Wirklichkeit äpfeln sie einem nur auf den Kopf.«

»Hehe. Ja, das hab ich mir schon gedacht.«

»Also, erzähl weiter. Wie ging die Geschichte mit dem Ei aus?«

»Hm, willst du das wirklich wissen?«

»Unbedingt.«

Ich seufzte. »Na schön. Um auf Nummer sicher zu gehen, stellten wir die Mikro auf 230 Grad Celsius. Aber das war eine ziemlich idiotische Idee. Es ist uns explodiert.«

Brave stieß ein bellendes Lachen aus. »Wirklich?«

Bei der Erinnerung knallte ich mir die Hand gegen die Stirn. »Ja! Es war grauenhaft. Das Ding bestand im Inneren aus purer Säure und hat die Mikrowelle und den Boden darunter innerhalb von Sekunden geschmolzen. Das Schloss ist aus Stein und teilweise sogar Titan gebaut. Trotzdem hat der Boden nachgegeben und die halbe Küche ist in Hades' Badezimmer gekracht. Als ... Als er gerade am Duschen war.« Ich wurde rot. Himmel! Die Geschichte war mir immer noch peinlich.

Brave lachte so laut, dass ihm die Tränen über die Wange liefen. Beinahe wäre er von Bloodclaws Rücken gefallen, der ebenfalls belustigt gluckste.

»Neeein? Du verarschst mich doch, oder?«

»Nope. Es war wirklich so. Als Strafe mussten Madox und ich die Sauerei aufwischen. Per Hand. Die Säure hat uns Knie und Arme verbrannt, obwohl wir Schutzanzüge aus Titan trugen. Mad hat davon immer noch Narben. Ich nicht. Vielleicht hätte ich mich damals schon fragen sollen, warum meine Wunden so viel schneller heilten als bei ihm.«

Braves Lachen stockte. »Mach dir nichts draus, Warrior. Bei mir gab es ebenfalls genug Anzeichen. Ich habe es ignoriert. Ich wäre niemals auch nur auf die Idee gekommen, unsterblich zu sein. Mein Vater und jeder andere hätte mich für diese Gedanken ausgelacht. Oder Schlimmeres.«

»Ja«, flüsterte ich. »Mich auch.«

Es wurde wieder still. Beide hingen wir unseren Gedanken nach. Weder meine noch seine waren von glücklicher Natur, schätzte ich. Die Umgebung half nicht gerade dabei, an flauschige Häschen zu denken. Die Wüste blieb genauso einseitig wie Stunden zuvor. Sie schien sogar noch dunkler und trister zu werden. Hier draußen war einfach gar nichts. Nicht mal eine verschissene Wolke auf dem roten Grund. Der Sand rieselte um uns herum, wehte uns ins Gesicht und ließ das Atmen schwer werden. Der Wind wurde ein wenig stärker, brachte jedoch keine Erfrischung, sondern war heißer als die stehende Luft zuvor. Meine Haut fühlte sich an, als würde sie brutzeln.

Bloodclaw strauchelte und senkte schnaufend den Kopf.

»Alles gut mit dir?«, fragte ich ihn.

»Alles gut, Herrin Warrior. Wir kommen voran.«

»Wirklich?«, fragte Brave zweifelnd. »Sind wir an diesem Hügel nicht schon vorbeigekommen?«

»Welchem?«

»Dem rechts!«

»Die sehen doch alle gleich aus.«

»Nein, dieser nicht. Er sieht aus wie ein lachendes Gesicht.«

»Wirklich?« Mit zusammengekniffen Augen versuchte ich, durch den aufwirbelnden Sand ein Gesicht zu erkennen, sah jedoch nur … na ja, noch mehr Sand.

»Du hast einen Sonnenstich.«

»Ich brauch 'ne Pause!«, stöhnte der Gott.

Ich stimmte zu und Bloodclaw ließ uns vorsichtig zu Boden.

»Kommt es mir nur so vor oder ist hier weniger Sand?«, fragte Brave mit dicker Zunge.

»Mhpf, mir kommt es gleichviel vor.«

Bloodclaw legte sich hechelnd neben uns. »Heulsusen. Ich renn doch hier nicht wie blöd rum«, glaubte ich, ihn leise murmeln zu hören, konnte es mir aber auch genauso gut eingebildet haben.

»Alles gut mir dir, Großer?«, fragte ich den Höllenhund matt.

»Mir geht es gut, Herrin Warrior, aber ich mache mir Sorgen um unseren Kurs. Wir können nicht ewig durch die Wüste wandern und eine zu lange Pause bei dieser Hitze ist gefährlich.«

»Wir sind unsterblich, oder? Das halten wir schon aus«, stöhnte ich und ließ mich auf den Rücken fallen. Inzwischen war das Atmen wirklich mühselig.

Brave begann mit den Armen und Beinen zu rudern.

»Was machst du da?«

»Einen Sandengel!«

»Mhm, schöne Idee.« Ich bewegte ebenfalls meine Arme und Beine und legte einen tollen Sandengel hin. Mit trockenen Augen starrte ich in den heißen Himmel. Er flimmerte. Meine Lider klickten bei jedem Zwinkern, was ziemlich nervig war, aber mein Körper war inzwischen ausgetrocknet.

»Ich hasse die Wüste!«, schimpfte ich.

»Ich bin durstig!«, jammerte Brave. »Und ich war seit Wochen nicht mehr durstig oder hungrig.«

»Ehrlich? Aber ich habe dich doch bei uns essen sehen wie ein Scheunendrescher.«

»Jaaaa, ich hab danach alles wieder ausgekotzt.«

»Igitt, aber sag mal, hat Diamond denn gar nichts davon mitbekommen?«

»Nein. Ich glaube nicht. Sie hat sich zu viele Sorgen um dich gemacht.«

»Mhpf, typisch. Sie hat übrigens nach dir gefragt, als du nicht beim Golf aufgetaucht bist.«

»Wann war das? Heute … gestern? Wie lange sind wir schon hier unten?«

»Keine Ahnung.«

»Wir sind beinahe zwei Tage hier unten, Herrin Warrior.«

»Danke, Bloodclaw.«

»Stets zu Diensten.«

»Warum hast du dieses Vieh eigentlich?«, fragte Brave und klang beinahe ein wenig neidisch.

»Hades hat ihn mir geschenkt, bevor sie mich in den Tartaros warfen. Als Unterstützung.«

»Und wo ist meine Unterstützung?«

»Du hast doch uns.«

»Ich meine, die von meinem Vater? Warum kümmert sich deiner um dich, aber meiner wirft mich einfach alleine runter?«

»Ja, komisch. Ich dachte, Zeus sei so ein Superdad.«

»Ja, das denken viele.«

»Ist er es nicht?«

»Weiß nicht. Zeus bestraft gerne. Mit dreizehn verbrachte ich mal drei Wochen als Kirschblütenbaum, weil ich eine seiner Zigarren geraucht hatte.«

»Krass!« Mehr brachte ich nicht mehr heraus.

»Sehr krass. Ich werde jetzt noch ganz wuschig, wenn eine Biene vorbeifliegt.«

Ich kicherte. »Du hast dich von Bienen bestäuben lassen?«

»Das war einmalig. Danach habe ich mir keine Pornohefte mehr angesehen, sondern Bienen-Dokumentationen. Biene Maja ist der Inbegriff meiner feuchten Träume.«

Ich prustete. »Weiß Diamond von deinem Bienen-Fetisch?«

»Nein. Aber sie sieht Biene Maja ein wenig ähnlich, oder?«

»Äh …« Ich versuchte, mir Diamond mit kleinen Antennen, gelb-schwarzen Streifen und Flügeln vorzustellen. »Sie wäre wirklich eine hübsche Biene«, stimmte ich beeindruckt zu.

Bloodclaws Gesicht tauchte über meinem auf. »Wir sollten weiter, Herrin Warrior. »Euer Herzschlag hört sich nicht gut an.«

Ich leckte mir über die Lippen. Schmirgelpapier. Reines Schmirgelpapier. »Gut, aber du musst mir aufhelfen!« Ächzend streckte ich die Arme aus, schlang sie um Bloodclaws Hals und ließ mich hochziehen. »Kommst du, Brave?«

»Nein, ich bleibe liegen. Es riecht so gut nach Würstchen.«

»Das ist deine Nase.«

»Wahnsinn, meine Nase hat ungeahntes Potenzial.«

»Komm, hoch mit dir, du Bockwurst.«

Unter großer Anstrengung half ich dem Gott hoch. Der Wind hatte sich inzwischen gelegt. Die Luft stand still. Staubtrocken. Bloodclaw trottete schneller als zuvor. Er schien es eilig zu haben, uns aus dieser Hölle herauszubekommen. Sein Atem ging laut. Seine Zunge hing heraus und der Brustkorb unter meinen Beinen hob und senkte sich keuchend. Das Auf und Ab bescherte mir Kopfschmerzen. Es wurde immer schwieriger, sich auf seinem Rücken zu halten. Brave stöhnte.

»Ich verdurste. Jetzt.«

»Durchhalten!«, beschwor ich ihn und sandte ein Stoßgebet an die Götter, bis ich merkte, wie sinnlos das war. Immerhin waren wir jetzt die Götter. Supernutzlose Götter, die nicht einmal ein wenig Wasser hervorzaubern konnten.

»Da ist der Grinsehügel wieder!«, sagte Brave plötzlich und deutete nach vorn. Verwirrt sah ich auf. Er hatte recht.

»Wo siehst du da ein Grinsen, Brave?

»Da! Ganz eindeutig. Als würde uns jemand ein Zeichen geben wollen und … O mein Gott, unsere Rettung!«

»Brave!« Entsetzt beobachtete ich, wie er sich von Bloodclaws Rücken stürzte und wie ein Wiesel loshechtete. Zum ersten Mal glaubte ich, etwas Göttliches in ihm zu erkennen. Brave schien zu leuchten. Goldener Schein und Sand wirbelten um seine Füße herum, als er den Hügel so schnell hinaufrannte, dass seine Silhouette verschwamm. Bevor ich ein zweites Mal blinzeln konnte, war er hinter der Düne verschwunden.

»Bei den Göttern! Jetzt ist er eine Kartoffel«, stöhnte ich. Sofort hechtete Bloodclaw los, versank knietief und trat in ein paar Sandminen, die uns beinahe wieder nach unten gezogen hätten. Verbissen kämpfte er sich vorwärts, stemmte sich knurrend gegen die Sandmassen. Ich überlegte schon, abzusteigen und ihn anzuschieben, als wir endlich an der Spitze ankamen und … auf einen Baum hinabsahen. Es war ein Baum, wie ich ihn noch nie zuvor gesehen hatte. Sein Stamm war pechschwarz und glatt wie Glas. Seine Äste krümmten sich wie dürre Finger in die Breite. Sein Blätterwerk war von einem saftigen Grün und so dicht, dass es sogar Schatten unter der brütenden Hitze spendete. Brave rekelte sich bereits glücklich darunter.

»Da sind Früchte!«, rief er mir aufgeregt zu und winkte hektisch.

»Lass die Finger davon!«, warnte ich ihn. Bloodclaw wetzte sofort wieder los. Brave war jedoch nicht mehr aufzuhalten. Er sprang hoch, verschwand kurz zwischen einigen Ästen und landete wieder am Boden. Mit leeren Händen. Wütend verzog er das Gesicht und sprang erneut. Im gleichen Augenblick erreichten wir ihn, obwohl Bloodclaw zögerte, in den Baumschatten zu treten.

»Ich habe einen!«, hörte ich Brave jubeln. Grinsend kam er genau vor uns auf. In der Faust hielt er eine goldfarbene, schimmernde Frucht. Diese sah wie eine Kreuzung aus einem saftigen Apfel und einer süßen Pflaume aus. Sie hing noch am Ast, der sich ächzend bog. Keine Ahnung, warum, aber bei dem Anblick wurde mir übel und eine unbestimmte Angst packte mich. Trotz der mordsheißen Temperaturen rieselte Gänsehaut meinen Rücken hinab.

»Reiß das ja nicht ab!«, zischte ich und wollte ihm das Obst aus der Hand schlagen, aber er schlug, wie nach einer lästigen Fliege wedelnd, zurück und traf mich an der Wange. Die Ohrfeige war so hart, dass sie mich von Bloodclaws Rücken schleuderte. Der Hund knurrte, fauchte Brave an, der grinste und das Obst fester packte.

Ich spuckte den Sand aus und sah panisch auf. »Nicht pflücken, du weißt doch gar nicht, was das ist!«, warnte ich, doch es war zu spät. *Zack.* Mit einem saftigen Schmatzen riss das Obst ab und Brave vergrub seine Zähne darin. Ich hielt die Luft an.

Sah, wie er es ohne Luftschnappen verschlang. Das Gehäuse warf er achtlos zur Seite. Ich beugte mich näher hinab und betrachtete die Überreste. Die Schale war seltsam, hatte eine menschlicher Haut ähnliche Beschaffenheit und das Innere sah faserig aus. Wie Fleisch.

Ich stemmte mich hoch. »Spuck es aus!«, befahl ich, und rannte zu Brave, der sich bereits die zweite Frucht gönnte.

»Lass mich, Warrior. Das ist köstlich!«, wehrte er ab und biss hinein. Es klang, als würde er rohes Fleisch zerbeißen. Unter der Erde spürte ich ein Rumoren. Brave hatte aufgegessen und beäugte gierig Nachschub.

»Hilf mir!«, fuhr ich den Höllenhund an, der jaulend in unsere Richtung sprang.

Aber Brave wich mit erstaunlich geschmeidiger Geschwindigkeit aus. Er entkam knapp den ausgefahrenen Krallen und Zähnen, hob eine Faust und donnerte sie dem Höllenhund so hart gegen den Schädel, dass dieser fiepend zu Boden stürzte. Es krachte und Bloodclaws Hals stand in einem seltsamen Winkel ab. Brave hatte dem Ungetüm ohne jede Kraftanstrengung das Genick gebrochen.

»Was machst du?«, brüllte ich.

Seine Haut leuchtete wie ein pulsierender Stern. Seine Augen waren seltsam. Ich sah genauer hin. Die Pupillen waren so riesig, dass sie beinahe sämtliches Blau verschluckten. Der Idiot war auf Drogen. Bloodclaw löste sich in Rauchpartikel auf und kehrte auf meine Haut zurück. Ich konnte nur hoffen, dass er sich schnell erholte.

»Nicht noch mehr essen!«, rief ich, doch er hielt mich mühelos mit einer Hand auf. Dann schubste er mich wie ein kleines Kind zurück, sprang hoch, riss das dritte Stück Obst ab und biss lächelnd hinein. Es schmatzte. Ich biss mir auf die Unterlippe und fühlte einen gewaltigen Ruck durch die Erde gehen. Unter dem Baum war ein Riss entstanden. Ein paar der fleischigen Früchte knallten zu Boden, einer auf Braves

Kopf. Er sah verwundert auf, den Bissen noch im Mund. Der Riss wurde größer. Es knackte. Ich riss die Augen auf und sah zu Brave, der nun doch besorgt aussah.

»Wir verschwinden. Jetzt!«, zischte ich.

Brave nickte und ließ die Frucht fallen. In dem Augenblick, in dem sie den Boden berührte, riss dieser komplett auf. Eine Fontäne aus Sand stob nach oben, fegte uns von den Füßen. Mein Schrei verhallte in dem schrillen Kreischen eines anderen Wesens, das aus dem Boden geschossen kam. Ich hustete, kniff die Augen zusammen und starrte auf den riesigen Wurm, der sich in die Höhe stemmte. Sein Körper war schwarz und in gleichmäßigen Abständen mit Knubbeln gerippt. Wie bei einem Regenwurm. Sein Körper schimmerte glatt wie Glas. Er besaß keine sichtbaren Augen oder Ohren. Dafür aber ein riesiges rundes Maul mit einem Dutzend scharfer Zähne, die sich im Kreis zu drehen schienen. *Wie ein Rasenmäher,* schoss es mir durch den Kopf. Der komische Baum auf seinem Kopf wippte im Takt der schrillen Schreie, die das Wesen ausstieß. Im Vergleich zu dem Wurm war der Baum winzig.

Ich kreischte. Brave kreischte. Wir kreischten zusammen und sahen, wie das Vieh seinen überdimensionalen Kopf zu uns hinabsenkte. Es visierte uns an. Ich wusste es genau.

»Weg hier!«, rief ich, packte Braves Arme und wollte ihn hochziehen, doch der Blödmann rührte sich nicht vom Fleck.

»Komm, Warrior, lass uns einen Sandengel machen!«, rief er stattdessen voller Begeisterung und warf sich auf den Rücken. War er meschugge? Gerade hatte er noch schrill gekreischt wie ein Mädchen und jetzt lachte er?!

»Dieser Wurm kann dann den besten Engel bewerten!«

»Lass den Scheiß. Lauf!«, rief ich ungläubig, während Brave glücklich lachend durch den Sand kugelte und einen Engel nach dem anderen machte.

Das Vieh brüllte. Ich stolperte zurück, wollte Brave mit Gewalt hochziehen. Doch da schnellte das Wesen bereits nach unten. Viel schneller, als man es einer Kreatur dieser Größe zugetraut hätte, sperrte sie das Maul auf, packte den Gott an den Füßen und riss ihn mit sich hoch.

»Neeein!«, schrie ich.

»Jaaaa!«, jubelte Brave. »Arme hoch, Warrior, dann macht es noch mehr Spaß!«, rief er mir zu. Das Vieh warf Brave wie ein Fleischstück nach oben und schnappte zu.

»Brave!«

»Juhu. Das war ein Dreifachsalto!« Voller Grauen musste ich zusehen, wie Brave glücklich jauchzend im Maul des Wurms verschwand.

»Bloodclaw. Ich brauche dich!«, wimmerte ich, doch der Hund rührte sich nicht. Nun visierte das Vieh mich an. Im Gegenzug zu Brave hatte ich allerdings weniger Lust auf einen Dreifachsalto. Der Wurm kringelte sich, warf den Kopf nach links und rechts. Bäumte sich auf, sperrte das Maul auf und spie mir Braves Handschellen vor die Füße. Ich schluckte, drehte mich um und rannte los. Hinter mir krachte es. Eine Staubfontäne erwischte mich im Rücken. Schlängelnd befreite sich auch noch der Rest der Kreatur aus dem Loch im Boden und schnellte mir wie eine Schlange hinterher. Ich warf einen kurzen Blick zurück. Die Zähne drehten sich wie in einem Mixer. Keuchend schlug ich einen Haken, warf mich zur Seite und entkam den schnappenden Beißerchen nur um Haaresbreite. Ein Stück Obst traf mich an der Wange. Stolpernd schlug ich einen weiteren Haken und rannte zurück in die ursprüngliche Richtung. Das Monster donnerte und folgte mir. Mein Herz polterte. Ich schnaufte wie ein Rennpferd, während ich so schnell wie möglich durch den Sand rannte, doch er fühlte sich unter meinen Füßen wie Treibsand an. Ich kam kaum voran. Zumindest nicht schnell genug, um dieser verdammten Made zu entkommen. Fluchend warf ich mich auf den Bauch, spürte einen Luftzug und das Schnappen von raspelnden Rasenmäher-Zähnen. Hastig drehte ich mich auf den Rücken und blickte direkt in das augenlose Gesicht des Wurms. Dieser zischte wie eine Schlange und kreischte. Schützend hob ich die Hände. Der schleimige Speichel des Viehs tropfte auf mich nieder. Ich keuchte, spuckte und kroch rückwärts. Stieß mich mit den Füßen im Sand ab. Meine schleimigen Hände rutschten aus den Handschellen.

Verdutzt blinzelte ich. Ich war frei!

Der Wurm kreischte erneut. Ich kreischte zurück und kniff die Augen zusammen. Das wars jetzt! Ich bin gefressen worden, nur um gleich darauf wieder gefressen zu werden. Was kam als Nächstes? Das Zuckerwatteland? Ich spürte, wie sich das Maul um meine schützend ausgestreckten Hände schloss. Spürte die nadelspitzen Zähne meine Haut zerfetzen und fühlte, wie meine Beine vom Boden abhoben, als das Vieh mich – wie Brave bereits zuvor – in die Höhe warf. Ich zappelte. Flog hoch, riss die Augen auf und sah das Maul auf mich zurasen, den schwarzen Rachen und … war das Braves blonder Schopf? Ich würde ihm gleich folgen. Das Monster schnellte nach vorne, biss zu. Ich wurde hart in die Seite getroffen. Krachte zu Boden und fühlte, wie mir sämtliche Luft aus der Lunge wich. Neben mir knallte es laut und scheppernd. Ein Motor heulte auf.

»Yee-haw! Da nenne ich mal ein Regenwürmchen!«

Da war ein Mann mit Cowboyhut, der auf einem überdimensionierten Fuchs mit drei Skorpionstacheln ritt. Vielleicht war es aber auch nur ein Stachel, meine Sicht war ein wenig verschwommen.

»Geht es dir gut, Kleine? Siehst ein wenig mitgenommen aus«, fragte mich der Mann belustigt. In seinem rechten Mundwinkel qualmte eine Zigarre.

Als Antwort kreischte ich: »Wurm!«

»Oh!«, blitzschnell riss er die Zügel seines Fuchses herum. Der Kopf des Wurms knallte genau in die Stelle, an der nur wenige Sekunden zuvor noch der Fremde gestanden hatte. Der Mann lachte. Das Monster schrie frustriert, schoss wieder in die Höhe. Sand verwehrte uns die Sicht. Ich kniff die Augen zusammen, der Mann hingegen zog nur lässig eine Skibrille vom Hut übers Gesicht, riss eine Pistole aus seinem Halfter am Bein und schoss. Die Kugel knallte aus dem Lauf und schlug in das Wesen ein. Schwarzer Schleim spritzte zu allen Seiten. Die Kreatur kringelte sich vor Schmerz.

»Tja, das hat ihn wohl nur noch wütender gemacht«, stellte der Mann fest. Wie zur Antwort schnellte das Wesen nach vorn, biss zu und hätte mich beinahe erwischt. Mit einem Hechtsprung entkam ich dem Maul.

Der Mann jubelte nur und schoss erneut. Es klatschte. Ein faustgroßes Loch zerfetzte den Körper des Viehs, das inzwischen vor Wut rot angelaufen war.

Tänzelnd dirigierte der Cowboy seinen Fuchs näher an das Vieh, das seinen Körper inzwischen vor Schmerz verknotete. Sein Kopf zuckte erneut nach unten.

»Friss das!«, hörte ich den Mann brüllen, bevor er etwas herauszog, das verdächtig nach einer Granate aussah, und es dem Vieh in den geöffneten Mund warf. Es schluckte hörbar, schnellte jedoch unbeirrt weiter nach vorne, sodass der Mann erneut fluchend seinen Fuchs zur Seite reißen musste. Der Wurm schüttelte seinen blinden Kopf. Obst flog in alle Richtungen. Er öffnete den Mund und grollte. Plötzlich gab es einen Knall und sein Kopf explodierte. Schwarzer Schleim stürzte wie ein Platzregen auf mich herab. Schützend riss ich die Arme hoch und sah, wie der Rest des Monsterkörpers schwankte und hilflos zuckte, bevor er in einem gigantischen Sandwirbel zusammenbrach.

»Du kannst den Mund zumachen, Süße, sonst verschluckst du noch ein paar Fliegen.«

Ich sah zu meinem Retter hoch. »Oh …«

»Gestatten.« Ganz der Cowboy tippte er sich an seinen Hut und schwang sich von seinem Skorpionfuchs. »Mein Name ist Bizarre. Und es war mir eine Freude, eine Jungfrau in Nöten zu retten.« Fürsorglich bahnte er sich einen Weg durch den Schleim zu mir hindurch. Seine Zigarre hing dabei immer noch in seinem Mundwinkel. Er streckte mir die Hand entgegen.

Ich guckte darauf, als würde sie mich als Nächstes beißen wollen.

»Hast du einen Schock oder so?«, fragte er mich belustigt und wackelte auffordernd mit seinen Fingern. »Komm schon. Ich tu dir nichts. Versprochen.«

»Oh … okay.« Zögerlich nahm ich seine Hand und ließ mir aufhelfen. Schleim tropfte von mir herab.

»Uhh … das war knapp. Noch eine Sekunde länger und das Vieh hätte dich verschluckt.«

Verschluckt!

»Brave!«, stieß ich erstickt hervor.

»Hä?« Verwundert sah mir Bizarre zu, wie ich durch den Schleim in Richtung der Wurmüberreste schlitterte.

»Brave!«, rief ich laut und suchte hektisch die Umgebung ab.

»Was ist ein *Brave?*«, wollte Bizarre neugierig wissen. Wie selbstverständlich hatte er sich meiner Rettungsaktion angeschlossen.

»Kein *Was!* Ein *Wer!* Das Mistvieh hat ihn verschluckt.«

»Wirklich?«

»Jaaaa!«

»Vor Kurzem?«

»Jaaaaa!«

»Na dann!« Gut gelaunt trat Bizarre an das Ende des Wurms und trat ihm fest in den Schwanz. Der tote Körper blubberte. Etwas bäumte sich auf und ein Schwall Schleim wurde mitsamt Brave nach draußen gedrückt.

»Den Göttern sei Dank!« Ich ließ mich neben den jungen Gott fallen und suchte unter all dem Schmodder nach seinem Gesicht. »Brave! Brave! Wach auf.« Panisch zog ich seinen Kopf in meinen Schoß und gab ihm einen Klaps gegen seine Wange. Dabei versuchte ich, ihm den Rotz aus der Nase zu wischen, damit er zumindest ein wenig Luft bekam.

»Ist das dein Freund?« Neugierig beäugte Bizarre uns.

»Ähm … nein … ich meine, ja. Wir wurden zusammen hier heruntergeschmissen.«

Er pfiff durch die Zähne. Auf seinem kantigen Kinn leuchteten braunrote Bartstoppeln. »Zwei ganze Mal so knapp hintereinander gefressen zu werden, ist hart. Weiß noch, wie mich die Alten an dieses Vieh verfüttert haben. War kein schöner Tag.«

»Was … Was war das für ein Ding? Das gerade eben?«, stammelte ich. Atmete Brave? Ja! Ein wenig. Puh!

»Das war eine Lernäische Schlange.«

Mein ratloser Blick sprach wohl Bände.

Er schmunzelte. »Eine Blindschleiche?«

»Oh.«

»Genau.«

»Ich hatte keine Ahnung, dass Blindschleichen so groß werden können.«

»Hier unten schon. Hier ist alles groß.«

»Unübersehbar.«

»Hat dein Kumpel von dem Obst gegessen?«

»Hat er.«

»Blöde Idee.«

»Ich weiß. Er ließ sich nicht davon abbringen.«

»Hm …«

»Hör mal … willst du deinen Freund noch lange ohrfeigen? Sieht für mich aus, als würde er noch eine Weile pennen. Diese Früchte sind harter Stoff. Ich habe nicht weit von hier ein Lager. Ihr seht ziemlich fertig aus. Ihr könnt bei mir pennen und ich habe Ambrosia zur Stärkung.«

Am liebsten hätte ich sofort zugestimmt. Trotzdem zögerte ich, musterte den Typen genauer. Sein Gesicht war kantig. Die Wangen eingefallen, die Wangenknochen scharf und seine Augen schimmerten dunkel. Seine Nase war ein wenig schief, als ob sie schon öfter gebrochen worden wäre. Er war zweifellos attraktiv, auf eine etwas schroffe, hinterwäldlerische Art. Seine Haltung war aufgeschlossen und sein Lächeln freundlich. Fast ein wenig zu freundlich. Wie ein gruseliger Pseudo-Eisverkäufer, kurz bevor er einem mit dem Versprechen an Eiscreme kidnappte. Er hatte uns das Leben gerettet und bot uns jetzt auch noch Kost und Logis an. Das war zu gut, um wahr zu sein. Ich traute ihm nicht. Aber hatte ich überhaupt eine andere Wahl, als sein Angebot anzunehmen? Wenn wir allein hier zurückblieben, starben wir. Darüber bestand kein Zweifel.

»Was willst du im Gegenzug haben?«, fragte ich misstrauisch.

Bizarre wackelte mit den Augenbrauen. »Wie wäre es mit einer Massage?«

»Nein!«

»Wow, ganz schön bestimmt. Nicht mal eine Fußmassage für deinen Lebensretter?«

»Nein!«

»Schön. Dann deinen Namen.«

»Meinen Namen?«

»Ja.« Er lächelte. Seine Zähne waren blendend weiß. »Ich will deinen Namen wissen. Wer du bist, wer er ist. Wo ihr herkommt. Ich bin ein Mensch mit bescheidenen Forderungen. Aber keine Lügen. Ich merke es, wenn die Informationen nicht stimmen.«

Ich zögerte. Sah mich in den Überresten des Wurms um, danach auf Brave hinab. Und schließlich auf die Wüste, die sich unerbittlich vor uns ausbreitete. »Schön. Wir kommen mit dir.«

»Fantastisch.«

»Ziehst du auch diese grauenhafte Kapuze herunter?«

»Nein!«

»Ist das dein Lieblingswort?«

»In letzter Zeit schon.«

»Uh, ich liebe Kratzbürsten.«

Zusammen wuchteten wir den ohnmächtigen Brave auf den Skorpionfuchs. Ich setzte mich hinter ihn und hielt seinen bewusstlosen Körper aufrecht. Das Leder des Sattels knirschte.

»Pikst der mich auch nicht?« Misstrauisch starrte ich auf den Stachel des Skorpions, der hinter mir aufragte.

»Nur dann, wenn ich es ihm befehle.«

»Wirst du das?«

»Ah, noch nicht. Bin zu neugierig, was für eine Kostbarkeit mir da über den Weg gelaufen ist. Komm, es ist nicht weit.« Bizarre nahm die Zügel in die Hand und zog den Fuchs hinter sich her. Ich hielt Brave fest. Zusammen wackelten wir davon. Ein Mann mit Cowboyhut und zwei mit schwarzem Blindschleichen-Schleim beschmierte Götter, die auf einem Skorpionfuchs saßen. Was konnte da noch schiefgehen?

Kapitel 16
Ich bin Gott und wer zum Teufel bist du?

Das Lager war wirklich nicht weit weg. Im Grunde mussten wir sogar schon vorher daran vorbeigeritten sein. Wie sich herausstellte, waren wir tatsächlich im Kreis gelaufen. In einem endlosen und vor allem sandigen Kreis. So viel zum Thema *Kurs geradeaus*. Bizarre lachte nur und führte uns über eine hohe Düne, hinter der ein Lager mit prasselndem Feuer, Zelt und einem robusten Truck im Military Style auf uns warteten. Meine Augen wurden groß. Wie kam man denn hier unten an ein Auto?

»Feuer? Warum das? Es hat hier unten doch mindestens tausend Grad!«, keuchte ich. Bizarre grinste und bedeutete mir näher zu kommen. Langsam ließ ich mich vom Rücken des Fuchses gleiten, zog Brave mit mir und ließ ihn vorsichtig in den Sand fallen. Er sank zu Boden und blieb vor dem Lagerfeuer liegen. Mhm … gut genug! Er konnte froh sein, dass ich ihm nach der Aktion mit der Blindschleiche keinen Tritt in die Eier verpasste. Ich war schwer in Versuchung, aber viel zu müde, um so viel Energie aufzubringen. Darum trat ich nur mit wackeligen Knien an das Feuer heran und zuckte überrascht zusammen, als ein paar der blauen Flämmchen in meine Richtung schlugen.

»Es ist kalt?!«

Bizarre seufzte genießerisch. »So ist es. Ein angenehmes Lüftchen in dieser elenden Hitze.«

»Ist es immer so … wüstig hier?«, erkundigte ich mich und genoss die kalte Brise, die mir vom *Feuer* entgegenwehte.

Bizarre sah sich träge um. »Ja. Hier ist es immer so. Es wird auch nicht dunkel. Zumindest in diesem Teil nicht.«

»Und im anderen Teil?«

Er zuckte mit den Schultern und musterte mich. »Der Tartaros ist groß. Ich kenne selbst nur einige wenige Plätze. Die meisten Götter befinden sich nicht hier oben, sondern unten.« Nachlässig deutete er zu seinen Füßen.

Ich runzelte die Stirn. »Hä?«

Bizarre winkte ab. »Nicht so wichtig, du wirst es schon noch selbst sehen. Hier.« Er hielt mir eine gefüllte Tasse mit der Aufschrift *Ich bin eine göttliche Bitch am Morgen* entgegen. Ich zögerte. Doch der Gott wackelte so lange mit der Tasse unter meiner Nase herum, bis ich sie zögerlich entgegennahm und daran schnupperte. Ein wunderbarer Duft nach Minze, Zitrone, Honig, Zimt und Orange strömte mir entgegen.

»Ambrosia«, stellte ich erstaunt fest. Bizarre nickte, schenkte sich ebenfalls ein und setzte sich im Schneidersitz neben mich. Auf seiner Tasse stand: *Ich bin Gott und wer zum Teufel bist du?*

Meine Mundwinkel zuckten. Ich mochte Bizarres Humor jetzt schon. Trotzdem hatte ich ein seltsam beklemmendes Gefühl, was ihn betraf. Das konnte aber auch an diesem ganzen beschissenen Tag liegen oder an seinem Cowboyhut. Der war einfach nur schräg. Schweigend hob ich meine Tasse an die Lippen und trank den ersten Schluck seit gefühlten Ewigkeiten. Flüssiges Gold rann mir die Kehle hinab und mein Magen zog sich vor Wonne zusammen. Stöhnend schloss ich die Augen und genoss die Geschmacksexplosion in meinem Mund. Jede meiner Zellen sog die Ambrosia in sich ein, bis meine Haut wohlig kribbelte.

»Du leuchtest!«

»Mhm?« Fragend öffnete ich ein Auge und sah in das interessierte Gesicht von Bizarre, der gefährlich nahe an mich herangerückt war. Schnell rückte ich ein Stück ab und zog die Kapuze tiefer ins Gesicht.

»Ja, das mache ich manchmal. Ich bin ein verschissenes Glühwürmchen«, witzelte ich schwach.

Bizarre lachte rau und lehnte sich entspannt zurück. »Der ist gut, ich lasse ihn dir auf ein T-Shirt drucken.«

Ich zog eine Augenbraue nach oben. »Kannst du das denn hier unten?«

Das Feuer knackte. Ein paar kalte Funken flogen in die Höhe und beleuchteten Bizarres weiße Zähne, die unheimlich aufblitzten. Seine Bartstoppeln malten dunkle Kanten in sein Gesicht, ließen ihn ein wenig wild aussehen. Ungezähmt.

»Ich kann so ziemlich alles, Süße. Das ist mein Job.«

Ich musterte ihn genauer, versuchte so, das seltsame Gefühl in meinem Magen zu ergründen, das sich weiter ausbreitete. In meinem Kopf ratterte es.

»Du bist ein Gott«, stellte ich das Offensichtliche fest. Zuvor hatte ich es nur geahnt, aber jetzt, wo mein Puls nicht mehr auf hundertachtzig war und sich mein Adrenalinpegel auf ein Normalmaß gesenkt hatte, war ich mir absolut sicher.

»Das bin ich«, stimmte er gelassen zu. »Hier unten sind viele Götter. Alte, junge, neue, nicht so neue. Welche, die noch Götter werden und welche, die es niemals sein können.«

»Ja … aber ich habe dich in meinem Kopf gehört. Deine Stimme. Ich kenne sie!«

Bizarre nickte und fuhr schon beinahe träge mit dem Finger über den Rand seiner Tasse. Sein Blick ließ mich kein einziges Mal los. Er musterte mich wie ein Rätsel, das es zu lösen galt. Dieser Blick machte mich nervös. Schnell trank ich noch einen Schluck.

»So beginnt es bei allen«, erzählte Bizarre. »Diese Stimmen … fürchterlich, nicht wahr? Als würde einem der Schädel explodieren.«

»Wir hören uns also gegenseitig? Immer?« Panisch riss ich die Augen auf.

Der Gott kicherte. »Himmel, nein! Dann hätte ich längst gekündigt. Ich habe absolut kein Interesse, mir den ganzen kranken Scheiß reinzuziehen. Es kommt aber auch ganz auf deine Begabungen an. Telepathisch begabte Götter sind diesbezüglich anfälliger als der Rest von uns. Ich höre die Stimmen schon lange nicht mehr. Sie setzen meistens nur am Anfang ein. Wie bei einem Radio, das neu eingestellt wird.«

Erleichtert atmete ich aus und trank noch einen Schluck Ambrosia, die mir eine feine Gänsehaut über den Rücken jagte. Langsam begann ich tatsächlich, mich zu entspannen. »Zum Glück bin ich vollkommen unempathisch«, nuschelte ich in meine Tasse.

»Wirklich?«

»Jap.« Ich grinste. »Bin ein kleiner Narzisst.« Schnell kippte ich auch noch den letzten Schluck hinunter und sah enttäuscht auf den leeren Boden.

»Hier.« Lächelnd reichte Bizarre mir seine Tasse, die ich dankbar entgegennahm.

»Danke. Das Zeug ist köstlich!«

»Ich weiß. Ich habe eine direkte Quelle dafür. Solch eine Qualität bekommst du nur bei mir. Es gibt noch reichlich davon und ich teile gern.« Wieder blitzte das Weiß seiner Zähne auf. Die Schneidezähne waren so spitz wie bei einem Wolf. »Dann erzähl mir mal, mein entzückender kleiner Narzisst, wie du und Schnarchi hier unten gelandet seid«. Er deutete in Richtung des zufrieden schnarchenden Braves. »Es ist selten, dass man hier unten ein paar Neue antrifft. Geschweige denn gleich auf zwei, die zusammen unterwegs sind.«

»Das ist Brave, Sohn des Zeus«, stellte ich meinen Begleiter vor.

Bizarre guckte, als hätte er in eine Zitrone gebissen. »Wirklich? Ein Sohn des Zeus? Hier unten?«

Ich nickte. »Er ist der Freund meiner Schwester. Ich war selbst überrascht, dass Zeus ihn an den Tartaros verfüttert hat. Ich hätte dieses Götter-Ding eher seiner Schwester zugetraut.«

»Hättest du es dir denn zugetraut?« Bizarres Augen funkelten, als er seinen Hut in die Stirn schnippte und sich am Hinterkopf kratzte. Braune Haare kringelten sich um seine Ohren.

Ich zuckte mit den Schultern. »Im Grunde nicht. Aber wirklich überraschen tut es mich auch nicht. Ich weiß nicht. Bin immer noch ein wenig wirr im Kopf, hab eindeutig zu wenig Schlaf abbekommen.«

»Du schläfst noch?« Beide Augenbrauen huschten nach oben.

»Ähm … ich denke schon. Du nicht?«

Bizarre seufzte und legte den Kopf in den Nacken, starrte in den dunkelroten Himmel. »Was würde ich dafür geben, noch einmal zu träumen? Ich weiß gar nicht mehr, wie sich das anfühlt. Alles Menschliche entgleitet einem so schnell. Am Anfang ist es das Essen, später das Gefühl von Schmerz. Wärme und Kälte ist belanglos. Irgendwann macht man nur noch Nickerchen, bevor man vollkommen zu träumen aufhört. Der Preis der Unsterblichkeit ist die Sterblichkeit. Man verliert den Menschen, der man einst war. Wird hier hinuntergeworfen. Kämpft um seine Existenz. Und mit viel Glück, wenn man es denn Glück nennen will, wird man zum Gott.«

Fasziniert starrte ich ihn an und hatte dabei das Gefühl, ein zweites Gesicht hinter dem offensichtlichen Antlitz erkennen zu können: kantig und schärfer geschnitten. Beinahe wie Glas – mit großen dunklen Augen und langen dürren Fingern, die wie Spinnenbeine zuckten. Das Bild verschwand. »Was genau bist du für ein Gott? Ich meine, bist du der neue Hermes? Der Gott der Diebe, Reisenden und des Handels?«

Bizarre lachte schallend und zwinkerte mir amüsiert zu. »Gar kein schlechter Gedanke. So kleine Flügelchen auf den Schuhen würden mir sicher stehen. Ich habe bestimmt ein paar davon herumliegen, mal gucken. Aber nein, Süße, so läuft das hier unten nicht. Wir sind die neuen Götter. Die Betonung liegt dabei auf dem Wort *neu*! Unsere netten Eltern sind nicht länger zeitgemäß. Die Welt hat sich in den letzten viertausend Jahren verändert. Sie nicht. Hier unten werden die Karten neu gemischt. Gewisse Eigenschaften bleiben zwar erhalten, aber die Aufteilung ist eine vollkommen andere.«

Verwirrt runzelte ich die Stirn. Es fiel mir ziemlich schwer, mich auf Bizarres Worte zu konzentrieren. In meinen Ohren summte es lästig. »Neue Götter? Aber die Welt braucht gewisse Strukturen. Die Götter sind nicht ohne Grund, was sie sind.«

Bizarre blies die Backen auf und kratzte sich wieder am Hinterkopf. »Hm, ich glaube, du verstehst mich falsch. Wir sind wie ein Update. Verstehst du? Die Verbesserung vom alten System. Ohne die ganzen Macken und Kanten. Wir stürzen nicht so oft ab und sehen eindeutig besser aus!« Er warf mir ein strahlendes Zahnpastalächeln zu und klimperte mit den Wimpern. Ich verdrehte die Augen und er kicherte. »Aber wenn du uns vergleichen möchtest, würde ich wohl am ehesten den Platz der Hebe einnehmen.«

»Des göttlichen Mundschenks?«

»Unter anderem. Wie gesagt, Mundschenk aufgepimpt!« Bizarre nickte fröhlich und tippte gegen meinen Becher. »Die gute Hebe ist nicht nur der Mundschenk für Ambrosia. Sie ist auch eine unerschöpfliche Quelle von Waren. Wie Amazon.« Seine Mundwinkel zuckten. »Wenn die Götter etwas benötigen, wird Hebe es besorgen können. Egal wie. Ich bin ähnlich gestrickt. Nur moderner. Sagt dir das Darknet etwas?«

Ich legte den Kopf schief. Meine Gedanken stolperten über die eigenen Stränge. »Das Darknet? Dieser Schwarzmarkt für illegale Dinge im Internet?«

»Genau der!«, triumphierte Bizarre. »Sieh mich als die Personifizierung dieser Bewegung an. Unabhängig, frei und gesetzeswidrig, wenn es sein muss. Ich weiß alles, was hier unten vor sich geht, kenne jeden und kann alles besorgen. Wenn ich doch einmal etwas nicht direkt besorgen kann, kenne ich jemanden, der es kann. Ich spinne mein Netz, habe meine Ohren und Augen überall. Wenn du etwas benötigst, kommst du zu mir. Egal, ob du dir einen bengalischen Tiger zulegen, dir einen Joint reinziehen möchtest oder einen Auftragsmörder für einen schmutzigen Job brauchst – ich habe es.«

Ich schluckte. Mein Mund fühlte sich ähnlich trocken wie der Sandboden an. »Wow, das klingt … beängstigend«, gab ich zu. Er zwinkerte mir schelmisch unter seiner Hutkrempe zu. Das Feuer knackte. Ein paar kalte Funken umtanzten seine Gestalt.

»Muss es nicht sein. Ich kann dir auch eine Barbie aus dem Jahr 1959 besorgen. Aber in der Regel ist es nicht sonderlich klug, mich als Feind zu haben.«

»Okay. Gut zu wissen. Also bist du Hebes Sohn?«, hakte ich nach.

Bizarre lachte bellend. »Nein, danke. Meine Mutter ist Arachne.«

»Die Spinnenweberin?«

»Genau die!«

Stirnrunzelnd versuchte ich, Jahre der Götterlehre in meinem Hirn herunterzuladen. Es klappte nur bedingt. Mein Denkorgan spuckte ein paar Einzelheiten aus, die ich irgendwann einmal von Diamond gehört hatte. Zumindest konnte ich den Namen zuordnen. »Wurde die nicht von Athene verflucht, als Spinne zu leben?«, fragte ich langsam.

»Als ziemlich riesige Spinne auch noch. Glaub mir. Es gibt nichts Schlimmeres als eine fast zwei Meter große Spinne mit PMS.« Er schüttelte sich. »Aber es gab auch gute Tage, in denen sie normal herumlaufen konnte.«

»Ich bin ihr nie begegnet«, wandte ich ein.

»Sei froh. Sie ist ein Miststück. Man sollte meinen, sie hätte sich über die Beförderung ihres Sohnes von einem Niemand zu einem Gott gefreut. Aber nein! Stattdessen lag ich über eine Woche in einem Kokon herum, bevor sie mich in den Tartaros warf. Wahrscheinlich sollte ich dankbar sein, dass sie mich nicht einfach selbst aufgefressen hat.« Ein bitteres Lächeln zuckte um seine Mundwinkel.

»Mach dir nichts draus«, warf ich ein. »Meine Mutter hat mich quasi den Schlund hinuntergetreten.«

»Und deine Mutter ist?«, bohrte er prompt nach.

Ich zögerte kurz. Sollte ich Bizarre die Wahrheit sagen? Dieses komische Gefühl ihm gegenüber war immer noch nicht verschwunden. Andererseits könnte das auch ein Pups sein, der mir quer saß. Schwer zu sagen. Immerhin war Bizarre ehrlich zu mir gewesen. Er hatte uns geholfen. Ich schuldete ihm etwas. Trotzdem wurde ich rot und räusperte mich nervös, als ich mich und meine Familie vorstellte.

»Meine Mutter ist Aphrodite Venus Pandemos. Mein Vater Hades. Ich bin Warrior Pandemos. Das jüngste ihrer Kinder.«

Bizarre pfiff anerkennend durch die Zähne. »Das nenne ich mal eine interessante Mischung. Wusste gar nicht, dass sich die Liebe mit dem Tod einlässt. Das ist hart, Mädchen. Von der guten Liebe erzählt man sich grauenhafte Dinge.«

Ich zog eine gequälte Grimasse. »Es ist noch grauenhafter, ihre Tochter zu sein.«

»Glaube ich gern. Und du bist das Nesthäkchen, ja?«

»Eher die größte Enttäuschung der letzten Jahrhunderte.«

»Weil du einen Hello-Kitty-Fetisch hast?«

»Hä?«

»Na ja … dieses Ding.« Er wedelte mit den Fingern hoch und runter. »Nichts für ungut, Süße, aber dieses Teil ist grauenhaft. Wenn du so was trägst, wundert es mich nicht, dass die nette Liebe einen Kollaps bekommt.«

Ich guckte an mir hinunter und prustete los. »Das ist ein Geschenk meines Bruders.« Ich biss mir auf die Unterlippe. Verdammt. Madox. Sofort wurde ich traurig.

Bizarre legte den Kopf schief. »Verstehe. Also hat deine ganze Familie einen augenkrebserregenden Geschmack. Und was soll das mit den Handschuhen? Bakterienphobie?«

Ich grinste. »Nein. Die dienen zum Schutz.«

»Vor UV-Strahlen?«

»Zum Schutz für euch, gegen mich. Niemand darf mich ansehen, auch anfassen ist gefährlich.«

»Weil du eine kleine Schweinsnase hast? Schönheits-OP schlecht gelaufen? Ich kenne da jemanden, der dir das im Nullkommanichts wegmacht.«

Schnaubend warf ich ihm eine Handvoll Sand ins Gesicht.

Bizarre lachte nur und hob in gespielter Kapitulation die Arme. »Ich mein ja nur.«

»Hahaha, vielleicht solltest du lieber Kabarettgott werden.«

»Gute Idee. Kommt auf meine heimliche To-do-Liste für diesen Sommer, gleich neben: mit einem Regenbogen-Einhorn fliegen und meinen ersten Kuss von Robert Pattinson bekommen.« Ich war sprachlos. Wirklich.

Bizarre zog süffisant eine Augenbraue hoch. »Aber ernsthaft, Süße.« Er senkte die Arme und musterte mich kritisch. »Was soll der Mist mit dem Verstecken?«

»Ich rede nicht gerne darüber«, murrte ich. »Ist einfach besser, wenn man mich nicht ansieht. Ich will niemanden verletzen.«

Seine Gesichtszüge wurden weich. Zögerlich streckte er die rechte Hand aus und klopfte mir aufmunternd auf die Schulter. »Das wird schon wieder, Süße. Mit etwas Glück lernst du hier unten, wie du andere beschützen kannst, ohne dieses pinke Ungetüm tragen zu müssen.«

»Wenn du meinst.«

»Falls es dich tröstet, du riechst einfach fantastisch. Wie ein Blumengarten. Ich habe dich kilometerweit gerochen, bevor ich dich gesehen habe.«

»Mhpfff.« Stöhnend schlug ich die Hände vors Gesicht.

»Nein, ehrlich. Dieser Geruch ist unglaublich berauschend. Ich war neugierig und bin ihm gefolgt. Ohne ihn hätte ich euch wohl niemals rechtzeitig gefunden.«

»Toll … tu mir einen Gefallen und schnupper nicht zu viel, das ist ungesund für dich.«

Bizarre schmunzelte und klopfte mir ein letztes Mal beruhigend auf den Oberschenkel. »Ich mag dich, Warrior. Sag niemals wieder, du seist ein Narzisst, dafür machst du dir zu viele Sorgen um andere.«

Ich grummelte. »Nur manchmal. Im Normalfall bin ich viel zu selbstsüchtig.«

Sofort blitzen wieder diese Wolfszähne auf. »Wir sind Götter, Liebes. Das ist ein wesentlicher Zug an uns. Halt daran fest. Er hilft beim Überleben.«

»Aber wir sind doch unsterblich!«

»Alles kann sterben, Süße. Früher oder später müssen wir alle dran glauben und du stehst noch am Anfang. Viele hier unten wollen den Job als Gott, genauso viele kommen infrage. Letztendlich schaffen es aber nur die wenigsten.«

Ich schluckte. »Und du hast es geschafft?«

»Jap. Mit viel Blut und Schweiß. Ersteres von anderen, Letzteres von mir. Aber genug der Gruselgeschichten, du wirst es früh genug erleben. Ruh dich aus. Es war ein langer Tag. Ich habe noch was zu erledigen, werde also eine Weile weg sein. Morgen bringe ich euch dann aus dieser Wüste raus. Danach sehen wir weiter, ja?«

»Okay …« Ich zögerte, ließ unruhig den Blick schweifen. »Dieses Blindschleichending … gibt es hier unten mehr davon? Sind wir hier sicher? So ohne dich?«

»Süße.« Fröhlich summend stand er auf und klopfte sich den Sand von den Klamotten. »Wir sind im Tartaros. Du bist hier nirgendwo sicher. Schon gar nicht mit mir.«

»Oh …«

»Kopf hoch, Kitty, das wird schon.«

Der Gott stieß einen lauten Pfiff aus. In einer Wolke aus Sand und Staub tauchte der skorpionschwänzige Fuchs auf. Sein schmal geschnittenes Gesicht musterte mich schon wieder mit diesem komischen, hungrigen Blick. Er bleckte seine spitzen Zähne, während sich

Bizarre geschmeidig in den Sattel schwang. Das Geschirr klirrte und ächzte. Schelmisch griff er sich das Zaumzeug und zog daran. Ganz gentlemanlike und in Cowboy-Manier tippte sich Bizarre an den Hut und gab dem Tier seine Sporen. Der Fuchs schnaufte, fuhr seinen Stachel aus und rannte in geschmeidigen Sprüngen davon.

»Geh nicht an den Truck!«, hörte ich Bizarre noch rufen, dann verschluckte ihn der Sand. Ich guckte ihm hinterher. Die Staubwolke legte sich und ich war allein mit Brave. Eine Zeit lang starrte ich ins Nichts und musterte die rote Einöde. Seufzend rieb ich mir die brennenden Augen und versuchte, das Gefühl der erdrückenden Einsamkeit abzuschütteln. In mir tobten die Ereignisse der letzten Tage. Mein Hals zog sich zusammen und ich schluckte die Tränen hinunter. Schniefend stellte ich die leere Tasse ab, legte mich mit steifen Gliedern auf die Decken und starrte in den roten Himmel hinauf. Meine Augen fielen vor Müdigkeit zu. Mhm … vielleicht sollte ich es Brave gleichtun und ein wenig schlafen. Ich hatte zwar keine Ahnung, ob wir Bizarre trauen konnten oder nicht, aber bisher war er die einzige Person gewesen, die uns hier unten vor dem Rostbraten-Schicksal hatte retten können. Ich gähnte, streckte meine knackenden Arme und Beine aus und entschied, das Beste aus der Situation zu machen. Ich würde Bizarre ganz genau beobachten. Sollte etwas an ihm faul sein, würde ich Brave am Ohr packen und davonlaufen. Bis dahin tat ich einfach so, als würde ich in meinem Bett in London oder im Abaddon liegen und nicht im Magen eines Untiers – noch dazu auf brennend heißem Sand.

Ein Haar kitzelte meine Nase. Ich wischte es weg. Jetzt kitzelte etwas an meiner Augenbraue. Ich legte die Hände auf den Bauch. Okay, Warrior. Tief durchatmen. Ein und wieder aus. Ein und aus. Mein rechtes Bein zuckte … Mist. Jetzt drückte auch noch eine Falte der Decke. Brummend rutschte ich mit den Schultern ein wenig herum. Aber wenn ich ehrlich war, drückten auch meine Schuhe. Ohne die Augen aufzumachen, strampelte ich die ausgeleierten Converse von den Füßen. Ahh, ja, viel besser. Befreit wackelte ich mit den Zehen, genoss die sanfte Brise des kalten Feuers und konzentrierte mich auf den eigenen Atem. Ein und aus. Sand umspielte meine Füße. Ein und aus. Ich leckte mir über die trockenen Lippen, kniff die Augen zusammen und sah das Rot des Himmels durch meine Lider schimmern. Ein und aus. Ein und aus. Ein und aus. Na also! Endlich kam die Entspannung. Erleichtert seufzte ich. Ein und aus.

»Mhpfff …«

Was war das? Klang wie ein unterdrücktes Stöhnen. Ich spitzte die Ohren und lauschte. Auf meinem Bauch konnte ich Bloodclaw im Schlaf mit dem Schwanz wedeln fühlen und unterdrückte ein Kichern.

»Mhpfff …«

Da! Wieder dieses Geräusch. Ich riss die Augen auf und stemmte mich hoch. Nur dass ich …

Wo war ich? Das war definitiv keine Wüste mehr, sondern ein Schlafzimmer. Wie kam ich denn plötzlich in ein Schlafzimmer? Hektisch sah ich mich um und bemerkte, dass ich in einem Himmelbett, das mit schwarzen Satinlaken bespannt war, lag. Das weiche Material glitt durch meine Finger. So weich, dass ich beinahe versucht war, die Handschuhe auszuziehen, um das Material mit den freien Handflächen auf meiner Haut spüren zu können. Und nicht nur das! Das Bett gehörte auch zu einem Zimmer. Einem Loft, mit hohen glatten Wänden und einer Glasfront, hinter der sich in schwarzer Dunkelheit blinzelnde violett-blaue Lichter einer Stadt abzeichneten. Fasziniert rutschte ich von dem seidigen Bettlaken und näherte mich der gläsernen Wand. Das Loft musste sich auf der obersten Etage eines Hochhauses befinden, denn der Blick nach unten ließ mir ein wenig schwindelig werden. Tief, tief, tief, wow, sehr tief unten glaubte ich, eine Straße zu erkennen. Leider war es zu dunkel, um mehr zu sehen, als dass ich weit oben war. Ich legte den Kopf in den Nacken und blickte nach oben. Die blinkenden Lichter kamen von Blitzen, die in schwarz-violetten Farben den dunklen Himmel zerrissen. Meine Nackenhaare stellten sich bei dem Schauspiel auf. Die Blitze glichen denen, die vor einigen Tagen die ganze Welt erschüttert hatten und mich letztendlich als Schaschlikspieß hatten enden lassen. In einem seltsam hypnotischen Tanz zuckte einer nach dem anderen durch das matte Schwarz des Himmels. Trotzdem war es vollkommen still. Kein Donner war zu hören. Eine bleierne Stille hüllte die Welt ein, bis auf …

Ich hörte ein sanftes Rauschen. Das Auftreffen von Wassertropfen auf Fliesen. Mein Kopf schoss zur Seite. Hinter mir war eine halb angelehnte Tür, durch die sanftes Licht strömte. Wasser rauschte, als hätte jemand die Dusche angestellt. Unsicher knabberte ich auf meiner Unterlippe herum und versuchte fieberhaft, mich zu entsinnen, wie ich hierhergekommen war. Beziehungsweise, wie ich am schnellsten wieder zurückkam. Eine naheliegende Erklärung war, dass ich wieder einen dieser schrägen Träume hatte. In den letzten Tagen hatte ich weiß Gott genug davon gehabt. Mir konnte im Grunde also nichts passieren, außer dass ich wieder aufwachte. Ich würde einfach hier stehen bleiben, bis mein wahres Ich wieder zu sich kam. Ja, das war ein guter Plan. Ich lehnte mich gegen die kalte Scheibe. Gänsehaut überzog meinen Rücken. Das Rauschen des Wassers wurde lauter. Heißer Dampf quoll durch den Türspalt hervor. Jemand summte. Erst so leise, dass ich glaubte, es mir nur eingebildet zu haben. Doch je länger ich in dem *Traum-Loft* herumlungerte und mich zu Tode langweilte, desto mehr wurde das Summen zu einem Singen, das durch das gesamte Zimmer hallte. Es klang wunderschön. Samtweich und maskulin. Meine Neugierde meldete sich. Sollte ich einen Blick riskieren? Ich linste zu der leicht geöffneten Tür. Nein! Lieber nicht. Wer wusste schon, wen ich da beim Duschen überraschte? Das Summen wurde lauter, beinahe sinnlich. Die Härchen auf meinen Unterarmen stellten sich mit auf. Ich erschauderte und die Gänsehaut zog sich bis zu meinen Waden herab.

Ohne es zu bemerken, war ich an die Tür getreten und lauschte andächtig. Ich konnte mich nicht erinnern, jemals eine so anziehende Stimme gehört zu haben. Alles in mir prickelte. Meine Hand legte sich auf die Tür und ich schob sie leise ein Stück weiter auf. Die Neugierde in mir quietschte begeistert.

Jetzt erkannte ich auch den Text wieder. Die Stimme sang *I Found* von Amber Run. Ich hatte es selbst als eines meiner Favoriten bei Spotify gespeichert.

Die Traurigkeit in der Stimme zog alles in mir zusammen. Ich konnte mich nicht mehr zurückhalten. Ich wollte wissen, wer so wunderschön singen konnte. Nur einen schnellen Blick riskieren. Reinblinzeln und wieder verschwinden. Zack, rein. Zack, wieder raus. Ganz einfach. Schnell. Ein Quickie. Immerhin war ich kein perverser Spanner. Ich öffnete die Tür ganz, huschte unauffällig hinein und blinzelte durch die Dampfwand. Wie ich es vermutet hatte, stand ich in einem großen Badezimmer. Der Boden war schwarz gekachelt. Links von mir stand eine marmorne Waschschüssel mit einem Spiegel, der die Hälfte der Wand ausfüllte. Eine moderne Badewanne, die aussah wie eine kunstvolle Trinkschale aus Gold, stand am gegenüberliegenden Ende. Das Herzstück des Badezimmers bildete jedoch eindeutig die gläserne Dusche. Mitten im Raum.

Die Stimme brach am Ende der Strophe. Ich hielt die Luft an. Unter all dem Dampf der heißen Dusche stand Peace. Er stand mit der Kehrseite zu mir, die Hände an der gläsernen Wand vor sich abgestützt, sodass ihm das Wasser den blassen Hals und muskulösen Rücken hinabfloss. Seine Haut sah aus wie aus Marmor geschlagen. Jeder Muskel war perfekt definiert. Eine Komposition aus Stärke und Weichheit, die nahtlos ineinanderfloss. Ich zitterte. Fühlte mich vollkommen paralysiert und konnte mich nicht bewegen. Konnte nicht wegsehen. Meine Haut kribbelte, als würde sie jeden Augenblick in Flammen aufgehen.

Mir musste ein Laut entschlüpft sein. Ein Keuchen, ein Ächzen, hoffentlich kein Schmatzen. Ich wusste es nicht, aber Peace drehte sich so ruckartig um, dass Wassertropfen in alle Richtungen spritzten. Ich quiekte und machte einen Satz zurück. Mit dem Rücken knallte ich gegen die Tür und starrte ihm in die eiskalten grauen Augen. Ein verblüffter Ausdruck huschte über sein Gesicht. Und bei den Göttern! Er war so was von nackt! Sein Hintern war ja schon perfekt gewesen, aber das vorne …

Die Röte schoss mir bis zum Haaransatz. Auf meinen Wangen hätte man Spiegeleier braten können. »O mein Gott, es tut mir so leid!«, stammelte ich und stürmte blindlings raus. Ich konnte Peace fluchen hören. Wasser spritzte. Die Duschtür knallte. Ich hörte, wie er mir mit patschenden, nackten Füßen hinterherstampfte.

»Bleib stehen!«

Mein Stichwort, schneller zu rennen. Alles an mir fühlte sich zu heiß und zu eng an. Mein Atem kam stoßweise, während ich an dem großen Bett vorbeistürmte, die nächste Tür aufriss und in einen dunklen Flur raste.

»Warrior!«, schrie Peace.

Ich legte an Tempo zu, stieß mit der Schulter gegen eine Büste, die einen Oberkörper, aber keine Arme hatte. Sie war wie aus dem Nichts aufgetaucht. Das Ding zerbrach mit einem lauten Klirren und knirschte unter meinen Füßen, als ich eine Treppe ganz aus Glas hinabstolperte. Hektisch warf ich einen Blick zurück. Er holte eindeutig auf. Ich war von seinem Anblick kurzzeitig so gefesselt, dass ich eine der Stufen übersah. Mein rechter Fuß blieb hängen. Ich kreischte auf. Wild ruderte ich mit den Armen und spürte einen Ruck, bevor ich schließlich die Stufen hinunterkullerte. Jede Kante stieß mir schmerzhaft in die Rippen. Es rumste heftig und ich kam keuchend in einer großen Halle zum Liegen.

»Aua!« Stöhnend hob ich den Kopf, wollte mich aufrappeln, doch er hatte mich bereits eingeholt. Wie ein Panther sprang er über die Hälfte der Treppe hinab, packte noch im Fallen meine Hände und nagelte mich am Boden fest. Und das alles verflucht noch mal nackt! Mein Herz raste wie das eines Kaninchens. Peace grollte. Der Ton dröhnte durch meinen Körper, als wäre ich hohl. Ich schauderte. Stotterte etwas selbst für mich Unverständliches, bevor ich verzweifelt zu strampeln begann. Peace drückte mich mit einer unglaublichen Stärke zu Boden. Hielt meine Arme über meinen Kopf, presste ein Bein auf meine Brust, während er sich mit seinem gesamten Gewicht auf mich legte. Sofort durchnässte er meine Kleider. Kalte Wassertropfen perlten aus seinen dunkelblauen Haaren, fielen auf meine Wange, während ich fluchend freizukommen versuchte. Peace knurrte erneut und senkte seinen Kopf. Er beugte sich so nahe zu mir hinab, dass ich seinen Atem an meinen Lippen fühlen konnte. Ein Ächzen entwich mir, während ich den Kopf in den Boden drückte, um zumindest ein wenig Abstand zu gewinnen.

»Hab dich!«, raunte er. Zum ersten Mal konnte ich ein Lächeln über seine Lippen huschen sehen. Es erinnerte mich an das Grinsen eines Raubtiers, das endlich seine Beute gerissen hatte.

O Himmel! Atmen sollte ich vielleicht auch nicht vergessen.

»Lass mich los!«, zischte ich, sobald ich meiner Stimme wieder traute, ohne dabei vor Verlangen zu stöhnen. Jede Zelle meines Körpers stand unter Strom. Als würde Peace jeden Zentimeter, den er mich an sich presste, stimulieren. Tatsächlich war es beinahe schon schmerzhaft intensiv. Kleine Blitze zuckten durch seine Haare. Ich konnte ihn tief Luft holen hören. Seine Pupillen waren schwarze Löcher, in denen ich mein eigenes Spiegelbild sah. Einen Schemen, beinahe ein Geist. Schwer zu erkennen, dennoch konnte er mich berühren. Ich schluckte und versuchte mir selbst verzweifelt einzureden, dass das alles hier nicht mehr als ein Traum war. Ein Traum! Dieser nackte Peace war nicht real. Es fühlte sich nur so an. Verflucht! Ich starrte ihm in die Augen, fühlte die Kälte seines Blicks, der mir einen Schauder nach dem anderen über den Rücken jagte.

»Du bist hier. Im Tartaros!«, stellte Peace fest, ohne einen Zentimeter von mir zu rücken. »Sag mir, wo du bist!«

»Offensichtlich unter dir«, konterte ich und versuchte, nicht allzu sehr über die anatomische Genauigkeit, die mir da gerade in den Bauch drückte, nachzudenken.

Peace zog eine Augenbraue hoch und presste mich noch fester an sich. »Du hast überlebt.« Er klang zufrieden.

»Habe ich, aber es war nicht dein Verdienst. Du hättest mir ruhig helfen können«, schnappte ich.

Seine blauen Augenbrauen zuckten höher. »Zwei Tage Funkstille und schon vermisst du mich?«

»Es waren zwei fürchterliche Tage! Wir wurden beinahe von einer Blindschleiche gefressen!«

»Wirklich?«

»Ja.«

Er grinste.

»Was soll dieses dumme Grinsen?«

»Du hast mir gerade verraten, wo du bist. Bleib dort. Ich werde dich holen.«

»O nein, das wirst du nicht!«, fuhr ich ihn an, obwohl ich ja ursprünglich selbst zu ihm wollte. Trotzdem. Seine Gegenwart und dieser spöttische, kalte Blick waren so schrecklich … mir fiel kein anderes Wort als frubierend ein. Er war frubierend. Insofern das überhaupt ein Wort war. Mein Bruder Madox hatte diesen Ausdruck für seine Mutter erfunden. Es sollte so viel heißen wie: furchtbar, nervig und frustrierend. In Peace' Gegenwart jedoch schaltete mein Hirn aus und ließ die rollige Kratzbürste heraus. Ich konnte es nicht kontrollieren. Noch mal: Das war schrecklich frubierend.

»Willst du weiterhin in dieser Einöde herumirren?«

Ich knurrte: »Nein, will ich nicht. Jemand war so freundlich, mich zu retten. Ich werde mit ihm gehen. Ich brauche dich nicht. Du bist gruselig und ein Stalker. Hör auf damit.«

Peace schnaubte. »Du bist aufgetaucht und hast mir beim Duschen zugesehen!«

»Das wollte ich nicht!«

»Ach, wirklich nicht? Deine Seele findet mich also aus reinem Zufall in meiner Dusche?«

»Navigieren war noch nie meine Stärke.«

Peace raunte leise und lehnte sich noch weiter zu mir hinab. Ich musste ein wenig schielen, um ihn dabei im Blick behalten zu können. »Rede dir das nur ein, Mädchen. Aber wir beide ziehen uns nun mal seit unserer ersten Begegnung an wie Magnete. Mir gefällt das genauso wenig wie dir. Du bringst mir nichts als Ärger. Vielleicht sollte ich versuchen, dich den Hunden zum Fraß vorzuwerfen?«, provozierte er mich kalt lächelnd. »Aber vielleicht behalte ich dich noch ein wenig. Und spiele mit dir, bis es mir zu langweilig wird.«

»Ich hasse dich!«, platzte es aus mir heraus. Die Schauder, die mir dabei über den Körper liefen, hasste ich beinahe noch mehr.

Peace fletschte die Zähne. »Das beruht auf Gegenseitigkeit. Du bist das nervtötendste Weibsstück, das mir jemals untergekommen ist. Trotzdem werde ich dich holen.«

»Du kannst es ja versuchen. Ich bleibe bei Bizarre«, blaffte ich.

Ruckartig zuckte Peace von mir zurück. Seine Nasenflügel blähten sich. »Du bist bei Bizarre?« Seine Frage war genauso scharf wie sein Blick.

Augenblicklich wurde mir eiskalt. Das Atmen fiel mir schwer. Blaue Blitze zuckten aufgebracht durch seine Haare. »Er hat mich gerettet.«

»Lauf weg!«

»Was?«

»Bist du taub? Verschwinde! Bizarre ist das Schlimmste, was dir hier unten passieren kann. Hast du etwas von ihm angenommen? Essen oder was zu trinken?«

»Was geht dich das an?«

»Hör auf mit dem Mist. Hast du etwas getrunken?«

»Natürlich habe ich das. Ich war kurz vorm Verdursten.«

»Wach sofort auf und lauf weg.« Er stieß die Worte so finster aus, dass ich kurzzeitig reine Schwärze in seinem Blick auflodern sah. Einmal mehr hatte ich das Gefühl, in einen seelenlosen Abgrund zu blicken, der so tief und hungrig wie der Tartaros selbst war. Jetzt bekam ich es wieder mit der Angst zu tun. Mein Herz jagte davon.

»Warum?« Er fluchte und richtete sich auf. Ließ mich los.

Sofort wurde mir kalt. Mit großen Augen sah ich zu Peace auf, der mich an den Schultern packte und ohne jede Mühe auf die Beine zog.

»Wach auf und lauf weg, Warrior. Bizarre ist dort draußen auf der Jagd nach neuen Göttern, die er verkaufen kann. Dir wird nicht gefallen, was danach passiert.«

Mir drehte sich der Kopf von diesem schnellen Themenwechsel. »Aber … wo soll ich hin? Falls es dir noch nicht aufgefallen ist, dort draußen ist doch nur Wüste.«

Peace sah mich an, als würde er mir den Kopf abreißen wollen.

»Du bist eine Göttin! Benutz deine Instinkte. Deine Kräfte«, fuhr er mich an.

Ich zischte: »Meine Kräfte sind absolut nutzlos! Es sei denn, du willst mich als Blumenduftbaum in dein Auto hängen!«

Peace brüllte frustriert. Erschrocken zuckte ich zusammen und riss mich von ihm los.

»Lauf endlich weg! Oder ich werde dir nicht helfen können.«

»Ich werde nicht …«

»Was zum Teufel soll denn das?« Beide zuckten wir zusammen. Unsere Köpfe wirbelten herum. Im Eingang stand eine Frau, die mit einem mörderischen Gesichtsausdruck zu uns starrte. Hinter ihr schloss sich leise die Tür eines Aufzugs, den ich bisher noch gar nicht bemerkt hatte. Die Frau stach dafür umso mehr hervor. Sie war atemberaubend. Groß und schlank. Mit Kurven, für die wohl jede ihre rechte Hand hergegeben würde. Glänzend braunes Haar kringelte sich über ihren zierlichen Schultern. Die Augen waren von einem leuchtenden Giftgrün, die Lippen tiefrot. Ich hatte noch nie ein weibliches Wesen getroffen, die so viel Sex-Appeal auf einmal ausstrahlte. Ihre Augen waren ungläubig auf den sehr nackten Peace gerichtet, danach zuckten sie zu mir.

»Peace!«, zischte sie. »Wer ist das?«

Der Gott fasste sich schneller als ich. Mein Mund stand immer noch offen.

»Lass es, Shame!«, knurrte Peace, bevor er mich heftig von sich stieß. »Und du, verschwinde.«

»Ich werde nicht …«

»Was ist das für eine Schlampe?«

»Ich sagte, verschwinde.« Peace schubste mich erneut so heftig von sich, dass ich stolperte und fiel. Der Boden unter mir zerbrach. Bruchstücke flogen mir um die Ohren. Das schrille Kreischen von Shame hallte mir in den Ohren, als ich die Augen aufschlug und mich aufsetzte. Zumindest versuchte ich es. Etwas riss mich nach hinten. Mein Kopf schlug hart auf und Schmerz explodierte hinter meiner Stirn. Stöhnend drehte ich mich zur Seite, doch meine Arme und Beine waren festgezurrt. Sie schränkten mich in meiner Bewegungsfreiheit so weit ein, dass ich gerade einmal ein jämmerliches Entenküken-Zappeln zustande brachte. Zu allem Überfluss steckte auch noch ein Knebel in meinem Mund. Wie war der denn dahingekommen? Ächzend versuchte ich, mir den Schlaf aus den Augen zu blinzeln, sah jedoch alles verschwommen, als hätte ich zu viel Alkohol getrunken.

»Mhpfff …« Ich hörte ein unterdrücktes Stöhnen. Ähnlich dem, das ich gehört hatte, als ich eingeschlafen war. Schwerfällig wandte ich den Kopf. Ketten rasselten und ich sah einen halb aufrecht sitzenden Brave, der wie ich mit Händen und Füßen zu einem kompakten Paket verschnürt worden war. Seine Augen waren weit aufgerissen, während er undeutlich etwas um seinen Knebel nuschelte.

»Mgpfff … mpmmmm … mpf!«

»Mhmmpf?«, fragte ich und versuchte, mich mit zitternden Beinen aufzusetzen. Sofort rissen mich die Ketten zurück. Es gab einen heftigen Aufschlag. Ich hörte Schritte. Ruckartig wurde eine Plane zur Seite gezogen und Bizarres Gesicht erschien in der Öffnung. Dunkelrotes Licht strahlte in das Innere des Trucks, in dem wir offensichtlich lagen.

»Warrior! Du bist aufgewacht. Wie schön. Ich hoffe, du hattest angenehme Träume?«, fragte er galant.

»Waff…! Fol… taffmpff?«, machte ich.

Bizarre lachte und seine dunklen Augen funkelten.

»Nimm es mir nicht krumm, Süße. Ich handle mit Dingen, die hoch im Kurs liegen – und das ist im Augenblick nun mal Frischfleisch wie ihr. Aber keine Sorge, ich hole euch wie versprochen aus diesem sandigen Loch raus. Ich habe bereits einen Käufer für euch.«

Mir wurde heiß und kalt zugleich. Dieses miese Arschloch.

»Mpfffmpfffff!«, brüllte ich ihn durch meinen Knebel an.

»Entspann dich, Süße. Das wird noch eine lange Fahrt!«, erwiderte Bizarre ungerührt und ließ die Plane wieder zufallen. Dunkelheit hüllte uns ein.

»Mhpfffgrrrr!«, schimpfte ich vor mich hin und kämpfte mich mühsam in eine sitzende Position. Mit schweren Augen starrte ich zu Brave hinüber, der mich ebenso hilflos ansah. Ich konnte es nicht fassen! Bizarre, dieser miese Verräter! Peace hatte recht gehabt. Schon wieder. Ich war so dumm, dumm, dumm! Wütend schlug ich meinen Kopf gegen die Wand des Trucks, der gerade gestartet wurde. Der Motor polterte unter uns. Mit quietschenden Reifen fuhren wir los. Ohne eine Möglichkeit, sich festzuhalten, schlitterten Brave und ich durch den Truck, bis wir mit den Köpfen zusammenstießen.

»Mpffff!«, grunzte Brave.

»Mpffff!«, erwiderte ich und strafte ihn mit eisigen Blicken. Das war alles seine Schuld! Hätte er nicht von diesem Blindschleichen-Baum gegessen, würden wir nicht in dieser Klemme stecken. Und ich hätte Bizarre nicht sofort vertrauen dürfen. Was hatte ich auch geglaubt? In den Tartaros, das Gefängnis, für Schwerverbrecher geschmissen zu werden und sofort meinen BFF zu finden? Ich hätte es mir doch denken können! Mein Bauchgefühl hatte die ganze Zeit gewarnt. Resigniert schloss ich die Augen und verfluchte mein Leben.

Ich spürte Braves Finger entschuldigend die meinen streifen. Verzweifelt klammerte ich mich an seine gefesselte Hand und drückte sie.

Der Truck ruckelte heftig und so kullerten wir eine ziemlich lange Weile wie Murmeln in dem Laderaum herum. Inzwischen überlegte ich ernsthaft, ob ich Bloodclaw um Hilfe bitten sollte. Der Hund schlief noch, doch er könnte uns mit Sicherheit aus diesem Schlamassel befreien. Bizarre wusste nichts von ihm. Trotzdem zögerte ich. Bloodclaw war mein Ass im Ärmel. Aber selbst er hatte nicht aus der Wüste herausfinden können. Dort herumzuirren, war unser Todesurteil gewesen, das war mir nun klar. Unsterblichkeit hin oder her. Irgendwann würden wir als ausgedörrte Gerippe im Sand liegen und uns nicht mehr bewegen können. Bizarre brachte uns mit hoher Wahrscheinlichkeit in eine etwas zivilisiertere Gegend. Die Chancen, von dort auszubrechen und zu überleben, waren um einiges höher als in dieser Einöde.

Außerdem gab es da immer noch Peace, obwohl ich erst entscheiden musste, ob er schlimmer oder besser war als Bizarre selbst. Ich würde eindeutig zwischen dem kleineren Übel wählen müssen. Noch lag ich allerdings als Truthahn hier herum und wartete. Auch wenn es furchtbar ungemütlich war und die eisernen Fesseln mir die Blutzufuhr abschnürten, blieb ich regungslos liegen und ließ mir meinen Traum durch den Kopf gehen. Obwohl ich wusste, dass es eigentlich gar kein Traum gewesen war, oder? Wie nannte man das? Astralreise? Traumreise? Nein, nicht wirklich. Trotzdem schien etwas in mir gerne nach Peace zu suchen. Er zog mich an wie der Speck die Maus. Mein Körper kribbelte bei der Erinnerung, wie sein starker Körper sich an mich gepresst hatte. Heiß und schwer. Mit Muskeln, in die ich am liebsten hineingebissen hätte. Obwohl das dieser Shame wahrscheinlich gar nicht gefallen würde. Ha! Ein Grund mehr, es irgendwann doch zu tun. Ihr entsetzter, eifersüchtiger Blick, als sie mich und Peace erwischt hatte, war unbezahlbar gewesen. O Gott, wie das klang. Sie hatte uns schließlich nicht bei etwas Schmutzigem, sondern nur beim Streiten erwischt! Ich meine, ja, er war nackt dabei gewesen, aber ich doch nicht. Und außerdem …

Ein lauter Knall war zu hören. Ich riss die Augen auf und lauschte ängstlich. Brave tat es mir gleich. Mit großen Augen beobachteten wir, wie die Plane erneut zur Seite gerissen wurde und Bizarre fröhlich seinen Kopf zu uns hineinsteckte.

»Na? Alles klar?«, fragte er.

Wir sahen ihn finster an und mhpfften wütend.

»Sehr schön! Dann wollen wir euch mal ausladen. Schön artig bleiben. Und nur zu eurer Information: Die Ketten sind mit Mikro-Sprengsätzen gepimpt. Haut ihr ab oder versucht, die Ketten zu zerreißen, werdet ihr in tausend kleine Konfettistückchen zerrissen. Davon werdet selbst ihr euch eine Weile nicht erholen können. Kapiert?«

»Arflochfff!«, mhpffte ich ihn an.

»Ach, nicht doch. So, hopphopp. Zeit ist Geld!« Bizarre schnipste mit den Fingern und wir wurden wie von unsichtbaren Seilen aus dem Truck geschleift und vor seine Füße geworfen. Grimmig starrte ich sie an. Dumme Cowboystiefel! Unsanft zerrte Bizarre uns nacheinander auf die Beine. Die Ketten klirrten dabei laut, als wir ein wenig umständlich versuchten, nicht gleich wieder umzufallen. Schließlich musste ich mich an Bizarre abstützen, der es gutmütig zuließ. Brave knallte hingegen ein ums andere Mal in Truthahn-Stellung zu Boden. Mein Blick wanderte von dem hilflos strampelnden Gott im Sand nach oben. Überrascht sog ich etwas Luft durch meinen Knebel. Wir befanden uns direkt vor einem Wüstenmarkt. Provisorische Buden aus Holz, Leder und Stoffen standen in einem kunterbunten Wirrwarr herum. Staub wirbelte auf und mischte sich mit den Menschen, die sich in einem dichten Gedränge einen Weg über den Markt bahnten. Tiere blökten. Die meisten mit Lauten, die ich noch nie zuvor gehört hatte. Ich sah andere skorpionschwänzige Füchse. Kamele mit Schuppen wie Echsenhaut und vier Höckern. Bunte Vögel mit Menschenköpfen, die wie Hühner in kleinen Käfigen eingepfercht waren. Immer wieder vibrierte die Erde, als zwei Männer an uns vorbeistapften, die mindestens drei Meter groß waren. Ihre Gesichter waren von wilden Bärten überwuchert. Die Haare zu langen Zöpfen geflochten. Sie trugen schimmernde Rüstungen, die wie Schlangenschuppen aussahen. Bizarre, der meinen schockierten Blick auffing, grinste und schubste uns in Richtung des Markts.

»Schau nicht so erschrocken, Liebes. Das sind nur Giganten. Zumindest das, was von ihnen übrig geblieben ist.«

»Gigammpf?«, kreischte Brave durch seinen Knebel. Ich konnte ihm da nur zustimmen. Aphrodite hatte mir als Kind Geschichten über Giganten erzählt. Eine davon handelte von Osnüg, Sohn eines Titanen, der so stark war, dass er ganze Berge versetzen konnte. Wenn die Götter es ihm befahlen, stieg er aus dem Tartaros und fraß schlimme Mädchen, die ihrer Mutter nicht gehorchen wollten. Oder ihren Schmuck anfassten. Oder ihren Teller nicht leer aßen. Oder sich die Zähne nicht putzten. Ich hatte jahrelang Albträume gehabt. Zumindest, bis sich Diamond meiner erbarmt und mir erzählt hatte, dass die Giganten längst ausgestorben waren. Zusammen mit den Titanen. Tja, so viel dazu. Hier unten wimmelte es nämlich von ihnen. Ihre Präsenz war so greifbar, dass die Luft schier danach stank. Meine Nackenhaare stellten sich auf, als wir von Bizarre mitten in den wimmelnden Haufen gestoßen wurden. Gleich am ersten Stand lehnte ein Mann, dessen nackter Oberköper mit unzähligen Augen übersät war. Ein jedes blinzelte und guckte in eine andere Richtung. Der Anblick war so abstrakt, dass ich wegschauen musste und dabei beinahe von einem plötzlich hervorschießenden Feuerstrahl getroffen wurde. Überrascht in meinen Knebel kreischend, wurde ich von Bizarre gerade noch zur Seite gezogen, als der Feuerstrahl knapp an meinem Gesicht vorbeizog. Meine Haare kokelten.

»Kannst du nicht aufpassen?«, fuhr Bizarre einen Mann an, der grunzend an einer Kette zog. Das Vieh am anderen Ende hatte den Körper eines Löwen. Allerdings auch Teile einer Schlange und einer Ziege. Der Schlangenkopf zischte und starrte mich bösartig an, während ihm nach wie vor kleine Flämmchen aus dem Maul züngelten.

»Sorry!«, nuschelte der Mann in seinen Bart.

»Wo finde ich Charming?«, fragte Bizarre ungeduldig.

»Ganz hinten, rechts!«, antwortete der Mann und grinste ein wenig. »Die Ausbeute ist ein wenig exklusiver diesmal!«

»Perfekt. Danke!«

Der Mann nickte und zerrte sein monströses Vieh weiter, ohne uns auch nur einen einzigen Blick geschenkt zu haben. Ich wollte protestieren, doch da bugsierte Bizarre uns bereits ein Stück weit in den Markt hinein, sodass wir von dem Schatten Dutzender Standdächer verschluckt wurden, die ein wenig abseits von dem restlichen Trubel standen. Unser Kettenklirren durchbrach die gedämpfte Stimmung, die zwischen den Buden herrschte. Die meisten Standbesitzer waren in Schatten gehüllt. Viele trugen Turbane und versteckten ihre Gesichter hinter langen Tüchern oder weiten Roben, die raschelten, während wir an ihnen vorbeistolperten. Die Gerüche wurden unangenehm. Ein wenig fahl und abgestanden, nach schwarzer Magie riechend, die einem in trägen Rauchringeln in den Kopf stieg. Die dunklen Augen eines der Standbesitzer folgten uns interessiert. Beinahe unmerklich fühlte ich Bizarres Atem schneller gehen. War er nervös? Sein Gesichtsausdruck blieb jedoch vollkommen gelassen. Der Schatten seines Cowboyhuts fiel ihm tiefer ins Gesicht.

»Nicht hinsehen, Mädchen«, flüsterte er. Sein Griff um meinen Oberarm verstärkte sich, als er uns in einer scharfen Kurve nach rechts führte. Weg von den Augen des Standbesitzers. Im Vorbeigehen streifte der dunkelblaue Stoff eines Lakens meinen Arm und etwas packte mich mit einem heftigen Ruck. Quietschend wurde ich aus Bizarres Griff gezogen und blickte in ein zerfurchtes, runzeliges Gesicht. Dieses Ding bestand zu einhundert Prozent aus ledrigen Falten und schlabbriger Haut.

»Uaaafff!«, kreischte ich um meinen Knebel herum.

»Ahh!«, gackerte die Gestalt wahnsinnig zurück und zerrte mich, obwohl sie mindestens zwei Köpfe kleiner war als ich, mit unheimlicher Kraft zu sich herunter. Das Männchen holte tief Luft, ein Zittern durchlief dabei seine Falten. »Interessante Ware, die du hast, Bizarre«, krächzte es und grinste breit. Der Typ hatte keinen einzigen Zahn im Mund. Bizarre räusperte sich und versuchte ganz offensichtlich, seinen Schreck herunterzuschlucken. Ein gezwungenes Lächeln umspielte seine Mundwinkel, während er mich an den Ellbogen packte und resolut zurückriss. »Danke, Mammut. Die zwei kleinen Küken sind mir gerade ins Netz gegangen. Charming hat Interesse an ihnen.«

Das Männlein nickte wie ein Wackeldackel. »Charming, Charming, ja. Ich könnte aber auch ein bisschen Frischfleisch vertragen. Die Kleine duftet wie ein ganzer Blumengarten. Man riecht es über den gesamten Markt. Da bekommt man Hunger, wirklich Hunger. Wie viel willst du für sie?«

Brave neben mir stöhnte protestierend, während ich selbst »Frifflei ff?« kreischte.

Bizarre lachte nervös. Seine Hände kneteten wild meinen Ellbogen. »Immer gerne, Mammut. Du weißt, ich kann dir alles besorgen. Aber die zwei sind für die Auktion. Ich muss los.« Er wollte weitergehen, doch die schlabberige Hand des Männleins schnellte nach vorne, schnappte sich meinen anderen Arm und hielt dagegen. Protestierend grunzte ich auf.

»Ich kann sie dir nicht verkaufen«, erklärte Bizarre genervt. »Geschäft ist Geschäft, du verstehst.«

»Ich gebe dir mehr als das Doppelte«, krächzte das Männlein. Von seiner Haut ging ein fürchterlich unangenehmer Geruch nach Schimmel aus.

»Nein, tut mir leid.«

Die Hand des Männleins krallte sich noch gieriger in mein Fleisch. »So wertvoll, also? Gut, gut, Mammut lenkt ein. Ich gebe das Dreifache und einen Ladon dazu.«

Bizarre erstarrte noch im Kopfschütteln und seine Züge nahmen einen gierigen Ausdruck an. Eines seiner Augenlider zuckte. »Einen Ladon?«, bohrte er nach.

Das Männlein grinste. Seine Faltenhaut straffte sich dabei, sodass er plötzlich eine unheimliche Ähnlichkeit mit einem Totenschädel hatte. »Ein Jungtier mit fünfzehn Köpfen. Spuckt zwar kein Feuer, aber wenn du es noch ein paar Wochen leben lässt, wird er auch das können.«

Ich starrte Bizarre wütend an. Wehe, er verkaufte mich an diesen mädchenfressenden Zwerg!

Bizarre guckte zurück und etwas in meinem Blick schien ihn wieder zur Besinnung zu bringen, denn er schüttelte den Kopf und lachte. »Nur fünfzehn Köpfe? Willst du mich übers Ohr hauen? Nein, Mammut. Ein andermal.« Damit zog er erneut kräftig an meinem Arm. Ich kam frei. Erleichtert atmete ich aus, während Bizarre sich beeilte, von dem Stand wegzukommen.

»Ich will sie aber!«, kreischte Mammut uns hinterher.

»Dann musst du bei der Auktion mitbieten!«, entgegnete Bizarre, ohne dabei anzuhalten, und schubste uns in eine Seitengasse.

»So ein Spinner«, murmelte er so leise, dass nur ich ihn verstehen konnte. Sein Blick musterte mich einmal mehr mit Interesse. Ich guckte giftig zurück. Eigentlich müsste ihm jetzt der Kopf explodieren. »Du wirst mir noch einen Haufen Kohle einbringen, Warrior. Du bist ein wirklicher Glücksfang. Achtung, Stufe!«

Ich stolperte prompt darüber. Bizarre grinste nur frech, half mir aber auf die Beine und klopfte an das Holzgestell eines der Zelte. Es sah anders aus als die vorherigen – pompös, breiter. Mit mehr Schnickschnack. Goldene Akzente zierten den dunkelroten Samt, der schwer und ziemlich teuer aussah. Kurz geschah gar nichts. Die Geräusche des restlichen Marktes drangen nur gedämpft zu uns hinüber. Bizarre räusperte sich und klopfte ein weiteres Mal. Ich zog verwundert die Augenbrauen hoch und wechselte einen verwirrten Blick mit Brave, als der Vorhang ein kleines Stück zurückgezogen wurde.

»Passwort?«, bellte eine unsichtbare Stimme.

Obwohl die Situation viel zu ernst war, unterdrückte ich ein Kichern. Bizarre seufzte frustriert. »Ernsthaft? Passwort? Wie alt sind wir? Vier?«

»Passwort!«, bellte die Stimme ungerührt.

Der Gott verdrehte die Augen und zog uns an den Ketten näher heran. »Ich liebe Charming«, knurrte er verlegen.

»Geht doch.« Der Vorhang öffnete sich gänzlich. Der Gott stieß uns so schnell hindurch, als hätte er Angst, das Passwort ein zweites Mal wiederholen zu müssen. Einer der Giganten stand genau neben uns und stierte mit dunklen Augen auf uns hinab. Das rote Licht des Tartaros kam nur spärlich durch den Stoff des Zeltes. Trotzdem zeichneten sich die goldenen Muster des Stoffes am Boden ab und malten tanzende Kringel auf den mit Teppich ausgelegten Grund. Es roch nach Tabak, Ambrosia und etwas Schwerem, Süßlichem. Nach Gott. Über uns baumelte ein mächtiger Kronleuchter, der leise im heißen Windhauch klirrte. Wir hinterließen staubige Sandspuren, als wir von Bizarre tiefer in das Zeltinnere bugsiert wurden. Auf einem hohen thronähnlichen Sessel wartete eine hochgewachsene Gestalt auf uns. Ich hielt die Luft an. Kurz flammte Panik in mir auf, Peace könnte dort sitzen. Aber schon auf den zweiten Blick war deutlich, dass der Mann dort oben nicht mein blauhaariger Albtraum war. Die Erleichterung hielt sich jedoch in Grenzen. Meine Nackenhaare stellten sich auf, als schimmerndes Licht auf das Gesicht der Gestalt fiel. Brave stöhnte auf. Mir selbst klebte die Zunge am Gaumen. Auf dem Stuhl saß unverkennbar ein Gott. Seine Präsenz schlug uns schwer und süßlich entgegen. Das Leuchten seiner Haut wurde intensiver, ließ sein markantes Gesicht strahlen. Hohe Wangenknochen. Ein gemeißeltes Kinn, lange blonde Haare, die ihm auf die breiten Schultern fielen. Durchdringende eisblaue Augen, die uns neugierig musterten. Er trug einen maßgeschneiderten blauen Anzug. Seine Nägel waren schwarz lackiert. Der dunkle Lidschatten um seine Augen unterstrich seine atemberaubenden Gesichtszüge.

Gänsehaut jagte über meinen Rücken. Mein Blick klebte förmlich auf seiner Gestalt. Er hatte nämlich eine unheimliche Ähnlichkeit mit meiner Schwester Diamond. Die beiden hätten Zwillinge sein können. Der Gott musterte uns seinerseits fasziniert. Die katzenhaften Augen funkelten vor Magie und wildem Sex-Appeal. Kurz glaubte ich, so etwas wie Erschütterung durch seine Gesichtszüge huschen zu sehen, doch schon im nächsten Augenblick sprang er geschmeidig auf, breitete die Arme aus und lachte. »Bizarre, mein Freund! Erst kommst du angelaufen und berichtest mir von deinen neuen Leckerbissen und dann lässt du mich so lange warten? Du musst entweder sehr dumm oder sehr betrunken sein. Ich tippe ja auf Letzteres.«

Bizarre stieß uns vor Charming in den Sand. »Qualität braucht eben seine Zeit.«

Charming zog eine Augenbraue in die Höhe und verschränkte lässig die Arme vor der Brust. »Dann gib mir eine Kostprobe von deiner Qualität.«

Bizarre zog an meinen Ketten. Ich mpffte wieder wütend, auch wenn es nichts brachte. Wenigstens hatte ich versucht, mich zu wehren.

»Das hier ist eine Tochter der Aphrodite und das hier …« Er rüttelte an Brave, der seinen Blick immer noch starr auf Charming kleben hatte. »… ein Sohn des Zeus.«

Charmings Pupillen leuchteten gierig auf, als er Brave anerkennend musterte. Verächtlich guckend grunzte ich in meinen Knebel. Brave selbst sah wie hypnotisiert aus. Schweißtropfen glänzten auf seiner Stirn.

»Was für ein Schmuckstück!«, gurrte Charming, ging vor Brave auf die Knie und hob dessen Kinn an. Brave zitterte. Genießerisch verschlang Charming ihn mit seinen Blicken. »Die Söhne des Zeus sind immer mit solch unglaublicher Attraktivität gesegnet. Diese Muskeln brauchen ja einen Waffenschein!«, schwärmte er und ließ seine Fingerspitzen betont langsam über Braves Unterarme wandern. Dieser stieß ein mpf-artiges Quietschen aus, während er dunkelrot anlief. Was sollte das denn werden?!

»Und dieser Hintern«, schwärmte Charming weiter. »Fast so attraktiv wie sein Gesicht.«

Bizarre stieß ein Würgen aus. »Nimmst du ihn?«

»Selbstverständlich!« Der Gott klang begeistert.

»Die Bezahlung …«, wandte Bizarre ein.

Charming winkte lediglich mit ein paar beringten Fingern ab. Das Gold glänzte im spärlichen Licht. »… ist unerheblich. Wir klären das nach der Versteigerung. Vielleicht behalte ich ihn selbst.« Er kam Brave so nahe, dass seine Lippen dessen krebsrote Wange berührten. »Ich spüre so viel unerfüllte Leidenschaft in dir. Es juckt mich praktisch in den Fingern, sie aus dir herauszukitzeln.«

Brave sah aus, als würde er jeden Augenblick in Ohnmacht fallen.

Ich schnaubte wütend, lenkte so seine Aufmerksamkeit von Brave ab.

Er musterte mich, erneut huschte dieser seltsame Ausdruck über seine Züge.

»Und du …« Er flüsterte beinahe. »… bist eine Tochter der Aphrodite?«

»Und des Hades!«, warf Bizarre stolz ein. »Für sie will ich das Doppelte.«

»Mhm.« Endlich ließ Charming gänzlich von Brave ab und kam zu mir. Er rieb sich das Kinn. »Sicher, dass sie eine Tochter der Liebe ist?«, fragte er skeptisch. »Sie sieht aus wie ein Sack auf zwei Beinen.«

Ich knurrte, so gut ich es mit einem Knebel im Mund konnte.

Bizarre lachte. »Sie ist eine kleine Kratzbürste, ja. Aber ihr Potenzial ist enorm.«

»Mhm … kommt von dir dieser Geruch nach Rosen, kleine Kratzbürste?«

In diesem Augenblick hätte ich am liebsten einen fahren lassen. Leider musste ich gerade nicht.

»So viel Feuer!«, seufzte er. »Ich bewundere diese Leidenschaft. Du wartest auch nur darauf, endlich gezündet zu werden, oder, meine kleine Rose?«

Ich zog demonstrativ eine Augenbraue hoch.

Charming musterte mich eine gefühlte Ewigkeit schweigend. »Abgemacht!«, sagte er schließlich.

»Spitze!«, Bizarre klatschte fachmännisch in die Hände. »Ich komme mit nach unten, um alles zu klären. Ich hätte da noch den ein oder anderen Tropfen Ambrosia, der dich interessieren könnte.«

»Mach nur.« Charming warf uns ein Wolfslächeln zu. »Und euch beiden wünsche ich viel Glück.« Er schnippte mit den Fingern und der Teppich zu unseren Füßen rollte sich auf. Ein Loch aus Schwärze schlug uns entgegen.

»Waf if da Unfetnnmpf?«, konnte ich Braves ängstliches Murmeln hören. Meine Nackenhaare stellten sich auf, als ich in das schwarze Loch guckte. Kam es mir nur so vor oder konnte ich da unten laute Musik hören?

»Alles klar, runter mit euch!«

»Wafff?« Ein Stoß in den Rücken ließ mich erschrocken kreischen. Brave neben mir tat es mir gleich und zusammen stürzten wir in den schwarzen Tunnel hinab. Wir fielen und fielen und – okay, wir stürzten doch nicht so lange.

Ich schlug auf einem glatten Boden auf. Kurz wurde mir schwarz vor Augen, in meinen Ohren rauschte es. Benommen starrte ich meine neue Umgebung an. Wie ein Haustier zum Verkauf, so war ich in einen gläsernen Kasten gefallen. Er war gerade so groß, dass ich mich hinsetzen und eventuell aufrecht hinstellen konnte, doch das war es auch schon. Mein Blick huschte durch das Glas und ich sah Brave neben mir in einem ähnlichen Käfig sitzen. Ich lehnte den Kopf gegen die Scheibe, kniff die Augen zusammen und erkannte noch mindestens drei weitere Kästen, die in Abständen von circa fünf Metern standen. Ansonsten war es stockdunkel. Trotzdem vibrierten meine Ohren vor lauter … Musik? Tatsächlich! Es klang, als wären wir mitten in eine Disco gefallen.

»Such dir deinen Platz.« Überrascht zuckte ich zusammen und wandte den Kopf. Bizarre stand wie aus dem Nichts neben mir. Eine Zigarette hing qualmend in seinem Mundwinkel.

»Wir alle haben in diesem Käfig begonnen. Ein beschissenes Gefühl, aber wenn du weißt, wer du bist, wird dich nichts aufhalten können. Wir sind Götter.« Er warf mir einen bedeutungsschweren Blick zu, aschte ab und ließ mich im Käfig zurück. Der Qualm seiner Zigarette zog wie ein Schleier hinter ihm her, als er in der Dunkelheit verschwand. In diesem Augenblick ging direkt über mir ein grelles Licht an. Ich duckte mich und spürte meinen eigenen Herzschlag vor Schreck wummern.

»Meine Damen und Herren. Liebe Göttinnen und Götter! Willkommen im Dark Wonderland!«, dröhnte eine Stimme in voller Lautstärke aus den Boxen. Wir standen in einem plötzlichen Lichtermeer aus Scheinwerfern, die uns wie Frischfleisch in einer Vitrine beleuchteten. Verängstigt drückte ich mich gegen die hintere Wand des Glaskäfigs und betrachtete die Masse aus neugierigen Gesichtern, die uns anstarrte. Fünf Käfige standen auf einer erhöhten Tribüne. Der Raum sah aus wie ein modernes Loft. Boden und Wände waren aus rauem Beton. LED-Lichter – in Blau, Grün und Violett – zuckten über eine Tanzfläche und an den rauen Seitenwänden war eine Bar aufgestellt. Darüber glitzerte ein gigantischer Kronleuchter. Die Menge sah aus wie eine Ansammlung von dekadenten, reichen Schnöseln. Götter, die sich in einem geheimen Club die Kante geben wollten. Ich spürte die Präsenz unzähliger von ihnen. Die Magie war so dicht, dass mir der Atem stockte. Mein ohnehin schon pochendes Herz trommelte gegen meinen Brustkorb und ein süßlich herber Duft nach Rosen ging in Wellen von mir aus, während meine Haut mit einem Ausschlag auf all die Götter im Raum zu reagieren schien. Sie prickelte und brannte – und begann prompt zu leuchten. Der Schein strahlte unter meiner Kapuze hervor. Den anderen Gefangenen erging es ebenso. Die Angst tat wohl ihr Übriges.

Brave keuchte. Sein müdes Gesicht schien sich zu straffen. Das blonde Haar leuchtete strahlend und seine Muskeln schwollen auf die doppelte Größe an. Er sah aus wie Herkules höchstpersönlich. Mehr als ein Augenpaar musterte ihn gierig. Ein Mädchen neben mir, das ich als eine der Unglücklichen, die ebenfalls an den Tartaros verfüttert worden waren, wiedererkannte, stieß einen glockenhellen Schrei aus und sank zu Boden. Durchscheinende Flügel, wie die einer Libelle, brachen aus ihrem Rücken hervor. Ihr ganzer Körper schien kristallin zu werden. Das Haar war weißblond, ihr Gesicht scharf wie ein geschliffener Diamant. Ihr Blick wirkte gehetzt. Wie ein verängstigtes Tier warf sie den Kopf von links nach rechts. Das Glas um sie herum vibrierte, als sie dagegenrannte. Es krachte und splitterte. Scherben flogen wie Geschosse in die Menge, die johlend zurückwich. Das Diamantmädchen sprang wagemutig aus ihrem Käfig, spannte die schillernden Flügel an und hüpfte in die Luft. Im gleichen Augenblick traten zwei Männer, ganz in Schwarz gekleidet, aus der Masse und schleuderten etwas in ihre Richtung. Das Diamantmädchen kreischte, als sich schwarze Haken in ihr Fleisch bohrten und sie zu Boden rissen. Die Meute wich wie ein Wasserlauf zur Seite und das Mädchen schlug hart am Boden auf. Ihr Körper zuckte unkontrolliert. Ich konnte die Stromstöße sehen, die ihr durch die Adern jagten.

Bei den Göttern! So konnte das doch nicht weitergehen. Wild drehte ich den Kopf von links nach rechts. Zerrte und zog mithilfe meiner Schulter den Stoff des Knebels über mein Kinn. Endlich rutschte er ab. Ich schnappte nach Luft und schrie: »Hört auf!« Atemlos schlug ich mit meinen gefesselten Händen gegen das Glas. Niemand beachtete mich.

Das Mädchen zuckte noch ein paarmal, bevor die Stromschläge endlich aufhörten. Ihr Körper sackte kraftlos zusammen und die Menge jubelte.

»Also schön, also schön!«, dröhnte die Stimme von Charming lachend durch die Boxen. »Wie es aussieht, haben wir hier eine etwas voreilige Kandidatin. Dann können wir auch gleich anfangen.« Mit einem kräftigen Ruck rissen die Männer in Schwarz die Gefesselte auf die Beine. Sie stöhnte.

»Meine Freunde, lasst mich die diesjährige Ernte an Neulingen vorstellen. Allesamt frisch erwacht.« Grölen ertönte und Charming lachte, weich und gleichzeitig bittersüß. »Mein Name ist Charming und ich heiße euch als euer Gastgeber alle willkommen. Wie jeden Monat heißt es hier unten *fressen oder gefressen werden.*« Eine Welle von Macht rollte über mich hinweg. Ich keuchte. Mein Blick huschte durch den Raum und fand den Gott am anderen Ende des Saals. Der thronartige Stuhl von vorhin stand nun auf einer kleinen Anhöhe, nahe der Bar. Die Menge klatschte begeistert, als sich Charming galant verbeugte. Ein breites Lächeln erschien auf seinem Gesicht. Leuchtend helles Haar umspielte seine makellosen Züge wie eine Löwenmähne, kristallblaue Augen strahlten quer durch die Halle, während mein Magen sich schmerzhaft zusammenzog. Dieser Mann … Charming. Er sah wirklich aus wie Diamond! Zumindest hatte er unglaubliche Ähnlichkeit mit ihr. Diese Nase, der Mund, ja selbst seine stolze Haltung glich der meiner Schwester.

Meine Haut leuchtete noch heller und mein Geruch war inzwischen so intensiv, dass die ersten Zuschauer schnuppernd die Köpfe hoben.

»Unsere ungeduldige kleine Elfe hier nennt sich Light. Tochter der Anemoi, einer niederen Windgöttin.«

Light stöhnte, die Menge pfiff und lachte.

»Wie ihr seht, ist sie eine vielversprechende Kandidatin. Wer sie testen möchte, hebt die Hand und gibt sein Gebot ab. Und für diejenigen, die uns das erste Mal besuchen, die Regeln noch einmal knapp zusammengefasst. Regel Nummer eins: Es gibt keine Regeln. Zeigt, was ihr könnt, immerhin wollen wir hier eine Show sehen.«

Die Masse brüllte begeistert. Was ging hier vor sich?

»Regel Nummer zwei: Wenn ihr Potenzial in einem der Neulinge seht, hebt die Hand und es wird geboten. Der höchste Betrag darf mit dem Probanden in den Ring steigen. Besiegt er euch, ist er vogelfrei und euer Investment futsch. Wenn ihr allerdings gewinnt, gehört er euch. Alles klar?«

Charming breitete die Arme aus. Seine Präsenz erfüllte den ganzen Raum und die Bietfreudigen brachen abermals in begeistertes Jubeln aus. Neckisch zwinkerte Charming ein paar Göttinnen in der Menge zu und deutete auf das Flügelmädchen.

»Sehr schon. Also … wer hat Interesse an unserer kleinen Light?«

Etliche Hände schossen nach oben. Ich selbst versuchte noch, das soeben Gesagte zu verarbeiten. Wenn ich das gerade richtig verstanden hatte, sollten wir uns entweder unsere Freiheit erkämpfen oder als Eigentum eines durchgeknallten Gottes enden. Wie abartig war das denn? Ich schauderte. Suchte die Menge nach Bizarres Verräter-Arsch ab, doch der Mistkerl blieb verschwunden. Ich kochte. Wenn ich ihn das nächste Mal sah, würde ich ihm den Hals umdrehen.

Die Energie hier unten war wild, ungezähmt. Beinahe schon blutrünstig schrie die Menge ihren Preis für das Mädchen heraus. Dieses zitterte und sah aus, als würde es jeden Augenblick zusammenbrechen. Ich konnte es ihr nachfühlen. Der Gedanke, bald dort unten zu stehen und um die eigene Freiheit zu kämpfen, drehte mir selbst den Magen um. Nackte Panik überkam mich. Ich hatte doch gar keine Ahnung vom Kämpfen! Bloodclaw auf meinem Bauch krümmte sich und zwickte mich in die Schulter. Mein Herz raste, doch zumindest erinnerte ich mich wieder daran, dass ich nicht ganz hilflos war. Ich schickte ein knappes Dankgebet an meinen Vater und beobachtete, wie die Elfe an einen bulligen Gott mit Glatze, dunklen Augen und angsteinflößenden Tätowierungen versteigert wurde. Rote Schwaden gingen von seinem Körper aus und als er in die Mitte der sich langsam freiräumenden Fläche stieg, gingen seine Hände in Flammen auf.

»Alles klar!«, rief Charming. »Wie es aussieht, haben wir heute hohen Besuch im Haus. Einen kräftigen Applaus für Cole. Ein Gott der neuen Elite. Nachfolger des Hefaistos!«

Die LED-Lichter zuckten im Takt der klatschenden Menge. Die Macht, die von Coles ungeschlachtem Körper ausging, war so intensiv, dass ich die Hitze selbst hinter dem Schaukasten fühlte. Schweiß brach mir am Rücken aus, während Light in die Arena zu dem Brocken geschubst wurde. Ein lauter Signalton war zu hören und elektrische Bässe dröhnten durch die Boxen. Light zuckte zurück. Ihre Flügel flatterten, während Cole sie wie ein Raubtier umkreiste. Die Flammen versengten den Boden zu seinen Füßen und ließen beißenden Dampf aufsteigen. Ohne Vorwarnung stürzte er sich schließlich nach vorne. So schnell, dass ich nur eine verschwommene Gestalt und helle Funken sprühen sah. Das Mädchen wich trotz ihrer Verletzungen erstaunlich schnell aus. Sie hob sich in die Luft, schwebte grazil über ihn hinweg, landete auf allen vieren und fauchte wie eine Katze. Cole fuhr herum. Seine Fäuste hatten ein Loch im Boden hinterlassen, das sich beinahe sofort wieder schloss. Wie ein Pitcher beim Baseball holte er jetzt aus und schleuderte einen kopfgroßen Feuerball in Richtung des Mädchens. Es zuckte zurück, rollte sich ab und stand blitzschnell wieder auf. Der Ball schlug an der gegenüberliegenden Wand ein und hinterließ Rußflecken. Klatschen und Jubeln ertönte. Jetzt holte das Mädchen aus. Ihre Augen verengten sich zu Schlitzen. Ihr Brustkorb blähte sich auf, während sie Cole einen Sprühnebel aus schillerndem Staub entgegenblies. Cole lachte abfällig und stapfte auf sie zu, doch als der Staub ihn berührte, blieb er irritiert stehen. Um seine Beine bildete sich durchscheinender Diamant, der seine Füße blitzschnell einschloss. Er fletschte die Zähne und spie Light eine Flamme entgegen, die ihren linken Flügel traf. Ihr Schmerzensschrei gellte durch den Club. Sie landete auf dem Boden, fing sich jedoch schnell wieder und beobachtete mit Genugtuung, wie Cole vollständig von dem Diamanten eingeschlossen wurde. Die Zuschauer hielten die Luft an. Der Diamant schloss sich über Coles Glatze. Sein Gesicht war zu einer Fratze versteinert. Ich konnte es nicht fassen. Die zarte Light hatte wirklich diesen Brocken besiegt? Die Menge schien ebenso erstaunt. Lautes Gemurmel erhob sich, während Light mit abfälliger Miene aufstand und Cole silbernes Blut vor die Füße spuckte. Plötzlich zwinkerte Cole.

»Pass auf!«, schrie ich, doch der harte Diamant explodierte bereits in tausend Stücke. Feuer schlug zischend um sich und traf Light, die ihre Arme vors Gesicht riss, während ihr Gegner nach vorne preschte, das zarte Mädchen packte und wie einen Zweig auseinanderbrach. Die Masse jubelte. Light riss die Augen auf. Schmerz zuckte durch ihr

Gesicht, bevor sie in Coles Griff erschlaffte. Dieser hob in Siegerpose die Faust in die Höhe. Feuer umspielte seine Schultern und Hände.

»Wahnsinn!«, tönte Charmings Stimme durch die Boxen. »Der liebe Cole lässt einen wie jedes Mal atemlos zurück. Absolut heiß. Ich wünsche dir viel Spaß mit ihr!«

Cole lachte bellend, schüttelte sich die letzten Diamantenreste aus den Haaren und warf sich Light über die Schultern. Die beiden hinterließen ein Schlachtfeld aus Rauch und glänzenden Splittern. Die Erregung der Menge mischte sich mit dem bittersüßen Geschmack der Magie. Als Nächstes wurde ein Junge mit störrisch zerzausten Haaren und einem trotzigen Funkeln in den braunen Augen aus dem Käfig geholt.

»Soso, wen haben wir denn da? Darf ich euch Trick vorstellen? Ein Sohn der Hekate!« Die Menge brüllte, während ich erstaunt die Augen aufriss. Das war Trick? Sohn der Göttin der Zauberkunst und Nekromantie? Ich hatte von ihm gehört. Ähnlich wie ich, so war auch er eines der Kinder, über die man nur hinter vorgehaltener Hand tuschelte. Selbst in Abaddon erzählte man sich haarsträubende Geschichten über ihn. Angespannt hielt ich die Luft an, während die Angebote für Trick nach oben schossen.

»Alles klar, verkauft an unsere liebe Green.«

Eine Frau mit stacheligen grünen Haaren und Piercings überall im Gesicht betrat die Mitte der Arena. Auf ihren Armen und Beinen waren Schlangenschuppen zu erkennen. Sie dehnte ihre Nackenmuskeln und winkte Trick zu sich, dessen Ketten ruckartig von ihm absprangen. Mit einer bewundernswerten Ruhe stellte er sich neben Green auf. Obwohl er beinahe einen Kopf kleiner war als sie, strahlte er etwas aus, das die grünhaarige Hünin zögern ließ. Der schrille Signalton ertönte und Trick löste sich in Luft auf.

Die Menge hielt gespannt die Luft an, während sich Green mit wildem Blick im Kreis drehte. Sie öffnete ihren Mund und verspritzte Säure in alle Richtungen. Zischend fraß sich diese durch den Boden. »Zeig dich, du Feigling!«, keifte sie, während sich Trick wie befohlen hinter ihr materialisierte. Seine Macht war ungezügelt, wie eine Naturgewalt traf sie Green mitten in die Brust. Sie wurde hart zurückgerissen, stürzte zu Boden und spritzte neongrünes Gift in Tricks Gesicht. Es schmolz zischend und Green schrie triumphierend auf, doch Trick zerplatzte nur in rauchig grüne Schlieren. Verwirrt schnellte ihr stacheliger Kopf in alle Richtungen. Ehe sie reagieren konnte, materialisierte sich ein weiterer Trick hinter ihr und stieß seine Faust in ihren Brustkorb. Die Menge stöhnte auf. Greens Augen weiteten sich überrascht.

»Schlampe!«, hörte ich Trick murmeln, bevor er seine Faust zurückzog und ihr pochendes Herz in der Hand hielt. Green brach zusammen. Die Menge klatschte wild, überwältigt von den Wellen an reiner Macht, die von Trick ausgingen. Der Gott leuchtete aus jeder Pore.

»Meinen Glückwunsch, Trick«, hauchte Charming in sein Mikro und grinste. »Du bist frei. Ich bin sicher, wir werden noch viel von dir hören.« Verächtlich ließ Trick das immer noch pochende Herz neben der keuchenden Green fallen und verschwand, ohne einen weiteren Blick an sie zu verschwenden, im Publikum, das sich jubelnd um ihn schloss.

»Tja, so werden Götter geboren, habe ich recht?«, fragte Charming. Grölende Zustimmung folgte. »Nun denn? Wer ist der Nächste?«

Ein Junge mit langer Nase und knochigen Schultern wurde aus dem Glaskäfig geschoben. »Hier haben wir Brench! Sohn der Iris, unserer lieben Götterbotin.«

Man musste nur einen Blick auf ihn werfen, um zu wissen, dass er keine Chance hatte. Viele andere schienen das ebenfalls so zu sehen. Trotzdem wurde für ihn nicht weniger geboten als für Trick zuvor. Der Arme wurde mit zitternden Knien in die Arena gestoßen. Ein Mann namens Steel, dessen halbes Gesicht und rechter Arm aus Metall bestanden, kletterte zu ihm in den Ring. Der Typ sah aus wie ein Cyborg. Sein rechtes Auge erinnerte an einen Laserpointer, der sich auf Brench richtete. Es dauerte nicht lange. Ich hielt meine Augen während des Massakers geschlossen. Es war grauenhaft. Der Junge wurde quasi in seine Einzelteile zerfetzt. Sein Blut floss über den Boden. Es blieb so wenig von ihm übrig, dass ich bezweifelte, er würde sich jemals davon erholen. Wäre ich nicht in Abaddon aufgewachsen, hätte ich wahrscheinlich gekotzt. Brave kämpfte jedenfalls heftig gegen den Würgereflex an.

Als Nächstes war ein Mädchen an der Reihe, das praktisch in die Arena geworfen werden musste. Sie schluchzte so jämmerlich, dass ich nicht einmal mitbekam, wie sie hieß oder wessen Tochter sie war. Trotzdem war sie unter all den Tränen, dem Dreck und Rotz wunderschön. Langes pinkfarbenes Haar umrahmte ein porzellanartiges Puppengesicht. Doch dort, wo ihre Tränen zu Boden fielen, spross saftiges Grün. Diesmal boten hauptsächlich Männer. Ein saurer Geschmack breitete sich auf meiner Zunge aus, als eines der Schweine zu dem Mädchen stieg. Inzwischen drängten sich die Schaulustigen so dicht an die Kämpfenden, dass ich nur wenig mitbekam. Hin und wieder das Aufblitzen von grünen Efeuranken. Das Lachen des Mannes. Das Schluchzen des Mädchens. Ein lauter Knall, wie von einer Explosion, die Staub und Betonbrocken über die Menge wehte. Danach brandete Jubel auf. Der Mann trug das Mädchen wie einen schlaffen Sack davon. Ich empfand Mitleid mit ihr. Doch mein Herz pochte erneut wie ein Presslufthammer – wegen dem, was jetzt kommen würde. Ein dicker Klumpen verknotete mir den Magen.

»Also schön, also schön, also schön, meine Lieben.« Charming strich sich das glänzende Haar aus dem Gesicht. Die Ähnlichkeit mit Diamond stach immer deutlicher hervor. Seine Stimme war wie Honig und Samt. Eine süße Verheißung, während ihm mehr als nur ein Mädchen und auch einige Männer deutlich lüsterne Blicke zuwarfen. Er schien deren ungehemmte Lust wie Luft einzusaugen. Das Leuchten auf seiner Haut wurde stärker, während er sich unauffällig ans Ohr tippte. Wahrscheinlich trug er ein Headset, aus dem er die Informationen über uns bekam.

»Nun haben wir ein wahres Zuckerstück, selbst wenn sie im Augenblick nicht danach aussieht.« Alle Augen richteten sich auf mich. Hungrige Blicke. Pupillen, die von Ambrosia und Gewalt geweitet waren. Ihre Aufmerksamkeit ließ meinen ganzen Körper vibrieren. Auch wenn ich mir vor Angst beinahe in die Hose machte, reckte ich trotzig das Kinn vor und versuchte, zu ignorieren, dass ich immer noch meinen verdreckten Hello-Kitty-Pullover trug. Der Schatten der Kapuze verdeckte mein Gesicht. Trotzdem hatten sich ein paar helle Haarsträhnen gelöst und kringelten sich bis zu meinen Knien in schimmernden Locken. »Darf ich vorstellen«, hauchte Charming mit rauer Stimme ins Mikro. »Warrior. Tochter des Hades und der … Aphrodite.« Kam es nur mir so vor oder hatte er am Ende leicht gestockt? Die Götter stießen überraschte Rufe aus und drängten sich noch näher an mich heran. »Was für eine explosive Mischung! Ich denke, wir können viel von dieser kleinen Blume erwarten. Immerhin ist sie für diesen himmlischen Geruch verantwortlich. Wer bietet für sie?«

Beinahe jede Hand im Club schoss nach oben. In meinen Ohren rauschte es, als die ersten Gebote herausgeschrien wurden. Die Summe schraubte sich innerhalb weniger Sekunden in schwindelerregende Höhen. Alles wurde angeboten. Angefangen von Gold, exotischen magischen Wesen bis hin zu anderen Göttern, die offensichtlich bei vorherigen Spielen verloren hatten. Charming kam kaum damit hinterher, die Angebote anzunehmen.

»Ich biete ein ganzes Nest von Hychnas«, schallte eine kratzige Stimme hervor. Ich wandte alarmiert den Kopf. Da stand tatsächlich das gedrungene Männlein Mammut. Mit seiner dunklen Kutte wirkte er vollkommen deplatziert in der Masse aus schlanken, glitzernden und in Leder gekleideten Leibern.

»Wow, ein Hychna-Nest. Nicht schlecht. Bietet jemand mehr?«

»Ich biete ein Fläschchen meiner Quintessenz!«, rief ein anderer sofort heraus.

Mir blieb die Spucke weg. Er wollte wirklich einen Teil seiner Magie opfern? Für mich?

»Das Hychna-Nest und meine Quintessenz«, hielt Mammut sofort dagegen.

»Ich biete einen Ariadnefaden!«, schoss ein anderer zurück. Ich blinzelte irritiert. Er wollte allen Ernstes sein Schicksal für mich aufs Spiel setzten?

Charming pfiff seinerseits anerkennend. »Guter Preis, mein Lieber. Sollte das jemand überbieten wollen …«

»Ich biete meine Unsterblichkeit.« Der gesamte Raum erstarrte. Eine große, muskulöse Gestalt löste sich aus dem Schatten der gegenüberliegen Wand. Alle Aufmerksamkeit richtete sich auf ihn. Mein Herz blieb stehen. Ich konnte kaum atmen.

Peace stand vor mir. Live und in Farbe. Sein Haar schimmerte im zuckenden Licht und seine Augen hielten mich hungrig fixiert. Ein kaltes Lächeln umspielte seine vollen Lippen. Ein schwarzer Mantel bauschte sich hinter ihm. Sofort wichen die anwesenden Götter vor ihm zurück. Auch sie schienen die Luft anzuhalten. Der Club füllte sich mit dem beißenden Geruch nach Ozon, während Blitze über seinen Körper zuckten.

»Ich biete meine Unsterblichkeit«, wiederholte er.

Charming räusperte sich. »Was für eine Ehre. Wie es aussieht, haben wir heute hohen Besuch in Wonderland. Wird jemand seinen Preis überbieten?«

Alle blieben stumm, wichen noch weiter zurück, bis Peace in der Mitte der Arena stand und herausfordernd eine Augenbraue hob.

»Gefunden«, sagte er schlicht. Eine Kampfansage. Wütend schnaubte ich durch die Nase. Meine Haut kribbelte. Brannte förmlich bei seinem Anblick. Jeder Zentimeter prickelte und ließ mich strahlend leuchten. Der Geruch nach Blumen wurde beinahe überreif. Intensiv und aggressiv. Na toll, zumindest würde ich ihn halb zu Tode duften können.

Die Glastüren des Käfigs glitten lautlos auf. Die Ketten fielen rasselnd von mir ab und ich trat ins Freie. Bloodclaw rührte sich nervös auf meinem Bauch. Bereit, von meiner Haut zu springen, sobald ich ihn rief. Mit wackeligen Knien und schweißnassen Händen hüpfte ich die Tribüne hinunter und trat in den Kreis. Die Masse an Göttern ließ mich wortlos durch und schloss sich augenblicklich wieder hinter mir. Lediglich eine Armeslänge trennte Peace und mich. Der Boden unter meinen Füßen knirschte. Adrenalin jagte in Höchstgeschwindigkeit durch meine Adern und ließ mich die Umgebung gestochen scharf wahrnehmen. Da war mein Geruch nach intensiven Rosen und der seine. Dunkel, verführerisch, eine Mischung aus Ozon, Moschus und Schnee. Ich sah das Alabaster-Leuchten seiner Haut. Die schlanken und starken Hände, von denen unablässig Blitze zuckten. Den seelenlosen Abgrund in seinen kalten Augen, die jeden Zentimeter von mir abschätzten. In meinem Inneren rumorte es. Es fühlte sich an, als würde alleine Peace' Anwesenheit reichen, um meine Magie ungebremst zu entfesseln. Glänzender dunkelvioletter Nebel tropfte von meiner juckenden Haut und schwebte wie schattenhafte Flügel um meinen Körper. Peace schien es nicht anders zu gehen. Die Blitze wurden hektischer, sein mattes Grinsen hungrig. Ungeduldig.

»Na? Hast du mich vermisst?«, konnte ich nicht umhin zu fragen. Ihn zu reizen.

»Du hast ja keine Ahnung wie sehr«, erwiderte Peace grollend.

»Du gewinnst das hier nur über meine Leiche.«

»Wenn ich mit dir fertig bin, wirst du dir wünschen, eine Leiche zu sein«, konterte er. Der Signalton erschallte. Die dumpfen Bässe von

Seven Nation Army erklangen und Peace schnellte mit der Eleganz einer Raubkatze nach vorne. Gebündelte Blitze, vermischt mit der Präzision einer Peitsche, schlugen in meine Richtung. Es zischte. Der Geruch nach verbranntem Haar stieg mir in die Nase. Eine meiner Locken fiel zu Boden. Schnell wich ich aus, rollte mich ab und ließ Bloodclaw los. Der Höllenhund bellte und schnellte wie ein Gummiband von meinem Körper. Die Zuschauer schrien überrascht auf. Auch Peace riss erstaunt die Augen auf, während der Höllenhund sich knurrend vor mich stellte. Eine schützende Wand aus gigantischen Muskeln, Fell und Fangzähnen.

»Wie nett. Ein Geschenk von Daddy?«, fragte Peace kalt und warf elektrische Bündel wie Bälle in die Luft.

»Eifersüchtig?«

»Auf das kleine Schoßhündchen?«

Bloodclaw grollte und fuhr warnend seine mächtigen Krallen aus. Wachsam umkreisten wir uns. Maßen die Stärken und Schwächen des jeweils anderen ab. Im Grunde hatte ich keine Ahnung, wie ich Peace besiegen sollte. Ich war keine Kämpferin, eher ein Stubenhocker und hatte nur das bisschen von Selbstverteidigung gelernt, das man in Abaddon zum Überleben brauchte. Grundsätzlich hatte ich keine Chance gegen Peace, dem die Kampferfahrung praktisch aus jeder Pore tropfte. Die Zuschauermenge wartete nur darauf, dass er mich in kleine Stückchen riss. Peace' Muskeln spannten sich an. Allein das Zucken seines Kiefers verriet, in welcher Richtung er als Nächstes zuschlagen würde. Instinktiv reagierte ich, Bloodclaw folgte mir. Ein riesiger Ball aus Blitzen flog einen breiten Bogen von rechts auf meinen Kopf zu. Ich duckte mich darunter hinweg, während Blood sich bellend auf Peace stürzte. Die beiden prallten mit brutaler Kraft aufeinander und gingen raufend zu Boden. Blood über Peace, der zähneknirschend den Kopf des Hundes gepackt hielt, um dessen schnappende Zähne davon abzuhalten, seine Kehle zu zerfetzen.

»Töte ihn«, befahl ich Bloodclaw grimmig, dessen Augen aufleuchteten. Ich spürte, wie sich meine Nägel verlängerten und durch die Spitzen meiner Handschuhe stießen. Bloodclaw wetzte wild den Kopf nach links und rechts. Schlug nach Peace. Seine Krallen gruben sich tief in die Wange und rissen drei lange silberne Wunden hinein. Peace bäumte sich auf, biss die Zähne zusammen und setzte Bloodclaws gesamten Körper unter Strom. Eine Druckwelle wie von einer Explosion stieß mich zurück. Der Hund jaulte auf. Der Gestank nach brennendem Fell und Fleisch stieg mir in die Nase. Ich konnte die Schmerzen fühlen, als er bei lebendigem Leib in kleine Stücke zerrissen wurde. Bloods Körper explodierte in schwarzem Rauch und kehrte auf meinen zurück.

»Jetzt kann dir Daddy nicht mehr helfen!« Peace sprang in einer einzigen geschmeidigen Bewegung wieder auf die Füße. Sein gesamter Körper strahlte. Die Menschlichkeit war beinahe vollkommen von ihm abgefallen. Was vor mir stand, war ein durch und durch göttliches Wesen. Es knisterte. Ein armdicker Blitz fuhr auf mich nieder. Entsetzt riss ich die Augen auf. Ich konnte nicht mehr ausweichen. Er schlug mit voller Kraft in mich ein. Reines weißes Licht erfüllte meinen Blick. Mein Herz blieb stehen. Ich fühlte nicht einmal mehr Schmerzen. Ich fühlte … ja, was fühlte ich? Etwas rastete in mir ein … oder brach es eher? Es ließ sich schwer beschreiben. Am ehesten konnte ich es wohl mit einem Schlüssel vergleichen, der sich im passenden Schloss umdrehte. Das Vibrieren in meinem Körper wurde zu einem Beben. Ein Schrei löste sich aus meiner Kehle und unter dem atemlosen Blick Dutzender Götter fiel die Maske meiner eigenen Menschlichkeit ab. Es zerfetzte mir praktisch die Klamotten in kleine Stücke. Strahlendes Licht hüllte mich ein. Ich verlor den Boden unter den Füßen. Begann tatsächlich zu schweben, während sich mein Rücken durchbog. Ein weiterer Schrei entrang sich meiner Kehle, als leuchtende Flügel aus Licht und Schatten meine Haut durchstießen. Goldenes Haar wehte mir wie flüssige Seide um den Körper und es war, als würde ich zum ersten Mal tief nach Luft schnappen. Ich fühlte mich wie neugeboren. All die Ängste, die Zweifel und der Selbsthass bröckelten wie trockener Schlamm von mir ab. Die Göttin in mir war stark, sinnlich und voller Magie, die sich aus einer unendlichen Quelle in meinem Inneren ergoss.

Mein schmerzerfüllter Schrei verwandelte sich in ein Lachen. Probeweise schlug ich mit meinen neuen Flügeln und spürte die Magie unter ihnen. Mein Blick suchte den von Peace und es war fast so, als würde meine Welt innerhalb eines Wimpernschlags ein weiteres Mal erschüttert werden. Ich sah den Gott neben mir so deutlich wie niemals zuvor. Sein Körper war von makelloser Schönheit und Wellen von urmächtiger

Magie, die meiner in nichts nachstand, gingen von ihm aus. Blitze züngelten um sein Antlitz, wirkten wie bei einem hypnotischen Tanz. Es fühlte sich an, als würden zwei Naturgewalten aufeinandertreffen. Wenn er den reinen, gleißenden Blitz voller Stärke und Perfektion darstellte, war ich der konfuse Donner. Unaufhaltsam und so mächtig, dass er die Welt zum Erschüttern brachte. Und ich spürte plötzlich eine intensive Erkenntnis aufsteigen. Ein Teil fügte sich ins andere und wie Zeus einst seine Hera benötigte, um ein Ganzes zu sein, benötige Peace mich, um er selbst zu sein. Genau wie ich ihn. Ich sah die Gewissheit auch in seinen Augen lodern. Das Schwarz seiner Pupillen wurde riesig und ich konnte Kälte erkennen. Das Loch, in dem eigentlich seine Seele liegen sollte, lag wie eine offene Wunde vor mir. Ohne es aufhalten zu können, floss ein Teil meiner selbst hinein und versuchte es zu schließen.

Er blinzelte. Ein Ruck ging durch seinen Körper, bevor er sich ohne Vorwarnung auf mich stürzte. Es krachte, als wir aufeinandertrafen. Ich glaubte, die umstehenden Götter erschrocken schreien zu hören. Betonbrocken stürzten von der Decke. Wir pflügten einen ganzen Krater in den Boden, so ungezügelt waren unsere Kräfte. Ich sollte aufpassen. Ich wollte niemanden verletzten. Schon gar nicht Brave! Aber alles, worauf ich mich konzentrieren konnte, war Peace, der mich gewaltsam zu Boden drückte. Seine Arme schlossen sich um mich. Blitze jagten in wilden Schauern über meinen Körper, die ich gierig aufsog und mit einem weiteren Beben, das den Club beinahe auseinandernahm, erwiderte. Ich war mir nicht sicher, ob Peace mich zu erwürgen oder festzuhalten versuchte, aber ich reagierte nicht weniger heftig. Ungehemmt hakte ich mein Bein unter seines, brachte ihn zu Fall und saß nun rittlings auf ihm. Wind, Donner und Blitze peitschten um uns – in einem einzigartigen Orkan aus Magie. Ich schnappte seine Hände und presste sie nach oben. Wie eine zufriedene Katze rieb ich mich an seinem Körper und genoss das Gefühl seiner Blitze auf meiner Haut. Peace knurrte ungestüm und schmiss mich mit roher Kraft von sich herunter, bevor er meine Haare um seine Faust wickelte und meinen Kopf knirschend nach hinten bog. Ein Lachen barst aus mir heraus. Ich konnte mich nicht erinnern, jemals zuvor so viel Spaß gehabt zu haben. In einem wilden Kampf wälzten wir uns auf dem Boden und legten den Club in Schutt und Asche. Keiner von uns schien dabei wirklich die Oberhand über den anderen zu gewinnen. Wir waren wie ein Wechselspiel aus hell und dunkel. Das Ganze hatte mehr von einem tollwütigen Liebesspiel als von einem wirklichen Kampf. Aber ich konnte mich nicht zurückhalten. Genauso wenig wie er. Keuchend rammte ich ihm meine Beine in den Bauch. Sein Körper wurde mit enormer Kraft zurückgeschleudert und krachte durch die nächste Wand. Putz und Beton stoben auf. Hüllten alles in eine dichte Wolke. Sofort kam Peace wieder hoch und schlug mich seinerseits in einem Netz aus Blitzen nieder. Unzählige Gefühle überrollten mich und nur wenige davon waren jugendfrei. Ich fühlte mich so ungehemmt, wie ich es niemals für möglich gehalten hätte. All das war in mir verschlossen gewesen und hatte nur auf ihn gewartet. Diesen jungen, ungestümen Gott, der wie ein Unwetter auf mich niederfuhr und mich auf dem Boden festnagelte. Sein heißer Atem fuhr mir über das Gesicht. Unsere Blicke verschmolzen miteinander. Unsere Herzen schlugen im Gleichklang. Mein Körper brannte an den Stellen, an denen er mich an sich presste. Genau wie in meinem Traum Tage zuvor, nur dass die Realität um so vieles besser war. Peace raunte etwas Unverständliches, packte meinen Kopf und zog mich zu sich. Ich konnte seinen Atem auf meinen Lippen fühlen. Meine Gefühle und Magie liefen Amok. Ein Teil von mir setzt komplett aus. Ich konnte nicht mehr denken, nur noch fühlen, als der junge Gott die letzten quälenden Zentimeter überbrückte und mich küsste. Besitzergreifend und ungestüm senkten sich seine Lippen auf meine. Das war kein keuscher, flüchtiger romantischer Kuss. Mein erster Kuss um genau sein. Nein. Er, wir, waren hungrig, gierig und beinahe ein wenig verzweifelt. Unsere Zähne stießen heftig aneinander. Ich schmeckte süßes Götterblut, als seine Zunge meine Lippen teilte. Mich dabei als seinen Besitz markierte, während er mich küsste, als gäbe es kein Morgen mehr. Ich konnte nicht mehr atmen. Alles, was ich fühlte, war Peace, der sich mit meiner Magie und meiner Seele verflocht. Uns jetzt noch voneinander trennen zu können, das war ein Ding der Unmöglichkeit. Ich konnte ihn heftig atmen fühlen. Auch er war kurz davor, zu kollabieren, das spürte ich. Meine Lider zitterten. Er musste aufhören. In einem jämmerlichen Versuch, uns zu trennen, stemmte ich meine Hände gegen seine Brust. Eine erneute Flut an Blitzen zuckte von ihm zu mir hinüber. Ich stand in Flammen. Es war zu viel. Ich verdrehte die Augen und verlor mich selbst.

Kapitel 17
Ich habe keine Seele

Ich wachte mit einer juckenden Nase auf. Meine Augen waren schwer und meine Glieder fühlten sich köstlich träge an. Ein Lächeln huschte über meine Lippen, obwohl ich gar nicht wusste, warum ich mich so zufrieden fühlte. Aber ich tat es. Wie eine Katze, die heimlich Sahne genascht hatte. Genüsslich streckte ich mich im weichen, duftenden Bettlaken und wollte mir gerade die Nase kratzen, als etwas schmerzhaft an meinen Händen zerrte. Ein metallisches Klirren war zu hören.

»Was …?« Verschlafen öffnete ich die Augen und blinzelte auf Handschellen, die mich mit dicken Ketten an eine Wand fesselten. »Was zum Teufel?« Die warme, kuschelige Zufriedenheit verflog mit einem Schlag. Warum waren schon wieder Fesseln an mir? Heftig zerrte ich daran, bewirkte jedoch nur, dass meine Hände schmerzten.

»Kämpfst du eigentlich immer gegen alles an?«, fragte mich eine kalte Stimme, die mir bis ins Mark drang. Sie ließ meine Seele singen. Prompt begann meine Haut zu leuchten. Ich hörte damit auf, an den Ketten zu zerren, und sah Peace in einem gemütlichen Ohrensessel neben mir lungern. Sein markantes Kinn ruhte auf seiner Faust, während er mich mit einer neugierigen Laszivität musterte, die mir sofort auf den Zeiger ging. Wie hatte dieser verfluchte …

Erinnerungen drängten sich zurück in mein Bewusstsein. Der Tartaros. Die Wüste. Bizarre. Der Markt und der verdammte Götterclub. Peace, der plötzlich aufgetaucht war. Der Blitz, der mich getroffen hatte – und meine Reaktion darauf. Besser gesagt, unsere Reaktion. Mein Mund klappte auf. Ich lief knallrot an.

»O mein Gott!«, quiekte ich und vergrub das Gesicht im nächsten Kissen. »O mein Gotfff!«, stieß ich ein zweites Mal erstickt hervor.

»Eigentlich ist mein Name Peace, aber du kannst mich auch gerne Gott nennen.«

»Halt die Klappe!«, schnappte ich und sah mit funkelnden Augen auf.

Peace zog eine Augenbraue nach oben.

»Warum bin ich überhaupt angekettet? Was soll das?« Wütend rüttelte ich an den Fesseln.

»Du gehörst mir. Ich habe den Kampf gewonnen, ich darf demnach alles mit dir anstellen, was ich will.«

»Willst du mich verarschen?«

»Nicht im Geringsten.«

»Du … du … du hast mich nicht besiegt«, stieß ich hektisch hervor. »Das war gar kein richtiger Kampf. Da war mehr. Ich meine, wir haben … wir haben … o Gott, ich weiß gar nicht, was wir da eigentlich getan haben, aber kämpfen war das sicher nicht.« Ich verspürte den Drang, in ein dunkles Loch zu hüpfen.

Peace hingegen schmunzelte und sah vollkommen gelassen aus, was mich nur erneut in Rage versetzte. Wie konnte er so ruhig sein? Wir hatten es quasi in bester Göttermanier vor Dutzenden Leuten getrieben und dabei einen ganzen Club zerstört. Wir haben uns geküsst. Es war mein verflucht noch mal erster Kuss gewesen und er war so fantastisch gewesen, dass ich ohnmächtig geworden war. Unsere Seelen hatten sich verbunden! Ich konnte es fühlen. Selbst jetzt noch, wo er eine fein säuberliche Wand aus Distanz und Kälte zwischen uns aufgebaut hatte, spürte ich seine Magie in mir. Wie konnte er so unberührt von all dem sein, was zwischen uns passiert war?

»Es war ein Kampf«, berichtigte er mich, räusperte sich jedoch. »Wenn auch ein etwas eigenartiger. Du gehörst mir und was passiert ist, muss dir nicht peinlich sein. Es war eine vollkommen natürliche Reaktion auf das Durchbrechen deiner Magie und das Finden deines Gefährten.«

Ich wurde nur noch röter. »Wie kannst du nur über so was reden wie … wie über das Wetter?«

»Ich zähle nur die Fakten auf.«

»Tu nicht so, als würde dich das alles kaltlassen. Ich habe es gefühlt, Peace. Ich habe dich gefühlt. Du kannst mir nichts vormachen.«

Peace' Gesichtsausdruck änderte sich – von gelangweilter Ignoranz zu dem hungrigen Blick eines Tieres. Er schwang sich so schnell auf mein Bett, dass ich nur überrascht quietschen konnte, als er sich auch schon über mich beugte. Sein Gesicht war nur Zentimeter von meinem entfernt. Er löste die Ketten an meinen Handgelenken, ehe er die starken Arme links und rechts von mir abstützte.

»Aber vielleicht will ich ja, dass es mich kaltlässt«, raunte er mir zu. Seine Arme waren so angespannt, dass die silbernen Adern darin hervortraten. Tief atmete er ein, vergrub seine Nase an meinem Nacken und sog meinen Geruch genießerisch in sich ein. Gänsehaut breitete sich auf meinem Körper aus. »Vielleicht ist es besser für alle Beteiligten, wenn ich mich nicht kopflos in ein kleines Gör verliebe, das sowieso nur Ärger bringt. Die es mit einem einzigen Blick schafft, die harte Arbeit von Jahrzehnten zunichtezumachen. Vielleicht ist es das Beste, wenn ich dich hier angekettet lasse, wo du schön deine Finger bei dir behältst. Ansonsten würde ich wohl aus Versehen die Welt in die Luft jagen, sobald du mich berührst.«

»Oh …«, hauchte ich. Mehr brachte ich nicht hervor. Die Spannung zwischen uns war so greifbar, dass ich die Luft anhielt. Peace' hungriger Blick wanderte über mein Gesicht. Seine Lippen teilten sich, während er sich, wie an einem magischen Band gezogen, weiter zu mir beugte. Gänsehaut überzog meinen Körper. Bei den Göttern! Der Drang erneut von diesen langen schlanken Fingern berührt zu werden, war beinahe übermächtig. Ich wollte, dass er mich wieder an sich presste, meine Haare packte und meine Welt ein weiteres Mal erschütterte. Ich wollte …

»Warrior?« Irritiert hielt Peace inne, nur einen köstlichen Lufthauch von meinen Lippen entfernt. Ich war stocksteif und spürte, wie mir alle Farbe entwich. Mein Gesicht! Es war frei! Nicht nur das. Soweit ich es beurteilen konnte, trug ich rein gar nichts außer meiner Unterwäsche. Meine Haut hob sich leuchtend hell von den schwarzen

Laken ab. Jene Bettwäsche, die ich bereits in meinem Traum gesehen hatte. Ich war in Peace' Zimmer. Nackt! Er konnte mich sehen. Da war kein schützender Stoff, der mich vor seinen Blicken verbarg. Mit einem Aufschrei stieß ich den verblüfften Gott von mir herunter und warf die Bettdecke über den Kopf.

»Was hast du denn jetzt für ein Problem?«, fragte Peace verwirrt.

»Geh weg!«, fuhr ich ihn an.

Er schnaubte. »Ich habe die letzten zwei Tage, in denen du Dornröschen gespielt hast, an deinem Bett gesessen. Ich werde ganz sicher nicht gehen.«

»Zwei Tage?« Meine Stimme war schrill. »Verschwinde, Peace! Du wirst wahnsinnig werden, wenn du es nicht bereits bist. Ich bin Gift, also sieh mich nie wieder an und bring mir einen Kapuzenpullover oder so was.«

Kurz war es still. Eines der Dielenbretter knackte. Ich hoffte, er war so schlau, endlich zu verschwinden. Meine Schultern waren zum Zerreißen angespannt. Wie hatte ich nur so unvorsichtig sein können?

»Weinst du etwa?«, kam die Frage plötzlich direkt über mir.

Ich zuckte zusammen und presste die Decke noch fester über meinen Kopf. Hier unten war es verdammt stickig, aber ich würde den Teufel tun und ungeschützt wieder auftauchen.

»Nein! Und jetzt verschwinde!« Ich schniefte.

Peace fluchte. Eine Hand packte die Decke und zog sie ruckartig von mir herunter. Meine Finger glitten an dem rutschigen Material ab. Kreischend rollte ich mich zu einem Ball zusammen und versuchte, die anatomisch wichtigen Stellen zu verstecken. Noch nie hatte mich jemand nackt … na ja, also praktisch nackt gesehen, und dann kam Peace. Peace, dessen eiskalte Miene direkt über mir auftauchte.

»Hör auf zu weinen. Sofort!«, befahl er mir.

»Spinnst du? Schau weg oder du wirst wahnsinnig werden. Und gib mir sofort die Decke zurück!«

»Nein.«

»Gib sie mir!«

»Nein.«

»Schön. Arschloch!« Wütend schnaubte ich, rollte mich von der Matratze herunter, und krabbelte auf dem weichen Teppichboden unters Bett. Ja, mir war bewusst, dass das kindisch war. Aber mein Hirn war ein wenig überlastet. »Ich bleibe hier unten, bis du nicht mehr zu mir schaust, du perverser Spanner.«

Peace' Fluchen wurde lauter. »Ich bin der Spanner? Wer hat mir denn beim Duschen zugesehen?« Er lugte mit eiskalten Augen unters Bett. »Komm sofort da raus. Du benimmst dich absolut lächerlich.«

»Ich beschütze dich, du Holzkopf.«

»Ich muss aber nicht beschützt werden.«

»Vor mir schon. Außerdem wollte ich dir gar nicht beim Duschen zuschauen!«

»Sondern?«

Ich knabberte auf meiner Unterlippe herum. »Ich wollte nur gucken, wer so schön singen kann. Aber wenn ich gewusst hätte, dass du es bist, wäre ich schreiend davongelaufen.«

»Wärst du nicht«, schnaubte Peace arrogant. »Du hast geglotzt wie ein Schaf.«

»Habe ich nicht.«

»Soll das jetzt immer so weitergehen oder kommst du auch wieder raus?«

»Nein. Ich komme erst dann raus, wenn ich weiß, dass du nicht wahnsinnig wirst«, piepste ich.

Er seufzte. »Ich werde nicht wahnsinnig.«

»Natürlich wirst du das! Jeder wird das.«

»Ich nicht!«

»Ach, und warum nicht?«

Er knirschte mit den Zähnen. »Zum einen, weil ich dein verfluchter Gefährte bin. Weiß der Himmel, warum ich so bestraft werde! Und zum anderen, weil ich gar keine Seele habe.«

»Du … du …« Ich stotterte. »Was?«

»Ich habe keine Seele«, wiederholte Peace geduldig und trommelte mit den Fingern auf das Bettgestell. »Kommst du jetzt raus?«

»War das … ist das dieses Loch in dir?«, fragte ich zögerlich. »Wann immer ich in deine Augen schaue, kommt es mir so vor, als wäre da … nichts!«

»Da ist auch nichts«, bestätigte Peace sachlich, beinahe gelangweilt. »Zeus hat mich verflucht, kurz bevor er mich in den Tartaros warf.«

»Also ist es das, was du damals in Abaddon gesucht hast? Als ich in dich hineingerannt bin?«

»Ja.«

»Hast du sie gefunden?«

»Nein.«

»Oh!«

»Genau.«

»Mhm.«

»Kommst du jetzt raus?«

»Vielleicht. Aber erst musst du wegschauen.«

»Warum zum Teufel noch mal?« Peace explodierte und sein Kopf wurde rot und fleckig. Es sah irgendwie süß aus.

»Weil ich nackt bin!«

Schnaubend packte Peace die Unterkante des Bettes und schmiss das gesamte Gestell mitsamt Matratze und Kissen gegen die Wand. Ich kreischte, sprang auf die Beine, doch da schlossen sich bereits Peace' Arme um mich und drückten mich gegen seine harte Brust.

»Lass mich los!« Ich strampelte.

»Damit du wieder kopflos davonlaufen kannst? Vergiss es, Mädchen, du bleibst erst mal dort, wo ich dich im Auge behalten kann.« Ohne auch nur eine Miene zu verziehen, schleppte er mich zu der Wand, in der ein eiserner Haken angebracht war und kettete meine Hände wieder fest. »Du bleibst hier!«

»Aber ich bin praktisch nackt.«

»Gut!«

»Gib mir was zum Anziehen!«

»Nein!«

»Aber ich …« Meine Unterlippe zitterte. Schützend zog ich die Beine an. Das Mädchen in mir, das sich sein Leben lang unter Klamotten und Sonnenbrillen versteckt hatte, wand sich vor Scham unter Peace' bohrendem Blick. Ich wusste nicht wirklich, wie ich mit der plötzlichen Erkenntnis umgehen sollte, dass er mich ansehen konnte. Die Scham war inzwischen ein so fester Bestandteil von mir geworden, dass es beinahe unmöglich für mich war, seinen Blick zu ertragen. Die Göttin in mir wollte jedoch etwas ganz anderes. Dieser Teil wollte sich am liebsten schnurrend an ihm reiben und wieder diesen hungrigen

Blick in seinen Augen sehen. Mühsam versuchte ich, beide Seiten unter Kontrolle zu bringen, gab dem hysterischen Mädchen eine Ohrfeige und goss der schamlosen Göttin kaltes Wasser über den Kopf. Trotzdem konnte ich nicht aus meiner Haut. Ich schämte mich.

»Bitte«, flüsterte ich daher erneut.

Peace stand schwer atmend vor mir. Sein Kiefermuskel zuckte. »Nein.«

»Warum nicht?«

»Weil es dringend notwendig ist, dass du deine Komplexe überwältigst. Weiß der Gott, warum du die überhaupt hast. Du bist das schönste Wesen, das ich jemals gesehen habe. Du bist eine Göttin. Du musst stark werden, wenn du an meiner Seite herrschen möchtest. Was nicht funktioniert, wenn du dich wie ein kleines verzogenes Mädchen benimmst. Also, nein. Du bekommst keine Klamotten. Die kriegst du erst dann, wenn du zu erröten aufhörst.«

»Wa... herrschen?«, fragte ich alarmiert. »Worüber denn? Beklopptenhausen?!«

Er verdrehte genervt die Augen. »Da würdest du ja perfekt hineinpassen!«

»Ich hasse dich!«, brachte ich zwischen zusammengebissenen Zähnen hervor. Bildete ich es mir ein oder wiederholte ich mich bei ihm gerne?

Peace' Kiefermuskel zuckte erneut.

»Gut«, antwortete er kalt und ging. Er ließ mich einfach alleine in seinem Zimmer zurück. Das Bett halb zerschmettert, mit der hellen Glasfront auf der anderen Seite des Raumes, von wo aus ich in diese seltsam dunkle Stadt hinausblicken konnte. Wo war ich eigentlich? Und wo war Brave bei all dem Chaos geblieben? Sorgen zermarterten mir das Hirn. Ich verbrachte einige Zeit damit, blicklos aus dem Fenster zu starren. Entsetzt darüber, wie mein Leben in so kurzer Zeit so gravierend hatte zusammenbrechen können. Ich war nicht mehr die gleiche Person. Ich konnte die Magie in mir rumoren fühlen. Das Prickeln auf der Haut. Die Göttin wollte aus mir hervorbrechen, die Flügel ausbreiten und den Geschmack der Unsterblichkeit genießen. Aber zu welchem Preis? Würde ich noch ich selbst sein oder mich vollkommen in diesem ungezügelten Wesen verlieren? Auf meinem Bauch regte sich Bloodclaw. Wie ein schwarzes Tattoo breitete er sich über meinem ganzen Körper aus. Sein Kopf lag beruhigend an meiner Brust und seine Augen starrten fragend zu mir auf.

»Schon gut«, flüsterte ich und lächelte sanft. »Mir geht es gut.« Der Hund schnaufte beruhigt. Keine Ahnung, wie lange ich schon so nackt auf dem Teppichboden saß und meinen Gedanken nachhing, aber irgendwann ging die Tür wieder auf. Peace lehnte am Türrahmen. Er hatte sich umgezogen. Jetzt trug er eine dunkle Jeans und ein ebenso schwarzes T-Shirt, das sich hauteng über seine fein definierten Muskeln schmiegte. Ich schluckte schwer.

»Wie fühlst du dich?«, fragte er.

»Bestens«, erwiderte ich und rüttelte vernehmlich mit den Ketten.

Der junge Gott verschränkte die Arme vor der Brust. »Schluss mit dem Mist. Wie fühlst du dich? Hast du Kopfschmerzen oder noch andere Symptome der letzten Wochen?«

»Es ist ein wenig frisch«, gab ich genervt zurück.

Peace starrte mich ausdruckslos an. »Du machst dir das Leben gerne selbst schwer, oder?«, grollte er.

Ich schnitt eine Grimasse. »Wenn es um dich geht, dann schon.«

»Isst du noch?«, fragte er mich.

»Nein … ja … nicht mehr wirklich.«

Er nickte. »Der Doktor will einen Blick auf dich werfen. Danach wirst du duschen und trinkst ein wenig Ambrosia. Du bist ganz blass um die Nase.«

»Wirst du mir jetzt immer vorschreiben, was ich zu tun habe?«

»Willst du lieber weiter hier rumsitzen?«

Frustriert pustete ich mir ein paar Haarsträhnen aus dem Gesicht. »Nein.«

»Gut.« Geschmeidig stieß er sich vom Türrahmen ab, zog sein T-Shirt aus und warf es mir zu.

Der Stoff knallte mir ins Gesicht. Peace' Geruch schlug mir entgegen. Ich konnte den Schauder nicht unterdrücken, der mir dabei über den Rücken lief. »Und was ist das jetzt?«, fragte ich irritiert.

»Zieh es über!«, befahl Peace. Heimlich musterte ich dabei seinen nackten Oberkörper. Bei den Göttern! Dieser Junge sah aus wie aus Stein gemeißelt. Niemand konnte so unverschämt heiß aussehen.

»Warum muss ich von einem Doktor untersucht werden?«, fragte ich und versuchte, mir trotz gefesselter Hände das Shirt über den Kopf zu ziehen. Das Endergebnis war, dass ich mit beiden Armen in einem Ärmel feststeckte, meine Haare aus dem Kopfausschnitt lugten und ich wie ein Kesselflicker fluchte. Obwohl ich ihn nicht sehen konnte, fühlte ich Peace' Blick für eine ziemlich lange Zeit auf mir ruhen. Selbst wenn er keinen Laut von sich gab, könnte ich schwören, dass er sich innerlich über mich kaputtlachte! Mistkerl.

»Kannst du mir mal helfen?«, blaffte ich schließlich und gab erschöpft auf. Bei den Göttern! Ich musste aussehen wie Bernd das Brot. Peace seufzte. Ich blinzelte durch den Stoff und sah seine Silhouette herannahen.

»Schön ruhig bleiben. Wenn du wegläufst, fange ich dich ein und verhaue dir den Hintern!« Sein Atem strich über meine erhitzte Haut. Eine Gänsehaut breitete sich folglich auf meinem Rücken aus. Ich stieß ein undefinierbares Fiepen aus und fühlte, wie Peace meine Ketten löste. Meine tauben Arme fielen bleischwer hinab, wurden aber gleich von Peace an den Handgelenken aufgefangen und blitzschnell durch die Armlöcher gezogen. Seine Finger streiften meinen nackten Bauch. Zischend zog ich die Luft ein und glaubte, ihn ebenfalls leise stöhnen zu hören. Doch nur Millisekunden später zog er am unteren Saum, sodass auch mein Kopf endlich durch den Stoff ploppte. Ich pustete mir ein paar Haarsträhnen aus dem Gesicht, als er mich auch schon wieder an die Wand kettete.

»Ich tue das«, setzte er unser Gespräch abrupt fort und lächelte schal, »weil ich es so will!«

»Ach?«, fragte ich spöttisch, konnte aber nicht verhindern, dass meine Stimme ein wenig kratzig klang. »Um sicherzugehen, dass ich keine Syphilis habe?«

Er warf mir einen genervten Blick zu. »Ist bei den Töchtern der Aphrodite nicht immer auszuschließen, oder?«

»Du Arsch!«

Peace ging zur Tür hinaus und klopfte dabei mit den Fingerknöcheln gegen den Türrahmen.

»Du kannst reingehen, Doc. Sieh ihr nur nicht zu viel ins Gesicht.«
»Endlich! Streitet ihr beiden immer so viel?«

Peace' Antwort konnte ich nicht verstehen, aber sie klang ziemlich unfreundlich.

Ein großer und vor allem dünner Gott mit braunen Haaren betrat das Zimmer.

Reflexartig ließ ich meine Haare über das Gesicht fallen.

»Warrior Pandemos?«, erkundigte er sich.

»Ja?«, erwiderte ich misstrauisch. Meine Ketten rasselten. Der Doktor blieb stehen. Ich fühlte seine braunen Augen fachmännisch auf mir ruhen. Er fluchte leise. »Hast du das arme Mädchen wirklich angekettet?«, brüllte er unvermittelt.

»Hab ich!«, brüllte Peace irgendwo im Flur zurück.

»Und wie soll ich sie dann untersuchen?«

»Lass dir was einfallen!«, kam die kalte Antwort.

Der Doktor seufzte und kniff sich gequält in den Nasenrücken. »Irgendwann kündige ich«, hörte ich ihn murren, bevor er eine lederne Tasche abstellte und sich vor mir niederkniete. Ich zuckte zurück und ließ meine Haare so viel Haut wie möglich verdecken.

»Keine Sorge, Warrior«, beruhigte der Doktor mich mit dieser typisch gelangweilten Arztstimme. »Peace hat mir von dem Medusa-Syndrom erzählt. Vielleicht beruhigt es dich, zu wissen, dass ich schon einige ähnliche Götter mit solchen Gendefekten behandelt habe, ohne dabei Schaden zu nehmen. Ich weiß, was zu tun ist.«

»Mhm …«, brummte ich und war nicht gerade überzeugt.

»Ist dir schwindelig? Hast du Stimmungsschwankungen oder hörst du immer noch Stimmen?«, fragte er mich. Die schlanken Finger öffneten die Tasche zu seinen Füßen und zogen eine Spritze heraus. Ich zuckte wieder zurück, aber die blöden Ketten hielten mich an Ort und Stelle.

»Keine Sorge, ich nehme nur ein wenig Blut ab, um das Stadium deiner Unsterblichkeit bestimmen zu können.«

Ehe ich mich wehren konnte, packte er auch schon meinen Arm und jagte mir die Nadel hinein.

»Auuu!«, jaulte ich auf, wollte den Arm zurückziehen, doch der Doktor hatte Kräfte wie ein Bär.

Er schnalzte mit der Zunge und zog die Spritze auf. »Nicht jammern, wir haben es gleich geschafft! Also, was ist jetzt? Schwindel?«

»Manchmal!«, knurrte ich, starrte dabei aber fasziniert auf mein silbernes Blut, das langsam den Zylinder füllte. Es hatte immer noch einen schwachen Bronzeschimmer.

»Stimmungsschwankungen?«

»Nein!«

»Doch!«, meinte Peace. Die Tür schlug hinter ihm zu.

Ich warf ihm einen finsteren Blick zu. »Verpiss dich, Tantalos!«

»Also auch Stimmungsschwankungen«, murmelte der Doktor und zog endlich die Nadel aus meinem Arm. Die Einstichstelle verschloss sich augenblicklich. Seine Augenbraue huschte nach oben. »Eine vorzügliche Heilgeschwindigkeit.«

»Ich habe keine Stimmungsschwankungen!«, hielt ich vehement dagegen.

Peace schnaubte spöttisch und der Doc warf mir ein schmales Lächeln zu.

»Mach dir nichts draus. Die meisten jungen Götter leiden zu Beginn daran. Es ist vollkommen natürlich und dank unserem Peace wird auch dein Hormonhaushalt etwas durcheinander sein.«

»Mein Hormonhaushalt hat sich bestens im Griff!« Peace hüstelte.

Der Doktor warf ihm einen schalen Blick zu. »Es besteht kein Grund zum Hüsteln, Tantalos. Deine Untersuchungsergebnisse waren mit so vielen Hormonen vollgepumpt, dass ich dein Blut als Anabolikum verkaufen könnte.«

Ich prustete.

»Von dir erwarte ich ein ähnliches Ergebnis«, grunzte der Doktor.

Jetzt guckten wir ihn beide finster an.

»Hast du noch ein Hungergefühl?«, fragte der Doktor mich weiter aus. Ich schüttelte den Kopf.

»Schläfst du noch?« Ich nickte.

»Verstehe.« Er fuhr sich kurz durch die Haare. »Kann ich bitte einmal einen Flügel sehen?«

Unsicher zögerte ich.

»Mach!«, befahl mir Peace.

»Ich weiß nicht, wie!«, fauchte ich. »Sind ein neuer Teil von mir.«

Der Doktor runzelte die Stirn. »Junge Götter werden sehr stark von ihren Gefühlen und Instinkten geleitet. Denk an etwas, das dir gefällt oder dich wütend macht.«

»Ja, Warrior, denk an etwas, das dir gefällt!«, grinste Peace.

So eine fiese, gemeine Kanalratte!

»Muss dieser Idiot hier sein?«, fragte ich genervt. Meine Haut begann zu leuchten.

Der Doktor musterte mich. Es fühlte sich an, als würden seine Augen mich röntgen. »Er ist der neue Gottvater. Ich kann ihn nicht rauswerfen. Selbst dann nicht, wenn ich es wollte.«

Peace sah unglaublich selbstzufrieden aus. Die Arroganz tropfte ihm förmlich aus den Poren. »Komm schon, Süße. Zeig uns deine Flügelchen!«, drängte er. Durch seine Augen huschte etwas, das ich als Schalk bezeichnen würde.

»Nenn mich nicht Süße.«

»Warum? Ich bin dein Gefährte. Ich nenn dich, wie ich will.«

»Das zu wissen, ist gut, Schnuckipuh!«, flötete ich.

Peace grollte. Die Luft zwischen uns war zum Zerreißen gespannt. Unsere Magie fand sich. Meine Haut prickelte und uns beide überkam ein Schaudern. Im selben Moment brachen meine Flügel in einer weißen Kaskade aus Federn heraus und schlangen sich schützend um meinen Körper.

»Interessant«, murmelte der Doc. »Sind sie empfindlich?«

»Ein wenig.«

»Deine Spannweite?«

Ich zögerte. Fühlte Peace' brennend kalten Blick auf mir. »Weiß ich nicht.«

»Bitte breite deine Flügel für mich aus.«

Ich tat es. Die ungewohnten Muskeln an meinem Rücken zitterten dabei. Peace' Blick wurde noch intensiver. Die Flügel füllten das halbe Schlafzimmer aus.

»Mhm … zwei Meter dreißig pro Flügel, würde ich schätzen«, brummte der Doktor und strich fachmännisch über die obere Naht. Ich zuckte zusammen. Die Berührung war … eigenartig. Überraschend intim.

Peace grollte.

»Tut das weh?«

»Ein wenig.«

»Musst du sie so viel begrapschen?«, fragte der blauhaarige Gott finster.

»Wenn ich sie untersuchen soll: ja.«

»Ich denke, es reicht jetzt.«

»Ich habe aber noch nicht …«

»Ist sie gesund?«

»Soweit ich es beurteilen kann, schon.«

»Wie weit ist die Unsterblichkeit ausgereift?«

»Ich würde sagen … so um die sechzig Prozent, vielleicht auch etwas weniger.«

»Also kann sie noch sterben.«

Kurz war es still im Raum. Auch wenn ich nur die Hälfte verstand, pochte mein Herz wie wild.

»Ja.«

Peace fluchte. »Danke. Du kannst jetzt gehen.«

»Ich sollte wirklich …«

Peace ließ den Doktor mit einem einzigen Blick verstummen. Der Arzt klappte den Mund zu und warf mir einen flüchtigen Blick zu. »Schön!« Er nahm die Tasche und verschwand mit wehendem Arztkittel durch die Tür. Ließ mich mit Peace alleine zurück, der mich mit mahlendem Unterkiefer musterte.

»Was?«, fuhr ich ihn an.

»Du wirst mir eine Menge Ärger einbrocken, Süße.«

Er löste meine Ketten von dem Ring in der Wand. Meine Flügel fügten sich wieder in meinen Rücken ein.

»Willst du die nicht auch abmachen?«, fragte ich missmutig und rasselte mit den dicken Handschellen. »Die sind ziemlich unbequem.«

Er sah mich ungläubig an. »Kann ich denn darauf vertrauen, dass du nicht abzuhauen versuchst?«

»Mhm … nein«, gab ich ehrlich zu.

»Eben.« Sein intensiver Blick musterte mich. Schamesröte kroch mir in die Wangen. Peace schnaubte ungläubig und hob mich ohne Vorwarnung in seine Arme.

»Was machst du?«, fragte ich atemlos.

»Dich unter die Dusche stecken. Diese Schämerei dauert mir zu lange.«

»Du bist wirklich unausstehlich, weißt du das?«

»Ein häufiges Symptom bei Seelenverlust. Ich arbeite daran.«

»Gut.« Ich schmunzelte widerwillig.

Er stöhnte und trat die Tür zum Badezimmer auf. Der bekannte Raum holte sofort Erinnerungen hervor, die mich umso heftiger erröten ließen.

»Wenn du noch einmal rot wirst, stelle ich mich mit dir unter die Dusche«, drohte Peace mir leise an, stellte mich auf die Beine und zog mir sein T-Shirt über den Kopf. Meine Haare fielen mir zerzaust über die nackte Haut. Peace lehnte sich nach vorne und stellte das warme Wasser an. »Ich warte draußen«, verkündete er und stiefelte aus dem Badezimmer. Verwundert schüttelte ich den Kopf. Überlegte, meine Unterwäsche auszuziehen, entschied mich aber dagegen. Die letzten Hüllen fallen zu lassen, während Peace jederzeit hereinkommen könnte, kam nicht infrage. Mein Hirn setzte bei diesem Gedanken kurz aus. Schnell stellte ich mich unter die warme Brause und ließ das Wasser auf mich rieseln. Wie konnte man im Tartaros eigentlich fließendes Wasser haben? Wie konnte hier unten überhaupt eine ganze Subkultur von Göttern entstehen? Fragen über Fragen. Ich würde sie Peace stellen müssen. Hoffentlich war er in Redelaune und hielt mich nicht wieder für eine bescheuerte Spionin seines Vaters. Nach nur wenigen Sekunden – zumindest fühlte es sich so kurz an – streckte Peace seinen Kopf ins Badezimmer. »Bist du endlich fertig?«

»Ungeduldig, mein Pupsi?«

»Ich habe Hunger.«

»Na klar.« Grinsend trat ich aus dem Wasserstrahl, dankbar für meine langen Haare, die zumindest das Gröbste verdeckten, und suchte nach einem Handtuch. Peace schnalzte mit der Zunge, öffnete ein Schränkchen neben dem Waschbecken, holte ein flauschiges Stück Stoff heraus und wickelte mich wie ein Kleinkind darin ein.

»Ich könnte das alles selbst machen, wenn du die Fesseln lösen würdest.«

»Ja … nein, das wird nicht passieren.« Kräftig rubbelte er mich ab. Seine Hände glitten dabei heiß an meinem Körper auf und ab. Sofort bekam ich eine Gänsehaut. Mein Atem stockte.

»Hör auf damit!«, presste Peace hervor.

»Womit?«

»Mit diesem Geruch. Er lenkt mich ab!«, brummte er unwirsch und rubbelte mir kräftiger als nötig die Haare trocken. Mir wurde heiß und kalt zugleich. Nervös hopste ich auf der Stelle.

»Fertig.« Schnell legte Peace das Handtuch zur Seite und bugsierte mich aus dem Badezimmer. Sein Atem ging wie mein eigener ein wenig zu schnell. Die Stellen, an denen er mich berührt hatte, brannten lichterloh.

Im Schlafzimmer hatte er während meiner kurzen Dusche für Ordnung gesorgt. Das Bett stand wieder an seinem Platz. Ein prasselndes Feuer war in einer zuvor versteckten Feuerstelle angemacht worden. Vor der Fensterfront stand ein Tisch mit zwei gemütlichen Sesseln. Er drückte mich in einen davon und schob mir ein Weinglas mit duftender Ambrosia entgegen. Ich zog die Beine an und ließ die Haare meinen Körper verbergen. »Und wie soll ich das trinken?«

Ohne eine Miene zu verziehen, steckte er einen Strohhalm in das Weinglas. Es war ein pinker Kringelstrohhalm für Kinder. Ich glotzte darauf und brach in schallendes Gelächter aus.

Peace' Mundwinkel zuckten ebenfalls. Seine Schultern entspannten sich etwas. Er nahm sein eigenes Glas und nippte daran. »Du solltest öfter lachen. Es steht dir besser als dieses ständige Gemeckere«, sagte er ungewöhnlich sanft.

»Sagt Mister Eiskalt«, gab ich amüsiert zurück, lehnte mich nach vorne und nahm einen Schluck Ambrosia aus meinem Ringelhalm. »Mhm!« Genießerisch schloss ich die Augen. Das prasselnde Feuer wärmte mir den Rücken. Beinahe fühlte ich mich wohl. Von Peace, den Fesseln und meiner Nacktheit einmal abgesehen. »Wo sind wir hier eigentlich?«, fragte ich nach ein paar weiteren Schlucken und nachdem wir eine Weile friedlich miteinander geschwiegen hatten.

»Im Tartaros, Warrior.«

»Das weiß ich, aber ich meine hier? Sind wir immer noch in dieser Wüste?«

Peace schwenkte langsam die Ambrosia in seinem Glas. »Nein. Wir sind darunter. Das Brachland erstreckt sich über den gesamten Tartaros. Dort oben ist das Leben ein wenig mühselig. Darum haben wir uns eine Existenz darunter aufgebaut.«

Interessant. Ich legte den Kopf schief.

»Und wo kommen die Materialien für das alles her? Das Wasser, die Duschen, das Bett, die Ambrosia?«

»Wir sind Götter.« Ein schales Lächeln breitete sich auf seinen Lippen aus. »Unsere Eltern mögen uns zwar hier unten einsperren, aber während sie immer schwächer werden, werden wir stärker. Es gibt nichts, was wir nicht tun können. Wir sind die Zukunft, Warrior. Es ist unsere Aufgabe, diese dementsprechend zu gestalten. Unsere Eltern sind zu altmodisch, längst nicht mehr zeitgemäß. Sie sind ein Auslaufmodell, das von uns abgelöst wird.«

»Ist das nicht grausam?«

»Du meinst, es ist grausamer, als seine eigenen Kinder an ein Urwesen zu verfüttern? Das ist der Lauf der Zeit. Wie können die Götter die Welt beherrschen, wenn sie nicht einmal so etwas Simples wie ein Handy verstehen? Sie sind rückständig. Zerstören damit die Welt. Was glaubst du denn, warum Umweltverschmutzung, Kriege und Erderwärmung auf einmal auftreten? Plötzlich, nach so langer Zeit?«

»Ähm … Treibhausgas? Pupsende Kühe?«, riet ich.

Er schmunzelte, aber seine Augen blieben dabei kalt. »Die Götter können nicht mit der neuen Welt umgehen. Sie bringen das Gleichgewicht durcheinander. Sind maßlos. Verstehen nicht, womit sie es zu tun haben. Sie schlachten die Erde aus, in dem verzweifelten Versuch, ihre Jugend zurückzubekommen. Die Welt muss darunter leiden. Stirbt mehr und mehr mit jedem Tag.«

Ich blickte auf meine angezogenen Knie und stütze mein Kinn darauf ab. »Glaubst du wirklich, dass die Welt untergeht? Bis es so weit ist, hat die Wissenschaft doch bereits Alternativen entwickelt, das alles wieder hinzukriegen, oder? Ich meine, denk doch nur mal an die E-Motoren und …«

»Die Welt stirbt jetzt«, stieß er wütend hervor. Sein Blick hob sich von seinem Glas. Eindringlich starrte er mich an. »Verstehst du nicht, Warrior? Die Atmosphäre ist inzwischen so löchrig, dass eine einzige Sonneneruption ausreichen würde, um die Erde auszulöschen. Seit über achtzig Jahren hätten wir die Götter bereits ablösen sollen. Die Welt stirbt ihnen unter den Händen weg und sie tun rein gar nichts, um das zu verhindern. Sie sind wie ein Krebsgeschwür, das den Körper zerstört, obwohl sie sich dabei selbst töten.«

Ein Knoten verstopfte mir den Hals. Wie gerne würde ich ihm jetzt widersprechen. Natürlich wusste ich von all diesen Problemen. Wer nicht? Ich sah fern und hörte Radio. Dinge wie Erderwärmung waren kein neuer Hut. Trotzdem hatte ich es nie wirklich als direkte Bedrohung angesehen, dass die Polkappen schmolzen. Hatte immer geglaubt, dass sich die Probleme von selbst regeln würden. Ich wäre niemals auf die Idee gekommen, dass die Götter der Ursprung dieses Übels sein könnten. Wann immer ich meine Mutter oder meinen Vater diesbezüglich angesprochen hatte, hatten sie behauptet, alles im Griff zu haben. Die Welt benötigte Zeit, um sich zu verändern. Natürlich hatte ich mitbekommen, wie überfordert mein Vater mit all der neuen Technologie war. Obwohl er sich bemüht hatte, Abaddon zu modernisieren, war es ihm im Grunde nicht gelungen. Es gab zwar Strom und WLAN, aber im Herzen der Ebenen war es immer noch wie vor vierhundert Jahren. Rückständig. Den Olymp kannte ich zu wenig, aber ich nahm an, dass es sich dort ähnlich verhielt.

»Ist es wirklich so schlimm?«, fragte ich schließlich.

»Es ist schlimmer. Wir müssen die Götter jetzt ablösen, sonst ist es zu spät.«

Wir schwiegen. Das Feuer knackte. Die Ambrosia schmeckte auf einmal schal.

»Bist du eigentlich der Erste, der als neuer Gott geboren wurde?«

Peace seufzte. »Ich war unter den Ersten«, stimmte er zu. »Wir wurden zu fünft hinuntergeworfen. Damals war hier unten alles noch voller Titanen, auch ein paar nordische Götter sind mir begegnet. Manche sind heute noch da, andere sind verschwunden.«

»Die nordischen Götter?«, fragte ich baff.

Er grinste. »Ja. Sie nannten den Tartaros Nidhögg, den Weltenverschlinger. Ist eine interessante Geschichte. Vielleicht erzähle ich sie dir einmal.«

»Mhm. Und wer waren die anderen vier Götter? Bilden sie mit dir das neue Pantheon?« Neugierig lehnte ich mich weiter vor.

Sein Kiefer versteifte sich. »Das wollten wir. Jetzt sind sie tot.«

»Aber …« Verwirrt runzelte ich die Stirn. »Wir sind doch unsterblich.«

»Ich bin es. Aber damals waren wir wie du. Noch am Anfang unserer Veränderung. In diesem Stadium konnten wir sehr wohl noch sterben und der Tartaros war anders. Wilder, ungezähmter. Wir haben diese Stadt aus Staub und Asche erschaffen. Haben einen hohen Preis bezahlt.«

Ich spürte einen Schmerz in ihm, den ich nicht zuordnen konnte. Der Abgrund seiner fehlenden Seele klaffte einmal mehr auf. Mein Herz zog sich mitfühlend zusammen. Ohne darüber nachzudenken, nutzte ich unsere Verbindung, um Peace ein wenig Trost zu spenden.

Er runzelte die Stirn. »Was machst du da?«

»Pst«, zischte ich – von meiner neuen Entdeckung fasziniert – und lehnte mich noch näher zu ihm heran. Atmete seinen Duft ein und blickte in den dunklen Abgrund seiner nicht vorhandenen Seele hinab. Stetig flößte ich ihm ein bisschen mehr meiner eigenen Wärme ein, bis das Silber seiner Augen leuchtete. Sein Atem ging stoßweise. Röte schoss ihm in die Wangen, bevor er vor mir zurückzuckte, als hätte ich ihn verbrannt.

»Genug! Hör auf!«

Ich lehnte mich verblüfft zurück. Diese Verbindung zwischen uns war einfach unglaublich. »Peace … was ist das zwischen uns?«

Seine Schultern zitterten. Er sah mich nicht an, stand nur schwungvoll auf. »Ist das nicht offensichtlich? Es muss immer zwei an der Spitze geben. Wir sind jeweils ein Teil des anderen. Wie Yin und Yang. Das Helle und das Dunkle. Gut und Böse. Ich hatte eigentlich nicht mit dir gerechnet. Du kamst unerwartet.«

»Du bist nicht glücklich damit«, stellte ich fest.

»Ich hätte es mir nicht freiwillig ausgesucht.«

Ich schürzte enttäuscht die Lippen. Dann stellte ich eine weitere Frage, die mir auf der Seele brannte. »Was ist eigentlich mit Brave passiert?«

Er warf mir einen kalten Blick zu.

»Dein blonder Hünen-Freund? Mein süßer kleiner Halbbruder? Es geht ihm gut. Charming hat ihn behalten, nach dem … nach dem Chaos, das wir angerichtet haben.«

Eine Woge der Erleichterung überkam mich. Trotz aller Dummheit war mir der junge Gott ans Herz gewachsen. »Kann ich ihn sehen?«

»Wozu?«

Ich schnitt ihm eine Grimasse. »Weil ich sichergehen will, dass es ihm gut geht. Er ist mein Freund.«

Peace' Blick verfinsterte sich. »Ich mag mit unserer Verbindung nicht glücklich sein, trotzdem werde ich es nicht zulassen, dass du dich diesem blonden Hünen an den Hals wirfst. Schlag ihn dir also besser gleich aus dem Kopf.«

Mein Mund klappte auf. »Spinnst du?« Mehr fiel mir als Erwiderung nicht ein.

Peace schnaubte und stapfte wütend zur Tür.

»Wo gehst du hin?«

»Geht dich nichts an!« Die Tür krachte hinter ihm ins Schloss und ließ mich wütend zurück. Wenn ich es nicht besser wüsste, würde ich meinen, dass er eifersüchtig war. Leider wusste ich es besser. Noch lange saß ich in meinem Sessel und nuckelte an der Ambrosia herum. Dachte über Peace' Worte nach. Seine Warnung, dass die Götter dabei waren, die Welt zu zerstören.

Beunruhigt rollte ich mich später auf dem Bett zusammen und wartete auf den Schlaf, der nur zögerlich kommen wollte. Ich versuchte, mir einzureden, dass es an dem Stress der letzten Tage lag. Bei dem, was ich durchlebt hatte, würde jeder vernünftige Mensch durchdrehen. Nur war ich kein vernünftiger Mensch, eigentlich gar keiner. Unruhig wälzte ich mich von einer Seite auf die andere. Ich seufzte. Wackelte mit den Zehen. Zählte Schäfchen. Meine innere Unruhe wuchs. Diese Ketten waren auch ziemlich unbequem. Ich versuchte es mit einer anderen Schlafposition. Auf dem Bauch liegend. Auf der Seite. Auf dem Rücken. Dann auf der anderen Seite. Dann wieder auf dem Rücken. Am Ende vergrub ich den Kopf im Kissen und kreischte frustriert hinein. Wie konnte dieser Mistkerl mich nur so durcheinanderbringen? Er hätte es sich anders ausgesucht? Pah! Ich würde hunderte Braves nehmen, bevor ich ihn auch nur ihn in Erwägung zog. Ach was! Selbst wenn er der letzte Mann auf Erden war, würde ich ihn nicht wollen. Dieser verlogene, miese …

Warmes Licht fiel ins dunkle Zimmer.

»Kannst du um Gottes willen endlich schlafen?«, fuhr mich Peace an.

»Ich kann nicht«, fauchte ich.

»Warum nicht?«

»Ich … weil … du … ach, keine Ahnung. Lass mich einfach.«

Peace knirschte mit den Zähnen. Sah ein wenig verzweifelt hinter sich. Dann wieder zu mir, bevor er schicksalsergeben seufzte. »Na schön.« Er knallte die Tür hinter sich zu.

»Was machst du?«, fragte ich misstrauisch, als sich die Matratze neben mir senkte. Peace schob sich zu mir unter die Decke. »Was soll das werden?« Nervös versuchte ich, von ihm wegzurücken, doch ein Arm angelte nach mir und zog mich an der Taille an seine Brust.

»Nach was sieht es denn aus? Ich helfe dir beim Einschlafen.«

Ich öffnete protestierend den Mund.

»Ich kann mich nicht konzentrieren, wenn du so unruhig bist!«, fuhr er mich an. »Jetzt mach die Augen zu und schlaf.«

»Bist du denn gar nicht müde?«

»Ich schlafe nicht mehr.«

»Oh …«

»Genau! Jetzt Mund zu.«

Stocksteif lag ich im Bett und traute mich kaum, auch nur zu atmen. Meine Haut kribbelte und begann prompt zu leuchten.

»Du sollst schlafen!«

»Du machst mich nervös!«

Peace seufzte, setzte sich ein Stückchen auf und lehnte seine Wange an meine.

Ich versteifte mich nur noch mehr. »Was …?«

»Pst.«

»Aber …«

»Sei jetzt still, Frau.«

Ich hielt den Mund. Fuhr vor Anspannung beinahe aus der Haut, als Peace plötzlich leise zu singen begann. Nein, es war kein Singen, sondern mehr ein Summen. Ein tiefes, samtweiches Summen, das bis in meine Fingerspitzen nachhallte. Es war eine einfache rhythmische Schlafmelodie, wie sie mir Diamond etliche Male vorgesungen hatte. Trotzdem war es wunderschön. Andächtig lauschte ich seiner Stimme. Langsam entspannte ich mich. Der Gott zog mich wieder näher an sich. Sein Geruch hüllte mich ein. Meine Augen wurden schwer. Es dauerte eine Weile, aber wie durch ein Wunder schlief ich tatsächlich ein. Weich gebettet in den Armen meiner Albträume. Ich hatte seit Monaten nicht mehr so friedlich geschlafen.

Kapitel 18
Ich bin nackt, du bist da, ich erröte nicht mehr! Paaam. Kleidung her, Kumpel!

»Kann ich jetzt endlich was zum Anziehen haben?«

»Nein!«

»Aber warum nicht? Ich erröte auch nicht mehr.«

Peace zog eine Augenbraue hoch und legte das Buch nieder, in dem er gerade geblättert hatte. Seit fünf Tagen war ich jetzt bei ihm. Und seit fünf Tagen taten wir immer exakt dasselbe. Am Morgen tranken wir Ambrosia. Ich duschte. Danach lasen wir oder spielten Schach. Ein Strategiespiel, bei dem ich ihn jedes Mal schlug. Ein Umstand, der ihn maßlos ärgerte und mich nur noch mehr anspornte, wieder und wieder zu gewinnen. Danach verschwand er für einige Stunden, um seinen ominösen Geschäften als Big Boss der Götter nachzukommen. Ich vertrieb mir derweil mehr schlecht als recht die Langeweile. Ein paarmal hatte ich probiert, von hier auszubrechen. Rein aus Neugierde. Doch sobald ich aus dem Zimmer schlich und den Flur betrat, um die nächste Ecke abbog, landete ich wieder in diesem Zimmer. Ein ums andere Mal. Ich vermutete, dass die Handschellen mehr als nur ein

Versuch waren, mich zu ärgern. Sie waren mit einem Zauber belegt. Ich konnte das Summen in dem Metall fühlen. Es verstärkte sich, sobald ich das Zimmer verließ. Ich hatte meine Ausbruchsversuche zwar noch nicht aufgegeben, beließ es aber bei den wenigen Malen.

In den Nächten kam Peace erschöpft zurück. Er brachte Ambrosia mit und wir unterhielten uns. Manchmal schwiegen wir auch. Je nachdem, ob wir gerade angepisst aufeinander waren oder nicht. Mein Zeitgefühl ging langsam flöten. Ich schätzte die Tage mehr ab, als dass ich wusste, wie viele vergingen. Hier unten war es immer dunkel. Peace hingegen war ein ständiger Reiz für meine Nerven. Mein Körper schwankte permanent zwischen Anspannung, Genervtheit und glühender Leidenschaft. Dieses Wechselbad der Gefühle, das mich schon alleine beim Anblick seiner blauen Haarspitzen überkam, war unglaublich anstrengend. Für mich und für ihn. Er schlief jede Nacht mit mir im Bett, vermied es aber ansonsten, mich anzufassen. Wahrscheinlich hatte er genauso viel Angst, was passieren würde, wenn der Bogen überspannt wurde, wie ich. Wir verhielten uns wie eine Stange Dynamit und ein angezündetes Streichholz. Eigentlich war es nur eine Frage der Zeit, bis wir wieder explodierten.

Inzwischen fuhr ich vor lauter Langeweile beinahe aus der Haut. Seit Tagen saß ich hier fest und gab meinem Kissen schon einen Namen. Es hieß jetzt Fred und war ein wirklich toller Zuhörer. Manchmal fiel Fred auch um, wenn ich etwas Schockierendes erzählte. Das war nett. Ja.

»Kann ich Kleidung haben?«, wiederholte ich deshalb provozierend.

Ich liebte dieses Blitzen in Peace' Augen, wenn er genervt war – und er war immer von mir genervt. »Nein!«

»Aber warum nicht?«

»Darum halt.«

»Das ist keine Antwort.«

»Ich weiß.«

»Aber du hast versprochen, dass ich Kleidung bekomme, wenn ich nicht mehr erröte. Ich bin nackt, du bist da, ich erröte nicht mehr! Paaam. Kleidung her, Kumpel!«

Peace legte das Buch weg und fixierte mich.

»Legst du es heute absichtlich darauf an, mich zu provozieren?«

Ich klimperte unschuldig mit den Wimpern. »Wie kommst du darauf?«

»Du hast heute früh Ambrosia über deine Brust verschüttet.«

»Das war ein Unfall.«

»Du hast mich gebeten, dich abzuwaschen.«

»Ich kann das mit den Fesseln nicht so gut.«

»Als ich Nein sagte, hast du die Tür zum Badezimmer offen gelassen.«

»So musst du nicht immer durchs Schlüsselloch gucken!«

»Ich gucke nicht …«

Ich zog eine Augenbraue nach oben. »Du bist ein extremer Mund-Atmer«, zog ich ihn auf. Da waren sie wieder, diese Blitze in den silbernen Augen. Ein Schauder lief mir über den Rücken. Ein Lächeln stahl sich auf meine Lippen. Vielleicht würde dieser Tag ja doch nicht ganz so langweilig werden.

»Wie auch immer. Danach hast du die Seife fallen lassen und bist nass durchs ganze Zimmer gerannt, um nach ihr zu suchen.«

»Und du hast sie gefunden. Du bist mein Held.«

»Warrior?«

»Ja?«

»Ist dir zufällig langweilig?«

»Ganz doll!«, stöhnte ich, verdrehte theatralisch die Augen und ließ mich in den Sessel sinken. Peace' Mundwinkel zuckten. Ich wurde mit einem seiner seltenen Lächeln belohnt. Eines, das zwar seine Augen nicht erreichte, aber manchmal zuckten dafür mehr Blitze durch seine Haare. Ein Blitzekichern, wenn man so wollte.

»Aber du hast recht«, lenkte er ein. »Du wirst nur noch selten rot. Und du hast zu weinen aufgehört.«

Jetzt wurde ich doch wieder rot. »Du kannst mich weinen hören?«

Er tippte sich an die Brust. »Seelenpartner, schon vergessen? Ich fühle ziemlich viel, seit du in mein Leben gestolpert bist.«

»Ja …« Ich seufzte und fuhr mir mit den Fingern übers Knie. So unangenehm es auch gewesen war, Peace' radikale Nackt-Diät zeigte wirklich langsam Wirkung. Gezwungenermaßen fühlte ich mich wohler in meiner Haut. Ich hatte sogar vor lauter Langeweile damit begonnen, in den Spiegel zu schauen, ohne sofort Abscheu zu empfinden. »Ich fühle mich wie eine Prinzessin, die vom Drachen in einem

Turm festgehalten wird. Glaubst du, mein Prinz auf dem weißen Ross kommt noch, um mich zu retten?«

Peace grollte. »Niemals!«

»Das habe ich mir schon gedacht.«

»Deinem Freund geht es übrigens gut!«

»Wem? Fred?«

Peace erstarrte. »Nein, ich habe den blonden Kerl gemeint. Brave. Wer zum Teufel ist Fred?«

»Ach der«, grinste ich schelmisch. »Der ist ein kleines Schlitzohr. Manchmal wache ich auf und er hat sich zwischen meinen Beinen vergraben.«

Peace grollte abermals. »Wie kommt er hier rein? Ich habe alles abgeriegelt.«

Ich kicherte angesichts seiner aufgebrachten Miene und genoss es, ihn ein wenig eifersüchtig zu machen. Es war eine der wenigen Emotionen, die er nicht gänzlich unterdrücken konnte. Obwohl es ihn jedes Mal maßlos ärgerte und meistens darin endete, dass er aus dem Zimmer stürmte. Am Anfang hatte mir das noch Angst eingejagt. Peace' Zorn fühlte sich wie ein Eisbrocken an, der einem auf den Kopf knallte. Trotzdem konnte ich mir die Neckerei nicht ganz verkneifen. Es war Balsam für meine angespannten Nerven, und Peace schien ebenfalls unter leichter Gefühlsüberforderung zu stehen. Wenn er denn überhaupt welche hatte. Manchmal war ich mir da nicht so sicher. Trotzdem schien meine Gegenwart immer ein paar Emotionstropfen aus ihm herauszuquetschen. Ich hegte insgeheim den Verdacht, dass er sehr, sehr tief drinnen eine kleine Dramaqueen war.

»Wieso tust du das?«, fuhr mich besagte Dramaqueen an und lehnte sich gefährlich nahe zu mir hinüber. Eine seiner perfekten Haarsträhnen fiel ihm dabei in die Stirn.

Mir stockte der Atem. »Was?«

Langsam senkte er den Kopf. Die Luft zwischen uns erhitzte sich. Blitze zuckten hektisch durch seine Haare. Hitze stieg in mir hoch. Prompt begann ich wieder zu leuchten.

»Musst du mir andauernd zeigen, wie sehr du mich verachtest, indem du andere Männer in dein Bett lässt?«

Jetzt reichte es aber. Wütend stand ich auf und stieß ihm meinen Zeigefinger in die Brust. »Nur zu deiner Information, Mister Eifersüchtig. Fred ist mein Kissen und ich bin die jungfräulichste Jungfrau, der du jemals begegnen wirst. Ich hatte noch nicht mal einen Freund. Geschweige denn meinen ersten Kuss, bis du dahergekommen bist und mich als deine private, nackte Sklavin halten musstest! Außerdem kommt außer dir niemand in dieses Zimmer und das weißt du auch ganz genau!«

Peace' Nasenflügel blähten sich auf. »Und was ist mit Brave?«

»Er ist der Freund meiner Schwester!«

Peace musterte mich eindringlich. Wieder schlich sich dieser hungrige Ausdruck in seine Augen. Unweigerlich leckte ich mir über die Lippen und er folgte der Bewegung. Ein komisches Grinsen huschte über sein Gesicht. Es war sehr männlich, arrogant und weckte in mir den Wunsch, seine perfekten Zähne einzuschlagen. Sie waren wirklich perfekt. Wie alles an diesem Mistkerl.

»Was?«

»Du bist vor mir noch nie geküsst worden?«

»Wer sagt das?«

»Du. Gerade eben.«

»Du hast dich verhört.«

»Habe ich nicht. Ich war dein erster Kuss. Gut.«

»Gut? Was daran ist bitte gut?«

Seine Augen blitzten. Sein Kiefer spannte sich an. »Ich teile nicht gerne. Es wäre sehr mühsam, jeden umzubringen, der dich jemals angefasst hat.«

Ich blinzelte irritiert. Was sollte ich darauf jetzt antworten? Frustriert pustete ich mir eine Haarsträhne aus dem Gesicht und setzte mich wieder hin. Seit meine göttliche Seite herausgebrochen war, wuchsen meine Haare wie Unkraut. In wenigen Wochen würde ich sie als Seil benutzen und aus diesem Turm aus Stahl und Eisen klettern können. Im Notfall würden sie sich auch als Schlinge eignen, falls mich der junge Gott vollends in den Wahnsinn trieb. Oder die Langeweile.

»Nicht, dass ich mich nicht geschmeichelt fühle, mit dem Umbringen und so. Aber … du weißt schon, dass ich nicht dein Eigentum bin, oder? Ich meine: Wir mögen zwar diese Verbindung haben, aber daraus wird nichts weiter werden.«

Desinteressiert zuckte Peace mit den Schultern und las weiter. »Das habe ich noch nicht entschieden. Trotzdem gehörst du mir. Also bleibst du hier, wo du keinen Unsinn anstellen kannst.«

»Warum glaubst du, werde ich Unsinn anstellen?«

Eine blaue Augenbraue wanderte nach oben. »Man sieht es dir an der Nasenspitze an. Du bist eine wandelnde Katastrophe auf zwei anbetungswürdigen Beinen.«

»Hahaha, du bist ja so ein Charmeur.«

»Wirklich? Das wäre mir neu. Ich hatte mich immer mehr für ein Arschloch gehalten.«

»Wow. Einsicht ist der beste Weg zur Besserung. Weiter so.«

Peace öffnete den Mund, begnügte sich aber schließlich damit, mich genervt anzusehen. Ich grinste. Keine Ahnung, warum ich das tat, aber langsam mochte ich diesen Ausdruck.

»Willst du …« Ich räusperte mich. »Ich meine, darf ich dich um was bitten?«

»Kommt darauf an, was es ist.«

»Zeigst du mir ein wenig den Tartaros?«

»Wozu?« Er seufzte, stützte das Kinn an den Händen ab und wackelte mit den Füßen.

»Ich sitze seit Tagen hier fest. Noch ein paar Stunden mehr und ich grabe mir mit den eigenen Händen einen Fluchtweg.«

»Ich würde dich wieder einfangen«, kam die nonchalante Antwort.

Ich warf ihm einen spöttischen Blick zu. »Ich will wissen, was du hier aufgebaut hast. Welche Götter sind noch hier unten? Wir werden wohl noch einige Zeit hier verbringen und ich will den Tartaros kennenlernen.«

Peace legte das Buch beiseite. »Warrior, der Tartaros ist unendlich groß. Hier sind ganze Welten verschwunden. Wir bewegen uns hier in einer Grauzone, die halbwegs gesichert ist. Trotzdem gibt es Wesen, die sehr gefährlich werden können.«

»Also lässt du mich nur nicht raus, weil ich von einem Monster gefressen werden könnte?«, witzelte ich.

»Unter anderem!«, gab er zu. »Außerdem bist du unberechenbar. Ich habe keine Lust auf einen weiteren Fluchtversuch.«

»Und wenn ich verspreche, artig zu sein und nicht wegzulaufen?«

»Nein, Warrior!«

»Bitte!« Das Nörgeln in meiner Stimme ging mir selbst auf den Keks.

»Nein!«

»Nur einmal raus!«, bat ich. »Ich bekomme Platzangst.«

»Tust du nicht!«

Ich röchelte. Griff mir an den Hals und kippte aus dem Stuhl.

Peace' kalte Augen leuchteten auf mich herab, während er angestrengt versuchte, seine Mundwinkel unter Kontrolle zu halten. »Hör auf damit!«

»Das Licht am Ende des Tunnels«, hauchte ich. »Es kommt näher. Oma, bist du das?«

»Warrior! Hör auf. Ich lasse dich nicht raus.«

Ich brummte enttäuscht, setzte mich auf und fuhr ihm schelmisch mit den Fingernägeln über den Oberschenkel.

Seine silbernen Augen begannen zu brennen. »Was machst du da?«

»Dich verführen?«

»Du hast doch keine Ahnung, wie das funktioniert.«

»Stimmt. Zeigst du es mir?«

»Wozu?«

»Ich habe gehört, Männer sind nach dem Sex beeinflussbar.« Ich grinste.

Peace sah aus, als würde er mir am liebsten den Hals umdrehen. Oder mich küssen.

Ich spielte mit dem Feuer, das wusste ich. Aber die Langeweile trieb mich zu Höchstleistungen an. Der Gott schnellte so rasch nach vorne, dass ich nur atemlos nach Luft schnappen konnte. Im nächsten Augenblick presste er sich auch schon an mich. Sein Körper fügte sich perfekt mit meinem zusammen. Seine Lippen schwebten knapp über mir. So knapp.

»Du willst unbedingt raus?«, fragte er mich grollend.

Ich schluckte. Auf einmal fiel mir das Denken schwer, aber ich nickte trotzdem. Seine Lippen senkten sich. Jetzt berührten sie mich. Hauchzart. Ich zitterte, krallte die Finger in seinen Rücken.

»Gibst du dann Ruhe?«

Ich nickte heftiger.

»Schön!« Peace stemmte sich so schnell auf die Füße, dass ich nur verdattert hinterhergucken konnte. Mein Atem ging schwer.

»Auf mit dir!«, befahl er ausdruckslos. Mistkerl. Schnaubend stand ich auf und beobachtete, wie er auf die Fensterfront zuging und einen bisher verborgenen Hebel bediente. Eins der Fenster sprang auf. Ich trat näher, während uns ein scharfer Windzug entgegenwehte. Es roch eigenartig. Ein Geruch nach alter und sehr, sehr dunkler Magie. Geschmeidig schwang Peace sich nach draußen und verschwand aus meinem Blickfeld.

»Peace?« Erschrocken drückte ich mir die Nase an der Scheibe platt und hauchte Schlieren gegen das Glas.

»Kommst du?« Sein blauhaariger Kopf ploppte direkt vor mir auf.

Ich quiekte und sprang zurück. »Wohin?« Mein Herz pochte.

»Aufs Dach. Du wolltest doch den Tartaros sehen, oder?«

»Ja!«

»Na dann!« Er streckte mir die Hand entgegen. »Oder hast du Angst?«

»Nein, hab ich nicht!« Zögerlich trat ich näher und nahm seine Hand.

»Festhalten«, warnte er mich.

»Pfiuuuu!« Die Luft rutschte mir aus der Lunge, als der Gott mich mit unmenschlicher Stärke nach oben zog. Kurz baumelten meine Füße über dem gähnenden Abgrund. Ich zappelte hilflos und wurde im nächsten Augenblick auf einen hohen Sims gezogen.

»Arrg!«, fluchte ich und suchte Halt. Dabei packte ich Peace und drückte ihn fest an mich.

Er lachte. »Also doch Angst?«

»Fick dich!«, brüllte ich über den peitschenden Wind hinweg. Und … o mein Gott! Mir wurde ein wenig schwindelig.

Peace' Arme schlossen sich fest um meinen Körper. Sie drückten mich gegen seine warme Haut, während sich sein Mund zu meinem Ohr herabsenkte. Sein Haar kitzelte meine Wange. »Tief durchatmen, Warrior. Du hast Flügel, schon vergessen?«

»Ja«, gab ich zu.

»Mach die Augen auf.«

»Nein!«

»Du wolltest doch den Tartaros sehen, oder?«

»Aber nicht von hier oben!«

»Eine bessere Aussicht gibt es nicht!«

Ich krallte meine Finger in seine Unterarme. Fühlte die Kraft, mit der er mich hielt. Trotzdem waren mir die vielen Höhenmeter nur allzu deutlich bewusst.

»Sei nicht feige, Warrior. Du bist eine Göttin!«

Das hatte gesessen. Langsam linste ich unter meinen Wimpern hindurch. Eigentlich sah ich nur Dunkelheit. Also machte ich die Augen weiter auf. Adrenalin rauschte durch meine Adern, als sich aus der schillernden Schwärze eine einzigartige Welt erhob. Dutzende Hochhäuser stemmten sich aus der Finsternis. Ich sah Straßen, die im Nichts schwebten, kreuz und quer verliefen. Manche Bauwerke schienen sogar auf dem Kopf zu stehen. Sie klebten am Himmel, der … Ich blinzelte. Ein Himmel, der aus einer dünnen Membran zu bestehen schien, die sich in einem stetigen Rhythmus langsam zusammen- und wieder auseinanderzog. Ein schwaches Rot schimmerte hindurch.

»Dort oben ist die Wüste?«, fragte ich. Peace nickt. Seine Hände strichen über meine nackten Arme.

»Wie …« Ich stockte, wusste nicht so recht, wie ich meine Frage formulieren sollte.

Peace' Nase fuhr von meinem Kiefer aus über meinen Hals und wieder zurück, sog dabei tief meinen Duft ein. »Der Tartaros ist nicht an die Schwerkraft gebunden. Sie kann sich plötzlich umkehren oder gänzlich verschwinden. Wir haben uns den gegebenen Umständen angepasst.«

»Und warum Hochhäuser?« Ich konnte gar nicht glauben, dass ich nach den Tagen, in denen ich eingesperrt gewesen war, endlich wieder frische Luft atmete! Es tat so verdammt gut und ein Teil von mir wollte die neu entdeckten Flügel ausbreiten und sich von dem Hochhaus stürzen, aber ich …

Ich lugte nach unten. Ein Krümel Beton bröckelte unter meinem Fuß ab und fiel in die Tiefe. Scheiße, ging das steil abwärts! Bei diesem Anblick salutierte meine Abenteuerlust und verpuffte vollends. Wie ein Angsthase klammerte ich mich an Peace fest.

»Mhm …« Peace, der nichts von meinem inneren Zwist mitzubekommen schien oder es schlichtweg ignorierte, weil er genau wusste, dass ich in dieser Höhe nicht die Eier hatte, etwas anzustellen, verflocht seine Finger mit meinen. »Zum Teil aus Effizienz. Zum Teil, weil dort unten Kreaturen hausen, denen man lieber nicht begegnen will.«

»Peace«, hauchte ich. »Was machst du?«

»Ich weiß nicht«, flüsterte er in meinen Nacken. »Den Verstand verlieren?«

Ich antwortete nicht. Wusste nicht, was ich sagen sollte. Also standen wir einfach nur auf dem Sims des Hochhauses. Starrten auf diese dunkle, verquere Welt hinab und fühlten unsere Herzen im Einklang schlagen.

Es war schwer zu sagen, wie lang wir dort oben standen. Vielleicht unendlich lang. Ausnahmsweise rissen wir uns nicht gegenseitig die Köpfe ab. Unsere Magie tanzte im Wind, fand zueinander, löste sich wieder. Jagte durch unsere Körper, bis wir beide so hell wie zwei Sterne leuchteten.

»Wir sollten wieder nach unten gehen.« Peace' Stimme riss mich aus meiner Versunkenheit.

Ich hob den Kopf. Er hielt mich immer noch umschlungen, aber seine Augen waren kalt. Leer. Seelenlos.

»Musst du mich wieder einsperren?«

»Ja.«

Ich schürzte die Lippen. »Und wenn ich mich weigere?«

»Dann zwinge ich dich«, kam die prompte Antwort. Und zack, war die tolle Stimmung dahin. Schnaubend packte ich seinen Nacken, zog mich hoch und schlang meine Beine um seine Hüfte.

Peace taumelte. »Was soll das werden?«

»Wenn du mich schon nach hier oben zerrst, kannst du mich auch wieder runterbringen.«

Seine Arme packten meine Hüften. »Also hast du Schiss, alleine hinunterzuklettern?«

»Möglich.«

Ich spürte sein Schmunzeln. Es war flüchtig. Trotzdem löste es den Knoten in meinem Magen.

»Na schön.« Peace' Arme umfassten mich fester. In der nächsten Sekunde ließ er sich vom Sims fallen. Ich klammerte mich wie ein

Äffchen an seinen Hals und zerquetschte ihm dabei möglicherweise ein paar Organe, doch der Gott fing unseren Fall bereits mit einer Hand ab, schwang die Beine durchs Fenster und landete geschickt wie eine Katze im Zimmer. »Du kannst mich jetzt loslassen!«

»Gleich«, keuchte ich. »Ich fühle meine Beine nicht mehr!«

»Interessant. Das ist also das Flittchen, wegen dem du die ganze Zeit über wie vom Erdboden verschluckt bist?«

Unsere Köpfe schossen gleichzeitig nach oben. Im Schlafzimmer stand eine wunderschöne Frau. Groß und schlank. Mit giftgrünen Augen und braunem Haar, das um ihren perfekten Körper peitschte.

»Shame!«, stieß Peace hervor und ließ mich fallen. Einfach so.

Ich landete schmerzhaft auf dem Steißbein. »Verfluchte Scheiße«, stieß ich hervor.

»Was machst du hier, Shame?«, fragte Peace, ohne mir auch nur einen Blick zu schenken.

»Nach dir sehen, was sonst?«, zischte die Frau. »Falls du es vergessen hast, wir planen eine Revolte.«

Peace knurrte unwirsch.

Schnell rappelte ich mich auf die Füße, ließ mir meine Haare über das Gesicht fallen und versteckte mich hinter Peace. Shame folgte mir mit ihrem giftgrünen Blick und entblößte dabei spitze Zähne. »Finger weg, Schlampe!«

»Shame!«, bellte Peace.

Ihr Blick war beinahe ebenso kalt wie seiner.

»Was soll das? Ich dachte, es handle sich um einen schlechten Scherz, als Bizarre erzählte, dass …«

»Bizarre ist bald ein toter Mann«, sagte Peace kalt. »Geh raus, wir besprechen das später.«

»Ich werde mich nicht von dir herumkommandieren lassen!«, schrie sie.

»Du wirst und du musst. Raus!«, brüllte Peace zurück. Blitze zuckten über seinen Körper. Shame sah aus, als würde sie mir Gift ins Gesicht spucken wollen. Ich zeigte ihr wortlos den Mittelfinger. Die Göttin schnaubte abfällig, drehte sich um und verließ das Zimmer mit einem lauten Türknallen.

»Was war das denn?«, fragte ich.

»Ich muss los«, erwiderte Peace ausdruckslos.

»Was?« Meine Finger krallten sich in seinen Oberarm. Seine Blitze kitzelten meine Fingerspitzen.

Über die Schulter warf er mir einen seelenlosen Blick zu. »Bleib im Zimmer.«

»Warte mal!«, brauste ich auf, doch der Gott schüttelte mich ab, riss die Tür auf und rannte Shame hinterher.

»Peace!«, brüllte ich, schnellte nach vorne und hämmerte gegen die Tür. Ich hörte einen Schlüssel klicken.

Er sperrte mich ein. »Peace!« Wütend hämmerte und trat ich gegen die Tür. Stieß mir schmerzhaft den Zeh an. Fluchte saftig und hüpfte herum, bevor ich wieder die Tür malträtierte. Alles blieb still. Peace war weg.

»Du Arschloch!« Ein letztes Mal trat ich zu, bevor ich mich heftig atmend auf den Boden setzte. Was war nur los mit diesem Idioten? Nein! Was war los mit mir? Seit wann war ich eine idiotisch verliebte Pute, die sich von ein bisschen Schmusen und harten Muskeln so aus dem Konzept bringen ließ? Peace wusste offensichtlich sehr genau, was er da tat. Stück für Stück zog er mir die Krallen und kraulte meinen Bauch, bis ich ein schnurrendes, fügsames Fellknäuel war. Wütend knallte ich den Kopf gegen die Wand. Was sollte ich jetzt tun? Ich hatte es satt, herumzusitzen und mich einsperren zu lassen. Peace und seine arroganten Befehle konnten mich mal kreuzweise. Schnaubend richtete ich mich auf. Ich beäugte das noch immer offen stehende Fenster und versuchte, den nötigen Mumm aufzubringen, einfach rauszuspringen und davonzufliegen. Immerhin hatte ich Flügel! Es war längst überfällig, dass ich sie benutzte. So schwer konnte das schließlich nicht sein. Ich rannte bereits los, als hinter mir ein Klicken zu hören war. Danach ein schnelles Klopfen. Ich stolperte, drehte den Kopf.

»Jaaa?«, fragte ich misstrauisch.

Die Tür sprang auf.

»Warrior!«

Mir klappte der Mund auf. Vor mir stand eine Göttin, die mir vage bekannt vorkam. Sie hatte eine Glatze, eine Federboa um den Hals und trug Cowboystiefel. Zufrieden stand sie im Türrahmen und strahlte mich an.

»Ähm … halloooo?«

»Warrior! Endlich! Wir sollten uns beeilen, hier wird es ziemlich schnell ungemütlich!«

»Ähm … was?«

Die Frau lachte. Plötzlich schoss mir eine Erinnerung durch Kopf.

Das war O! Die Göttin der Weissagung. Ich hatte sie bereits im Traum getroffen.

»Ich versuche schon seit Tagen, dich hier rauszubringen. Aber Peace, dieser Schlingel, saß bei dir wie eine Glucke. Also musste ich ein wenig improvisieren.«

»Improvisieren?«, fragte ich alarmiert.

»Ja. Also, wie bereits gesagt, wir sollten verschwinden!« Sie rannte ins Zimmer, schnappte mich am Arm und zog mich Richtung Ausgang.

»Oh, Warrior. Es ist so schön, dich persönlich kennenzulernen«, plapperte die Göttin los, während sie mich ungerührt voranschubste. »Einfach aufregend. Du glaubst ja nicht, wie lange wir nach dir gesucht haben. Peace hatte schon unglaublich schlechte Laune. Ich meine, er hat immer schlechte Laune, aber diesmal war er wirklich schlecht drauf – und endlich bist du da. Sieh dich an, du bist wundervoll.«

»Hä?« Verdattert stolperte ich den Flur entlang. Immer noch halb nackt, nur mir Peace T-Shirt bekleidet, das mir bis zu den Knien schlotterte. Wie peinlich. Aber O schien das nicht einmal zu registrieren.

»Und bescheiden bist du auch noch!«, quiekte sie nur aufgeregt und drückte mich für einen Moment fest an sich. Mein Rücken knackte. Puh! Dafür, dass die einen ganzen Kopf kleiner war als ich, hatte sie wirklich viel Power. Aber ihr herzliches Lächeln war ansteckend.

Ohne dass ich es bewusst tat, lächelte ich zurück. »Danke, es ist auch schön, dich kennenzulernen. Brichst du öfter in Peace' Zimmer ein und rettest Jungfern in Nöten?«

»O nein!« Sie ließ mich ein Stück los und schüttelte den Kopf. Ihre faszinierend blassen Augen musterten mich dabei, als könnte sie jede Zelle in mir sehen. »Normalerweise tue ich das nicht. Aber Peace, dieser Sturkopf, hat es ja nicht anders gewollt. Ich musste etwas Drastisches unternehmen, um dich aus diesem Zimmer zu befreien. Ich kann es nicht fassen, dass er dich wie ein Urzeitmensch mit den Haaren voran in seine Höhle gezerrt hat.« Sie rümpfte die Nase. »Ich bin zwar ein

Medium, aber Männer werde ich nie wirklich verstehen. Ein Grund mehr, die Frauen vorzuziehen, findest du nicht?«

Ich blinzelte nur. O war mir eindeutig zu schnell.

»Schade, dass du Peace gehörst, du wärst genau mein Typ.«

»O, nicht anfassen«, fuhr ich sie erschrocken an, schlug ihr mein Haar aus der Hand und versuchte, mich hinter meiner Mähne zu verstecken. »Sieh mich bitte nicht an. Das ist nicht …«

»Hey, schon gut, Warrior. Tief durchatmen. Keine Sorge. Ich weiß, was los ist.« Lachfältchen bildeten sich um ihre Augen. Beruhigend legte sie ihre Hände auf meine Schultern und hielt mich so davon ab, diese verfluchten Haare in alle verfügbaren Ritzen zu stopfen.

»Mach dir keine Sorgen. So ähnlich wie Peace, kann auch ich dich problemlos ansehen. Vor mir ist nichts verborgen.« Erneut drückte sie meine Schultern.

Ich zögerte. »Wirklich?«

»Wirklich!«

So lange hatte ich mich verstecken müssen. Immer in dem Wissen, dass niemand mich sehen durfte. Und nun sollten es gleich vier Personen können? Die Medusa im Olymp und den Doktor jetzt mitgerechnet. Und alle konnten sie das … einfach so? Okay, es waren grundsätzlich keine einfachen Personen. Trotzdem fiel es mir verdammt schwer, mich nicht kreischend unter einem Kissen zu verstecken oder mir eine dieser Ziervasen überzustülpen. Die Versuchung war groß. Angewohnheiten und Ängste aus beinahe zwanzig Jahren ließen sich nicht so einfach ablegen. »Nur so aus Neugierde. Was hast du denn gemacht, um Peace abzulenken?«

O kicherte. Es klang wie ein Windspiel. »Nur ein kleiner Basilisk, den ich freigelassen habe. Nichts, womit er nicht fertigwerden würde.«

»Ein Basilisk?«, quietschte ich. »Die sind doch ausgestorben.«

O tätschelte mir den Unterarm. »Hier unten nicht, also, vielleicht sollten wir …«

Ein Brüllen ertönte. So laut und durchdringend, dass der gesamte Flur bebte. Es war der Schrei eines Tieres. Nur viel intelligenter. Und sehr hungrig. Stolpernd stützte ich mich an der Wand ab, während das Geräusch in meinen Ohren vibrierte.

»Vielleicht war das doch keine so gute Idee!«, murmelte O besorgt.

»Warum hast du es dann getan?«

Sie guckte mich mit vor Entschlossenheit funkelnden Augen an. »Damit Peace endlich damit aufhört, vor seinem Schicksal wegzulaufen. Uns rennt die Zeit davon. Wir haben keine Zeit für seine Selbstwertkomplexe. Und dir tut es auch nicht gut, wie ein Püppchen herumzusitzen. Du bist eine Göttin. Wir brauchen dich.«

Hatte ich mir nicht gerade noch Abwechslung gewünscht? Tja. Hier war sie und ließ Basilisken auf die Bevölkerung los.

Der nächste Schrei zerriss das Hochhaus. Wir taumelten in Richtung Treppe. Da fühlte ich auch schon die Magie der Ketten, die mich ruckartig zurück zum Zimmer zogen. Im nächsten Augenblick stand ich wieder vor dem Bett. Ich fluchte. »Scheiße, Scheiße, Schei…« Der Rest blieb mir im Hals stecken. Ich glaubte, meine Augen ploppten fast aus den Höhlen, als ein bleicher Schlangenleib über die Fensterfront kroch. Das Ausmaß des Viehs war so groß, dass es beinahe die gesamte Front bedeckte.

»Oje.« Ich guckte neben mich.

O tauchte an meiner Seite auf und knabberte an ihrer Unterlippe. »Ach, das bekommen die schon wieder hin«, murmelte sie zögerlich.

Ich schnaubte ungläubig.

»Komm jetzt Liebes.« O zog an meiner Hand. »Wir sollten von hier verschwinden, nicht die Show aus der ersten Reihe ansehen.«

»Ich komme nicht weg!«, erklärte ich hilflos und raschelte mit den Ketten. Die Schlange kroch immer noch über das Hochhaus. Die Schuppen erzeugten ein schabendes Geräusch. Wie groß war dieses Ding?

»Bei den Göttern. Peace ist so ein Höhlenmensch!«, murrte O und schnippte nachlässig. Mit einem Rasseln fielen die Handfesseln vor mir ab. Einfach so. Puff. Nachdem ich sogar auf ihnen rumgekaut hatte, um sie loszuwerden, brauchte es also nur ein Fingerschnippen?

»Wahnsinn!«, stieß ich hervor und massierte meine schmerzenden Handgelenke. »Das sind mindestens drei Pfund weniger.«

O zwinkerte vergnügt. »Ich zeige dir gerne den Trick, dann könntest du Peace auch mal fesseln.«

»Wahnsinn«, wiederholte ich nur und zögerte kurz. »Was machen wir jetzt?«, erkundigte ich mich vorsichtig.

Die Göttin hakte sich bei mir unter. »Dir was zum Anziehen suchen und dann wegrennen, würde ich sagen!« Erneut schleifte sie mich durch den Flur zu einem Raum, der sich ebenfalls als Schlafzimmer entpuppte. Ähnlich gestaltet wie meines, nur mit blauen statt schwarzen Bettlaken. Die einzige wirkliche Ausnahme bildete der viel größere Kleiderschrank.

»Die Sachen hier gehören Shame«, erklärte O, schob mich zum Bett, riss die Schranktüren auf und machte einen regelrechten Kopfsprung hinein. »Aber ich bin sicher, sie hat nichts dagegen, wenn wir etwas ausleihen. Und falls doch, hat sie zu viel Schiss vor mir, um Theater zu machen.« Hosen, Hemden, Höschen und BHs flogen mir wild um die Ohren. Ein Spitzenhöschen, das mehr aus Luft, denn aus Stoff bestand, landete in meinem Gesicht.

»Was hältst du davon?« Grinsend hielt mir O ein Kleid entgegen. Es war ein Fetzen Stoff, der im Grunde nur aus durchsichtiger und hauchzarter Seide bestand. Drei kleine Kreise waren angenäht. Zwei für die Brustwarzen und eine für … na ja.

»Willst du mich auf den Strich schicken?«

»Nicht gut?« O beäugte das Kleid. »Hm … Ich glaube, ich weiß, was du meinst. Unsere Shame lässt nicht viel der Fantasie übrig. Aber auch kein Wunder, wenn man Gottmutter ist.« Sie warf das Kleid zu Boden und sprang erneut in den Berg aus Kleidung. Ungläubig starrte ich ihren kleinen Hintern an, der beinahe vollkommen in dem Schrankungetüm verschwand. »Warte mal. Diese Shame … braune Haare, grüne Augen, fiese Persönlichkeit, ist die neue Hera?«

»Sicher!«, kam es dumpf aus dem Schrank. Ein paar weitere durchsichtige Fetzten landeten auf dem Boden. »Sie ist fast genauso lange hier unten wie Peace und hat sich ihre Stellung hart erkämpft. Ich würde dir ja raten, einen Bogen um sie zu machen, aber wenn du Peace willst, könnte das ein Problem werden.«

Mir klingelten die Ohren. »Warte mal!« Ich sprang auf.

Os Kopf tauchte auf. Ein BH hing an ihrem Ohr.

»Was soll das heißen, sie ist die Gottmutter? Ich meine Peace ist doch …«

»Göttervater? Der große Boss? Ja, Schätzchen, tut mir leid.«

»Aber … ich meine … sind die beiden denn Gefährten?«, stotterte ich. Meine Haut begann zu glühen.

»Oh, Süße. Alles ist gut!« O sprang auf ihre Füße. »Das ist eine etwas komplizierte Geschichte. Der Platz als Gottmutter war sehr lange unbesetzt. Jemand musste die Stelle einnehmen, also hat Shame es getan. Sie ist für Peace … na ja. Eigentlich keine Ahnung, was die zwei miteinander treiben. Sie mögen sich. Glaube ich zumindest. Jedenfalls: Ja, Shame ist die Gottmutter.«

»Ich … also … sind die beiden dann verheiratet?« Der Gedanke war so grauenhaft, dass bittere Galle meine Kehle hochschoss. Ich fing noch heftiger an zu glühen.

O lachte nervös und tätschelte mir die angespannten Schultern. »Ach, weißt du, Heirat ist so menschlich. Wir Götter heiraten in dem Sinne nicht. Also …«

»Sind sie es?«, kreischte ich.

Grelles Licht strahlte aus mir heraus. Meine Flügel brachen ruckartig aus meiner Haut hervor. Die hellen Federn rauschten. Ihre Spannbreite füllte das halbe Schlafzimmer aus.

O starrte fasziniert zu mir hoch. »Ich, also … ja, könnte man so sagen.«

»PEEEAAACCEEE!« Ich wusste, dass er meinen Schrei hören konnte. Die Göttin in mir brach ungebremst hervor. Sie schäumte vor Wut. Ach was, wir beide taten das. Dieser elende, miese, stinkende Mistkerl war verheiratet! Hatte meinen Platz bereits mit einer anderen Frau besetzt und mich dabei vollkommen im Unklaren gelassen. In Ketten gelegt und wohlweislich darauf geachtet, dass ich seine Ordnung nicht durcheinanderbrachte. Wie ein stubenreines Haustier, dass er nach Lust und Laune anglotzen konnte, während er es nebenan mit dieser Shame trieb.

»Peace, du verlogener Mistkerl! Ich drehe dir den Hals um!« Mein Schrei war lauter als das Gebrüll des Basilisken. Der Turm schwankte. Irgendwo ging etwas zu Bruch. Das Licht flackerte.

»Warrior, beruhig dich. Sonst endet das nicht gut. Du solltest erst mal tief durchatmen und …«

»Ich bring ihn um!« Ich schlug mit den Flügeln aus und suchte nach dem Machtfaden, der mich mit Peace verband. Ein festes, grobes Seil, das sich um meine Seele verknotet hatte und mich mit der Dunkelheit in Peace' Innerem verband. Ich wusste, wo er war.

»Richte schon mal eine Beerdigung aus. Jemand verliert gleich seinen Kopf«, knurrte ich zu O. Wutentbrannt rannte ich aus dem Zimmer und sprintete den Flur entlang, bis ich die gläserne Treppe erreichte und einfach hinuntersprang. Meine Flügel raschelten, bremsten den Sturz ab. O war knapp hinter mir. Keuchend holte sie mich ein, packte meinen Arm und riss mich zurück. »Warrior! Bitte lass es. Ich habe einen Plan, wir …«

»Der Plan ist es, Peace an den Basilisken zu verfüttern«, blaffte ich.

»Ich lass dich nicht gehen!«, hielt O stur dagegen. »Nur über meine Leiche.«

»Schön!« Mein Blick zuckte hoch. Wie überall in diesem verfluchten Turm, waren auch hier Fensterfronten. Ich sah gerade noch das Ende des Schlangenleibes nach oben kriechen. »O nein!«, rief O, da spannte ich bereits die Flügel auf. Ich flog nach oben und zerschmetterte die Glasfront der Halle. Es klirrte ohrenbetäubend. Scherben zogen messerscharf an mir vorbei. Heftiger Wind sauste ins Zimmer. Ohne mit der Wimper zu zucken, stürzte ich mich aus dem klaffenden Loch. Meine Flügel schlugen wild. Ich fühlte den Wind unter den starken Muskeln. Mein Haar peitschte um meinen Körper, während ich wie eine leuchtende Sternschnuppe durch die Dunkelheit schoss. Der Boden kam immer näher. Wutschnaubend spannte ich die Flügel stärker an, und bremste Zentimeter vor dem Boden ab. Schnell schwang ich mich wieder in die Höhe und eilte geradeaus weiter. In meiner Seele gab es einen Ruck. Ich spürte, wie Peace seine Spuren zu verwischen versuchte, weil er meine Gegenwart ebenfalls wahrnahm. Wie er an dem Seil in seinen Inneren zerrte, um mich von meinem Kurs abzubringen. Zornig fletschte ich die Zähne und zog ihn nur noch näher an mich heran. Ich konnte ihn in meinem Kopf knurren hören, ihn förmlich riechen. Er war nahe. Ich raste das Hochhaus hinauf. Das Seil in meinem Inneren führte mich nach rechts und ließ mich das Gebäude umkreisen. Hier oben war es so dunkel, dass ich selbst als fliegende Fackel Mühe hatte, etwas zu sehen. Schließlich entdeckte ich ihn auf dem Dach eines Hochhauses, zusammen mit drei weiteren hell leuchtenden Göttern. Es war aus brüchigem Beton und abgeflacht, und wenn dort vorher ein Geländer gestanden hatte, war es inzwischen schon in tausend Stücke zerschlagen. Denn im Haus neben ihnen kringelte sich ein exorbitantes Ungeheuer. Das Vieh zischte, während es sich mit seinen vier klobigen Köpfen blitzschnell um die gesamte Breite des Gebäudes wickelte und zudrückte. Es krachte. Laut klirrend zersprengte es ein ganzes Stockwerk. Glas und Betonbrocken wirbelten in einer dichten Staubwolke herum. Wäre ich nicht so zornig auf Peace gewesen, hätte dieser Anblick mich wahrscheinlich auf direkten Wege umdrehen lassen. Monsterschlangen und ich waren dann doch nicht so dicke miteinander, dass ich mich in einen Sparringkampf werfen musste. Aber ich war sauer! Und wie sauer ich war! Mein ganzer Körper bebte vor Wut. Ich sah sprichwörtlich rot. Obwohl auch ein kleiner, noch sehr rationaler Teil von mir feststellte, dass diese Flut an Emotionen nicht gänzlich normal war. Ich hatte mich und die göttliche Kraft eindeutig noch nicht unter Kontrolle. Wie ein Vulkan brach die neue Macht aus mir heraus. Mein Wunsch, diesem Mistkerl den Arsch zu versohlen, war so übermächtig, dass ich lauter brüllte als das Schlangenmonster selbst.

Peace rannte indessen als hell leuchtende Gestalt über den wackelnden Beton und schleuderte einen grellen Blitz in eines der Mäuler. Die Götter neben ihm nahmen sich jeweils die anderen Köpfe vor. Als sie meine Anwesenheit bemerkten, kamen sie leicht ins Straucheln. Es donnerte laut, während sich meine Magie ungebremst entlud. Peace bemerkte mich nun ebenfalls. Wie ein Inferno ging er in einem gleißenden Blitz auf, der einen ansehnlichen Krater in das ohnehin schon poröse Dach schlug. Staub wirbelte auf. Die Götter fluchten und wurden von der Druckwelle zurückgerissen. Zwei von ihnen sah ich über den zerschlagenen Dachkamm taumeln. Mein Donner ließ die Erde erbeben. Das Gebäude zitterte ächzend. Die Streben gaben langsam nach.

Das Monster brüllte, wandte den langen geschmeidigen Hals in meine Richtung und blickte mich aus einem Dutzend milchiger Augen an. Nun schlängelte es sich um das Hochhaus, auf dem Peace und die anderen standen.

Ich grinste wild, spürte die Macht der Göttin wie eine Urgewalt in mir pulsieren. Ein Plan formte sich in meinen Gedanken. Ich kam nur Zentimeter vor den schnappenden Mäulern des Viehs zum Stehen. Peace brüllte mich an. Keine Ahnung, um was es ging – ich ignorierte ihn. Das Monster zischte, schnappte nach mir. Ich wich geschickt aus, schlug einen Salto und landete auf der Schnauze des mittleren Kopfes. Das Monster brüllte verwirrt. Es wand sich noch stärker um das Hochhaus und drückte zu. Der Beton brach wie eine zerdrückte Limodose und begann, in sich zusammenzustürzen. Aus dem Augenwinkel sah ich Peace wütend über das Dach laufen. Seine Füße verloren den Halt. Er fiel. Genau wie das Monster, dass mich wütend von seiner Schnauze zu schleudern versuchte. Die anderen Köpfe schnappten nach mir. Ihre Zähne bissen nur haarscharf an meinem Kopf vorbei. Ohne innezuhalten, lief ich über das Gesicht des Ungetüms. Fühlte die rauen Schuppen, die mir dabei die Haut von den Sohlen rissen. Silbernes Blut tropfte nach unten. Keuchend schlug ich mit den Flügeln und krallte mich vor den Augen des Monsters fest. Die verbliebenen zwei Mäuler schossen auf mich zu. Jetzt oder nie. Ich sah mein eigenes Spiegelbild in den Augen des Basilisken. Das helle Flimmern einer Lichtgestalt. Die Zeit schien stillzustehen, während ich dem Monster fest in die Augen blickte. »Stopp!«, befahl ich knapp.

Es ruckte heftig. Speichel floss mir über die Schultern. Die Köpfe hatten nur Millimeter vor meinem Hals innegehalten. Die Nüstern des Viehs blähten sich. Es bebte. Die Zeit holte uns wieder ein. Zusammen fielen wir zu Boden. Ich bekam es kaum mit. Spürte nur den Wind, der wild an meinem Körper riss, während sich das Vieh zischend in der Luft kringelte. Ich fühlte seinen schuppigen Leib unter meiner Haut und das Beben seiner starken Muskelstränge an meinen Händen. Das Monster brüllte, als wir aufschlugen. Ich spürte den Aufschlag hart durch meine Knochen stoßen. Das Vieh bäumte sich auf. Beinahe gequält, als versuchte es, mich abzuschütteln. Eisern hielt ich mich fest. »Aus!«, brüllte ich. Mein eigenes Spiegelbild leuchtete mir aus den trüben Augen entgegen. Ich erkannte mich selbst kaum wieder. Nichts Menschliches lag mehr in diesem perfekten Spiegelbild. Eine Göttin blickte in die Augen des Basilisken, der tatsächlich aufhörte, sich zu wehren. Die Köpfe starrten mich fasziniert an. Knirschend wandte ich meine unmenschliche Kraft an und drückte die Schnauze so fest nach unten, dass ich Zähne splittern hören konnte. Das Vieh wimmerte. Ein Teil von mir zuckte bei dem Geräusch zusammen. Das war doch nicht ich! Ich war ein Stubenhocker, der Chips in sich hineinstopfte und Videospiele zockte. Keine Göttin, die auf Monstern herumturnte und Mordgelüste gegen einen blauhaarigen Typen hegte. Das war falsch. Das alles war nicht mein Leben. Die Göttin in mir lachte nur und drückte fester zu. Offensichtlich kannte ich mich selbst nicht. Und das machte mir Angst. Das Monster fiepte. »Du gehörst ab sofort mir!«, zischte ich es an. »Du gehörst mir!«

Der Basilisk schnaubte. In seinen Augen war jeder Funke von Widerstand erloschen.

»Du wirst mir gehorchen. Du wirst still sein und auf meine Anweisungen hören. Hast du verstanden?«

Das Biest schnaubte und gurrte. »Sehr schön.« Ich lächelte zufrieden und tätschelte meinem neuen Monsterfreund die Schnauze.

»Was zum Teufel war das denn?«

Ich sah auf und blickte in die verstaubten, zerschlagenen Gesichter vierer Götter, die mich ungläubig anstarrten.

Peace stand ganz vorne und kämpfte sichtlich darum, nicht sofort wieder in einem gigantischen Blitz zu explodieren. »Was fällt dir ein, Warrior? Komm sofort von dem Basilisken runter!«, bellte er mich an.

Der Basilisk knurrte warnend und schnappte. Alle vier sprangen zurück.

»Peace!«, zwitscherte ich. Grinsend schwang ich mich von meinem neuen Haustier und wirbelte dabei schwarzen Rauch auf.

»Bist du von allen guten Geistern verlassen? Wie kannst du nur …«

»Wie kannst du es wagen, eine andere Frau zu haben?«, fuhr ich dazwischen.

Peace' Gesichtszüge entgleisten. Seine Kiefermuskeln mahlten. Wir starrten uns an. Die Luft war von Schweiß, Rauch, Ozon und süßem Götterblut erfüllt. Peace schien zu überlegen. Sein Blick zuckte fieberhaft über mein Gesicht, als würde er etwas suchen, einen Grund, mich abzuweisen. Seine Hände ballten sich zu Fäusten. Blitze zuckten um seine Schultern. »Ich bin dir keine Rechenschaft schuldig«, sagte er mit kalter Stimme.

Ich verengte die Augen zu Schlitzen. Er wollte spielen? Schön, ich mochte Strategiespiele. Der rationale, Chips essende Teil von mir zog sich beleidigt zurück und ließ der Göttin freie Hand. »Fass, Bloodclaw«, knurrte ich.

Der Hund sprang von meiner Haut und riss den überraschten Gott zu Boden. Die anderen Götter wichen entsetzt zurück.

»Boss!«, brüllte einer. Seine Haare waren schwarz und sein Gesicht von einem hellen Braun. Die Augen leuchteten golden aus seinem attraktiven Gesicht heraus.

»Was ist denn das für eine durchgeknallte Tussi?«, fragte der Zweite. Sein Gesicht und sein langes rotes Haar erinnerte mich an einen Schotten.

Der andere hatte eine Glatze, breite Muskeln und wilde schwarze Tätowierungen. Ich erkannte ihn sofort. Das war Cole. Einer der Götter, die im Club gewesen waren. Der neue Hephaistos.

»Halt sie mir vom Hals!«, knurrte ich.

Der Basilisk reagiert sofort. Brüllend fiel er über die Götter her, die schreiend auseinanderstoben. Cole ging dabei prompt in Flammen auf. Der Basilisk ließ sich davon nicht beirren. Er riss die Mäuler auf und verschluckte ihn mit einem einzigen, gezielten Happs. Er rülpste. Ein paar Rauchwölkchen stoben aus seinem Maul.

»Bist du vollkommen verrückt geworden?«, presste Peace hervor und starrte zu mir hoch. Bloodclaw presste ihn immer noch knurrend zu Boden. Seine Zähne hatte er dabei in der Kehle des Gottes vergraben.

»Ein Befehl und er beißt dir die Kehle durch!«, fuhr ich ihn an.

»Das wird mich nicht umbringen«, höhnte Peace.

»Nein. Aber es wird verdammt wehtun!« Wütend stapfte ich auf ihn zu. Peace' Augen wurden groß. Blitze zuckten durch seinen Körper. Seine Venen leuchteten wie Diamantadern unter der beinahe durchscheinenden Haut. Sein Haar fiel ihm wirr ins Gesicht. Sein Anblick ließ mein Herz schneller schlagen. Ich hasste mich selbst dafür, wie sehr ich ihn wollte. Wie sehr ich bereits begonnen hatte, ihn zu mögen. Mit seinem verstohlenen Grinsen, dem Singen, seinen Umarmungen! Er war ein Mistkerl. Ich mochte seine Persönlichkeit nicht. Seine Überheblichkeit trieb mich zur Weißglut. Er war ein Snob. Im Normalfall hätte ich über einen wie ihn nur die Nase gerümpft. Trotzdem raste mein Herz, sobald ich in seiner Nähe war. Ich wollte seinen Dickkopf packen und so lange küssen, bis wir beide in Flammen aufgingen.

»Runter!«, befahl ich Bloodclaw knapp, der sofort losließ. Ich löste ihn ab. Schwang mich rittlings auf Peace, presste meine nackten Schenkel um seinen Körper und krallte meine messerscharfen Nägel in seine

Kehle. Sein Körper spannte sich an. Wütend drückte ich ihn in den Staub. »Ich denke, es ist an der Zeit etwas klarzustellen«, sagte ich und starrte Peace in die Augen. »Ich. Bin. Nicht. Dein. Spielzeug.«

Peace fletschte die Zähne. »Sondern?« Sein Brustkorb hob sich heftig. Die Blitze auf seiner Haut kringelten sich wie Schlangen.

»Ich bin die Tochter von Aphrodite, der Göttin der Liebe und Tochter von Hades, dem Herrn der Unterwelt. Unterschätze mich nicht«, erwiderte ich hitzig. »Ich bin kein Püppchen, das man ausziehen und in eine Ecke stellen kann. Ich bin eine Göttin und werde mich keinem Tyrannen unterwerfen, der mit meinen Gefühlen spielt.«

Peace lachte bellend. Er hatte eine tiefe Schramme im Gesicht. Das silberne Blut rann ihm wie Tränen über die Wangen. Er vibrierte vor mühsam unterdrückter Macht und grinste mir höhnisch ins Gesicht. »Du bist keine Göttin, Warrior. Du bist ein Baby. Du hast dich kein bisschen unter Kontrolle. Du bist eine Gefahr für uns alle. Dich wegzusperren ist das einzig Richtige.«

»Ich bin deine Gefährtin«, zischte ich. Donner entlud sich. Blitze zuckten um uns herum. Ein Strudel aus Macht peitschte über uns hinweg. Ich konnte die anderen Götter schreien hören.

»Ich habe nie um eine Gefährtin gebeten!«, spuckte Peace aus. Sein Gesicht war so kalt, dass sich Eiskristalle auf meinem Handrücken bildeten.

»Ich genauso wenig! Trotzdem sind wir jetzt hier.«

»Wir sind gar nichts«, herrschte er mich an. Er packte meine Hände und trat mir so heftig in den Bauch, dass ich nach hinten geschleudert wurde und auf den Boden donnerte. Peace schnellte nach vorn. Er drehte den Spieß um und drückte nun mich in den Dreck. Bloodclaw jaulte, wollte sich auf Peace stürzen, doch dieser streckte ihn mit einem einzigen gezielten Blitz nieder. Das Fell des Hundes rauchte. Knurrend schüttelte Blood seinen Kopf, rappelte sich auf, doch ein scharfer Blick meinerseits ließ ihn innehalten.

»Ich mach das«, wies ich an und konzertierte mich wieder auf Peace. Die Leere in seinem Blick war so übermächtig wie noch nie zuvor. Seine Hände drückten sich schmerzhaft in mein Fleisch. Ich wusste nicht, ob er mich festhalten oder zerquetschen wollte. In uns beiden tobte ein Krieg aus Gefühlen. Ein Krieg, von dem nicht klar war, ob wir unbeschadet daraus hervorgehen würden. »Ich werde mich nicht mehr wegsperren lassen!«

»Du hast das nicht zu entscheiden!«

»Ich bin mächtig genug!«, fuhr ich auf. »Wenn ich wollte, könnte ich eine ganze Armee von Ungeheuern um mich scharen. Wenn du also glaubst, mich weiter in deinem Kuschelzimmer einsperren zu können, werde ich den Tartaros überrennen lassen.« Peace zog nur spöttisch eine Augenbraue hoch.

»Glaubst du mir nicht?«, fragte ich kalt. Das Seil an meiner Seele zerrte schmerzhaft. Ein Ruck und es würde reißen.

»Du hast keine Ahnung, in was du dich da einmischst. Das ist kein Ort für solche Kindereien«, knurrte er.

»Ich bin kein Kind!«, brüllte ich zurück. »Ich bin nicht schwach. Und ich werde mich nicht länger von dir einschüchtern lassen. Glaubst du, ich wollte so ein Leben? Glaubst du, ich habe mir das gewünscht? Dich? Entweder du kommst damit klar, und wir finden einen Weg zusammen, oder ich finde meinen eigenen.«

Peace schüttelte mich wie ein unartiges Hündchen. Das hatte er schon mal gemacht. Damals. In der dunklen Gasse, als wir uns zum ersten Mal gesehen hatten. »Ich habe dir immer misstraut. Vom ersten Augenblick an. Ich hielt dich für eine Falle der Götter und kurz, nur ganz kurz, glaubte ich, mich geirrt zu haben. Aber alles, was ich sehe, ist ein weiterer erbärmlicher Versuch meines Vaters, den Widerstand niederzuschlagen. Das. Wird. Niemals. Passieren.«

Sein schlanker, blasser Körper presste sich an meinen. Seine langen Beine hielten meine eng umschlungen. Selbst in diesem Augenblick, unter all dem Staub, Zorn und Hass fügten wir uns zusammen wie zwei sich ergänzende Puzzleteile. Meine Brust schmerzte und unser Atem vermischte sich. Seiner kalt, meiner heiß. Die Luft lud sich statisch auf. Sein Herz pochte heftig gegen meine Brust und meines schlug umso heftiger zurück. Als versuchten sie zueinanderzufinden. Aber sie waren nicht im Einklang. Wir waren möglicherweise ein Teil des anderen. Trotzdem stießen wir uns ab, wie der Körper ein schlecht transplantiertes Organ. Er wollte mich nicht. Es stand ihm klar und deutlich ins Gesicht geschrieben. Ich wollte ihn nicht. Zumindest nicht so. Ich wollte keinen seelenlosen, gefühlskalten Gott, der mich ins Hinterzimmer schob und dort vergammeln ließ. Tränen schossen mir in die Augen. »Ich bin keine Falle der Götter!«, stieß ich erstickt hervor. Das Seil in meiner Seele ächzte. Ich schluchzte auf.

Peace zitterte. »Hör auf zu weinen!«

»Warum? Stört es dich?«

»Du störst mich! Alles an dir stört mich.«

»Warum hast du mich dann überhaupt mitgenommen?«

»Weil ich keine andere Wahl hatte! Ich wollte dich töten!«, gestand er mir eiskalt. »Ich wollte dir das Herz herausreißen, sobald ich dich aus diesem Club herausbekommen hatte. Ich wusste seit dieser verschissenen Gasse, dass du mir in die Quere kommen würdest. Aber dann …« Er lachte irre. »… dann bist du plötzlich meine zweite Hälfte. Also konnte ich es nicht. Wenn du stirbst, sterbe auch ich, so einfach ist das. Du machst mich schwach. Davon wird mir übel. Von dir wird mir übel. Wenn ich dich ansehe, sehe ich nur Schwäche. Also sperrte ich dich weg und werde es wieder tun. Selbst wenn ich dich an den Haaren zurückschleifen muss.«

Das Seil in meinem Inneren zerriss.

»Geh von mir runter«, presste ich erstickt hervor.

»Was?«

»Ich sagte: geh von mir runter!« Ruckartig stieß ich ihn von mir. Er schlitterte durch den Staub. Bloodclaw knurre und stürzte an meine Seite. Sein warmer pelziger Körper hüllte mich ein. Zitternd vergrub ich meine Finger in seinem Fell und zog mich hoch. Tränen liefen mir die Wangen hinab, während Peace, schön wie eine Marmorstatue, zu mir hinüberstarrte. »Das wars«, schwor ich leise. Das Zittern in meinem Körper war unkontrollierbar. »Ich werde mich von niemandem mehr herumschubsen lassen. Von niemandem! Schon gar nicht von dir. Du hast keine Ahnung, mit wem du dich anlegst, Peace Tantalos!«

Peace blieb stumm. Er presste nur die Lippen zusammen und schleuderte einen halbherzigen Blitz so knapp neben meinen Kopf, dass schwarzer Staub in alle Richtungen stob. Meine Haut prickelte. Mit brennenden Augen blickte ich auf und pfiff den Basilisken zurück. Dieser ließ von den Göttern ab und glitt zu mir herüber. Er sah ein wenig angekokelt aus. Zwei Augen fehlten ihm und einer der Köpfe schien einen Nackenbruch zu haben. Zumindest hing er ziemlich schief. »Spuck den Gott aus!«, wies ich die Schlange kalt an.

Sie zischte und bäumte sich auf. In ihrem Magen rumorte es. Der mittlere Kopf sperrte das Maul auf. In einem Schwall aus Schleim und Rauch spuckte sie den Gott vor Peace' Füße. Beide starrten wir in stiller Wut auf den stöhnenden Kleiderhaufen.

»Da fehlt was!«, spie Peace hervor.

Ich knurrte. »Den Arm auch!«, befahl ich trotzdem. Der Basilisk gurrte. Ich sah ihn streng an. Das Monster seufzte schicksalsergeben. Der Arm landete vor meinen Füßen. »Zeit zu gehen, Großer«, wies ich die Schlange an. Sie wurde augenblicklich kleiner. Innerhalb eines Wimperschlags war sie zur Größe eines Bleistifts zusammengeschrumpft. Ich bückte mich, streckte die Handfläche aus und ließ den Basilisken auf meinen Arm kriechen, wo er sich wie ein Armband auf mein Handgelenk legte. Das Biest schloss die Augen und fügte sich wie ein Tattoo in meine Haut ein. Bloodclaw grollte und sprang ebenfalls auf meinen Körper zurück. Ich warf Peace einen letzten verächtlichen Blick zu. In meinem Mund brannte es. Worte kamen mir wie Galle hoch. Am liebsten hätte ich mich übergeben. Peace hingegen starrte mit großen Augen auf meine Hand. »Wie … Wie hast du das gemacht?«

»Fahr zur Hölle!«, erwiderte ich nur, breitete meine Flügel aus und schoss gen Himmel.

Kapitel 19
Ich bin ein Schleimklumpen und alle hassen mich

Ich hatte keine Ahnung, wo ich hinflog. Mein Orientierungssinn war gleich null und meine Sicht von salzigen Tränen verschleiert. Hier und dort kreuzte ich Hochhäuser aus Stahl, Chrom und Glas. Ich kam leicht ins Trudeln. Das Leuchten meines Körpers flackerte wie bei einer kaputten Glühbirne. Es fiel mir zunehmend schwerer, in der Luft zu bleiben. Meine Flügel waren unendlich schwer und träge. Ich kämpfte mich trotzdem voran, aber ich konnte es einfach nicht zurückhalten: Ich heulte wie ein Schlosshund. Mein rechter Flügel brach weg. Ich trudelte erneut, stürzte diesmal ab. Gott sei Dank war ich nicht mehr so weit oben gewesen. Auch der zweite Flügel versagte mir seinen Dienst. Ich kreischte, als mein Körper aufklatschte. Es knackte. Risse zogen sich durch den schwarzen Asphalt. Ich hatte keine Ahnung, wo ich gelandet war. In einer dunklen Seitengasse? Auf jeden Fall war ich allein. Es roch nach Schimmel und Dreck, und als ich genauer hinsah, erkannte ich überquellende Müllcontainer. Ich heulte nur noch lauter. Meine Flügel hingen wie gebrochen von meinen Schultern. Ich fühlte mich, als würde jemand mein Herz packen und so lange zudrücken, bis es platzte. Meine Haut flackerte. Hell, dunkel, hell, dunkel. Peace' Stimme dröhnte in Dauerschleife in meinem Kopf: »Ich wollte dich töten. Ich wollte dir das Herz herausreißen, sobald ich dich aus diesem Club herausbekommen hatte. Seit dem ersten Augenblick in dieser verschissenen Gasse wusste ich, dass du mir in die Quere kommen würdest. Ich wollte dich töten. Ich wollte dir das Herz herausreißen, sobald ich dich aus diesem Club herausbekommen hatte. Wollte dich töten. Wollte dich töten. Wollte dich töten.«

Rotz lief mir die Nase herunter. Schamlos wischte ich es an meinem Arm ab. Langsam setzten heftige Kopfschmerzen ein. Wahrscheinlich vom ganzen Weinen. Trotzdem konnte ich nicht aufhören.

»Erschrick jetzt bitte nicht!«

»Ahh!«

In einem unvorteilhaften Mix aus Hicksen, Weinen und Schreien zuckte ich zurück, landete auf dem Rücken und stieß mit dem Kopf hart gegen eine der vollen Mülltonnen. Hektisch sah ich auf, während das Unglück seinen Lauf nahm. Der hervorquellende Inhalt landete direkt auf meinem Kopf. Etwas sehr Schleimiges floss mir über das Gesicht. Ich war so entsetzt, dass ich nur dasaß und den Mann mit großen Augen anstarrte, der mich seinerseits aus kristallblauen Augen musterte. Er lehnte an der Wand mir gegenüber. In der Hand hielt er eine Zigarette, deren Spitze rot aufleuchtete, als er kräftig daran zog. Seine Fingernägel waren schwarz lackiert.

»Wow, ist das eklig«, brachte er schließlich hervor. Wogender Rauch entwich seinem Mund, kitzelte meine Nase und ließ meine Augen tränen. Was auch immer er da rauchte, musste toxisch sein. »Ich ken-kenne dich.« Na toll. Jetzt hatte ich auch noch Schluckauf.

Der Mann grinste und warf seine Zigarette zu Boden, wo er sie mit einem glänzenden Lederschuh austrat. Die Glut leuchtete immer noch. »Natürlich kennst du mich, Süße. Jeder hier kennt mich. Aber noch wichtiger ist, ob ich auch dich kenne!«

»Ich bin Warrior«, antworte ich nur lahm. »Und du … du bist Charming, der Typ, der mich im Club an Peace verkauft hat.«

Seine Zähne blitzten weiß auf. »Einen Club, den du in Schutt und Asche gelegt hast.«

Gänsehaut überzog meinen Körper. Ich drückte mich Schutz suchend gegen die Mülltonne in meinem Rücken. »Verfolgst du mich? Ich kann dir nichts als Entschädigung für den Club geben.« Mit pochendem Herzen sah ich zu ihm hoch.

Charming musterte mich. Die Schatten schnitten seine Gesichtszüge hart entzwei. Dunkelheit wechselte sich mit strahlend weißer Haut und leuchtend blauen Augen ab, die mich unverhohlen und neugierig musterten. »Zum einen …«, sagte er schließlich und griff in die Innentasche seines maßgeschneiderten Anzugs. »… bist du diejenige, die hier heulend vor meinem Club sitzt.« Er holte aus seiner Jackettasche eine neue Zigarette und schnippte mit den Fingern. Eine kleine Flamme entzündete sich am Ende des Tabakstäbchens. Er inhalierte tief, lehnte den Kopf gegen die Wand und stieß den Rauch genüsslich hervor.

Sofort wurde mir schwindelig.

»Zum anderen …«, setzte er wieder an und aschte ab. Goldene Ringe blitzten an seinen Fingern auf. »… sollte ich eigentlich mächtig wütend sein und dir den kleinen Hintern versohlen. Aber Schockschwerenot, das kann ich nicht, wenn du wie ein Häuflein Elend in dieser Gosse hockst. Vor allem mit diesem Schleim auf dem Kopf. Ich weiß ja nicht, was das ist, aber es hat sich eindeutig bewegt.«

»Was?« Entsetzt griff ich mir an den Kopf – und tatsächlich! Der Glibber bewegte sich.

»Ahh!« Hektisch wischte ich mir über die Haare, schleuderte die labberige Pampe in alle Richtungen und versuchte, nicht zu viel davon in den Mund zu bekommen. Charming ging schnell in Deckung und versuchte seinerseits, den offensichtlich teuren maßgeschneiderten Anzug zu beschützen. Ich rappelte mich auf, schüttelte wild den Kopf und klatschte das restliche Zeug gegen die Wände der Gasse. »Ist noch was da? Bewegt sich noch was?« Panisch sah ich Charming an, der durch seine Finger linste.

»Ach Gott, Mädchen. Du bist ein einziger Schleimklumpen. Da ist nichts mehr zu retten.«

Meine Unterlippe zitterte. Oh, bitte nicht. »Ich bin ein Schleimklumpen und alle hassen mich.« Ich brach in Tränen aus. Schon wieder. Hätte ich es gekonnt, hätte ich in diesem Augenblick wohl selbst mit mir Schluss gemacht. Trotzdem war es einfach unmöglich, meine Emotionen zurückzuhalten. Sie sprudelten ohne jeden Filter aus mir heraus. Meine Flügel zitterten. Dabei verteilte ich ein Meer aus weißen Federn über den schmutzigen Boden.

Charming seufzte. »Ach, Süße. Du würdest dich toll als Zierspringbrunnen in meinem Vorzimmer machen. Hier!« Mit spitzen Fingern reichte er mir ein weißes Spitzentaschentuch.

Ich zögerte, blickte in seine kristallblauen Augen.

»Nimm nur.« Er wackelte mit dem Taschentuch vor meiner Nase herum. Schließlich nahm ich es an und schnäuzte heftig hinein. Ich prustete wie ein Rhinozeros.

Charmings Mundwinkel zuckten amüsiert. »Da hast du noch eine Kleinigkeit.« Er zeigte auf meinen Kopf.

Ich schnaubte und wischte mir die hartnäckigen Schleimreste von der Stirn. Ein hoffnungsloses Unterfangen, wie sich bald herausstellte. »Danke!«, schniefte ich, wollte ihm das Taschentuch zurückgeben, doch der Gott schüttelte heftig den Kopf.

»Behalt es, Süße. Möchtest du mir vielleicht verraten, was so schlimm ist, dass dich jeder schwerhörige Furunkel im Umkreis von drei Kilometern heulen hört?«

»War ich so laut?«

»Natürlich nicht. Ich scherze. Ich beliebe gerne zu scherzen. Ein netter Zeitvertreib in so stinkenden Gassen wie dieser.«

»Lügst du?«

»Selbstverständlich!«

Ein klägliches Lachen entschlüpfte mir. »Okay … dann sollte ich vielleicht gehen.«

Charming lächelte freundlich und neigte den Kopf. Er nahm einen weiteren Zug von seiner Zigarette. Der Rauch hüllte uns beide ein, sperrte die Außenwelt aus. Einmal mehr hatte ich das Gefühl, der männlichen Version meiner Schwester ins Gesicht zu sehen. Der schlanke Körper, diese Ausstrahlung.

»Du siehst aus wie meine Schwester Diamond!«, platzte es auch schon aus mir heraus.

Charming erstarrte. Glühende Asche fiel zu Boden. »Ist das so?«

»Wie Zwillinge«, stimmte ich zu.

»Was für ein Zufall auch«, raunte er und nahm erneut einen tiefen Zug.

»Ich sollte gehen«, murmelte ich ein zweites Mal und sah mich um. Die Gasse war lang und schmal. Bestand aus dunklem Beton, der sich so ziemlich durch den gesamten Tartaros zu ziehen schien.

»Das solltest du wahrscheinlich«, stimmte Charming zu. »Der Tartaros ist ein gefährlicher Ort für so junge Mädchen. Aber sieh es positiv: Nicht viele hier unten können noch weinen. Es ist ein Geschenk.« Seine Augen starrten dumpf in die Dunkelheit. Immer wieder musterte er mich eindringlich. Plötzlich war ich dankbar für den Schleim, der mich noch immer etwas bedeckte. Sicherheitshalber zog ich mich trotzdem tiefer in die Schatten zurück. »Ich bin kein Mädchen. Ich bin eine Göttin!«, erwiderte ich ein wenig trotzig.

Charming lachte. »Eine Göttin, die im Dreck sitzt und heult? Das Leben muss hart für dich sein, Süße.«

War das eine Beleidigung?

Charmings Augen blitzten spöttisch auf und ich funkelte ihn an.

»Emotionen zeigen ist keine Schwäche«, erwiderte ich hart. »Und wenn dein Ziel ist, ein gefühlloser Brocken zu werden, mach das. Ich sitze lieber rum, heule und bin eben nicht wie meine Mutter.«

Wir starrten uns an.

Er trat die Zigarette aus. »Du bist anders, als ich es zunächst gedacht habe«, sagte Charming sanft.

Ich blinzelte verblüfft. »Du hast über mich nachgedacht?«

»Nun … ja!« Er räusperte sich und fuhr sich mit den Fingern nervös durch das schimmernde Haar. Ein paar Strähnen fielen ihm dabei ins Gesicht und ließen ihn jünger wirken. »Als Tochter der Aphrodite. Ich hatte ein anderes Bild von ihren Kindern im Kopf.«

»Ach, das …« Ich lachte und schüttelte den Kopf. »Ja, nein. Ich bin meinen Schwestern nicht sehr ähnlich. Ich schlage mehr in Richtung meines Vaters.«

»Ah … dein Vater. Hades?«

»Ja«, flüsterte ich. »Sag mal …« Ich zögerte und musterte Charming. Im Grunde wusste ich nicht einmal, warum ich so seelenruhig hier herumstand und mich mit ihm unterhielt. Das Bild, wie er den Strahlemann-Kommentator im Club gegeben hatte, war immer noch sehr präsent. Eigentlich sollte ich mich von ihm fernhalten. Oder ihn mit Schleim bewerfen. So in die Richtung. Trotzdem war da etwas. Ein Funke, der vielleicht von seiner auffallenden Ähnlichkeit zu Diamond herrührte, vielleicht aber auch seine Ausstrahlung, die eine beruhigende Wirkung auf mich hatte. Außerdem redeten wir schon seit geraumer

Zeit in einer dunklen, verlassenen Gasse und er hatte immer noch nicht versucht, mein Gesicht zu fressen. Definitiv ein Pluspunkt.

Charming zog abwartend eine Augenbraue nach oben.

»Ich weiß nicht, inwieweit du dich erinnern kannst, aber bei mir war dieser Mann. Groß, blond, sieht ein wenig aus wie Tarzan auf Steroiden. Sein Name ist Brave. Man hat mir gesagt, er sei bei dir. Stimmt das?«, hörte ich mich plötzlich selbst fragen.

Charmings Gesicht hellte sich blitzartig auf. Er stieß ein genüssliches Seufzen aus. »Ach ja, der liebe Brave. Ich habe ihn tatsächlich behalten. Nach dem ganzen Chaos, das du und Tantalos hinterlassen habt, spielte ich mit dem Gedanken, ihn zu verkaufen. Aber nein, ich konnte nicht. Diese Muskeln müssen beschützt werden. Er ist ein klein wenig dramatisch, der Gute, oder? Musste ihn dauernd davon abhalten, sich aufzuhängen. Andererseits, was wäre das Leben ohne einen gekonnten Selbstmordversuch?«

»Oh … ähm … okay. Gut zu wissen« Ich leckte mir über die salzigen Lippen und schniefte. »Kann ich ihn vielleicht sehen? Er ist der Freund meiner Schwester und ich … Er ist das Einzige, das mir von früher geblieben ist.«

»Brave ist der Freund deiner Schwester?« Charmings perfekt gezupfte Augenbrauen wanderten zu seinem gestylten Haar nach oben.

»Ähm … ja.«

»Sicher?«

»Ganz sicher.«

»Also ist er hetero?«

»Ich denke schon.«

Kurz sah Charming deprimiert aus. »Das Leben ist grausam. Aber gut. Ich liebe Herausforderungen. Herausforderung ist mein zweiter Vorname. Eigentlich ist er Silvius. Aber du weißt, was ich meine. Ich muss einen Weg finden, den süßen Brave für mich zu gewinnen.«

»Er liebt aber meine Schwester«, wandte ich ein.

Charming grinste frech und stieß sich schwungvoll von der Mauer ab. »Ach ja? Bist du dir da sicher?«

»Ziemlich.«

»Was macht dich zur Expertin der Liebe?«

»Ich bin die Tochter der Liebe!«

»Pff. Pillepalle.« Charming kniete sich vor mich und musterte mich. Mein Herzschlag dröhnte überdeutlich laut in meinen Ohren.

»Hast du die Liebe schon gefühlt?«, fragte er lauernd. Ein hungriger Ausdruck schlich sich in seine Augen. »Das heiße Pulsieren in deiner Brust. Das Kribbeln, sobald du an diese eine Person denken musst? Dieses Gefühl, vor Liebe aus allen Nähten platzen zu müssen, weil allein sein Geruch reicht, um dich in den Wahnsinn zu treiben? Schmerzt es, wenn er nicht an deiner Seite ist? Spürst du das Ziehen in deinem Magen, das Brennen deiner Seele?«

»Ich …« Ja. »Nein.« Meine Unterlippe zitterte erneut.

Charming nickte süffisant. »Ist auch das der Grund, warum du hier sitzt und eine neue Sintflut verursachst? Wegen der Liebe?«

Das Zittern hörte abrupt auf. »Nein. Wegen Peace!«

Charming lachte in sich hinein und zwinkerte mir zu. »Ich verstehe, meine Süße, dann bleibt mir wohl nichts anderes übrig, als dir einen auszugeben.« Er richtete sich geschmeidig auf und bot mir einen Ellbogen an. Ganz der Gentleman. »Samariter ist übrigens mein zweiter Vorname.«

Ein ungewolltes Prusten entschlüpfte mir. »Ich dachte, der sei Herausforderung.«

»Jaaaaa«, sinnierte der Gott. »Vielleicht war es auch herausfordernder Samariter.«

»Das muss es sein«, stimmte ich zu und hakte mich vorsichtig bei dem Gott ein. Dieser rümpfte die Nase.

»Nimm es mir nicht übel, Mädchen, aber du riechst fürchterlich.«

»Wirklich? Normalerweise rieche ich nach Rosen.«

Er schnupperte.»Stimmt. Du riechst nach fürchterlichen Rosen.«

»Immerhin etwas. Bringst du mich jetzt zu Brave?«

»Ich bringe dich in ein heißes Bad!«

»Aber danach zu Brave?«

»Wenn du das wünschst.«

»Ja.«

»Wie die holde Maid befiehlt. Wer bin ich, einer solch charmant schleimigen Bitte zu trotzen?« Zwinkernd knöpfte er sein Jackett auf und warf es mir über die Schultern. »Man muss ja nicht immer alles sehen, oder?«

Dankbar schlüpfte ich in die viel zu langen Ärmel. Die Jacke reichte mir bis zu den Knien. Sie war also groß genug, dass ich meinen Kopf darunter verstecken konnte. Langsam gingen wir los. Allerdings nur tiefer in die Gasse hinein. Hier waren die Wände schon beinahe schräg und verengten sich immer mehr. »Brauchst du ein Navi?«, erkundigte ich mich zweifelnd.

Charming grinste nur, bückte sich und klopfte fröhlich auf den dunklen Beton. Ich guckte verwirrt. Auf einmal begann der Zement zu bröckeln. Ein Türschlitz wurde im Boden sichtbar. Ein großes Auge, das ich bereits in der Wüste bei Bizarre gesehen hatte, blickte zu uns hoch.

»Lass uns rein!«, befahl Charming knapp.

Jemand grunzte hektisch, die Klappe ging wieder zu und vor uns öffnete sich, wie bei einer Fallklappe, ein Loch. Laute Musik und zuckendes Licht durchdrangen die Dunkelheit und gaben die Sicht auf Stufen frei. Ich zögerte, musterte Charming. War es wirklich so eine gute Idee, diesem Gott wieder in einen Club zu folgen? Das letzte Mal endete ich als Belustigungsakt in einem gläsernen Käfig. Außerdem hatte mir Peace ein ums andere Mal eingebläut, keinem einzigen Gott hier unten zu trauen. Trotzdem war ich gerade dabei, genau das zu tun. Charming deutete mein Zögern richtig. Sein Griff um meinen Arm war erstaunlich sanft.

»Du musst nicht mitkommen«, bot er an. »Wenn du einfach weitergehst, immer geradeaus, kommst du zu dem Turm zurück, in dem unser lieber Peace zurzeit residiert. Ich bin sicher, er sucht bereits sein entflogenes Vögelchen.«

Meine Nackenhaare sträubten sich. »Da geh ich lieber wieder in diese Elektro-Hölle runter.«

Charming zwinkerte fröhlich. Zusammen stiegen wir die Treppen hinab. Tief holte ich Luft, schob mit einer Hand den Vorhang beiseite und begab mich den vollen Club. Es war, als würde ich eine Welt aus Exzessen, Lust, Gier und schwitzenden Körper betreten.

»Willkommen im Dark Wonderland«, flüsterte Charming mir zu. Sein heißer Atem traf meinen Nacken. Ich hielt die Luft an. Der Boden vibrierte von den tiefen Bässen, die durch den Club jagten und in meinen Ihren dröhnten. Er war um einiges größer als der letzte. Die schmucklosen Wände, an denen schwere Samtvorhänge hingen. Die gläserne Bar. Das zuckende Licht. Die Tribüne, auf dem die Käfige standen. Diesmal waren keine vor Angst zitternden Gottkinder darin, sondern knapp bekleidete Frauen und Männer, die sich im Takt der Musik verrenkten und lasziv rekelten. Meine Haut prickelte, als ich die Gegenwart von Göttern fühlte. Vielen Göttern. Sie füllten den Club wie sprudelnde Adern von Macht. Meine Haut begann zu leuchten, Bloodclaw und der Basilisk zuckten nervös darunter. Unruhe kam in die Massen der Tanzenden, als sie Charming mit mir entdeckten. Die Leute starrten uns an. Sie starrten mich an. Ich blieb stocksteif stehen. Die Lichter zuckten über meinen verhüllten Körper.

»Was ist los?«

»Die stieren mich alle an!«, zischte ich. Schnell kontrollierte ich, ob Charmings Jacke noch alles verdeckte.

»Das tun sie«, sinnierte dieser gerade. Sein Blick war ebenfalls auf mich geheftet. »Man spricht über dich. Gerüchte verbreiten sich hier sehr schnell, und dass Peace dich so offensichtlich von der Öffentlichkeit fernhält, heizt diese nur noch mehr an.«

Ich schluckte und überlegte kurz, ob ich einfach wieder umdrehen sollte, doch da bahnte sich bereits eine wild fuchtelnde Göttin ihren Weg durch die Menge.

»Charming, du hast sie gefunden! Zum Teufel, habe ich mir Sorgen gemacht. Warrior, du hast den halben Turm in die Luft gesprengt.« In einem Rausch aus Federboa und Cowboystiefeln rannte O zu uns herüber und fiel mir kreischend um den Hals. Ich stolperte verblüfft zurück. Jetzt hatten wir eindeutig die Aufmerksamkeit sämtlicher Anwesenden. »Jag mir nie wieder so eine Angst ein!«, fuhr O mich scharf an. »Du bist viel zu wichtig, um von einem bescheuerten Basilisken gefressen zu werden. Was hast du dir nur dabei gedacht, einfach abzuhauen? Ohne mich! Peace wird uns das Fell über die Ohren ziehen.«

»Peace kann mich mal kreuzweise!«, blaffte ich genervt.

O sah mich mit großen und blassen Augen an. »Oh, ich weiß, was er angestellt hat. Die Vision war fürchterlich. Aber es ist nicht die Zeit, um jetzt einen Krieg zwischen euch anzuzetteln. Wir haben zu tun.«

»Wir …«, unterbrach ich mich und riss mich von ihr los. »… haben gar nichts zu tun. Charming lädt mich lediglich auf einen Drink ein.« Ich grinste lasziv.

Os Blick wanderte zu dem Gott. Eine Furche erschien zwischen ihren Augenbrauen. »Hast du es ihr noch nicht gesagt?«, fragte sie.

Charming sah sie überrascht an. Der Lidschatten auf seinen Augen funkelte. »Ich wüsste nicht, wie.«

»Was sagen?« Ich blickte zwischen den beiden hin du her.

O rümpfte die zierliche Nase, zuckte allerdings mit den Schultern. »Wie du meinst. Bin nur froh, dass du Warrior gefunden hast. Die Kleine ist wie ein Sack voll Flöhe. Bis oben hin mit Hormonen und Magie vollgepumpt.«

»Ich musste gar nichts finden. Sie ist mir praktisch vor die Nase gefallen.« Er musterte mich. »Und ich glaube, bevor wir diese Unterhaltung fortsetzen, sollten wir ihr was anderes zum Anziehen besorgen. Nimm es mir nicht übel, Schatz, aber der Geruch ätzt einem die Nasenhaare weg.«

O kicherte. »Hab mich bereits darum gekümmert. Komm mit! Bizarre hat ein paar wirklich tolle Dinge aufgetrieben.«

»Bizarre?« Ich sträubte mich, doch O bewies einmal mehr, wie viel Kraft in ihrem zierlichen Körper steckte, denn sie schleifte mich ungerührt einmal quer durch den Club. Die Leute stoben zur Seite, als hätte Jesus das Wasser geteilt. Ihre Blicke folgten uns wie hungrige Hyänen. Charming war knapp hinter uns. Ich war so nervös, dass ich einige Male über meine eigenen Füße stolperte. Und dann wurde ich auch noch rot, als mich ein paar Göttinnen unverhohlen auslachten.

O steuerte auf eine der Betonwände zu. Erst jetzt erkannte ich, dass hinter den Vorhängen, die dort angebracht waren, Türen sein mussten. O stieß eine davon auf und zerrte mich hinein. Schlagartig wurde es ruhiger. Trotzdem brummten die Bässe noch in meinen Ohren. Der Raum wirkte wie ein geheimes Separee. Dunkelrote Chaiselongues. Kleine Tische. Gedämpftes Licht und leises Gelächter. Der Geruch nach Charmings Zigaretten hing in der Luft.

»Ich habe keine Lust, diesen miesen Verräter zu treffen!«, maulte ich, wurde aber komplett ignoriert. Stur zog sie mich in die hinterste Ecke, wo der Gott bereits mit einem fetten Grinsen im Gesicht auf uns wartete.

»Warrior!«, rief er, während ich stolpernd vor ihm stehen blieb. »Komm in Onkel Bizarres Arme!« Bevor ich davonlaufen konnte, wurde ich in eine feste Umarmung gezogen, die ein paar Knochen knacken ließ.

»Lass mich los, Arschloch!«, knurrte ich und wackelte verzweifelt mit den Beinen.

»Ich habe dich auch vermisst«, summte er und drückte fester zu.

»Ich gehe was zu trinken holen!«, seufzte Charming und verschwand. O ließ sich gut gelaunt auf einem der roten Sitze nieder.

Wütend funkelte ich das Orakel an. »Warum?«, fragte ich zähneknirschend.

»Weil er uns helfen kann!«, bekam ich die prompte Antwort.

»Das kann ich in der Tat!«, stimmte Bizarre zu und ließ mich los. Ich ächzte. »Besonders bei dem Preis, den O mir zahlt.« Er lüftete seinen Hut und verbeugte sich. »Mylady, mir wurde erzählt, ihr seid die Göttin an Peace' Seite. Ich bin geehrt, euch gekidnappt zu haben.«

»Witzig!«, zischte ich, stieß ihn von mir und ließ mich neben O fallen. »Ich bin gar nichts. Peace hat mir das klar und deutlich unter die Nase gerieben. Wenn er gekonnt hätte, hätte er mich bis zum Sankt-Nimmerleins-Tag in diesem Zimmer verrotten lassen.«

Mein ganzer Körper fühlte sich hohl an und Peace' Stimme ertönte erneut in meinem Kopf:

Ich wollte dich töten.

Ich wollte dich töten.

Ich wollte dich töten.

Warum störte mich das so? Peace hatte mir von Anfang an Todesdrohungen an den Kopf geworfen. Trotzdem hatte es mich niemals so gestört wie in diesem Augenblick. Meine Brust schmerzte, als hätte er einen Teil meiner Seele herausgerissen und in den Dreck getreten. Immer wieder.

Wollte dich töten.

Wollte dich töten.

»Das klingt ganz nach einem gebrochenen Herzen!«, seufzte Charming, der wiederaufgetaucht war und schwungvoll drei Gläser mit dunkelroter Ambrosia vor uns abstellte. Geschmeidig ließ er sich auf einen der freien Sessel fallen, schlug die Beine übereinander und zündete sich eine Zigarette an.

»Nichts ist gebrochen. Höchstens Peace' Nase, wenn er mir noch einmal über den Weg läuft.«

»Das wird sich nur schwer vermeiden lassen, Süße«, grinste Charming und blies Rauch aus seinem Mund.

O nickte. »Peace sucht bereits nach dir. Ich glaube, er will dich finden, bevor Shame es tut.«

Ich schnaubte, hob das Glas Ambrosia an die Lippen und stürzte es mit einem Schluck nach unten. »Er sagte doch, ich solle verschwinden. Sollen sie zusammen glücklich werden. Mir ist es egal.«

»Sollen sie eben nicht!«, zischte O.

»Wenn du weiter so trinkst, bist du in Kürze hackedicht«, warf Charming beiläufig ein.

Bizarre beäugte sein Glas und kippte es ebenfalls in einem Zug hinunter. »Heute ist ein Tag, an dem man nicht nüchtern sein sollte!«, rülpste er genüsslich.

»Ach, du willst doch nur wissen, was die Konkurrenz zu bieten hat.« Bizarre zwinkerte fröhlich.

Ich kippte auch Os Glas hinunter.

»Schluss jetzt!«, motzte sie, nahm mir das Glas aus der Hand und sah mich streng an. »Es ist wichtig, dass du mit Peace zusammenarbeitest!«

»Ich will aber gar nicht mit ihm zusammenarbeiten«, nuschelte ich und ließ mich zurückfallen. Mein Kopf fühlte sich angenehm schwer an. »Er wollte mich töten. Er ist ein Mistkerl ohne Seele, warum sollte ich ihn wollen?«

»Weil ihr füreinander geschaffen worden seid. Ihr sollt diese Welt verändern, was jedoch nicht passieren wird, wenn ihr euch weiter wie kleine Kinder benehmt.«

Ich zuckte mit den Schultern. »Was kann ich schon machen? Ich bin ja nur ein kleines, nerviges Gör, das niemand ansehen kann, ohne verrückt zu werden. Ich bin nicht einmal eine richtige Göttin.«

»Wer sagt das?«

»Na alle!«

O schnalzte genervt mit der Zunge und schüttelte den Kopf. »Hör auf mit dem Selbstmitleid, das steht dir nicht. Natürlich bist du eine Göttin. Die Gottmutter.«

»Nein, das ist diese Shame. Was ist das überhaupt für ein bescheuerter Name? Shame?«

»Ein ziemlich passender«, brummte Bizarre in seinen Becher.

»Die Gute hat absolut kein Schamgefühl«, erklärte Charming und stieß wogende Rauchschwaden in unsere Richtung. O hustete und warf ihm einen genervten Blick zu, aber er rauchte ungerührt weiter. »Liebe ist niemals einfach, Warrior. Schon gar nicht zwischen Göttern.«

»Ich bin nicht …«, setzte ich an, hielt aber prompt inne.

War ich verliebt? Schmerzte es deshalb so sehr, weil ich diesen blauhaarigen Mistkerl liebte?

Ich wollte dich töten.

Ich wollte dich töten.

Ich wollte dich töten.

Ich biss mir auf die Lippe, bis ich Blut schmeckte. Ein Schauder erfasste mich. Nein, Liebe fühlte sich anders an. Wo waren die Schmetterlinge im Bauch? Das Kichern? Die glühenden Blicke? Das Kino mit Popcorn und Fummeln im Dunkeln? So sollte doch Liebe sein. Glücklich. Frei, mit einem dicken Lächeln auf den Lippen. Oder war das alles eine Erfindung von Hollywood?

Sollte Liebe so dunkel, angsteinflößend und anstrengend sein? Sicher, ich fühlte mich von ihm angezogen. Mehr noch. Ich sehnte mich beinahe schmerzhaft nach ihm. Sein Anblick setzte mich unter Strom, nahm mir den Atem. Er war ein Teil von mir, den ich ebenso wenig wie die Göttin in mir verstand. Sie waren beide essentielle Teile von mir, an deren Stelle zuvor nur Leere gegähnt hatte und ohne die ich gar nicht leben könnte. Das sagte mir zumindest mein Instinkt. Trotzdem waren da zu viele Barrieren zwischen Peace und mir. Ich hatte keine Ahnung, wie ich mit ihm umgehen sollte. Oder mit mir.

»Was geht in deinem entzückenden blonden Köpfchen vor?«, riss Charming mich aus den Gedanken.

Ich sah auf. Alle musterten mich neugierig. Jeder von ihnen strahlte so viel Energie und Macht aus, dass sie bestimmt mühelos eine ganze Stadt mit Strom versorgen hätten können. Einfach nur, indem sie einen göttlichen Zeigefinger hoben. Ich saß in ihrer Mitte und fühlte mich vollkommen deplatziert.

»Ich bin ein Freak«, antwortete ich schließlich.

»Wer behauptet das?« Os finsterer Blick glitt sofort zu Bizarre, der unschuldig die Hände hob.

»Das muss niemand sagen. Es ist offensichtlich. Ich bin eine Missgeburt. Eine Tochter der Liebe, die nur Zerstörung und Tod bringt. Weißt du, wie viele schon verrückt geworden sind, nur wegen meines bescheuerten Gesichts? Ich bin eindeutig die Falsche für den Job als Gottmutter. Peace hat recht.«

O sah mich stumm an. Mitleid zuckte durch ihre blassen Augen. Es war Charming, der seine Zigarette am Tisch ausdrückte, sich zu mir vorlehnte und ruckartig die Jacke von meinem Gesicht zog.

Ich kreischte. »Was machst du da?«

»Dir zeigen, dass du eine Idiotin bist!«, knurrte er.

»Lass los!« Abwechselnd zerrten wir an dem Stück Stoff.

»Du lügst dich doch nur selbst an. Du bist ein Hypochonder, nicht mehr.«

»Ich bin kein Hypochonder. Niemand, der mich ansieht, übersteht das. Ich habe einen beschissenen Gendefekt.«

»Wer redet dir denn solch einen Stuss ein? Aphrodite? Du hast keinen Gendefekt. Man hat dir nur solche Komplexe eingeflößt, dass du jede Lüge frisst, die man dir auftischt. Die Götter wollten dich kleinhalten. Das haben sie mit uns allen getan! Sieh dich nur an. Wir sehen deine Füße!«

»Hübsche Füße!«, warf O ein.

»Unglaublich hübsche Füße!« Bizarre starrte darauf. Erschrocken zog ich sie ein.

»Und deine Hände! Wir sehen deine Hände!«, knurrte Charming. »Nicht zu vergessen, deine Haare, die wie ein Wasserfall an dir herabfallen! Glaubst du wirklich, du rennst dein ganzes Leben lang herum und niemand sieht dich, weil du Handschuhe und eine Sonnenbrille trägst? Das ist alles nur in deinem Kopf! Wenn du das Gefühl hast, verdeckt zu sein, passiert gar nichts. Aber sobald jemand dein Gesicht sieht, bekommst du Panik und verlierst die Kontrolle über deine Kräfte und das, Warrior, macht die Menschen verrückt. Du brauchst einfach mehr Selbstdisziplin.« Ich erstarrte. Konnte das wirklich so sein? Charming nutze mein Zögern sofort aus und riss mir die Jacke vollends vom Gesicht.

Bizarre schlug sich schnell die Hände vor die Augen. »Ich will nicht wahnsinnig werden!«, schrie er.

»Siehst du?«, triumphierte Charming. »Es passiert gar nichts, das ist alles nur …« Der Satz blieb ihm im Hals stecken. Fasziniert starrte er mich an. Ich beobachtete, wie seine Pupillen zu Tellerminen wurden. Seine Finger hatte er in meinen Kragen gekrallt. Nackte Angst durchspülte meine Adern. Der Wahnsinn schlich sich bereits in seine Augen. Seine Persönlichkeit wurde ihm wie Dreck vom Gesicht gewischt. Fluchend riss ich mich los. Bloodclaw sprang von meiner Haut und schubste ihn zu Boden. O und Bizarre rissen die Augen auf, während ich mir schnell die Jacke überwarf. Bloodclaw knurrte, hielt den Gott am Boden fest, während ich mich wütend über ihn beugte. In seinen Augen lag ein extrem verwirrter Ausdruck.

»So viel zum Thema ich bin ein Hypochonder!«, fluchte ich und gab Charming eine saftige Ohrfeige, um ihn in die Realität zurückzuholen.

Er blinzelte und murmelte: »Hübsches Wuffi!« Todesmutig tätschelte er Bloodclaws Kopf.

Perplex sah der Höllenhund mich an. »Soll ich ihm die Hand abbeißen, Herrin Warrior?«

»Nein. Aber zwick ihn ruhig mal in den bescheuerten Hintern, nur so als Warnung.«

»Soo flauschiges Wuffi!«, säuselte Charming und kraulte Bloodclaw inzwischen den Bauch. Prompt wackelte der Höllenhund mit seinem Schwanz und verdrehte genießerisch die Augen.

»O ja, genau da!«.

»Du sollst mich hier verteidigen und nicht fremdgehen!«, entrüstete ich mich.

»Alles klar. Ich beiße ihm die Hand danach ab, Herrin Warrior! O ja.«

Ich knallte mir die Hand gegen die Stirn. So viel zum Thema Leibgarde. Murrend drehte ich mich um und blickte in zwei verdutzte Göttergesichter.

Bizarre hob die Hand. »Frage!«

Ich seufzte. »Schieß los.«

»Ist das dein … Wuffi?«

Wir blickten auf Charming und Bloodclaw, die sich am Boden wälzten. Der Hund hechelte und trat genießerisch mit den Hinterläufen aus, während Charming ihm weiterhin den Bauch kraulte.

»Ja, meiner. Bin nicht stolz drauf«, räumte ich ein.

Jetzt hob O die Hand.

»Ihr müsst euch nicht melden.«

»Oh, gut.« Ihre Hand sank nach unten, schoss aber gleich wieder nach oben. »Aber so grundsätzlich: Wird Charming diese Aktion überleben?«

Ich ließ mich neben die beiden fallen. »Ich denke schon. Der Augenkontakt war zu kurz. Gebt ihm einen starken Kaffee. Am Morgen wird er einen Brummschädel haben und wahrscheinlich Hundehaare im Mund. Aber das ist auch schon alles. Diesmal.«

»Mhm …« O schürzte die Lippen und musterte mich. Schließlich streckte sie die Hand aus und wackelte mit den Fingern. »Gib die Klamotten mal her, Bizarre. Warrior, ich habe da etwas für dich. Als gute Fee und so. Ich denke, das wird dein Problem lösen.«

»Welches denn?«, fragte ich kläglich.

Sie grinste schelmisch und nahm ein Bündel Kleider entgegen, das ihr Bizarre in die Hand drückte. »Ein paar davon. Wir schaffen dich erst mal aus dieser unmöglichen Jacke. Du siehst aus wie ein Goblin, der sich in einer Höhle versteckt. So kann das nicht weitergehen. Ich denke nämlich, dass Charming nicht ganz falschgelegen hat. Man sieht immer wieder Haut von dir, was zugegeben faszinierend ist, doch niemanden verrückt macht. Ich glaube, du kannst deine Kräfte noch nicht kontrollieren, einfach, weil man dir nie gezeigt hat, wie du es tun sollst. Zu deinem Glück hast du ja uns.« Sie kicherte. »Wir bringen dir bei, dich zu kontrollieren. Bis dahin wirst du das hier tragen.« Triumphierend hielt sie das Bündel nach oben.

Ich lugte mit wachsendem Unbehagen darauf. »Warum habe ich so ein komisches Gefühl, was das angeht?«

Sie grinste breit. »Glaub mir, Süße. Wir werden dich so verführerisch verpacken, dass Peace nicht mehr weiß, wo er hinschauen soll. Du versuchst vielleicht, es zu verstecken, aber dein Hintern ist phänomenal.«

»Was auch der Grund ist, warum ich ihn verstecke!«

»Weniger jammern!« Sie knallte mir die Kleidung in die Arme. »Mehr anziehen.«

»Und was machen wir mit ihm?« Ich nickte in Richtung Charming, der gerade glücklich am Boden einen Betonengel zu machen versuchte.

»Mhmpff, der rennt uns schon nicht weg. Du bist besser als jedes Valium. Wird man auch verrückt, wenn man an dir leckt? Scheidest du ein halluzinogenes Sekret oder so aus?«

Genervt stand ich auf. »In Anbetracht unserer Freundschaft werde ich jetzt so tun, als hättest du nicht gerade nach meinem Sekret gefragt, du glatzköpfige Irre.«

»Oho, sie wird frech.«

Ich zeigte ihr nur frech die Zunge und ging, beugte mich jedoch zuvor noch kurz über Charming und fragte nach den Toiletten.

»Hinten rechts und dann immer der Nase nach, Süße!«

Ich stieg über ihn hinweg. Bloodclaw begleitete mich. Dankbar drückte ich mich gegen seinen robusten Körper, lugte nach rechts und fand tatsächlich eine weitere Spiegeltür. Ich schlüpfte hindurch und stellte mich dem unsäglichen Kleiderhaufen, der aus mehr Leder denn Stoff bestand.

Ich starrte mich in den hohen Spiegeln an und wusste ehrlich nicht, was ich sagen sollte. O hatte mich inszeniert. Anders konnte man das nicht beschreiben. Das hinterhältige Biest hatte sich wirklich Gedanken gemacht, wie sie mich verhüllen und doch zugleich meine Vorzüge zum Vorschein bringen konnte.

»Was …« Ich leckte mir über die Lippen. »Was sagst du dazu?« Bloodclaw saß mit aufgestellten Ohren neben mir. Während ich mich umgezogen hatte, hatte er wie ein Wachhund vor der Tür gesessen und jeden angeknurrt, der hereinkommen wollte. Dementsprechend war ich alleine gewesen und hatte mich ganz ungeniert anstarren können. Was ich sah, das gefiel mir. Auch wenn ich das Outfit ein wenig übertrieben fand. Ich konnte mich nicht erinnern, wann das letzte Mal so viel Taille von mir zu sehen gewesen war. Abgesehen von der Woche, in der ich nackt in einem Zimmer gehockt hatte, natürlich. Ich trug eine eng anliegende Lederhose. Dazu Stiefel, die bis zu den Oberschenkeln reichten, und einen blutroten Mantel mit enger Taille und vergoldeten Knopfapplikationen. Die Jacke war wie bei einem Rock unten in Falten ausgestellt. Zierliche schwarze Handschuhe, aus denen die Haut an meinen Knöchel hervorblitzte, bedeckten meine Hände. Sie waren gar kein Vergleich zu den klobigen von zuvor. Die Jacke besaß auch eine große Kapuze, die allerdings durch ein kleines Accessoire überflüssig wurde: Eine schwarze Maske, die mehr als die Hälfte meines Gesichts verdeckte. Meine großen lilafarbenen Augen wurden durch den katzenhaften Schnitt der Maske nur noch mehr betont. Sie erschienen dunkler, rauchiger und wie ein sündiges Versprechen. Meine Lippen und das Kinn waren frei. Das Haar fiel mir in einer goldenen Kaskade über die Brust. Um es zu verstecken, hatte ich nichts, also schien O es als ungefährlich einzustufen.

»Ihr seht wie eine Göttin aus«, staunte Bloodclaw.

»Ich sehe aus, als würde ich zum Karneval gehen!«

»Nein. Die Maske ist dafür viel zu dezent. Sie sitzt wie angegossen. O hat sich viel Mühe gegeben.«

Ich starrte mich im Spiegel an. Normalerweise hätte ich mich niemals getraut, so etwas anzuziehen, aber die Angst, jemanden zu Verletzten, saß einfach zu tief. Trotzdem genoss ich es, ein Outfit zu tragen, das nicht wie ein Sack an mir herunterhing. Ich fühlte mich schön. Dieser Gedanke war mir so fremd, dass ich irritiert den Blick abwandte und aus der Toilette ging. Bloodclaw hechelte mir hinterher. Draußen musste ich mich sehr stark zusammenreißen, um nicht sofort die Kapuze über den Kopf zu ziehen oder mich in den Schatten zu verkrümeln. Ich würde das jetzt probieren. O wusste, was sie tat – und wenn ich ehrlich war, zog ich das hier Peace' T-Shirts oder Charmings Jacke allemal vor. Verkrampft ließ ich daher die Kapuze unten und ging zu unserem Platz zurück, wo Charming es mittlerweile geschafft hatte, sich in einen der Sessel fallen zu lassen. Auf seinem Kopf lag ein Geschirrtuch mit Eiswürfeln. Er stöhnte leise.

»Na, hast du einen Brummschädel?«, fragte ich leicht säuerlich, was die anderen Götter aufblicken ließ. Sie starrten mich an, die Augen so groß wie Unterteller. Os Kiefer renkte sich fast aus. Bizarre verschluckte sich an seiner Ambrosia.

Ich zögerte, trat unruhig von einem Bein aufs andere.

»Was?« Ich klang ein wenig bissig.

Selbst Charming hörte mit seinem dramatischen Gestöhne auf und linste mich ungläubig unter seinem Eistuch an.

»O mein Gott, du siehst … unglaublich aus!«, brach es schließlich aus Bizarre hervor. Er sprang einmal quer über den Tisch und presste mich verliebt an sich. »Man hat ja geahnt, dass unter diesen schrecklichen Klamotten ein hübsches Mädchen steckt, aber du siehst aus wie eine von Tautropfen geküsste Rose!«

»Ist das nicht ein wenig dramatisch?«, keuchte ich.

»Überhaupt nicht!«, quietschte nun auch O, die mich ebenfalls überschwänglich packte und dann nach Bizarres Händen griff. Zusammen hüpften die beiden wie die Irren im Kreis um mich herum. Ich war hilflos in ihrer Mitte gefangen.

»Unser Plan funktioniert!«, kreischte O mir ins Ohr.

»Wir sind unglaublich«, kreischte Bizarre zurück.

»Nicht so laut!«, stöhnte Charming. Seine Augen waren blutunterlaufen. Mein Einfluss schien ihm sehr zuzusetzen.

»Okay, das reicht jetzt! Ihr benehmt euch wie kleine Kinder.« Resolut machte ich mich aus unserer Dreierkreischrunde los. Schnell ging ich ein paar Schritte zurück. Ich haderte mit dem Gedanken, mir sofort wieder etwas Unförmiges über den Kopf zu werfen oder mir einen Kübel überzustülpen. Irgendetwas, indem es sich friedlich verstecken ließ. Doch Os Augen verengten sich zu schmalen Schlitzen. Sie schnappte sich meine Hand. »Wag es ja nicht, dich wieder zu verstecken. Du bist perfekt! Genauso wollte ich das und du bist eindeutig genug verdeckt, dass wir nicht alle wie Charming als sabbernde Kartoffeln am Boden landen.«

»Hey«, protestierte besagte Kartoffel schwach.

O ignorierte das rigoros und sah mir so streng in die Augen, dass ich sofort in Habachtstellung ging. Hatte ich schon erwähnt, dass diese kleine Göttin wahnsinnig einschüchternd sein konnte?

»Du wirst das anbehalten und du wirst stolz auf dich sein. Ich erlaube dir noch, kurz zu schmollen. Danach wirst du zu Peace zurückgehen und ihm gehörig den Kopf verdrehen. Und zwar so lange, bis Herzchen aus seinen idiotischen Augen fliegen. Dann werdet ihr eine glückliche Götterfamilie mit vielen kleinen Götterkindern gründen und rettet die Welt. Verstanden?«

Ich öffnete den Mund.

»Doch, du wirst mit Peace zusammenkommen. Basta!«

Ich klappte den Mund wieder zu und ließ mich neben Charming plumpsen. Dort nahm ich ihm den Eisbeutel ab und legte ihn mir selbst auf den Kopf. Mein Schädel dröhnte.

»Ey!«, protestierte der Gott schwach.

»Selbst schuld, du Besserwisser«, knurrte ich ihn an. »Wo ist jetzt eigentlich Brave?«

»Neben dir«, stöhnte der Gott.

»Mhm?«

Verwundert zog ich die Augenbrauen hoch. Sah mich um. Da waren nur O und Bizarre, die immer noch dümmlich grinsten. Der Tisch. Unsere Drinks. Eine Topfpflanze. Charming und Bloodclaw, der sich gerade schmatzend den Intimbereich putze.

»Muss das sein?«

»Ja, Herrin Warrior.«

»Mhm … na dann … Und du, veräppel mich nicht, Charming. Wo ist Brave?«

»Da, neben dir. Sage ich doch«, murrte er und wedelte mit den manikürten Fingern in Richtung der … Topfpflanze?

»Charming?«

»Ja?«

»Das ist eine Pflanze!«

»Deine Auffassungsgabe verblüfft mich immer wieder.«

»Wo ist Brave?«

»Die Pflanze!«

»Die Pflanze, was?«

»Die Pflanze ist Brave!«

»Die Pflanze ist Brave?«

»Der Kandidat hat hundert Punkte.«

»Willst du mich verarschen?«

»Nein. Er ging mir mit seinen ständigen Selbstmordversuchen auf die Nerven. Also habe ich ihn in etwas verwandelt, das mir nicht auf die Nerven geht. Außerdem sorgt er jetzt auch noch für ein wenig Fotosynthese. Er ist ziemlich gut darin.«

Die Pflanze wedelte mit den grünen Blättern. Oh. Mein. Gott. Im nächsten Augenblick stand ich über Charming und schüttelte ihm die Scheiße aus dem Leib. »Verwandle ihn sofort zurück oder ich lasse dich noch ein paar andere Körperteile von mir ansehen!«

»Oh, bitte nicht«, nuschelte er erstickt.

»Verwandle ihn zurück!«

»Grrr …«

»Sofort!«

»Grrrrr …«

»Äh … Warrior, ich glaube, du erwürgst ihn.« O sah eher amüsiert als besorgt aus.

»Er ist ein Gott, der kommt klar«, knurrte ich und schüttelte Charming fester. Trotz Unsterblichkeit lief er erstaunlich schnell blau an. »Verwandle ihn zurück!«

Ein Donnergrollen erfüllte den Raum. Schweiß brach auf Charmings Stirn aus.

»Okay, okay«, hechelte er. Ich ließ ihn los und er schnappte nach Luft. Er sah aus wie eine Backpflaume mit Eyeliner. »Himmel, Mädchen! Niemand kann behaupten, in dir würde nicht genug kriminelle Energie für den Götterjob stecken.«

»Zurück!«, sagte ich streng und deutete auf den armen und mit den Blättern wackelnden Pflanzen-Brave. Warum war mir das nicht schon früher aufgefallen? Dem Haufen Blätter auf dem Boden nach zu urteilen, musste Brave inzwischen schon oft hilferufend gewackelt haben. Charming stöhnte, fuhr sich durch das inzwischen komplett zerstörte Haar und hievte sich aus dem Sessel. Funken sprühten von seinen Fingern. Seine Macht wackelte wie betrunken um die Ecke. Trotzdem prickelte meine Haut.

»Schön. Ich mache ja schon. Du musst nicht so brutal sein …« Etwas klirrte laut. Er verdrehte die Augen in den Höhlen und sackte zusammen. Verblüfft starrten wir ihn an.

»Vielleicht hatte es ihn doch schlimmer erwischt als gedacht?«, sinnierte Bizarre, stockte jedoch ebenfalls.

Hinter Brave stand eine wunderschöne Frau mit schokoladenfarbenem Haar und giftgrünen Augen. In der Hand hielt sie eine zerbrochene Ambrosia-Flasche, die sie Charming über den Schädel gedonnert hatte. Ihre Finger mit den langen und spitzen roten Nägeln krampften sich fester um die Flasche.

»So!«, zischte sie. »Wo ist dieses Flittchen, das mir meinen Mann ausspannen will?«

Kapitel 20
Peace. Gehört. Mir

Ich musste mich schwer zusammenreißen, nicht in heller Panik auf Bizarre zu zeigen und davonzulaufen. Da stand Shame. Peace' Frau. Wie eine Rachegöttin ragte sie über uns allen auf. Ihre Macht peitschte wie ein Rudel Giftschlangen hervor und schnappe mit messerscharfen Zähnen nach uns. Bizarre brüllte. Ihr stechend grüner Blick zuckte über unsere kleine Runde hinweg und blieb schließlich an mir hängen. Mir blieb die Luft weg. Ich hatte noch nie so viel Boshaftigkeit in einem Blick gesehen. Obwohl mein Instinkt zur Flucht schrie, gab es da die Göttin in mir, die genauso boshaft zurück zu Shame starrte. Das hier war die Schlampe, die meinen Gefährten für sich beanspruchte.

»Du!«, stieß Shame hervor.

»Ich!«, erwiderte ich patzig.

Die Gottmutter fletschte die Zähne. Pures Gift strömte ihr dabei aus den Mundwinkeln. Wie Geifer tropfte es zu Boden und fraß ätzende Löcher in den Boden. Bloodclaw knurrte und stellte sich sofort neben mich. Guter Hund.

Shames Blick zuckte zu dem Höllenwesen. »Seit wann lassen wir Ungeziefer aus Abaddon in den Tartaros? Willst du mich mit diesem Schoßhündchen einschüchtern? Ich habe keine Angst vor einem Nichts wie dir.«

»Das Nichts rammt dir gleich ihre Faust in die Fresse, wenn du nicht sofort verschwindest.«

»Uhhh«, murmelte Bizarre. Ich konnte ihn ganz klar und deutlich »Bitchfight« flüstern hören. O sah uns nur mit der Selbstzufriedenheit einer Katze an, die gerade den Kanarienvogel gefressen hatte. Ich funkelte sie an. Sie hatte gewusst, was passieren würde. Sie hatte gewusst, dass Shame hier auftauchen würde, und mich daher kurz davor in dieses Outfit gesteckt. Shame aus den Augen zu lassen, entpuppte sich als eine äußerst schlechte Idee, denn bevor ich auch nur mit der Wimper zucken konnte, steckte plötzlich die abgebrochene Flasche in meinem Bauch. Mir klappte der Mund auf. Shame grinste finster, holte aus und gab mir eine solch heftige Ohrfeige, dass ich nach hinten fiel und den Tisch samt Getränken mit mir umriss. Die anderen sprangen auf. Ich war so entsetzt, dass es nicht einmal wehtat. Silbernes Blut sprudelte aus der Wunde an meinem Bauch und eines der abgebrochenen Stuhlbeine hatte sich in meine Schulter gespießt.

Das Knirschen von High Heels auf Glas war zu hören, bevor Shame mich mit der Kraft eines Bullen an den Haaren packte und wieder auf die Beine zerrte. Ich schrie auf, Tränen schossen mir in die Augen. Holzsplitter flogen in alle Richtungen, während Shame Gift und Galle spuckend ihre Krallen in mir versenkte. »Du kleines Luder, glaubst, mir einfach mein Leben nehmen zu können? Meinen Mann? Meinen Platz? Meine Macht?« Spucke spritzte von ihren Lippen, traf meine Haut und fraß sich ätzend hindurch. »Glaubst du, ich würde an der Spitze stehen, wenn ich dreckige kleine Maden wie dich unbehelligt ließe? Sprich deine letzten Worte, denn in drei Minuten werde ich mit deinem Dünndarm die Innendekoration neu gestalten.«

Ich fletschte die Zähne. »Fass!«

Bloodclaw gehorchte, sprang der Göttin in den Rücken und riss sie brutal zurück. Sie stolperte nach hinten, wich den schnappenden Zähne aus und stieß ihre eigenen langen Giftnägel in die Flanke des Höllenhundes. Ich hörte den Hund vor Schmerzen jaulen. Sein Leib bog sich durch – wie der eines Fisches auf dem Trockenen. Shame, dieses Miststück, fauchte und trat dem sich vor Schmerzen windenden Höllentier so fest gegen den Schädel, dass es am Boden aufschlug.

»Blood!«, schrie ich entsetzt und stolperte nach vorne.

Augenblicklich nahm Shame mich mit ihren grünen Schlangenaugen ins Visier. Ein irres Lächeln machte sich auf ihren sinnlichen Lippen breit. »You are next, Sweetheart!«, flötete sie und leckte sich einen Tropfen aus dem Mundwinkel.

»Fick dich«, gab ich zurück und riss mir fluchend die Flasche aus dem Körper. An das Stuhlbein kam ich leider nicht heran, also ließ ich es einfach stecken. Wenn dieses Schlangenmistvieh ein Problem mit mir hatte, war das eine Sache, aber wenn sie meinen Freunden wehtat, würde ich ihr so fest in den Arsch treten, dass sie ihre Silikonbrüste wieder ausspuckte. Shame lachte nur und bemerkte nicht, wie sich Bloodclaw aufrappelte und sich mit einem einzigen großen Sprung in ihrem Nacken verbiss. Kräftig schüttelte er den Schädel. Jedem normalen Menschen hätte er damit das Genick gebrochen, doch Shame röchelte nur verblüfft und begann in einem überirdischen Glanz zu leuchten. Ihre Haut zitterte, als zwei exakte Doppelgänger von ihr aus ihrem zierlichen Körper sprangen. Diese packten den Höllenhund und rissen ihn von dem Original fort.

»Mistvieh!«, fluchte die Göttin, deren Gesicht und Hals von tiefen Schrammen zerfurcht waren. Während ihre Kopien den Hund nach unten drückten, rammte sie ihm einen ihrer grünen High Heels ins rechte Auge. Ich schrie wütend auf, doch da war es schon zu spät. Der Hund war tot und zersprang in Rauchpartikel, die auf meine Haut zurückkehrten.

»Das war schon alles?«, höhnten die drei Shames wie aus einem Mund und kamen mit wiegenden Hüften auf mich zu. Als wäre eine Bitch nicht schon schlimm genug. Das war der Augenblick, in dem mein kaum noch vorhandener Geduldsfaden riss. Meine Haut kribbelte, während mir die großen Flügel aus dem Rücken hervorbrachen und wütend um meinen Körper peitschten. Lampen brannten aus. Leute schrien panisch, als der Boden zentimeterdicke Risse bekam. Ich zeigte ihr gekonnt den Mittelfinger. Donner hallte durch den Raum. Wie zwei tollwütige Pitbulls knurrten wir uns an. Mein nächster Impuls war es, den Basilisken frei zu lassen. Ich fühlte seinen Schlangenkörper unruhig über mein Handgelenk streichen. Seine Schwanzspitze kitzelte meine Handinnenfläche. Er war eindeutig bereit für einen Ausflug. Trotzdem zögerte ich. Keine Ahnung, warum. Diese Frau weckte in mir so viel Abscheu, dass mein Denken komplett aussetzte. Alles, was ich in ihr sah, war ein Hindernis, das es zu beseitigen galt. Ihr schien es ähnlich zu gehen, denn wir rannten beide im gleichen Augenblick los und krachten zusammen. Die beiden Shames verpufften zu kleinen Pfützen aus Gift, die den ohnehin schon zerrissenen Boden noch löchriger werden ließen. Kämpfend stürzten wir zu Boden. Ihre Finger in mein Haar gekrallt, meine um ihren Hals. In einem Wirbel aus Federn, Gift und Magie rollten wir durch den Raum. Ich schlug mit den Flügeln aus, traf sie mitten ins Gesicht und ließ sie einen Haufen Federn schlucken. Shames Kopf schlug hart am Boden auf. Sie krächzte und biss mir in den Flügel. Pures Gift breitete sich in meinen Adern aus. Ich fluchte und rammte ihr – wie zuvor versprochen – meine Faust ins Gesicht. Das befriedigende Knacken ihrer Nase ließ mich sogar den rasenden Schmerz vergessen. O und Bizarre schienen indessen die Cheerleader zu mimen. Zumindest schrie Bizarre mir zu, wie heiß das alles aussah. O wackelte aufgeregt mit der Brave-Topfpflanze, die vor Aufregung erneut ein paar Blätter verlor. Ein harter Tritt in den Magen löste meinen Blick von der Gruppe. Zusammen krachten wir direkt durch die Spiegeltür. Es klirrte. Leute schrien auf und brachten sich schnell vor uns und den Splittern in Sicherheit. Mit enormer Kraftanstrengung machte ich mich von Shame los, die mir dabei einen Haufen Haare ausriss, packte meinerseits ihren Schopf und schleuderte sie gegen die Bar. Flaschen voller Ambrosia gingen zu Bruch. Das blutrote Getränk lief über den Boden, zog eine rutschige Spur hinter sich her, während Shame wütend fluchte, ihre ausgekugelte Schulter packte und zurückdrückte. Es knackte. Sie schüttelte ihre Finger aus. Beinahe bewunderte ich ihre Coolness. Aber nur beinahe. Im nächsten Augenblick stand ich erneut weiteren Shame-Doppelgängern gegenüber, die mich wie eine zischende Horde Schlangen ansprangen. Zwei von ihnen verbissen sich in meine Arme, eine in meinen heilen Flügel, während die letzte Shame ausholte und mir einen ihrer High Heels gegen die Stirn rammte. Mein Schädel knackte hörbar. Ich fühlte, wie mir klebriges Blut über das Gesicht strömte. Der Schmerz der Bisse war unglaublich. Die Säure fraß sich in Sekundenschnelle durch meinen Körper und legte meine Organe lahm. Ich konnte nicht mehr atmen, nicht mehr sehen. Als ich aufschlug, spürte ich nur dumpf, wie sich die echte Shame auf mich setzte und mir heftige Ohrfeigen verpasste, die meinen Kopf hin und her schleuderten.

»Peace. Gehört. Mir«, kreischte sie ohrenbetäubend. Gift sprühte auf mich herab. Ich schrie auf. So musste es sich anfühlen, in Säure aufgelöst zu werden. Meine Haut platzte auf. Blut quoll hervor, während mein Fleisch sich zischend zersetzte. An meinem Handgelenk ruckte es. Der Basilisk kämpfte sich frei. Sein mächtiger Körper wuchs. Schwoll an, wurde so groß, dass er die Decke des Clubs sprengte und Betonbrocken auf uns herabfielen. Absolutes Chaos herrschte. Die meisten Götter flüchteten nun endgültig aus dem Club. Nur wenige idiotische Gaffer blieben am Rand stehen und sahen sich das Spektakel weiter an. Der Basilisk brüllte. Shame riss die Augen auf. Ha! Damit hatte die Schlampe nicht gerechnet! Korrigiere. Plural. Ihre Doppelgänger wichen einen Schritt zurück. Sie zischten unruhig, doch da schoss die Schlange bereits herab und fraß gleich zwei auf einmal. Ohne zu schlucken, schlang sie die Doppelgänger hinunter. Der Basilisk schien sich auch nicht großartig um das Gift zu kümmern. Die übrigen Doppelgänger wurden beinahe genauso schnell ausgelöscht. Die eine zu Brei zerschlagen, von einem gewaltigen Schlangenschwanz, der sie zu Boden wälzte. Die andere musste als Nachspeise und Zahnstocher herhalten.

»Wenn du nicht auch gefressen werden willst, lässt du mich jetzt besser los«, röchelte ich und spuckte Blut in Shames Gesicht. Wie ich, so war auch sie über und über von Blut getränkt. Die Göttin fletschte die Zähne, rührte sich aber nicht vom Fleck. Der Basilisk zischte laut, sprang nach vorne, sperrte das Maul auf und wurde von einem heftigen Blitz nach hinten gerissen. Sein Maul qualmte, während er gequält aufschrie. Ein zweiter Blitz traf ihn, diesmal so heftig, dass einer seiner drei Köpfe zerplatzte. Ich schrie mit ihm auf und rief ihn zurück. Die Schlange krümmte sich, schrumpfte in Sekundenschnelle und sprang auf meine Haut zurück. Shame war über mir erstarrt. Sie hatte die giftigen Nägel in meiner Kehle vergraben und starrte in das gähnende Loch, das einmal der Eingang des Clubs gewesen war. Ich folgte ihrem Blick und wusste instinktiv, wen ich dort sehen würde. Peace. Mir blieb das Herz stehen. Mit kalter Miene stand er in all dem Chaos und beobachtete uns. Blitze zuckten von seiner Haut, während seine Augen so kalt waren, dass der Boden zu Eis gefror. Etwas in mir reagierte sofort. Der

Raum erzitterte unter dem heftigen Donnergrollen, das tief aus meinem Inneren hervorbrach. Neue Macht pulsierte durch meine Adern, ließ mein Blut singen. Ich stieß Shame von mir herunter. Trotzdem sah sie nicht mich an, sondern nur ihn. Eifersucht wallte in mir auf, als ich feststellte, dass auch seine Aufmerksamkeit einzig ihr galt.

»Liebster …« Sie klang jämmerlich. Giftgrüne Tränen quollen ihr über die Wange und fraßen ätzende Löcher in ihre Kleidung. »Ich habe nur … ich wollte doch nur …«

Peace kam auf uns zu. Nein. Er kam auf sie zu und nahm ihre zitternde Hand in seine. »Habe ich nicht gesagt, dass du dich von ihr fernhalten sollst?«, fragte er so leise, dass ich ihn gerade verstand. Shames Lippen zitterten. Peace war wieder kurz davor, sich in einen lebenden Blitz zu verwandeln. Seine Haut leuchtete bereits unter all der Elektrizität, die durch seine Adern jagte. Ich schmeckte Ozon auf der Zunge. Spätestens jetzt flüchteten auch die letzten Zuschauer. Ich wollte es ihnen nachmachen und unauffällig davonlaufen.

»Du bleibst!« Ich verharrte stocksteif in der Bewegung. Peace' Blick spießte mich beinahe auf. Da war so viel Wut in seinen Augen, das nicht mehr viel fehlte und er würde explodieren. Und ich mit ihm. Shame wimmerte. Sie wollte ihn berühren, wurde aber von einem harten Stromschlag zu Boden geschleudert.

»Baby!«, sagte sie. »Man redet über uns. Noch schlimmer: Man lacht uns aus und du lässt es einfach zu. Wir stehen an der Spitze, Peace, und falls du das schon vergessen haben solltest, du wolltest mich! Ich habe mir den Platz an deiner Seite hart erkämpft. Ich habe mich als Gottmutter würdig erwiesen und habe einfach alles für dich getan. Zwanzig Jahre lang! Zwanzig verfluchte Jahre habe ich dich unterstützt, dich geliebt. Dich näher an deine Ziele gebracht – mit allen mir zur Verfügung stehenden Mitteln. Das alles hier ist auch mein Werk, nicht nur deines. Und dann soll ich auf einmal Däumchen drehen und die Tatsache ignorieren, dass dich irgendeine Göre mir wegnehmen möchte? Dass du wegen ihr schon seit Tagen schlecht gelaunt bist und deine Pflichten vergisst? Ich wollte dir nur helfen. Wir sind doch ein Team. Du und ich. Wir bewahren uns vor Fehlern. Und das da …«, unterbrach sie sich und spuckte mich an, »… ist ein gewaltiger Fehler.« Ihre zitternde Stimme verwandelte sich in ein Zischen.

Peace explodierte. »Hier geht es nicht um dich! Es geht nicht um sie. Es geht nicht um deine Gefühle. Es geht hier um die Tatsache, dass wir nicht mehr zu trennen sind. Stirbt sie, muss auch ich dran glauben. Willst du das? Alles verlieren, wegen deiner bescheuerten Eifersucht?«

Shame kniff die Lippen zusammen. »Aber …«

»Geht das nicht in deinen dämlichen Schädel?«, brüllte Peace. Ich hatte ihn noch nie so wütend erlebt. Die Sehnen an seinem Hals traten gefährlich hervor. »Wir sind Gefährten und miteinander verbunden. Sie ist mein Schwachpunkt, den du, wenn überhaupt, beschützen und nicht in Stücke zerfetzen sollst.«

»Ich habe nicht …«

»Sieh sie dir doch an!«, brüllte er und verhinderte damit einen weiteren Fluchtversuch meinerseits. Verdammt! Trotzig verschränkte ich die Arme vor der Brust, was dank meiner immer noch aufgeplatzten Haut schrecklich wehtat.

»Sieht das nach In-Ruhe-Lassen aus?« Er atmete schwer, hyperventilierte fast. »Wie viel Gift hast du in sie reingepumpt? Ich will nie wieder sehen, dass du sie auch nur mit dem kleinen Finger berührst. Ansonsten verlierst du deinen Platz in der Elite. Hast du mich verstanden?«

»Aber sie …«

»Hast du mich verstanden?«

Shame schloss die Augen. Ihre Finger krallten sich in den zerschlagenen Boden. »Verstanden!«, würgte sie demütig hervor.

Peace starrte sie nieder. »Widersetz dich mir nie wieder. Das nächste Mal überlebst du es nicht!«, grollte er, bevor er den Kopf hob und mir mit einer herrischen Geste zu versehen gab, dass ich ihm folgen sollte.

Ich zögerte. Hatte aber Angst, dass er uns alle in die Luft sprengen würde, wenn ich mich jetzt weigerte. Ich blickte mich um und sah wie durch ein Wunder die Brave-Pflanze verlassen in einer Ecke stehen. Ein bisschen verstaubt, aber unversehrt. Von O und Bizarre fehlte jede Spur. Die Angsthasen mussten sich verkrümelt und mich meinem Schicksal allein überlassen haben.

»Warte kurz«, bat ich und ging in die Ecke, wo ich Brave behutsam hochhob. Die Pflanze zitterte. Ein Prickeln im Nacken war die einzige Warnung, die ich bekam. Peace' Schrei folgte Sekunden danach.

»Shame, nein!« Reflexartig fuhr ich um die eigene Achse, ließ Brave fallen und sah, wie die Göttin auf mich zuschoss. Es blitzte auf, als sie eine lange abgebrochene Metallstange vom Boden aufhob. Sie war in etwa so lang wie ein Unterarm. Das Ende war an der Bruchstelle messerscharf und erinnerte mich an einen Schürhaken. Shame holte aus und stach zu. Obwohl ich auszuweichen versuchte, war die Schlangengöttin schneller. Ihre Bewegungen verschwammen regelrecht, so schnell rammte sie mir das Ding in den Brustkorb. Es schmatzte ekelhaft. Ich spürte ein kaltes Brennen, als das Metall an meinen Rippen vorbeischrammte, Muskeln und Sehnen zerriss, bevor es hinten am Rücken wieder heraustrat. Mir entfuhr ein verblüfftes Röcheln. Shame stattdessen guckte verzückt auf ihre Hand, die immer noch die Stange umklammert hielt. Ihre Augen strahlten hell wie Saphire. Die Lippen waren von ihrem eigenen Gift aufgeplatzt und bluteten.

»Ich gewinne immer«, teilte sie mir beinahe freundlich mit. »Ich gewinne, nicht du. Er gehört mir.«

Mein Herz stolperte. Peace fluchte, während er auf uns zurannte. Die Welt verlangsamte sich. Schon das zweite Mal an diesem Tag. Ein seltsames Gefühl der Ruhe überkam mich. Der Dunst in meinem Kopf klärte sich. Das Blut tropfte langsam unter der Metallstange hervor, obwohl es eigentlich wie ein Wasserfall aus mir herausschießen sollte. Aber etwas in mir hatte keine Lust mehr, jetzt noch Shames Spielchen zu spielen. Schwach zu sein. Ich hob den Blick und sah der Göttin in die grünen Augen. Ein Lächeln zuckte über meine Lippen. Ich packte die Stange und zog sie mit einem einzigen Ruck heraus. Es blutete nicht einmal. Shame stolperte in Zeitlupe zurück. Ihre Augen waren ein schlangengrüner See, in dem sich ihre Seele spiegelte. Ich hob die Hand, packte ihr Gesicht und drückte sie ohne jeden Widerstand zu mir hinab. Etwas in mir regte sich. Wie ein Reflex, von dem ich nicht einmal wusste, dass ich ihn besaß. Ein Brodeln reiner Magie, das mich umspülte und ohne mein Zutun handelte. Ein Schalter war umgelegt. Ich handelte nur noch Instinktiv.

»Falsch. Nicht nur er, auch du gehörst mir«, hauchte ich mit einer Stimme, die fremd in meinen Ohren klang.

Shame zitterte, als würde sie auf Biegen und Brechen versuchen, sich meinem Befehl zu widersetzen. Doch ich unterdrückte ihre ängstlich aufpeitschende Magie und drückte ihre Lippen auf meine. Shame stöhnte, schrie ängstlich, als ich zu saugen begann. Gierig holte ich Luft und saugte ihre Seele ein. Die Göttin bebte über mir. Ihr Körper wurde brüchig und zerfiel in giftgrüne Partikel, die sich im Kreis drehten, bevor sie sich auf meiner Haut absetzten. Mein Körper fühlte sich schwer an. Übersättigt. Trotzdem ließ ich zu, dass auch der letzte Rest von Shame mich ausfüllte. Sie schmeckte nach saurem Apfel, Zimt und einem Hauch von Gift, das auf der Zunge prickelte. Ich schwankte. Die Zeit beschleunigte sich wieder. Peace stolperte, kam vor mir zum Stehen, fing mich gerade noch rechtzeitig auf. Meine Beine waren wie Pudding.

»Warrior! Was hast du getan? Warrior?«, fragte er mit eindeutiger Panik in der Stimme und strich mir sanft das Haar aus dem Gesicht. Ich blinzelte müde.

»Warrior!«, knurrte Peace. »Sag was!«

»Mir ist schlecht.«

»Was?«

»Ich muss kotzen!« Ich würgte. Die Partikel, die noch vor wenigen Sekunden Shame waren, kamen in Bewegung. Ich fühlte sie in mir rumoren. Ihren Zorn und ihre Eifersucht, die mich von innen heraus zerfraßen. Ihre Macht war viel zu schwer. Es war zu viel, um es noch länger in mir behalten zu können.

»Warte!«, befahl Peace und hob mich kurzerhand in seine Arme. Uiii. Ich konnte mir ein glückseliges Seufzen nicht verkneifen. Gott! Diese Oberarme! Irgendwann würde ich ein Gedicht über sie verfassen. Oder ein Haiku. Oder ein Sonett.

»Hältst du noch kurz durch?«

Ich presste die Hände gegen den Mund und würgte. Tränen stiegen mir in die Augen. Aber ich nickte tapfer. Peace erwiderte mein Nicken und wollte losgehen, doch ich zappelte schwach und deutete vielsagend mit dem Kopf auf den Topfpflanzen-Brave, der vor Aufregung fast kahl war. Peace musterte die Pflanze, dann mich. Er zog eine blaue Augenbraue hoch. Ich konnte mir ein Schmunzeln nicht ganz verkneifen, auch wenn mir dabei ein bisschen Shame aus dem Mund spritzte.

»Muss ich ihn mitnehmen?«

Ich rülpste als Antwort.

Er seufzte und in diesem kurzen Augenblick sah er mich mit so viel Wärme und Zuneigung an, dass seine Augen wie flüssiges Silber schimmerten. Leider war der Moment genauso schnell wieder vorbei.

»Nimm du ihn mit!«, fuhr er mich ruppig an und senkte seine Arme so weit, dass ich den oberen Zipfel der Pflanze packen konnte, bevor uns der junge Gott auch schon aus dem zerstörten Club schleppte. Charming würde einen Herzinfarkt bekommen, wenn er das Schlachtfeld alias Club zu sehen bekam. Klammheimlich hoffte ich, dass er noch ein bisschen länger ohnmächtig und verschollen blieb. Hoffentlich hatten O und Bizarre ihn mitgenommen. Peace kletterte behände über Schutt, Beton und etwas, das wie die kläglichen Überreste des Kronleuchters aussah, bevor er die Straße erreichte. Seine Füße flogen nur so über den Asphalt. Schwärze zog an uns vorbei. Zuckende Lichter. Neugierige Gesichter. Das Prickeln von Macht war auf meiner Haut zu spüren, wann immer wir an einem Gott vorbeihechteten. Ich atmete heftig. Konzentrierte mich darauf, Shame in mir zu behalten, die rigoros meinen Magen umdrehte. Peace presste mich fest an sich. Ich schloss die Augen und sog tief seinen Geruch nach Ozon, Schnee und Magie ein. Gänsehaut breitete sich auf meiner Haut aus. Ich spuckte ihm ein wenig Shame aufs schwarze Hemd.

»Gleich da«, versprach er mir. Sein Atem kitzelte mein Ohr. Ich hatte keine Ahnung, wo er mich hinbrachte. Zurück ins Penthouse? Eine kühle Brise mit dem Geruch nach Desinfektionsmittel und künstlicher Zitrone streifte mein Gesicht. Ich linste. Wir befanden uns an einem Ort, den ich kannte. Ich hatte von ihm geträumt. Es war dieser schräge Operationsaal, der immer noch heillos vollgestopft mit Büchern, brodelnden Reagenzgläsern, Operationskrimskrams und metallenen Tischen war. Der Doktor lehnte im Türrahmen und zog seine Augenbrauen steil nach oben, als Peace mit mir und der Brave-Pflanze im Arm vorbeirannte.

»Was …«

»Komm mit!«, befahl er und trug mich an dem Raum vorbei, einen grün gekachelten Flur entlang, wo er eine große eiserne Tür aufstieß. Sie quietschte, als wäre sie seit Jahren nicht geölt worden. Licht ging blinkend an. Es war so grell, dass es in den Augen schmerzte. Die

Übelkeit schwappte einmal mehr über mich hinweg. Lange würde ich Shame nicht mehr in mir halten können.

»Was ist denn los?«, verlangte der Doktor zu wissen.

»Du wirst es sehen!« Peace stellte mich auf die Füße. Ich schwankte. Wir befanden uns in einem leeren weißen Raum, der an eine Zelle erinnerte. Der Doktor hatte sich hinter einer Glasscheibe positioniert und verfolgte das Geschehen.

»Jetzt kannst du kotzen!«, wies Peace mich an.

Ich tat ihm den Gefallen. Würgend bäumte ich mich vor und erbrach alles, was ich von Shames Seele geschluckt hatte. Die Partikel zitterten, lösten sich von meiner Haut. Krämpfe schüttelten mich. Warfen mich zu Boden, wo ich mich hilflos wand, während mir Shame aus jeder verfügbaren Körperöffnung floss. Ich bekam keine Luft mehr. Ich öffnete den Mund, um zu schreien, stattdessen floss die Seele daraus hervor. Sie sammelte sich in einer Pfütze am Boden. Dehnte und streckte sich mit jedem weiteren Schwall, den ich auf den Boden spuckte. Ich fühlte Peace' kalte Hand in meinem Nacken. Stark, tröstend, ein Fels in der Brandung, während ich mich nur noch heftiger erbrach. Die Seelenpfütze wuchs. Es kam mir wie Stunden vor, die ich um Atem ringend mein Innerstes nach außen kehrte. Schließlich kam nichts mehr. Ich lag schwitzend auf dem Boden und hörte ein nerviges Summen in meinen Ohren. Shames Seele setzte sich indessen wieder zusammen. Unaufhaltsam fügte sie sich erneut zu körperlichen Proportionen zusammen. Haare, Augen, Mund, Nase, Hals, Arme, Beine. Schließlich stand sie wieder vor uns. Ihr Mund öffnete sich. Kein Laut kam heraus. Sie blinzelte. Ich blinzelte zurück. Peace neben mir zitterte so heftig, dass ich selbst in meiner Erschöpfung zu ihm aufsah. Jetzt lacht er. Peace lachte! Aus vollem Hals. Er warf den Kopf nach hinten, hob mich in seine Arme und küsste mich innig auf die Lippen. Ich starrte ihn nur belämmert an. Mein Körper kribbelte.

»Du bist der Schlüssel!«

»Was?« Ich war noch zu geschockt von dem Kuss und zu erschöpft von dieser elenden Kotzerei, um klar denken zu können.

Peace lachte wieder. Es war wunderschön. Dieses Lachen musste eindeutig patentiert werden. Es ließ meine Seele leuchten.

»Hast du das gesehen?«, fragte er und drehte sich zu dem Doktor um.

Der Arzt hatte sich gegen die Scheibe gelehnt. Seine Stirn war gerunzelt. »Ich bin mir nicht sicher«, sagte er schließlich. Die Stimme klang durch das Glas gedämpft.

»Wie kannst du dir da nicht sicher sein?« Sofort klang Peace wieder gereizt und presste mich wie einen Teddy an sich. »Sie ist der Schlüssel! Das, was uns noch gefehlt hat.«

»Weil sie Shame erbrochen hat?«

»Weil sie Götter gefangen halten kann!«, hielt Peace dagegen. »Die Griechen waren trotz Alter immer noch zu mächtig. Wir konnten sie nicht einfangen und einsperren, ohne dabei eine halbe Naturkatastrophe zu verursachen. Aber sie …« Er schüttelte mich. »Sie kann es.«

»Mhm …«, murmelte der Doc. Sein Stirnrunzeln war ungebrochen. »Kann sie das denn immer?«

»Was soll das heißen? Natürlich kann sie das immer!« Sein Blick zuckte zu mir runter. »Oder?«, schob er hinterher.

»Äh …«, krächzte ich ziemlich überfordert. »Ich habe keine Ahnung, war das erste Mal, dass ich eine Göttin gegessen habe.«

»Also, das sah jetzt nicht direkt nach etwas zum Essen aus«, brummte der Doc.

Peace ignorierte ihn, stattdessen hob er mich in seinen Armen so hoch, dass meine Füße in der Luft baumelten.

»Du … Du hast das noch nie zuvor gemacht?«, fragte er mich.

»Äh … nö. Wann hätte ich das denn tun sollen?«

»Aber du hast es doch gerade getan!« Er schüttelte mich so heftig, dass mein Kopf hin und her schlackerte.

»Jaaa, aber keine Ahnung wie.«

»Peace. Du solltest aufhören, ein Wunder aus Warrior schütteln zu wollen«, mahnte der Doktor streng. »Lass uns erst mal untersuchen, was sie genau kann. Lass sie ein wenig üben. Was auch immer sie da gerade getan hat, könnte auch einmalig gewesen sein. Vielleicht funktioniert es auch nur in speziellen Fällen. Bevor du also hier großartig Pläne schmiedest, sollten wir uns das genauer ansehen.«

»Aber sie ist der Schlüssel!«, beharrte Peace stur. Seine Finger gruben sich dabei so fest in meine Unterarme, dass es wehtat. Ich zappelte protestierend mit den Beinen.

»Es hat einen Grund, dass sie ausgerechnet jetzt zu mir gekommen ist. Sie ist der Schlüssel, alter Freund.«

Shame starrte Peace indessen wie ein getretenes Hündchen an. »Du hast sie geküsst«, flüsterte sie, ihre Stimme brach. Beinahe tat sie mir leid.

»Ich werde sie so oft küssen, wie ich es möchte!«, fuhr Peace sie an, ohne ihre bebende Schmolllippe auch nur eines Blickes zu würdigen.

»Wie kannst du nur …« Ihr Atem ging so heftig, dass ich Angst bekam, ihr perfekter Busen könnte jeden Moment aus dem tiefen Ausschnitt kullern.

»Ich? Wie kannst du nur! Aber das ist im Augenblick vollkommen nebensächlich. Kannst du das noch mal tun, Warrior?« Peace starrte mich an.

Ich guckte wie ein Schaf. »Was genau?«, krächzte ich leicht panisch.

Peace schnaubte ungeduldig. »Kannst du ihre Seele noch einmal in dir aufnehmen?«

»Können oder wollen?«, gab ich zurück.

»Können!«, blaffte er. »Mach!« Wie einen Hund trat er mich praktisch in Richtung Shame, die mich hasserfüllt anstarrte.

Ich stolperte, fing mich wieder und fuhr zu Peace herum. »Sag mal, spinnst du? Ich werde das jetzt ganz sicher nicht machen.«

»Tu es!« Er war so angespannt, dass die Sehnen an seinem Hals hervortraten. In diesem Augenblick wusste ich wieder, warum ich ihn anfänglich so gehasst hatte. Warum hatte ich eigentlich je damit aufgehört?

»Nein!« Ich verschränkte die Arme vor der Brust.

»Tu es oder ich werde …«

»Oder du wirst gar nichts«, unterbrach der Doktor Peace in seiner Drohung, die er mit Garantie noch bereut hätte. Dafür hätte ich gesorgt. »Lass es für heute gut sein, Peace. Warrior sieht aus, als würde sie jeden Augenblick umkippen. Sie ist vollgepumpt mit Gift und Magie. Heute passiert hier gar nichts mehr. Egal, was du dir in den Schädel gesetzt hast. Bring sie raus. Jetzt.«

»Ja, Peace, jetzt!«, äffte ich den Arzt nach und schwankte dabei leicht.

Peace rang sichtlich mit sich. Sein Blick huschte zwischen mir und Shame hin und her.

»Morgen«, teilte er mir schließlich mit. »Morgen wirst du das wiederholen.«

Ich ersparte ihm eine Antwort. Sollte er doch zur Hölle fahren. Leider war ich aber auch zu schwach, um selbstständig aus diesem verfluchten Texas-Chainsaw-Massacre-Verlies herauszuwanken. Mister Frostiger-Vollidiot schien das auch zu bemerken, denn er hob mich kommentarlos hoch. Als er Anstalten machte hinauszugehen, schnellte Shame nach vorne und packte sein Hosenbein. Ein wilder Ausdruck huschte über ihr schönes Gesicht. »Und was ist mit mir?«

»Du bleibst hier!«, knurrte Peace. »Diese Zellen müssen sowieso auf Ausbruchsicherheit getestet werden. Und falls ich morgen irgendwann nicht mehr den Drang verspüre, dir den Hals umzudrehen, werde ich dich für Warriors Ausbildung brauchen.«

»Waaaaas?«

»Niemals!«

Das Erste kam ziemlich schrill von mir. Das Letzte von Miss Wunderbusen. Peace knirschte mit den Zähnen und warf jetzt auch mir einen genervten Blick zu. Ich guckte böse zurück.

»Keine Widerrede!«, zischte er, packte mich fester um die Taille und schleppte mich wie ein Höhlenmensch aus der weißen Zelle heraus.

»Das kannst du nicht tun!«, kreischte Shame.

Peace schlug die eiserne Tür hinter uns zu, ohne darauf zu reagieren. Shame stieß einen schrillen Schrei aus. Selbst durch das inzwischen gedämpfte Glas taten meine Ohren weh. Wie eine Furie stürzte sich die Göttin gegen die durchsichtige Trennwand und bekam dabei einen so heftigen Stromschlag, dass sie einmal quer durch den engen Raum geschleudert wurde, wo sie als dampfender Kleider-Busen-und-Haare-Haufen landete.

»Autsch«, kommentierte ich schadenfroh. Shames Augen fixierten mich. Eigentlich müsste ich unter diesem Blick in einer Staubwolke verpuffen.

Irgendwo hörte ich ein Surren. Über uns blinkten ein paar sehr modern aussehende Überwachungskameras. Peace blickte ebenfalls hoch. »Hörst du mich, Hack?«

Mit wem redete er da? Irgendwo knackte es und eine junge männliche Stimme erklang wie aus dem Nichts. »Schieß los, Boss!«

»Dreh die Volt höher. Sie kann immer noch stehen, das sollte nicht so sein.«

»Alles klar, Boss. Soll ich auch die Sauerstoffzufuhr senken?«

»Ja! Und kontaktiere die anderen. Ich will morgen eine Versammlung der Elite.«

»Wird gemacht! Und Boss?«

»Was?«

»Vielleicht solltest du dich um die kleine Schnecke in deinen Armen kümmern. Sieht aus, als würde sie gleich ohnmächtig werden.«

Sah ich wirklich so scheiße aus? War es jetzt schon so weit mit mir gekommen, dass ich mich von unsichtbaren Lautsprecherstimmen blöd anmachen lassen musste? Offensichtlich. Dummerweise hatte sie nicht ganz unrecht. Ich war tatsächlich kurz vor einer Ohnmacht. War es normal, Peace' Gesicht doppelt zu sehen? Meine Wunden schlossen sich zwar bereits, aber es war eindeutig noch zu viel von Shames Gift in meinen Adern. Jedes Mal, wenn meine Heilungskraft die Wunden schloss, riss das Gift sie wieder auf. Peace' Blick schnellte zu mir hinab. Sein Atem kitzelte mich im Nacken. Er korrigierte kaum merklich seinen Griff um meine Hüften und deutete dem Doc mit dem Kinn an, dass er vorausgehen sollte. Er nickte ernst und wuselte davon, Peace und mich im Schlepptau. Shame schrie uns indessen wüste Beschimpfungen hinterher. Vollkommen k. o. schaffte ich es trotzdem noch, ihr den Stinkefinger zu zeigen und meinen Griff um die Brave-Pflanze zu korrigieren, bevor wir den Zellenbereich verließen. Die eiserne Tür schlug dumpf hinter uns und dem Doc zu. Wieder waren wir in dem Grusel-Laboratorium aus meinem Traum. Wie schon damals, sah es jetzt noch aus, als wäre eine Bombe explodiert. Wie der Doc in diesem Chaos arbeiten konnte, war mir ein Rätsel, aber ich war viel zu erledigt, um mich jetzt auch noch wegen einer eventuellen Tetanuserkrankung oder Maul- und Klauenseuche, die ich mir hier möglicherweise einfangen konnte, Sorgen zu machen.

»Auf Liege sechs!«, wies der Doc Peace an, der mich auf eine kalte Metallliege wuchtete. Ich stöhnte. Ich musste wie ein Zombie aussehen. Halb von Gift zerfressen – mit mehr Muskeln draußen als drinnen.

»Trink das.« Der Doc hielt mir ein nicht sehr sauberes Glas mit einem schlammfarbenen Inhalt unter die Nase.

»Was ist das?«

»Nicht nörgeln, trinken.«

»Das riecht wie Kuhpisse.«

»Wirklich? Ich glaube, du verwechselst mich mit jemandem, den dein Geruchssinn interessiert. Trink das, ansonsten lasse ich dir von unserem Superhelden hier eins auf den Kopf geben.«

Wir starrten einander giftig an.

»Wow, du stehst bestimmt auf dem Titelblatt der nächsten Cosmo für *The most charming person.*«

Peace gab ein Geräusch von sich, das verdächtig nach einem unterdrückten Lachen klang.

Der Doktor starrte mich genervt an und hielt mir ohne Vorwarnung die Nase zu. Reflexartig wehrte ich mich.

»Das ist nicht …«

Er schüttete mir das Gebräu einfach in den Mund, den er mir anschließend ebenfalls zuhielt. Meine Haut begann panisch zu flackern, während ich wild mit den Händen fuchtelte.

»Schlucken!«, blaffte der Doc.

Wenn ich nicht ersticken wollte, musste ich ihm gehorchen. Das Gebräu brannte ähnlich scharf wie Shames Gift in meinem Mund. Tränen stiegen mir in die Augen. Mein Magen drehte sich um. Ich schluckte.

»Na also, geht doch!«

»Was war das?«, ächzte ich.

»Gift«, erklärte er mir ruhig.

»Waaas?«

»Beruhig dich. Shames Gift hat eine sehr komplexe Zusammenstellung. Das wird sich nicht so ohne Weiteres aus dir herauspumpen lassen. Vor allem, weil du so aussiehst, als hätte sie ihren gesamten Monatsvorrat in dich reingequetscht.«

»Also vergiftest du mich noch mal?«

»Ganz genau. Das Gift ist hormontreibend. Du wirst das ganze Zeug einfach rausschwitzen.«

Ich knirschte mit den Zähnen und stöhnte auf. Die Masse brodelte in meinen Bauch. Ich hätte ich mich jetzt am liebsten auf den Doktor übergeben, aber leider war ich bereits leer.

»Peace bleibt hier«, wies der Doc uns an. »Es kann bis morgen dauern, bis das Gift gänzlich ausgeschwitzt ist. Es wird zwar wehtun, aber alles, was dich schwitzen lässt – wie zum Beispiel sportliche Betätigung –, beschleunigt den Heilungsprozess. Dann bist du das Gift schneller los. Es ist dir überlassen, was du machst. Zur Information solltest du wissen, dass du Hitzeschübe haben wirst. Die Nebenwirkungen sind hormonelle Schwankungen, Herzrasen, Kopfschmerzen, ein trockener Mund und eventuell ein paar zehenähnliche Auswüchse. Nichts Dramatisches. Versuch einfach, tief durchzuatmen.«

»Toll. Du bekommst von mir kein Trinkgeld«, murmelte ich und gehorchte dennoch. Noch ging es mir gut. Es gab keinen Grund, jetzt auszuflippen. Der gruselige Arzt versuchte nur, mir zu helfen. Ich sollte aufhören, mich wie eine dämliche Pute aufzuführen.

»Danke«, schob ich deswegen rasch hinterher.

Ich spürte sein Lächeln mehr, als dass ich es sah.

»Dank mir lieber nicht. Du hast eine schlimme Nacht vor dir.« Mit diesen aufbauenden Worten verschwand er. Ich blieb mit Peace allein zurück. Er sagte nichts. Die ganze Zeit über schwieg er. Trotzdem war ich mir seines starren, kalten Blickes mit jeder Faser meines Körpers bewusst. Ich rutschte unruhig auf dem kalten Tisch herum. Mein Magen ballte sich zusammen und mir entwich ein leises Stöhnen.

»Es tut mir leid.«

Überrascht öffnete ich die Augen.

Peace lehnte sich lässig gegen eines der vollgestopften Regale lehnte. Seine Augen waren wie schwimmende Spiegel voller Quecksilber.

»Hä?«

Er atmete tief durch. Ein paar Locken fielen ihm in die Stirn. Er schien es nicht zu bemerken. Es juckte mir in den Fingern, sie wegzustreichen und dabei beiläufig seine vollen weichen Lippen zu berühren.

»Es tut mir leid«, wiederholte er. Seine Stimme war tief und erstaunlich sanft. Viel zu sanft für den Peace, den ich bisher kannte.

Ich blinzelte erstaunt. »Wieso?«

Er zögerte. »Mein Verhalten von vorhin … Ich hätte dich nicht so anschreien sollen. Ich war wütender auf mich als auf dich.«

»Wow, der große Peace Tantalos entschuldigt sich bei mir. Kann ich ein Beweisfoto machen?«

Er schenkte mir wieder diesen köstlich genervten, arroganten Blick. »Ich entschuldige mich grundsätzlich nicht.«

»Das habe ich mir fast gedacht.« Lächelnd streichelte ich die Brave-Pflanze neben mir, die erleichtert zitterte.

»Ich mache im Normalfall keine Fehler«, konnte Peace es sich nicht verkneifen, nun doch noch einzuwerfen.

»Ach, aber ich bin einer?«

»Ja! Ich meine: nein. Nicht du per se …« Er schnalzte mit der Zunge. »Du verwirrst mich«, gestand er mir schließlich. »Du bringst mein Gleichgewicht durcheinander. Ohne Seele fällt es mir ohnehin schon schwer, den kümmerlichen Rest meiner Emotionen von den göttlichen Instinkten zu trennen. Ich agiere in deiner Gegenwart viel zu impulsiv. Das behagt mir nicht.«

Ich schwieg kurz. Dann sagte ich: »Falls es dich tröstet, ich verwirre mich manchmal selbst.«

»Du bist eine eigenartige Person.«

»Sagt der Typ mit den Papi-Komplexen und der fehlenden Seele.«

»Ich bin kein Typ. Ich bin ein Gott.«

»Einen Größenwahnkomplex können wir offensichtlich auch dazurechnen.«

Er schnaubte. »Musst du eigentlich immer deinen Senf dazugeben?«

»Nein, nicht immer. Im Grunde mag ich Ketchup lieber.«

»Ah … irgendwann erwürge ich dich noch.«

Ich kicherte leise. »Entschuldigung angenommen.«

»Du bist nervig, stur, ignorant und … was ist?«

Ich strahlte ihn an. Keine Ahnung, warum ich das tat, aber in diesem Augenblick waren all der Zorn, die Lügen, die Angst und die Einsamkeit verflogen. Ich fühlte mich so glücklich wie schon lange nicht mehr. So mit fluffigen Wolken, Regenbögen und Einhörnern. »Wir bauen alle Scheiße. Ist eine schwierige Zeit.«

Er seufzte. »Ja, das ist es.«

Ich kicherte. »Ich glaube, das Zeug vom Doc macht high. Diese Liege schaukelt ziemlich heftig.«

»Dann beginnt das Gift zu wirken. Keine Sorge. Ich musste das selbst schon einige Male durchmachen. Das wird nicht lustig, aber du bist nicht alleine.«

Ich musterte ihn. »Warum bist du plötzlich so nett zu mir?«

Er zog eine Augenbraue hoch und verschränkte seine Arme vor der breiten Brust. Seine Muckis kamen dabei wirklich unglaublich toll zur Geltung. »Taktisches Geschick.«

»Hä?« Ich riss mich von seinen Oberarmen los. Er schien es zu bemerken. Seine Mundwinkel zuckten. Kam es mir nur so vor oder schwollen sie gleich noch Stückchen mehr an?

»Ich bin nett zu dir, weil ich letztendlich doch Verwendung für dich habe. Und ich denke, ich komme mit Zuckerbrot schneller ans Ziel als mit der permanenten Peitsche.«

»Na, das will ich aber auch meinen. Du bist ein Arschloch, Peace. Ich hoffe, das weißt du.«

»Wie du nicht müde wirst, andauernd zu erwähnen.«

»Sei froh. So ist zumindest einer in deinem armseligen Leben ehrlich zu dir.« Schweiß brach mir auf der Stirn aus. »Puh! Ist dir auch so heiß?«

»Nein. Du entgiftest. Und mein Leben ist nicht armselig. Zumindest war es das nicht, bis du auf einmal aufgetaucht bist.«

»Wahnsinn!« Ächzend setzte ich mich auf und zerrte an den Knöpfen meiner Jacke. »Mach nur weiter so, du Charmebolzen. Noch drei weitere Beleidigungen und ich bin dir vollkommen verfallen.« Ahhh! Warum gingen diese blöden Knöpfe nur so schlecht auf?

Peace wurde unruhig. Sein Kiefer mahlte. »Was machst du da?«

»Wonach sieht es denn aus? Mich ausziehen, hier drinnen herrschen mindestens eintausend Grad!«, ächzte ich. Mein Mund fühlte sich mit jeder Sekunde trockener an. Mit zitternden Fingern nestelte ich an den störrischen Knöpfen herum, bis ich sie schließlich einfach aufriss. Angestrengt rang ich nach Atem. Der Schweiß tropfte mir mittlerweile über den ganzen Körper. Angefangen bei der Stirn, dann auf meine Schultern und schließlich auf den Bauch hinab. Nasse Perlen schimmerten zwischen meinen Brüsten und verschwanden zwischen den Schenkeln. »Hast du Wasser oder so was?«, fragte ich Peace, der mich mit großen Augen anstarrte.

Sein Mund stand leicht offen. Er schien kurz vor einem Mini-Herzinfarkt zu stehen. Zumindest hatte ich seine Wangen noch nie so gerötet gesehen.

»Was? Was ist?« Panisch sah ich an mir herab. Inzwischen waren alle hässlichen Wunden geschlossen, keine Leber oder Niere, die noch herauslugte, und nackt kannte er mich schließlich schon. Dieser Mistkerl.

Er schluckte. »Wer hat dir denn diese Unterwäsche gegeben?«, fragte er gepresst.

Stöhnend wischte ich mir den Schweiß von der Stirn. Sofort rann neuer nach. »O hat mir diesen Fummel aufgezwungen. Obwohl die Bezeichnung Unterwäsche eindeutig übertrieben ist. Das Ding besteht lediglich aus Schnüren und durchsichtigem Stoff.«

»O hat eindeutig zu viel Zeit für Blödsinn, ich werde ihren Terminplan aufstocken müssen«, knurrte der Gott und sah angestrengt in die nächste Ecke. »Kannst du dich bitte wieder anziehen?«

»Nein! Außerdem hast du mich eine ganze Woche lang nackt gesehen, was ist also das Problem?«

Er trat von einem Bein aufs andere. Schnaubend fuhr er sich mit seinen schlanken blassen Fingern durch die blauen Haare. »Vergiss es«, knurrte er.

Ich beließ es dabei. Einfach, weil mir viel zu heiß war, um weiter nachzubohren. Der Schweiß durchtränkte inzwischen auch meine Hose. Ohne darüber nachzudenken, zog ich sie aus und warf den nassen Stoff in eine Ecke. Peace sah aus, als hätte er körperliche Schmerzen.

»Kann ich bitte was zu trinken haben?«

»Nein!«

»Warum nicht?«

»Weil das Gift raus aus dir muss. Ambrosia hilft da nicht. Du würdest es nur anstatt des Gifts ausschwitzen.«

»Ich verdurste!«

»Nein, tust du nicht.«

»Doch, schau!« Ächzend sprang ich auf und rannte auf ihn zu. Ich streckte meine Zunge raus. »Siescht du! Schtaubtrockennn!«

»Alles gut mit der Zunge!« Peace steckte mir die Zunge mit dem Zeigefinger pikiert wieder in den Mund. Vor Überraschung schloss ich die Lippen um seinen Finger. Peace guckte mindestens genauso verdutzt auf seine Hand wie ich. Er war so schockiert von seiner eigenen Reaktion, dass ich prustend kichern musste. Der Schalk setzte sich mir in den Nacken.

»Mhm … willst du meinen Finger auch mal haben?«, nuschelte ich um seinen Finger herum und hob meinen Zeigefinger.

»Nein!«, blaffte er und riss seinen Finger heraus.

Ich schmeckte ihn auf meiner Zunge. Kalt wie Schnee, rauchig wie Feuer und ein kleines Prickeln, fast wie von winzigen Blitzen. Ich grinste keck. »Bist du sicher? Du darfst gern mal kosten«, witzelte ich und fuhr sanft über seine vollen Lippen.

Peace riss die Augen auf und schlug schnell meine Hand zurück. »Lass das, Warrior!«

»Sonst was?«, fragte ich provokant und zog eine Augenbraue hoch. »Wird der große, böse Gott sonst mit mir schimpfen?«

Er lehnte sich zu mir vor. Unsere Nasen berührten sich. Ein Schauder erfasste mich. Die Göttin war kurz davor, aus mir herauszuplatzen.

Seine Nasenflügel blähten sich. »Nein, ich werde dir den Hintern versohlen«, drohte er mir mit rauchiger Stimme.

»Ist das ein Versprechen?«

Ruckartig schoss sein Kopf zurück. »Lass diese Spielchen, Warrior. Du musst das Gift ausschwitzen. Ich brauche dich morgen funktionstüchtig.«

»Ach, komm schon! Nur einmal kurz knabbern.« Ich pikte mit dem Finger in seine Richtung, um ihn zu ärgern.

»Nein!« Fluchend wich er mir aus.

»Komm schon, Liebling, nur ein bisschen.«

»Nenn mich nicht so und steck den Finger weg. Ich will ihn nicht. Wer weiß, wo der schon überall war!« Er trat einen Schritt zurück.

Ich folgte ihm und fuchtelte weiter vor seinem Gesicht rum. »Zumindest nicht in Shame!«, erwiderte ich und ging langsam auf ihn zu.

Peace lehnte sich misstrauisch zurück, blieb aber stehen, während ich mit meinen eigenen ziemlich widersprüchlichen Gefühlen zu kämpfen hatte. Einerseits war ich noch sauer auf ihn, wie er mich vorhin behandelt hatte. Das Stimmungstief danach hing mir auch immer noch nach und dann war da plötzlich seine Nähe. Eine Gänsehaut, die ich nicht aufhalten konnte, überzog meinen Körper. Es fühlte sich an, als würden bei mir auf einmal alle verhaltenshemmenden Schaltkreise durchbrennen. Ich wollte Peace. Mit Haut und Haaren. Das Wort notgeil musste mir praktisch auf der Stirn geschrieben stehen, denn Peace bekam einen richtig panischen Gesichtsausdruck. Er stolperte zurück, aber ich war schneller.

»Hab dich!«, rief ich triumphierend und warf mich in seine Arme. Meine Finger landeten in einem warmen Loch. »Ist das dein Mund?«

»Das ist meine Nase!«

»Ups!«

»Runter von mir!«

Peace bäumte sich wie ein Pferd auf und warf mich im hohen Bogen durch den Raum. Nur dank meiner göttlichen Reflexe kam ich geschmeidig auf allen vieren auf, anstatt wie ein Vollidiot mit dem Bauch voran durch den Raum zu schlittern. Der Schweiß rann mir in Strömen den Rücken hinab, ließ meine Finger feucht und glitschig werden. Ein berauschender Duft nach Rosen ging von mir aus. Peace' Körper durchliefen heftige Schauer, als ich ihn – so wie ein Raubtier seine Beute – fixierte, das sah ich genau. Mein Körper kribbelte an allen möglichen und unmöglichen Stellen.

Peace fixierte mich seinerseits, als wäre ich ein Filet Mignon. »Beruhige dich!«, wies er mich streng an. »Das sind nur die Hormone, die mit dir durchgehen. Alles ganz normal.«

»Oh, in deiner Gegenwart bin ich alles andere als normal. Du treibst mich in den Wahnsinn. Am liebsten würde ich dir deine hübschen Augen auskratzen, deinen Hals umdrehen und dich küssen, bis du nach Luft schnappst.« Ich hielt irritiert inne. »Nicht unbedingt in dieser Reihenfolge.«

»Geht mir ähnlich«, murrte er. Wir umkreisten uns inzwischen wie zwei Raubtiere. Die Spannung ließ mich erzittern. Außerhalb des Zimmers donnerte es. Wahrscheinlich erhellten auch ein paar Blitze den dunklen Himmel. Der kleine Raum bebte. Operationsbesteck, Bücher und lose Zettel fielen raschelnd zu Boden. Putz bröckelte auf uns hinab. Ich machte einen spielerischen Satz auf ihn zu, er sprang zurück.

Nässe rann mir den Nacken hinunter. Peace' hungriger Blick blieb auf den schillernden Tropfen hängen und folgte ihrer Bahn, wie sie meine nackten Arme, Rippen und Hüften hinuntertropften.

»Du musst damit aufhören!«, stieß er hervor. »Lange kann ich das Verlangen nicht mehr unterdrücken. Meine Instinkte sind zu ausgeprägt.«

»Was würde passieren, wenn du dich nicht mehr zurückhältst?«, fragte ich neugierig und umkreiste ihn. Die Bahnen um ihn wurden kürzer. Etwas sehr Altertümliches brach aus mir heraus, reckte witternd seinen Kopf und fixierte den Mann vor mir.

Peace lachte trocken, doch er konnte nicht verbergen, dass er zitterte. »Die Werbungsphase unter Gefährten ist intensiv. Es gab Götter, die sich vollkommen in dem anderen verloren haben. Für Jahrhunderte. Das kann ich mir nicht leisten. Wenn der Bogen überspannt ist, kann ich nicht mehr für deine Sicherheit garantieren. Ich habe keine Seele. Nichts an mir ist so, wie du es brauchst.«

»Du weißt also nicht genau, was passiert«, schlussfolgerte ich.

Er schluckte hart. »Nein. Nicht direkt. Aber es würde uns aneinanderketten. Wir würden nicht mehr ohne den anderen existieren können. Das kann ich nicht zulassen.«

»Bist du deshalb so ein Arschloch? Weil du Angst vor mir hast?«

»Nein. Ich bin einfach so.«

Ich lachte. »Ja, das bist du. Trotzdem will ich dich. Warum? Ich sollte dich eigentlich hassen. Vor allem für den Scheiß, den du mir vorhin an den Kopf geworfen hast.« Ich machte einen weiteren schnellen Schritt auf ihn zu. Mein Herz pumpte so heftig, dass es beinahe wehtat.

Er sprang einen Schritt zurück. »Es ist nicht die richtige Zeit, um nett zu sein.«

»Nicht?« Ich legte den Kopf auf die andere Seite. Mein Haar fiel mir dabei über den nassen Rücken. »Wann ist denn die richtige Zeit?«

Er zuckte bemüht mit den Schultern. »Wahrscheinlich niemals. Ich habe einen Job zu erledigen.«

»Wir könnten es zusammen tun«, schlug ich vor. »Das ist doch der Sinn von diesem Gefährten-Ding, nicht wahr? Zwei Pole, die für die gleiche Sache arbeiten.«

Er starrte mich an. Das Silber in seinem Blick brannte sich in meine Haut. Ich bekam eine Gänsehaut. »Würdest du das denn wollen?«

Ich zuckte mit den Schultern. »Mit der richtigen Motivation und einem Ziel, das sich lohnt, wahrscheinlich schon. Obwohl ich von deiner Götterelite bis jetzt nicht wirklich begeistert bin. Wenn sie an der Spitze bleiben, werden sie nicht besser als unsere Eltern sein.«

»Das müssen sie auch nicht«, gab Peace nüchtern zurück. »Es gibt zwar Neuerungen unter den Göttern, aber auch traditionelle Plätze müssen besetzt werden. Diese Rollen fordern eine gewisse Art von Persönlichkeit. Sie halten das Gleichgewicht stabil. Du kannst einem Körper nicht sämtliche Organe austauschen und verlangen, dass er mit den fremden einwandfrei funktioniert. Man kann einige Teile ersetzen und hoffen, dass er sich anpasst. Alles andere würde ihn töten. Außerdem werde ich nicht zulassen, dass sie wie unsere Eltern werden.«

»Du vergleichst Götter mit Organen?«, fragte ich amüsiert. Inzwischen war ich ihm so nahe, dass ich seinen Atem zu fühlen glaubte. Er war so angenehm kühl auf meiner völlig überhitzten Haut. Peace stand vor mir wie eine perfekte marmorne Statue, während eine Emotion nach der anderen über sein Gesicht jagte. Er schien nicht zu wissen, ob er davonlaufen oder sich einfach ergeben sollte.

»Wir Götter sind die Organe der Welt, Warrior. Wir sind die Lunge, die den Körper mit Sauerstoff versorgt, oder der Magen, der die Nahrung verteilt. Wir sind das Herz, das die Lebenskräfte durch die Adern pumpt. Wir sind das Gehirn, das alles koordiniert.«

»Lass mich raten. Du bist die koordinative linke Gehirnhälfte, ich die kreative rechte, während Shame der Blinddarm ist.«

Peace' Mundwinkel zuckten. »So in etwa.« Die Luft zwischen uns schien zu knistern. Blitze zuckten von Peace' Haut, sprangen auf mich über. Heißkalte Schauder rieselten mir den Rücken hinab.

In diesem Augenblick, der sich immer weiter auszudehnen schien, glaubte ich, dass ich unsere Herzen im Einklang schlagen hören konnte.

»Peace?«, flüsterte ich.

»Ja?« Der Gott klang, als hätte er ein Reibeisen verschluckt. Sein Blick schien Löcher in meine schweißnasse Haut zu brennen.

»Hormone hin oder her. Ich werde jetzt etwas Dummes tun, okay?«

»Ich habe nichts anderes von dir erwartet«, knurrte er.

Ich beschloss spontan, das als seine Zustimmung aufzufassen. Er hatte aufgegeben. Ich sah es in seinem Blick. In der Art, wie sein Köper bebte. Wie sich seine Nasenflügel blähten, um meinen Geruch zu inhalieren. Ich grinste und warf mich in seine Arme. Unsere Münder landeten aufeinander. Wir explodierten. Es war wie damals im Club. Nur intensiver. Das war der Augenblick, in dem ich mich selbst verlor.

Ich leistete keinen Widerstand. Es war ohnehin sinnlos. Wir waren füreinander geschaffen. Ob wir es nun wollten oder nicht. Peace schien es ebenfalls zu spüren. Jene niederschmetternde Akzeptanz, den jeweils anderen gefunden zu haben. Über jede Logik oder jeden Selbsterhaltungstrieb erhaben. Unser Innerstes verschmolz miteinander, vermischte sich zu einem Ball aus heißem Hell und kaltem Schwarz. Seine Finger fuhren über jede erreichbare Stelle meines Körpers. Ich krallte mich in seine Schultermuskeln. Stöhnte auf, als er mich fester an sich zog. Sein Körper ging in einem strahlenden Blitz auf. Ich tat es ihm gleich. Flügel brachen aus meinem Rücken hervor. Glas splitterte. Wir setzten Bücher und Zettel in Brand. Der Raum bebte. Der Boden pochte im Takt unserer hektischen Herzschläge. Peace jagte Wellen reiner Magie durch mich hindurch. Ich schrie auf, vergrub meine Finger in seinem Nacken und warf den Kopf hoch, während seine Lippen fiebrig über meine erhitzte Haut strichen.

»Du bringst mich noch um«, raunte er.

»Dito«, erwiderte ich keuchend, als er meinen Hintern packte und auf einen der kalten Operationstische schob. Knurrend hob er eines meiner Beine und schlang es um seine Hüfte. Der raue Stoff seiner Hose rieb an meiner Haut. Hinter uns explodierte der Raum. Zettel und Glassplitter flogen uns noch immer um die Ohren. Seine Lippen fanden wieder die meinen. Meine Unterleibsmuskeln spannten sich an. Mir wurde schwindelig. Alles verschwamm zu einer Masse aus Farben, Gerüchen und Formen. Alles, was jetzt zählte, waren Peace' kräftige Hände, die hungrig über meinen Körper fuhren. Seine Lippen waren überall. Ich packte ihn fester, zog ihn zu mir heran und versuchte, ihn ebenfalls zu küssen. Er knurrte herrisch. Drückte mich kräftig gegen den Tisch, verschlang mich. Ich wand mich unter seinen Händen, seinen Lippen, seinen Blitzen, die mich liebkosend umtanzten und meine Sinne zum Singen brachten. Es knackte. Die Wände bekamen Risse. Wir leuchteten immer heller. Seine Magie fuhr in die meine hinein. Mit einem kräftigen Stoß, der mich ekstatisch aufschreien ließ. Das war besser als alles, was ich jemals zuvor gefühlt hatte. Das war … das war … ich hatte keine Ahnung, was das war, aber ich wollte mich darin verlieren. Mich in ihm verlieren. Peace hatte mich davor gewarnt. Jetzt wusste ich, was er gemeint hatte. Ich wurde süchtig nach dem Gefühl seiner Magie. Das

Prickeln, das Dunkle, jene Urgewalt, die mich in meiner Grundsubstanz zerriss und gleichzeitig vervollständigte. Ein Gefühl von Erlösung und Verdammnis, das in Wellen über mir zusammenbrach. Ich drängte meine Magie lustvoll gegen seine. Umschlang ihn fester, während die Welt um uns herum einstürzte. Ich hörte jemanden fluchen. Eine Tür, die nur noch halb in den Angeln hing, wurde aufgerissen.

»Das habe ich nicht mit Sport gemeint!«, schrie eine Stimme, die ich vage als die des Doktors identifizierte. Wir ignorierten ihn beide. Waren in unserem Rausch gefangen, der nicht mehr als uns beide zuließ. Ich umklammerte Peace. Er mich. Als Mensch hätte er mich in zwei Teile zerbrochen.

Inzwischen lagen wir am Boden. Keine Ahnung, wann der Tisch unter mir zerstört worden war, aber es war nur abgebranntes Metall davon übrig geblieben.

»Hol sie da raus!«, brüllte die Stimme des Doktors.

Peace fuhr mit den Fingern meine Schenkel entlang. Der Boden unter uns zerriss.

»Bin ich lebensmüde?«, erwiderte eine mir unbekannte Stimme.

»Die zwei Idioten lassen noch den gesamten Tartaros einstürzen. Wir müssen etwas tun!«

»Ich bin für Vorschläge offen!«

Ich riss Peace' Hemd von seinem Oberkörper, küsste seine nackte Brust. Er knurrte. Seine Blitze schlugen durch die Wände. Der Raum schwankte.

»Hack! Mach die Sprinkleranlage an!«

»Sicher, Doc?«

Ich öffnete Peace' Hose. Der Gott bebte. Seine Augen brannten vor Lust. Seine Magie entlud sich in mir.

»Jetzt!«, schrie eine schrille Stimme. Ich war so kurz davor, einfach zu explodieren. Sprichwörtlich. Meine Magie, mein Körper, meine Seele waren so aufgeladen mit Peace' Magie, dass ich einen heiseren Schrei ausstieß und …

Etwas Eiskaltes traf uns. Wir kreischten beide auf. Es war, als würde uns jemand einen eiskalten Kübel Wasser über den Kopf schütten. Ich hustete. Wasser rann mir über das Gesicht, füllte meinen Mund und meine Nase. Schlagartig holte uns die Realität wieder ein. Als würden wir mit voller Wucht auf die Erde prallen. Es schmerzte. Ich schrie, Peace brüllte und drückte sich von mir ab. Ich sah seine Armmuskeln zittern. Verzweifelt griff ich nach ihm, als starke Arme Peace packten und von mir herunterrissen.

»Peace!« In wilder Raserei sprang ich auf die Füße und schleuderte meine Magie blind gegen die Angreifer. Beide wichen aus. Bloodclaw löste sich von meiner Haut und sprang auf den Arzt zu, der fluchend davonrannte. Peace schüttelte die Arme eines anderen Gottes ab, dessen schwarzes Haar und dunkle Haut mir bekannt vorkamen. Er hatte Peace mit dem Basilisken geholfen. Der Gott atmete tief ein und schleuderte mir seine eigene Magie entgegen. Diese traf mich wie ein Faustschlag in den Magen und riss mich zu Boden. Ich keuchte. Peace hingegen holte aus und knallte seine Faust gegen den Kiefer des anderen Gottes. Dieser ging wie ein gefällter Baum zu Boden. Hustend sah ich auf. Peace stürmte auf mich zu, ließ sich auf die Knie fallen. Schwer atmend barg er mich in seinen Armen. Unsere Magie war immer noch so stark miteinander verwoben, dass mir die Realität wie ein Zerrspiegel unserer eigenen kleinen Welt vorkam. Wir starrten uns an. Verschlangen einander mit Blicken. Er blutete aus dem Mundwinkel. Ein einzelner Tropfen, den ich mit der Zunge auffing. Augenblicklich küssten wir uns wieder. Tief und leidenschaftlich. Die Welt verschwamm erneut.

»So, das reicht jetzt, ihr Turteltauben! Ich mach das, Doc!«, ertönte eine Jungenstimme aus dem Lautsprecher. Ich konnte Bloodclaw erstaunt jaulen hören. Etwas rasselte. Ich öffnete die Augen und sah gerade noch, wie eiserne Ketten aus dem zerstörten Boden hervorschossen, sich rasselnd über unsere Hand- und Fußgelenke wickelten und unsere Körper brutal voneinander losrissen. Fluchend stemmte ich mich dagegen. Die Ketten waren wie Seile aus Metall. Silbernen Schlangen gleich, die sich mit brutaler Gewalt um meine Gelenke wickelten. Wütender Donner grollte durch den Raum. Ich konnte ihn einstürzen lassen. Hier und jetzt. Ich schrie auf, bäumte mich unter den silbernen Strängen, von denen immer mehr aus dem Boden ragten und sich in Sekundenschnelle wie ein Kokon um meinen Körper schlossen. Mein Protestgeschrei stockte. Ich konnte mich nicht bewegen. Bleischwer lastete das Gewicht auf mir und ließ mir keinerlei Bewegungsfreiraum. Das Metall summte vor göttlicher Magie.

»Keine Sorge«, sagte die Jungenstimme. Sie klang eindeutig belustigt. »Ich lass euch wieder raus, sobald ihr euch ein wenig abgekühlt habt!«

Ich fauchte, versuchte es zumindest, aber ich konnte nur daliegen und wütend gucken. Das Metall hatte nicht nur meinen Körper im Griff. Meine Magie war ebenfalls eingeschnürt. Es setzte mich vollkommen lahm. Meine Seele schrie nach Peace. Unsere Verbindung war gerissen. Es fühlte sich an wie eine blutende Wunde. Ich kämpfte noch immer gegen den eisernen Griff des Kokons, aber nichts rührte sich.

Keine Ahnung, wie lange ich so dalag. Ich hätte wohl jeden zerfleischt, der mir in diesem Augenblick zu nahe gekommen wäre, war dem Wahnsinn näher als jemals zuvor. Der Gedanke schoss mir durch den Kopf und zum ersten Mal seit gefühlten Stunden hielt ich ganz still. Ich wagte es nicht einmal zu atmen. Mein Herz pumpte. Wahnsinn. Ich würde wahnsinnig werden, wenn ich mich jetzt nicht ganz schnell beherrschte. Meine Muskeln zitterten, sie waren bis zum Zerreißen gespannt. Ich musste einen klaren Kopf bekommen. Tief atmete ich durch. Peace hatte recht gehabt, mich von sich zu stoßen. Es war gefährlich. Wir waren gefährlich. Zusammen hatten wir uns eindeutig nicht unter Kontrolle. In jenem Zustand war es vollkommen egal, was um uns herum geschah. Der Tartaros hätte in sich zusammenstürzen können und wir hätten es nicht einmal bemerkt. Was sollten wir also tun? Der Gedanke, mich von Peace fernzuhalten, war einfach unmöglich. So sehr er mir auch auf die Nerven ging, konnte ich doch nicht ohne ihn. Unsere Verbindung war so stark, dass ich glaubte, seinen Herzschlag in meiner Brust zu fühlen. Man konnte uns nicht mehr trennen. Das hatte nichts mit Liebe oder jugendlicher Verliebtheit zu tun. Das hier war existenziell. Eine Verbindung, die vom Schicksal selbst geschmiedet worden war. Die uns aneinanderkettete, ob wir es nun wollten oder nicht. Hier ging es nicht darum, was wir wollten oder zu wollen glaubten, sondern um eine Aufgabe, die uns aufgetragen wurde. Die Aufgabe, die Welt auf unseren Schultern zu stemmen. Es war an der Zeit, den eigenen Stolz herunterzuschlucken und miteinander zu arbeiten. Ansonsten würden wir mit unserer eigenen Halsstarrigkeit die Welt ins Chaos stürzen. Die Erkenntnis traf mich mit der Wucht eines Ambosses. Ich war eine Göttin. Ich musste damit aufhören, elendig herumzuheulen und endlich diesem Titel auch gerecht werden.

»Ich …« Ich schluckte. Mein Hals war staubtrocken. »Ihr könnt mich jetzt rauslassen. Mir geht es wieder gut.« Die Magie des eisernen Kokons summte.

»Sicher?«, fragte die junge Männerstimme lachend.

»Ja.« Die Stränge ließen von mir ab. So schnell, dass ich hart aufschlug und keuchend nach Luft schnappte. Ich blinzelte. Über mir konnte ich den schwarzen Himmel des Tartaros sehen. Die Decke des Zimmers war vollkommen eingestürzt, genauso wie eigentlich alles im Raum. Es sah aus, als hätte hier drinnen ein Tornado gewütet. Ich setzte mich auf. Unter mir knirschte nasses Glas.

»Ganz ruhig!«, befahl mir eine Stimme.

Ich sah in den Lauf einer Pistole.

Der schwarzhaarige Gott zielte auf mich, den Finger schon auf dem Abzug.

»Soll mich das umbringen?«, fragte ich spöttisch.

Er grinste grimmig. »Nein, aber aufhalten. Einen Schuss in deinen hübschen Schädel und wir haben die nächsten Stunden Ruhe.«

»Nimm sofort die Waffe weg!«, knurrte Peace. Augenblicklich stellten sich sämtliche Härchen auf meinen Armen auf. Magie summte in der Luft. Mein Kopf schoss zur Seite und traf den eisernen Blick des Gottes. Er stand in einer Ecke. Sein Körper war angespannt. Die Muskeln stachen scharf heraus. Der Doc stand neben ihm und hielt seine Schultern umklammert.

»Nimm die Waffe aus ihrem Gesicht oder ich zerfetze dich in kleine Stücke!«, drohte Peace erneut und der andere Gott ließ augenblicklich seine Waffe sinken.

Sein Finger blieb trotzdem am Abzug. Unschuldig hob er die Hände. Seine Augen waren so dunkel wie Kohlestücke. »Ich wollte nur auf Nummer sicher gehen. Noch so eine Aktion und das Labor stürzt in sich zusammen.«

»Was habt ihr euch nur dabei gedacht?«, schnauzte auch der Doktor und stieß Peace hart gegen die Wand. »Hast du vollkommen deinen Verstand verloren? Wenn die Zellen für die Götter einstürzen, ist die Arbeit von Jahrzehnten verloren. Das können wir uns nicht leisten.«

»Peace drückte den Doktor von sich. Blitze zuckten über seine Haut. »Glaubst du etwa tatsächlich, das wüsste ich nicht? Theoretisch sollten die gar nicht einstürzen können!«

»Die Zellen wurden auch nicht für zwei liebestolle Götter konzipiert! Wenn ihr euch nicht am Riemen reißt, werde ich Warrior in meine Obhut nehmen, bis du deinen Job erledigt hast.«

Peace versteifte sich. »Du rührst sie nicht an!«, kam es wie aus der Pistole geschossen.

Der Doc schnaubte. Seine Haare standen in alle Richtungen ab. »Ich kann und ich werde es. Sieh es als Warnung. Jetzt geht mir aus den Augen. Ich muss aus diesem Schutthaufen retten, was zu retten ist.«

Peace starrte ihn wütend an, nickte jedoch und bedeute mir, endlich aufzustehen.

Langsam kam ich auf die Füße und sah an mir herunter. Ich war nass bis auf die Knochen. Wie war das passiert? Ach ja, die Sprinkleranlage. Meine Klamotten lagen quer auf dem Boden verteilt, allein meine Maske saß noch auf dem Gesicht und mein Haar verhüllte das Schlimmste, aber da war viel zu viel Haut. Zu sichtbar. Ich bekam Panik und kauerte mich zusammen. Der Gott neben mir räusperte sich und reichte mir meine Hose und den Mantel, was zwar beides ein wenig säurezerfressen, aber durchaus noch tragbar war. Dabei sah er demonstrativ nicht in meine Richtung, auch wenn es ihm sichtlich Mühe bereitete.

»Nichts für ungut. Ich bin übrigens Raised.«

»Danke. Ich heiße Warrior.« Peinlich berührt nahm ich meine Klamotten aus seiner Hand.

»Keine Ursache, Warrior.«

Flink zog ich mich an und verhüllte alles, was ging. »Ähm … ihr könnt wieder hinschauen«, sagte ich verlegen. Raiseds Kopf schoss sofort herum. Ein breites Grinsen dehnte sich auf seinen attraktiven Gesichtszügen aus. Schelmisch zwinkerte er mir zu. Ich wurde rot. Danach passierte alles ziemlich schnell. Peace schnellte nach vorne und rammte Raised seine Faust so heftig ins Gesicht, dass dieser zu Boden ging. Schwer atmend stellte Peace einen Fuß auf die Brust des Gottes und drückte ihn weiter zu Boden. »Sieh Warrior nie wieder so an!«, fauchte er.

Raised grunzte. »Alles klar. Deine Frau, habs verstanden. Du brichst mir die Rippen.«

»Ich werde dir noch viel mehr brechen!« Peace' Zorn peitschte in gleißenden Blitzen durch den Raum. Der Doktor ging hastig in Deckung und warf mir einen hektischen Blick zu.

Ich reagierte sofort. »Lass los, Peace, er hat doch nichts gemacht.« Mit klopfendem Herzen schlang ich meine Arme um seine Brust und lehnte meine Wange dagegen. Sein Körper war harter Granit. Ich konnte den Aufruhr in seinem Inneren fühlen. Das Geschehene saß ihm, genau wie mir, tief in den Knochen. Wir mussten uns dringend von der Umwelt isolieren. Zumindest für eine Weile, ansonsten würde noch jemand ernsthaft zu Schaden kommen. »Alles ist gut!«, flüsterte ich und streichelte seine Brust.

Raised gurgelte. Blut tropfte ihm aus der Nase. Nach einer gefühlten Ewigkeit, in der alle die Luft angehalten hatten, ließ Peace endlich von Raised ab.

Der Raum schien erleichtert aufzuatmen.

»Es tut mir leid«, presste Peace hervor. »Ich habe mich gerade nicht unter Kontrolle.

»Unübersehbar«, brachte Raised mutig heraus. Er hustete heftig. Ein Schwall Blut quoll ihm dabei aus dem Mund.

»Ihr solltet gehen!«, warf der Doktor ein. »Mit dieser kleinen Sex-Hormon-Selbstzerstörungsaktion sollte das meiste Gift aus ihrem System verschwunden sein. Seid trotzdem vorsichtig. Wenn ihr schwindelig wird ruf ihr mich. Ansonsten habe ich O bereits benachrichtigt. Sie wartet im Tower auf euch.«

Peace nickte und machte sich aus meinem Klammeräffchengriff frei.

»Es tut mir leid. Wir bekommen das hin«, versprach ich. Tatsächlich war der Nebel in meinem Kopf verschwunden. Meine Adern prickelten von den Resten aus Magie und Gift, aber lange nicht mehr so überwältigend wie zuvor. Peace hatte mir sprichwörtlich das Hirn durchgepustet. Seufzend folgte ich ihm, als er praktisch aus dem zerstörten Raum floh. Kurz vor dem Ausgang blieb ich stehen und musste mir ein kleines Lachen verkneifen. In einer Ecke stand, als Einzige unbeschadet, die Brave-Topfpflanze, die vor Aufregung mit den Ästchen wackelte.

»Tut mir leid«, flüsterte ich ihm zu und streichelte seine Zweige.

»Warrior! Wo bleibst du?«, keifte es ungeduldig um die Ecke.

»Ich komme schon!«, blaffte ich zurück.

»Glaube ja nicht, dass ich auf dich warte!«
»Doch, das wirst du.«
»Und warum?«
»Weil ich dich sonst mit Brave schlage!«
»Oh, das macht mir jetzt Angst.«
»Sollte es auch.« Streitend verließen wir das zerstörte Gebäude und ließen ein paar ziemlich verblüffte Götter zurück.

Kapitel 21
Wie kannst du ohne Seele fühlen?

»Was machst du da?« Peace war so plötzlich stehen geblieben, dass ich gegen seinen Rücken knallte. Wir standen auf der Straße vor dem Hochhaus, das den Angriff des Basilisken mehr schlecht als recht überstanden hatte. Aber immerhin stand es noch. Zumindest der größte Teil. Immer wieder hatten Götter unseren Weg gekreuzt, die sich vor Neugierde die Hälse verdrehten. Ihre Blicke jagten mir kalte Schauer über den Rücken. Vor allem deshalb, weil ich ihre Macht inzwischen genauso scharf auf meiner Haut prickeln fühlen konnte wie die von Peace. Mit einem seltsam abwesenden Blick musterte er nun den hell erleuchteten Eingang.

»Komm, wir nehmen eine Abkürzung!« Unerwartet drehte er sich zu mir und hob mich hoch. Überrascht schlang ich meine Arme um seinen Hals und hätte beinahe Brave fallen lassen. Dessen Zweige puschelten aufgeregt um Peace' Nase herum. Die silbernen Augen des Gottes blinzelten mich genervt durch die Blätter hinweg an.

»Musst du diesen Strauch mitnehmen?«

»Jaaa.«

»Warum?«

»Weil er der Freund meiner Schwester ist.«

Der Strauch puschelte heftiger. Peace starrte ihn wütend an. Brave hörte sofort auf.

»Schön, aber du bist schuld, wenn er eingeht, weil du vergisst, ihn zu gießen.«

Ich schnaubte. »Das wird schon nicht passieren. Charming hat versprochen, ihn zurückzuverwandeln.«

»Wer's glaubt«, murmelte Peace und rückte mich in seinen Armen zurecht. »Halt dich gut fest!«

»Okay, was machst duuuuuu?« Mir blieb die Luft weg, als Peace seine Energie bündelte und gleißende Blitze über seinen Körper zucken ließ. Sie sammelten sich unter seinen Füßen und katapultierten uns nach oben. Ich kreischte. Mein Magen zog sich unangenehm schnell zusammen. Braves Blätter flatterten im Wind. Peace lachte mir warm ins Ohr, packte mich fester und schnellte höher. Es war, als würden wir eine Treppe aus Blitzen emporhüpfen. Ich keuchte, fühlte seine geschmeidigen Bewegungen, bevor wir vor seinem Zimmer ankamen. Im Glas prangte ein riesiges Loch, das wohl der Basilisk hineingerissen haben musste. Ich grinste entschuldigend. Peace seufzte und sprang durch das Loch. Glas knirschte unter seinen Füßen, während er mich behutsam zu Boden gleiten ließ. Mit steifen Fingern stellte ich Brave in einer Ecke ab. Ich zitterte ein wenig, ohne wirklich zu wissen, warum ich das tat. Die Stille im Raum war erdrückend. Mir war klar, dass wir unseren Scheiß endlich klären mussten. Aber ich wusste nicht, wo ich überhaupt anfangen sollte.

»Peace, ich …« Ein zippendes Geräusch – wie von einem Reißverschluss – war zu hören. Verwundert drehte ich den Kopf und meine Augen kullerten fast heraus. »Was soll das denn werden? Warum ziehst du dich aus?« Beinahe fieberhaft verfolgte ich, wie seine langen blassen Finger die Jeans abstreiften.

»Wir werden duschen gehen.« Sein Hemd landete neben der Hose auf dem Boden. Ich blinzelte überfordert. Geschwind wanderte mein Blick über seine perfekte marmorne Haut. Über die Blitze in seinem Haar und das seltsam entschlossene Funkeln in seinen Augen. Zum Glück hatte er noch seine Unterhose an, ansonsten wäre ich wohl augenblicklich in Ohnmacht gefallen. Ich räusperte mich. Meine Zunge klebte wie Kaugummi an meinem Gaumen. »Was soll das, Peace? Du bist doch sonst der Schlaue von uns beiden. Zieh dich wieder an. Wir haben wichtigere Dinge zu tun. Wir sollten …«

Ich wich zurück, als Peace sich mir ungerührt näherte. Nackt! Na ja, also mit Unterhose. Aber das war ja praktisch nackt. Prompt riss ich Brave ein paar Blätter aus. Er raschelte verärgert. Entschuldigend tätschelte ich seine Ästchen, während sich Peace in seiner ganzen nackten Pracht an mich heranpirschte. Fasziniert folgte ich dem aufreizenden Spiel seiner Muskeln, die sich anspannten und wieder lockerten. Ich wollte weiter zurückweichen, stieß jedoch prompt mit dem Rücken an eine beschissene Wand. Hektisch sah ich mich nach einem anderen Fluchtweg um, aber Peace schnitt mir den Weg ab. Ich sog zischend die Luft ein, als er seine Stirn gegen meine lehnte. Die Geste war unendlich zärtlich und sein Atem strich mir dabei über das erhitzte Gesicht.

»Ich weiß ganz genau, was ich tue«, flüsterte er. »Wir werden noch reden. Aber jetzt geht es um uns beide. Es ist längst überfällig, dass wir einander zulassen!«

Mein Herz pochte wild. Gänsehaut breitete sich auf meinem Körper aus. Ich wehrte mich nicht, als Peace mir die Hose abstreifte. Der Mantel glitt ebenfalls lautlos von meinen Schultern. Mit einer schnellen Bewegung öffnete er meinen BH. Er gab mir keine Zeit, mich zu schämen oder zu verstecken. Mit einer geschmeidigen Eleganz hob er mich hoch. Meine nackte Haut traf auf seine. Meine Beine schlangen sich um seine Hüften, als er mich ins Badezimmer trug. Ohne mich loszulassen, stellte er das Wasser an. Warme Tropfen prasselten auf uns hinab. Sanft setzte er mich ab, meinen nackten Rücken zu ihm gewandt. Seine Finger strichen über meine leuchtende Haut. Jagten mir einen Schauder nach dem anderen über den Körper.

»Entspann dich. Nichts Schlimmes wird passieren«, murmelte er in meinen Nacken. Seine Finger streiften die Verspannungen in meinen Schultern. Ein Klicken war zu hören. Er drückte ein zart duftendes Duschgel in seine Hand. Sanft, beinahe zögerlich seifte er meinen Körper ein. Ich zitterte, hielt den Atem an und wusste nicht, wie ich reagieren sollte. Die Bewegungen seiner Hände waren zu verständnisvoll. Zu sehnsüchtig. Das war nicht der Peace, den ich kannte, denn der war immer schlecht gelaunt, ein wenig grob und schroff. Er war …

Ich schloss die Augen. Spürte seine Berührung in jeder Faser meines Körpers. Meine Knochen ächzten, als würde eine schwere Last von ihnen genommen. Meine Muskeln entspannten sich langsam. Seine Hände umkreisten meine Schultern. Kneteten die Verspannungen heraus. Strichen meine Wirbelsäule hinab und meine Hüften, glitten dann wieder zurück zu meinem Bauch. Wie von selbst drehte ich mich um, sah zu ihm auf. Bestaunte, wie das Wasser über sein Gesicht rann. Wie die Tropfen von seinen langen Wimpern fielen. Ich griff hoch und strich über seine Lippen. Peace erschauderte. Ich stellte mich auf die Zehenspitzen und schlang die Arme um seinen Hals, vergrub mein Gesicht in seiner Halsbeuge. Das Wasser wusch den Schweiß, Staub und Stress der letzten Stunden von uns ab. Sein Geruch hüllte mich ein. Seufzend schloss ich die Augen, packte ihn fester und fühlte, wie er mich grollend an sich zog. Dieses Geräusch hatte etwas Endgültiges an sich. So standen wir gefühlte Stunden zusammen. Unsere Herzen schlugen im Einklang.

Bum, bum!

Bum, bum!

Bum, bum!

Der Rhythmus war reine Magie. Das Lied zweier Schicksale, die sich miteinander verwoben. Ich atmete tief ein und zum ersten Mal in meinem Leben hatte ich das Gefühl, komplett zu sein. Als wäre ich endlich nicht mehr fehl am Platz. Kein Freak. Keine Missgeburt.

»Schhh, alles ist gut.« Keine Ahnung, wann, aber ich hatte zu weinen begonnen. Heiße Tränen rannen mir die Wangen hinab und vermischten sich mit dem Duschwasser, das gluckernd in den Abfluss sickerte. Ich schluchzte auf. Klammerte mich so fest wie möglich an Peace und heulte all meine Angst, Wut und Enttäuschung heraus. Er stützte mich, wiegte mich in seinen Armen. Unsere Magie berührte sich sanft. Diesmal war es jedoch anders. Anstelle der gewaltigen Explosion fühlte es sich wie ein warmes Leuchten an, das uns erfüllte. Eine zärtliche Sehnsucht. Irgendwann beruhigte ich mich wieder. Eine nie zuvor dagewesene Ruhe überkam mich. Peace schien es ebenfalls zu spüren. Er entspannte sich, küsste mich auf den Kopf und stellte das Wasser ab.

»Warte kurz.« Seine nassen Füße patschten leise auf den Fliesen. Ich sah auf und wurde von einem flauschigen Handtuch eingehüllt. Sich selbst hatte er bereits eines um die Hüfte geschlungen.

»Komm!« Sanft zog er mich an der Hand ins Zimmer zurück. Ich folgte ihm, ließ mich auf das Bett drücken und genoss das Gefühl der weichen Seide auf meiner empfindlichen Haut. Es knarrte. Peace legte sich – mir zugewandt – auf die andere Seite und zog mich näher zu sich, sodass wir uns ansehen konnten. Ich musterte ihn. Versuchte, einen Blick auf den Menschen hinter seiner göttlichen Fassade zu erhaschen. Ich spürte das Loch in seinem Innern. Das Fehlen seiner Seele.

»Kannst du weinen?« Ich flüsterte.

Peace zögerte, schüttelte dann aber den Kopf. »Tränen sind Ausdruck der Seele. Also: Nein, kann ich nicht.«

»Aber …« Ich stockte. »Du hast Emotionen. Wie kannst du ohne Seele fühlen?«

Er lächelte schwach. »Ich fühle erst, seit ich dich kenne. Davor war da gar nichts. Mir wurde meine Seele so früh genommen, dass ich beinahe vergessen hatte, wie es ist, etwas zu fühlen. Ich glaubte, wahnsinnig zu werden, als ich dir damals in der Gasse begegnet bin.«

»Was hast du da gefühlt?«

»Hauptsächlich Ärger.« Er lachte.

Ich schnaubte und knuffte ihn hart in die Schulter.

Er fing meine Faust mit seiner Hand und hauchte einen Kuss auf die Handknöchel. Mein Magen machte ein paar heftige Purzelbäume. »Ich hatte einen Job zu erledigen. Seit Tagen rannte ich um mein Leben. Ich hatte meine Seele bereits aufgespürt. Die Hunde waren mir dicht auf den Fersen und dann bist du wie aus dem Nichts aufgetaucht. Ich war so wütend, ich hätte dir an Ort und Stelle den Hals umdrehen können. Als ich bemerkt hatte, wie intensiv meine Emotionen waren, wollte ich dich an mich pressen, dich küssen und ohne Rücksicht auf Verluste in den Tartaros mitnehmen. Außerdem fand ich dein gemeines Mundwerk ziemlich amüsant.«

»Ich habe kein …«

Er drückte mir die Hand gegen den Mund. »Doch, Warrior, hast du.«

Ich sah ihn empört an.

Peace schmunzelte, gab meinen Mund frei und fuhr stattdessen mit dem Finger meine Lippen entlang. »Ich habe so viel auf einmal gefühlt, dass ich Angst bekam«, raunte er. »Noch eine Emotion, die ich schon lange nicht mehr gehabt hatte. Also tat ich das Einzige, was mir in diesem Augenblick sinnvoll erschien.«

»Du hast mich an den Höllenhund verfüttert.«

Seine Augen wurden dumpf. »Könnte ich die Zeit zurückdrehen, würde ich mir dafür selbst in den Arsch treten.«

»Das kann gerne ich für dich tun!«

Er stöhnte. »Du bist wahnsinnig nervig, weißt du das?«

Ich grinste frech und er schmunzelte zurück.

Ein schelmischer Funke zuckte in seinen Augen. Ehe ich mich's versah, packte er mich an der Hüfte und zog mich auf sich. Unser Atem vermischte sich. Unsere Lippen verharrten, waren kurz davor, endlich wieder aufeinanderzutreffen. Wir hielten uns davon ab. Beide wussten wir, dass es ein Spiel mit dem Feuer war. Trotzdem sehnte ich mich danach.

»Warum bist du so freundlich zu mir?«, fragte ich.

Er zuckte sanft mit den Schultern. »Es gibt für alles ein erstes Mal, oder?«

Ich krallte meine Nägel in seine Schultern. »Sag es mir, aber ohne diesen Mist mit dem Zuckerbrot.«

Er musterte mich intensiv, beinahe schon traurig. »Ich erlaube mir jetzt diesen Augenblick der Schwäche. Ich werde nicht immer so sein können, Warrior. Das hier, wir alle, das ist nicht nur ein Job. Wir müssen unsere Eltern ersetzen oder die Welt versinkt. Du hast die Götter gesehen, die sich im Tartaros als neue Elite gebildet haben. Es ist ein wüster Haufen, der mit starker Hand geführt werden muss. Ich muss sie leiten, ihnen einen klaren Weg vorgeben, dem sie mit ihrer Macht folgen können. Das kann ich nur mit einem klaren Kopf.«

Ich schluckte. »Und ich … ich werde dir helfen«, flüsterte ich.

Seine rechte Hand fuhr langsam über mein Handgelenk, wo die Konturen des Basilisken zu sehen waren. »Kannst du das mit Shame wiederholen? Wie machst du das? So viel Magie zu absorbieren?«

»Ich weiß es nicht genau.« Ich knabberte an meiner Unterlippe. »Es passiert einfach so. Wie ein Instinkt, der mich leitet. Ich würde es wahrscheinlich üben müssen.«

Peace' Hand fuhr träge meinen Arm entlang. »Wenn du das wiederholen kannst, wirst du von unschätzbarem Wert für uns sein. Die

Götter sind zwar alt, aber durchaus noch mächtig genug, um sich gegen uns behaupten zu können. Sie einzusperren ist schwieriger, als Rauch mit bloßen Händen zu fangen. Und sie zu töten ist im Grunde unmöglich. Um sie eines natürlichen Todes sterben zu lassen, müssten wir noch Jahrzehnte warten und dafür fehlt uns einfach die Zeit.«

Ich brummte. »Gab es denn in all der Zeit keine andere Möglichkeit? Ich meine, wie lange sitzt du hier unten schon? Seit siebzig Jahren?«

Er seufzte tief. »Ich dachte immer, meine Seele wäre der Schlüssel zum Sieg, aber offensichtlich bist du es.«

»Wir sperren unsere Eltern nur ein? Wir töten sie nicht?«

»Nicht töten«, stimmte er mir zu.

»Dann helfe ich. So gut ich eben kann.«

Peace schenkte mir ein so wundervolles Lächeln, dass mir die Luft wegblieb. Meine Haut fing als Antwort zu leuchten an.

»Ich werde immer an deiner Seite sein. Du wirst nicht kämpfen müssen. Wir fangen die Götter, stellen sie ruhig. Du nimmst sie in dich auf und bringst sie in den Tartaros hinab.«

»Du wirst mir helfen?«, fragte ich überrascht.

»Natürlich. Nicht nur ich. Du wirst eine ganze Elite an Göttern hinter dir haben. Einige von ihnen kennst du ja bereits.«

»Aber was bin ich unter dieser Elite? Deine Gefährtin? Gottmutter? Ein guter Kumpel? Was bin ich?«

Er musterte mich eindringlich und einige Sekunden verstrichen. »Ich weiß es nicht«, gab er schließlich zu. »Deine Magie passt in keines der bisher bekannten Muster. Du könntest O fragen. Sie kann dir wahrscheinlich sagen, welchen Platz du in dieser Welt einnehmen musst. Oder du findest es selbst heraus. Aber den Platz der Gottmutter kann ich dir nicht geben.«

Ich versteifte mich. »Du lässt Shame immer noch in der Elite? Sie ist vollkommen verrückt!«

Peace grunzte amüsiert, packte mich und wirbelte uns im Bett so herum, dass ich nun unter seinem warmen Körper lag. Er zog meine Arme nach oben und verflocht seine Finger mit meinen.

»Ich mag es, wenn du eifersüchtig bist.«

»Ich bin nicht eifersüchtig!«

»Sondern?« Hauchzart fuhren seine Lippen die Kontur meiner Wangenknochen nach. Die Linie meines Kinns hinab.

»Angepisst! Ziemlich extrem angepisst, dass mein sogenannter Seelenverwandter – oder was auch immer – eine andere Frau behalten will!«

»Ich kann dir den Platz nicht geben, weil du ihn dir nicht verdient hast«, unterbrach er mich leicht genervt. Seine Lippen strichen über mein Ohr.

»Ich … was?« Wie sollte ich mich konzentrieren, wenn er solche Sachen mit mir anstellte?

»Den Platz in der Elite muss man sich verdienen. Shame war bisher die Stärkste. Willst du ihren Platz, musst du ihn dir nehmen.«

»Das ist bescheuert.«

»Das ist das Überleben der Stärkeren, Warrior. Du willst ihren Platz an meiner Seite? Dann nimm ihn dir.«

Ich dachte darüber nach. Die Erinnerung daran, wie sie mich mit ihrem Gift vollgepumpt hatte, war immer noch präsent und schmerzhaft. Ich schauderte. Shame auszukotzen war auch nicht gerade eine Freude gewesen.

»Und wie mache ich das?«, fragte ich zaghaft.

Er zuckte mit den Schultern, fuhr zart meinen Rücken hinab, was bei mir spontane Schnappatmung erzeugte. »Das ist wie bei den Wölfen. Bring sie zur Kapitulation. Zeig den Göttern, wer die Stärkere ist. Dann hast du ihren Platz. Wie du das machst, ist deiner Fantasie überlassen.«

»Kann ich Bizarre anheuern, sie von einem Auftragsmörder zerstückeln zu lassen?«

»Nein.«

»Sicher?«

»Ja.«

»Nicht einmal von einen ganz, ganz kleinen Auftragsmörder?«

Er lachte. »Nein, Warrior.«

»Mist. Und was wäre, wenn ich sie von meinem Basilisken fressen lasse?«

»Das wäre eine Möglichkeit.«

»Echt?«

»Nein.«

»Grrr, du bist keine Hilfe.«

Seine Augen blitzten. »Es ist auch nicht meine Aufgabe, dir dein Schicksal auf einem Silbertablett zu servieren. Wir alle mussten kämpfen, um die Person zu werden, die wir jetzt sind. Die Stärke aufbringen, eine ganze Welt beeinflussen zu können. Kämpfe für das, was du willst. Ansonsten sollte Shame ihren Platz behalten.«

Meine Hände krallten sich in sein Haar. »Du hast recht«, lenkte ich ein. »Ich sollte damit aufhören, so eine weinerliche Memme zu sein.«

»Du bist die Tochter der Aphrodite, keiner hat etwas anderes von dir erwartet.«

»Du Mistkerl! Ich zeig dir eine Tochter der Aphrodite!« Entschlossen versuchte ich, mich unter ihm freizukämpfen.

Er lachte erneut und packte mich fester. »Was? Hast du etwa vor, mir die Nägel zu lackieren?«

»Ich lackiere dir gleich was ganz anderes.«

»Ist das ein Versprechen?«

»Ahhh … stirb!« Ich knallte ihm ein Kissen ins Gesicht, was sein Lachen erstickte.

»Da seid ihr ja!« Wir guckten verblüfft auf. Eine stinkwütende O stand in der Tür. »Wisst ihr eigentlich, wie anstrengend es ist, einen absolut hysterischen Charming davon abzuhalten, nach oben zu stürmen und euch den Hals umzudrehen – nach allem, was ihr mit seinem Club angestellt habt? Schon wieder! Ich habe Migräne bekommen. Der Typ ist schlimmer als jede Pussy. Und dann fragt er auch noch ständig nach einer beschissenen Topfpflanze. Habt ihre eine Pflanze gesehen? In etwa so groß und puschelig?« Sie deutete auf die Höhe ihres Knies.

»Ähm … da drüben!« Mit dem Daumen deutete ich auf Brave.

Schnaubend stapfte die Göttin durch das Zimmer. Die Tatsache, dass Peace und ich nackt und ineinander verschlungen im Bett lagen, ignorierte sie und schnappte sich den armen Brave. »In fünf Minuten seid ihr wieder angezogen und unten. Es gibt eine Welt zu retten!«, fauchte sie und schlug krachend die Tür hinter sich zu. Wir starrten ihr verdattert hinterher. Abrupt wurde die Tür wieder aufgerissen. »Übrigens freut es mich, dass ihr endlich zusammengefunden habt, ich hatte schon überlegt, Peace Viagra unter die Ambrosia zu mischen«, säuselte sie und verschwand abermals.

Ich kicherte.

»Die ist ja noch nerviger als du«, brummte Peace, wofür er eine Kopfnuss erntete, die er gutmütig über sich ergehen ließ. Ächzend setzte er sich auf und fuhr sich durch das Haar. Ein paar Strähnen fielen ihm dabei in die Stirn. Ich konnte mich nicht zurückhalten. Verzückt strich ich sie zurück. Er fing meine Hand auf, hauchte einen Kuss auf die Fingerspitzen.

»Was sind wir jetzt eigentlich? Füreinander?«, fragte ich zaghaft.

»Wir sind Gefährten«, kam die trockene Antwort. »Daran lässt sich nun nichts mehr ändern. Der Stein ist ins Rollen gekommen. Jetzt müssen wir laufen.«

Er sprach nicht von Liebe. Mein Magen zog sich zusammen. Ich musterte ihn und nickte. Ich sprach auch nicht von Liebe. Noch nicht. Aber wir konnten unser gemeinsames Schicksal nehmen und es zu etwas Großartigem machen. Im stummen Einverständnis stiegen wir aus dem Bett und zogen uns an. Die Klamotten waren erstaunlich unversehrt. Zwar noch ein wenig feucht, aber ich störte mich nicht daran und setzte als Krönung des Outfits einfach die Maske wieder auf.

»Passt es so?«, fragte ich Peace, der sich gerade ein enges Muskelshirt überzog.

Sein blauer Schopf kam zum Vorschein. Er musterte mich. »Mhm …«

»Nicht gut?«

Geschmeidig kam er auf mich zu. Seine Brust berührte meine. Sanft löste er ein paar verknotete Haare aus der Maske. »Es ist passabel. Aber nackt gefällst du mir besser.«

Ich lachte nur und gab ihm einen kleinen Kuss auf die bebende Nasenspitze. »Komm schon, Brummbär, wir haben Arbeit zu erledigen.«

»Brummbär?«

Wir gingen den hellen Flur entlang und die gläserne Treppe hinab. »Noch nie Schneewittchen gesehen?«

Er warf mir einen schalen Blick zu. »Ich bin ein Gott.«

»Und als Gott kann man sich nicht den Disney Channel anschauen?«

»Sollte es jemals dazu kommen, stürze ich mich aus dem Fenster.«

»Dann wirst du dir ziemlich oft die Knochen brechen. Ich liebe Disney-Filme.«

Er würgte. »Vielleicht überleg ich mir das mit der Gefährtin noch mal.«

Lachend stieß ich ihm meinen Ellbogen in die Rippen. »Sei nicht so spießig. Aber mir ging es am Anfang auch so. Madox war der, der diese Filme so liebte. Wir haben sie stundenlang angesehen. Er mochte Cinderella am liebsten, weil er der Meinung war, sie sähe mir ähnlich. Als Kind versprach er mir einmal, eines Tages ein Prinz zu werden und mich von meiner bösen Mutter und den gemeinen Schwestern zu befreien. Wir …« Ich stockte und schluckte den Kloß hinunter, der mir plötzlich im Hals stecken geblieben war. Wir waren am unteren Ende der Treppe angekommen. Unsere Schritte hallten in der Eingangshalle wider. Zum ersten Mal fiel mir der Kronleuchter auf, der imposant an der Decke hing. Das Glas sah wie schillernde Tränen aus.

»Was ist los?« Peace blieb stehen, packte meine Hand und zwang mich dazu, es ihm nachzutun.

Ich lächelte, aber es fühlte sich verkrampft an. »Gar nichts«, brachte ich heraus.

»Verarsch jemanden, der deine Emotionen nicht fühlen kann. Was macht dich plötzlich so traurig?«

Ich biss mir auf die Lippen. »Ich vermisse Madox. Ich mache mir Sorgen um ihn«, gestand ich.

Peace' Arme spannten sich an. Ein harter Zug erschien um seine Lippen. »Ich mag es nicht, wenn du an andere Männer denkst.«

»Er ist mein Bruder!«

»Sicher?«

»Ja!« Ich funkelte ihn an. »Bei dem Versuch, mich zu beschützen, wurde er schwer verletzt.«

»Er ist ein Idiot, so etwas überhaupt zu versuchen. Er hat es nur für euch beide schmerzhaft werden lassen.«

»Er ist der Einzige, der sich jemals wirklich um mich gekümmert hat.« Peace guckte ziemlich angepisst drein.

»Hör lieber auf, Peace.« O stand vor uns. Von einer Sekunde auf die andere. Wie schaffte sie das nur? Es war, als würde sie immer aus dem Nichts auftauchen.

»Aber er …«

»Du bist nur eifersüchtig«, rügte ihn die Göttin und hakte sich bei mir unter. »Mach dir keine Sorgen, Warrior. Ich habe deinen Bruder schon seit einer Weile im Blick. Es geht ihm gut. Er macht den Göttern das Leben schwer und krempelt ganz Abaddon nach dir um.«

Mein Herz wurde schwer. »Er hat versucht, mich zu finden?«

Sie grinste ein wenig irre. »Er hat praktisch die gesamte Vampir-Unterwelt auf deinen Geruch angesetzt.«

»Oje!« Stöhnend schloss ich die Augen, fühlte aber gleichzeitig einen Rausch wärmender Erleichterung. Mad ging es gut! Dem Himmel sei Dank.

»Idiot«, schnaubte Peace und stapfte an uns vorbei. Seine Schultern waren angespannt.

»Ist er wirklich eifersüchtig?«, flüsterte ich O ins Ohr.

Sie kicherte. »Auf alles und jeden.«

»Ich kann euch hören!«

»Ich sage ihr nur, wie es ist, Schnuckelchen«, flötete O und schmiss sich ihre Federboa um den dürren Hals.

»Und dir wird jetzt endgültig das Gehalt gekürzt«, kam von Peace die Retourkutsche.

»Wir kriegen Gehalt?« Os milchige Augen glitzerten amüsiert.

»Jetzt nicht mehr!«

»Habt ihr hier unten eigentlich Geld?«, fragte ich interessiert. Ich hatte mich schon bei mehreren Gelegenheiten gewundert, wie die Bezahlung hier eigentlich aussehen mochte. Automatisch hatte ich angenommen, dass im Tartaros Ware gegen Ware oder andere Gefälligkeiten getauscht wurde.

»Zum Teil mit magischen Artefakten oder anderem Krimskrams, wie du es in Charmings Club schon gesehen hast«, bestätigte O meine Vermutung. »Zum Teil aber auch mit Bitcoins.«

Wir verließen die Halle durch den rechten Türbogen. Hier waren die Flure mit grauen Teppichen und genauso erlesenen Kunstobjekten geschmückt wie oben. O erkannte meine Ratlosigkeit, schnippte mit den Fingern und zauberte aus dem Nichts eine Karte hervor. »Eine neue Währung, die sich auch bei den Menschen etabliert hat«, erklärte sie mir. »Es ist quasi virtuelles Geld, das globalisiert wurde. Es wird nicht in Yen, Euro oder Dollar umgerechnet, sondern in Punkte.«

»Also wie bei Kreditkarten?«, fragte ich.

Sie zuckte mit den Schultern. »Vermutlich. Ich kenne mich da nicht so genau aus wie die Jungs. Aber vereinfacht gesagt: Der Geldtransfer findet nun in Zahlen statt, die von einem Computer auf den nächsten geschoben werden. Bitcoin ist besonders in den Untergrundszenen der Menschenwelt bekannt. Es ist nicht manipulierbar. Keine Bank hat Zugriff darauf.«

»Praktisch.«

Sie grinste. »So kann niemand herumschnüffeln, auch die Götter nicht. Das ist insbesondere dann wichtig, wenn wir Transaktionen außerhalb des Tartaros tätigen.«

Wir waren an einer schlichten weißen Tür angekommen. Peace war bereits dahinter verschwunden. Ich blieb im Eingang stehen und sah mich neugierig um. Wir befanden uns in einem weitläufigen Konferenzraum. Langer Tisch. Gemütliche schwarze Schreibtischstühle. Ein großer Fernseher am Tischende – und Götter. Mächtige Götter. Die Magie war zum Schneiden dick und ließ mich augenblicklich nach Luft ringen.

»Hallo, alle miteinander!«, trällerte O und tänzelte in den Raum hinein. Die Götter hoben die Köpfe. Es war, als würde uns ein Wolfsrudel fixieren. Der Einzige, der auf seinem Platz saß, die Arme vor der Brust verschränkte und uns ignorierte, war ein schmollender Charming. Neben ihm stand der strauchige Brave und winkte mit seinen Ästchen.

Fragend sah ich O an, doch sie winkte ab. »Er schmollt immer noch wegen seines Clubs.«

Charmings Kopf schoss in unsere Richtung. Seine Augen glühten förmlich vor Zorn. Wären da nicht der glitzernde rosarote Lidschatten und der perfekt gezogene Lidstrich gewesen, hätte ich vermutlich sogar Angst vor ihm bekommen. »Schmollen? Ich schmolle nicht! Ich bin außer mir! Schon zum zweiten Mal zerlegt sie meinen Club!«, brüllte er und sprang auf. Brave zitterte. Es wurde still im Raum. Jetzt war mir die Aufmerksamkeit aller Götter sicher.

»O Gott, es tut mir so leid, Charming!«, presste ich hervor. War hier irgendwo ein Loch, in das ich hüpfen konnte?

»Ist sie das?«, fragte eine Frau neben Charming. Meine Augen wurden groß. Im ersten Augenblick hatte ich sie für einen Kerl gehalten. Sie hatte Muskeln wie ein Bodybuilder, ein stolzes, fast derbes

Gesicht und strahlte so viel Aggression aus, dass ich automatisch einen Schritt zurücktrat. Die Göttin rümpfte die Nase. »Modepüppchen!«, spuckte sie aus.

Mein Mund klappte auf.

»Du schuldest mir noch einen Arm!«, schaltete sich jetzt eine weitere Stimme ein. Cole saß am anderen Ende des Raumes und funkelte mich wütend an. Seine Glatze stand in Brand.

»Ach, krieg dich wieder ein. Ist ja wieder nachgewachsen!«, brummte ihn der rothaarige Schottengott an, den ich als einen von Peace' Begleitern wiedererkannte.

»Die Schäden an meinem Laboratorium sind immens. Zwei der Zellen wurden beschädigt«, motzte der Doktor. Er stand mit vor der Brust verschränkten Armen neben dem großen Bildschirm und sah aus, als hätte er seit Tagen nicht mehr geschlafen. »Das wird teuer werden, Tantalos!«

Mein Blick zuckte zu Peace, der mit ausdrucksloser Miene am Kopfende des Tisches stand, die Knöchel an der Tischplatte abgestützt.

»So viele Katastrophen in so kurzer Zeit. Ich plädiere darauf, dieses unreife Gör wegzusperren, wo es keine Gefahr mehr für sich selbst und seine Umwelt darstellen kann.«

Mein Blick zuckte ruckartig von Peace zu der Frau neben ihm. Also eigentlich war es der Bildschirm, der hinter Peace an der Wand angebracht war. Per Skype funkelte mich Shame aus ihrer Zelle heraus an. Augenblicklich hatte ich einen sauren Geschmack im Mund.

»Was macht die Verrückte denn hier im Bild?«, fragte ich und starrte Shame zornig an.

Sie schnaubte und warf das lange Haar zurück. »Wer ist hier die Verrückte? Du glaubst, dass du hier einfach hereinspazieren und Peace von seinen Pflichten ablenken kannst? Nebenbei wurde ich auch noch körperlich missbraucht! Jetzt brauche ich eine Therapie, um das verarbeiten zu können.«

Die Götter zogen fragend die Augenbrauen nach oben.

»Die hast du vorher schon gebraucht«, hüstelte O.

Meine Hände waren zu Fäusten geballt.

»Ich verpasse dir gleich eine!«, zischte Shame.

»Es reicht!«, fuhr Peace dazwischen. »Du hast dir selbst zuzuschreiben, wo du gerade bist, Shame!«

Schnaubend zog diese eine Augenbraue hoch. »Ich habe nicht angefangen.«

Sie konnte es einfach nicht sein lassen. Ich knirschte mit den Zähnen.

»Shame hat als Teil der Elite und Gottmutter jedes Recht dazu, bei der Verhandlung dabei zu sein, Warrior.«

»Wann bekomme ich meinen Club zurück?«, zischte Charming dazwischen.

Peace nickte. »Bizarre und Royal werden sich darum kümmern. Wie auch um das Laboratorium.«

»Ich ertrinke bereits in Arbeit!«, stöhnte Bizarre. Er war entgegen seiner Persönlichkeit bisher ziemlich still in einer Ecke geblieben. Sein Cowboyhut saß schief, wie immer qualmte eine Zigarette in seinem Mundwinkel.

»Tu es, wenn du Zeit dafür findest.«

»Warum zahlst du den Schaden dieses Mädchens?«, mischte sich die riesige Hulk-Frau ein. »Sie hat Mist gebaut, also soll sie ihn auch selbst wieder ausbügeln.«

Peace starrte sie an. Gereizte Blitze zuckten durch sein Haar. »Zum einen hat sie nichts davon allein zu verschulden, zum anderen ist die Rettung der Welt eine angemessene Bezahlung für den Schaden.«

Die Götter sogen beinahe gleichzeitig scharf die Luft ein.

»Wie bitte?«, lachte Mrs. Hulk abfällig. »Ich will ja nicht abfällig von meinem Geschlecht reden, aber dieses Mädchen ist der Grund, warum die Frauen immer noch unter euch Männern kriechen.«

Mir klappte der Mund auf. Wow. Das war hart. Was hatte die für ein Problem?

»Sie ist der Schlüssel!«, erwiderte Peace schlicht.

»Können die Kinder der Aphrodite neuerdings mehr, als mit Handtaschen zu werfen?«, spöttelte ein Gott, den ich noch nicht kannte. Seine Haare waren giftgrün gefärbt und in Stacheln aufgestellt. Etliche Piercings zierten sein Gesicht und in seinen Ohrläppchen waren so große Tunnel, dass ich locker meine Faust hätte durchstecken können.

»Stell dir vor, wir haben uns weiterentwickelt. Neuerdings stechen wir auch mit High Heels zu«, gab ich würdevoll zurück. O neben mir prustete. Auch ein paar der anderen schmunzelten. Peace warf mir einen scharfen Blick zu.

»Ist sie das Mädchen, das wir bei ihrem Erwachen gefühlt haben?«, fragte eine Frau. Sie saß direkt vor mir und hatte die kalkweißen Beine ordentlich übereinandergeschlagen. Sie sah aus wie ein Albino. Ihr weißes Haar war zu einem Bob geschnitten. Weiße Haut, blasse Lippen, weiße Klamotten. Nur die Augen waren rot. Sie erinnerte mich an meinen Bruder Spade. Vampirblut floss eindeutig durch ihre Adern, aber die Energie war dennoch die einer Göttin. Einer sehr mächtigen. Ich schauderte und glaubte fast, ihre Stimme wiederzuerkennen. Sie war vor meinem Fall im Tartaros eindeutig in meinem Kopf gewesen. Ihr roter Blick bohrte sich in meinen.

»Das ist sie.« Peace räusperte sich und musterte die Götter der Reihe nach. »Darf ich euch vorstellen: Warrior. Tochter der Aphrodite und des Hades. Meine …« Er seufzte. »Meine Gefährtin.«

Die Götter schnappten nach Luft. Shame verdrehte die Augen und schnaubte vernehmlich.

»Hallo!« Verlegen trat ich von einem Fuß auf den anderen und winkte.

»Das ist ein Scherz, oder?«, fragte die Hulkin. Ihre Nase war gerunzelt, als würde ich stinken.

»Sehe ich aus, als würde ich bei so etwas scherzen?«, blaffte Peace.

»Diese halbe Portion?«, fragte ein Gott ungläubig. Ich betrachtete ihn fasziniert. Der Gott war groß und dünn, beinahe schon dürr. Er trug einen schwarzen Nadelstreifenanzug. Sein dunkles Haar war nach hinten gegelt und legte ein längliches Gesicht mit berechnenden Augen frei. Als würde er sich im Kopf bereits ausrechnen, wie mein Preis-Leistungs-Verhältnis künftig ausfallen würde.

»Diese halbe Portion hat fast das medizinische Gebäude in die Luft gesprengt«, warf der Doktor ironisch ein.

»Es war krass«, stimmte Raised zu. Er saß ein Stück weiter rechts von mir, hatte die Füße auf dem Tisch abgelegt und zwinkerte mir zu. Peace warf ihm einen bösen Blick zu.

»Also, ich finde sie total süß«, sagte ein anderer Gott. Sein schwarzrotes Haar fiel ihm in einem Pony in die jugendliche Stirn. Er trug eine Brille und ein T-Shirt mit Supermannmuskel-Print. Als er meinen Blick sah, grinste er schelmisch. Ein paar blinkende Kabel wuchsen aus seinen Schläfen.

»Hey, wir kennen uns schon. Ich bin Hack.«

Mir blieb die Spucke weg. Dieser Justin-Bieber-Verschnitt war so mächtig gewesen, Peace und mich in den Eisen-Kokon zu sperren? Als könnte er meine Gedanken lesen, grinste er breit. Ein blaues Lämpchen blinkte dabei an seiner Stirn.

»Wahnsinn«, brachte ich nur heraus.

Er strahlte. »Was dagegen, wenn ich sie zu einem Date einlade, Boss? Immerhin hast du ja noch Shame.«

Peace sah aus, als hätte er eine Beutelratte verschluckt.

»Ja, Peace, dürfen wir?«, fragte ich provokant und klimperte mit den Wimpern.

»Um Himmels willen. Sie sieht nicht nur so aus, sondern benimmt sich auch wie eine Barbie!«, fauchte Frau Hulk. »Du willst all unsere Arbeit wegen dieses Püppchens aufs Spiel setzen?«

»Was ist eigentlich dein Problem?«, fragte ich beleidigt und runzelte die Stirn.

»Nimm es ihr nicht übel«, wandte Hack ein und schnippte sich den Pony aus den Augen. »Gender ist die Göttin der Emanzipation. Alles, was auch nur annähernd hübsch und weiblich ist, sieht sie als persönliche Beleidigung an.«

»Ich nehme gleich dich als persönliche Beleidigung!«, blaffte Gender zurück. Hack streckte ihr die Zunge raus. Mein Blick wanderte einen Platz weiter und blieb auf dem letzten Gott im Raum hängen. Er hatte bis jetzt eisern geschwiegen. Überrascht sah ich genauer hin. Ich kannte ihn. Das war Trick. Einer von denen, die wie ich zu Anfang im Club festgehalten worden waren. Er hatte den Kampf gewonnen und so seine Freiheit errungen. Ich hatte mich schon gefragt, was aus ihm geworden war. Ihn jetzt aber hier unter der Elite der Götter sitzen zu sehen, überraschte mich dann doch. Sein Blick traf meinen. Er legte den Kopf schief und musterte mich seinerseits abschätzig. Sommersprossen tanzten über das junge Gesicht. »Können wir endlich zum Punkt kommen?«, fragte er.

Die Götter verstummten.

»Natürlich.« Peace nickte. Er sah hundemüde aus. »Ich möchte euch noch mal der Reihe nach vorstellen. »Cole kennst du ja bereits.«

Ich nickte.

»Das hier ist Lost.« Peace deutete auf die blasse Albino-Frau. »Göttin der Wahrheit und Geheimnisse. Lüge sie niemals an. Das hier …« Er unterbrach sich kurz und zeigte auf Frau Hulk. »… ist – wie bereits erwähnt – Gender. Göttin der Emanzipation.« Gender verschränkte demonstrativ die massigen Arme vor der Brust.

»Der mit den grünen Haaren …« Peace deutete mit dem Kinn auf den gelangweilt wirkenden Gott. »… ist Fade. Gott der abstrakten Künste. Seine Fähigkeiten liegen hauptsächlich im Erschaffen von Parallelwelten und dem Beeinflussen der Zeit.«

Seine Fähigkeiten lagen bitte wo?

Doch bevor ich weiter nachhaken konnte, stellte Peace bereits den nächsten vor. »Das ist Honor.« Er deutete dabei auf den rothaarigen Schottengott. »Er ist Gott der Gerechtigkeit und gleichzeitig unser Kriegsgott.« Der Rothaarige nickte mir ernst zu.

»Zu deiner Rechten sitzt Royal. Gott des Reichtums. Alles, was du hier siehst, hat er zusammen mit mir und Bizarre erschaffen.« Royal legte den Kopf zur Seite und musterte mich wieder mit diesem stechenden Raubvogelblick. Ich schauderte.

»Das ist Trick.« Peace zeigte auf den jungen Gott. »Er ist das neueste Mitglied in der Elite. Gott der Rebellion.«

Wow. Das erklärte einiges.

»Den Rest kennst du zwar, aber ich fasse es trotzdem noch mal zusammen. Charming ist der Gott der Gelüste und Laster, Bizarre unser Experte für den Untergrundhandel. Raised ist Gott des Glaubens, Hack wiederum Gott der Technologie, O ist unser Orakel, Cole hingegen Gott der Waffenschmiede. Unser Doktor ist Gott der Medizin. Und Shame ist die Göttin des Schicksals«, fasste Peace knapp zusammen.

Mir schwirrte der Kopf. So viele Namen. So viele Gesichter. Trotzdem kamen sie mir alle irgendwie bekannt vor. Ich hatte ihre Stimmen in meinem Kopf gehört. Laut, lärmend. Zu diesem Zeitpunkt meinte ich, wahnsinnig zu werden – und jetzt stand ich vor ihnen und brachte nur ein schwaches »Freut mich« heraus.

»Oh, ist sie nicht süß?«, hauchte Hack.

Charming schnaubte. »Das habe ich am Anfang auch geglaubt. Das war aber, bevor sie damit begonnen hat, mein Lebenswerk in Schutt und Asche zu legen.«

»Und was ist sie für eine Göttin?«, fragte Shame schrill. Alle sahen mich an. »Sie ist hier. Ich nehme an, du willst sie in die Elite aufnehmen. Also sag mir, was sie ist. Ich habe nämlich keine Ahnung.«

»Göttin der Schönheit?«, schlug Hack vor.

Ich lächelte verhalten. »Eher nicht«, gab ich zurück.

Gender schnaubte durch die Nase. »Wir brauchen keine weitere Liebesgöttin. Dafür haben wir immerhin Charming.«

»Charming?«, fragte ich verblüfft. »Ich dachte, er sei der Gott der Laster.«

»Ist Liebe nicht das größte Laster?«, sinnierte Lost. Mein Blick wanderte zu Charming, der meinem wiederum auswich. Irgendetwas verschwieg er mir. Das fühlte ich schon die ganze Zeit. Aber das konnte noch bis später warten. Jetzt musste ich mich auf meine Aufgabe konzentrieren, worin auch immer sie bestehen mochte.

»Ich bin auf jeden Fall keine Liebesgöttin«, wiederholte ich.

»Was bist du dann?«, fragte Royal interessiert.

Mein Mund klappte auf und wieder zu. »Ich weiß es nicht«, gab ich kleinlaut zu.

Fade schnaubte. »Ganz toll … und was kannst du?«

»Sie kann wunderschön leuchten«, warf O verträumt ein.

»Wir brauchen auch kein Glühwürmchen«, warf Gender mürrisch ein.

Ich funkelte sie an. »Ich kann mehr als nur leuchten.«

»Zum Beispiel?« Honor lehnte sich nach vorne.

Cole spuckte wütend aus: »Sie kann wehrlosen Göttern die Hand abreißen lassen.«

»Na klar. Bestimmt, indem sie mit den Wimpern klimpert«, brummte Gender.

»Kannst du mir mal deine Federboa leihen?«, flüsterte ich O zu. »Ich habe den dringenden Wunsch, jemanden damit zu erdrosseln.«

Sie kicherte. »Weißt du, das Schräge daran ist, dass es eventuell eine Zeitspalte gibt, in der du das tatsächlich tust.«

Ich starrte sie entsetzt an.

»Was ist sie jetzt?«, fragte Shame scharf.

Peace zuckte mit den Schultern.

»Spielt das eine Rolle? Ich weiß, was sie kann. Zumindest vermute ich es. Sie wird es uns gleich zeigen, denn ich bin mir sicher, dass wir mit ihr …«

»Sie ist die Chaosgöttin.«

Es wurde still im Raum. Wir starrten O an. Diese hob lediglich unschuldig die Hände. »Ich habe nichts gesagt!«, beteuerte sie.

»Sie ist die Chaosgöttin«, wiederholte die Stimme. Ungläubig sahen wir zu der Topfpflanze, die neben Charming stand.

»Hat der Busch da gerade gesprochen?«, fragte Lost skeptisch. Besagter Busch zitterte. Seine Äste schienen sich zu recken, als versuchte er, aus seinem hölzernen Gefängnis herauszubrechen. Der Pflanzen-Brave seufzte: »Kann mich bitte jemand zurückverwandeln? Diese ganze Fotosynthese ist anstrengend.«

»Sicher? Du gibst einen solch entzückenden Busch ab«, flötete Charming.

»Du kannst reden?«, fragte ich den Brave-Busch anklagend. »Du kannst reden und hast die ganze Zeit nichts gesagt, obwohl ich dich beinahe zweimal im größten Chaos vergessen habe? Und stattdessen püschelst du einfach nur rum? Bist du blöd?!«

Der Busch seufzte erneut. »Bitte zurückverwandeln«, sagte er nur bedrückt.

Charming grummelte, strich sich das Haar zurück und wedelte mit den Händen. Magie flammte auf. Schillernd umkreiste sie die Pflanze, die sich reckte und streckte. Die Blätter fielen ab. Das Holz knackte, wurde größer und von einer Sekunde auf die nächste saß ein derangierter Brave am Boden.

»Bei den Göttern! Geht es dir gut?« Ich rannte zu meinem Freund und ließ mich vor ihn fallen. »Wie viele Finger halte ich hoch?«

»Sechs?«

»Nahe dran. Es sind vier.«

Brave stöhnte. »Mein Schädel platzt gleich.«

»Ja, das sind die Nebenwirkungen der Magie. In ein paar Stunden geht es wieder«, beschwichtigte Charming.

Ich tätschelte Brave die Schulter. »Alles wird gut. Tief durchatmen.«

»Und wer ist das? Noch ein Gefährte von dir? «, fragte Shame spitz.

»Das ist Brave«, erklärte Peace der Runde. »Ebenfalls ein Sohn des Zeus.«

Die Götter guckten interessiert. »Welche Kräfte hat er geerbt?«

»Die Kräfte, mich zu verzaubern«, seufzte Charming, lehnte sich nach vorn und klimperte mit den getuschten Wimpern. Brave zuckte panisch zurück. Mühsam half ich ihm hoch. Er zitterte und warf mir einen schuldbewussten Blick zu.

»Was hat er damit gemeint, Warrior sei die Chaosgöttin?«, fragte Lost erneut. Ihre roten Augen musterten den blonden Gott interessiert. »Ist dir klar, dass es seit der Entstehung des Seins keinen Chaosgott mehr gab? Wie kommst du auf solch eine Behauptung?«

Brave schluckte. Alle starrten ihn gespannt an. »Ich habe sie darüber reden hören.«

»Wer sind sie?«, fragte Royal.

Brave schluckte erneut. »Die alten Götter.«

»Wann?«, verlangte Peace zu wissen. Augenblicklich war es eiskalt im Raum. Ich konnte meinen Atem vor dem Gesicht schweben sehen. Braves Zittern verstärkte sich.

»In den letzten Tagen, als ich dieses Pflanzending war. Na ja, ich hatte nicht viel zu tun. Ich habe immer schon viel mitbekommen, was die Götter so tuschelten. Zum einen, weil Vater mich zu vielen Sitzungen mitnahm, zum anderen, weil ich recht aufmerksam bin oder einfach nur gute Ohren habe, keine Ahnung. Jedenfalls begann ich, eure Stimmen zu hören. Aber es hörte nie auf wie bei Warrior. Sie konnte euch im Tartaros nicht mehr hören. Ich schon.«

»Komm auf den Punkt!«, stöhnte Gender entnervt.

Brave nickte hektisch. Schweiß stand ihm auf der Stirn. »Okay, klar. Sorry. Also, als ich so rumstand und Pflanze spielte, begann ich auch noch andere Stimmen zu hören. Erst wusste ich nicht, von wem sie waren, aber mit der Zeit wurden sie deutlicher. Ich erkannte die Stimme meines Vaters wieder.«

»Ein Orakel«, stellte Lost fest.

»Mit Radioempfang«, lachte Bizarre.

»Was haben die Götter besprochen?« Peace starrte Brave an.

»Sie redeten viel über Golf, wie immer eigentlich. Aber auch über das G11-Treffen in drei Wochen. Dort sollte geklärt werden, was mit den Gefangenen im Tartaros passieren sollte. Sie sprachen davon, das Chaoswesen zu töten.«

Die Götter hielten gespannt die Luft an.

»Das können sie nicht tun«, schnaubte Honor schließlich.

»Sagt er die Wahrheit?«, fragte Cole Lost.

»Bis jetzt schon«, bestätigte sie.

Brave zuckte mit den breiten Schultern. »Sie sagten, wenn der Tartaros unterginge, wären auch wir keine Gefahr mehr. Einige der Götter warfen ein, dass wir ohne Peace' Seele ohnehin zu schwach seien, um eine echte Gefahr darzustellen. Zumindest so lange, bis Hades meinte, dass Warrior die Chaosgöttin wäre und damit durchaus eine Gefahr werden könnte.«

Er hielt inne. Es war so still, dass man eine Stecknadel hätte fallen hören können. Alle sahen zu Lost.

»Er sagt die Wahrheit«, versicherte sie nüchtern.

»Haben die Götter sonst noch etwas darüber gesagt?« Peace' Blitze zuckten hektisch durch den Raum. Meine Haut prickelte. Ich konnte seine Unruhe in meinen eigenen Knochen fühlen. Am liebsten wäre ich zu ihm gestürmt und hätte ihn tröstend in die Arme genommen, aber ich traute mich nicht.

Brave schüttelte den Kopf. »Zumindest nichts, was ich hätte hören können.«

Peace knirschte mit den Zähnen. »Dann haben wir nicht mehr lange Zeit. Wie es aussieht, ist Warrior in der Lage, Götter und andere Wesen mit enormer Macht zu absorbieren. Als Chaosgöttin würde das einiges erklären. Auch, warum die Leute in ihrer Gegenwart verrücktspielen. Ich schlage vor, wir beginnen sofort damit, die Götter einzufangen und so unauffällig wie möglich hier herunterzubringen.«

Die anderen Götter guckten ziemlich skeptisch. »Kann sie das auch?«, fragte Gender misstrauisch. »Einen Gott inhalieren? Eine göttliche Seele gefangen zu halten, ist keine Kleinigkeit.«

»Sie hat es mit Shame getan«, erklärte Peace. »Auch bei dem Basilisken und dem Höllenhund. Sie kann es einsetzen.«

»Auch kontrollieren?«, fragte der Doktor.

Peace knirschte mit den Zähnen. »Das werden wir testen. Jetzt. Oder, Warrior?« Sein Blick traf mich. Ich schluckte schwer an den Widerworten, die mir sofort im Hals nach oben quollen. Ich war eigentlich nicht scharf darauf, Shame erneut verschlucken zu müssen.

Die Schlangengöttin selbst sah über diesen Plan ebenfalls ziemlich angepisst aus. »Nur über meine Leiche!«, zischte sie prompt. »Nehmt ein anderes Versuchskaninchen für diesen Freak.«

Peace warf ihr einen kalten Blick zu. »Das ist nicht deine Entscheidung.«

»Dann wirst du mich vorher k. o. schlagen müssen.«

»Lässt sich einrichten.«

Shame fluchte so heftig, dass mir die Ohren schlackerten.

»Wenn mir dieses Gör zu nahe kommt, reiße ich ihr die Zunge raus«, schwor sie feierlich.

»Dramaqueen!«, murrte O.

»Shame!« Peace wurde von einer Hand unterbrochen, die sich zögerlich hob.

»Ähm …« Sämtliche Blicke richteten sich auf Charming, der seine Hand anstarrte, als fragte er sich gerade selbst, was die dort oben zu suchen hatte.

»Jaaa?«, fragte Peace.

»Also … ähm.« Charming räusperte sich. »Bevor das hier in einem Kleinkrieg endet, melde ich mich als Versuchskaninchen. Freiwillig.«

Verwundert gaffte ich ihn an. »Warum, zum Teufel?«, rutschte es mir heraus.

»Ja, warum?«, fragte auch Peace misstrauisch.

»Tja …« Charming grinste und kratzte sich peinlich berührt am Hinterkopf. »Einer muss es schließlich tun, nicht? Ich opfere mich gerne für das Team.«

»Streber!«, hüstelte Bizarre.

»Willst du das wirklich, Charming?«, hakte ich nach. »Ich habe keine Ahnung, ob es funktioniert oder was passieren wird.«

Er schenkte mir ein seltsames Lächeln. »Klingt nach einer neuen und vor allem wertvollen Lebenserfahrung.«

»Ja … also, na dann …« Ein wenig perplex sah ich zu Peace hinüber, der nur die Schultern zuckte.

»Nur zu.«

»Okay.« Ich schluckte unruhig und trat zu Charming hinüber, der, genau wie alle anderen, erwartungsvoll zu mir aufsah. Ich spürte, wie mir der kalte Schweiß am Rücken ausbrach. Beim Abaddon! Das war ja noch schlimmer als die Theateraufführung in der dritten Klasse der Grundschule. Und damals hatte ich immerhin nur einen Baum gespielt.

»Okay.« Ich atmete tief durch, hob meine Hände und legte sie jeweils rechts und links um Charmings Gesicht. Tief sah ich ihm in die Augen. Ein nervöses Leuchten zuckte über meine Haut, während ich in das kalte Blau von Charmings Iriden abtauchte. Die Göttin in mir suchte nach dem Funken, dem Seil, das mich tief in sein Innerstes zog. Meine Finger spannten sich an. Dabei traten die Fingerknöchel weiß hervor. Ich konzentrierte mich. Suchte, streckte meine inneren Fühler aus und spürte … nichts.

»Das nenne ich mal eine Vollpleite!«, lachte Shame gehässig aus dem Monitor.

Ich funkelte sie an.

»Passiert noch was?«, fragte Royal gelangweilt.

»Lasst sie«, schnauzte Peace. »Konzentrier dich, Warrior!«

Ich nickte und sah wieder auf Charming hinab. Sein Atem kitzelte mich am Kinn. Erneut konzentrierte mich, suchte, zog. Aber wieder passierte nichts. Als versuchte ich, Rauch mit bloßen Händen zu fangen.

»Das ist doch Zeitverschwendung!«, schnarrte Gender. »Chaosgöttin hin, Chaosgöttin her. Sie ist ein Nichtsnutz.«

»Lass sie einfach mal machen!«, gab jetzt auch O ihren Senf dazu. »Das ist nicht leicht.«

Noch einmal guckten alle zu, wie ich mich zum Affen machte. Inzwischen zitterten mir schon die Finger. Das war so peinlich, so …

»Hey, Kleines!«

Ich sah in Charmings Gesicht. Seine Finger schlossen sich erstaunlich sanft um meine. »Sei ganz entspannt. Denk nicht so viel darüber nach. Du wirst mir schon nicht wehtun.«

»Woher willst du das wissen?«

»Ich vertraue dir. Blende diese Idioten einfach aus und mache das, was sich für dich am natürlichsten anfühlt. So funktioniert Magie immer.«

»Was sich natürlich anfühlt«, flüsterte ich und suchte in seinem Gesicht nach … keine Ahnung, nach was ich da suchte. Doch auf einmal fand ich es. Eine Art Verbundenheit, die mich packte und nicht mehr losließ. Mein Blick verhakte sich mit dem von Charming und ich fühlte seine Seele tief unter der Oberfläche aus Fleisch, Macht und Magie pulsieren. Wie ein zweiter Herzschlag. Mir stockte der Atem. Die Welt trat in den Hintergrund. Alles wurde mucksmäuschenstill, als ich mich langsam nach vorne beugte und meine Lippen auf die des Gottes legte.

»Du gehörst mir«, wisperte ich und zog. Es war ganz einfach. So leicht wie das Atmen floss die Seele des Mannes in mich hinein. Eine Geschmacksexplosion ließ mich unweigerlich aufstöhnen. Gierig vergrub ich die Finger in das blonde Haar und nahm alles, was er mir zu geben bereit war, in mir auf. Charming wehrte sich nicht. Es dauerte höchstens ein paar Sekunden, bevor er zu Staub zerfiel, welcher sich prickelnd auf meiner Haut niederließ. Wankend schnappte ich nach Luft. Dann hob ich den Blick und sah in die versteinerten Gesichter der Götter. Nur O applaudierte begeistert.

»Es hat funktioniert«, murmelte Peace. In seinen Augen stand ein wahnhaftes Leuchten.

»Unglaublich«, hauchte Lost.

Bizarre schien zu überlegen. »Sie sieht ziemlich blass um die Nase aus. Alles gut, Süße?«

»Mhmpf … ich glaube, ich muss ko …«, brachte ich noch hervor, bevor Charming genauso schnell wieder aus mir rausschoss, wie er zuvor hineingeschlüpft war. Die Götter wichen blitzschnell zur Seite. Ich konnte Shame angeekelt würgen hören, während ich Charming-Schleim in alle Richtungen verteilte. Die Seele des Gottes verstopfte mir die Nasenlöcher. Nahm mir den Atem, während sich mein Magen qualvoll um die eigene Achse drehte. Zumindest fühlte es sich so an. Keine Ahnung, wie lange das so ging. Eindeutig länger als das Inhalieren, aber schließlich sank ich erschöpft am Tisch zusammen. Die pochende Stirn drückte ich gegen die kalte Tischplatte, während Charming verdattert auf die anderen Götter hinabsah. Im ganzen Stück. Unversehrt.

»Wow!«, brachte er nur hervor. Seine Augen zuckten, als wäre er mit der Achterbahn gefahren.

»Es funktioniert!«, triumphierte Peace.

»Aber nicht lange«, ergänzte ich und hob den Kopf. Ein Rülpsen entfleuchte mir. »Er lag eindeutig zu schwer im Magen. Ich habe also Grenzen.«

Peace starrte mich an. »Deine Grenzen werden wir ab sofort überschreiten müssen. Wir bilden zwei Außenteams. Drei interne. Ich werde Warrior begleiten, zusammen mit Bizarre, Charming und Raised. Das andere Team besteht aus Trick, Honor, Fade. Der Rest schließt sich mit Hack zusammen, ihr helft uns von hier aus. Du musst immer in Kontakt mit uns bleiben. Verstanden?«, fragte Peace den nerdigen Gott.

Dieser grinste und flippte seinen Pony zurück. Die Schaltkreise in seiner Stirn blinkten. »Chill, Boss. Das bekommen wir schon hin.«

Peace nickte steif. »Dich muss ich ebenfalls um Hilfe bitten«, wandte er sich an Brave. »Horche mit O zusammen die Götter ab. Ich will jeden Tag einen schriftlichen Bericht – von allem, was du gehört hast. Wort für Wort. Lost wird deine Arbeit vorher überprüfen und spüren, falls du versuchen solltest, uns irgendwie anzulügen. Verstanden?«

»Denke schon«, murmelte Brave.

»Gibt es noch Fragen?«

»Und wenn es nicht funktioniert?«, warf Shame schnippisch ein. »Warrior ist nicht zuverlässig.«

Peace kniff grimmig die Lippen zusammen. »Es muss klappen.«

Ich begegnete Charmings Blick. Etwas hatte sich zwischen uns verändert, ich fühlte es wie ein Ziehen in der Brust. Als wäre der junge Gott immer noch ein Teil von mir. Ich wusste, dass er es ebenfalls spürte. Die Erinnerung an den intensiven Geschmack seiner Seele ließ mich unwillkürlich schaudern. Beinahe liebevoll musterte er mich, während er noch ein wenig steif vom Tisch stieg und unendlich sanft meine Hand in seine nahm. Er hielt mich die ganze Zeit fest und zum ersten Mal seit langer Zeit fühlte ich mich nicht mehr einsam.

Kapitel 22
Ein Glück, dass ich eine Schwäche für Monster habe

Zitternd lehnte ich meine Stirn gegen die Tür. Der vertraute Geruch nach Ozon und Eis hüllte mich ein. Kurz darauf schlangen sich zwei Arme um meinen Körper.

»Angst?«, flüsterte Peace in mein Ohr.

»Verwirrt«, entgegnete ich bebend. Meine Gedanken drehten sich im Kreis. Immer und immer wieder. Ich war eine Chaosgöttin. Angeblich. Es hatte bisher nur einer existiert und der hatte das Sein kreiert. Er war der erste Funke Macht gewesen, der unsere Existenz begründet hatte. Angeblich war der Chaosgott vor Einsamkeit in tausend Stücke zerbrochen. Aus seinem Körper hatten sich die verschiedenen Universen gebildet. Aus seinen Tränen die Sterne und aus seinem Herzen die Planeten. Sein Geist hatte die Götter erschaffen, die wiederum andere Götter erschaffen hatten. So lange, bis die ersten Menschen entstanden. Chaos war eine Legende. So weit von mir entfernt, dass es einfach nur lächerlich war. Mich mit solch einem Gott zu vergleichen, kam einem schlechten Scherz gleich.

»Das ist doch alles Bullshit!«, brach es aus mir hervor. Ruckartig drehte ich mich in Peace' Armen um, spürte das kalte Holz der Tür in meinem Rücken. »Ich bin doch kein bedeutendes Wesen, das ganze

Universen erschaffen kann. Ich meine, ich bin … ich! Okay, gib mir ein Zimmer und fünf Minuten, danach sieht es aus, als hätte ein Taifun darin gewütet. Ich habe ein lächerliches Talent für Missgeschicke, schrotte regelmäßig mein Auto und das letzte Mal, als ich etwas kochen wollte, ist mir die Mikrowelle explodiert. Aber das alles macht mich doch nicht zur Chaosgöttin. Das ist einfach nur …«

»Warrior.« Peace hielt mir den Mund zu. Seine Augen leuchteten silbern. Seine Hände waren kalt, aber unglaublich angenehm auf meiner überhitzten Haut. »Bevor du dich jetzt in etwas hineinsteigerst, hörst du mir zu, okay? Du bist nicht der Chaosgott.«

»Bin ift nift?«, nuschelte ich in seine Hand.

Er schüttelte den Kopf. »Genauso wenig wie ich der erste Gottvater bin oder O das erste Orakel ist, so bist auch du nicht der Chaosgott von damals. Wir alle sind nur Ableger der Götter vor uns. Kleine Sprösslinge. Wir haben die Fähigkeit, zu etwas Großem heranzuwachsen. Die Bestandteile sind alle in uns. Aber wie wir uns letztendlich entwickeln, welchen Weg wir gehen, liegt in unserer Verantwortung. Du musst nicht eine große Chaosgöttin werden, die ganze Welten erschafft. Du kannst Warrior bleiben und mich weiterhin in den Wahnsinn treiben. Damit erfüllst du deine Bestimmungen genauso gut wie mit der Zerstörung von Planeten. Du musst vor diesem Erbe keine Angst haben. Wir alle sind letztendlich nur Produkte unseres eigenen Willens.«

Ich schluckte hart. Berührte sanft seine Hand. Er nahm seine von meinen kribbelnden Lippen. Ich schmeckte den unverwechselbaren Peace-Geschmack auf meiner Zunge.

»Seit wann bist du so tiefsinnig?«, flüsterte ich.

Er grinste schief. Das Lächeln erreichte nicht seine Augen, aber mein Herz. »Hier unten kann es ziemlich langweilig werden. Ich hatte viel Zeit, um über solche Dinge nachzudenken. Ist es denn wirklich so schlimm, eine Chaosgöttin zu sein?«

»Ich schätze nicht«, lenkte ich ein. »Ich war nur …«

Wieder unterbrach er mich. »Du musst keine Angst haben – vor dem, was kommt. Ich bin bei dir.«

Mein Herz hämmerte. Ich sah auf und da traf es mich. Die Erkenntnis. So scharf und süß, dass ich Sternchen sah. Mir wurde ein wenig schwindelig und ich packte Peace' Hemd. Hielt mich an ihm fest.

»Was? Was ist los?« Besorgt schlang er seine Arme um mich. Hielt mich fest.

»Ich glaube …« Ich räusperte mich. Meine Zunge klebte am Gaumen fest. »Ich glaube, ich habe mich in dich verliebt«, brachte ich es schließlich hervor.

Peace' Schultern spannten sich an. »Was?«

»Ich habe mich verliebt.«

»In mich?«

»In dich.«

»Mein Beileid.«

Ich lachte trocken. »Danke. Ich tue mir gerade selbst leid.«

Er rückte von mir ab. Seine Augen waren wie geschmolzenes Quecksilber. Seine Magie streifte die meine. Das Loch in seiner Seele pochte heftig. Es tat weh. Ich fühlte es mit ihm zusammen.

»Ich wünschte, ich könnte diese Worte erwidern«, sagte er. »Ich glaube, ich fühle gleich. Ich vermute es. Aber da ist nur Dunkelheit, Warrior. Ich spüre die Worte auf meiner Zunge. Aber ohne meine Seele wären sie leer. Das hast du nicht verdient.« Er legte seine Hand an meine Wange.

Ich schmiegte mein Gesicht an sie. »Ich weiß«, hauchte ich. »Ich verstehe dich.«

Er seufzte und lehnte seine Stirn gegen meine. Sein Atem schlug gegen meine Lippen. »Ich wünschte, ich könnte so fühlen, wie ich es fühlen möchte. Du lockst mehr an Emotion in mir hervor, als ich jemals für möglich gehalten hätte – und doch sind diese Empfindungen gestohlen. Ich stehle sie dir. Trinke daraus wie ein Verdurstender. Ich bin verflucht, Warrior. Nichts kann mich füllen. Ich bin dazu verdammt, ewig zu hungern, ewig müde zu sein. Ewig zu ertrinken. Ich bin ein Monster.«

Ich lächelte traurig und strich ihm eine Locke aus der Stirn. »Ein Glück, dass ich eine Schwäche für Monster habe.«

Er seufzte tief. »Was nicht wirklich für deine geistige Gesundheit spricht.«

»Ich bin die Chaosgöttin. Ich darf verrückt sein.«

Lächelnd ließ er von mir ab und zog mich sanft in Richtung Bett.

»Wir haben noch ein paar Stunden bis zu unserem Aufbruch. Du solltest ein wenig schlafen. Es werden anstrengende Wochen.

»Ich bin aber gar nicht müde«, wandte ich stirnrunzelnd ein.
»Wann hast du das letzte Mal geschlafen?«
»Das war …« Ich stotterte. Ich hatte keine Ahnung.
Peace nickte arrogant. »Du bist erst am Anfang deiner Unsterblichkeit. Hin und wieder ein wenig schlafen und essen tut dir gut.«
»Essen?« Ich überlegte, wann ich das letzte Mal etwas gegessen hatte. Um ehrlich zu sein, hatte ich nicht einmal mehr eine Ahnung, wie Essen schmeckte. Seltsam.
Peace lächelte verschmitzt, drückte mich aufs Bett. »Warte kurz«, wies er mich an und stürmte aus dem Zimmer. Verwundert sah ich ihm hinterher. Dann zog ich mir die Schuhe aus und setzte mich im Schneidersitz auf das weiche Laken. Bevor mir langweilig werden konnte, ging die Tür auch schon wieder auf und Peace kam zurück. Mein Herz hämmerte erneut bei seinem Anblick. Bei den Göttern! Er war so wunderschön. Meine Haut leuchtete prompt auf, meine Flügel drückten gegen die Haut.
»Bitte schön!« Stolz hielt mir Peace zwei Dinge unter die Nase. Eine Flasche Cola und ein Snickers.
Ein lautes Lachen platzte aus mir heraus. »Wo hast du das denn her?« Ungläubig nahm ich ihm das süße Zeug aus den Händen.
Zufrieden ließ er sich neben mich fallen. »Kleiner Gruß von Bizarre. Er treibt so Zeug hin und wieder auf, auch wenn es nicht viele Götter gibt, die noch essen.«
»Was passiert, wenn du etwas isst?«, fragte ich neugierig und riss die braune Zellophan-Verpackung vom süßen Riegel. Der Geruch nach Schokolade, Karamell und salzigen Nüssen stieg mir in die Nase. Prompt knurrte mein Magen.
»Ich würde vermutlich kotzen, aber: Bon appétit!«
Ich biss hinein.
»Wahnsinn!« Stöhnend verdrehte ich die Augen. »Und ich hatte Angst, dass ich vergessen würde, wie Essen schmeckt.« Gierig schlang ich ein weiteres Stück hinunter, nahm die Cola und schüttelte kräftig.
»Du schüttelst die Kohlensäure raus?«, fragte Peace angeekelt.
»Ohne schmeckt es besser«, nuschelte ich und öffnete die Verschlussklappe vorsichtig. Als es herauszuspritzen begann, drehte ich schnell wieder zu, wartete kurz, bis sich der Sprudel gelegt hatte, und nahm

endlich einen großen Schluck. Der Zucker explodierte quasi auf meiner Zunge. Ich stöhnte wieder, erlebte einen wahren Zuckerorgasmus. »Wahnsinn«, wiederholte ich und schob mir den Rest des Riegels in den Mund. Ich musste mich praktisch zum Kauen zwingen und auch dazu, nicht alles wie eine Anakonda hinunterzuschlingen.

Peace lachte. Seine Augen hefteten sich auf meine Lippen. »Du hast da was«, flüsterte er. Seine Stimme war rau. Die Härchen auf meinen Unterarmen richteten sich auf, als er sich langsam vorbeugte und mir ein wenig Karamell aus dem Mundwinkel wischte. Er blickte die braune Soße an, bevor er sie zum Mund führte und lasziv ableckte. Alles in mir zog sich zusammen.

»Ich dachte, du musst davon kotzen«, brachte ich hervor. Dabei sah ich wahrscheinlich wie ein rolliger Hamster mit megadicken Backen und Karamellsoße im Gesicht aus.

Der Gott warf mir einen heißen Blick zu. »Ich werde es überleben. Lass mich mehr davon kosten.«

»Ich habe aber nichts me…« Ich stockte, denn er presste seine Lippen leidenschaftlich auf meine. Ich stöhnte noch lauter als bei dem Biss in den Snickers und ließ die Cola fallen, vergrub meine Finger in seinen blauen Haaren. Der Geruch nach Ozon und Schnee mischte sich mit dem von Schokolade und Rosen. Gierig sog ich Peace' Unterlippe ein, knabberte daran und verschluckte sein Stöhnen. Seine Hände glitten zu meinem Rücken, streichelten mich. Von den Schultern, das Rückgrat hinab und bis zu meinem Po. Dann wieder zurück. Schließlich packte er mich und zog mich auf seinen Schoß. Unsere Magie verband sich miteinander. Umschlang den anderen, bis nicht mehr auszumachen war, wo er anfing und ich aufhörte. Wir waren ein Ganzes. Perfekt. Erfüllt mit Magie. Ich schauderte, als Peace meinen Kopf packte und seine Zunge mit meiner tanzen ließ. Hitze, Lust, Mund, Zunge, Zähne. Es war nicht genug. Ich löste mich von ihm und riss sein Hemd mit einer schnellen Bewegung auseinander. Er lachte. Seine Brust war herrlich. Eine Komposition aus samtener Haut und harten Muskeln. Ehrfürchtig berührte ich die schmale Linie dunkler Haare, die von seinem Bauchnabel aus im Bund seiner Hose verschwand. Die Bauchmuskeln spannten sich unter meinen Fingern an. In seinen Augen hatte die Leidenschaft die Kälte vertrieben. Ich erwiderte den

Blick. Es gab kein Zögern, keine Angst, keine überflüssigen Worte. Es war an der Zeit, nicht nur seelisch miteinander verbunden zu sein. Peace richtete sich auf, wickelte mein Haar um seine Finger und zog, bis ich seine Zunge noch tiefer einlassen musste. Unser Atem ging stoßweise. Beide leuchteten wir wie die Sonne und der Mond. Seine Blitze zuckten liebkosend über meine Haut. Reizten die Nerven bis zur Hochspannung. Mein Licht wärmte indessen die Kälte in seinem Inneren. Sanfter Donner erfüllte den Raum. Peace' Finger waren schnell und geschickt. Liebevoll in jeder Bewegung und doch hungrig. So hungrig. Wir waren es beide. Wimpernschläge später lagen meine Klamotten am Boden. Seine Hose landete neben meinem BH. Seine Unterhose gesellte sich dazu. Jetzt trennte uns nichts mehr. Weder seelisch noch körperlich. Haut traf auf Haut. Meine Sinne brannten lichterloh. Ich schmeckte ihn, roch ihn, fühlte ihn, hörte ihn und sah ihn. Meine Nägel gruben sich in die nackte Haut an seinem Becken. Unser Stöhnen erfüllte den Raum. Wahrscheinlich zertrümmerten wir wieder die halbe Inneneinrichtung, aber es gab im Augenblick nur noch uns beide. Die Zeit schien stillzustehen. Peace unter meinen Fingern zu spüren war fast so, wie flüssiges Gold zu trinken. Wie von selbst schlangen sich meine Beine um seine Hüften. Er lag oben, ich unten. Meine Haare breiteten sich auf der seidenen Bettwäsche aus.

»Wunderschön«, hauchte Peace. Seine schlanken Finger strichen über meinen Bauch, meine Schenkel, packten sie, drückten sie höher, während ich vor Verlangen ein Wimmern ausstieß. Meine Unterleibsmuskeln spannten sich an. Sein Finger fuhr über meine Brust. Das leichte Zupfen und Necken, bis die Knospen sich verlangend aufstellten. Das Gefühl war so ungewohnt, dass ich den Rücken durchbog und schließlich seine Zunge dort fühlte, wo seine Finger mich zuvor geliebkost hatten. Ich schnappte nach Luft, als seine Hand weiter nach unten wanderte. Meinen Bauchnabel hinab, bis ich seine Fingerspitzen zwischen meinen Beinen fühlte. Genauso hungrig wie seine Lippen, die mich verschlangen. Seine Zunge, die von der schmerzenden Brustwarze abließ und wieder mit meiner spielte. Ich zitterte. Fühlte die Feuchtigkeit und das steigende Verlangen, das mich mit jedem Eindringen seiner Finger atemloser werden ließ. Ich stöhnte in seinen Mund, kratzte über seine angespannten Rückenmuskeln, während seine eigene Erregung heiß und hart gegen meine Schenkel drückte. »Peace!«, stieß ich heiser hervor. Mein Körper fühlte sich an, als würde er jeden Augenblick in tausend Splitter zerbersten. Peace knurrte animalisch. Sein Duft hüllte mich ein, als er sich an meinen Hals entlangküsste. »Du bist alles«, raunte er stöhnend, bevor er zu mir hinabsank und meinen Körper vollends in Besitz nahm.

Kapitel 23
Hätte nie gedacht, jemals eine Rüstung zu brauchen. Ich war eher der Prinzessinnen-Typ

Ich träumte.

Leider nicht von heißen, verschwitzen Körpern, erregtem Stöhnen und blauen Haaren zwischen meinen Fingern, sondern von etwas absolut Grauenhaftem. Meiner Mutter. Ihr blondes Haar wehte in einer sanften Brise. Sie trug ein hauchzartes Kleid, unter dem man die Konturen ihres Körpers hindurchschimmern sehen konnte. Ich stand hinter ihr, als die Göttin der Liebe sich langsam zu mir umdrehte. Ihr Gesicht war blass, die blauen Augen weit aufgerissen. Blut klebte auf ihrer hellen Haut. Es rann in dickflüssigen Schlieren über ihre Hände und tropfte still auf den hellen Stoff ihres Kleides. Der Himmel grau, keine Sonne war zu sehen, kein Vogel zu hören. Eine dicke Schicht Asche überzog das abgestorbene Gras. Eine weitere Windbrise wehte den Geruch von Verwesung über die tote Landschaft. Das einzig Lebendige war die Göttin selbst, die mich mit undurchdringlicher Miene anstarrte. Ein irres Lächeln kräuselte ihre vollen Lippen.

»Warum tust du das, Mutter?«, hörte ich mich selbst fragen. Meine Worte hallten unheimlich laut wider. Schwelende Asche wirbelte mir ins Gesicht und brannte sich in meine Lunge. »Du bist die Liebe!«, brachte ich gebrochen hervor. Tränen verschleierten meinen Blick, ließen die Göttin zu einem strahlenden Punkt inmitten des grauen Nichts verschwimmen.

»Liebe ist eine Illusion, Kind!«, antwortete Aphrodite kalt. »Ich habe dir einen Gefallen getan.« Sie warf mir etwas zu. Ich stolperte zurück, packte das schwere Bündel mit meinen verbrannten Händen. Beinahe hätte ich es wieder fallen lassen. Es fühlte sich vertraut unter meinen Fingern an. Der Geruch nach Ozon und Eis stieg mir in die Nase. Ich blinzelte die Tränen fort, versuchte, unter einem Schleier aus Asche und Schmerz hindurchzusehen. Ich starrte auf das Geschenk der Göttin hinab und schrie. So laut, dass meine Stimme brach. Meine Beine gaben unter mir nach. Ich stürzte zu Boden. Dabei hielt ich Peace' blutenden Kopf in den Händen. Die silbernen Augen waren stumpf. Das blaue Haar ringelte sich um meine Finger. Ich schrie, während die Liebe leise lachte.

»Warrior, wach auf!«

»Peace!« Keuchend setzte ich mich auf und stieß mit dem Kopf hart gegen etwas, das lauthals fluchte.

»Bei den Göttern!«, schrie die Göttin neben mir. »Voll auf die Zwölf!«

Ich rieb mir ebenfalls den schmerzenden Schädel. »O? Was machst du denn hier?« Mein Blick irrte durch das dunkle Zimmer.

»Was ist passiert?«, fragte eine Stimme, die ich als Charming identifizierte. Durch die offen stehende Tür drang ein heller Schein bis zu mir ans Bett.

»Sie hat mir die Nase gebrochen!«, jammerte O.

Charming grunzte. »Warum bist du eigentlich ein Orakel? Solltest du so was nicht voraussehen?«

O guckte ihn finster an. »Weißt du eigentlich, in wie viele mögliche Zeiten ich gleichzeitig schaue? Irgendwann verliert man den Überblick.«

»Den Verstand zufällig auch?«

»Manchmal.«

»Was macht ihr hier? Wo ist Peace?«, unterbrach ich die beiden. Das Bett neben mir war leer. Das Laken zerwühlt, aber kalt.

»Wir sollen dich holen. Der Boss ist seit Stunden unten und brüllt Befehle durch die Gegend.«

»Er ist heute gruselig energiegeladen«, murmelte Charming, der sich die Hände vor die Augen hielt. »Ist sie noch nackt, oder kann ich die Augen wieder aufmachen?«

O beäugte mich.

»Halt die Augen lieber noch zu, Süßer.«

Schnell zog ich die Decke höher. »Peace ist unten?«, hakte ich noch mal nach und stieg aus dem viel zu warmen Bett. Es roch nach mir und ihm. Ich glühte bei dem Gedanken an gestern, kämpfte aber gleichzeitig mit der Enttäuschung, dass ich alleine aufgewacht war.

O lächelte mitfühlend. »Nimm es ihm nicht übel, Süße. Zum einen ist Feingefühl nicht gerade seine Stärke und zum anderen muss er nicht mehr schlafen. Seine Verpflichtungen haben ihn aus dem Bett getrieben.«

»Verstehe«, murmelte ich. Da schien aber jemand ganz genau zu wissen, was letzte Nacht passiert war.

O grinste wie ein Honigkuchenpferd.

O ja, und wie sie es wusste. Ich wurde rot. »Hast du uns etwa beobachtet, O?«

Die Göttin lachte. »Das musste ich gar nicht. Gestern Nacht hat der ganze Tartaros gebebt. So ziemlich jeder wusste, was ihr hier drinnen treibt.«

Ich verschluckte mich prompt an meiner eigenen Spucke. »So schlimm?«, röchelte ich.

»Drei Häuser in der Umgebung sind eingestürzt.«

»Neeeeein!«

»Ich bin eifersüchtig geworden«, seufzte Charming. Er lehnte lässig im Türrahmen. »Habe Brave ebenfalls vorgeschlagen, vor Leidenschaft ein paar Wertgegenstände zu zertrümmern, aber er rannte nur davon. Warum rennt er immer davon?« Er klang ziemlich deprimiert.

»Vielleicht ist er das, weil du ihn tagelang als Topfpflanze hast herumstehen lassen!«, riet ich ins Blaue.

Der Gott seufzte theatralisch. »Bei der ganzen sexuellen Energie, die ihr losgelassen habt, ist es schon beinahe beleidigend, dass er meinem Werben widerstehen konnte. Der halbe Tartaros hatte seinen Spaß.«

Meine Wangen brannten vor Scham. »Du scherzt, oder? Bei den Göttern, ist das peinlich«, quetsche ich hervor.

O lachte wieder. Ihre Zähne blitzten weiß auf, für meinen Geschmack waren sie ein wenig zu spitz. Sie erinnerte mich an einen Kobold, der kurz davor war, etwas in Brand zu setzen. »Mach dir nichts draus. So ist das nun mal bei mächtigen Göttern. Eure Leidenschaft greift auf die anderen über.«

»Nächstes Mal treiben wir es in einem Atombunker!«, knurrte ich und bückte mich nach meinen Klamotten, als mir O ein Bündel unter die Nase hielt.

»Mit besten Grüßen von Bizarre. Das Material ist feuerfest, säurefest und hält auch bei -20° C noch warm. Magieresistent. Außerdem sind Schlitze für deine Flügel eingenäht.«

»Danke«, sagte ich verblüfft und auch ein wenig gerührt. Ich rollte das Kleidungsstück aus dem schwarzen Material, das mit Goldfäden durchzogen war. Meine Finger prickelten wegen der eingearbeiteten Magie. Es war ein Einteiler, der sich hauteng an meinen Körper schmiegte. Ich hatte ein wenig Schwierigkeiten, mich hineinzuzwängen. O musste mir helfen und mich hineinstopfen wie die Füllung in eine Weihnachtsgans, aber als ich ihn endlich anhatte, fühlte es sich einfach fantastisch an.

»Hier!« O reichte mir etwas, das wie eine mattschwarze Korsage aussah, aber um einiges flexibler war.

Ich zog fragend eine Augenbraue hoch.

»Zum Schutz der inneren Organe. In den Stoff ist Titan eingearbeitet, es sollte die schlimmsten Schuss- und Klingenverletzungen verhindern. Wie bei einer Rüstung«, erklärte sie.

»Wow. Hätte nie gedacht, jemals eine Rüstung zu brauchen. Ich war eher der Prinzessinnen-Typ«, witzelte ich nervös und ließ mich von O in die Korsage schnüren. Sie saß stramm, aber nicht unangenehm. Ich drückte dagegen und stellte fasziniert fest, dass das Material nachgiebig war, wenn ich es langsam belastete, aber steinhart wurde, sobald ich fester und schneller zustieß.

»Titan ist intelligentes Metall. Vielseitig in seiner Viskosität, darum erlaubt es dir auch so viel Bewegungsfreiheit«, teilte mir O stolz mit. »Peace hat dieses Stück bei Cole in Auftrag gegeben.«

Ich erbleichte. »O Gott, sicher, dass er dieses Ding nicht programmiert hat, mich zu zerquetschen oder so? Das mit seinem Arm nimmt er mir immer noch übel.«

Charming schnaubte. »Cole ist ein Arschloch, aber seine Arbeit ist makellos.« O nickte ernst und gab mir kniehohe Stiefel. Sie passten ebenfalls perfekt.

»Die sind sicher im Weg«, überlegte ich und berührte mein Haar.

»Flechte es einfach«, schlug O vor.

Ich nickte und band mir einen Zopf, während O mir stolz das letzte Stück des Kostüms überreichte. Ich ließ meinen Zopf los und nahm es ehrfürchtig entgegen. Es war eine Maske aus verschlungenem Titan. Das Material schmiegte sich genauso weich an meine Hand wie das Korsett. Aber sobald ich die Finger anspannte, wurde es härter. Die Maske bedeckte meine Wangen und einen Teil der Nase. Meine Lippen, Kinn und Teile der Stirn blieben frei.

»Danke«, sagte ich mit vor Rührung rauchiger Stimme und umarmte O so ungestüm, dass diese quiekend nach hinten stolperte.

»Kann ich jetzt gucken?«, fragte Charming, spreizte die Finger und lugte hindurch. »Oh, Mädchen, du siehst wie eine Göttin aus«, schniefte er stolz. Seine Unterlippe zitterte sogar ein wenig. Ich ließ O los, rannte zu ihm und umarmte auch ihn. Er drückte mich fest zurück. Es war fast ein bisschen peinlich, aber … na ja, ich brauchte dieses gefühlsduselige Zeugs gerade. »Bist du noch sauer? Wegen dem Dark Wonderland?«, fragte ich leise.

»Nein.« Seufzend gab er mich frei. »Ich wünschte, ich könnte es, aber bei so viel Schönheit gehen mir einfach die Argumente aus. Allerdings schuldest du mir etwas.«

»Und was?«

»Du könntest Brave dazu überreden, mit mir auszugehen«, kam die prompte Antwort.

Ich machte mich ein Stück von ihm los und schürzte die Lippen. »Ich kann ja mal ein Doppeldate mit Peace, mir und euch vorschlagen.«

»Perfekt!«

»Das war ein Scherz.«

»Zu spät. Ich will mein Date.«

Ich rollte mit den Augen. »Gut. Wenn wir die kommenden Wochen überleben, bekommst du dein Date mit Brave.«

Der Gott strahlte so glücklich, dass ich mir fest vornahm, ihm wirklich zu helfen. Diamond würde das bestimmt verstehen. Hoffte ich zumindest.

»Wir sollten gehen«, wies O uns an. Ihre Augen fluoreszierten, als würde sie durch ein flackerndes Fernsehprogramm zappen. »Deine Waffen bekommst du unten.«

Im Entenmarsch verließen wir das Schlafzimmer. Charming vorn, O hinter mir. Wie meine persönliche Leibgarde. Wir stiegen die gläserne Treppe hinab und hörten in der Halle das Lärmen von Stimmen und Klirren von Waffen. Die Nervosität begann sich wieder in meinen Magen zu schleichen und verknotete mir den Hals. Ich schluckte, atmete tief durch, bis wir das Ende der Treppe erreichten. Dort konnte ich endlich Peace' blauen Haarschopf am Ende eines breiten Tisches ausmachen und entspannte mich augenblicklich. Der Tisch musste über Nacht in der Halle aufgebaut worden sein, denn gestern war er noch nicht hier gewesen. Auf dem hellen Chrom stapelten sich elektronischer Schnickschnack und Dutzende von Waffen. Zumindest glaubte ich, dass es sich um Waffen handelte, aber das dort drüben sah ziemlich verdächtig nach einem Lockenstab aus. Peace' hob den Kopf und machte mich sofort aus. Ich hielt die Luft an. Der Gott musterte mich mit einem Blick, der mir einen Schauder nach dem anderen über den Rücken jagte. Die Erinnerungen der letzten Stunden spülten über mich hinweg. Mein Körper erinnerte sich – hauptsächlich an schweißnasse Haut, heißen Atem und grollendes Stöhnen.

»Du guckst wie ein Schaf«, zischte O mir zu und brachte mich damit wieder zurück in die Realität.

»Tue ich gar nicht«, zischte ich zurück.

»Wie ein läufiges Schaf«, verbesserte sich O.

Ich gab ihr einen Schubs mit der Hüfte. Kichernd mischten wir uns unter das geschäftige Gewusel der Elite. Ein paar neue Gesichter waren ebenfalls darunter. Niedere Götter, die mich mit einer Mischung aus Neugier und Ehrfurcht musterten.

»Warum gucken die so?«, fragte ich nervös. Sie wichen wie ein Wasserlauf vor uns zurück.

»Weil du du bist«, erklärte O kryptisch.

Ich öffnete den Mund, aber da waren wir bereits am Tisch angelangt.

»Ihr seid zu spät«, begrüßte Peace uns kalt.

»Gut gelaunt wie ein Sonnenschein!«, flötete O zurück. Peace grunzte. Wieder fühlte ich seinen Blick auf mir. Ich lächelte unsicher. Neben ihm standen Raised, Honor, Cole und zu meinem Verdruss auch Shame, die aussah, als würde sie jeden Augenblick auf einen Laufsteg gehen wollen. Wir bedachten einander mit giftigen Blicken. Die Männer nickten mir zu.

»Wahnsinn, du sieht heiß aus, Kleines«, kommentierte Raised. »Gute Arbeit, Cole.«

»Ja, danke«, wandte ich mich auch an den Schmiedegott. »Und das mit deinem Arm tut mir leid. Versuch einfach, nicht so ein Arsch zu sein, dann passiert das auch nie wieder.«

Cole starrte mich an. Ein paar Flammen tanzten um seine Finger. Schließlich grinste er. Seine Knochentattoos traten deutlich hervor. »Wir werden sehen. Kannst du mit einer Schusswaffe umgehen?«

»Ein wenig.«

»Ein wenig muss genügen. Hier!« Er reichte mir unter den aufmerksamen Blicken der anderen zwei handtellergroße Schusswaffen. Ich nahm sie ihm aus der Hand und ließ sie nacheinander um meinen Zeigefinger wirbeln.

»Beeindruckend, Warrior«, kommentierte O.

»Danke. Ich habe meinem Bruder dabei schon mal in den Fuß geschossen«, kicherte ich.

»Das Gehäuse ist aus gestähltem Titan und Meteorgestein. Sie lädt sich automatisch selbst nach. Die andere …« Cole nickte zur linken Waffe. »… ist leer, aber du kannst sie mit deiner eigenen Magie füllen. Wenn du gut zielst, sollte sie noch effizienter sein als die mit den Kugeln.«

»Danke.«

Raised reichte mir einen braunen Waffengurt, den ich mir um die Hüften schnallte, und steckte die Waffen in die dafür vorgesehenen Halfter.

»Hattest du schon mal ein Schwert in der Hand?«, fragte der Schmiedegott.

Ich nickte. »Einmal. Mein Bruder Lax hatte eines und ließ es mich ausprobieren. Das ging ziemlich nach hinten los. Danach durfte ich monatelang nicht einmal mehr ein Buttermesser halten.«

Der Gott nickte. Es überraschte ihn offensichtlich nicht.

»Ich muss Shame zustimmen. Du bist wirklich eine Gefahr für die Allgemeinheit«, hüstelte Charming amüsiert.

Ich zeigte ihm den Mittelfinger.

»Gibt es eine Waffe, die du bevorzugst?«, fragte der Schmiedegott weiter.

Ich schüttelte den Kopf. »Wenn du keinen Playstation-Controller hast, dann nein.«

O kicherte. Auch Peace' Mundwinkel hoben sich ein wenig.

»Schön, dann habe ich das für dich«, brummte er und drückte mir ein Messer, das einen Unterarm lang war, in die Hand.

»Ein Dolch?«, riet ich und drehte die Schneide in der Hand. Der Griff war aus leichtem Titan, aber die Klinge bestand aus Glas. Zumindest sah es wie Glas aus.

»Es war ein Versuch, Waffen aus dem Gestein des Tartaros zu schmieden. Jeder, der es bis jetzt in der Hand hielt, hat verrücktgespielt. Das Ding hat ein Eigenleben, also beließ ich es bei einer einzigen Klinge. Aber da du die Chaosgöttin bist, solltest du damit umgehen können«, erklärte mir Cole sachlich.

Die Waffe summte in meiner Hand. Ich konnte mein Spiegelbild darin sehen. Der Dolch wurde warm. Ich lächelte verzückt. »Das ist der Wahnsinn. Das Ding will ich haben.«

»Auf deine Verantwortung.«

»Seid ihr fertig?«, fragte Peace ungeduldig.

Cole zuckte mit den massigen Schultern. »Kommt darauf an. Brauchst du noch etwas, das dir helfen könnte?«, fragte er mich.

Ich überlegte. Meine Gedanken überschlugen sich. »Hast du so etwas wie Handschellen? Etwas, mit dem ich die Götter kurzzeitig fixieren kann. Ich muss ihnen eine Weile in die Augen sehen, das werden sie sicher nicht so toll finden.«

»Mhm …« Cole runzelte die Stirn und begann wüst in dem Haufen auf dem Tisch herumzukramen. »Vielleicht, vielleicht, wo war es denn?«, murmelte er vor sich hin. Derweilen steckte ich das

Glasmesser in meinen Stiefel. »Ha!«, rief Cole triumphierend und holte zwei Kugeln heraus, die blau leuchteten. Sie summten, als stünden sie unter Strom.

»Lustkugeln?«, witzelte ich.

»Intelligente Kugeln«, erwiderte Cole genervt. Er war eindeutig kein Fan meines Humors. »Schmeiß sie auf deine Gegner. Sie finden selbstständig ihr Ziel und schweißen sich in die Körperteile, die du anpeilst. Schieß nur nicht dich selbst ab. Die tun höllisch weh.«

»Ich werde es versuchen«, murmelte ich und verstaute die Monsterdinger vorsichtig neben den Schusswaffen.

»Jetzt endlich alle fertig?«, fragte Peace ungeduldig. »Dann können wir ja los. Fade?«, bellte er.

Der Gott ploppte aus dem Nichts neben uns auf. Sein grünes Haar war stacheliger denn je.

»Mach die Portale klar«, wies Peace ihn an.

Hack war neben mir aufgetaucht und grinste breit. »Warrior!« Ich zuckte überrascht zusammen.

Die Schaltkreise in seiner Stirn zuckten heftig. »Ich muss dich kurz noch mit diversem Technikzeug ausstatten. Darf ich?«

»Sicher.«

Er legte mir die Hände an den Kopf. Dabei musste er sich auf die Zehenspitzen stellen. Ich war größer als er. Wie süß. »Danke. Und? Wie war es gestern mit dem Boss im Bett? Ihr habt mir das WLAN für eine Stunde lahmgelegt.«

»Was? Aua!« Ein stechender Schmerz schoss mir in den Schädel. Keuchend schlug ich mit der Hand dagegen und spürte, wie mir süßes Blut den Hals hinuntertropfte. »Was soll denn das?«, fuhr ich ihn an. »Das tat weh!«

Hack grinste frech unter sein nerdigen Ponyfransen hindurch. »Sorry. Ich habe versucht, dich ein wenig abzulenken. In deinem Schädel ist ein Link gelegt worden. Jetzt werde ich dich immer orten können und so sehen, was du siehst. Außerdem kann ich dir direkte Anweisungen geben.«

»Da ist gruselig.«

»Es ist notwendig«, mischte Peace sich ein. »Hack koordiniert uns. Falls es Probleme gibt, kann er sofort Hilfe schicken.«

»Viel Glück, ihr zwei.« Hack schnippte sich den Pony aus dem Gesicht und verschwand zwinkernd. Um uns herum wimmelte es wie in einem aufgebrachten Bienenstock. So viel Magie an einem Fleck. Meine Haut begann als Erwiderung sanft zu leuchten.

»Woran denkst du?« Peace stand hinter mir. Er berührte mich nicht, aber mein Körper fühlte ihn trotzdem.

Ich schwieg und genoss seine Nähe, bevor ich mich lächelnd umdrehte und in sein wunderschönes Gesicht sah. »Daran, dass Hack dringend einen neuen Haarschnitt braucht«, raunte ich atemlos. Unauffällig inhalierte ich seinen Duft. Ich schauderte. Es war immer noch beängstigend, wie anziehend Peace auf mich wirkte.

»Hast du die Liste der Götter schon gesehen?«, fragte er mich. Bildete ich es mir ein, oder klang auch seine Stimme kratzig? Ich schüttelte den Kopf. Er reichte mir einen zerknitterten Zettel. Stirnrunzelnd strich ich das Papier glatt und hatte im nächsten Moment das Gefühl, als würden mir die Augen aus dem Kopf kullern. Die Liste schien endlos:

Zeus (Gottvater)
Hera (Gottmutter)
Hades (Gott der Unterwelt)
Poseidon (Gott des Meeres)
Demeter (Göttin der Fruchtbarkeit)
Ares (Kriegsgott)
Hephaistos (Gott der Schmiedekunst)
Hebe (Mundschenk)
Eileithyia (Göttin der Geburt)
Hermes (Götterbote)
Artemis (Göttin der Jagd)
Apollo (Sonnengott)
Athene (Göttin der Weisheit)
Persephone (Göttin des Frühlings)
Aphrodite (Göttin der Liebe)
Herakles (Gott der Stärke)
Dionysos (Gott der Laster)

Ich schluckte hart und blätterte um, meine Finger zitterten leicht. Es ging noch weiter:

Acheloos (Flussgott)
Aletheia (Göttin der Wahrheit)
Anemoi (Windgöttin)
Asklepios (Gott der Heilkunst)
Ate (Unheilsgöttin)
Charon (Fährmann der Unterwelt)
Hekate (Göttin der Zauberkunst)
Die Horen (Göttinnen der Jahreszeiten)
Hypnos (Gott des Schlafs)
Iris (Götterbotin)
Die Moiren (Schicksalsgöttinnen)
Morpheus (Gott des Traumes)
Pan (Hirtengott)
Plutos (Gott des Reichtums)
Prometheus (Gott der Kultur)
Thanatos (Gott des Todes)
Tyche (Schicksalsgöttin)
Zelos (Gott des Eifers)

»Ist das euer Ernst? All diese Götter müssen innerhalb von drei Wochen abgesetzt werden?« Ungläubig senkte ich die Liste.

Peace' Augen waren so kalt wie Eis. Sein Kinn zuckte. »Nicht ganz drei Wochen.«

»Sondern?«, fragte ich panisch.

In seine Augen mischte sich beinahe so etwas wie Mitleid. »Brave hat die Götter weiterhin abgehört und mir den Bericht gebracht. Das G11-Treffen wurde vorverlegt. Damit ist auch unser Zeitrahmen verkürzt.«

Meine Knie wurden weich. »Wie lange haben wir?«

»Drei Tage.«

Ich keuchte ungläubig. »Unmöglich, Peace! Das geht nicht! Ich kann nicht …«

»Du wirst und du kannst«, unterbrach er mich forsch. Seine Hand packte meinen Oberarm und drückte mich an seine Brust. Blitze zuckten über uns hinweg. »Ich hoffe, du hast deinen Schlaf genossen. Es wird der letzte sein, den du bis auf Weiteres bekommen wirst.«

Ich starrte ihn an. Meinte er jetzt den *Schlaf mit ihm* oder das Schlafen im Allgemeinen? »Sind das alle Götter auf der Liste?«

»Die Halbgötter wurden nicht dazugerechnet.«

»Yippie«, brachte ich schwach heraus.

Seine Mundwinkel zuckten. Die Kälte in seinen Iriden taute für eine winzige Sekunde auf. »Du wirst das schaffen. Ich helfe dir. Alle tun das. Ich werde nicht zulassen, dass dir etwas passiert. Jetzt komm.« Peace ließ mich los und ging voran.

Ich musterte unauffällig seine Kehrseite. Er trug einen ähnlichen Aufzug wie ich, nur mit mehr Waffen und einem vorne offenen Mantel, dessen wallende Kapuze sein Haar und zum Teil sein Gesicht verdeckte. Das Außenteam hatte sich am Eingangsbereich aufgestellt. Team eins bildeten Peace, Raised, Bizarre und ich. Team zwei Trick, Honor, Fade und Charming. Alle sahen sie ziemlich grimmig aus. Ich schluckte schwer. Meine Hand wanderte Halt suchend zu Peace, doch dieser redete gerade mit Shame, die sich neben ihn gedrängt hatte und ihre Brust an seiner rieb.

»Komm heil zu mir zurück«, säuselte sie in einem Ton, der in mir das große Brechen hervorrief. Er murmelte etwas, das ich gar nicht erst wissen wollte. Zumindest wich er ihren Kussversuchen aus. Meine Hand fiel schlaff zurück, wurde aber von jemand anderem hochgenommen.

Überrascht sah ich in Braves blaugraue Augen.

»Du schaffst das«, behauptete er voller Inbrunst und drückte meine Hand, bis es wehtat.

»Danke, Brave. Aber ich brauche meine Hand noch.«

»Sicher. Entschuldige.« Schnell ließ er mich los. Allerdings nur, um mich liebevoll zu umarmen.

Mein Herz wurde warm. Lächelnd drückte ich ihn zurück.

»Wir tun das Richtige, oder?«, wisperte er mir kaum hörbar ins Ohr.

»Ich denke schon«, gab ich genauso leise zurück.

Er nickte. Sein blondes Haar kitzelte meine Nase. »Wenn du Diamond siehst, sag ihr …« Er leckte sich nervös die Lippen. »Sag ihr, es tut mir leid.«

Ich guckte überrascht. »Nicht: Ich liebe dich?«

Braves Gesicht wurde blass. Stumm schüttelte er den Kopf. Sein Blick zuckte kaum merklich zu Charming. Was genau war da zwischen den beiden? Doch mehr, als ich ursprünglich angenommen hatte? Musste ich es überhaupt wissen?

»Ich werde es ihr ausrichten«, versprach ich ihm daher und machte mich vorsichtig von ihm los.

»Viel Glück!«, rief O und wedelte mit ihrer Federboa wie eine durchgeknallte Cheerleaderin. Ich grinste schief. Fade stieß indessen ein tiefes, aus der Brust kommendes Grollen aus. In der Luft knirschte es. Der Türrahmen zitterte ächzend, verschob sich. Das Holz splitterte und inmitten der Tür wurde ein mannshoher Spalt sichtbar. Ein Riss, der aussah, als hätte man einen Spiegel zerschlagen. Schimmernde Splitter der Realität, die sich wie in einem Kaleidoskop ineinander verschoben.

»Los«, befahl Peace und ging als Erstes hindurch. Die anderen folgten ihm, ohne zu zögern. Ich ließ mich von Charming mitziehen, holte tief Luft und sprang durch den Spalt in der Zeit. Es war ein Gefühl, wie in einer Achterbahn zu sitzen. Dieser Augenblick, wenn die Gondel zum ersten Mal nach unten rast und der Magen irgendwo auf der Strecke bleibt. Ich öffnete den Mund, wollte schreien, doch schon im nächsten Augenblick landete ich im weichen roten Sand.

»Alles gut, Warrior?« Bizarres amüsiertes Gesicht tauchte über mir auf. Ich lag wie eine Krabbe auf dem Rücken und stöhnte. »Auf mit dir. Es wird besser«, sagte er und half mir auf die Füße.

Ich spuckte ein wenig Galle aus und betete, dass der Rest meines Mageninhalts in mir blieb. »Wo sind wir?«

Um uns herum waren nichts als Wüste und dieser ewig rote Himmel, den ich bereits kannte.

»Am Eingang des Tartaros«, erklärte Charming.

»Wir teleportieren uns nicht einfach ganz raus?«, fragte ich verwundert.

Bizarre schüttelte den Kopf und nestelte an seinem Cowboyhut herum. »Geht nicht. Wir müssen so raus, wie wir auch reingekommen sind.«

»Wir müssen seinen Hals rauf?«

»Sofern du nicht hinten rauswillst, ist das der einzige Weg«, erwiderte Peace ironisch. »Wir haben nur ein begrenztes Zeitfenster. Sobald der Rachen offen ist, fliegst du durch. Verstanden?«, sprach er weiter, ohne meine Grimasse zu beachten.

Ich hielt inne. Sah mich beunruhigt um. »Und ihr?«

»Du machst dir um dich sorgen, nicht um uns.«

»Aber ihr …«

»Wir kommen schon zurecht«, beschwichtigte mich Charming und drückte meine Schulter. »Einfach fliegen, verstanden?«

Ich nickte. Meine Haut leuchtete nervös und meine Flügel schoben sich ins Freie. Die Göttin in mir summte vor Tatendrang. Es ging los.

Peace atmete tief ein. Blitze zuckten über seinen Körper. Er verzog das Gesicht zu einem stummen Schrei, öffnete die Hand und schleuderte einen gewaltigen Blitz in den Himmel. Mit angehaltenem Atem verfolgte ich seine Flugbahn. Er flog und flog, bis er plötzlich auftraf. Der große Stromschlag teilte sich in Dutzende kleine Verästelungen, die sich wie pulsierende Venen ausbreiteten. Er kräuselte sich, als würde er Wellen schlagen. Ein seltsames Grollen, wie von einem protestierenden Stöhnen, war zu hören. Ein Loch öffnete sich.

»Flieg, Warrior«, befahl Peace.

Ich schoss nach oben. Heiße, stickige Luft schlug mir entgegen. Da kein Wind meinen Flug unterstützte, musste ich umso kräftiger mit den Flügeln schlagen. Ich stabilisierte mich, ließ meine Energie über die Flügelspitzen tanzen und raste direkt in das fleischige Loch des Monsters. Ein Déjà-vu-Erlebnis überkam mich. Mit dem einen Unterschied, dass ich diesmal hinaus- und nicht hineinflog. Heißer Speichel schlug mir entgegen, verklebte die Federn und bremste mich aus. Ich presste die Lippen zusammen, legte die Flügel eng an den Körper und brach in die Mundhöhle vor. Dort ließ ich mich auf die fleischige, zuckende Zunge fallen. Es war ein unheimliches Gefühl, von dem stinkenden Gaumen und den giftigen Zähnen eingeschlossen zu sein. So groß wie eine Kathedrale. Ich drehte mich um. Die Götter waren nur knapp hinter mir. Einer nach dem andern, so sammelten sie sich hinter mir. Die meisten schienen geklettert zu sein. Peace stieß sich mit seinen Blitzen nach oben. Nur Charming hatte Probleme. Er fluchte laut. Sein ehemals perfekt gestyltes Haar war vom vielen Speichel verschmiert, sein Gesichtsausdruck angepisst, als er sich schließlich zu uns hochhievte.

»Im nächsten Leben habe ich auch Flügel«, brummte er, als ich ihm nach oben half.

Meine Hände waren genauso glitschig wie seine.

»Du hast da ein bisschen was«, flüsterte ich und deutete um seine Augen, die mit Wimperntusche verschmiert waren.

»Wo? Da?« Er wischte sich über das rechte Auge. Jetzt sah er aus wie ein Waschbär.

»Ist weg«, mogelte ich.

»Pst«, zischte Peace. Er trat nach vorne und ließ einen Blitz gegen den Gaumen fahren. Das Chaoswesen ächzte. Die Zunge zuckte erneut. Ich verlor den Halt, knallte auf den Hintern und versuchte schnell, mich irgendwo festzuhalten, während die Bestie das Maul aufsperrte.

»Raus, raus, raus!«, brüllte Peace. Die Zunge schnalzte nach oben, würfelte uns wild durcheinander. Ich taumelte und fiel wieder den Rachen hinab. »Warrior!«, schrie mir Peace hinterher. Ich schlug am Rand des Rachens auf. Das Biest grollte. Zähneknirschend rammte ich meine Füße in den glitschigen Hals, spannte die Flügel an und rauschte wieder nach oben. Die anderen waren bereits dabei, aus dem Maul zu klettern, und achteten penibel darauf, nicht von den Zähnen zerfetzt zu werden. Nur Peace stand noch immer inmitten des Mauls und schien mir zu Hilfe kommen zu wollen. Ich flog über ihn hinweg. Ein erleichterter Ausdruck machte sich auf seinem Gesicht breit, bevor er hinter mir in Richtung Ausgang hechtete. Ich wich dabei ein paar Zahnreihen aus, guckte panisch nach oben. Das Wesen schloss langsam, aber sicher das Maul! Peace bemerkte es ebenfalls. Ein saftiger Fluch hallte durch die Mundhöhle, als er einen weiteren Blitz nach oben warf. Der Tartaros schrie auf. Ich flog hinaus. Peace sprang. Hart kam er am Felsvorsprung auf. Er rollte sich ab und kam geschmeidig wieder auf die Füße. »Überzeuge ihn, jetzt still zu sein!«, befahl Peace.

Ich nickte hektisch und gewann wieder an Höhe. Ich konnte das! Wir hatten gestern noch alles im Konferenzraum besprochen. Mit zusammengebissenen Zähnen flog nach oben. Zum ersten Mal wurde mir die Größe des Wesens bewusst. Das Vieh war eine ganze Stadt für sich. Immerhin konnte ich seine Augen nicht übersehen. Sie waren weit aufgerissen. Große, wütende Wolkenkratzer verfolgten mich, als sei ich eine lästige Schmeißfliege. Gesteinsbrocken fielen hinab. Ich wich aus und landete auf der abgeflachten Schnauze. Die schwarzen Schuppen des Tartaros waren brennend heiß und glitschig. Beinahe wäre ich ausgerutscht, konnte mein Gleichgewicht aber noch mit den Flügeln austarieren. Mit hämmerndem Herzen stürmte ich auf die Augen des Wesens zu. Ich kam ihm dabei so nahe, dass ich in das pupillenlose Innere starren konnte. Kurz durchzuckte mich Panik. Was würde geschehen, wenn das Vieh blind war? Nein. Es fixierte mich ganz klar. Ich schluckte heftig.

Im selben Augenblick kreischte es los.

»Beruhig es!«,Peace und die anderen sahen aus dieser Höhe wie Ameisen aus.

»Bin dabei!«, brüllte ich und riss mir die Maske vom Gesicht. Ich starrte das Wesen direkt an. Es war, als würde ich ungeschützt in die Sonne blicken. Meine Augen schmerzten, Tränen verschleierten meine Sicht. Es tat im Kopf weh. Meine Lider wollten sich schließen. Mit purer Willenskraft hielt ich sie offen. Ich ließ ich mich bebend auf die Knie fallen und schlug meine Nägel in seine schuppige, schorfige Haut.

»Hör auf!«, befahl ich. Okay, eigentlich brüllte ich es. Das Kreischen des Untiers wurde augenblicklich leiser. Ich starrte es weiter an. Ließ all meine verfügbare Energie in die Überzeugung des Monsters fließen. »Sei still!« Beruhigend streichelte ich seine Schnauze. Keine Ahnung, ob das Tätscheln funktionierte oder das Vieh einfach nur perplex war, aber es hörte abrupt zu grölen auf. In meinen Ohren klingelte es.

»Du musst uns helfen!«, beschwor ich es eindringlich. Je länger ich ihm in seine gigantischen Augen starrte, desto deutlicher konnte ich seine Seele erkennen. Es war mit nichts vergleichbar, das ich bis jetzt gesehen hatte. Die Denkmuster darin waren vollkommen konfus. Nicht strukturiert. Ein Berg aus Instinkten und tiefschwarzer Magie, der sich zu einem unerschöpflichen Quell der Unendlichkeit bildete. Ich bezweifelte, dass es meine Worte waren, auf die das Biest reagierte, sondern mehr der Blick in meine eigene Seele. Der Tartaros erkannte etwas, einen Funken von ihm selbst in mir wieder. Wir waren beide Monster. Das Untier brummte. »Du musst uns helfen«, wiederholte ich klar und deutlich. »Niemand darf wissen, dass wir hier sind, du musst also ganz still sein«, erklärte ich dem Tartaros. Ich wagte es nicht, auch nur ein einziges Mal zu blinzeln. Mein Mund war wie ausgedörrt.

Außerdem knirschte immer noch Sand zwischen meinen Zähnen. »Wir sind hier, um zu helfen. Verstehst du das?«

Das Wesen gurrte.

»Du musst dein Maul aufsperren. So weit du kannst. Wir haben Fressen für dich. Wie klingt das?«

Das Wesen gurrte lauter. Ich streichelte das Fleckchen Schuppenhaut unter mir. »Du musst dein Maul offen lassen und uns dabei ein- und ausgehen lassen. Schaffst du das?«

Das Monster schnaubte. Ich wertete das vage als ein Ja.

»Danke schön«, flüsterte ich, tätschelte das Biest ein letztes Mal, setzte die Maske auf und flog nach unten. Noch bevor ich ebenfalls am Felsvorsprung ankam, sperrte Tartaros sein Maul auf und verharrte still.

»Gut gemacht«, lobte Peace. »Fade, öffne ein Portal in die Unterwelt, wir werden dort mit dem Aussieben anfangen. Du bleibst hier und öffnest uns Schlupflöcher, wann immer wir welche brauchen.«

Der grünhaarige Gott nickte. »In welcher Ebene der Hölle sollen wir anfangen? Ich kann nicht behaupten, mich hier unten hundertprozentig auszukennen. Die Ebenen sind ein absolutes Chaos. Ich kann nicht garantieren, dass ihr immer an der richtigen Stelle landet.«

Peace öffnete den Mund.

»Bring uns nach Downtown«, antwortete ich an seiner statt.

Er sah mich stirnrunzelnd an. »Wie kommst du darauf?« Ich zuckte mit den Schultern.

»Von den Kerkern aus haben wir die besten Liftverbindungen in alle Richtungen.«

Fade sah zu Peace. Dieser nickte. »Sie kennt sich hier unten besser aus.«

»In Downtown sind die Kerker, oder?«, hakte Fade nach.

»Ja, bring uns am besten in die Tunnelzugänge. Die solltest du nicht verfehlen können.«

»Na dann.« Konzentriert kniff er seine Augen zusammen und ließ seiner Magie freien Lauf. Ein weiteres Portal öffnete sich. Ohne Zeit zu verlieren, sprangen wir hindurch. Mein Magen hob sich. Doch bevor mir wieder schlecht werden konnte, hatte ich bereits festen Boden unter den Füßen. Ich blinzelte in der plötzlichen Dunkelheit, hörte die anderen Götter landen. Das Licht meines Körpers durchbrach nur unzureichend den schmalen Durchgang. Ich erkannte ihn als den gleichen Tunnel wieder, in dem ich vor ein paar Wochen gelandet war, um meine Strafe in den Kerkern abzusitzen. Es fühlte sich wie eine halbe Ewigkeit an, seit ich hier unten gewesen war und die störrische Seele aus dem Klo gefischt hatte. Diese komische Seele. Mein Blick wanderte zu Peace. Hm …

»Was?«, fragte er irritiert.

»Nichts«, wiegelte ich schnell ab, aber die Vermutung blieb.

»Ziemlich dunkel hier«, murmelte Raised.

Ich ging schnell ein paar Schritte nach vorne und schaltete das Licht an. Diesmal klappte es problemlos. Die Götter blinzelten die Lampen an.

»Verrückt«, murmelte Bizarre.

»Wo müssen wir hin?«, fragte ich. In meinen Ohren knackte es.

»Könnt ihr mich hören?«, fragte die Stimme von Hack.

»Wir hören dich. Wo sind die Götter?«, verlangte Peace zu wissen.

»Also. In Abaddon befinden sich zurzeit sieben von ihnen. Hades, Persephone, Ate, Charon, Thanatos, Ares. Bis auf Persephone alles Unterweltgötter. Schon mal ein gutes Zeichen. Die Olympier haben noch nichts von unseren Kleinen Ausflug mitbekommen.«

»Auf welchen Ebenen sind die Götter?«

»145, 18, 1, 99 und 43.«

»Woher weißt du das alles?«, wunderte ich mich.

Hack kicherte. »Beeindruckt? Ich kann sämtliche Elektronik anzapfen und nachverfolgen. Charon spielt zum Beispiel gerade Candy Crush Saga und dein Vater liest die New York Times auf dem iPad. Außerdem habe ich ein paar Pixies mit Kameras entdeckt.«

»Pixies?«

»Ja. Kennst du, oder? Blau, klein, fies und mit spitzen Zähnen? Wir haben vor ein paar Monaten ein paar Dutzend hier ausgesetzt.«

»Also ist deinetwegen diese Plage ausgebrochen?«, fragte ich belustigt.

»Bessere Spione gibt es nicht«, erwiderte Hack nonchalant.

Da hatte er recht. »Also schön. Ebene 99 ist von hier aus schnell zu erreichen. Die Lifte sind allerdings bei den Kerkern. Wir werden uns durchmogeln müssen.«

»Dann los.« Peace sah wild entschlossen aus. Mein Magen drehte sich vor Besorgnis um. Wir gingen weiter. Vorsichtshalber löschte ich das Licht, um nicht zu viel Aufmerksamkeit auf uns zu lenken. Peace und Raised flankierten mich. Lautlos huschten wir durch die Schatten. Niemand kreuzte unseren Weg. Einzig das Schreien der Verdammten durchbrach die angespannte Stille.

»Willkommen in der Verdammnis!«, leuchtete in grellen Neonfarben auf. Die Schlange der Inhaftierten schob sich gerade durch die Türen.

»Verhaltet euch unauffällig«, wies ich die Götter an. »Wir werden uns jetzt unters Volk mischen.«

»Was?«, zischte Peace.

»Es geht nicht anders«, erwiderte ich und rannte los. Die Türen schlossen sich bereits knarrend.

»Warte!«, rief ich und winkte mit den Armen. »Frank!«

Der grüne Troll hielt irritiert inne.

»Hey, Frank. Alles klar?«, fragte ich schnaufend und zeigte ihm mein Handgelenk mit der Erkennungsnummer. »Wir müssen noch rein.« Der Troll grunzte. Sein trüber Blick wanderte zu den anderen Göttern. »Das sind nur Praktikanten zur Einweisung«, beschwichtigte ich ihn. »Gladis weiß Bescheid. Du musst dich um nichts kümmern.«

Der Troll grunzte wieder und stieß die Türen ein Stück auf. Ich deutete den Göttern an, mir stumm zu folgen, und schlüpfte durch den Türspalt. Peace hatte die Lippen fest zusammengekniffen, sagte aber nichts. Die übrigen Gefangenen waren unterdessen am Zittern. Sokrates stand vor ihnen und hielt seinen Vortrag. Mein Herz schmerzte bei seinem felligen Anblick. Gott! Ich hatte ihn vermisst.

»Willkommen in der ewigen Verdammnis! Kein Weg führt aus diesen Gemäuern heraus. Nehmet Abschied von jeder Hoffnung, denn ich werde euer Kerkermeister sein. Ihr werdet eure Taten bereuen. Wir werden eure Seele läutern. Macht euch bereit, die Strafe zu empfangen. Also … stellt euch in einer Reihe auf und drängelt nicht! Ich kann Unordnung nicht leiden.«

»Was machst du?«, zischte Peace.

»Uns einen Verbündeten sichern!«

»Bist du wahnsinnig? Wir verschwinden.«

»Ohne Hilfe schaffen wir es nicht. Schon gar nicht hier unten«, erwiderte ich ungerührt. »Im Kerker sind die besten Verbindungen. Sokrates wird uns helfen.«

»Warum bist du dir da so sicher? Er arbeitet für deinen Vater.«

Ich schnaubte. »Weil er mein Freund ist. Darum.«

Peace fluchte. Ich achtete nicht auf ihn, sondern drängte mich in der Schlange weiter nach vorne.

»Peter Fitzgerald!«, rief Sokrates im gleichen Augenblick. Ich stieß besagten Peter zur Seite. Sokrates blinzele irritiert. Er hatte seine Brille vergessen.

»Du bist nicht Peter!«, stellte er trocken fest. »Sokrates. Ich bin es, Warrior. Musst du deine dämliche Brille immer vergessen?«

Sokrates erstarrte. Seine Muskeln spannten sich an. Sein mächtiger Schädel senkte sich langsam herab. »Warrior?«, fragte er ungläubig.

»Du musst mir helfen!«, unterbrach ich ihn brüsk.

Der Bulle schnaubte. Seine Nüstern bebten. »Warrior, was zum …«

»Bitte«, flehte ich.

Peace war kurz davor, die Geduld zu verlieren. Ich spürte das Prickeln seiner Macht in meinem Rücken. »Hör mir zu. Ich habe keine Zeit, Fragen zu beantworten. Bitte, lass uns zu den Aufzügen durch und sorge dafür, dass die Türen im Kerker verschlossen bleiben.«

»Was? Bist du verrückt geworden? Das kann ich doch ni…«

»Bitte! Sokrates. Ich bin es. Vertrau mir. Nur dieses eine Mal.«

Der Bulle schwieg und musterte mich. In den Tiefen seiner Augen lag ein wissender Ausdruck. Mein Magen zog sich zusammen. Er wusste, was mit mir passiert war. Er wusste, wo ich eigentlich sein sollte und wo ich jetzt eindeutig nicht mehr war. Vielleicht war es doch ein Fehler gewesen, ihn um Hilfe zu bitten. Die Anspannung zerriss mich fast.

Schließlich seufzte er tief. »Gut. Ich helfe.« Die Erleichterung entwich aus meiner Lunge wie die Luft aus einem Luftballon. »Ich nehme an, dein Fanclub will mit dir kommen?« Er deutete auf die Götter, die sich hinter mir aufgebaut hatten.

»Sie gehören zu mir«, bestätigte ich.

Der Bulle nickte. »Dann kommt.« Er stapfte los und ließ einen Haufen verdammter Seelen verwirrt zurück. »Ich will gar nicht wissen, in welcher Scheiße du steckst, Warrior!«, brummte er. Seine Fußtritte ließen den Boden beben. »Es gefällt mir nicht. Trotzdem helfe ich dir. Soll ich deinem Bruder Bescheid geben, dass du hier bist?«

»Nein!«, erwiderte ich schnell. »Wir müssen – so lange es geht – unentdeckt bleiben. Wir brauchen die Lifte.«

»Wie du willst.« Eine drückende Stille senkte sich über unsere Gruppe, während wir durch feuchte Tunnel stapften, in denen schlecht gelaunte Sträflinge mit winzigen Zahnbürsten den Schimmel aus den Fugen schrubbten. Ich beneidete sie nicht. Der Schimmel war manchmal bissig. Schließlich erreichten wir die Aufzüge. Sokrates warf mir einen unergründlichen Blick zu, verschränkte die Arme vor der der massigen Brust und wartete.

»Wir sollten uns aufteilen«, schlug ich Peace vor, der den Bullen misstrauisch musterte.

Eine blaue Augenbraue rutschte nach oben. »Was meinst du?«

Wow, klang der angepisst. Ich räusperte mich und trippelte unruhig auf der Stelle. »Wir suchen getrennt nach den Göttern. So sind wir schneller.«

Alle sahen Peace an. Er sah stinkwütend aus. Seine Fäuste waren geballt.

»Ich tue das nur, um zu helfen«, sagte ich schlicht.

»Teilt euch auf!«, spuckte er schließlich aus. Die Götter nickten und eilten zu den Aufzügen. Ich musterte Peace. Die aggressive Spannung war zum Schneiden dick. Schnell wandte ich mich dem Bullen zu.

»Danke!«, sagte ich ernst. »Du hilfst uns gerade dabei, die Welt zu retten.«

»Das will ich auch hoffen«, seufzte er. »Soll ich bleiben und aufpassen?«

Ich schüttelte den Kopf. »Mach deine Arbeit fertig. Den gewohnten Ablauf. Lass nur die Türen zu.«

Er nickte und ging. Keine Umarmung. Es schmerzte ein wenig, aber ich verstand es. Ich hatte es in seinen Augen gesehen. Er hatte Angst. Vor mir. Traurig blickte ich ihm nach.

»Wo bleibst du?«, zischte Peace. Er stand zusammen mit Raised, Bizarre und Charming im linken Aufzug und wartete ungeduldig, dass ich mich ihnen anschloss. Die anderen waren bereits fort. Ich seufzte, wischte mir die verschwitzten Hände an der Hose ab und zwängte mich zu ihnen. Peace hatte bereits die Nummer 99 gewählt. Der Button leuchtete rot. *Highway to Hell* dudelte in vertrauter Endlosschleife vor sich hin. Bizarre summte gut gelaunt mit. Peace sah eher aus, als hätte er Kopfschmerzen. Der Lift schoss nach oben.

»Was ist auf Ebene 99, Warrior?«, fragte Raised und durchbrach die angespannte Stille, die zwischen mir und Peace herrschte.

Ich rollte mit den Augen. Mein Körper war vor Aufregung völlig verkrampft. »Ebene 99 ist nichts Besonderes. Die Buchhaltung und Anwaltskanzlei meines Vaters sitzen dort oben.«

»Wirklich?« Bizarre grinste amüsiert. »Die Buchhaltung?!«

Ich lächelte. »Ja. Es hat sich einiges in den letzten Jahren verändert. Inzwischen muss auch Abaddon Steuern zahlen.«

»An wen?«, fragte Bizarre belustigt.

»Äh … keine Ahnung«, gab ich zu und kratzte mich am Kopf. »Hab noch nie gefragt. Vor etwa zehn Jahren begannen der Olymp und Abaddon damit, ihre Strukturen radikal zu verändern. Warum das so war, weiß ich allerdings nicht. Keiner hat je offen darüber gesprochen, also …« Ich zuckte mit den Schultern.

»Welcher Gott ist überhaupt dort oben, Hack?«, unterbrach Peace unser Geplänkel. Er klang immer noch sauer. In meinen Ohren knisterte es.

»Hades«, erklärte der junge Gott.

Ich wurde blass. »Bist du sicher? Vater ist nie dort oben. Er bekommt Kopfschmerzen, wenn er mit den Anwälten reden muss.« Meine Stimme zitterte leicht.

Die Götter warfen mir mitleidige Blicke zu.

»Er ist es eindeutig. Tut mir leid, Warrior«, murmelte Hack.

Mir war schlecht. Warum musste ausgerechnet mein Vater der Erste sein? Er hatte das nicht verdient. Hades war ein guter Mann. Er verrichtete seine Arbeit mit Leidenschaft und Liebe fürs Detail. Vor drei Jahren hatte er jedem Angestellten in Abaddon eine gesetzliche Krankenversicherung zukommen lassen. Er kümmerte sich um seine Leute. Meine Hände krampften sich ineinander.

Unerwartet schlangen sich zwei starke Arme von hinten um mich, zogen mich an eine breite Brust, die mir Halt gab. »Wir werden ihm nichts tun. Du schaffst das«, flüsterte Peace mir ins Ohr.

Ich schluckte hart. »Er ist mein Vater.«

»Du liebst ihn?«

Ich nickte.

»Liebt er dich?«

Ich zögerte kurz, nickte aber trotzdem erneut.

»Dann wird er es verstehen«, stellte Peace schlicht fest. Der Aufzug hielt an. Ebene 99 sah aus wie ein Massenbüro für Versicherungen. Grauer Teppichboden und hunderte weiße kleine Räumchen, die sich wie ein Schachbrett über die Ebene erstreckten. Überall war das Klingeln von Telefonen zu hören, das Piepen von Druckern, das Rattern von Schreddern und das Klicken von Fingernägeln auf Computertastaturen.

»Willkommen auf Ebene 99 in Abaddon. Mein Name ist Frank, wie kann ich euch helfen?«

Vor dem Lift stand ein weißer Schreibtisch, auf dem ein alter Computer brummte. Dahinter saß ein Kobold mit faltig braunem Gesicht, Katzenohren und ein paar schwarzen Haaren, die er sich notdürftig über die runzelige Glatze gekleistert hatte. In seinem Mundwinkel hing der Stiel eines Lollipops.

»Hey, Frank. Ich bin es, Warrior. Alles klar?« Lächelnd trat ich vor ihn.

Peace' Arme fielen von mir ab. »Noch ein Freund von dir?«

Ich trat ihm rein zufällig auf den Fuß und winkte dem Kobold lächelnd zu.

Dieser sah mich aus großen Katzenaugen fragend an. »Warrior?« Er pfiff anerkennend. »Du hast dich aber ganz schön verändert, Mädchen.«

»Jaaaa.« Ich lachte nervös und strich mir über das Haar. »Es war mal an der Zeit, modisch etwas umzusatteln.«

»Steht dir gut«, stellte Frank fest und biss in seinen Lolli. »Also, warum bist du hier? Was kann ich für dich und deine Freunde tun?« Er musterte die Götter hinter mir interessiert. Charming winkte fröhlich.

»Ja, also es ist so … also ich, ich meine, wir müssen dringend …«, druckste ich herum, aber er unterbrach mich.

»Aha. Ich glaube, ich weiß es schon.« Er musterte mich ernst.

Peace versteifte sich. Die anderen schienen sich unmerklich enger um mich zu formieren.

»Ach, wirklich?«, fragte ich nervös. »Und woher …?«

Der Kobold grinste frech, bückte sich und öffnete eine Schreibtischschublade.

»Du willst doch wieder nur einen Lolli für dich und deine Freunde abstauben.« Fröhlich zwinkerte er mir zu und hielt mir vier davon unter die verdutzte Nase.

»Oh …«, brachte ich erleichtert heraus.

»Krass. Danke!« Bizarre schnappte sich die Lollis, packte drei davon in seine Hosentasche und steckte sich einen in den Mund. »Göttlich!«, seufzte er. Charming knallte ihm eine.

Frank gluckste gutmütig. »Als Kind haben Warrior und ihr Bruder mich fast jede Woche besucht. Wegen ihnen hatte ich immer die ganze Schublade voll. Die beiden sahen immer so ernst und traurig aus, deshalb war es mir stets eine Freude, ein Lächeln in ihre Gesichter zu zaubern.«

»Danke, Frank«, brachte ich gerührt heraus. Ein Kloß steckte mir im Hals. Die nächste Frage würgte ich praktisch hervor. »Ist mein Vater hier?«

Der Kobold nickte, wackelte mit seinen Katzenohren und fuchtelte mit dem abgekauten Ende seines Lollis herum. »Jaja, dein Vater ist drüben im Büro. Allerdings hat er in ein paar Minuten eine Besprechung. Ihr müsst also warten.«

»Ich befürchte, das können wir nicht«, mischte sich Peace ein und trat auf Frank zu, der eingeschüchtert aussah. Der junge Gott schenkte dem Kobold ein kaltes Lächeln und stützte sich mit den Handflächen auf dessen Schreibtisch ab. »Wir sind etwas in Zeitdruck und müssen den Herren der Unterwelt sofort sprechen. Verschieben Sie den anderen Termin.« Seine letzten Worte waren ein deutlicher Befehl – trotz einschmeichelnder Stimme.

Der Kobold schüttelte den Kopf. Seine Ohren schlackerten. »Nein, nein, tut mir leid, junger Mann. Es geht um Verhandlungen mit dem Olymp. Das kann nicht verschoben werden. Ich habe Anweisungen, verstehen Sie?«

Im gleichen Augenblick knackte es in unseren Ohren. Hack brüllte uns praktisch an. »Leute, wir haben ein Problem. Ein weiterer Gott ist in Abaddon aufgetaucht. Ein Olympier. Ich glaube, sie haben Lunte gerochen«

»Wer?«, fragte Peace, ohne auf den verwirrten Blick des Kobolds zu achten.

»Herakles.« Peace fluchte und starrte Frank so finster an, dass dieser vor Angst quiekte.

»Wo ist Hades?«, blaffte er.

»Im Konferenzraum eins. Aber …«

»Danke!« Peace knallte dem Kobold seine Faust gegen den faltigen Schädel. Ich schrie protestierend auf, als Frank ohnmächtig auf seinem Tisch zusammenklappte.

»Warum hast du das gemacht?«

Peace warf mir nur einen kalten Blick zu und verschränkte die schlaffen Arme des Kobolds ineinander. Jetzt sah es aus, als würde dieser ein Nickerchen halten.

»Wir haben keine Zeit für dieses Geplänkel. Du weißt, wo der Konferenzraum ist?«

»Ja, einfach geradeaus. Aber …«

»Dann los!« Peace stürmte nach vorne.

»Komm, Süße«, raunte Charming und zog mich zusammen mit Bizarre tiefer in die Ebene hinein. Ich warf dem armen Frank einen letzten Blick zu, bevor ich Peace einholte und die Führung übernahm. Ein schnurgerader Gang zog sich endlos an den kleinen Büroschachteln vorbei. Neugierige Blicke folgten uns. Dutzende übernatürliche Wesen arbeiteten hier unten für meinen Vater. Darunter Elfen, Trolle, Sphinxe, manchmal auch Satyrn oder Vampire, deren rote Augen aufleuchteten, sobald sie meinen Geruch auffingen. Ein Murren ging durch die Büroebene. Wir liefen schneller, passierten Büro um Büro. Manchmal auch ein paar blubbernde Wasserspender oder laut ratternde Drucker. Das Licht im Gang war viel zu hell, beleuchtete die Gesichter der Angestellten, die immer neugieriger zu werden schienen. Sie spürten, dass etwas in ihrer Mitte war, das dort eindeutig nicht hingehörte. Endlich kamen die Konferenzräume in Sicht. Erleichtert atmete ich auf, als mich plötzlich ein harter Griff packte und gegen eine der Bürowände drückte.

»Hallo, meine Schöne. Kann ich dir irgendwie helfen?«, säuselte mir eine rauchige Stimme ins Ohr. Der Griff war eiskalt. Die dazugehörige Hand schneeweiß. Ein Vampir hatte mich erwischt. Scheiße! Gänsehaut schoss über meinen Unterarm. Beunruhigt starrte ich dem rotäugigen Mistkerl ins scharfkantige Gesicht. Weißblondes Haar fiel ihm in die blasse Stirn. Sein Grinsen war breit und hungrig. Ein paar goldene Fangzahnimplantate blitzten hervor. Ein Geruch von altem Fleisch stieg mir in die Nase und ich würgte.

»Danke. Alles gut.« Ich versuchte, mich an ihm vorbeizuschieben.

Der Vampir stemmte schnell beide Arme gegen die Wand und schloss mich damit ein. Sein Gesicht kam mir unangenehm nahe. »Nicht so schnell, Süße. Ich glaube, nach dir habe ich gesucht. Dieser Geruch …«

»Lass mich los«, unterbrach ich ihn und stieß gegen seine tote Brust. Der Typ lachte nur.

»Aber wer wird denn da unfreundlich werden? Weißt du, wie viele Leute nach dir suchen? Der Preis auf deinen Kopf ist pervers hoch.«

Im gleichen Augenblick packte eine große Hand den Blutsauger und zog ihn von mir fort. Er fauchte wütend, drehte sich um und starrte in die kristallblauen Augen von Charming. »Lass mich los oder …«

»Na, na, na. Wer wird denn da unhöflich werden?«, säuselte der Gott. Er packte ihn fester und senkte seine Stimme. Sie klang wie teure Seide auf rauchigem Grund. Magie ging in hypnotischen Wellen von ihm aus. »Ich glaube, du hast Durst, mein Freund. Siehst du den Wasserspender dort drüben?« Er nickte rechts neben sich, wo ein zehn Liter fassender Behälter angebracht war. »Du willst das jetzt trinken. Alles. Bis auf den letzten Tropfen. Dann wird es dir besser gehen.«

»Ich … ja … ja, natürlich. Das will ich«, stammelte der Vampir verblüfft. Seine Pupillen waren so klein wie Stecknadelköpfe.

»Viel Spaß.« Charming lächelte freundlich und ließ den Blutsauger los, der sich sofort auf den Spender stürzte. Ungläubig sah ich auf. Magie prickelte wie süßer Wein auf meiner Zunge. Seine Kräfte ähnelten auf erschreckende Weise meinen eigenen. Er sah mich grinsend an und bugsierte mich den restlichen Gang entlang.

»Was war das?«, flüsterte ich.

Er zwinkerte schalkhaft. »Du bist nicht die Einzige, die überzeugend sein kann«, erklärte er mir. »Ich denke, das liegt in der Familie.«

»Was?« Ein seltsamer Ausdruck huschte über sein Gesicht.

Seine vollen Lippen öffneten sich. »Warrior …« Er räusperte sich. »Da gibt es etwas …«

»Da seid ihr ja. Ist das der richtige Raum?« Peace stand vor uns. Seine Kapuze umhüllte sein Gesicht. Harte Schatten durchschnitten seine Züge. Er sah aus wie ein Henker.

Mein Herz stolperte. »Ja, das ist der richtige.«

Peace musterte mich aus kalten Augen. »Bist du bereit? Es muss schnell gehen, wenn die anderen Götter zu uns stoßen. Wenn wir sie überraschen, werden sie keine Zeit haben, um sich zu wehren.«

Charming drückte meine Hand. Bizarre lutschte hektisch an seinem Lolli. Er schien genauso nervös zu sein wie ich. Überraschenderweise beruhigte mich das.

Ich schluckte trocken. »Dann los.«

Peace nickte und wandte sich der Tür zu. Magie begann den engen Flur zu füllen. So mächtig, dass meine Haut abermals prickelte und ich den vertrauten Geschmack von Ozon auf der Zunge hatte. Blitze zuckten über Peace' Körper, ballten sich zusammen, bis sein ganzer Körper unter Elektrizität stand. Er holte aus und zerschmetterte die Tür. Es krachte ohrenbetäubend. Ich kniff die Augen zu. Ein Windzug riss an meinen Haaren, während ein beißender Gestank nach Holz und Plastik den Raum erfüllte. Charming und Bizarre gaben mir sofort Rückendeckung, während Peace, in eine Wolke aus Staub und Blitzen gehüllt und geschmeidig wie ein Panther, in den Raum trat. Ich konnte das zersplitterte Holz unter seinen Füßen knirschen hören, als er eine seiner Pistolen hob. Sein Mantel bauschte sich auf, während Schüsse durch den Raum knallten. Ich zuckte zusammen. Hörte einen Schrei, danach ein Knurren. Ich sah mich um und erblickte meinen Vater mit weit ausgebreiteten Flügeln vor einem langen ovalen Konferenztisch. Seine Zähne waren spitz und gefletscht. Das sonst so gepflegte Haar wirkte zerzaust. Hinter ihm konnte ich in der Wand drei schwarze Einschusslöcher ausmachen, die ihn nur knapp verfehlt hatten. Sein vertrauter Anblick verursachte mir heftiges Herzklopfen. Mein erster Instinkt war es, »Daddy!« zu schreien und mich in seine Arme zu werfen. Aber nein! Das ging nicht. Wir waren hier, um meinem Vater in den Tartaros zu werfen. Nicht, um ihn zu kuscheln.

»Was soll das werden?«, brüllte der Gott der Unterwelt.

»Das war nur ein Warnschuss«, sagte Peace ruhig. Das Klicken der Kugeln, die in der Trommel nachrückten, war überdeutlich zu hören. Aalglatt richtete Peace erneut die Waffe auf meinen Vater und zielte genau auf dessen Stirn. »Pfeife deine Hunde zurück, sonst trifft der nächste Schuss nicht mehr die Wand.«

Was? Welche Hunde? Wo … fuck! Neben Hades, ein wenig abseits, standen meine Brüder. Madox und Spade. Der unverhoffte Anblick der beiden ließ mich fluchend innehalten. Charming und Bizarre waren von meinem abrupten Stoppen überrumpelt und rannten schnurstracks in mich hinein. Der Aufprall traf mich hart und ziemlich unvorbereitet. Zusammen kullerten wir in den Raum. Ein fluchendes Knäuel aus Armen und Beinen. Peace sah entsetzt zu uns zurück. Auch der Rest meiner Familie schien wie erstarrt.

»Aua! Das ist mein Fuß, Charming!«

»Du drückst mir mein bestes Stück ab!«, gab er zurück.

»Mmpftif«, brüllte uns Bizarre an, der mit dem Gesicht voran in den Teppichboden gedrückt wurde.

»Was zum Abaddon geht hier vor sich? Wer seid ihr?«, durchbrach Hades' Knurren unser Gerangel. Wir erstarrten, blickten zu ihm auf. Zischende Schatten hatten sich um seine Füße geballt und füllten den Raum aus, während Peace aussah, als würde er uns am liebsten erwürgen. Spade zog die Nase kraus und musterte uns aus roten Vampiraugen. Seine Zähne waren wie die von Hades messerscharf. Madox hingegen zog ein Gesicht, als wüsste er nicht so recht, ob er sich Sorgen machen oder einen Lachanfall bekommen sollte.

»Ist das ein Überfall?«, fragte er schließlich verwirrt.

»Wenn ja, seid ihr ziemlich schlecht darin!«, lachte Spade und hatte so schnell ein Messer gezogen, dass selbst Peace nicht mehr reagieren konnte. Die Klinge blitzte auf und traf … mich. Ich jaulte. Die Schneide fraß sich wie durch Butter durch meine Haut und Muskeln. Nagelte mich zielsicher am Boden fest. Ich fluchte. Peace rief panisch meinen Namen, knurrte und schoss. Die Kugel traf dieses Mal ziemlich eindeutig. Allerdings nicht Hades, sondern Spade, der augenblicklich zu Boden ging.

»Spade!«, rief mein Vater besorgt.

»Warrior?«, fragte Madox im gleichen Augenblick fassungslos. Seine Gesichtszüge entgleisten. Ich wimmerte nur. Das Eisen hatte mich am Unterarm beziehungsweise knapp oberhalb des Handgelenks getroffen. Warmes Götterblut sprudelte hervor.

»Warrior!« Im nächsten Augenblick war Peace bei mir. »Beschäftigt sie!«, schrie er Bizarre und Charming zu, deren Gesichtszüge sich von einer Sekunde auf die nächste veränderten. Aus harmlosen Männern wurden Götter. Ihre Macht umspülte den Raum und riss Hades aus seiner Schockstarre. Seine Augen weiteten sich. Im nächsten Augenblick brach das absolute Chaos aus. Meine Freunde stürzten sich auf den Gott und meine Brüder, die nicht so recht zu wissen schienen, wie sie reagieren sollten. Ich wusste es ebenfalls nicht. Kämpfte hauptsächlich gegen die Übelkeit an, die beim Anblick des zerfetzten Armes in mir aufstieg.

»Ganz ruhig«, raunte Peace. Blitze zuckten durch sein Haar, während seine kühlen Finger den Griff des Messers packten. »Tief einatmen«, beschwor er mich. Ich gehorchte und atmete ein. Im selben Moment zog er. Ich fluchte. Donner krachte durch den Raum und meine Haut leuchtete gleißend auf. Meine Flügel brachen aus dem Fleisch hervor.

»Warrior? Bist du … was … bist du das?« Madox. Ich würgte. Sah auf. Mein Arm brannte, als sich die Wunde langsam schloss. Madox stand knapp vor uns. Hinter ihm balgten sich Bizarre und Charming mit Hades und Spade.

»Prinzessin«, hauchte mein Bruder. Sein Blick klebte abwechselnd auf meinem Gesicht und der Wunde, die sich langsam schloss. Bei seinem Anblick wurde mir wechselseitig heiß und kalt. Ich schauderte, als der vertrauteste Mensch meines bisherigen Lebens endlich wieder vor mir stand. Ein Wimmern drang aus meinem Mund. Ich hatte ihn so sehr vermisst!

Peace knurrte. Er sprang so schnell auf die Füße, dass er nur noch als verschwommener Schemen zu sehen war. Im nächsten Augenblick holte er aus und rammte meinem Bruder den Dolch in den ungeschützten Bauch.

Schockiert riss ich die Augen auf. Ich vergaß den eigenen Schmerz und stürzte nach vorne. Madox keuchte. »Nein, Peace! Das ist Madox!«, kreischte ich panisch. Im selben Atemzug schmiss ich mich auf den blauhaarigen Gott und hielt ihn von einem weiteren Angriff ab. Wie ein Klammeräffchen zog ich an seiner Hand und ließ nicht los.

»Warrior!«, fauchte er und schüttelte genervt seinen Arm, sodass ich hin und her schlackerte. Seine silbernen Augen waren kalt wie Schnee.

Ich packte seinen Arm nur noch fester.

»Bitte!«, beschwor ich ihn.

»Nein!«

»Er ist mein Bruder!«

»Und wenn er der Kaiser von China ist! Wir müssen ihn ausschalten, er ist einer von ihnen.« Er deutete auf Hades, der soeben einem Angriff von Bizarre auswich, der mit einem einzigen gezielten Schlag das halbe Mobiliar zertrümmerte. Wahnsinn. Splitter fegten durch den Raum. Ich konnte Spade fluchen und Charming leise lachen hören. Madox indessen schnaubte, während er sich die Hände gegen den getroffenen Bauch presste. Blut quoll zwischen seinen Fingern hervor. Allerdings nicht so viel, wie anzunehmen gewesen wäre. Peace musste ihn nur halbherzig erwischt haben. Ich atmete erleichtert aus. Madox' Blick zuckte hektisch von mir zu Peace.

»Wer zum Teufel ist denn dieser Darth Vader?«, fragte er mich. Ich öffnete den Mund, doch ein kreischender Bizarre unterbrach mich. Meine Augen wurden groß. Wie in Zeitlupe segelte der Gott über unsere Köpfe hinweg, bevor er mit einem lauten Bums durch die bereits zerstörte Tür flog. Dabei verlor er einen Schuh. Er ächzte.

»Es reicht!«

Wir wandten den Blick zu Hades, der mit starrer Miene auf uns hinabsah. Spade würgte. Seine roten Augen leuchteten, während er angestrengt versuchte, Charmings Würgegriff zu entkommen. Dieser lächelte süffisant und flüsterte dem Vampir süße Worte ins Ohr, was diesen dazu trieb, sich ein ums andere Mal selbst eins auf die Nase zu knallen. Der Knorpel war bereits blutig geschlagen und zermatscht wie eine Tomate.

»Charming!«, zischte Peace scharf. Der Gott hielt verwundert inne. »Hör auf mit diesen Kindereien«, befahl er, während er Hades fixierte wie der Vogel einen Wurm.

»Es reicht!«, wiederholte Hades streng. »Ein Mucks und dem Welpen hier fehlt der Kopf. Er deutete auf Bizarre, der sich stöhnend umdrehte. Ich schauderte, als ich sah, wie sich Hades' dunkler Nebel wie ein Seil um den Hals des jungen Mannes spannte. Wie zur Warnung zogen sich die dunklen Fäden fester zusammen. Bizarre würgte. Die Adern an seinem Hals traten hervor und er lief beunruhigend blau an. Blut löste sich aus der angespannten Haut und tropfte träge hinab.

»Warrior«, sagte Peace ruhig. »Lass mich los.«

Ich gehorchte sofort und wollte mich an seine Seite stellen, doch seine schlanken Hände packten mich und zogen mich schnurstracks hinter sich. Madox' Blick klebte die ganze Zeit auf uns. Seine Miene sprach von absolutem Entsetzen … und etwas, das ich nicht genauer benennen konnte. War es Eifersucht?

»Peace Tantalos«, sagte mein Vater kalt. Er schwebte immer noch ein gutes Stück über dem Boden. Seine Schatten lauerten im Raum wie hungrige Raubvögel, die nur auf seine Befehle warteten. Ich schluckte. Am liebsten hätte ich nach Peace' Hand gegriffen, um mich daran festzuhalten, doch der sah nicht aus, als würde er mit mir Händchen halten wollen. Eher so, als würde er jederzeit explodieren.

»Hades«, gab Peace kalt zurück. »Überrascht?«

Mein Vater knurrte. »In der Tat. Ich hätte nicht gedacht, dass du neben deinem Mangel an Respekt auch noch dumm bist. Ich habe mehr von dir erwartet.«

»Du hast etwas von mir erwartet?«, fragte er spöttisch.

Hades knirschte mit den Zähnen. »War meine letzte Folter etwa nicht aussagekräftig genug? Du hättest im Tartaros bleiben sollen. Doch zumindest …« Sein Blick zuckte zu mir. Er musterte mich intensiv. »… hättest du meine Tochter aus dem Spiel lassen sollen.«

Peace stieß ein trockenes Lachen aus. Blitze zuckten durch seine Venen.

Madox sah ihn mit einer Mischung aus Abscheu und Faszination an.

»Wozu diese geheuchelten Vatergefühle, Hades?«, fragte Peace. »Du solltest es doch besser wissen. Alles, was im Tartaros landet, gehört mir. Und auch sie gehört jetzt mir. Ihr habt sie weggeworfen. Ich habe sie gefunden, also darf ich mit ihr machen, was ich möchte.« Er fletschte die Zähne zu einem grauenhaften Lächeln.

Ich funkelte ihn wütend an, hielt aber den Mund.

Madox' Kopf fuhr zu Hades hinüber. »Du hast was?«

Spade lachte nur. Charming flüsterte ihm etwas zu. Der Junge knallte sich die Faust ins rechte Auge. Er stöhnte, was jetzt mir ein hämisches Lachen entlockte. Peace' Blick brachte mich jedoch zum Schweigen. Irgendwo hinter uns stöhnte Bizarre und würgte, als Hades' Dunkelheit fester zupresste. »Lass meinen Sohn los!«, befahl er.

Peace kniff die Augen zu gefährlichen Schlitzen zusammen. »Und verliere damit das einzige Druckmittel?«

Hades atmete genervt durch die Zähne. »Ich lasse euren Mann los. Ihr meinen Sohn.«

Peace schnaubte, doch ich pikte ihm in den Rücken.

»Machs!«, zischte ich.

»Nein!«, blaffte er zurück. »Wir haben keine Zeit. Wehre dich nicht gegen uns, Hades. Tu, was wir sagen. Jetzt! Oder wir töten deinen Sohn.«

Ich sog scharf die Luft ein, genau wie Madox.

Hades lächelte nur grimmig. »Dann töte ich deinen Mann.« Bizarre ächzte. Die Dunkelheit kroch ihm gemächlich in Augen, Nase und Ohren hinein, ließ ihn würgen. Ich spürte, wie seine Macht aufwallte. Verzweifelt versuchte er, Hades' dunklem Griff zu entkommen. Doch genauso gut hätte ein Glühwürmchen versuchen können, heller als die Sonne zu leuchten. Es war absolut nutzlos.

»Ich bin bereit, dieses Opfer zu bringen«, sagte Peace vollkommen desinteressiert.

»Peace!«, stieß ich entsetzt hervor.

»Boss!«, brachte auch Charming heraus.

»Komm mit uns oder Charming tötet deinen Sohn«, wiederholte Peace.

Mein Vater sah zu seinem Sohn hinüber. Charming flüsterte etwas in dessen Ohr. Mein Bruder schlang seine eigenen Hände um seinen Hals, drückte zu. Jetzt war er es, der nach Luft japste und blau anlief. Peace grinste zufrieden.

»Ich habe noch andere Söhne. Ich kann es verschmerzen«, wiegelte Hades schließlich ab.

Ich war schockiert. Genauso Madox, der kreidebleich wurde. Die Luft war zum Schneiden dick, während das Würgen und Keuchen der beiden Männer, die langsam erstickten, zu hören war. Mein Blick zuckte zwischen Hades und Peace hin und her. Beide hatten exakt den gleichen stoischen Gesichtsausdruck – das Kinn nach vorne geschoben. Die Augen hart, während sie ihre jeweilige Macht wie knurrende Wölfe umkreiste und auf ein Zeichen der Schwäche des Gegners wartete. Dann sah ich hilflos zu Charming, der nur mit den Schultern zuckte. Verfluchte Schei… Wenn die beiden nicht bald mit ihrem Wettpissen aufhörten, würden Bizarre und Spade dabei draufgehen.

»Daddy, hör auf! Bitte!« Todesmutig trat ich nach vorn.

»Warrior! Bleib stehen!«, blaffte Peace.

Ich warf ihm nur einen giftigen Blick zu.

Mein Vater musterte mich. »Tochter«, sagte er schlicht. »Du hättest im Tartaros bleiben sollen. Dort wärst du in Sicherheit gewesen … zumindest vorerst.«

Ich presste die Lippen zusammen. »Bitte, hör einfach damit auf, gegen uns zu kämpfen. Du kannst den Fortschritt nicht aufhalten. Das hast du selbst zu mir gesagt. Hör einfach auf.«

Der Gott stieß ein humorloses Lachen aus. Bizarre röchelte. »Und ihr überschätzt euch selbst, Tochter. Ihr hättet euch mehr Zeit lassen sollen. Dieser Angriff ist genauso sinnlos und postpubertär, wie die anderen Götter es von euch erwartet haben. Hör auf meinen Rat und lerne erst mal zu gehen, bevor du rennst.«

»Lass einfach Bizarre los«, bat ich. Von einem Augenblick auf den nächsten war mir kalt geworden. Mein Magen krampfte sich zusammen. »Er ist ein Gott. Er kann sowieso nicht sterben«, sagte ich mit so viel Überzeugung in der Stimme, wie ich aufbringen konnte.

Hades zog eine Augenbraue hoch. »Noch, Tochter, sind wir die Götter.«

Mit diesen Worten knackte es hörbar. Ich wirbelte herum und sah gerade noch, wie Bizarre den Mund aufriss, als sein Genick brach. Ich schrie entsetzt. Charming fluchte, flüsterte etwas in Spades Ohr, doch da traf ihn bereits eine Wand aus Dunkelheit, die ihn hart zurückschleuderte. Sie spießte ihn praktisch auf. Er stöhnte und spuckte Blut. Peace brüllte, holte aus und schleuderte einen gewaltigen Blitz. Explosionsartig wurde der Raum in Stücke gerissen. Die Druckwelle erfasste mich, warf mich nach hinten und direkt in Madox' Arme, die sich schützend um mich schlangen. In meinen Ohren klingelte es, trotzdem hielt ich die Augen weit aufgerissen und beobachtete, wie alles zu brennen begann, Hades und Peace im flammenden Mittelpunkt. Mein Gefährte stürzte sich auf Hades, der hart zu Boden geschleuderte wurde. Seine Dunkelheit schlug blindlings um sich. Riss die verbliebenen Wände des Raumes ein. Putz und Beton bröckelten herab. Draußen, außerhalb der Konferenzräume, konnten wir die Angestellten schreien hören.

»Warrior! Alles okay?«

Keuchend sah ich zu Madox auf. Er hielt mich zitternd umschlungen und zog mich noch enger an sich, während über uns piepsend die Sprinkleranlage ansprang. Kaltes Wasser ergoss sich auf uns.

»Ich … Ich …« Mein Stammeln verwandelte sich in ein Keuchen. Ich hatte keine Ahnung, was ich war. Aber eindeutig nicht okay! Das hier ging alles gewaltig schief. »Hack … Hack, wir brauchen Hilfe!«

»Mit wem redest du?«, fragte Madox verwirrt.

Ich ignorierte ihn. »Hack?«, schrie ich nur noch lauter. In meinen Ohren knackte es. »Süße, ich befürchte, ihr bekommt Probleme!«

»Wir haben bereits Probleme!«, kreischte ich über das Piepsen der Sprinkleranlage hinweg. »Hier geht alles den Bach runter. Bizarre ist …«

»Ein Gott ist auf dem Weg zu euch«, unterbrach er mich. »Raised und die anderen konnten ihn nicht aufhalten.«

»Welchen Gott?«, fragte ich zitternd.

»Herakles.«

»Wann ist er hier?«

»Ich …«

»Warrior!« Ein harter Griff riss mich am Ellbogen zurück. Madox' irisierender Blick traf den meinen. »Was geht hier vor sich?«

»Krieg!«, antwortete ich kalt und riss mich los. Ich schaute an seiner Schulter vorbei und sah plötzlich Raiseds schwarzen Haarschopf durch den weißen Gang der Büros hetzen.

»Wir brauchen Peace!«, brüllte er.

Ich sah hinter ihn. Herakles. Ein Gott mit Muskeln wie ein Bodybuilder und einem solch langen Schwert in den Händen, dass ich mich unter normalen Umständen fragen würde, ob er damit etwas kompensieren wollte. So hatte ich jedoch nur ziemlichen Schiss davor, was er damit anstellen würde, sobald er uns erreicht hatte.

»Wir haben ein Problem!«, schrie Raised verzweifelt. Dunkelheit, die der meines Vaters nicht unähnlich war, waberte um seine Finger. Immer wieder schleuderte er einen Schwall davon gegen Herakles' Kopf, der jeden Angriff mit einem lässigen Schwung seines Schwertes abwehrte. »Die Zündungen gehen falsch hoch!«

»Was?« Ich eilte Raised entgegen, der schnaufend eine weitere Salve hinter sich schleuderte.

»Peace!«, keuchte er. »Die Zündungen, sie sind falsch.«

»Was?« Ich verstand nur Bahnhof.

»Wir müssen hier weg!«

Im gleichen Augenblick konnte ich Charming schmerzerfüllt aufschreien hören. Peace' Knurren und Hades' Fauchen mischten sich unter das Geräusch der Sprinkleranlage, die verzweifelt versuchte, der Flammen Herr zu werden. In meinem Kopf drehte sich alles. Leider hatte ich keine Zeit mehr, um mich zu sammeln, denn im selben Augenblick erreichte uns Herakles mit seinem Schwertikus Bombastus. Das Eisen sauste genau auf Raiseds Kopf zu.

»Pass auf!« Ich sprang auf ihn zu und schubste ihn zur Seite. Spürte die Klinge nur um Haaresbreite an meinem Gesicht vorbeischrammen und warf mich zu Boden. Ich keuchte. Das Schwert schlug neben mir in den Boden ein. Herakles fluchte und zog an dem Heft, während er mich mit mordlüsternen Blicken bedachte. An meinem Bauch gab es einen Ruck, als sich Bloodclaw ohne Vorwarnung von meiner Haut losriss. Zu meiner Schande musste ich gestehen, dass ich den Hund vollkommen vergessen hatte. Herakles stolperte nach hinten, während der massige Hund auf ihm landete und sich in seiner Kehle verbiss.

»Gut so«, feuerte ich Bloodclaw an. Kurz überlegte ich, ob ich auch den Basilisken freilassen sollte, doch dieser würde alleine mit seiner schieren Größe die gesamte Ebene zum Einsturz bringen, womit niemandem geholfen gewesen wäre.

»Wir … Wir müssen hier weg«, stammelte Raised erneut, der den Höllenhund mit großen Augen anstierte.

Ich nickte. »Du holst Peace. Ich Charming. Sag Hack, dass Fade uns ein Portal öffnen soll.« Ohne mit der Wimper zu zucken, warf sich Raised ins Chaos. Bloodclaw hingegen biss sich durch das Genick des Gottes. Der Brocken erschlaffte.

»Blood!« Ich pfiff nach dem Hund. Er gehorchte aufs Wort. »Hol Bizarre und bringe ihn zum nächsten Portal, das sich öffnet, warte danach auf mich!«, befahl ich knapp, bevor ich mich zu Herakles umwandte, auf die Knie fiel und seinen Kopf näher zu mir zog. Das Geräusch, das dabei zu hören war, weckte einen Würgereflex in mir.

Der Hund hatte ganze Arbeit geleistet. Der Kopf des Gottes stand in einem schrägen Winkel ab. Der Hals war bis auf den Knochen zerbissen, sodass ich zwischen zerfetzter Haut und hervorquellenden Muskeln den Kehlkopf sehen konnte. Trotzdem steckte noch Leben in ihm. Seine braunen Augen waren weit aufgerissen, während er nach Luft schnappte. Dabei ergoss sich ein rhythmischer Schwall schmutzig silbrigen Blutes auf meine Hände. Es sah beinahe schon wieder rot aus. Schnell streifte ich meine Maske ab und zwang ihn, mir tief in die Augen zu sehen.

»Du gehörst mir!«, flüsterte ich und griff mit meiner Magie in die Tiefen seiner Seele. Dort wühlte ich nach den kümmerlichen Resten seines Ichs und zog. Er bäumte sich auf. Sein Mund öffnete sich zu einem Schrei und das Weiß der Augen stülpte sich nach vorne. Er schlug nach mir, zappelte, aber ich war stärker. Schweiß lief mir den Rücken hinab, als ich mich hinabbeugte und tief Luft holte. Herakles' Seele strömte in mich hinein, begleitet von einem Geschmack nach rostigen Nägeln und bitteren Kräutern. Ich schauderte und saugte dennoch fester. Die göttliche Seele füllte mich Zentimeter für Zentimeter aus, während die Welt für einen kurzen Augenblick stillstand. Der Körper des Mannes zerfiel zu Asche. Ich riss mich los und schnappte nach Luft. Hastig setzte ich mir die Maske wieder aufs Gesicht, als mein Blick den meines Bruders auffing. Madox stand vor mir und sah mich an. Der Schock stand ihm deutlich ins Gesicht geschrieben.

»Was hast du da gemacht?«, fragte er leise. Ich lächelte traurig. Wankend kam ich auf die Beine und hielt mir den rumorenden Magen. Herakles' Seele wog schwer. Sie strömte beißend meine Kehle hinauf und versuchte, sich aggressiv wieder hinauszudrängen.

»Es tut mir leid«, würgte ich hervor. »Ich muss das tun. Bitte geh. Bring dich in Sicherheit.« Mit diesen Worten drehte ich mich um und eilte zurück zu meinen Freunden. Der Rauch des langsam erlöschenden Feuers schlug mir entgegen. Die dunkle Wolke verschluckte mich beinahe. Ich hustete, wedelte mit den Armen, bis ich endlich die Götter ausmachen konnte. Zu meiner Erleichterung sah ich Charming. Sein Make-up war zwar fürchterlich verschmiert und sein Anzug aufs Untragbare abgerissen und dreckig, doch er lebte. Und wie er lebte!

Gerade verpasste er meinem Bruder einen saftigen Kinnhaken und beförderte ihn damit quer durch den demolierten Raum.

Die Luft war von so viel Magie geschwängert, dass mir davon schwindelig wurde. Schließlich sah ich meinen Vater, wie er mit einem ohrenbetäubenden Krachen durch die hintere Wand des Konferenzraumes brach. Ihm folgten Peace und Raised. Sie sprangen so schnell hinterher, dass sie zu leuchtenden Schemen verschwammen. Zum ersten Mal sah ich, wie sehr die zwei aufeinander eingespielt waren. Ihre Bewegungen waren geschmeidig, präzise, beinahe synchron. Ihnen beim Kämpfen zuzusehen, übte eine enorme Anziehungskraft auf mich aus. Meine Augen klebten praktisch auf Peace' katzengleichen Bewegungen. Seine Muskeln spannten sich unter dem engen Anzug und sein blaues Haar wehte in dem Sturm aus Dunkelheit und gleißenden Blitzen. Gewaltsam riss ich mich von dem Anblick los, spannte meine Flügel und eilte den beiden zu Hilfe. Mein Vater lag auf dem Boden. Durch ein mannshohes Loch in der Mauer erspähte ich einen weiteren Konferenzraum. Ähnlich schmucklos wie der letzte. Hades schlug wild mit den Flügeln, zertrümmerte dabei die halbe Inneneinrichtung, während er sich wutschnaubend zurück auf die Füße katapultierte. Einen Wimpernschlag später sprang Peace auf ihn zu. Seine Beine schlangen sich um den kräftigen Hals des Unterweltgottes. Mit einer ruckartigen Bewegung riss er Hades' Körper zur Seite. Raised preschte indessen ebenfalls vor, ließ sich fallen, hakte sein rechtes Bein unter Hades' Knie und brachte ihn so erneut zu Fall. Hades fluchte. Dunkelheit sammelte sich wie eine ölige Wolke um ihn. Ich spürte den beißenden Schmerz wie spitze Klauen, die mir die Haut vom Fleisch rissen. Ich sah, wie Peace knirschend die Zähne zusammenbiss und seinerseits gegen den Schmerz ankämpfte. Seine Haut hatte bereits damit begonnen, blauschwarze Blasen zu bilden. Raised ging es nicht besser. Trotzdem schienen sie den Totengott langsam unter Kontrolle zu bekommen. Hades ging sichtlich die Puste aus. Seine Bewegungen wurden träge, langsamer. Peace knurrte. Seine Finger spreizten sich, während sich die Blitze wie ein leuchtendes Netz über Hades warfen. Der junge Gott ballte die Finger wieder zur Faust. Die Blitze reagierten und zogen sich zusammen. Hades schrie. Es zischte, ich roch brennendes Fleisch. Es war einfach nur fürchterlich.

»Warrior?«, schrie Peace.

Sofort war ich bei ihm. Seine Magie prickelte ungebändigt über meine Haut. Ich riss mir die Maske vom Gesicht, packte über die zuckenden Blitze hinweg und ergriff Hades' Kopf. Er stierte mich in wilder Wut und Verzweiflung an. Ich schluckte, zwang ihn mit purer Gewalt dazu, mich anzusehen.

Hades brüllte. Ein unmenschlicher Ton. Wie der sterbende Schrei eines Tieres. »Sieh mich an!«, herrschte ich ihn an. Meine Brust zog sich zusammen. Der stolze Gott reckte das Kinn, doch auch er konnte sich mir nicht länger entziehen. Ich sah die Muskeln in seinem Nacken arbeiten, als er mir endlich ins Gesicht blickte. »Gib auf! Lass los, bitte Daddy. Ich kann das nicht länger mitansehen. Gib auf! Du gehörst mir.«

Der Gott knurrte. Seine Fäuste schnellten nach vorne und trafen mich genau im Gesicht. Der heiße Schmerz explodierte in meinem Kopf. Unweigerlich ließ ich ihn los und wimmerte. Tränen schossen mir in die Augen. Ich spürte den Knorpel meiner Nase, wie er zertrümmert aus der Haut stach. Heißes, silbernes Blut quoll mir über das Gesicht, tropfte auf meinen Vater hinab.

»Warrior! Du musst weitermachen!«, drang die Stimme von Peace durch den Nebel aus Schmerz. Ich schluchzte. Trotzdem nahm ich die Hände vom Gesicht und packte erneut Hades' Kopf. Meine Finger zitterten. Ich wollte das nicht tun. Wirklich nicht. Immerhin war er mein Vater. Ihn so leiden zu sehen und den Geruch nach verbranntem Fleisch zu riechen, drehte mir den Magen um. Hades rammte indessen verzweifelt seinen Fuß in Raiseds Magen, der sich keuchend krümmte.

»Weiter!«, schrie Peace mich an.

Ich gehorchte. Mir blieb gar nichts anderes übrig.

»Sieh mich an!«, schluchzte ich.

»Nein!«

»Jetzt!« Meine Haut begann zu leuchten, meine weißen Flügel verflochten sich mit den schwarzen von Hades. Drückten ihn zu Boden, machten ihn damit endgültig bewegungsunfähig. »Du gehörst mir!«, knurrte ich halb erstickt, senkte den Kopf und presste meine mit Blut besudelten Lippen auf die meines Vaters. Er versteifte sich. Sein Rücken bog sich protestierend durch, doch ich hatte bereits die Seele in ihm ertastet. Ein dunkler Ball aus Macht, der scharf wie Pfeffer schmeckte.

Mit roher Gewalt stieß ich zu ihr durch, packte sie und zog sie heraus. Hades schrie. Ich mit ihm. Die Magie floss so blitzartig aus seinem Körper in meinen, dass ich für einen kurzen Augenblick glaubte, ohnmächtig zu werden oder zu explodieren. Ich stürzte zu Boden, würgte und rang nach Luft. Meine Hände krampften sich um meinen eigenen Hals. Schwarze Adern überzogen meine Haut, wogten wie Gift durch meinen Körper. Dunkle Punkte tanzten vor meinen Augen.

»Warrior!« Peace' blasses Gesicht tauchte über mir auf. Er hob mich hoch.

»Wir müssen von hier verschwinden! Ein anderes Mal wiederkommen«, hörte ich Raised sagen.

»Wir können nicht gehen!«, fuhr Peace ihn an. »Wir haben gerade erst angefangen.«

»Hörst du schlecht?«, brüllte Raised. »In ein paar Minuten fliegt die gesamte Ebene in die Luft. Wir müssen verschwinden. Jetzt! Oder von uns bleibt nicht mehr als ein Schaschlikspieß über.«

»Wie konnte das passieren?«, herrschte Peace ihn an. Seine Finger krampften sich schmerzhaft in meine Haut. Ich stöhnte, woraufhin Peace den Griff lockerte.

»Ich ... Ich weiß es nicht«, gab Raised zu. »Sie waren falsch programmiert. Sobald wir sie angebracht hatten, ging der Countdown los. Jemand muss an ihnen herumgepfuscht haben. Ich habe Trick und Honor bereits zurückgeschickt, um eine Lösung zu finden. Aber es sieht schlecht aus. Wir sollten abhauen. Jetzt!«

Peace fluchte. Ich hätte am liebsten mit eingestimmt. Bomben? Hatten diese Idioten wirklich Bomben platziert? Noch dazu, ohne mir etwas davon zu sagen? Wenn ich nicht gerade kurz davor gestanden hätte, meinen gesamten Mageninhalt herzugeben, hätte ich Peace schon längst zur Schnecke gemacht. So konnte ich leider nur wütend gurgeln, mich festkrallen und scharf durch die Nase atmen. »Verdammte Scheiße! Dann wieder runter in den Tartaros.« Sie rannten los. Ich konnte hören, wie Charming sich uns anschloss.

»Hack!«, rief Peace. »Ist das Portal bereit?«

»Am anderen Ende des Ganges!«

Peace zog seine Geschwindigkeit an. Ich glaubte inzwischen, das Ticken der Bomben zu hören. *Ticktack. Ticktack.* Der unsichtbare

Countdown, der langsam ablief. Meine Augenlider flatterten. Ich sah das Portal aufleuchten. Mitten im Gang, zwischen den Boxenbüros. Charming sprang als Erster hindurch. Sein blonder Schopf verschwand. Raised folgte ihm nur Sekunden später. Peace spannte die Beine an. Ich fühlte bereits den Sog des Portals an uns ziehen, als uns etwas hart zur Seite schleuderte. Ich schrie. Peace' Arme rutschten von mir ab. Wir schlugen auf und ich knallte mit dem Kopf gegen die Wand einer Bürobox. Noch bevor ich wieder Luft holen konnte, riss mich jemand an den Haaren nach oben.

»Ich hab sie!«, brüllte mir jemand direkt ins Ohr. Mir wurde eiskalt. Ich fühlte Spades kalten Atem in meinem Nacken. Sein Griff war so hart wie Granit.

»Gut!«

Meine Augen weiteten sich. Ich keuchte.

Madox stand vor dem Portal, die Flügel weit ausgebreitet. Eine kalt leuchtende Schusswaffe in der Hand, die er direkt auf Peace' Stirn gerichtet hielt. Der Gott saß in kauernder Haltung vor meinem Bruder. Die vollen Lippen zu einem warnenden Knurren verzogen, während er hektisch zu mir hinübersah.

»Lass meine Gefährtin los!«, bellte er. »Sofort!«

Spade lachte nur. »Ich denke eher nicht.« Im nächsten Augenblick fühlte ich eine kalte Klinge an meiner Kehle.

»Erst soll sie unseren Vater wieder ausspucken.«

Madox' Finger zitterten am Abzug. Er schluckte. »Ganz egal, was auch kommt, wir nehmen Warrior mit uns«, teilte er Peace mit. Dieser stieß ein scharfes, humorloses Ächzen aus.

»Lass uns durch, du Idiot. In den nächsten Sekunden wird diese Ebene in die Luft gehen.«

»Ihr blufft doch!«, fauchte Madox. Sein Haar stand in alle Richtungen ab. Seine Augen waren blutunterlaufen, die Äderchen in seinen Augäpfeln geplatzt. »Ich habe keine Ahnung, was du mit Warrior angestellt hast, aber ich werde sie nicht im Stich lassen. Nicht noch einmal.«

»Madox!«, presste ich hervor.

»Ah, ah!« Warnend drückte Spade mir das Messer fester gegen die Kehle. Blutstropfen quollen hervor. Übelkeit mischte sich mit dem Kampfwillen der Göttin in mir, die es gar nicht leiden konnte, als Geisel gehalten zu werden. Meine Haut leuchtete gleißend auf. Meine Flügel brachen wieder aus dem Rücken hervor, schleuderten Spade zurück.

»Was zum Teufel?«

Das Messer blitzte auf. Ein eiskalter Schnitt. Ich erstarrte. Röchelte.

»Nein!« Ich wusste nicht, ob dieser Schrei von Peace oder Madox kam, aber er klang grauenhaft. Verzweifelt. Plötzlich fehlte mir die Luft zum Atmen. Ich griff an meine Kehle und fühlte die klaffende Wunde. Mehr als ein Gurgeln brachte ich nicht zustande. Hades' Seele schoss sofort hoch, drängte sich zusammen mit meinem Blut nach draußen. Ich taumelte, fiel auf die Knie.

»Warrior!« Durch einen milchigen Schleier sah ich Peace aufspringen.

Im gleichen Augenblick schoss Madox. Peace' Augen weiteten sich, bevor sein Kopf hart zurückgeschleudert wurde. Ich hörte ein grauenhaftes Schmatzen. Peace stürzte. Blut spritzte.

Mein Körper versuchte in voller Verzweiflung, endlich zu heilen, doch Hades' hervorquellende Seele riss die Wunde ein ums andere Mal wieder auf. Mir wurde schwarz vor Augen. Ich verlor den Halt. Zitternd kam ich am Boden zum Liegen, meine Fingerspitzen nur Millimeter neben denen von Peace.

Mein Mund öffnete sich zu einem stummen Schrei. Peace' Gesicht war in Stücke gerissen. Wo einst sein linkes Auge gewesen war, prangte nun ein Loch aus Fleisch und Knochen. Er stöhnte, Blitze zuckten unkontrolliert über seinen Körper. Es schüttelte ihn, als hätte er Krämpfe.

»Nein! Nein, Prinzessin. Sieh mich an! Bitte, sieh mich an.« Im nächsten Augenblick sah ich Madox, der sich über mich beugte. Diese schreckliche Waffe immer noch in der Hand. Wir werden sterben, schoss es mir plötzlich durch den Kopf. Wenn nicht an unseren Verletzungen, dann durch die Explosion, die soeben durch das Gebäude rauschte. Ich spürte den heftigen Ruck, als die Zündungen in die Luft gingen. Madox verlor den Halt.

»Was zum …?« Ich hörte Spade schreien. Im nächsten Augenblick kamen die Hitze und der Lärm. Meine Augen weiteten sich vor Entsetzen. Eine Feuersbrunst raste uns entgegen. Hungrig und zornig wie ein ungezähmtes Monster, das sein zerstörerisches Maul aufriss. Madox zitterte haltlos. Jetzt glaubte er wohl ebenfalls, dass wir alle sterben würden, dachte ich ironisch, als sich plötzlich Hände unter meinen Körper schoben und mich hochhoben. Meine zerschnittene Kehle überdehnte sich dabei. Charming! Sein Gesicht sah panisch auf mich hinab. Neben ihm konnte ich Honor ausmachen. Sein roter Schopf blitzte auf, als er sich Peace schnappte und in das Portal zurücksprang. Charming tat mit mir das Gleiche. Im nächsten Augenblick schlug schon die Feuersbrunst über uns zusammen. Es knallte. Alles in unmittelbarer Nähe wurde in die Luft gejagt. Das Portal verschluckte uns. Mein Blick war dabei starr auf Madox gerichtet. Mein Bruder, der mit Spade im Schlepptau versuchte, der Explosion zu entkommen. Er war knapp hinter uns. Die Feuerflut ergriff ihn. Das Portal schloss sich. Mein Körper stürzte durch Raum und Zeit. Verzweifelt strampelte ich. Madox! Madox! Hatte er es geschafft? War er tot? Wo war er?

»Schht. Alles in Ordnung. Beruhige dich!« Wieder war es Charming, der mich aus der stummen Hysterie riss. Mein Blick richtete sich auf ihn. Die blauen Augen lagen wie leuchtende Diamanten auf mir, drangen tief in meinen Verstand ein, wo seine Präsenz wie eine beruhigende Droge durch meine gequälten Adern spülte. »Atmen, Süße. Du wirst es überstehen. Du bekommst bereits besser Luft. Fühlst du es?«

Luft? Da war Luft? Tatsächlich. Ich schnappte danach und hustete. Meine Kehle war immer noch zerschnitten, aber sie heilte bereits. Der Rest von Hades' Seele rebellierte immer noch, riss aber nicht länger die Wunden auf. Mein Blick zuckte hektisch umher. Wo waren wir? Die Höhle!

Ich sah das Tartaros-Wesen. Es hatte das Maul immer noch weit aufgesperrt, wartete auf uns. Seine Zahnreihen leuchten auf. Ich erkannte die Schemen der anderen Götter, wie sie langsam darauf zugingen. Fade. Trick. Raised und Honor, der seinerseits den schlaffen Körper von Peace trug. Peace! Eine Woge aus Verzweiflung ergriff mich. Sofort bekam ich wieder schlechter Luft. Peace!

»Schlaf ein wenig«, befahl mir Charming leise. Stumme Tränen flossen mir über die Wangen. Tropfen um Tropfen benetzten sie Charmings Arme, die mich fest an seine Brust drückten und trugen. »Alles wird gut«, versprach er mir sanft. Seine Magie brandete über mich hinweg, lullte mich ein, zog mich hinab. »Das war erst der Anfang«, fügte er leise hinzu. Ich wusste nicht, ob das ein beruhigendes Versprechen oder eine unheilverkündende Drohung sein sollte. Allerdings war ich viel zu erschöpft, um mir darüber noch den Kopf zu zerbrechen. Ich schloss die Augen und ließ mich von Charmings Magie und seinem Geruch übermannen, bis ich vollkommen erschöpft einschlief.

Ende von Teil 1

Danksagung

Wow. Ich hätte nie gedacht, eines Tages selbst eine Danksagung schreiben zu dürfen. Zumindest keine, die jemals gelesen wird. Doch jetzt sitze ich hier und tue genau das.
Götterblut war ursprünglich eine kleine Geschichte, die ich nur zum Spaß geschrieben habe, bis meine Schwester diese zufällig hervorgekramt und mich quasi dazu gezwungen hat, ein ganzes Buch daraus zu machen. Luna, du bist wundervoll.

Ein großer Kuss geht jeweils an meine Mama und meinen wundervollen Verlobten, die mich beide immer mit Babysitten unterstützt haben und sich mein irres Gefasel anhören mussten, das zu 50% nur in meinem Kopf Sinn gemacht hat.

Auch die wundervollen Zeichnungen von Ursula Pirchmoser haben hier eindeutig ein großes Dankeschön verdient! Ursula, du bist eine wundervolle Künstlerin und eine noch bezauberndere Person. Ich hoffe, du weißt das.

Und jetzt kommt noch ein richtig fettes, knutschendes Danke an meine liebste Lektorin, die mir in den vergangenen Monaten zu einer wertvollen Freundin geworden ist. Ihre Kommentare beim Lektorieren haben mich Tränen lachen lassen. Süße, du bist wundervoll und ich schenke dir Madox liebend gerne!

Nicht zu vergessen meine beiden supersüßen Korrektorinnen. Beide haben diesem Buch noch mal die richtige Würze verliehen. Haben mit Engelsgeduld meine Fehler korrigiert (und das waren noch so extrem viele. Es tut mir sooo leid.) Auch haben sie alle Ecken und Kanten geglättet und dieses Buch zu etwas Wundervollem gemacht. <3

Dann ist da noch Astrid. Eine Drachenmama, wie sie im Buche steht und die sich so mutig auf meine Götter eingelassen hat. Ich habe geheult, als ich ihren Anruf bzw. ihre Zusage bekommen habe. Ich kann gar nicht beschreiben, was das für mich bedeutet hat – und es immer noch tut.

Und zu guter Letzt danke ich auch noch jedem, der dieses Buch gerade in Händen hält und diese Zeilen liest. Ich habe zwar Warrior und Peace erschaffen, aber es sind die Leser, die ihnen echtes Leben einhauchen. Es sind die Leser, die mit ihnen lachen, bangen und fluchen. Ich hoffe, du hattest genauso viel Spaß beim Schmökern wie ich beim Schreiben.

Stella Tack

Warrior & Peace – Göttlicher Zorn

ISBN: 978-3-95991-462-8, kartoniert, EUR 16,90

Es gibt fünf Dinge, die du wissen solltest, bevor du dieses Buch liest.

1. Mein Name ist Warrior Pandemos und seit Neuestem bin ich eine Chaos-Göttin.
2. Leider habe ich noch nicht herausgefunden, wie ich diesen Job kündigen kann.
3. Bei unserer hirnrissigen Mission, die griechischen Götter aus dem Olymp werfen zu wollen, haben wir nicht nur versagt, uns wurde sprichwörtlich der Arsch aufgerissen.
4. Weil das Schicksal eine miese Bitch ist, wurde ich auch noch von einem Gott gekidnappt. Sein Name ist Virus (Sohn der Nemesis / grüne Haare / sarkastischer Idiot / schizophren…)
5. Er will Peaces Platz als Gottvater in der Elite streitig machen und bietet mir dafür einen Deal an: Er holt jemanden für mich von den Toten zurück, wenn ich ihn heirate.

Und ich? Ich weiß verdammt nochmal nicht, was ich tun soll.

Kapitel 1
Error. Stopp. Danke, kommt später wieder

Madox war tot.

Ich wusste es, tief in den Knochen.

Madox war …

Er war …

Mein Magen zog sich ruckartig zusammen. Die Galle schoss mir die zerschnittene Kehle nach oben. Ich rang nach Luft. Es fühlte sich an, als würde mein Hirn an diesen drei Worten ersticken.

Madox ist tot.

Allein bei dem Gedanken ging ich innerlich zugrunde. Er war wie ein Echo, das, statt leiser zu werden, stetig anschwoll und dabei von der Schädeldecke zurückgeworfen wurde.

Mein Bruder hatte nicht überlebt. Ein kurzer Blick in seine lindgrünen Augen war alles, was mir von ihm geblieben war, bevor die Flammen der Explosion ihn gefressen hatten. Noch immer sah ich die Angst in seinem Gesicht. Die Verzweiflung. Ich bildete mir ein, den Geruch verbrannter Federn in der Nase zu haben. Das Brüllen der Flammen in den Ohren.

Und ich … ich hatte ihm nicht helfen können.

War zur Bewegungsunfähigkeit verdammt gewesen, während er …

Ich würgte.

Der Schnitt an meiner Kehle klaffte so weit auf, dass mein Kopf nach hinten baumelte, während ich wie eine leblose Puppe in Charmings Armen lag. Durch meine zerschnittene Luftröhre pfiff die kalte Luft. Mein Körper verkrampfte sich. Der blanke Horror durchzuckte mich und jagte durch mein Fleisch wie einer von Peace' Blitzschlägen. Höchstwahrscheinlich sah ich aus wie einer dieser toten Frösche, die man mit zwei Drähten wieder zum Zappeln brachte. Meine Lippen formten einen lautlosen Schrei.

Madox war tot.

Mad.

Mein Mad.

Er war …

»Schht. Alles in Ordnung. Beruhige dich!«, hörte ich Charming dicht an meinem Ohr flüstern. Sein warmer Atem kitzelte meine Wange. Die Stimme des Gottes drang nur langsam und verzerrt zu mir durch. Ich zitterte. Schmeckte süßes Götterblut, Tränen und dunkle Magic auf meiner Zunge. Mein Blick zuckte hektisch umher. Wo waren wir? Die Höhle! Das Tartaros-Wesen hatte das Maul immer noch weit aufgesperrt und wartete auf uns. Seine Zahnreihen leuchteten wie tote Bäume vor uns auf. Kahl und Unheil bringend wie in einem verwunschenen Märchenwald. Ich erkannte die Schemen der anderen Götter, wie sie langsam darauf zugingen. Fade. Trick. Raised und Honor, der seinerseits den schlaffen Körper von Peace trug. Peace! Mir wurde schwarz vor Augen, als ich an sein zerschossenes Gesicht dachte. In diesem Augenblick klinkte sich mein Verstand aus. Eine Leitung brannte durch und schaltete ab.

Error.

Stopp.

Danke, kommt später wieder.

Mein Körper verfiel in Schockstarre. Weigerte sich, weiter nachzudenken.

»Schlaf ein wenig«, befahl Charming und wischte mir sanft warmes Nass von den Wangen.

Was war …? Oh. Wann hatte ich zu weinen begonnen? Tropfen um Tropfen benetzte Charmings Arme, die mich fest an seine Brust drückten und trugen. Eventuell schnodderte ich ihn auch voll, aber das konnte ich im Augenblick nicht ändern.

»Alles wird gut«, versprach er mir. Wir wussten beide, dass er log. Nichts würde jemals wieder gut werden. Vor allem nicht ich. In meinen Ohren summte es. Ich fühlte mich leer. So schrecklich leer und einsam. »Das war erst der Anfang«, fügte Charming leise hinzu.

Ich wusste nicht, ob das ein beruhigendes Versprechen oder eine Unheil verkündende Drohung sein sollte. Allerdings war ich viel zu erschöpft, um mir darüber den Kopf zerbrechen zu können. Die Leere in mir erdrückte jeden weiteren Gedanken. Mein Verstand schützte sich vor sich selbst. Vor dem Wahnsinn, der mich mit Madox' grünen Augen anstarrte und lachend an meinem Hirn kratzte.

Madox.

Ich schloss die Augen. Sie brannten wie Feuer. Das Gefühl in meiner Kehle war ekelhaft. Das eigene Fleisch klaffte auf, während sich die Kälte in die Öffnung zwängte. Wie bei einem filetierten Fisch, der im Todeskampf nach Luft schnappte. Ich erstickte, ohne zu sterben. Charmings Magie summte auf meiner Haut. Sein Geruch stieg mir in die Nase, süß und würzig wie Madox. Der hatte auch immer wundervoll gerochen. Nach Zuhause. Nach Zimt, Schokoladenduschgel und den Pop Tarts, die er sich heimlich reinpfiff. *Reingepfiffen hatte*, korrigierte mich eine hässliche Stimme in meinem Kopf. Ich würgte abermals.

»Schlaf!«, flüsterte mir Charming ins Ohr und ich fühlte, wie der Befehl in mein Hirn kroch, sich dort einnistete und mich hinabzog. Meine Finger zuckten. Mein Atem beruhigte sich langsam, ging tiefer und gleichmäßiger. Die Lider fielen bleischwer nach unten. Alles in mir lechzte danach, wie befohlen einzuschlafen, aber es ging nicht. Etwas hielt meinen leer gefegten Geist wach, ließ mir keine Ruhe. Immer wieder sah ich die Bilder vor mir.

Spades Lachen in meinem Ohr, als er mir das Messer an die Kehle hielt.

Der Schuss aus Madox' Pistole.

Wie das dazugehörige Projektil in Peace' Gesicht einschlug.

Silbernes Blut.

Die Angst und Verzweiflung in den Augen meines Bruders, als die Explosion ihn erfasste.

Erneut setzten die Krämpfe ein. Der Schock überlagerte selbst Charmings Magie.

»Was ist mit ihr?« Ich hörte Raiseds besorgte Stimme neben mir.

Charming schnaufte. »Sie hat einen Schock. Ihre Magie wehrt sich gegen meine.«

Ich röchelte. Die Seelenreste von Hades und Herakles flossen wie zäher Teer durch mich hindurch, verstopften meine Kehle und tropften schließlich mit etwas Speichel aus dem Mundwinkel. Es schmeckte bitter.

Madox! Peace! Spade! Madox! Peace! Spade! ...